Jean-Paul Desprat, né en 1947, est historien et romancier. Il est l'auteur d'ouvrages sur Henri IV, Madame de Maintenon, Mirabeau et de romans historiques. *Rouge de Paris* fait suite à *Bleu de Sèvres* et *Jaune de Naples*.

Jean-Paul Desprat

ROUGE DE PARIS
(1789-1794)

ROMAN

Éditions du Seuil

TEXTE INTÉGRAL

ISBN 978-2-7578-4141-9
(ISBN 978-2-104428-7, 1ʳᵉ publication)

© Éditions du Seuil, 2013

Le Code de la propriété intellectuelle interdit les copies ou reproductions destinées à une utilisation collective. Toute représentation ou reproduction intégrale ou partielle faite par quelque procédé que ce soit, sans le consentement de l'auteur ou de ses ayants cause, est illicite et constitue une contrefaçon sanctionnée par les articles L. 335-2 et suivants du Code de la propriété intellectuelle.

Pour Adèle et Paul – ma fille et mon fils –,
dont j'ai emprunté les prénoms pour
les donner à mes héros.

Résumé des volumes précédents

BLEU DE SÈVRES

Les frères Masson arrivent de leur Limousin natal à Paris en 1760, avec pour seule recommandation celle du poète Marmontel, né dans leur village. Anselme, l'aîné, versé dans l'étude de la minéralogie, va entrer à la nouvelle manufacture de Sèvres où, sous l'impulsion de Mme de Pompadour, les chimistes s'affairent pour retrouver le secret de la porcelaine dure de Chine, redécouvert par un pur hasard en Saxe, en 1709, et demeuré inaccessible depuis au reste de l'Europe. Mathieu, son cadet, né aveugle, brillant organiste, abandonne une prometteuse carrière de musicien pour s'occuper, chez l'abbé de l'Épée, en compagnie du docteur Blanchot, un homme des Lumières, de l'éducation des jeunes sourds-muets.

Anselme se marie, mais, en 1766, sa femme, Fanny, meurt en mettant au monde une fille : Adèle. Le jeune veuf, tout en s'occupant de cette jeune enfant, participe avec son ami Pierre-Antoine Hannong, dont la famille à Strasbourg détient une partie du secret du kaolin, et le vieil académicien Macquer à la mise au point d'une pâte dure française qui sera montrée à Louis XV en 1769, cinq ans après la mort de la marquise de Pompadour.

Au cours d'un voyage en Limousin, Anselme retrouve Lucile, son amour de jeunesse. Il l'épouse et ils auront un fils, Paul, qui naît en 1771.

JAUNE DE NAPLES

La jeune dauphine Marie-Antoinette, arrivée en France en 1770, se lance avec sa sœur Marie-Caroline, reine des Deux-Siciles, dans une compétition à propos de la porcelaine : Sèvres contre Capodimonte, dont la souveraine italienne a décidé de rouvrir les ateliers fermés depuis dix ans. Anselme est dépêché à Naples où il se rend avec son plus jeune frère, Eustache, le troisième des Masson.

De noirs complots, tramés par l'ambassadeur d'Angleterre sur place, sir William Hamilton, jaloux du rôle joué par des Français à la Cour, vont aboutir à l'assassinat d'Eustache.

Anselme, rentré en France, meurtri, va s'attacher à l'extraordinaire développement de la manufacture de Sèvres dans les premières années du règne de Louis XVI, tandis que son ami, Pierre-Antoine Hannong, mis injustement à l'écart, monte successivement plusieurs affaires périlleuses pour concurrencer la Manufacture royale.

Au dernier jour de 1781, coup de théâtre : on apprend qu'Eustache, à Naples, a laissé sa dernière amante enceinte et qu'un fils, Janvier, est né quelques mois après la mort de son père. Il a alors sept ans et, après une enfance passée parmi les *lazzaroni* de Naples, a été recueilli par un Français. Cette nouvelle stupéfie tellement Anselme qu'il est frappé d'une attaque cérébrale : il ne peut désormais communiquer qu'en remuant les lèvres et en écrivant sur une petite ardoise.

PREMIÈRE PARTIE

LA PIERRE ROULANTE

CHAPITRE PREMIER

« Se casser la jambe un si beau jour ! »

Lorsque le masque impassible du pouvoir est fixé dans le bronze, il ne s'anime plus qu'à la lueur des feux d'artifice offerts au peuple ou des incendies allumés par la foule dans ses moments de colère.

Le bronze sied à la majesté ; il la divinise et la rend inaccessible. À pied, l'homme statufié en impose ; à cheval, il écrase son monde. Il en était ainsi depuis 1763, à Paris, de la représentation de Louis XV en selle, érigée, alors que son modèle vivait encore, à l'extrémité du jardin des Tuileries. Sur son piédestal, vêtu à la romaine, coiffé d'un catogan, couronné de lauriers, le plus beau des monarques qui ait jamais régné en France paraissait se disposer à pénétrer majestueusement dans l'allée centrale qui menait au palais parisien des rois, depuis longtemps abandonné de ses maîtres. Le cheval, repliant sa jambe droite, encensant du col, avait la nervosité et la légèreté d'un Pégase qui, cette fois, aurait touché terre et aurait perdu ses ailes à l'instant où son sabot frappait le sol. Le cavalier, montrant du doigt la ville, semblait protecteur, comme Henri IV atteignant les faubourgs d'une cité après les souffrances d'un long siège, ou impérieux comme César venu la mettre au pas.

En ce soir du 6 octobre 1789, le cavalier de bronze caracolait au-dessus d'une houle compacte de crânes et de couvre-chefs. Les hommes étaient en force, la plupart tête nue, hirsutes, au sortir d'une rude journée de labeur, les cheveux collés par la sueur ; quelques-uns étaient en perruque, d'autres, des jeunes gens à la mode, portaient le cheveu au naturel, coupé court, *à la Titus*, ou peigné et rassemblé dans un catogan noué d'un nœud de velours. Quant aux femmes, presque toutes portaient un bonnet blanc qui dissimulait un chignon ou des nattes. Les plus jeunes avaient laissé couler sur leurs épaules leurs longues chevelures constellées de fleurs d'automne, d'autres encore, plus enjouées, arboraient fièrement d'imposantes tignasses qui, à force d'avoir été étirées ou crêpées par les dents raides des peignes de fer, ressemblaient aux ballons ascendants de MM. de Montgolfier. Ces Parisiennes, jeunes ou vieilles, étaient vêtues de robes fluides, sans corps, et certaines portaient sur leurs épaules, signe le plus visible et le plus gai des temps nouveaux, des châles de couleurs vives, des *pintados* – en coton imprimé dont la vente longtemps proscrite était autorisée depuis peu comme un signe visible de la liberté en marche.

Cette foule attendait sans bouger, mais on la sentait oppressée, traversée d'inquiétudes, travaillée de sourdes rumeurs. Les cous étaient tendus, les regards scrutateurs. Depuis le début de l'après-midi, de bouche à oreille, circulaient les informations les plus folles, murmurées, puis énoncées d'une voix forte et presque avec violence. Il se disait entre autres choses que si les femmes de Paris, parties la veille à Versailles, ne ramenaient pas le soir même le roi, la reine et le dauphin – ou, pour reprendre le cri du jour : *le boulanger, la boulangère et le petit mitron* –, ce serait bientôt la famine, et une charge des mercenaires et des hussards contre le peuple encore bien plus sanglante qu'au début du dernier mois de juillet ; avec, pour finir, un égorgement général, voire l'anéantissement de la capitale.

Parmi ceux qui se trouvaient là, un bon tiers appartenait à la race née pour courber l'échine et mendier son pain : le plus souvent, ils n'avaient pas de logis fixe et dormaient au hasard sous les ponts ou les porches des églises, gagnant leur pitance au jour le jour, n'ayant en poche que quelques liards et une cuillère d'étain dans le cas où ils passeraient à la portée de quelque marmite bouillant à la porte d'une maison charitable. Moins de trois mois auparavant, ils avaient vu tomber la Bastille qui, jusque-là – sans qu'ils s'en soucient vraiment –, leur avait bouché la vue, à l'est de la ville, là où se trouvaient les quartiers populaires. Ils n'avaient pas compris tout ce qui s'était dit alors dans les gazettes, puisque beaucoup d'entre eux ne savaient pas lire, mais ils avaient vu des jeunes gens, savants, beaux, aimables, monter sur les chaises au Palais-Royal pour leur dire que de cette liberté nouvelle en train de naître découlerait forcément pour eux un sort meilleur.

Par la suite, dès que l'on avait commencé à démolir l'ancienne prison du roi, ils s'étaient habitués à voir le jour entrer de ce côté-là des faubourgs ; ils s'étaient mêlés aux bals que l'on avait entrepris de donner sur les ruines de la forteresse abattue et, depuis, ils étaient tous campés dans la ferme intention de ne jamais plus supporter que l'on revienne au bout de la rue Saint-Antoine édifier de nouvelles murailles qui viendraient leur boucher l'horizon. Or, on disait depuis quelques jours que le roi, à Versailles, n'acceptait pas cette liberté nouvelle, qu'il voulait reconstruire la Bastille et que pour contraindre sa capitale à en relever les vieilles tours déjà mises à bas il était disposé à la charger de nouveaux impôts et à l'affamer.

Dans les rangs de cette populace, les chuchotements, au fil des heures, s'étaient transformés en un sourd et menaçant bourdonnement. Quelques-uns en étaient même venus à désigner la statue équestre du grand-père de leur roi d'un geste vengeur. Il est vrai que, dans les dernières lueurs du jour, le visage de cette idole de fer que le sculpteur Bouchardon avait voulu figer, avait-il dit alors, «dans l'expression de bonté et de clémence qui le caractérisait», apparaissait comme un masque froid, dédaigneux et cruel, qu'un ultime rai de soleil éclaboussait d'une flaque de sang.

Ce n'est que vers 7 heures, dans la demi-pénombre, que l'on vit sur le cours la Reine paraître une cinquantaine de cavaliers de la Garde nationale venus s'assurer en éclaireurs de la tranquillité des faubourgs.

– Le roi revient à Paris! Le roi revient à Paris! ne cessait de crier le plus impétueux de ces hommes, un élégant muguet campé droit sur ses étriers et qui s'entendait avec brio à faire exécuter à sa monture des figures de haute école; sanglé dans un uniforme bleu et blanc, il appartenait à ce nouveau corps dont le général, depuis quelques semaines déjà, était le fameux La Fayette.

Le colonel de cet escadron, apparu peu après, coiffé d'une imposante perruque à marteaux blancs, s'était aventuré au milieu de la foule en donnant de l'éperon dans le ventre de sa monture.

– Le peuple doit accueillir dignement ses souverains! martelait-il d'une voix forte. Le roi et la reine rejoindront les Tuileries par le jardin en empruntant le pont tournant! Il faut leur ménager un passage!

– Une haie! Une haie bien large, pour que le cortège puisse circuler sans encombre! avait ajouté un troisième homme en décrivant de grands moulinets avec ses bras.

Le colonel, d'un geste plein d'autorité, avait désigné dans la foule une vingtaine de bourgeois qu'il avait distingués d'un coup d'œil en ne se fiant qu'à leur mine et à la coupe de leur habit. Cet officier d'un trimestre, puisque la Garde nationale n'avait que trois mois d'existence, était accoutumé à commander : il dirigeait d'une poigne de fer au faubourg Saint-Antoine une grosse filature de laine. Son choix était judicieux : ceux qu'il avait appelés à la rescousse – cavaliers ou badauds – étaient comme lui des hommes de ressources qui se mirent à leur tour en devoir de désigner quelques dizaines d'individus pour former une double chaîne destinée à fendre la foule et y ménager un couloir.

Le passage ainsi tracé était au départ à peu près droit, coupant la place dans une diagonale qui passait au ras du socle de la statue équestre du feu roi. Si le cortège entourant la berline royale s'était présenté à cette minute, il aurait traversé sans encombre cette forêt de têtes, mais il s'écoula trois gros quarts d'heure sans que l'on vît rien venir. Le piétinement devint général, nerveux et convulsif, et la foule, un moment séparée en deux masses par les bourgeois de la Garde nationale qui se tenaient par les épaules en s'arc-boutant sous la poussée des premiers rangs, chercha bientôt comme instinctivement à se réunir. Les plus impatients parmi les gens du peuple – ceux qui pesaient aux extrémités de cette chaîne humaine – imprimaient même à cette multitude un mouvement de rotation. Du coup, des cavaliers en vinrent à avancer pour essayer de maintenir ouvert ce corridor qui ne formait plus à présent qu'un boyau sinueux ; leurs chevaux effrayés se cabraient et, de cette houle ébouriffée ou chapeautée, que les premiers crêpes sombres jetés par la nuit rendaient plus menaçante, montaient à présent des cris et des jurons.

C'est à 7 heures et demie passées que l'on vit déboucher l'avant-garde de l'étonnante armée partie de Versailles en début d'après-midi : des femmes en bonnet de coutil, portant des robes colorées, certaines les ayant retroussées jusqu'à mi-mollet et même à mi-cuisse, armées de sabres et de faucilles. Leurs figures exprimaient un air de fureur et de fatigue mêlées. Au-dessus d'elles, dans les premiers rangs, se balançaient deux piques portant des objets ronds qui, dans la pénombre, étaient apparus d'abord comme des lampions éteints ou les citrouilles que l'on sculpte dans les kermesses pour faire des figures grotesques, mais il s'agissait en fait de têtes coupées dont les yeux mi-clos renvoyaient encore un pâle reflet nacré.

Derrière cette cohorte sanglante suivaient les hommes de la Garde nationale, d'abord les fantassins, en rangs compacts, puis les cavaliers en tête desquels caracolait La Fayette, que tous les Parisiens reconnaissaient à sa jument blanche. Une trentaine de ces hommes à cheval encadraient le premier carrosse – élégante caisse, se balançant mollement sur des ressorts souples – dont les dorures étaient atténuées par le crépuscule. Cette voiture était pourvue de hautes vitres, si bien que lorsqu'elle déboucha sur la place on put apercevoir la silhouette de ses occupants : le roi au visage épais, tassé et affalé, coiffé de son tricorne noir ; la reine, figée, rendue plus altière et hiératique encore par sa haute coiffure ; le dauphin et la petite princesse, assis de part et d'autre de leur mère ; enfin, la princesse Élisabeth, sœur du roi.

La Fayette, qui depuis quelques semaines avait commencé à faire preuve d'un esprit plutôt mal avisé dans les affaires politiques, en savait toutefois assez sur les emballements et les enthousiasmes changeants du peuple pour avoir prévu ce qui devait suivre : la famille royale – en dépit des apparences fâcheuses qui la faisaient paraître comme prisonnière et otage – jouissait de suffisamment de prestige encore pour être accueillie par des hourras et de grandes marques de respect. Et c'est en effet ce qui se produisit. Les hommes se découvrirent, quelques femmes esquissèrent une espèce de révérence et des cris de « Vive le roi ! Vive la nation ! » fusèrent de toutes parts. Si bien que, au moment d'entrer dans le parc des Tuileries, Louis XVI qui, depuis les six longues heures qu'avait duré cette marche, était demeuré quasi statufié, comme s'il s'attendait à être molesté, leva la main pour saluer, souriant avec bénignité, prenant même son fils sur ses genoux pour le montrer au peuple.

Trois jeunes garçons, installés à plus de quinze pieds du sol sur le piédestal de la statue équestre de Louis XV depuis le début de l'après-midi, n'avaient rien perdu de tout ce spectacle. Tous trois, bien découplés, souples et agiles, avaient escaladé le socle de pierre, prenant appui sur leurs épaules tour à tour et s'aidant judicieusement des joints de la maçonnerie ou des faibles reliefs des plaques de bronze qui célébraient en latin les vertus du feu roi.

L'aîné de ces garçons venait d'avoir dix-huit ans, mais son regard était étonnamment décidé pour quelqu'un de son âge. Son visage régulier et grave, ses longs cheveux noirs épais et drus, ses lèvres épaisses, son menton carré fendu d'une fossette lui conféraient déjà toutes les caractéristiques de l'homme fait, tandis que son magnifique sourire, découvrant des dents blanches, le rappelait invinciblement du côté de l'insouciante jeunesse. Ses épaules étaient larges, parce qu'à l'instar de beaucoup de jeunes gens de son temps, qui souhaitaient renouer avec l'éducation virile des anciens Romains, il s'adonnait à la natation dans les eaux à demi boueuses de la Seine. Une veste verte de coutil rayée de noir, des culottes de basin crème, d'épais bas d'estame que l'on portait en semaine, des chaussures à boucles cavalières en faisaient presque un jeune homme à la page, mais sans pour autant qu'on puisse le confondre avec un de ces petits marquis entêtés de suivre les modes.

Ses compagnons devaient avoir quatorze ou quinze ans, habillés presque à sa façon, paraissant même soucieux de le copier, calquant jusqu'à leurs gestes et leurs manières sur lui parce que visiblement ils l'admiraient. Ils n'avaient fait d'ailleurs, une fois de plus, que le suivre puisque c'était lui – le plus âgé et normalement le plus raisonnable – qui avait eu l'idée de les faire grimper là, car il ne voulait pas perdre une miette de cette journée qu'il regardait d'avance comme historique.

Le benjamin de ce trio était aussi le plus gracieux, avec une tête de chérubin et de longues mèches blondes qui tire-bouchonnaient sur ses épaules. Ses bas détachés de sa culotte, signe qu'il avait fait quelques galipettes en chemin avant de se retrouver sur ce piédestal, retombaient sur des souliers de tripe.

Le cadet, quant à lui, paraissait le plus sérieux et, chose étonnante, portait à l'extérieur de chez lui des lunettes de fer maintenues derrière la nuque par un cordon de velours – l'usage des branches était encore rare. Cela lui donnait l'air d'un petit savant. Sa veste était de grosse laine et il tenait sur ses genoux un cartable de velours comme s'il ne pouvait se passer d'avoir en toute occasion, sous la main, des livres, du papier, des mines de plomb, pour étudier. Il était roux, la figure constellée de points d'or sur une peau à la blancheur de porcelaine. Moins en chair que ses deux amis, plus délicat, fin comme un lutin, il semblait le plus réfléchi de la triade et aussi le plus déterminé.

De ces trois garçons, le brun, l'aîné, était Paul, fils d'Anselme Masson, le porcelainier de Sèvres ; le petit blond à la figure d'ange était Dominique, treize ans, son cousin, fils de Mathieu Masson – le musicien aveugle qui enseignait les jeunes sourds à l'école de l'abbé de l'Épée ; le troisième enfin – celui qui ne se séparait jamais de ses livres et qui allait avoir quinze ans – était Louis Blanchot, l'un des six enfants du fameux médecin des pauvres et le plus âgé de ses quatre fils. Les voir ensemble revient à dire d'emblée que, vingt ans après que leurs pères s'étaient liés d'amitié, ces jeunes gens avaient renouvelé entre eux le pacte autrefois conclu par leurs auteurs.

Lorsque le carrosse royal était passé à leur portée, ils avaient tout comme les autres soulevé leur tricorne. Aucun homme, jeune ou vieux, qui n'était pas ouvrier, portefaix ou mendiant, n'allait dans les rues de Paris sans ce couvre-chef à trois pointes. Dominique s'était même redressé en s'appuyant à l'énorme queue de bronze du cheval royal pour scruter plus à l'aise l'intérieur de la voiture. Son regard – il en était persuadé – avait croisé celui de la fille du roi, Madame Royale, née en 1778 et, par conséquent, sa cadette de quelques mois seulement.

– Elle m'a souri ! répétait-il, comme sous le charme.

– Forcément, nous formions un groupe bien surprenant au pied de la statue de son arrière-grand-père ! avait estimé Louis qui cherchait toujours à savoir le pourquoi des choses.

– Elle m'a souri ! reprenait de plus belle Dominique, se croyant devenu le héros du jour par l'effet de ce regard posé sur lui par la princesse.

– C'est le métier des filles de roi de sourire, finit par laisser tomber Paul. D'ailleurs le peuple serait plus heureux si elles se bornaient à cela !

Il était ainsi le premier à exprimer une opinion quasi politique sur les événements du jour : c'était celle de sa famille et de son milieu où l'on avait accueilli les débuts de la Révolution avec enthousiasme.

Il avait d'ailleurs passé tout l'été dans un état de fébrilité patriotique, délaissant de plus en plus souvent les démonstrations publiques de minéralogie qu'il commençait à suivre au Jardin du roi. Il y était inscrit depuis octobre 1788 dans la classe d'histoire naturelle, avec pour professeur le fameux Daubenton et pour démonstrateur le non moins célèbre La Cépède : il comptait devenir un jour, comme son père, un éminent minéralogiste. Dès le dernier mois de juin, deux mois avant la suspension des cours, comme la plupart de ses condisciples, il avait fait deux ou trois fois le voyage de Versailles pour assister sur les bancs du public aux débats des États généraux ; il avait même pu se faufiler, jouant des coudes, à l'une des séances royales où il entendit le roi s'embarrasser dans ses réponses et Necker saouler l'assistance d'additions et de statistiques rébarbatives. Il avait surtout entendu tonner les voix de bronze de Mirabeau, de Brissot, de Lameth et de Lanjuinais. Leur onde puissante l'avait fait frissonner.

En juillet, il avait participé aux cavalcades effrénées dans les Tuileries sous la charge des escadrons de Besenval et de Diesbach ; il avait été des manifestations du Palais-Royal où l'on avait marché en chantant derrière les bustes du duc d'Orléans et de Necker que l'on venait de rappeler ; premier signe tangible du reflux de l'omnipotence royale.

Le 13 juillet, dans ce même jardin, il avait vu Camille Desmoulins, monté sur une chaise, devant les grilles du Café de Foy, appeler les Parisiens à prendre la Bastille. Le lendemain, il avait été de la marche glorieuse et triomphale du peuple tout au long de la rue Saint-Antoine. Il avait entendu le bruit croisé des canons et des fusils qui roulaient en rafales ; il avait même failli essuyer un coup de feu qui, en faisant éclater la pierre à trois pouces au-dessus de sa tête, avait blanchi sa chevelure d'ébène. Enfin, pour la première fois, il avait vu, alignés sur le pavé rouge de sang, des cadavres d'hommes et de femmes qui avaient donné leur vie pour la liberté. Le surlendemain, comme la moitié des Parisiens, dans la cohue de la place de Grève, il avait pu observer le roi, au balcon de l'Hôtel de Ville, saluant le peuple d'un air contrit, une cocarde tricolore agrafée à son chapeau.

Alors, tout comme son père, qui avait l'intelligence des événements malgré la paralysie qui le tenait cloué sur son fauteuil, tout comme aussi les amis de celui-ci, Blanchot, partisan du mouvement, ou Hannong, tenant de l'immobilisme ; comme également son oncle Mathieu – le seul, comme si la cécité lui conférait le pouvoir de percer l'avenir, à avoir clairement prophétisé que le peuple se soulèverait avant la fin de l'été –, tout comme aussi la plupart des Parisiens, Paul, pendant quelques jours, avait cru de bonne foi la Révolution terminée.

Or, presque aussitôt, les intrigues tramées par la Cour pour revenir sur ce qu'elle avait paru vouloir concéder furent connues : les troupes massées autour de la capitale, les tentatives faites pour arrêter l'approvisionnement en grain et en viande de la ville, les émeutes qui s'en étaient suivies dans les quartiers et les paroisses. Les femmes – que le mot famine rend toujours plus hardies que les hommes –, la veille de ce 6 octobre, avaient marché sur Versailles pour ramener la famille royale à Paris afin qu'elle soit caution que la capitale ne mourrait pas de faim.

Et, à présent – car à dix-huit ans on en vient toujours à de rapides conclusions –, sitôt après avoir vu le roi contraint de venir avec sa famille s'installer dans la capitale, il se disait de nouveau que la Révolution était enfin accomplie : que Louis XVI, vivant parmi son peuple, se conduirait forcément en père bienveillant, que les députés écriraient la Constitution et que tout, ensuite, s'accomplirait selon les prescriptions de la loi consentie par tous.

Grisé par l'émotion et peut-être aussi par cette position de surplomb, sur le piédestal de la statue équestre d'un roi, qui lui donnait l'illusion de dominer le monde, il entreprit un petit discours enthousiaste qui fut très vite interrompu par Louis.

– Le spectacle est ailleurs désormais ! Il faut suivre ! trancha le fils du médecin des pauvres qui, avec un air de sérieux déconcertant, avait contemplé ce grand arroi d'hommes, de chevaux, de têtes coupées et d'équipages. La famille royale va certainement saluer le peuple depuis le balcon des Tuileries... Ce sera le couronnement de la journée !... Il ne faut pas rater ça !

– Pour ma part, objecta mollement Paul, je pense que nous avons vu l'essentiel, et j'ai très soif... Je serais plutôt d'avis de fêter l'événement dans une baraque des Champs-Élysées, autour d'une limonade, bien à l'abri de la cohue. Le roi à son balcon, c'est quelque chose qu'il nous sera donné de voir tous les jours désormais.

– Oh non, Paul ! Fais un effort ! poursuivit le petit rouquin dont l'opiniâtreté était l'un des traits de caractère les plus constants. Ce soir, nous sommes les témoins d'un grand événement et, comme le dit mon père, nous devons ouvrir les yeux et les oreilles en grand afin de pouvoir un jour raconter à nos enfants tout ce que nous aurons vu et retenu d'événements appelés à changer le monde.

Et comme on n'était déjà plus dans un temps où les plus âgés décident de tout, que des idées aussi stupéfiantes que l'abandon du droit d'aînesse ou l'adoption des décisions à la majorité strictement numérique des voix étaient évoquées, Louis se tourna du côté de Dominique pour recueillir son avis. Celui-ci hésitait entre l'envie de boire une limonade bien fraîche et celle de revoir sa petite princesse. Dans son esprit, la seconde était la plus pressante, mais il n'excluait pas de pouvoir boire une limonade après avoir revu sa princesse. Il acquiesça donc à la suggestion de se rendre d'abord aux Tuileries, donnant ainsi démocratiquement, par l'apport de sa voix, force de loi à la proposition de Louis.

– En ce cas, allons-y ! dit Paul, qui sentait bien qu'il n'y avait rien à ajouter à des raisons aussi fortes. Je vous suis !

La nuit était tombée et la place presque entièrement vidée de son public, si bien qu'ils se sentirent brusquement comme abandonnés sur une corniche au bord d'un précipice.

Seul Dominique, qui ne pensait plus qu'à sa princesse, paraissait inconscient du danger. Sans même se soucier de ses deux compagnons, il descendit le premier, agile comme un singe, cherchant seulement un court instant un appui pour son pied, puis disparaissant presque aussitôt tout entier. Très vite ensuite, on entendit le bruit amorti d'une chute, suivi d'un grand éclat de rire.

Paul et Louis se regardèrent un court instant.

– Je vais te tenir fermement par les bras, dit le premier au second, tu essaieras de t'agripper aux saillies du bas-relief. Tu pourras ainsi descendre à mi-hauteur, puis ensuite tu sauteras, comme vient de le faire Dominique.

– Et toi alors ?

– J'ai de la force, je dois pouvoir me suspendre en m'accrochant à la corniche, puis tenter de retomber en douceur…

– Oui, mais tu es trop grand, observa le garçon aux lunettes, déjà tout à fait capable, comme son père, d'observations cliniques. Tu n'as pas la souplesse de ton cousin qui a pu rouler comme un chat qui se met en pelote.

– Ne t'inquiète pas !

Ils firent comme ils avaient dit. Tenu à bout de bras par Paul qui s'était allongé sur le socle, s'étirant autant qu'il le pouvait en nouant ses pieds autour du sabot du cheval de bronze, Louis n'eut plus qu'à se laisser couler et se réceptionner accroupi sur le sol.

Paul, comme grisé par cette nuit de fête, décrivit deux ou trois cabrioles sur le piédestal, criant, chantant et tambourinant sur le poitrail du cheval de bronze, puis, brusquement, prenant même un appel qui commença par le projeter en hauteur, il sauta.

Un cri de douleur fut la conséquence immédiate de cette folie.

– Ma jambe, ma jambe droite… mon tibia, précisa-t-il avec l'exactitude de l'homme de science. Il est cassé !…

S'efforçant de sourire presque aussitôt, démontrant par là qu'il avait autant de courage et de résistance à la douleur que d'enthousiasme patriotique, il ajouta :

– Quand même, se casser la jambe un si beau jour !

Effectivement, Paul Masson venait de conclure cette grande journée par un ridicule accident, un peu comme s'il avait voulu se priver du plaisir de suivre par lui-même l'enchaînement des stupéfiants événements que n'allait pas manquer de produire le processus de la liberté en marche. Dominique et Louis, à son chevet, étaient affolés. Ils avaient beau crier, appeler à l'aide, nul ne pouvait les entendre : la place était déserte. La foule s'était engouffrée dans le jardin des Tuileries à la suite de la horde majestueuse et dépenaillée venue de Versailles.

Par bonheur, il se trouva deux gaillards particulièrement réchauffés, vêtus seulement d'une simple chemise et de culottes sans bas. Ils revenaient des Champs-Élysées en chantant, portant à tour de rôle, comme un trophée, un petit drapeau : un morceau de jupon de femme. Ce qui les mettait en joie, jusqu'à les exclure du mouvement général, était sans nul doute le gros cruchon de vin qu'ils se repassaient depuis quelques heures avec entrain. Ces gaillards étaient des maçons, forts et endurants, venus déjà plusieurs fois à pied de leur Limousin natal jusqu'à Paris, une fois les récoltes finies au pays, afin de travailler pendant l'hiver aux constructions de la capitale. Ils étaient arrivés la veille et c'est ce qu'ils fêtaient.

Si ces joyeux drilles n'avaient aucune connaissance précise en médecine, ils avaient en revanche cette pratique qui vaut toute la science des mauvais médecins : celle des premiers soins à apporter aux blessés qui tombent des échafaudages. Aussi, le plus costaud des deux garçons, qui répondait au surnom de Quiquet, confectionna-t-il en un clin d'œil à l'aide de la hampe de son drapeau et du bas de sa chemise, qu'il mit sans façon en charpie, une attelle pour bloquer la jambe du blessé. Après quoi, il le hissa à califourchon sur ses épaules et, comme il était d'une force d'Hercule, cela ne lui demanda pas plus d'effort que s'il s'était agi d'un fétu de paille.

– Et où faut-il transporter notre estropié ? demanda-t-il après avoir aspiré à gros glouglous une nouvelle rasade de vin.

– Aux Halles, rue Montorgueil ! Mais vous ne pourrez pas me porter jusque-là… Je suis trop lourd ! Vous vous fatigueriez ! Il faut appeler à l'aide un voiturier ou un charretier.

– Tu entends ça, mon Mirlou, trop lourd, ce petit monsieur !… Rien n'est trop lourd pour Quiquet. Quiquet est d'ailleurs de taille à porter la Révolution sur ses épaules !

Il démontra par là qu'il savait tout de même en quels temps il vivait, qu'il connaissait la cause des mouvements qui agitaient Paris, même s'il n'avait pas l'air de vouloir y participer…

– Quand même, poursuivait le jeune minéralogiste, se casser la jambe un si beau jour !

– Comme cela, tu t'en souviendras, lui répliqua Quiquet. Mais comme pour aller aux Halles nous devons passer par le jardin, tu continueras sur mes épaules à ne rien perdre du spectacle…

Et, aussitôt, les cinq garçons – Mirlou fermant la marche en balançant son cruchon – s'engouffrèrent dans le jardin des Tuileries par le pont tournant, fendant la foule compacte en criant : « Gare ! Gare ! Place au blessé ! »

Le parc avait un air de fête : il s'était illuminé presque spontanément de grappes de lampions suspendues aux arbres, et de jeunes patriotes avaient allumé quelques feux de feuilles et de branchages au carrefour des allées. De toutes parts levaient des cris de « Vive le roi ! Vive la nation ! ».

Ceux qu'ils rejoignirent en premier, des traînards, musardaient par petits groupes, se tenant par le bras et les épaules tant pour se réchauffer que pour se communiquer leur joie. Ils agrémentaient leur marche de quelques pas de danse, en arrière, sur les côtés, puis de droite et de gauche. De la multitude, en avant, montaient des chants syncopés et discordants : de vieilles rengaines de l'ancienne tradition française, chants liés à l'amour de la vieille monarchie, comme *Charmante Gabrielle* ou *Malbrough*, mais aussi refrains plus en accord avec les circonstances : des couplets pleins d'énergie et de mâles accents forgés, sans souci de belles rimes, dans les premières fièvres de la contestation.

En tête du cortège, La Fayette, comme s'il avait senti qu'une fois franchie la grille du parc la famille royale se trouverait prise dans une nasse et que, passé le premier enthousiasme, elle serait exposée à l'ardeur d'agitateurs et aux foucades de l'humeur versatile des Parisiens, s'était rapproché de la voiture. Il chevauchait à quelques pas de la portière près de laquelle se tenait la reine toujours figée et hiératique. Il était perplexe : la popularité inouïe dont il jouissait réclamait de la suite dans les idées, mais il n'arrivait pas à décider d'une ligne de conduite claire depuis le début de la matinée où, sur le balcon de la cour de Marbre, à Versailles, il avait sauvé la vie de la famille royale en prononçant des paroles surprenantes : « Le roi a été trompé, il promet qu'il ne le sera plus ! »

Il n'avait rien imaginé de plus à dire et il ne parvenait pas à échafauder un plan sûr et efficace au cas où les choses tourneraient mal. Les hommes hésitants sont ainsi : ils se livrent à l'enchaînement des circonstances à mesure qu'ils les subissent ; les hommes d'État tout au contraire – mais il n'en est pas plus de trois ou quatre par siècle – sont ceux qui anticipent, inspirent et induisent ces mêmes circonstances.

La Fayette sentait confusément que ce jour où il ramenait le roi otage, dans cette cavalcade de gens, de montures et de charrois, serait peut-être le plus glorieux de sa vie ; qu'ensuite, lorsqu'il s'agirait de parler ou d'agir, il ne pourrait sans doute plus faire que des bêtises. Ce constat, somme toute lucide, de sa véritable faiblesse lui donnait le vertige. Et bien plus rapidement qu'il ne l'avait craint il fut confronté à cette sensation de n'avoir déjà plus de prise sur les événements.

Alors que le carrosse royal, à présent environné de flambeaux tenus à bout de bras par des hommes qui continuaient d'ovationner la nation et le roi, s'immobilisait devant le pavillon central des Tuileries, alors même qu'après avoir sauté lestement à terre le héros de la guerre américaine s'apprêtait à ouvrir la portière de la reine pour lui prêter galamment son bras, il en fut empêché par Bailly, le chef de la municipalité.

– Citoyen général, le roi doit d'abord venir à l'Hôtel de Ville... Le peuple l'y attend !

– Mais il se fait tard, hasarda La Fayette. La reine est fatiguée, les enfants aussi... Ils iront demain.

– Non ! non ! objecta abruptement Bailly. C'est maintenant qu'il faut y être si l'on veut que Paris dorme tranquille.

Le général céda et ce fut là sa première faute. S'il avait passé outre, Louis XVI serait alors allé se coucher et n'aurait pas eu à se montrer au peuple comme un prisonnier, hagard de fatigue, avec en plus l'impression pitoyable qu'il donnait chaque fois qu'il se sentait tenaillé par la faim... En effet, le roi n'avait rien mangé depuis plus de neuf heures.

Le général entrouvrit la portière. Louis XVI, se levant et se penchant au-dessus de sa femme, montra sa tête.

– Nous voici arrivés, ce me semble... Escortez-nous jusque dans nos appartements, monsieur de La Fayette !

– Sire, il faut d'abord aller à l'Hôtel de Ville. Le peuple vous réclame !

– Mais les enfants ont besoin de repos, la reine aussi... Quant à moi, je suis affamé.

– Madame ! je pense qu'il serait prudent de faire ce que souhaite le peuple, dit le général en s'inclinant devant Marie-Antoinette toujours aussi impressionnante de majesté.

– Nous ferons ce que vous conseillez, marquis, dit alors la reine. Je n'oublie pas de quel secours vous nous avez été ce matin.

C'était le plus beau compliment qu'il pût recevoir de cette femme dont il savait pourtant qu'elle ne l'aimait pas. Aussi, quoique la circonstance ne s'y prêtât pas, frissonna-t-il d'une vanité de courtisan et s'inclina-t-il fort bas, avant de refermer la portière et de donner ses ordres.

Le carrosse royal eut toutes les peines à manœuvrer dans cette cohue et Marie-Antoinette ne put réprimer un mouvement de recul lorsqu'elle vit quelques jeunes délurés en chemise escalader le marchepied et venir coller en riant leurs nez contre sa vitre.

Le cortège passa par les quais pour rejoindre la place de Grève. Le général, ne l'ayant pas prévu, n'avait pu y disposer ses hommes. Une demi-lune laissait tomber une lueur pâle du côté de la galerie du Louvre, étirant les ombres fantasmagoriques d'une foule nombreuse et compacte : là se tenait le véritable peuple de Paris – celui qui était toujours mis à l'écart des fêtes et des cortèges, celui qui éprouvait régulièrement les brûlures de la faim. On trouvait pêle-mêle des ouvriers, des artisans sans ouvrage, des mendiants. Ils se taisaient et leurs regards étaient indifférents ou parfois chargés de haine.

– Maman ! ces gens-là nous préparent-ils une fête ? demandait le dauphin.

– Oui, ne put s'empêcher de répondre tristement Marie-Antoinette, une étrange fête puisque ce sera la première que nous n'aurons pas ordonnée nous-mêmes.

Elle effleura de ses lèvres le front de son fils, qui depuis un moment se tenait debout contre la banquette, et le baisa en versant une larme. Pour la première fois depuis son départ de Versailles elle trahissait ainsi une émotion ; elle n'avait pas prononcé plus de dix phrases tout au long de cette interminable chevauchée, comme si les drames de la matinée lui avaient ôté la parole.

Caressant les longs cheveux blonds de l'héritier du trône, elle songeait à l'incroyable emballement de la destinée : avant-hier encore, le 4 octobre, elle se tenait à Trianon, sinon tranquille, du moins confiante. Mais tout avait basculé la veille.

La horde des Parisiennes avait afflué jusqu'aux grilles du palais et le roi, presque aussitôt, avait reçu quatre de ces femmes en délégation. Il paraissait les avoir rassurées. Tout semblait s'être apaisé et La Fayette avait répondu du calme. Le soir, Marie-Antoinette s'était retirée à l'ordinaire, sans oser renoncer au lourd cérémonial de Cour – elle dans son appartement, le roi dans le sien, les enfants avec leurs gouvernantes. Elle était restée longtemps avec ses dames, appelant par extraordinaire sa lectrice parce qu'elle se sentait incapable d'ouvrir elle-même un livre. D'ailleurs, pendant cette lecture, elle n'avait pas pu fixer son attention. Elle ne prêtait l'oreille qu'aux sourdes rumeurs qui montaient par moments de la cour. Brusquement, au petit matin, après n'avoir pu céder au sommeil que vers 3 heures, elle avait été réveillée en sursaut dans sa chambre de parade toute d'or et de soie par un sourd ébranlement : c'était la cavalcade du peuple envahissant le palais…

Ce fut un étonnant spectacle, en ce 6 octobre 1789, quelques secondes avant minuit, de voir le couple royal gravissant l'escalier de l'Hôtel de Ville de Paris : le roi se répandant en courbettes, tenant son fils dans les bras et sa fille par la main ; Marie-Antoinette, à côté de lui, raide, incapable de sourire, pâle, les lèvres serrées, le regard effaré. La différence entre eux était patente : Louis XVI croyait encore que tout s'arrangerait par de la charité, de la finesse, de la bonhomie ; aussi, peut-être, par un abandon partiel et raisonnable des prérogatives de la toute-puissance qu'il tenait de Dieu. Marie-Antoinette, elle, avait déjà compris que le principe royal était touché à mort.

CHAPITRE DEUXIÈME

L'ardoise de vie

Paul, que ses deux sauveurs avaient ramené rue Montorgueil chez ses parents, fut opéré tôt le matin par Blanchot. Louis, son fils, était allé le réveiller en toute hâte. Après lui avoir fait boire un grand verre d'eau-de-vie et lui avoir enfoncé un mouchoir dans la bouche pour l'empêcher de crier, il rajusta d'un geste brusque les deux bouts du tibia dont la fracture était franche et nette, puis il confectionna, avec du bois blanc, de la gaze et de la chaux, un plâtre qui allait immobiliser la jambe du blessé pendant plusieurs semaines.

– Te voilà décoré comme l'un des premiers héros de la Révolution ! lui dit-il.

– Oui, mais du même coup, se désola le blessé, condamné à l'immobilité et sans plus aucune possibilité de participer à la suite des événements.

– Et c'est tant mieux, ajouta Blanchot en rajustant les manches de sa chemise, car il y aura dans la rue suffisamment de gens pour gesticuler et bien peu, dans le même temps, pour réfléchir... Te voilà donc surtout condamné à la sagesse.

– Je ne pourrai pas non plus aller au Jardin du roi.

– Il me semble que, comme tous tes condisciples, depuis le mois de juin, tu n'y étais plus très assidu...

– Heureusement, il y a eu les vacances de septembre.

– Oui, mais depuis le 1er octobre, les démonstrations ont repris. Tu sais bien que toutes les écoles et universités de France rouvrent leurs portes le jour de la Saint-Remi. Or M. Daubenton me disait hier que sa classe d'histoire naturelle – celle dans laquelle tu es inscrit – est restée déserte... Tout comme d'ailleurs ma classe d'anatomie... Je le déplore, parce que, vois-tu, l'avancée de la connaissance doit toujours l'emporter sur toute autre considération, même sur l'indispensable sabbat qu'il convient de mener en ce moment pour faire évoluer notre vieille société. Cet accident tombe à pic : il va te donner l'occasion de reprendre les cours !

– Je ne vois pas comment...

– Oh ! Là-dessus, j'ai mon idée : tu emprunteras la chaise roulante de ton père qui ne s'en sert jamais le matin... Le jeune Basile t'accompagnera ! Vous prendrez le bac au débarcadère du Châtelet jusqu'à celui de Saint-Marcel, puis vous reviendrez ici par le même moyen en début d'après-midi.

– Basile pourrait peut-être aussi me conduire aux réunions des clubs...

– Ça, mon grand, tu en discuteras avec ta mère... Pour ma part, je n'y vois pas d'obstacle, je préfère te savoir dans ces réunions plutôt qu'à courir par les rues avec les émeutiers.

– Merci, oncle Pierre ! conclut Paul en forçant un sourire.

Blanchot était un véritable tuteur pour ce garçon depuis que, huit ans auparavant, Anselme Masson, son père, avait été frappé d'une attaque qui l'avait laissé paralysé et muet.

Blanchot allait avoir cinquante ans au prochain hiver. C'était un chêne et, à cet âge où beaucoup d'hommes commençaient à s'enfoncer dans la décrépitude, il n'avait jamais tant travaillé : il était à présent le médecin le plus fameux de l'hôpital de la Charité et, depuis sept ans, deux fois la semaine, il exerçait la charge de sous-démonstrateur d'anatomie au Jardin du roi.

Il était en outre membre de l'Académie des sciences, correspondant de celles de Londres et de Berlin. Il avait des disciples dont le plus fameux était Jean Georges Cabanis, l'un des jeunes médecins à la mode à Paris, âgé de trente-deux ans, esprit encyclopédique qui brillait autant dans les domaines de la philosophie, de la littérature et de la poésie que dans son domaine scientifique.

Blanchot figurait au nombre des tenants de la nouvelle école scientifique, celle qui ne s'attachait qu'aux vérités démontrées ; à ce titre, il avait soutenu Lavoisier dans sa réfutation définitive de la théorie du « phlogistique » au profit de celle de la combustion – ce faisant, il s'était opposé au vieux Macquer, premier chimiste de Sèvres et maître d'Anselme Masson. Mais ce qui l'avait surtout rendu fameux, de concert avec l'astronome Bailly, à présent maire de Paris, et sous l'impulsion de Benjamin Franklin, alors représentant du Congrès des États-Unis en France, était d'être parvenu à réfuter l'imposture du « magnétisme animal ». Il s'agissait de la théorie soutenue par d'Alon, premier médecin du comte d'Artois, frère du roi, et mise en œuvre de façon spectaculaire par le fameux Mesmer qui avait su attirer dans sa maison d'Arcueil, autour de son « baquet », la fine fleur de la Cour et de la ville. Le médecin de la Charité et le cartographe des planètes avaient définitivement démontré, devant l'Académie, que les rondes infernales, activées dans la pénombre par des valets tout en muscles, que ce thaumaturge autrichien faisait décrire à des femmes névrosées autour de ce fût rempli de limaille et de verre pilé, étaient du charlatanisme.

Blanchot avait appelé de ses vœux la Révolution et, à présent qu'elle était lancée, il en auscultait avec passion et inquiétude les plus légers soubresauts, particulièrement depuis quatre mois : depuis la prise de la Bastille, les événements paraissaient s'être emballés.

Il se tenait au cœur du séisme, participant aux réunions de district. Depuis sept ans, pour loger sa nombreuse famille, il avait loué un logis sur la rive gauche de la Seine, rue Dauphine, et ce nouveau domicile le faisait dépendre des Cordeliers.

Paris, pour l'élection aux États généraux avait été, en 1788, divisé en soixante districts qui correspondaient à peu près aux territoires de ses principales paroisses. Chacune de ces circonscriptions était le siège d'une assemblée électorale, or ces réunions, qui auraient dû se dissoudre une fois les représentants élus, avaient, à l'instigation des patriotes les plus convaincus, continué sans fondement légal de tenir séance afin, comme l'écrivait le virulent secrétaire du district des Postes, «de rester debout contre les ennemis de la Révolution».

Telle devait être l'origine de cette «hydre à soixante têtes» – ce pouvoir municipal insurrectionnel – qui, pendant cinq ans, allait être dans Paris l'aiguillon de la Révolution.

Les Cordeliers étaient en pointe. L'avocat Danton – qui signait alors d'Anton – en était l'âme : une face de Tartare, la taille d'un géant, une force d'Hercule et une voix de stentor avaient assis son autorité sur la foule des journalistes, pamphlétaires, avocaillons mais aussi théâtreux qui pullulaient dans cette partie de la rive gauche – la Comédie-Française se trouvait rue des Fossés-Saint-Germain. Il avait autour de lui ses aboyeurs – quelques illettrés féroces comme le savetier Simon ou vociférateurs patentés comme le riche boucher Legendre ; des intellectuels dévoyés comme l'instituteur Manuel, l'imprimeur Momoro ; des journalistes exaltés à de divers degrés tels Loustalot, Marat ou Camille Desmoulins ; enfin, des acteurs dont la plupart sans succès et jaloux comme Collot d'Herbois.

On ne parlait déjà plus, en octobre 1789, des Cordeliers que comme d'une «république». Elle avait usurpé le pouvoir de publier des *arrêtés* sur à peu près tous les sujets, depuis le commerce des farines et du pain jusqu'à la levée de nouvelles taxes sur les plus riches citoyens… Ces arrêtés n'avaient force de loi que dans le territoire limité par les rues des Quatre-Vents, Dauphine, Saint-André-des-Arcs et Monsieur-le-Prince, et pourtant ils étaient exhibés par leurs auteurs comme des modèles à suivre par la nation tout entière.

Blanchot, tout en mesurant à quels excès s'était déjà porté Danton, gouvernant en parfait tyran sa «République picrocholine», s'en amusait encore comme on peut rire d'une mômerie d'étudiant. Il faut dire que jusque-là personne n'avait eu à payer les foucades du président des Cordeliers par la privation de sa liberté ou par des violences, et que les arrêtés de «Georges» – car tel était le prénom de d'Anton qui tendait à devenir un patronyme – s'exécutaient généralement dans la drôlerie et la bonne humeur. Le médecin de la Charité n'intervenait dans ces réunions que sur les sujets qu'il connaissait à fond – la santé publique, les hôpitaux, les hospices – et lorsque Georges le lui avait demandé expressément. Il avait alors le loisir de dire tout ce qu'il avait sur le cœur, d'y laisser libre cours à la critique et, proposant plans et solutions, de faire quelquefois œuvre d'utopiste. Pour le sous-démonstrateur d'anatomie du Jardin du roi, c'était cela aussi la Révolution commencée au dernier printemps : l'entière liberté donnée à l'imagination, cette faculté que le vieux Descartes révérait en l'appelant «la folle du logis».

Mais Blanchot ne se limitait pas à ces assemblées tumultueuses des Cordeliers. Il continuait d'être assidu aux tenues maçonniques dont le rythme avait redoublé avec les premiers frémissements populaires. Et par ailleurs, après avoir refusé toute fonction élective dans la municipalité – tout comme il avait décliné l'année précédente l'honneur d'être élu aux États généraux –, il s'était plié de bonne grâce à son enrôlement dans la Garde nationale. Lorsqu'il devait s'y rendre, c'est-à-dire trois jours toutes les trois semaines, il en revêtait avec fierté le bel uniforme bleu et blanc qui valait à ceux qui le portaient le surnom de «bleuets».

Sans véritable fonction exécutive donc – pour ne pas voler un temps précieux à ses malades de l'hôpital –, le médecin de la Charité connaissait malgré tout la plupart des hommes influents et des théoriciens de la Révolution en marche : de l'abbé Sieyès au pasteur Rabaut Saint-Étienne, en passant par les savants entrés parmi les premiers dans le mouvement, tels Condorcet ou Bailly.

Il s'était plus particulièrement lié avec Mirabeau qui, quoique aristocrate, était l'élu du tiers état d'Aix-en-Provence : depuis le premier jour de l'été, depuis cette fameuse séance du 23 juin où ce diable d'homme avait revendiqué haut et fort, en face des valets poudrés de l'absolutisme, les prérogatives de la volonté populaire, cet étonnant personnage paraissait porter sur ses larges épaules l'avancée des idées.

D'accord avec cet homme capable de tenir l'Assemblée fascinée sous les coups de tonnerre de sa voix puissante, le médecin nourrissait la plus grande méfiance à l'égard des désordres que pourrait susciter un bouleversement politique insuffisamment préparé. Sa principale crainte était de voir la volonté populaire livrée à des manipulateurs flattant les émotions et les bas instincts de la foule. Il redoutait la tyrannie que pourraient exercer un jour les mille deux cent cinquante députés, enivrés comme autant de nouveaux rois de leur puissance nouvelle. La maxime du député de Provence, simple et évidente, comme d'ailleurs toutes celles qu'il professait, était que l'on s'affranchit plus facilement du despotisme d'un seul homme que de celui d'un millier de péroreurs à l'infini brusquement dévoyés.

Par-delà cette méfiance, les deux compères – en opposition, cette fois encore, avec l'immense majorité des députés constituants qui songeaient d'abord à établir la puissance héréditaire des notables et rendre sacrés les droits de la propriété – s'accordaient sur des objectifs autrement altruistes qu'ils regardaient comme le seul véritable accomplissement de l'œuvre des Lumières : ils songeaient aux pas de géant restant à franchir dans le domaine de l'éducation et des libertés. Ils rêvaient d'une France où tous les hommes et toutes les femmes sauraient lire et écrire, où tous voteraient même s'ils ne payaient pas d'impôts, où les journaux circuleraient sans entraves, où l'on pourrait prier le dieu que l'on voulait et garder son chapeau devant le crucifix sans encourir le sort de l'infortuné chevalier de La Barre. Pour eux, enfin, cette libre disposition de soi et de sa conscience devait s'étendre jusqu'aux colonies par la suppression de la traite des esclaves qu'ils considéraient comme l'un des plus grands scandales de leur époque. La Révolution, en un mot, devait être véritablement fille de Diderot et de Rousseau : rendre les hommes capables d'exister pleinement et non pas seulement en accumulant des richesses.

Des hommes tels que ces deux-là, modérés, lucides, raisonnables dans leurs analyses, étaient forcément optimistes, nourrissant une foi sans bornes dans le progrès continu des techniques et, au bout du compte, dans l'utilité du débat public. Leur confiance prudente et vigilante tranchait sur l'enthousiasme bruyant et désordonné de la majorité des Parisiens qui étaient comme ces enfants qui rient et qui pleurent tour à tour sans vraiment savoir pourquoi.

Avant de quitter la rue Montorgueil, Blanchot n'eut qu'à traverser la cour pour retrouver Anselme à qui il rendait visite presque chaque jour. Grâce à l'obligeance des Floquet, les propriétaires de l'immeuble, qui étaient aussi les beaux-parents de l'académicien-médecin, Anselme, après son attaque, avait pu troquer son appartement à l'étage contre un vaste logis occupant tout le rez-de-chaussée.

Cet espace lumineux, éclairé de hautes portes vitrées, se développait sur trois des côtés d'une vaste cour pavée comme celle d'un hôtel particulier. L'été, le paralysé pouvait jouir du soleil devant sa chambre, sur une petite terrasse couverte de glycine. On avait aménagé un plan incliné à son usage pour faciliter les mouvements du fauteuil que l'on avait aménagé pour lui en chaise roulante. Poussé par le jeune Basile – un solide Normand de Bayeux âgé de vingt ans –, par sa femme Lucile, par ses enfants, Adèle et Paul, Anselme pouvait de la sorte sortir dans la rue, aller quelquefois à la loge des Neuf Sœurs, dans des clubs ou dans des cabinets privés d'art et de curiosités ; en somme, accomplir ce miracle : continuer de vivre le plus normalement possible.

Au premier abord, lorsqu'on le voyait de loin sur son fauteuil, tête penchée, la vie paraissait s'être retirée de lui, mais on remarquait vite qu'il avait conservé toute son énergie morale : ses yeux pouvaient encore pétiller aux événements heureux ou verser des larmes sur le malheur. Ses lèvres bougeaient parfaitement, alors Mathieu, son frère cadet – l'instituteur des petits sourds-muets de l'abbé de l'Épée –, avait appris à toute la famille à y lire les mots qu'Anselme prononçait. Mais le vrai miracle, c'était que ses doigts n'étaient pas totalement engourdis ; ce qui lui permettait de tracer sur une petite ardoise accrochée à l'accotoir de son fauteuil des lettres et des figures d'une écriture tremblante et malhabile, quasi hiéroglyphique, entremêlant les lettres et les idéogrammes. Tous ceux qui l'aimaient, en tout cas, parvenaient à lire les signes tracés sur cette ardoise de vie... Et lui continuait ainsi à partager les joies et les peines de ses proches, à s'intéresser aux événements du dehors, et c'était là l'essentiel.

Après cette commotion cérébrale, Lucile lui avait fait garder espoir en lui réapprenant une nouvelle façon de vivre. Elle se tenait presque en permanence à ses côtés, s'occupant près de lui de tout ce qui la passionnait, dessinant, peignant, brodant, lisant. Elle retranscrivait ses messages griffonnés et c'est grâce à elle, malgré son infirmité, qu'Anselme pouvait encore correspondre avec la manufacture de Sèvres dont il continuait à suivre les travaux presque au jour le jour. Il pouvait aussi communiquer avec ses frères maçons ou avec les savants de sa connaissance en France et par toute l'Europe. Il allait sur ses cinquante ans, comme son ami Blanchot, et, malgré sa paralysie, il restait bel homme, ayant conservé une imposante carrure, un visage énergique et presque sans rides, une taille bien prise et, bien qu'inertes, des jambes et des cuisses restées musculeuses qui conservaient le souvenir des longues marches et ascensions de sa jeunesse au travers de la chaîne des puys d'Auvergne.

Diminué, mais aimé des siens et apprécié des savants de son temps, l'ancien chimiste de Sèvres était parvenu à développer une acuité nouvelle. Il ne réagissait plus avec la vivacité et l'immédiateté de ceux qui disposent de tous leurs moyens, mais avec un recul et une lenteur qui semblaient lui conférer l'avantage supplémentaire de poser sur toute chose la patine de la réflexion.

– Sois rassuré quant à ton fils, lui annonça Blanchot en remuant simplement les lèvres – c'était entre eux le mode de communication le plus efficace et ils y avaient trouvé, à force d'entraînement, toute la spontanéité de la véritable conversation –, il sera sur pied dans quatre mois et, s'il ne commet aucune imprudence, il ne boitera pas !

– Grâce te soit rendue, une fois de plus, Blanchot !

Il l'avait toujours appelé ainsi plutôt que par son prénom qui était Pierre.

Le médecin s'assit près de son ami que Basile avait déjà habillé et installé sur sa chaise roulante. Il lui commenta les événements de la veille : l'arrivée du roi à Paris, le cortège précédé de têtes coupées – une ignominie, précisa-t-il aussitôt, qui interdisait que ce jour soit un jour glorieux –, enfin l'apparition nocturne au balcon de l'Hôtel de Ville de la famille royale abattue et défaite.

– Ce qu'il y a de positif dans tout cela, répondit Anselme en articulant silencieusement, c'est que tout ce qui va suivre se passera désormais à Paris, sous le regard du peuple... Il faut que l'on en finisse avec l'émeute, qu'on travaille à parfaire la Constitution... Qu'en dit Mirabeau ?

– Ce matin, il doit se battre, à Versailles, pour que l'Assemblée nationale suive le roi à Paris.

– Cela paraît indispensable. Les hommes de bonne volonté doivent être ensemble.

Anselme partageait les vues raisonnables de Blanchot et de Mirabeau à propos d'une réflexion sur l'organisation politique qui ne soit pas influencée par les mouvements de la rue. Il était, comme eux, davantage soucieux de voir aboutir les idéaux philosophiques sur l'éducation et la liberté que de voir consacrer les droits inaliénables et absolus des propriétaires.

Lorsque Blanchot fut parti, Lucile demanda à Basile de l'aider pour conduire Paul près de son père. Blanchot avait en effet précisé qu'il avait fait au blessé un plâtre si solide et si ajusté, pourvu même d'une petite talonnette de bois, qu'il pourrait dans un ou deux jours faire quelques pas avec ses béquilles.

Paul était devenu au fil des ans aussi habile que Blanchot à lire sur les lèvres de son père et c'était un spectacle singulier, chaque matin, que de les observer s'entretenant sans bruit de leurs lectures ou des fluctuations changeantes et capricieuses de la politique.

– Grâce à cet accident, tu seras désormais davantage ici, lui annonça Anselme. Nous pourrons travailler de concert à notre grand œuvre, ce *Traité de la porcelaine* qui doit reprendre l'essentiel de l'enseignement que j'ai reçu des défunts Hellot et Macquer, ces maîtres à qui je dois tout ce que je sais... Nous y ajouterons tout ce qu'il nous sera loisible de divulguer du secret et des géniales simplifications de procédés apportées par notre cher Hannong... Enfin quelques idées et tours de main plus personnels qui me tiennent à cœur. Cela fera sans doute un volume un peu « à la diable » mais qui aura son utilité. Et, j'ose aussi le croire, quelque retentissement...

– Oui, père, répondit Paul, souriant, j'ai déjà mis au net la plupart de vos notes... Nous travaillerons l'après-midi, lorsque je reviendrai du Jardin du roi.

– Très bien ! Je suis heureux de te voir dans ces dispositions... Car, je l'avoue, je craignais que les péripéties de la rue ne continuent à te distraire.

– Il faut remercier la Providence... s'amusa Paul, puisque cet accident vient à point me rendre plus studieux et plus sage.

– Nous en profiterons aussi pour aller à Sèvres. Cela fait plus d'un an que je n'y suis pas retourné... La Révolution sera probablement bienfaisante pour le plus grand nombre. Cependant, elle risque, pour quelque temps, de faire péricliter l'activité des industries du luxe...

– Sans doute : les princes, les plus capables de magnificence, comme le comte d'Artois où le prince de Condé, sont partis en exil l'été dernier. Quant au reste de l'aristocratie et aux riches fermiers généraux, on peut raisonnablement penser que, par les temps qui courent, leur premier souci n'est pas de faire l'acquisition de pièces rares en kaolin ou de vaisselle de grande facture...

– Le grand brassage des conditions qui s'annonce sera peut-être l'occasion de changer de clientèle et, du même coup, de style de production... Mais ce ne sera pas facile : il faudra orienter une fabrique entièrement dédiée à l'exceptionnel vers quelque chose de plus banal et courant.

— Sèvres pourra peut-être faire ce qu'a déjà fait Hannong avec sa porcelaine à bon marché : une vaisselle en grande partie blanche à la décoration épurée. Une vaisselle démocratique, en somme !

— Peut-être... Mais on perdrait alors quelques techniques intéressantes et qui génèrent des emplois, comme la confection de motifs appliqués en médaillons pour la lapidairerie ou les camées ; et aussi pour la dorure dans laquelle nos artistes français jouissent d'une avance étourdissante... Oui, mon cher enfant, nous sommes en plein dilemme : soutenir les idées nouvelles, la citoyenneté universelle, la simplicité dans les mœurs et dans les goûts, ne fait pas bon ménage avec la persistance d'une industrie restée marquée par son origine aristocratique...

— Il faudra faire preuve d'imagination... Tout comme il y a des livres de grand luxe somptueusement reliés et des fascicules brochés. Tout comme il y a des trumeaux de porte peints par MM. Boucher ou Greuze et ceux faits en série par les artisans de la rue Saint-Jacques, il peut y avoir deux porcelaines : l'une pour de riches amateurs, pour le roi, pour les nouveaux dignitaires de la monarchie constitutionnelle qui devra continuer à soutenir une manufacture d'État ; l'autre pour le peuple... Mais, père, on peut aussi considérer les choses avec cynisme : la Révolution est chaque jour un peu plus celle des notables et de l'argent, et l'aspiration qu'ont tant d'hommes venus de rien à s'enrichir pourra très certainement à la longue aider à maintenir et soutenir des productions rares et coûteuses.

Anselme se contenta de sourire à la saillie de son fils qui lui posa aussitôt la main sur l'épaule pour ajouter :

— Oui, allons à Sèvres sans tarder prendre le pouls de ta vieille fabrique et y recueillir l'avis d'Adèle et d'Hannong. Ils sont à présent ceux qui connaissent le mieux la maison du dedans.

Adèle, fille aînée d'Anselme, était employée à la Manufacture royale où elle dirigeait l'«oisellerie» depuis deux ans, et Pierre-Antoine Hannong, pur génie et grand «girovague» de l'art de l'or blanc, venait de réintégrer la fabrique du roi. Vingt-cinq ans auparavant, il en avait été chassé ignominieusement après avoir été contraint de brader le secret de la pâte dure mise au point par son père à Strasbourg puis à Frankenthal. Le ministre Bertin et le directeur de l'époque, Boileau, avaient alors juré leurs grands dieux que les bâtiments de Sèvres s'écrouleraient plutôt que de le voir y remettre les pieds.

La reine n'avait pas fermé l'œil au cours de sa première nuit passée à Paris. La sourde cavalcade du peuple, la veille, dans les salons de Versailles, l'obsédait. Elle passait et repassait dans sa tête le déroulement des faits, claquant des dents malgré l'empilement des édredons sur son lit. Elle songeait rétrospectivement à tous les dangers mortels auxquels elle avait échappé grâce à une succession de hasards. Peu à peu, ces événements s'étaient ordonnés dans son esprit. Ce n'est qu'aux premières lueurs de l'aube qu'elle était parvenue à en dérouler le fil, seconde par seconde, et elle en restait glacée d'horreur. La nuit lui avait permis d'intégrer les différents récits que lui avaient faits ses femmes de chambre et ses dames de compagnie, quatre heures après l'événement, tandis que sous la protection des hommes de La Fayette elles s'affairaient à rassembler un bagage sommaire pour quitter Versailles.

La veille, il n'était pas 5 heures, il faisait encore nuit. Cinq ou six cents hommes et femmes avaient passé la nuit, à l'extérieur des grilles, sur la place d'Armes du château en y faisant rôtir un cheval. La Fayette avait indiqué qu'il serait trop périlleux de repousser cette populace hors de Versailles mais que sa Garde nationale déployée en renfort des soldats du roi tout autour de la résidence royale, dans les cours et dans les jardins, assurerait le calme. Puis, imprudemment, il était allé dormir. Or, brusquement, dans un élan furieux, cette foule s'était mise à courir et à forcer les passages.

Un soldat des Gardes-Françaises tira un coup de feu et l'un des assaillants fut tué. La populace tenait dès lors un prétexte pour assassiner quiconque lui résisterait. Elle s'était séparée en deux torrents impétueux : l'un donnant l'assaut du côté des appartements de la reine, l'autre du côté de ceux du roi. Un Parisien qui courait en avant avait reçu un coup de sabre d'un garde du corps et était tombé en criant : « À l'assassin ! » Ce garde du corps, à son tour, avait été tué. L'un de ses compagnons, le sieur Mionandre de Sainte-Marie, avait été piétiné. Le reste de la garde s'était replié, pour partie dans l'antichambre du roi, pour partie dans la Grande Salle. Les assaillants avaient essayé de défoncer les portes. La partie inférieure d'un battant de la Grande Salle avait été renversée et jetée à terre, mais les gardes du corps avaient poussé de l'autre côté une caisse de bois. Puis, finalement, cette double porte avait volé en éclats et les défenseurs n'avaient eu que le temps de se retirer pour se retrancher dans le salon de l'Œil-de-Bœuf.

À cet instant, à l'opposé, la porte de l'appartement, en haut de l'escalier, s'était entrebâillée et on avait pu entendre le sieur Mionandre crier à l'une des femmes de chambre de la reine : « Sauvez Sa Majesté, ils sont acharnés contre elle. Je suis seul contre mille, mais je résisterai autant qu'il me sera possible. Faites vite ! Faites vite ! » Et, alors que tous ceux qui le pourchassaient le rejoignaient, il avait refermé la porte en criant : « Mettez le verrou à l'intérieur ! » La chose avait été exécutée juste au moment où les assaillants surgissaient, et Mionandre avait été assommé. Les assaillants l'avaient cru mort et s'en étaient retournés à la Grande Salle ignorant que la porte devant laquelle l'homme était tombé conduisait directement à la chambre de la souveraine. Mionandre, revenu à lui, avait traversé la Chambre du roi, les salles des Gardes et celle de l'Œil-de-Bœuf, puis s'était sauvé.

Le comte de La Roque de Saint-Virieu, de garde chez la reine, avait réuni quatre ou cinq hommes et ils étaient parvenus à l'antichambre. Ils avaient frappé à la porte, on hésitait à ouvrir – sans doute, croyait-on qu'il s'agissait d'assassins déguisés en gardes du corps. Ils s'étaient fait reconnaître enfin, une femme leur avait ouvert ; elle était tombée à genoux tout échevelée et pleurant, les suppliant de sauver la reine.

– Nous sommes ici pour cela, lui avait répondu Saint-Virieu, dites-lui que nous résisterons le temps qu'il faudra pour lui permettre de se vêtir et de fuir.

C'est alors – alors seulement – qu'elle se souvenait de s'être réveillée en sursaut, de s'être habillée à la hâte aidée de Mmes Thibaut et Hogue ; d'avoir été poussée ensuite par ces deux dames dans un couloir secret qui conduisait au roi – ce fameux passage construit en 1778 pour que les époux puissent se rejoindre la nuit sans être épiés.

Tandis qu'elle traversait l'Œil-de-Bœuf, elle avait entendu des voix qui criaient : « À mort la Messaline ! » Dans le même temps, deux coups avaient résonné : l'un de fusil, l'autre de pistolet. Les balles traversèrent la porte.

Pourtant, elle était parvenue jusqu'au roi ; elle y avait retrouvé Mme de Tourzel, le dauphin, sa fille et quelques gardes. Elle était si bouleversée qu'elle ne faisait que répéter :

– Mes amis, sauvez mes enfants ! Sauvez-moi !

Le roi, quelques minutes auparavant, n'était pas dans ses appartements. Ils avaient bien failli se manquer : Louis XVI s'était, par un couloir latéral, dirigé vers sa chambre tandis qu'elle venait à sa rencontre par un autre chemin. La famille royale, enfin réunie, s'était rassemblée dans le salon de l'Œil-de-Bœuf que l'on avait fortifié avec des meubles, des bancs, des tabourets et des fauteuils. À peine ces précautions avaient-elles été prises que l'on entendit une épouvantable rumeur. Les assassins avaient découvert le lieu de cette retraite. Ils frappaient à coups redoublés sur la porte ; une table, en craquant, s'était effondrée, laissant apparaître des yeux enflammés, des bras nus et sanglants : à moins d'un miracle, ils étaient tous perdus !

Soudain, un grand calme avait succédé au tumulte. On avait entendu le pas d'une foule nombreuse qui s'avançait : c'était la Garde de Paris, la Garde nationale, qui, à son tour, envahissait les appartements. Un officier se présenta :

– Messieurs, dit cet homme à travers la porte, nous venons sauver le roi. Nous sommes vos frères !

Toutes les poitrines s'étaient relâchées ; on avait respiré, on avait retiré les sièges, les tables, les bancs, les tabourets, les fauteuils, on avait ouvert la porte et l'on s'était trouvé sous la protection du capitaine Gondran, commandant de la compagnie de la Garde nationale de Saint-Philippe-du-Roule. Au même moment avait retenti dans les appartements la voix bien connue de La Fayette.

Le péril avait été grand, quasi mortel, mais il était passé. Pourtant, quelque chose de terrible continuait de se produire dans la cour – Marie-Antoinette ne s'en était rendu compte qu'au moment de monter en voiture et elle n'en avait appris le détail macabre qu'en route : un homme à la barbe longue, un modèle de peintres, nommé Nicolas qui, pour l'occasion, était vêtu d'une tunique antique, coupait à coups de hache les têtes des deux gardes du corps assassinés, les sieurs Deshute et Varicourt. Ensuite, ces deux têtes sanglantes avaient été fichées au bout de piques. Elles devaient être brandies en tête du cortège qui allait précéder le roi sur sa route vers Paris.

La Fayette cherchait des yeux Louis XVI. Il ne le trouvait pas.

– Le roi est dans son cabinet, lui dit-on.

La Fayette s'y dirigeait quand un officier l'arrêta.

– Avez-vous l'entrée des cabinets, monsieur? lui demanda cet homme, tant était grande la force de l'étiquette.

– Oui, il l'a! lui cria Madame Élisabeth, la sœur du roi. Et même s'il ne l'a pas, le roi la lui accorde!

Les premières lueurs du jour commençaient de paraître. Vingt-cinq mille Parisiens et Parisiennes, avec toute la population de Versailles, envahissaient à présent les cours.

– Sire, avait dit respectueusement La Fayette au roi, je pense qu'il serait utile que Votre Majesté se montre au balcon!

– Vous croyez, monsieur?

La Fayette s'était incliné. Le roi avait ouvert la fenêtre lui-même et s'était montré au peuple. Un cri unanime l'avait salué:

– Vive le roi!

Mais un second cri qui exprimait la volonté de ce peuple avait suivi immédiatement:

– Le roi à Paris!

Ensuite, quelques voix, comme menaçantes, avaient crié: «La reine! La reine!» Pâle, les dents serrées, les sourcils froncés, le sang cognant à ses tempes, la reine se tenait debout près d'une fenêtre. La princesse royale, sa fille, était à son côté; devant elle se trouvait le dauphin.

– Madame, le peuple veut vous voir, avait dit La Fayette.

Elle se souvenait, tremblant encore, d'avoir hésité. La Fayette l'avait poussée doucement avec ses enfants sur le balcon d'où elle vit un terrible spectacle: la cour de

Marbre transformée en une mer mugissante. La Fayette était auprès d'eux. Elle n'avait compris qu'à cet instant que cet homme qu'elle n'aimait pas était son seul soutien. Elle lui avait pris la main ; La Fayette l'avait embrassée. La chose aurait pu tourner fort mal pour le général de la Garde nationale, sa popularité était en jeu, mais il se fit quelques applaudissements, puis aussitôt un tumulte de bravos qui fit retomber l'oppression qui comprimait toutes les poitrines.

Mais le peuple n'était pas satisfait : il voulait la reine ; la reine seule ! C'était le pire moment, le plus périlleux en tout cas, mais cette fois elle n'avait pas hésité puisqu'elle n'engageait que sa propre vie. Elle ne s'était retournée que pour inviter ses enfants à se réfugier à l'intérieur puis elle était revenue affronter la foule. Elle n'avait eu que deux pas à faire pour se retrouver face à la populace, frêle, dans sa robe de nuit et la longue lévite de drap fin blanche qu'elle avait enfilée en courant. Ç'avait été alors entre elle et cette foule une espèce de stupéfaction mutuelle, dans un silence vertigineux dont pendant quelques très longues secondes nul n'avait su quel pourrait en être le dénouement : un vivat ou un coup de feu ?

Le miracle eut finalement lieu. Des femmes, impressionnées par son courage, avaient commencé les acclamations et lorsque la reine, chose incroyable, avait fait une révérence au peuple, tous ceux qui se trouvaient au pied de ce balcon avaient alors applaudi.

Les cris de Mionandre devant sa porte étaient revenus à plusieurs reprises l'éveiller en sursaut, tandis que pour la sixième ou septième fois la suite de ces scènes enfin ordonnées dans toute leur continuité se déroulait dans sa tête. Adossée à ses oreillers, Marie-Antoinette était incapable de s'abandonner au sommeil, comme si elle avait craint d'autres tumultes et d'autres massacres dans ce palais presque inconnu où elle n'avait fait que dormir quelques fois après les bals joyeux qui l'avaient retenue dans la capitale jusqu'à l'aube... aux temps de l'insouciance.

Le château, par mesure d'économie, se trouvait meublé en été du mobilier d'hiver de Versailles et en hiver de son meuble d'été; le changement s'opérant le 15 octobre, les Tuileries se trouvaient donc dans le décor de la froide saison. Sa vaste chambre – un salon de compagnie où l'on avait aménagé un lit, sur le coup de 2 heures du matin, après qu'elle avait décidé de ne pas occuper l'appartement qu'on lui avait préparé au rez-de-chaussée pour n'être pas séparée de ses enfants –, tout comme les salons qu'elle avait pu apercevoir en traversant en pleine nuit ce palais démeublé lui semblaient ouverts à tous vents et à toutes les incursions. Elle se figurait entendre au-dehors une rumeur menaçante qui ne se relâchait pas, aussi, dès qu'un rayon de jour eut frappé le plafond de stuc doré, se glissa-t-elle vers la fenêtre qui donnait sur le jardin: il n'était pas 7 heures.

Elle se tint de côté, soulevant à peine un lourd pan de brocart. Après avoir accommodé son regard de myope, elle vit cent ou deux cents badauds – des couples, des bourgeois de Paris à l'allure plutôt pacifique – qui s'étaient levés tôt pour observer quels changements avait bien pu produire l'arrivée nocturne de la famille royale. Ces gens attendaient là, calmement, le long du saut-de-loup qui séparait la partie privative du jardin de celle ouverte au public. Des gardes nationaux, dans leur habit de drap tout neuf, allaient et venaient du côté du palais, le long de ce petit fossé, avec une nonchalance et une décontraction étonnantes. Ils saluaient les curieux, répondaient à leurs apostrophes. Tout cela avait quelque chose de simple et de bon enfant qui n'avait rien à voir avec le service effectué à Versailles par les Gardes-Françaises, les compagnies suisses ou nobles, toujours tenues au garde-à-vous et hiératiques dans leurs uniformes rehaussés de passementerie d'or.

Mme de Vercel, l'une des dames d'honneur qui avait pu suivre la reine, avait paré avec le gouverneur du château aux premières dispositions à prendre : cet homme l'avait assurée en la quittant vers 3 heures du matin qu'un convoi d'une trentaine de voitures rapporterait de Versailles les meubles, les vêtements et les objets de première nécessité. Il avait ajouté qu'une partie des gens de service pourrait également rejoindre la capitale dans la journée. La dame d'honneur en avait immédiatement avisé la reine, mais, au lieu de la rassurer, elle l'avait inquiétée : tandis qu'elle cherchait en vain le sommeil, Marie-Antoinette s'était en effet longuement demandé comment on ferait rentrer ou logerait tant d'affaires et tant de monde dans un bâtiment qui ne pouvait sans doute accueillir que le dixième ou le vingtième de tout ce que pouvait contenir Versailles. Ne serait-on pas dans la nécessité de récupérer des parties du vieux Louvre abandonnées depuis des lustres à toutes sortes d'occupants, artistes, académiciens, juges ou mendiants ? Cela l'obsédait, mais elle préférait en fait cristalliser son inquiétude sur ces questions de chiffons et de malles plutôt que réfléchir à la gravité des événements et aux menaces contre sa personne qu'elle n'avait jamais imaginées si terribles jusqu'à ce 6 octobre…

Elle voulut appeler, mais dans ce salon de compagnie il n'y avait pas de sonnette. Elle ouvrit donc elle-même la porte qui donnait sur une étroite antichambre aménagée en bibliothèque. Dix femmes à peu près se trouvaient là : Mme de Vercel, qui toute la nuit, avec Mme Thibaut, la première femme de chambre, arrivée de Versailles avant l'aube, avait mis un semblant d'ordre à cet étage. Il y avait aussi les petites Lafriche et Pingret, femmes de chambre ordinaires, qui, par on ne sait quel miracle, étaient parvenues aux Tuileries à l'aube – on devait apprendre par la suite qu'elles avaient pris un fiacre dont elles avaient payé la course elles-mêmes –, et enfin quatre ou cinq autres femmes de Paris attachées aux nobles hôtels du faubourg Saint-Germain et que les ducs de Noailles et de Gramont avaient dépêchées auprès de la reine. Toutes firent la révérence, les dames forçant un sourire, les soubrettes en titre écrasant des larmes de soulagement et celles qui n'avaient pas l'habitude de se trouver face à la majesté royale tremblant comme des feuilles.

Tout était prêt pour un semblant de toilette. Là encore, il s'agirait d'affaires prêtées par des maisonnées nobles de Paris : nécessaire de toilette d'ivoire et de corne, chemises, linge et robes de jour qu'il faudrait ajuster en attendant qu'une partie de la garde-robe arrive à Paris ou que Mme Bertin accoure avec ses couturières, depuis sa boutique du Grand Mogol, toute proche des Tuileries.

La reine, qui n'avait rien mangé la veille, alors que le roi avait dévoré un poulet entier à son retour de l'Hôtel de Ville, demanda du pain et des confitures – on avait tout cela sous la main car, comme par miracle, dans la nuit, les vieux fours avaient été chargés de bois, les cuisines s'étaient brusquement garnies de monde, moitié grâce à des gens venus de Versailles en fiacre ou en chariot avec leurs ustensiles, leurs broches et leurs lardoires empaquetés dans des toiles, moitié par des cuisiniers et des gâte-sauces recrutés par le gouverneur dans les restaurants du Palais-Royal.

Marie-Antoinette se livra à ses dames pour la toilette, éprouvant aussitôt une impression nouvelle : c'était la première fois, depuis bientôt vingt ans qu'elle se trouvait en France, qu'elle pouvait être lavée, coiffée, parée sans le ballet incessant et syncopé des princesses et des duchesses qui se disputaient l'honneur de lui donner sa chemise, ou de lui passer ses gants et ses peignes. Cette cérémonie, qui habituellement la mettait à la torture, durait plus d'une heure, puisqu'il fallait toujours tout recommencer si après une duchesse entrait une princesse de Condé ou d'Orléans et si, après cette princesse, entrait une fille de France, l'une des tantes du roi ou l'une de ses revêches belles-sœurs savoyardes : les comtesses de Provence et d'Artois. Cette fois, elle en fut quitte en un quart d'heure et ce fut la première chose qui la rendit presque joyeuse.

Alors, elle entra dans la chambre de ses enfants. Le dauphin se trouvait dans un lit à la polonaise recouvert d'un riche taffetas doré, mais sa sœur avait été installée sur un simple matelas posé à même le parquet. Les femmes de chambre ordinaires de la jeune princesse, Mmes Bazire et de Navarre, ainsi que deux demoiselles prêtées par de riches courtisans se tenaient dans un coin de la pièce et venaient de faire disparaître derrière une armoire les nappes de lin enveloppant les coussins sur lesquels elles avaient dormi. Les deux premières firent une courte révérence et, à leur stupéfaction, Marie-Antoinette, émue de les retrouver là, alla les embrasser ; les deux autres jeunes filles, impressionnées par l'arrivée de la reine, n'ayant pas l'habitude des civilités prestes et naturelles qui se pratiquaient dans les petits cabinets de Versailles où un simple hochement de la tête suffisait en sa présence, s'abîmèrent dans une longue révérence.

La reine alla réveiller sa fille.

– Allons, Mousseline, allons !... C'est une rude journée, car il va falloir nous accommoder ici !

– Ah ! Maman... Quand retourne-t-on à Versailles ?

– Cela n'est plus de notre décision, ma fille, il va falloir nous habituer à quelques nouveautés.

Le dauphin venait d'ouvrir l'œil à son tour.

– Que c'est laid ici, maman ! Que c'est triste ! Je ne veux pas rester.

– Mon fils, Louis XIV s'en contentait !... Allez, levez-vous et faites-vous beau car il faudra sans doute de nouveau se montrer au peuple.

– Ce peuple est bien méchant puisqu'il coupe la tête de nos gens.

– Aujourd'hui sera plus calme... Mettez-vous aux fenêtres et observez, tout est tranquille. Ceux qui sont là, dans le jardin, n'ont pas de mauvaises intentions.

La reine laissa ses enfants aux soins de ses servantes et, suivie de Mme de Vercel – la seule à savoir, en l'absence du reste de la maison royale, qu'elle ne devait jamais se trouver seule –, alla à la rencontre du roi ; ce qui serait apparu d'une étrangeté inouïe vingt-quatre heures plus tôt.

Elle traversa un long couloir rythmé de bustes de marbre posés sur des socles de brèche ou de sarrancolin et arriva dans un salon où se tenaient une vingtaine d'officiers, gardes nationaux pour une moitié, gardes de la maison du roi pour l'autre. On ne pouvait les distinguer car la plupart étaient accourus à Paris dans la nuit sans prendre le temps d'emporter leur uniforme de service.

Il y eut un murmure d'étonnement à voir paraître la reine, le matin si tôt, sans suite, sans garde, sans cortège, puis aussitôt un frisson d'admiration à pouvoir la contempler si droite et si digne après ces heures d'épouvante. Tous s'inclinèrent et deux valets qui, chose extraordinaire, n'étaient pas vêtus de la même façon poussèrent les deux battants de la porte de l'antichambre du roi – l'un de ces domestiques était un des garçons bleus que l'on voyait à l'entrée de chaque pièce à Versailles, en habit de drap couleur du ciel ; l'autre, venu de chez le duc de Richelieu pour suppléer au service, était beaucoup plus richement nippé, en habit de satin argent.

L'antichambre était vide mais, par la porte ouverte, parvenait de la chambre royale une conversation au ton presque joyeux où se reconnaissait la voix chaleureuse du roi.

– Comment ça, Sandrancourt, mais le pain de Paris est le meilleur du monde... Regardez-moi ces brioches bien dorées ! Décidément, ma capitale est une ville de ressources.

Louis XVI, la bouche encore pleine, courut au-devant de sa femme avec un grand sourire.

– Madame ! Je le disais à l'instant à Sandrancourt, au moins aurons-nous ici de la belle boulangerie... Mais avez-vous bien dormi ?

– Peu, mon ami, bien peu... Je n'avais pas...

– Oh ! Quant à moi, ma bonne, j'ai cédé à un sommeil de plomb. Ce gros poulet d'Houdan en plein milieu de la nuit m'a vraiment repu et ce petit vin de Nuits... Ah ! ce petit vin de Nuits !

– Sire, il faut aviser...

– Aviser à quoi ? La Fayette vient à 10 heures et je m'en remets totalement à lui... Ne nous a-t-il pas déjà sauvés hier ?

– Certes, Sire, mais n'oubliez pas non plus que c'est son sommeil qui a failli nous perdre.

– Oh ! Oh ! C'est un homme, et un homme a besoin de dormir !

– Mais, mon ami, quand vous verrez le général, il faut tout de même avoir une ligne de conduite... Il faut tout d'abord faire venir M. Necker ici. Il est votre « premier ministre des Finances » – c'est son titre, puisque vous le lui avez rendu au 15 juillet dernier... Et nous ne pouvons lui disputer cela car il jouit de la popularité publique.

– Que voulez-vous, Madame, le ministère est à Versailles, les députés sont à Versailles et moi je suis ici... Que faire pour l'heure sinon m'en remettre aux bons offices du héros des Américains qui est aujourd'hui aussi le héros de toute la jeunesse de France ? Et puis, et puis, tout cela va sans doute se résoudre bien vite... Les ministres et les députés me suivront à Paris ou bien, s'ils se décidaient à rester là-bas, il faudrait que je retourne parmi eux à Versailles... Les uns ne peuvent pas aller sans les autres, c'est comme cela dans le nouvel ordre des choses.

Mais en attendant, puisque le peuple de cette ville semble vouloir nous avoir parmi lui pendant un certain temps encore, il faut le contenter… Nous devons nous installer !

– Oui, je compte bien m'y employer. Mais il va falloir beaucoup réduire et restreindre.

– N'avons-nous pas, Madame, trop de choses et trop de monde autour de nous, ainsi que vous me le disiez quelquefois dans les commencements de notre mariage ? Pour moi, je me ferai parfaitement à toutes ces diminutions pourvu que l'on ne réduise pas mon train de chasse… D'ailleurs, je compte bien mener mes équipages du côté des forêts de Vincennes et de Sénart où mon grand-père Louis XV chassait autrefois quand il résidait dans son château de Choisy. Ces parties de mes domaines, abandonnées depuis un demi-siècle, doivent être aujourd'hui particulièrement giboyeuses.

Marie-Antoinette ne s'étonnait plus depuis longtemps de ces réparties de son mari que, au plus gros de ses fous rires avec la comtesse de Polignac ou la princesse de Lamballe, elle appelait « mon bonhomme le roi » ; elle parut tout de même effarée que, dans d'aussi graves circonstances, son attention ne se portât qu'à des soucis cynégétiques.

– Nous sommes aujourd'hui mercredi, mais, Sire, je suis d'avis que l'on fasse notre grand couvert familial du vendredi pour que nous dînions avec nos enfants… Cela les rassurera. Il est tant de choses autour d'eux qui leur paraissent nouvelles et inquiétantes.

– Oui, oui, ma bonne, faisons notre couvert familial avec ma sœur Élisabeth, mais avec de la viande puisque comme vous venez de le dire ce n'est pas aujourd'hui vendredi. On m'a déjà entretenu des terrines de lièvre et de faisan d'un certain traiteur de la rue Saint-Honoré, Pignot, et des poulardes d'Houdan farcies d'un fameux rôtisseur de la rue Montorgueil, M. Tribolet… Excellent, tout cela, paraît-il…

La reine salua et s'en retourna chez elle, convoquant pour 10 heures le gouverneur du palais afin de parer avec lui aux décisions les plus urgentes. Revenue dans sa chambre, elle pria Mmes de Vercel et Thibaut de la laisser seule un moment. On venait de faire du feu dans sa cheminée seulement maintenant, et la pièce n'avait pas encore pu se réchauffer ; les murs, lorsqu'on les touchait, ruisselaient d'humidité.

Marie-Antoinette jeta sur ses épaules une large étole de zibeline que lui avait envoyée une duchesse – elle ne savait plus laquelle – et prit le livre de prières qu'elle avait emporté dans le petit coffret d'argent qui ne la quittait pas, en même temps qu'un carnet de raison à couverture de velours et reliure d'or dans lequel elle notait parfois ses pensées. Elle sentait à cet instant le besoin impérieux de marquer la date de ce jour dont elle ne doutait déjà plus qu'il fût pour elle comme la première station d'un long chemin de croix. Elle tourna les pages couvertes de son écriture hésitante et malhabile – elle n'avait jamais su écrire lisiblement, mais elle parvenait pourtant chaque fois à se relire, preuve de sa bonne mémoire.

La dernière mention de sa main datait du 6 avril, cela faisait donc six mois exactement.

> Course de bagues du printemps à Trianon. Le soir, je tiendrai le rôle de la limonadière devant mon petit théâtre, puis nous jouerons ensuite *Zémire et Azor* de Marmontel. Artois fera Azor, Yolande de Polignac, Zémire, Vaudreuil, Ali ; je n'y jouerai pas. M. de Fersen y sera, Lamballe le conduira dans ma loge dès que le rideau sera levé.

Elle lut et demeura songeuse. C'était l'évocation de plaisirs qui lui semblaient attachés à une autre vie que la sienne, de joies déjà enfouies sous la neige des souvenirs.

Depuis, Mme de Polignac avait quitté la France, Artois aussi, et Trianon, où elle se trouvait encore trois jours auparavant, avait peu à peu perdu de son éclat du fait de l'amoncellement à l'horizon de tant de nuages noirs. Et, ce matin, tout ce qui avait fait le charme de ce séjour des délices – le petit palais, le hameau, la tour de Malbrough, la laiterie, le théâtre, le temple de l'Amour… –, lorsqu'elle jetait un regard tout autour d'elle, lui paraissait aussi lointain qu'une pagode de la Chine.

Aussi, pour ajouter quelques lignes à la suite dans ce carnet, éprouva-t-elle le besoin de tirer un grand trait. Et elle écrivit au-dessous en s'appliquant :

> 7 octobre 1789. Je suis à Paris avec le roi et mes enfants, nous sommes presque seuls, sans nos anciens amis, sans la pompe accoutumée de Versailles et nous y commençons une autre vie. Puisse Dieu nous aider au milieu de ces convulsions et faire que cette existence nouvelle nous soit douce, familiale et heureuse. Puisse une vie aussi simple que celle que j'ai connue enfant à Schönbrunn et à Vienne racheter les dissipations passées, faire notre bonheur personnel et celui de la France.

Songeuse, elle jeta un peu de poudre sur l'encre et, à cet instant, une larme – une seule, parce qu'elle avait appris à maîtriser ses émotions – raya sa joue.

En venir là ?… Dans ce grand salon triste, décoré d'un bric-à-brac qui sentait son temps de Louis XIV, complété d'oripeaux du règne suivant. Pourquoi y avait-il eu entre son enfance princière mais rude et ce jour d'accablement cette parenthèse féerique qui n'était pas la vraie vie ? Tout cela venait de retomber comme les escarbilles d'un feu d'artifice… Restait maintenant, dans cette clarté crue qui devait être celle de Paris et à laquelle elle allait devoir s'habituer, à scruter les dures évidences : la faillite de l'État, la disette du peuple, l'aspiration générale à la liberté… Donner des réponses rapides à tout cela si l'on ne voulait pas se trouver rapidement englouti. Telle était l'impérieuse nécessité : elle le savait. Elle était décidée à relever le défi ; à changer, à faire sur elle-même la plus radicale des révolutions. Mais le peuple était-il encore disposé à donner du crédit à la princesse frivole ? Pourrait-il croire qu'elle puisse seulement concevoir l'idée de renoncer à ce à quoi jusque-là elle avait paru tenir plus qu'à sa réputation ?

Elle s'approcha du miroir posé au-dessus de la cheminée, un miroir d'autrefois composé de trois parties et qui rendait une image argentée. Il était inondé d'une lumière qu'elle n'avait jamais vue si grise – la lumière de Paris, décidément. Elle prit le temps de s'examiner attentivement ainsi qu'elle ne pouvait jamais le faire à Versailles, toujours observée par des suivantes ou par des courtisans. Elle fut satisfaite d'abord de son air de majesté intact et de son port de tête toujours altier. Puis, devenant chaque seconde plus pensive et plus critique, elle scruta son menton alourdi et qui bientôt s'affaisserait, sa lèvre inférieure naturellement épaisse comme chez toutes les femmes de la lignée des Habsbourg mais qui s'était avancée et à demi tordue jusqu'à paraître dédaigneuse ; elle suivit enfin le long cheminement du réseau des rides autour de ses yeux dont la première datait des affres de l'affaire du collier – une épouvantable escroquerie dans laquelle sa bonne foi avait été surprise mais dont toute son insouciance d'alors avait amplifié l'épouvantable rumeur jusqu'à lui faire perdre définitivement le chemin du cœur des Français.

C'était en 1785. Elle vivait dans la plus grande frénésie de plaisir, et onze années de règne, dans une ivresse de fêtes perpétuelles, l'avaient définitivement grisée. Elle était sous la domination des Polignac dont elle avait élevé la famille d'une façon inouïe, en particulier de Yolande, la belle comtesse; cette favorite née trop pauvre pour avoir vraiment le sens de la dissipation qui finit par rendre les princes populaires. Elle était tout au contraire avare, jalouse, harpie. À cette même époque, il y avait Fersen, qu'on lui prêtait pour amant : elle ne lui avait jamais rien cédé, mais elle était émue par son regard noir et ses manières si gracieuses. La Cour avait jasé sur le faible qu'elle nourrissait pour le beau Suédois...

Souvenirs si lointains à présent qu'ils ne paraissaient même pas lui appartenir.

Depuis quatre mois maintenant, lorsque Marie-Antoinette s'échappait de la sorte dans les songes, son esprit, après avoir vagabondé au milieu des images joyeuses et brillantes des temps insouciants, finissait par se fixer inexorablement sur la figure pâle et maladive de son fils aîné, le premier dauphin, mort en juin. Elle revivait le jour de l'ouverture des États généraux, le 5 mai, point culminant de ses caprices de luxe quand pour la dernière fois elle avait porté les plus beaux bijoux de la Couronne. On avait placé le dauphin dans une nacelle d'osier à l'une des fenêtres du château afin qu'il ne perdît rien du spectacle du cortège en route pour frapper les trois coups de la Révolution... Il devait mourir quatre semaines plus tard.

La vision de cet enfant moribond ne la quittait plus. Elle datait de ce moment-là le début d'une suite d'événements qui, de jour en jour, n'avaient cessé de devenir plus funestes. Cela la réveillait en sursaut et la plongeait dans une irrépressible tristesse.

À 10 heures précises, elle fut tirée brusquement de ses pensées. On lui annonça que M. de Joncourt, le gouverneur du château, attendait dans l'antichambre avec ses officiers.

Elle se redressa, reprit son port majestueux, vérifia l'arrangement de sa coiffure, puis appliqua derrière son oreille quelques gouttes d'eau de Chypre. La femme affligée était redevenue glorieuse. On le voyait dans toutes ses attitudes, on l'entendit même dans la première phrase qu'elle adressa au gouverneur :

– La reine de France veut bien être à Paris, mais elle ne veut pas vivre dans les courants d'air !

Versailles, ce même 7 octobre, était comme un navire de haute mer qui aurait rompu ses amarres. Quelques gardes royaux – des Cent-Suisses, des Gardes-Françaises – veillaient sur les vestibules d'un château désert et sur des cours où ne circulait plus aucun équipage. Toute la matinée, des chaises, des chars et des carrosses avaient stationné au bas de l'escalier de la reine pour emporter des meubles, des objets, du linge, des vêtements dont les officiers de la maison du roi et les dames de la maison royale, restés sur place, avaient composé la liste. Les grilles, après leur départ, s'étaient définitivement refermées et, sur les 3 heures de l'après-midi, inhabituellement tôt donc, on avait fermé les volets. Le palais s'était endormi pour une seconde nuit sans ses maîtres, comme indifférent, dans sa beauté épargnée, aux bouleversements du dehors.

À deux pas de là, l'Assemblée nationale, si bruyante et si agitée quand les femmes de Paris marchaient sur Versailles, était pétrifiée par ce qui venait de se produire : le roi, qu'elle avait longtemps regardé comme son propre otage, lui avait été ravi par la force imparable du peuple, une puissance qu'elle découvrait brusquement et avec effarement supérieure à la sienne.

La salle des Menus-Plaisirs était quasi déserte : la séance de la matinée avait été annulée et celle du soir reportée à 6 heures. Les représentants de la nation étaient les uns chez les autres, dans les garnis qu'ils partageaient souvent à plusieurs, dans les appartements qu'ils louaient et, pour les plus fortunés, dans les riches hôtels particuliers qu'ils possédaient à proximité du palais. D'autres s'étaient réunis dans les restaurants dont le nombre, depuis l'arrivée de plus de mille élus amenant souvent avec eux de leur province un domestique et un secrétaire, avait décuplé en six mois.

Ils raisonnaient âprement par clans, par provinces, par affinités sur la suite des événements : les plus ardents, partisans de la liberté nouvelle, plaidaient pour que les États généraux devenus Assemblée nationale restent à Versailles et poussent les réformes et la rédaction de la Constitution à l'abri des pressions de la capitale. C'était une vue assez inconséquente, assez risible même : la Révolution pouvait-elle se poursuivre dans la ville du roi, celle des plaisirs et des dissipations, tandis que le monarque lui-même se tiendrait dans Paris au milieu du peuple ? Les plus avisés, comme Mirabeau, considéraient que la Révolution avait déjà fait l'essentiel, qu'il fallait en suspendre la phase active sous peine d'emballement : ils tenaient pour le transfert immédiat de l'Assemblée à Paris, ayant déjà compris que la représentation de la nation était menacée de l'émeute et qu'il ne fallait pas, en plus, laisser le peuple dicter sa loi au dépositaire de la souveraineté exécutive isolé dans son château des Tuileries.

Or, justement, Mirabeau se trouvait ce soir du 7 octobre à l'hôtel de La Marck, à deux pas de la Surintendance où Necker n'avait pas bougé de son bureau, tout étonné du brusque emballement des événements et se demandant comment il pourrait – lui, l'homme toujours adulé du peuple – reprendre barre sur eux.

La Marck, héritier de l'une des plus anciennes lignées ducales françaises, était également prince du Saint Empire – prince d'Arenberg –, du fait de ses possessions en Flandre. Il réussissait le tour de force d'être à la fois l'ami du député d'Aix-en-Provence et l'un des confidents du roi – sorte d'intermédiaire entre la Révolution en marche et la monarchie crispée. Tout comme Mirabeau, il était persuadé de la nécessité de jeter au plus vite des passerelles entre l'ordre ancien auquel sa naissance le rattachait et la société refondée et plus juste à laquelle aspiraient ceux qui, comme lui, avaient lu Rousseau et soutenu le grand œuvre de l'*Encyclopédie*. De ses origines, il tenait la modération, la prudence, l'attachement à des modes de raisonnement longs et patients ; mais il avait aussi une idée assez précise du nouvel ordre des choses et savait que les bornes du progrès devaient avancer suffisamment si l'on ne voulait pas recommencer presque aussitôt avec les troubles et les désordres.

Mirabeau voulait que l'Assemblée aille à Paris pour servir de trait d'union entre le peuple et le roi ; La Marck souhaitait que Mirabeau et le roi se parlent au plus vite pour sceller le principe d'une nouvelle monarchie régénérée selon le pacte constitutionnel.

– Oh ! La Marck, vous qui voulez sans cesse faire s'accorder les contraires, vous direz ce que vous voulez, mais La Fayette, cet homme de peu de cervelle, vient une nouvelle fois de me porter un coup cruel... Il accrédite l'idée que j'ai comploté hier, en liaison avec le duc d'Orléans... Que nous avons voulu ensemble jeter à bas la monarchie, peut-être même faire massacrer le roi et sa famille par le peuple de Paris en colère... La Fayette, une fois de plus, se trompe. Il devrait comprendre combien nous aurions intérêt à travailler ensemble pour sauver ce qui doit l'être.

– J'en suis bien convaincu, Gabriel... Je sais que vous êtes innocent des menées dont vous accuse le général. Hier, vous n'étiez pas dans l'émeute. Vous étiez chez moi ou à l'Assemblée, toujours à mes côtés ; en tout cas jamais en train d'exciter le peuple. Votre action a une logique que les gens ne perçoivent pas encore... On vous croit à tort l'ennemi du roi...

– Parce que je crie plus fort que les autres pour exiger les changements nécessaires ! Est-ce ma faute à moi si j'ai la voix qui porte ?

Il s'était campé devant la cheminée du salon de son hôte. De son grand corps émanait une formidable impression de puissance. Son affreux visage semait l'épouvante dans les assemblées – la petite vérole l'avait constellé de cratères et un onguent inapproprié que lui avait appliqué sa mère l'avait ensuite boursouflé comme le cuir d'un vieux crocodile. Il dépassait tout le monde de la tête, arborant une imposante perruque blanche, crépue et taillée en forme de montgolfière. Il avait un corps d'athlète, une taille encore bien prise malgré les excès de la table, des épaules carrées et des cuisses musculeuses qui rappelaient que, jeune, dans la pension de l'abbé Choquart, il avait intensément pratiqué la natation dans la Seine. Devant ce diable sensuel, les dames et les demoiselles écarquillaient les yeux, et les plus délurées ne tardaient pas à s'abandonner aux assauts de cet homme dont le mufle froissé appuyait la bestialité.

– Pour Orléans, avait estimé La Marck, être accusé de complot, c'est bien naturel... Sa conduite depuis le début de la Révolution prête à tous les soupçons.

– C'est surtout exact, avait renchéri le député d'Aix, puisque l'on sait bien que les piques de l'émeute d'hier, pour une bonne part, ont été forgées à Paris, dans les écuries de son palais... On sait aussi qu'au premier rang des émeutières se trouvaient une cinquantaine d'hommes travestis en femmes et parmi eux le duc d'Aiguillon en personne, meilleur ami de ce prince.

– Ce sont des têtes folles et désorganisées qui n'ont pas plus d'idées que La Fayette... D'ailleurs, ces gens-là se haïssant, ils vont s'annihiler !

– Non, La Marck, il faut bien voir les choses : La Fayette, à présent, soutiendra le roi mais à sa manière, toujours tenté par la brutalité et le coup de force militaire.

Il est urgent que, contre tous ces égoïsmes et ces petits calculs, le roi reprenne l'initiative, qu'il se coalise avec son peuple et qu'il tire sa popularité non plus des rêveries divines du sacre mais de sa capacité à faire bloc avec la nation.

– C'est pour cela que vous étiez décidé, en septembre, à vous battre pour le veto absolu...

– Oui, et j'ai été désavoué par Louis XVI lui-même, puisque, encouragé par le triste Necker, il a décidé de se satisfaire d'un veto simplement suspensif. Erreur fatale ! Le roi ne doit pas être cette pièce des échecs qui ne bouge que d'une case par coup... Il ne doit se laisser dicter sa volonté par personne.

– Et le moyen maintenant qu'il a été mis de force aux Tuileries !

– Le moyen ! Mais, monsieur le duc, nous sommes en octobre et le gibier abonde, il faut qu'il quitte la capitale pour faire ce qui est le plus naturel à un roi : chasser avec ses équipages. Qu'il aille dans ses châteaux de la Loire et qu'il retourne passer l'hiver à Rouen... Qu'il laisse Paris s'agiter ! Qu'il n'y soit pas tenu en otage ! Il peut tout faire sauf mettre ne serait-ce qu'un orteil hors des frontières du pays.

Le lendemain, l'Assemblée, secouée dans ses doutes et ses indécisions par la voix puissante de Mirabeau, se déclara « inséparable du roi » et décida de venir à Paris. Elle s'installa dans le Manège des Tuileries qui se trouvait à trois cents pas du château royal. C'était une salle malcommode, à l'acoustique encore plus déplorable que celle des Menus-Plaisirs à Versailles, et où les députés allaient devoir s'entasser sur des gradins étroits et pentus, se serrer sur des banquettes inconfortables. Les menuisiers charpentiers eurent beau travailler jour et nuit, la première séance parisienne de l'Assemblée, le 19 octobre, dut avoir lieu dans la grande salle de l'archevêché aménagée à la hâte. Versailles, ce jour-là, devint définitivement cette cité des ombres et des fantômes qu'elle ne devait presque plus jamais cesser d'être par la suite.

Tout allait se passer dès lors dans l'arène de Paris où le roi et l'Assemblée se trouvaient désormais exposés à l'humeur des soixante districts, tous peuplés d'agitateurs prompts à s'émouvoir sur la moindre rumeur et à organiser l'émeute au plus petit mot d'ordre.

Le Palais-Royal, nombril et épicentre des mouvements qui au début de l'été avaient porté la foule à la Bastille, était la lanterne magique dans laquelle continuaient de défiler toutes les passions du temps.

Les cafés y étaient tous marqués d'une sensibilité politique particulière : le Café de Foy par exemple accueillait les députés de la gauche, le Café militaire était celui des officiers en poste à la Cour aux Tuileries. Et, pour les restaurants ou bouillons – ainsi qu'on les appelait car ils servaient une manière de pot-au-feu perpétuel –, Mafs, était le quartier général des contre-révolutionnaires, en particulier de l'énorme frère de Mirabeau, que l'on surnommait « Tonneau » pour l'opposer à son aîné « Tonnerre ». Il y avait sa table réservée et abonnée au mois. Tout en vociférant contre les « constitutionnaires » et, de plus en plus souvent, contre le roi lui-même, accusé de trop de mollesse, le « vicomte » y engloutissait des huîtres qu'il commandait par cent, des gigots, des côtelettes, des volailles pour cinq et qu'il dévorait seul. À seulement vingt pas de cet établissement dont les patriotes faisaient souvent voler les vitres en éclats – à tel point que Mirabeau « le jeune » allait être prié, à la fin de l'année 1789, de résilier son « abonnement » –, se tenait le restaurant Février, lieu de rencontre des citoyens d'une opinion toute contraire.

Les clubs fleurissaient à proximité, en particulier dans le cirque à demi enfoui sous les jardins, qui pouvait contenir à peu près deux mille personnes, construit selon la mode anglaise pour servir de cynodrome ; les lévriers n'y couraient plus mais c'est là que se réunissait le Cercle social de l'abbé Fauchet qui s'exprimait dans un journal, la voix la plus outrée alors de la Révolution : *La Bouche de fer*. François Robert y plaidait presque ouvertement pour la fondation d'une république et son épouse, Louise de Kéralio, y faisait des proclamations hardies pour le droit des femmes.

Dans la chancellerie d'Orléans, face au palais, s'assemblait le club des Patriotes présidé par La Fayette et où Mirabeau paraissait parfois pour y faire entendre sa voix puissante. Ce club, qui devait devenir au printemps suivant la fameuse Société de 1789, était le seul endroit où ces deux hommes – à cause du rituel maçonnique qui y était observé – acceptaient de se parler sans s'étriper.

La grande question du moment était celle de la portée du mandat des députés : elle n'était pas tranchée. L'abbé Sieyès tenait pour la toute-puissance et l'autonomie d'action et de décision des hommes investis par le suffrage populaire. Cela avait permis aux États généraux de devenir l'Assemblée constituante : les députés avaient décidé de ne pas se séparer sans avoir donné une Constitution à la France. Depuis, le député de Provence avait infléchi sa position. Quelques jours, en effet, lui avaient suffi pour distinguer ce qu'il y aurait bientôt de pernicieux dans la pratique politique du parlementarisme : la passion si française de discuter à l'infini pour, au bout du compte, s'entendre plus ou moins secrètement dans de longs compromis boiteux et stériles. Ainsi l'Assemblée finirait par se survivre indéfiniment, uniquement dédiée à ses seuls besoins. Du coup, il avait repris une partie du raisonnement de Jean-Jacques Rousseau, partisan de la démocratie genevoise et du mandat impératif qui obligeait les députés à rendre compte en permanence à leurs électeurs de leurs actes et de leurs paroles. C'est pourquoi, pour informer ses électeurs, il avait créé un journal, intitulé *Lettre du comte de M... à ses commettants.*

Mirabeau, dans ce tumulte, était comme Janus. Il avait deux faces : solide, raisonnable, intransigeant, dès lors qu'il s'agissait de la tranquillité publique ou des institutions ; généreux, plein d'élan quand il était question des buts philosophiques vers lesquels la Révolution devait tendre. Mais, compte tenu des égoïsmes, il allait avoir beaucoup de mal à être suivi.

Un débat crucial, le 29 octobre, devait démontrer l'esprit subtil, lucide et prophétique de cet homme.

La discussion portait sur les conditions à remplir pour être électeur ou élu, engagée par l'affirmation du principe énoncé par le député Duquesnoy : « Nul n'est vraiment citoyen, s'il n'est aussi propriétaire. » Mirabeau fut l'un des seuls à réclamer l'instauration d'un suffrage universel masculin sans distinction fondée sur la richesse. Or, le régime électoral qui fut adopté ne concernait que le tiers des citoyens mâles vivant en France – les domestiques en étaient exclus, sous prétexte qu'ils pourraient être influencés par leurs maîtres, ainsi que tous ceux qui ne payaient aucun impôt, tout comme ceux qui ne possédaient pas de bien immobilier.

Trois fois, le député d'Aix, qui voyait les conséquences de cet « ostracisme électoral », monta à la tribune, en vain. Après le dépôt de l'amendement sur la nécessité de posséder un bien immobilier, il s'écria : « Quelle loi peut persuader le peuple que cette classe des possédants est la seule et que, hors d'elle, ne se trouve que le rebut de la confiance ? »

Il fut dès lors convaincu, compte tenu du nombre des « exclus », qu'une guerre civile serait inévitable en France pour instaurer un ordre neuf. « La guerre civile plutôt que l'anarchie ! » disait-il à La Marck dès cet automne de 1789.

– Personne n'en a les moyens ! lui répondait le prince du Saint Empire, duc et pair de France.

– Vous vous trompez, La Marck, lui répliquait Mirabeau, la guerre civile est la seule qui se fasse sans argent. D'ailleurs, dans les circonstances présentes, elle serait courte et permettrait de clarifier les choses !

Blanchot observait ce vaste mouvement. Il y adhérait avec confiance et il pensait que lorsque autant de gens prennent fait et cause pour la liberté, ils finissent forcément par s'accorder, se montrer libéraux, cordiaux, fraternels. Rien ne permettait d'envisager les choses de façon aussi sombre que le prophétisait Mirabeau.

Blanchot, qui consacrait sa vie au service du bien public et des idées, semblait jouir de la faculté de se démultiplier puisque, peu après l'arrivée de la Cour à Paris, il prit encore le temps d'assister aux réunions de la Société de la Révolution qui avait suivi l'Assemblée nationale lorsqu'elle s'était installée dans la capitale. Cette société tenait ses séances, à deux pas des Tuileries, dans un sous-sol du couvent des Jacobins de la rue Saint-Honoré. Ce club – comme on commençait à dire alors par imitation des sociétés anglaises de réflexion – était le successeur de la première institution du genre fondée, à Versailles, dans le sillage des États généraux : le Club breton, créé six mois auparavant par des députés venus de cette province – une province dont la représentation ne comptait aucun aristocrate, car la noblesse de Bretagne avait refusé de déléguer aux États généraux. Jusqu'au 15 octobre, les participants à ces réunions s'étaient réunis non loin du château royal, dans la cave sans jour d'un cabaret de l'avenue de Saint-Cloud. Composé au départ d'hommes venus d'une même contrée, le club s'était vite étoffé, à cause justement de la qualité de ses débats, de la présence des principaux orateurs de l'Assemblée : l'abbé Grégoire,

Sieyès, les frères Lameth, le duc d'Aiguillon, Pétion, Mirabeau, Robespierre, Volnay... qui y étaient tous apparus plus ou moins assidûment. Transférés à Paris, les membres s'étaient d'abord réunis pendant quelques semaines place des Victoires, au numéro 7. Mais ses fondateurs craignant que le bureau ne soit noyauté par des représentants de la noblesse habitant les beaux hôtels de la rue de Richelieu et de celle des Petits-Champs, ils furent accueillis à la mi-novembre par les dominicains du couvent des Jacobins.

Ces moines audacieux – pourtant déjà menacés de suppression sous prétexte de la prohibition des vœux perpétuels récemment considérés comme attentatoires à la liberté – avaient proposé leur hospitalité à ces hommes aux idées avancées. Le nom de « jacobins » leur venait de leur plus ancien couvent établi rue Saint-Jacques.

La Société de la Révolution prit le nom de Société des amis de la Constitution, puis fut rebaptisée presque aussitôt par les royalistes qui voyaient d'un mauvais œil ces réunions, au départ secrètes, du nom qui devait lui rester : le club des Jacobins. De cette appellation péjorative à l'origine, ses membres successifs allaient se parer bientôt comme d'un titre de gloire.

Le club allait apparaître d'emblée comme le creuset des idées nouvelles, l'arène où se préparaient les projets et les motions destinés à être portés sur le bureau de l'Assemblée, bref, le lieu où l'on essayait les discours et les coups de gueule que l'on reproduirait le lendemain du haut de la tribune nationale, dans la salle du Manège.

C'est aux Jacobins, sous le regard attentif de Blanchot, que Mirabeau prépara les deux grandes batailles de ce premier automne de la France changée : l'une qu'il allait gagner avec l'active complicité de Talleyrand-Périgord ; l'autre, celle du ministère, qu'il devait perdre, car il était une fois encore bien trop en avance sur son époque.

Il arrive souvent que les choses les plus nouvelles et les plus audacieuses passent comme de simples averses tant elles sont énormes. Ce fut le cas pour l'affaire de la vente des biens du clergé. Il fallait pour cela l'alliance de deux des plus grands esprits politiques du temps : Mirabeau et Talleyrand. Complices depuis huit ans déjà dans les affaires de finance et de diplomatie, ils se chamaillaient à tout bout de champ mais se comprenaient à merveille.

La connivence des deux hommes n'était un secret pour personne. Leur analyse des événements, en cet automne de 1789, concordait parfaitement. Ils avaient l'esprit vif, lucide et inventif, mais leur mental s'enracinait dans l'ancien temps. Pour eux, une révolution était nécessaire, mais dans certaines limites. Il s'agissait surtout de dépoussiérer l'édifice des oripeaux de la superstition et du droit divin, de le refonder sur l'adhésion de la nation afin de le raffermir sur ses bases. Ils voulaient élaguer le bois mort pour que l'arbre se fortifie.

Le coup d'audace de Mirabeau et Talleyrand – leur coup de génie même –, en ce mois d'octobre 1789, avait été de proposer la solution pour résoudre la question du déficit et du financement des réformes : nationaliser les biens de l'Église et rendre les prêtres fonctionnaires. Il fallait pour imaginer une telle chose l'alliance de deux impies, respectueux toutefois de l'héritage moral de l'ancienne foi. L'une des questions les plus considérables de toute la Révolution fut réglée en deux semaines avec une déconcertante facilité due à l'habileté de ses deux auteurs et à la sidération de leurs collègues.

L'autre grande affaire de l'automne n'allait pas aboutir car Mirabeau comptait nombre de détracteurs qui craignaient son ambition démesurée. Il avait vécu à Londres toute une année et analysé les mœurs politiques de l'Angleterre, et était rentré pénétré de la conviction que les ministres, pour être efficaces, devaient être tirés du sein même de l'Assemblée et en refléter l'opinion dominante. Mais cette idée qui s'imposerait bientôt en France et servirait de clé de voûte à toutes les Constitutions n'allait pas dans le sens des hommes des premiers temps de la Révolution. Ils restaient fidèles au dogme formalisé par Montesquieu : l'exécutif devait être rigoureusement distingué du législatif.

Ainsi le roi devait-il trouver ses ministres parmi les meilleurs administrateurs du royaume : des techniciens éprouvés des finances, de la diplomatie, de l'armée, des grands corps d'ingénieurs, mais qui ne soient pas députés. C'était la responsabilité pleine et entière du monarque. Or, Mirabeau estimait ce système dangereux, car les ministres seraient forcément les souffre-douleur d'une Assemblée forte qui, lorsqu'elle les mettrait en cause, fragiliserait tout aussitôt le roi qui les avait nommés.

Mirabeau était favorable à une monarchie constitutionnelle et souhaitait, tout en restant député, obtenir un ministère qui servirait d'intermédiaire entre le roi et l'Assemblée. Il tenta de rallier La Fayette et Necker à sa cause, mais en vain.

L'Assemblée lui infligea un camouflet en votant contre sa proposition. Mirabeau, furieux mais surtout désolé, pressentit pour la France un avenir sombre.

Un soir, à la mi-novembre, Blanchot raccompagna Mirabeau par la rue Saint-Honoré jusqu'à son hôtel de la rue des Bons-Enfants, après une séance du club des Jacobins.

– J'ai bien peur, lui dit le député, que tout n'aille à vau-l'eau. Ce qui n'était jusque-là qu'une suite d'inconvénients mineurs – l'ineptie de Necker, la pusillanimité du roi, la grande déliquescence du ministère – va devenir un obstacle majeur : rien n'arrêtera plus l'Assemblée nationale dans son orgie de puissance...

— Il faut, c'est vrai, redoubler de vigilance, rétorqua Blanchot. Ne plus s'attacher au contenant – les institutions et la Constitution qui sont en bonne voie – mais plutôt au contenu que l'égoïsme des députés leur fera bientôt perdre de vue : l'affermissement de toutes les libertés, les progrès de l'instruction, le secours aux pauvres et à ceux que Rousseau appelait les « surnuméraires »...

— S'employer aussi, ajouta Mirabeau, à l'analyse poussée des comptes de la nation que, pour la première fois, nous allons pouvoir avoir sous les yeux. Calonne ou Necker, il y a peu encore, avaient beau jeu de nous annoncer des déficits qui n'étaient que le tiers de ce qu'ils étaient réellement. Personne ne pouvait les contredire...

— Aujourd'hui, ces comptes démontrent que la France est riche... Que le déficit pourrait se contenir facilement par la meilleure répartition de l'impôt et par une bonne utilisation du produit des ventes des biens du clergé que tu as le premier proposé de rendre à la nation.

— Ma plus grande audace, car je risquais d'allumer une nouvelle guerre de religion !... Et, de plus, c'est un évêque qui m'y a encouragé !

— M. de Talleyrand-Périgord n'est pas un évêque ordinaire.

— C'est un homme qui ne croit à rien !... Je m'entends bien avec lui mais je m'en méfie. Dès que je ferai un faux pas, il fera semblant de ne plus me connaître...

— Et tes rapports avec le château ?

— Inexistants, je le regrette... Le roi me regarde comme son ennemi. Il paraît même m'en vouloir depuis qu'en septembre j'ai soutenu le droit de veto royal alors que j'allais dans le sens de ses prérogatives... S'il savait pourtant combien j'ai envie de travailler en sa faveur. J'ai demandé à La Marck de lui faire savoir que j'étais de son côté. Mais la reine me déteste... Elle ne me pardonnera jamais le premier coup d'épaule que j'ai mis à l'édifice.

– Es-tu certain que Louis XVI soit acquis à l'idée de faire la Constitution et d'abandonner son pouvoir divin ?

– Il n'a pas le choix ! Pourtant, s'il essayait de me comprendre, il verrait bien que je ne cherche qu'à renouveler la vieille monarchie multiséculaire par un nouveau pacte de mille ans avec le peuple... Car, vois-tu, Blanchot, je compte encore faire des miracles pour cette Couronne ingrate : je travaille actuellement à lui maintenir un prestige intact en obtenant une liste civile qui soit au moins l'équivalent de ce que l'on dépensait autrefois à Versailles. On peut m'accuser de tout, mais je ne serai pas celui qui empêchera le roi d'aller à la chasse et la reine de donner des bals !

Le médecin se mit à rire.

– Oui, parce que tant qu'il chassera, tu auras la paix ! En somme, Gabriel, tu rêves d'être le Richelieu d'un nouveau Louis XIII !

– Sans la pourpre ! Car, enfin, m'imagines-tu en soutane ? Mais à quoi bon rêver ? La porte des Tuileries me sera toujours fermée... En revanche, elle sera toujours ouverte à La Fayette qui n'a pas un atome de jugeote et dont le roi réclame chaque matin les avis.

– Beaucoup d'incertitudes, donc ?

– Suffisamment pour être inquiet... Le désaveu que j'ai subi pour le veto et surtout pour le ministère, la semaine dernière, m'a flagellé : que faire avec un roi qui s'accroche à des hochets déjà abolis et qui refuse les considérables pouvoirs que lui conserve la Constitution en matière de guerre et de diplomatie ? Quant aux députés, ils se moquent des affaires du gouvernement, alors que les finances et la police, dans ces temps troublés, sont la première préoccupation des Français. Ces représentants indignes ne songent qu'à palabrer et accommoder leurs affaires particulières.

– Flagellé, vraiment ?
– Oui, mais pas découragé parce que je suis une bonne nature… D'ailleurs, arrête-toi à mon hôtel et fais-moi une ordonnance pour des fortifiants et des drogues. C'est du quinquina à grandes rasades qu'il me faut désormais pour affronter ce pays !

Blanchot n'avait jamais vu la capitale entrer dans l'hiver avec tant d'agitation. Dans ces plus courtes journées de l'année, quand la nuit tombe dès 5 heures, des attroupements se formaient aux carrefours. Devant les boulangeries, les interminables files de femmes étaient prétexte à des regroupements, même si la pénurie était moins criante qu'au début de l'année. Les assemblées sous le porche des églises ne relâchaient pas ; elles se poursuivaient tard, à la lueur des torches, et prenaient des allures de sabbat. On y parlait de tout avec confusion : de la Constitution, du pain qui allait manquer, des complots que la province préparait contre la capitale mais aussi de l'étranger qui commençait à s'inquiéter des bouleversements survenus en France et qui massait ses troupes aux frontières. Pourtant, l'un des sujets qui revenait le plus volontiers – dans la bouche des femmes surtout – était celui de la reine qui, disait-on, continuait aux Tuileries de dépenser à tort et à travers tandis que le peuple grelottait. On prétendait qu'elle passait ses nuits à écrire à ses frères en Autriche pour réclamer l'envoi de mercenaires.

Rentrant à la Charité ce soir-là, Blanchot trouva une lettre non cachetée qui avait été déposée par un huissier dans l'après-midi. Cette lettre, sans nom de l'expéditeur, ne portait que son patronyme tracé d'une haute et large écriture. Elle le sidéra dès qu'il l'eut ouverte : elle venait des Tuileries, elle était de la main de la reine en personne.

Palais des Tuileries, ce 28 novembre

Monsieur Blanchot,

Peut-être trouverez-vous qu'il y a quelque audace de ma part à vous relancer après être restée muette pendant bientôt huit ans. Vous aurez aussi le droit de ne pas me croire si je vous disais qu'il n'y a pas eu de semaines où, depuis tout ce temps, je n'ai songé à notre petit Lycée et regretté que mes préoccupations d'alors qui étaient encore toutes d'insouciance et de futilité – et surtout ma propre incurie – en aient suspendu de façon précipitée l'expérience.

Que vous dire à présent pour vous demander de porter à nouveau un regard charitable sur une femme qui a longtemps manqué de courage et qui s'est enferrée dans les plaisirs ? Je ne trouverai aucune excuse en moi-même. Ce sont les événements qui se sont chargés de changer la femme entêtée seulement de jouissance en une femme désireuse de penser au bien et qui recherche pour cela un gouvernail. Si, comme je le conçois, vous ne vous sentez nullement disposé à être ce mentor, cet ange gardien, ce confident, peut-être sauriez-vous me guider de quelques conseils utiles ?

Je suis consciente d'avoir encombré moi-même d'obstacles la route que vous m'aviez ouverte vers votre cœur, or, maintenant que, par la force des choses, me voici parisienne, il est au moins une chose positive dans ces affaires de mouvement d'une âme à l'autre, c'est que le chemin à parcourir pour me joindre sera pour vous plus court qu'autrefois.

Marie-Antoinette.

P.-S. Si vous aviez l'humanité d'accéder à mes prières, faites-le savoir à Mme de Tourzel, en lui écrivant au palais.

CHAPITRE TROISIÈME

La fée de Sèvres

La manufacture de Sèvres entrait dans la Révolution en pleine crise financière et artistique.

Dans les années 1770, la fabrique du roi, sous la direction de Boileau puis de Parent, avait connu une période si riche qu'elle s'était placée au tout premier rang des fabriques européennes. Les deux directeurs avaient mené de front des fabrications de pâtes tendres, aux glacis magnifiques, et des productions de pâte dure dont la maîtrise avait nécessité la mise au point de techniques nouvelles. La société royale tournait à cette époque à plein régime et même quelquefois au-delà du seuil de ses possibilités.

Parent ne regardait pas à la dépense pour contenter son exigence de perfection : les fours ronds de Guittard s'étaient généralisés et avaient permis de réaliser des cuissons homogènes. Quant au travail de l'or sur les surfaces tendres ou dures, il avait été simplifié et totalement maîtrisé. Enfin, un nouvel atelier de lapidairerie avait élargi la palette des possibilités décoratives.

Mais le directeur n'avait pas réalisé qu'un goût nouveau, tout de sobriété, gagnait la clientèle et en tout premier lieu le cercle étroit de la reine dans lequel se lançaient les modes. Marie-Antoinette s'était en effet entichée de dépouillement, à tel point que l'on parlait de *style sévère* pour désigner ce décor selon le goût du jour : des services blancs, ornés de simples bandeaux de fleurs ou de monogrammes. Ce caprice allait à l'encontre de la surabondance des moyens et de la perfection des procédés d'une manufacture royale destinée à promouvoir la rareté et le luxe.

La crise avait éclaté en 1778 avec le déficit abyssal de la Manufacture : trois fois le montant de la subvention versée par le roi chaque année. Le directeur et son comptable furent condamnés à rembourser solidairement le passif. À leur place, on nomma Antoine Régnier, travailleur, mais d'un génie plutôt terne, et Angélique Barrau comme comptable, première femme à occuper de si hautes fonctions dans une entreprise de l'État.

Bertin, seul ministre à avoir surnagé en 1774 au moment du décès de Louis XV, était le véritable tuteur de Sèvres. Esprit éclairé, il avait, avec l'aide de Régnier et d'Angélique Barrau, redressé la Manufacture, un moment menacée par l'incurie de Parent.

La simplification générale du goût entraînait une modification de la répartition des tâches : moins d'or, moins de façonnage, un décor minimal. Cette économie de moyens revenait à mettre la très technique Manufacture royale en concurrence directe avec les petites fabriques du Limousin ou des faubourgs de Paris ; ateliers où se fabriquaient de belles vaisselles simples, conformes au goût de bourgeois désireux de manger dans de la porcelaine à un prix abordable ou de princes tourmentés par l'envie de vivre en paysans. Le temps était loin où Mme de Pompadour pouvait protéger Sèvres par des privilèges. La Manufacture n'avait plus l'exclusivité de l'utilisation de l'or ou de certaines couleurs.

Bertin et Régnier avaient donc entrepris en douceur mais avec ténacité de réorganiser le travail des équipes et de rationaliser les procédés. Ils avaient par ailleurs baissé les prix – à la demande expresse de Louis XVI soucieux, conformément aux idées du temps, de «démocratiser» le luxe. Le roi tenait par-dessus tout à ce que sa manufacture soit en véritable concurrence avec celles qui se créaient ailleurs : trois ou quatre petites manufactures à Limoges, à proximité des sources de kaolin; et, à Paris et à ses portes, la fabrique de La Courtille, à Belleville, fondée rue de la Fontaine-au-Roy par les céramistes Locré et Russinger; mais aussi celle patronnée par la reine, rue Thiroux, puisque, dès 1775, Marie-Antoinette – chose proprement inouïe – avait accepté d'être au détriment de Sèvres la protectrice de cet atelier. Il fallait compter également avec la fabrique de Clignancourt, fondée par un certain Pierre Dervelle sous la tutelle du comte de Provence; enfin celle de la rue du Faubourg-Saint-Denis, depuis 1766 sous le patronage du comte d'Artois, et longtemps dirigée par Pierre-Antoine Hannong.

Dans le même temps, les difficultés du Trésor avaient conduit à réduire progressivement la subvention royale, avec pour but clairement affiché de la ramener rapidement à zéro. En 1775, elle était de 96 000 livres, et ne se montait plus qu'à 36 000 livres en 1778.

En mai 1780, Bertin fut remplacé par le nouveau contrôleur général, Necker, qui décida de s'occuper lui-même des affaires de la porcelaine. Il commença par un grand ménage : il n'était pas un crayon, pas un couteau que l'on pût désormais acheter sans sa permission. Il licencia les employés les moins rentables et ne remplaça pas ceux qui partaient en retraite ou étaient décédés. En décembre 1780, après ces grands rinçages qui avaient fait repasser les effectifs au-dessous de trois cents personnes, le contrôleur général s'était déchargé de la direction de la Manufacture sur Charles-Claude Flahaut de La Billarderie, comte d'Angiviller, le directeur des Bâtiments, homme probe et économe.

En 1782, Parent mourut sans avoir remboursé un liard de sa dette. Par bonheur, la gestion serrée de

Necker, puis de d'Angiviller en avait permis l'effacement presque total. Mais d'Angiviller attrapa lui aussi le virus de l'or blanc. Il en était devenu l'un de ses plus acharnés défenseurs, reniant progressivement tous les plans d'économie qu'il s'était engagé, auprès de Necker, à poursuivre.

D'Angiviller, confiant dans l'avenir, fit partager cette euphorie à Louis XVI. L'éloignement de Necker et l'enthousiasme des victoires d'Amérique, qui avaient saigné le Trésor sans que l'on s'en soit encore rendu compte, lui permirent d'obtenir en 1782 le retour de la subvention. Elle avait été fixée à 80 000 livres et devait être reconductible. En 1783, elle avait même été portée à 100 000 livres pour financer quelques projets audacieux que le directeur des Bâtiments avait imaginés pour relancer les ventes.

D'Angiviller et Régnier, faisant fi des mesures d'économie, avaient d'abord imaginé des productions « à la grande » pour marquer les esprits ; ainsi, en 1783, le « Grand Vase » de forme Médicis, de sept pieds de haut. Confié au ciseau de Boizot, orné de bronzes façonnés par le prodigieux Thomire, il représentait d'un côté *Diane et ses suivantes s'exerçant à l'arc*, et de l'autre *Diane surprenant Actéon*. Le coût en était prohibitif : 107 703 livres seulement pour les bronzes dont Thomire ne devait recevoir le complet paiement que sous l'Empire... vingt-deux ans plus tard.

Le directeur des Bâtiments avait eu ensuite l'idée de reproduire les grandes œuvres des sculpteurs du temps à raison de cinq par an, aussi avait-il fait insérer dans les contrats des principaux artistes travaillant pour la Couronne l'obligation de laisser reproduire leurs ouvrages en kaolin et en format réduit. Mais cette opération resta déficitaire.

Pour la naissance du premier dauphin, en 1781, d'Angiviller avait fait sculpter par Pajou le petit groupe de

Vénus sortant de l'onde pour apporter un dauphin à la France et, pour la naissance d'un deuxième garçon venant après une sœur et un frère aînés, il avait commandé à Boizot une *Monarchie française sur laquelle le génie de la Fécondité place un troisième rejeton.*

Toutes ces entreprises destinées à marquer les esprits se révélèrent catastrophiques financièrement.

À la même époque, Régnier racheta la petite fabrique de porcelaine Grellet et Massié, installée à Limoges, qui exploitait sa propre carrière de kaolin. Il avait imaginé d'en faire une succursale de Sèvres qui produirait des vaisselles très simples, au coût le plus bas possible, étant donné la proximité des sources de matière première. Ce fut un cuisant échec financier, car la carrière s'épuisa plus rapidement que prévu et parce que le public provincial n'apprécia pas cette vaisselle trop dépouillée dont la mode venait de l'aristocratique maison mère.

Malgré ces avanies, Régnier et d'Angiviller avaient donné à la fabrique royale une secousse qui pendant sept ans à peu près devait faire illusion. On avait engagé de nouveaux peintres et même des doreurs. Bachelier avait eu droit à un assistant, artiste émérite qui allait durablement marquer l'apogée du style néoclassique à Sèvres, Jean-Jacques Lagrenée. Régnier, qui travaillait nuit et jour comme un damné, à peu près comme autrefois le bonhomme Boileau, avait pris lui aussi un adjoint en 1785 : Jacques Hettlinger, un Alsacien travailleur et opiniâtre. Deux nouveaux chefs d'atelier étaient arrivés : Josse François-Joseph Leriche pour les sculptures, placé sous les ordres de Boizot, tandis que François de Paris venait diriger les ateliers de pâte tendre que Régnier avait à juste titre séparés de ceux de pâte dure.

Quant à la chimie, depuis la mort de Macquer, elle avait été confiée à Montigny, qui devait décéder, jeune encore, en 1784. La direction scientifique – puisque, à côté d'une direction artistique dévolue à des membres éminents de l'Académie des arts, il fallait une direction scientifique confiée à des membres non moins éminents de l'Académie des sciences – fut alors confiée aux académiciens Darcet, Cadet et Desmarets qui furent des tuteurs avertis, sans avoir toutefois ce rôle d'initiateurs et de moteurs qu'avaient eu leurs confrères Hellot ou Macquer.

Tous ces recrutements n'avaient pas diminué les tâches, chacun avait même été invité à redoubler d'efforts. Régnier et Hettlinger parvinrent à obtenir une plus grande présence des artistes et des chimistes. Désormais, Bachelier et Boizot, pour ne citer qu'eux, étaient tenus contractuellement de demeurer à la Manufacture, dans leurs jours de présence, de 7 heures le matin à 7 heures le soir ; et devaient fournir chacun vingt-cinq modèles par an qui leur étaient payés 600 livres pièce.

Entre 1783 et 1788, le style avait continué de s'épurer jusqu'à devenir raide et parfois même sec. Dans ces formes simplifiées, soulignées de rinceaux stricts et droits, toute la fantaisie se bornait désormais à quelques mascarons, émaux ou camées collés en applique, inspirés des peintures murales antiques que l'on découvrait alors à Rome. Ce décor dépouillé, conforme au goût de Marie-Antoinette, avait culminé avec la commande passée en 1786 par celle-ci pour la Laiterie de Rambouillet dont le clou était le fameux *bol-sein* de porcelaine laiteuse et presque transparente, épousant la forme d'un sein marqué d'une délicate aréole. Ce fut le point culminant d'un art français où l'audace le disputait à la sensualité.

Les services royaux avaient continué d'être fabriqués. Louis XVI, en janvier 1783, avait passé la commande de ce qui devait être le plus magnifique de tous les services jamais réalisés à Sèvres : trois cent soixante-deux pièces de pâte tendre qu'il était prévu de livrer sur vingt ans – c'est-à-dire jusqu'en 1803. Son décor était inspiré des *Aventures de Télémaque* de Fénelon. Mais, dès 1784, le public apprit que chacune des premières assiettes de ce service livrées cette année-là était revenue à 480 livres – quasiment l'équivalent de la portion congrue réservée à un curé –, on avait donc ralenti la cadence d'exécution. Pour la salle à manger de ses petits appartements, le roi avait aussi fait peindre sur panneaux de kaolin quatre scènes de chasse d'après des cartons d'Oudry auxquelles les meilleurs peintres avaient travaillé durant deux ans. Ces productions extrêmement coûteuses illustraient le grand écart entre la volonté de « démocratisation » affichée par Louis XVI et les réalisations dispendieuses mettant en œuvre des techniques de plus en plus sophistiquées destinées à la Cour.

L'émailleur Cotteau avait ainsi ressuscité d'anciennes techniques ruineuses de la manufacture de Saint-Cloud, en particulier le procédé qui consistait à fixer sur la porcelaine des gouttelettes d'émaux colorés soutenues par des paillons d'or pur. Ce procédé avait été utilisé pour la « toilette » du comte du Nord – le fils de Catherine II –, cadeau de Louis XVI, véritable folie qui, pour quatre grandes pièces seulement, avait coûté la somme colossale de 75 000 livres. La principale cause du déficit de Sèvres restait en effet la politique de cadeaux diplomatiques.

On se berçait de l'illusion qu'à côté de tous ces présents faits à des princes que l'on voulait flatter ou des commandes royales, toujours payées en déduction de la subvention, donc au bout du compte livrées gratis, il existerait quelques grosses commandes payantes. Il y en eut en effet. La plus pharamineuse jusque-là avait été celle de la tsarine Catherine passée en 1776 pour sept cent quatre-vingt-dix-sept pièces décorées de camées à l'antique – une splendeur qui pendant quatorze mois avait employé à plein temps trente-sept peintres sous la direction du génial chef des cuissons de couleurs, Antoine Capelle, en même temps que huit doreurs. Mais en cette fin de 1789, dix ans après la livraison, en dehors d'un acompte, elle n'avait toujours pas été payée...

Quant à la production destinée, hors de la Cour, aux riches amateurs de France et de l'étranger, elle avait atteint elle aussi des pics de perfection. Toute l'Europe avait admiré les *Services Buffon*, où les peintres animaliers reproduisaient les images figurant dans les ouvrages du grand naturaliste. Ils devinrent une série fétiche de la Manufacture et leur succès ne devait pas se démentir jusqu'en 1798.

En 1784, la Manufacture ne bénéficiait plus de privilèges, la concurrence devint rude et les contrefaçons fleurirent. En revanche, un arrêt royal contraignait les autres entrepreneurs à se transférer à quinze lieues de Paris. Mais cette consigne ne fut pas respectée et le directeur des Bâtiments renonça à entamer des poursuites.

Le résultat fut dommageable, mais l'on ne s'en rendit pas compte tout de suite : les porcelainiers privés, qui n'avaient pas la considérable charge des commandes d'État toujours mal rémunérées, gagnèrent beaucoup d'argent sur les articles à la mode – la vaisselle ornée d'un simple liséré d'or et les figurines en série. Cela leur permit de mieux payer leurs ouvriers et même d'en débaucher dans la fabrique royale. Le 17 juin 1787, Louis XVI devait entériner la liberté totale laissée aux fabricants de porcelaine par un arrêt que l'on devait baptiser, dans le langage du temps déjà tout imprégné des idées d'émancipation et de liberté, *Charte d'émancipation des porcelainiers*. Il était désormais loisible à quiconque de fabriquer tous les objets antérieurement réservés à Sèvres sauf les ouvrages à fond entièrement doré. Le texte apportait cependant une réserve destinée à maintenir la haute qualité des productions :

les manufactures privées devraient se soumettre à un concours organisé chaque année afin de comparer leurs productions et, par là, en démontrer la perfection.

Ces mesures d'ouverture qui auraient paru inouïes du temps de la marquise de Pompadour se doublèrent d'une nouveauté : un traité de libre-échange entre la France et la Grande-Bretagne fut conclu. Ce fut, quant à la porcelaine, au détriment des manufactures françaises car la haute aristocratie se piquait alors d'anglomanie.

Malgré les efforts de d'Angiviller, qui tentait de doper les ventes de Sèvres en renouvelant l'assortiment des vaisselles dans le magasin de la Manufacture ou chez les marchands dépositaires de Paris, et malgré la multiplication des ventes aux enchères, la pénurie de fonds devint criante à partir de 1787. À Versailles, les pensions des courtisans n'étaient plus payées et la masse des crédits consentis aux acheteurs, rebrochant par-dessus l'énorme dette de la tsarine qui figurait dans les livres de comptes, s'alourdissait dangereusement.

Pour la première fois, à l'été de 1787, on eut des difficultés pour payer les ouvriers. En ce début de 1790, on n'était nullement certain d'atteindre les 150 000 livres de recette générale, c'est-à-dire moins de la moitié du chiffre réalisé deux ans auparavant.

Tel était le constat inquiet qu'Adèle Masson pouvait alors porter sur la situation de la Manufacture royale dans cette première année de la Révolution.

Elle avait intégré Sèvres deux ans plus tôt, à vingt et un ans, dans l'atelier de peinture de Bachelier et sous la protection d'Antoine Capelle, un ami de son père. Elle y avait été admise à sa sortie de l'ancienne académie de Saint-Luc, devenue l'École gratuite de dessin du roi. Elle s'y était peu à peu spécialisée dans l'exécution des séries animalières tirées des modèles de Duplessis et de Desportes dont les fonds d'atelier – dessins, gouaches et pastels – avaient été acquis par Régnier pour servir de modèle aux peintres. Les fameux *Services Buffon* avaient en grande partie été inspirés de ces œuvres.

Mais Adèle, à force de promenades dans le parc de Saint-Cloud tout proche, s'était fait une réputation personnelle dans la représentation des multiples oiseaux qui peuplaient les forêts autour de Paris, dont les fauvettes, rouges-gorges, mésanges, chardonnerets... Elle connaissait chacun de ces minuscules volatiles et son pinceau virtuose les rendait de telle manière qu'on pouvait les croire prêts à s'envoler.

Son arrivée à Sèvres était une superbe revanche. Sa mère, Fanny, en 1763, s'était vue ignominieusement chassée de l'atelier des peintres – l'accès à l'ensemble de la fabrique étant réservé aux hommes. Mais la situation avait un peu évolué. La comptable, Angélique Barrau, vieille fille tout en rondeurs et sourires, femme de caractère et de conviction, bien convaincue qu'en matière de talent et d'intelligence les hommes et les femmes se valaient, avait inauguré la très modeste féminisation du personnel de la fabrique. Elle en avait choqué plus d'un en disant que la femme pouvait être aussi intelligente que l'homme et qu'elle avait l'avantage sur lui d'être la seule à savoir mettre des enfants au monde.

Adèle, depuis l'enfance, avait mis tous les atouts de son côté pour entreprendre un jour une carrière à Sèvres : la maîtrise du dessin, sous la férule aimable de Mme Vien, mais aussi les secrets de la porcelaine à pâte dure, telle que l'avait révélée en France Pierre-Antoine Hannong, et telle que l'avait ensuite mise au point Macquer, assisté d'Anselme Masson, son père.

Adèle n'avait pas quinze ans quand son père se retrouva paralysé à la suite de son attaque. On la vit alors quelquefois trotter dans les ateliers de la Manufacture dans le sillage du vieux Macquer, plié sur sa canne ; et, plus souvent encore, tenue par la main par ce bon géant que faisait Phillip Sculler, l'assistant anglais plein de talent qu'Anselme avait ramené avec lui de Naples.

Ces hommes que tout opposait – l'âge, le caractère, l'enthousiasme – s'étaient attachés à lui enseigner l'art du kaolin dans le vacarme et la poussière des postes de travail. Chose stupéfiante, Macquer, vieux célibataire misogyne, était persuadé que cette fillette deviendrait un jour l'âme de Sèvres. À tel point qu'il avait fait d'Adèle son unique héritière quand il mourut en 1783. Quant au bel Anglais, il s'était peu à peu attaché à son élève par un sentiment si tendre qu'il s'en était effrayé. N'osant pas en faire l'aveu à celle qui l'avait toujours regardé comme un «jeune oncle», éprouvant le sentiment qu'il trahirait les liens qui l'attachaient à Anselme s'il faisait un pas de plus, il avait préféré fuir et repasser la Manche.

Adèle était donc venue prendre ses leçons, les plus douces à son cœur, au chevet d'Anselme, dont elle était devenue l'une des plus habiles à deviner les interrogations.

Ce père aimant n'avait en effet, depuis son accident, jamais interrompu sa réflexion, et pas encore regroupé ses connaissances sur l'art de la porcelaine dans un traité. Il regardait les fameux *Cahiers de Dufour* qui, depuis le règne de Parent, fixaient les procédures de fabrication comme la plate-forme de toutes les évolutions possibles. Aussi, mille spéculations relatives à la sublimation du kaolin continuaient-elles de l'agiter malgré sa paralysie. Il vivait les métamorphoses de cette matière comme un émerveillement toujours renouvelé. Muré dans son silence, il songeait à de nouvelles combinaisons des atomes de la céramique : il se demandait ce qui arriverait au cas où l'on ajouterait telle poudre, ou si l'on arrêtait avant le temps prescrit une certaine cuisson. Il suggérait des expérimentations, il en attendait le résultat. C'était tout cela qui lui donnait le goût de continuer à vivre.

Adèle s'était sans cesse occupée à le soutenir. Elle avait deviné depuis le premier jour combien l'intelligence continuait de bouillonner dans le crâne de son père, à peu près comme une lave qui ne trouve plus tout de suite la bouche du volcan. Cette familiarité avec l'infirmité et la longue patience qu'elle requiert lui avaient conféré une sagesse et un calme exceptionnels. Dès avant son engagement à Sèvres, on l'avait admirée autant pour ses qualités humaines que pour ses dons d'artiste.

Elle était souvent appelée dans les ateliers sitôt que se présentait quelque difficulté. On savait où la trouver : dans la petite loge vitrée, au milieu de l'atelier, avec souvent sur le front ses lunettes équipées de deux loupes rétractables. De là, elle dirigeait le travail de cinq jeunes peintres auxquels elle enseignait jour après jour les délicates techniques de la représentation du plumage ou de la fourrure.

– Adèle ! lui criait-on, il faut venir aux marches, la pâte fait des grumeaux !

Un autre jour c'était :

– Les repareurs ont besoin de toi ! La matière n'adhère pas !

Et comme Régnier avait donné l'ordre qu'on la laissât toujours faire, elle allait où on la réclamait. Souvent, elle n'avait qu'à scruter le poste de travail, sans même éprouver la nécessité de poser une question, pour trouver la solution ; la plupart du temps, elle organisait une réunion avec le chef d'atelier, un contremaître et deux ou trois ouvriers ; elle déroulait avec eux toute la procédure, mettait en évidence les écarts et, en un tournemain, levait la difficulté.

Elle avait grandi dans la Manufacture avec son père et sa belle-mère, mais ils avaient dû en partir après l'accident d'Anselme. Régnier, qui croyait en elle, lui avait récemment proposé la jouissance de leur ancien appartement. Elle l'occupait seule pendant la semaine, mais l'amoureux de son enfance, Joseph-Marie Vien – que l'on appelait Vien fils pour le distinguer de son illustre père, directeur de l'Académie de France à Rome, portant le même prénom –, était devenu son bon ami et venait la retrouver le samedi pour ne repartir à Paris que le lundi, à l'aube, afin de poursuivre sa formation à l'Académie royale, au Louvre.

Adèle était alors une superbe jeune fille, à la complexion solide mais gracieuse, au visage illuminé par l'éclat de deux immenses yeux noirs écartés qu'elle tenait de Fanny, sa mère, qui était morte en la mettant au monde. Son front haut, son regard plein de feu disaient sa ferme volonté et son énergie ; son sourire épanoui exprimait sa gentillesse. Les joues pâles, couronnées d'une pointe de rose, les cheveux noirs et souples ramenés dans un chignon découvrant sa nuque flexible, la taille bien prise, toujours marquée d'une ceinture de soie dont le ton pastel s'accordait à celui de ses robes légères, elle semblait glisser dans les couloirs et les ateliers de Sèvres avec le pas léger d'un ange.

Alors qu'elle était destinée à une carrière purement picturale, elle s'était mise sur le tard à la chimie. On pouvait s'en étonner, mais il semblait évident qu'elle avait été animée du désir de continuer à voir pétiller le regard de son père lorsqu'elle l'entretenait, chaque fois qu'elle le retrouvait, de ce qui l'intéressait le plus. S'il s'agissait au départ de satisfaire un élan de pur amour filial, elle avait peu à peu pris goût à cette matière qui de prime abord lui était apparue austère et elle avait été gagnée à son tour par la fièvre contagieuse du kaolin.

Elle savait charmer tous les cœurs. On s'en était rendu compte au printemps de 1788, la dernière fois que Marie-Antoinette était venue à Sèvres. Ce n'était pas la reine qui avait remarqué la jeune peintre animalière – sa myopie l'empêchait de voir distinctement les choses –, mais Mme de Polignac qui guida les pas royaux vers la loge vitrée où Adèle, éclairée de la lumière qui tombait d'une imposte, apparaissait à cet instant précis comme une fée tombée des cintres d'un théâtre.

– Une femme au milieu de tous ces hommes ! s'était exclamée la reine. Voilà qui est étonnant !

– Madame, avait répondu Adèle en se levant et en esquissant une révérence, je tiens modestement dans cet atelier, en ne peignant à peu près que des oiseaux, le rôle que Mme Vigée tient dans vos palais en immortalisant votre famille.

– Vous nous honorez, nous autres femmes, en démontrant jour après jour que nous pouvons faire aussi bien que les hommes.

– Madame, avait ajouté la jeune artiste d'un ton mutin, pour que ces messieurs nous respectent vraiment, il faut même faire mieux qu'eux !

La reine avait ri puis elle avait badiné un peu comme elle savait parfois le faire, avec enjouement et légèreté. Enfin, elle s'était enquise du nom de la jeune fille et avait aussitôt marqué un mouvement de surprise :

– Adèle Masson... Vous êtes la fille d'Anselme Masson dont on m'a raconté les malheurs !

Alors, tout aussitôt, elle était passée de la badinerie à la gêne. Elle avait bafouillé deux ou trois paroles inaudibles avant de tourner les talons comme si ce nom qu'elle avait associé autrefois à celui de Blanchot, dans un moment de son existence où elle avait vraiment songé à changer de vie, lui était devenu douloureux à entendre.

Adèle, à la fin de l'année 1788, voyait la Manufacture peiner à s'ouvrir à des horizons nouveaux et rencontrer beaucoup de problèmes dans les procédures de fabrication à cause de la désunion des trois académiciens – Darcet, Cadet et Desmarets – chargés de veiller à la constance et à l'amélioration des paramètres chimiques. Elle souffla au directeur Régnier et à son adjoint Hettlinger – en flattant le préjugé favorable que pourrait avoir ce dernier pour un de ses compatriotes alsaciens – l'idée de rappeler Hannong, vingt-cinq ans après sa scandaleuse éviction. L'année 1789 allait s'ouvrir par une première révolution puisque Boileau, en mettant à la porte le Strasbourgeois, avait juré que la Manufacture « s'écroulerait plutôt que de le voir y remettre les pieds ».

Adèle avait tout simplement confiance dans le génie de ce touche-à-tout qui avait égayé son enfance de perpétuelles facéties et monté avec des fortunes diverses dix projets de manufactures, tous marqués du sceau de l'audace et de la nouveauté. Mais, pour vaincre les préventions que suscitait encore le nom d'Hannong, il fallait trouver un prétexte ou une affabulation qui motivât ce rappel. Pour cela, on pouvait compter sur l'imagination fertile et le goût pour la farce de l'impétrant : il déclara détenir le secret d'un « four chinois », et cette fable lui rouvrit toutes grandes les portes de la Manufacture.

Cela tombait à pic pour lui : une fois encore, l'homme qui avait servi à la France sur un plateau la formule de la pâte à kaolin était à bout de ressources. Depuis 1764, il avait essuyé bien des vicissitudes et presque toutes ses entreprises, pourtant marquées du sceau de l'innovation, s'étaient terminées en catastrophe. Après son renvoi de Sèvres, il s'était vengé, dès 1765, en rouvrant les vieux ateliers du château de Vincennes que les responsables de la Manufacture royale n'avaient pas pris la précaution de détruire lors de leur transfert au pied de la colline de Bellevue ; mais il s'en était fait déposséder par l'intrigant Des Aubiers. Il avait ensuite fondé avec La Borde la manufacture de Vaux puis celle dite du comte d'Artois, rue du Faubourg-Saint-Denis, à Paris. En 1780, et ce fut pour lui un crève-cœur, il avait échoué à racheter aux créanciers de son frère Joseph – essentiellement des représentants de l'archevêque de Strasbourg – la manufacture familiale établie dans cette ville. Joseph s'exila en Allemagne où, avec l'aide de sa fille Adélaïde, il avait fondé à Tölz une manufacture d'ardoises artificielles, nouvelle démonstration du génie technique des membres de la famille Hannong.

Au milieu des années 1780, tout en conservant son poste rue du Faubourg-Saint-Denis, Pierre-Antoine était parti pendant quelque dix-huit mois ranimer la fabrique de Frankenthal autrefois fondée par son père, Paul Hannong. Puis il était reparti pour un laps de temps à peu près comparable, au service du roi de Sardaigne, remettre sur pied la fabrique de Vinovo. Revenu définitivement à Paris, en 1786, ses rapports avec La Borde s'étaient brusquement tendus, car l'ancien premier valet de chambre de Louis XV s'était lassé du jouet coûteux qu'était devenue pour lui sa fabrique de porcelaine. La mévente générale des articles de luxe à l'heure où l'on parlait déjà de réunir les États généraux avait fait le reste.

Depuis l'été de 1788, celui qui se définissait lui-même plaisamment comme un « mercenaire de la porcelaine » s'était retrouvé pour la première fois sans emploi ni offre, au grand effroi de Briséis, sa femme, qui savait que les cartes et le vin ne tarderaient pas à occuper presque exclusivement ses journées. L'idée d'Adèle et l'invention du « four chinois » l'avaient donc sauvé à point nommé.

C'était aussi pour ce vif-argent la joie et la satisfaction de voir sa plus grande blessure d'orgueil effacée : chassé de Sèvres presque honteusement, il y reparaissait dans toute la lumière, en homme providentiel.

Tout au long de ce quart de siècle, il avait évolué : il s'était assagi grâce à l'influence de Briséis, puis à la naissance de trois beaux enfants, Hermance, Balthazar et Clémence. Pour eux, il avait trouvé la force de résister à de nouvelles offres extrêmement attractives de l'empereur, puis à celles non moins alléchantes que lui avait faites Charles III d'Espagne pour tenter de faire décoller sa manufacture du Buen Retiro, près de Madrid, qui périclitait depuis qu'elle avait été transférée de Naples.

L'offre de Sèvres, à la veille de ses cinquante ans, lui avait permis aussi de ne plus risquer ses propres deniers. Le malheur, c'est qu'il était revenu au plus mauvais moment.

Du coup, depuis déjà un an, Adèle, dans son vaste appartement de la Manufacture, avait hérité d'un occupant occasionnel car Pierre-Antoine dormait chez elle un ou deux jours par semaine, quand il ne rentrait pas chez lui, à Paris. Elle avait chaque fois la certitude d'une compagnie savante et gaie, car la curiosité scientifique du Strasbourgeois et ses démonstrations techniques toujours agrémentées de pitreries avaient conservé leur fraîcheur et un sérieux ponctué de cabrioles.

Hannong à l'égal de Blanchot, quoique dans un style tout différent, rassurait Adèle : les deux hommes étaient pour elle comme des oncles. L'un, tel un coup de vent toujours joyeux par lequel on a envie de se laisser entraîner ; l'autre, avec sa vue raisonnable des choses, comme un môle campé au milieu des tempêtes pour servir de point d'ancrage aux esquifs malmenés.

En ce samedi 6 janvier 1790, jour traditionnellement à demi chômé puisque ceux qui le voulaient pouvaient assister aux offices de l'Épiphanie, Anselme avait annoncé sa visite en compagnie de Lucile et de Paul. Adèle, le jeune Vien et Pierre-Antoine les attendaient sur le débarcadère de planches où le bac de Paris de la mi-journée accostait vers midi, avec une ponctualité confondante.

Ces passagers, après que Lucile et Paul eurent adressé de loin de grands signes en direction de la rive, furent les derniers à descendre, empruntant la passerelle de bois que les mariniers venaient d'ajuster au ponton. Lucile poussait le fauteuil d'Anselme et Paul, s'aidant d'une béquille, avançait en sautillant, s'appuyant de son autre bras sur l'épaule du jeune Basile. Le soleil brillait en cette journée d'hiver et les oiseaux voletaient tout autour d'un quinconce de mûriers sans feuilles dans un concert de froissements d'ailes.

Lucile était radieuse car elle savait Anselme heureux d'accomplir ce petit voyage. Dans le bac, il n'avait cessé de frapper sur son ardoise avec son bâton de craie, notant toutes les nouveautés qu'il remarquait au long du parcours : le pont Louis-XVI, alors en construction entre la place Louis-XV et l'hôtel de Bourbon, les nouvelles demeures qui s'étageaient à Passy autour de l'hôtel de Lamballe, la barrière de Passy, l'une des cinquante-quatre construites par Nicolas Ledoux, inaugurée en 1788 et partiellement rescapée des incendies de juillet 1789 qui avaient détruit la moitié de ces postes d'octroi à peine édifiés ; d'autres maisons encore, des folies, du côté de Boulogne ou de Meudon, qu'il n'avait pas remarquées la dernière fois qu'il était passé là. « Ce règne est bâtisseur, avait-il écrit, pourvu que la Révolution n'arrête pas cet élan… Pire, qu'elle ne détruise pas ce qui a été si heureusement mené à bien ! »

Lucile, après avoir bien calé le fauteuil d'Anselme car même sur ces eaux tranquilles il se produisait des remous et des clapotis, avait sorti un carnet de son manchon. Depuis Figeac, elle avait abandonné la peinture de chevalet pour ne plus se consacrer qu'au dessin et en particulier au portrait. Adèle avait été son initiatrice ;

Mme Vien l'avait aussi admise à ses cours, rue des Deux-Boules, à l'époque de l'académie de Saint-Luc.

– Que croques-tu ? lui avait demandé Anselme.

– Notre fils ! avait répondu Lucile. N'est-il pas beau assis à la proue de cette barge, tel Tiphys, le pilote de la barque des Argonautes ?

Entêtée de son idée mythologique – puisque pour elle, mais aussi pour tous ceux qui avaient l'habitude de passer de longues heures un livre à la main, les héros de l'*Odyssée* ou de l'*Iliade* étaient aussi présents que ceux de l'histoire de France –, elle avait tracé un portrait assez ressemblant du jeune homme, attrapant à merveille son air songeur. Lorsqu'elle s'était levée, d'ailleurs, pour lui montrer son premier jet, le modèle en avait souri et, prenant longuement sa main, il avait frotté sa tête contre son épaule.

Pierre-Antoine Hannong, figé au garde-à-vous sur le ponton, avait collecté par facétie tous les parapluies qu'il avait pu trouver sur son passage.

– Gare aux giboulées, avait-il prévenu, elles sont en avance cette année, tout comme les idées !

– Mais il fait grand soleil ! lui avait objecté Lucile.

– Oh ! cette année elles viennent sans prévenir... avait aussitôt répliqué l'homme providentiel de Sèvres. Ce sont des «grains révolutionnaires».

Lucile, qui vivait à Paris et qui en partageait les terreurs et les craintes nouvelles – surtout cette peur que l'on commençait à éprouver de livrer véritablement ses opinions et ses émotions –, lui avait fait les gros yeux.

– Voyons, il ne faut pas parler de politique comme cela, devant des gens que l'on ne connaît pas, lui avait-elle dit après s'être assurée que les nautoniers ne pouvaient plus l'entendre.

– Allons ! je ne te parle que du temps qu'il fait et je te dis seulement qu'il est imprévisible, avait aussitôt fanfaronné le Strasbourgeois en lui prenant le bras.

Basile avait relayé sa maîtresse pour rouler le fauteuil d'Anselme sur la route pavée qui montait de la Seine vers Chaville ; Paul se soutenait à présent au bras de sa sœur.

– J'avais tellement envie de revenir ici… dit Anselme, détachant chaque syllabe et couvrant sa fille d'un regard ému. Depuis combien de temps ne suis-je pas revenu, mignonne ?

– Il y a bien plus d'un an, presque deux, père. Vous étiez accouru me voir peu après mon installation dans l'atelier de peinture de M. Bachelier…

– C'est pour cela, d'ailleurs, que tu constateras de grands changements, ajouta Pierre-Antoine.

Dès le lendemain de l'attaque d'Anselme, Pierre-Antoine avait refusé l'idée que son ouïe fût lésée et avait continué à lui parler comme si de rien n'était, sans passer par le truchement de l'ardoise, alors que Mathieu et Blanchot, les spécialistes de l'enseignement des sourds, professaient le contraire. Cela donnait à leurs conversations un incroyable naturel, et qu'Anselme entendît vraiment ou qu'il fût capable de lire le mouvement particulièrement rapide de ses lèvres, le fait est qu'ils s'étaient toujours compris.

L'homme à qui l'on devait la formule de la porcelaine à kaolin en France avait prononcé ce mot « changements » avec une moue de dégoût ; et il ne s'était pas privé d'enfoncer le clou :

– Oui, mon pauvre Anselme, attends-toi à voir surtout les stigmates de la disette et de la pénurie, car cette maudite Révolution nous ruinera bientôt… Déjà presque plus de commandes et bientôt plus de travail !

Adèle restait songeuse car effectivement la baisse d'activité de Sèvres était un souci qui, depuis l'automne, la tenaillait jusqu'à l'empêcher de dormir. Mais comme elle était, à l'instar de son frère, favorable aux évolutions du moment, plutôt que de gémir comme Pierre-Antoine, elle cherchait des solutions pour que la production de Sèvres reparte.

– Oui, peut-être qu'au lieu de faire des oiseaux sur des fonds d'or ou de faux marbre, il faudrait imaginer des choses plus en rapport avec l'air du temps… Des têtes de Mirabeau et de La Fayette…

– Tu veux vraiment faire fuir les clients qui nous restent, riposta Hannong dans un grand éclat de rire. Mirabeau avec sa hure monstrueuse et La Fayette avec sa tête allongée de lévrier !

– Ou peut-être des assiettes portant des devises comme «Liberté, égalité», «Vive le roi !» ou «Vive la nation !», avait ajouté Adèle.

– Et tu voudrais mettre de l'or et des camées sur tout cela ! avait répliqué le Strasbourgeois. Il y a belle lurette que les fabricants de grossière faïence répandent dans le public des plats à barbe, des pots à tabac et à fiente ornés de devises patriotiques… Nous n'avons pas à rivaliser avec ces grossiers pétrisseurs de glaise !

Hannong se posait de la sorte dans ce qu'il était devenu : le contempteur et l'ennemi des bouleversements en cours.

Ce n'était pas l'un des moindres paradoxes de cet homme aux idées généreuses, audacieuses et modernes que de détester l'idée d'une nécessaire évolution. Ses opinions étaient d'ailleurs l'un des gros sujets de controverse, le soir, lorsqu'il demeurait à Sèvres en compagnie d'Adèle et du jeune Vien, car il avait l'habitude de conclure les raisonnements enthousiastes et les emballements des jeunes gens à la gloire des patriotes par des sarcasmes et des pitreries. Il voyait dans la marche des événements, à terme, la ruine de tous les arts et la fin du véritable luxe aristocratique qui était, selon lui, le principal soutien de la création. Il n'avait pas été l'un de ces favorisés de naissance qui avaient goûté à la douceur de vivre de la société huppée, mais il déplorait la disparition prochaine d'une élite qui avait entretenu un air de raffinement accordé à l'art des porcelaines rares et magnifiques, celles serties de bronze et chargées de dorures, qui ravissaient l'œil autant que l'imagination. Lui, le jeune homme qui s'était surpassé sous le regard admiratif de Mme de Pompadour, ne concevait pas que l'exceptionnelle beauté fût autre chose qu'un caprice de prince. Il regrettait les temps virevoltants où la marquise d'un seul coup de baguette magique paraissait vouloir ordonner la course des nuages.

Anselme, dès qu'ils se retrouvaient en tête à tête, ne manquait jamais de moquer cette nostalgie.

– Pierre-Antoine, n'oublie pas les désagréments causés à ta famille par le cardinal de Rohan ou par la reine... Ces gens-là ne valent rien ! Marie-Antoinette n'est pas la Pompadour – cette femme que nous avons l'un et l'autre vénérée pour la sûreté de son goût. N'est pas la Pompadour qui veut !

– Peut-être, mais ta Révolution a d'ores et déjà ruiné Sèvres ; cela, juste au moment où j'y réapparais... Tu parles d'une guigne !

Joseph-Marie avait relayé Adèle pour soutenir la marche de Paul. Les deux garçons s'entendaient bien et Paul, qui avait tout juste dix ans de moins que le compagnon de sa sœur, le regardait comme un grand frère. Outre son art de prédilection – le portrait dans lequel il commençait d'acquérir une certaine réputation –, Joseph-Marie s'intéressait tout particulièrement à la géométrie et à la minéralogie. Esprit novateur en politique comme en sciences, il était persuadé qu'en maîtrisant parfaitement ces dernières on pourrait faire accomplir à la peinture des pas de géant. Il rêvait d'inventer de nouvelles combinaisons de perspectives, des innovations trigonométriques aussi savantes que celles de la *camera oscura* de la Renaissance et capables de dépasser les prouesses des concepteurs d'anamorphoses ou de trompe-l'œil; en un mot, il rêvait de concevoir des œuvres qui paraîtraient jaillir de la surface plane des toiles. Avec les minéraux et les terres nouvelles, broyant les pigments rares dans des huiles plus fluides, il comptait expérimenter d'autres couleurs. Il était persuadé que l'on pourrait de la sorte retrouver toutes les nuances de coloris existant dans la nature et même en créer des nouveaux.

Il était fort beau garçon, rieur, hardi et débrouillard depuis que tout jeune il s'était retrouvé à peu près livré à lui-même entre un père parti à Rome et une mère aimante mais surchargée de labeur.

Depuis le premier jour de leur rencontre, depuis qu'Adèle, à dix ans seulement, avait été conduite par son père dans la classe de Mme Vien, le jeune Joseph-Marie s'était épris d'elle – il était son aîné de cinq années. Il avait donc joué d'abord le rôle de grand frère, puis ils avaient grandi en se tenant la main; bientôt, en s'embrassant. Depuis trois ans, ils étaient amants, jouissant de cette liberté de mœurs que l'on passait généralement aux artistes et de la tendre complicité de parents libéraux. Mme Vien ou Lucile s'inquiétaient toutefois. Les quatre mots: «À quand le mariage?» étaient devenus une antienne proférée sans alacrité et reçue sans agacement. Cela venait par saccades; on en riait, puis on oubliait aussitôt.

La rumeur de la visite d'Anselme s'était répandue dans la Manufacture. Il restait l'homme adulé, une légende; celui qui avait su accompagner le malcommode Macquer, le bonifier, le rendre plus humain et plus souple; parvenir avec lui au plein aboutissement de la technique de la pâte dure.

Depuis vingt ans, aucune nouveauté majeure n'en avait bouleversé les données. Il ne s'était agi que d'améliorer, de rationaliser les formules de base, de resserrer les paramètres de production. Macquer, mort depuis sept ans, Anselme était le survivant des deux pères fondateurs du noble art. C'est pourquoi le personnel de la Manufacture, ayant besoin de se rasséréner en cette période d'incertitude avec le souvenir d'un temps glorieux, avait décidé de l'accueillir dignement.

– Les voilà ! Les voilà !

Lucile fut la première à entendre ce cri tombé d'une fenêtre, depuis l'étage et, ne s'attendant pas à quelque réception particulière, avait tourné vers son mari un regard étonné.

Sitôt entrés dans le vestibule laissé par extraordinaire toutes grilles ouvertes, les arrivants avancèrent entre deux files d'ouvriers, le bonnet ou le tricorne à la main, qui les attendaient sagement et poussèrent des hourras sur leur passage.

Il y avait là, en sandales, sans bas, les mollets nus et pleins de terre grise, les garçons des marches, les façonniers et les repareurs que l'on reconnaissait à leurs mains couvertes d'argile, les peintres dont les blouses étaient diaprées de mille taches de couleurs car, au grand dam de Mme Barrau – qui ne cessait à ce propos de placarder des notes de service –, ils avaient pris la fâcheuse habitude d'essuyer leurs pinceaux sur leurs vêtements de travail. Les attendaient aussi Régnier, son adjoint Hettlinger, un grand roux rieur et joufflu ; les frères Salmon – Jean-Hilaire et Cyprien –, qui leur servaient de secrétaires ; Bachelier et son successeur désigné, Lagrenée ; Boizot et son second, Leriche ; Paris, le nouveau responsable des pâtes tendres. Enfin, assis sur une chaise, puisqu'il ne pouvait plus se tenir longtemps debout, quoique abattant encore ses dix heures de labeur quotidien, le « père Capelle », Antoine Capelle, le responsable des délicates cuissons de peinture, le plus ancien de Sèvres puisqu'il avait commencé sa carrière à Vincennes au début des années 1750.

Tous ces hommes qui formaient la maîtrise de la fabrique se tenaient au bout de cette double haie avec à leurs côtés les plus vieux ouvriers ou artistes : Bolvry, le chef de l'atelier des terres, les peintres Laroche, Massy, Hirel de Choisy, Bouillat père et fils, Chapuis, Henrion, Tandart, Bauquerre, Chulot ; les doreurs Weydinger, Guay, Vincent, Méreaud, Vandé, Prévost, Girard, La France... la fine fleur de la maison, des hommes que leur talent éprouvé autorisait à graver d'un discret poinçon ou à marquer d'un signe les pièces passées entre leurs mains, raison pour laquelle leur souvenir devait se perpétuer.

Régnier, avant le coup du sort qui s'était abattu sur Anselme, avait eu le temps de travailler avec lui et d'apprécier autant ses talents de négociateur avec Macquer que d'expertise technique avec les chefs des différents ateliers qui se trouvaient confrontés à des problèmes concrets et immédiats. De ces difficultés qu'il fallait résoudre dans l'urgence et qui échappaient la plupart du temps aux principes de Macquer qui estimait que les accidents ou aberrations survenus en cours de production ne pouvaient être que le fruit d'erreurs ou de maladresses.

Mais cette collaboration fut malheureusement trop vite interrompue par le destin.

En organisant cette réception pour l'ancien chimiste, Régnier souhaitait en même temps honorer Adèle qu'il regardait comme la bonne fée de Sèvres... avec même quelque chose de plus, car ce célibataire de cinquante ans, timide et emprunté, était dévoré d'un sentiment d'amour secret pour la jeune femme. En sa présence, il bégayait, rougissait et finissait toujours par détourner le regard sans pouvoir finir ses phrases.

Adèle avait deviné tout cela depuis longtemps. Incapable de lui offrir ce après quoi il soupirait, elle s'était employée à rassurer autant qu'elle l'avait pu le pauvre homme, s'attachant en particulier à lui cacher la présence du jeune Vien, les fins de semaine, dans son logis.

Au pied des terrasses du pavillon de Lully, le long des murailles, un buffet avait été dressé. Signe des temps nouveaux, on l'avait décoré de cocardes tricolores et d'une banderole portant cette devise : « La nation et le roi. » Selon l'ordre employé – nation ou roi en premier –, selon qu'il y avait ou pas des majuscules à chacun de ces mots, la phrase faisait, partout où elle figurait et de la façon dont elle était écrite, comme le thermomètre du degré de fièvre révolutionnaire de ceux qui en étaient les « suscripteurs ».

Pierre-Antoine persiflait à son habitude.

– Voilà bien la dernière collation que pourront nous offrir ces messieurs car, au train où vont les choses, par manque de vraie farine, nous en serons réduits bientôt ici à manger nos biscuits de pâte dure.

Lucile qui avait entendu ne voulut pas être en reste.

– Oui, mais ton adresse est telle, Pierre-Antoine, que je te sens capable de nous faire aussi de la brioche avec ton kaolin…

Avant de partager ces agapes – des cochonnailles bien noires et bien sèches, des rochers de croquembouches disposés sur des tables recouvertes de nappes amidonnées, bref, des merveilles par les temps qui couraient et qui faisaient saliver les jeunes peintres qui ne mangeaient pas toujours à leur faim –, il était prévu de procéder à une visite générale de la fabrique.

Anselme attendait ce moment depuis des mois, escomptant bien que pour lui ce ne serait pas l'une de ces visites ridicules comme savait en organiser autrefois Parent pour Marie-Antoinette, avec des ouvriers parés comme les pâtres de Trianon, parfaitement peignés, vêtus et parfumés; des machines et des fours décorés de papier crépon. Non, ce qu'il voulait revoir, c'était l'usine en marche, telle qu'il la revoyait chaque jour dans ses souvenirs, avec sa bousculade, ses fumées, ses odeurs, sa kyrielle de catastrophes, d'incidents et de ratages qui précédaient toujours l'éblouissement de parfaites réussites.

Et, en effet, par un mouvement bien réglé, comme dans la cour d'une caserne, toute cette fourmilière, un instant rassemblée pour accueillir les visiteurs, rompit les rangs. Chacun retourna à son poste. En un clin d'œil, la machine se remit en route, avec ses sons accoutumés, le grincement des poulies, le chuintement des courroies, le martèlement feutré des maillets, le sifflement des étuves – rien de strident ou de tapageur : un ronronnement rassurant tout accordé à la noblesse des matériaux que les ouvriers se repassaient de poste en poste pour finalement exhiber des joyaux.

Entrant dans la première salle, celle des « marches » où se préparait la fritte qui faisait la base de la pâte tendre, Anselme était déjà radieux, tendant le cou, scrutant, agitant ses doigts sur le cadre de bois de son ardoise, signe infaillible qu'il voulait exprimer une idée. On l'eût dit à chaque tour de roue de sa chaise roulante sur le point de se dresser dès qu'il remarquait quelque chose de neuf ou qu'il reconnaissait la figure d'un ouvrier.

– Et ça ? Et ça ? articulait-il de ses lèvres mortes.

Aussitôt, Pierre-Antoine traduisait ses questions pour ceux qui se tenaient tout autour.

Ils passèrent ensuite au façonnage et, d'entrée, Anselme étonna Régnier en lui demandant de lui prêter sa montre de gousset pour chronométrer toute une suite d'opérations de tournage et de reparage. Il approuva, critiqua, trouva là un écart ou ailleurs trop de précipitation, et Régnier, Hettlinger, ainsi que Pierre-Antoine et Boizot ne purent que trouver judicieuses ses remarques.

Les statuettes s'alignaient là, sur les tables, comme à la parade, puisque c'était sur la vente de ces pièces dont le prix avait été abaissé pour la plupart à 300 livres que comptaient Régnier et Hettlinger pour faire quelque profit dans ces temps difficiles. Cette statuaire – « petites bambochades dans la proportion des figures de cheminée », précisait un catalogue – avait, sous l'impulsion de Boizot, renouvelé le genre des « pastorales », autrefois cher à la marquise de Pompadour et qu'avaient illustré les chefs-d'œuvre de Boucher et de Falconet. D'Angiviller, se fiant au goût du roi, avait orienté les sculpteurs vers les sujets mythologiques : on faisait en série des *Jugement de Pâris*, des *Toilette de Vénus*, des *Naissance de Bacchus* ou *Enfance de Silène*... Il s'agissait là des modèles les plus convoités, vendus chacun 600 livres. Mais il y avait aussi des allégories plus simples : *La Santé*, *La Fidélité*, *La Sagesse*, *La Beauté*, *Les Muses*, des scènes avec des personnages vêtus à la romaine comme *L'Amour conduit par la Folie*, *L'Amour esclave de la Beauté*, *L'Hyménée*. La littérature sentimentale du temps avait aussi donné quelques figures comme *La Fête des bonnes gens* ou *La Rosière de Salency* ; le théâtre enfin offrait pour modèles ses acteurs, Mlle Contat dans *Thalie*, Volange dans *Figaro* et *Crispin,* tout comme les personnages grotesques allant d'*Eustache Pointu* au *Docteur Fagon*. L'opéra fournissait les héros de Gluck, *Iphigénie*, *Orphée*, *Eurydice*. C'était plus de sérieux dans le choix des sujets qu'au temps de la marquise, mais aussi plus de raideur dans les attitudes et les mouvements.

– Vous devriez en proposer treize à la douzaine puisque vous ne les vendez pas, s'amusa Hannong en s'approchant de l'imposante Angélique Barrau qui venait de s'extraire de ses comptes le front soucieux.

– Et, vous, inventer une poudre qui permettrait d'en réduire encore le coût, répondit-elle du tac au tac en faisant un brusque écart, car elle se méfiait de la façon qu'il avait toujours eue de pincer les fesses des femmes jeunes ou mûres.

Les cuissons avaient réclamé autrefois quantité d'heures d'attention à l'ancien second chimiste – surtout les sept nouveaux fours ronds de grand feu qui étaient alignés dans la cour. Il se fit placer devant ceux que l'on était en train de charger, observant minutieusement l'empilement des gazettes, puis ensuite devant ceux que l'on avait déjà fermés et sur lesquels on commençait de garnir les alandiers avec des bûchettes calibrées de bouleau, bien sèches, qui, à peine tombées, s'enflammaient.

Il étonna son monde en mesurant avec la montre du directeur si les deux jeunes ouvriers chargés d'alimenter le foyer avaient attrapé le bon rythme pour «faire tomber le bois».

– Treize secondes, c'est bon ! marqua-t-il à Pierre-Antoine en lui adressant un simple signe. Et depuis combien de temps ? s'enquit-il encore.

– Deux heures dix, répondit Boizot en consultant son rôle. Ces deux garçons sont bien sûr les seuls à n'avoir pas quitté leur poste pour venir vous saluer à votre arrivée.

Anselme réfléchissait, calculait et puis ajouta :

– Dans cinquante-cinq minutes, on pourra fermer la dernière porte !

– Exact ! répondit Boizot, admiratif, à Pierre-Antoine qui continuait de traduire les observations de son ami.

On hissa ensuite le fauteuil du visiteur à l'étage, chez les peintres et, à partir de cet instant, ce fut Adèle qui lui servit de guide.

Anselme était venu surtout pour cela, pour revoir sa fille installée, non pas qu'il eût à son sujet la moindre inquiétude, mais il voulait l'observer au bout de presque deux années dans le plein exercice de son métier. Elle l'attendait dans un coin de l'atelier devenu son royaume : celui qui était réservé aux peintres animaliers.

Elle se tenait dans sa petite loge centrale qui avait tout d'une volière féerique puisque aux colonnettes de bois séparant les hautes vitres claires, qui lui permettaient de recevoir la lumière du jour, avaient été accrochés des essais ou des éclats de pièces manquées que l'on avait conservés pour la beauté de leur motif. Tous ces oiseaux, même inachevés, même craquelés, paraissaient voleter autour d'elle : ils étaient si bien rendus, si vivants que l'on pouvait se figurer qu'à l'instar de saint François elle les avait apprivoisés.

Adèle appela son équipe – des apprentis si jeunes que l'on eût dit un chœur de chérubins. Ils travaillaient alors à un service à thé dont ils étaient très fiers parce qu'il était destiné à Adrienne de La Fayette, la femme du héros des Deux Mondes.

– La générale a voulu qu'il n'y ait que des oiseaux d'Amérique ! annonça l'un de ces artistes, qui était sorti comme presque tous les autres de l'atelier de Mme Vien.

– Je ne suis pas certain que l'on puisse en faire d'aussi bons pâtés qu'avec nos grives, persifla Pierre-Antoine. Quelques-uns de ces volatiles sont trop colorés pour être honnêtes... C'est un peu comme nos champignons vénéneux ou nos hommes politiques : ils flattent le regard, mais ils ne valent rien.

– Cher parrain, l'essentiel n'est-il pas de donner l'idée de la liberté ? lui répliqua Adèle qui, fine mouche, avait bien compris qu'il s'agissait là d'une pique contre La Fayette. Et tout ce qui dans l'ordre animal est capable de voler donne cette idée.

– Les oiseaux volent, mais cela leur sert aussi souvent à s'échapper très loin pour trouver plus de soleil, ajouta Pierre-Antoine devenu soudain songeur.

Anselme ne suivait plus le mouvement de leurs lèvres. Il s'était échappé dans ses pensées. Il rêvait en fixant l'éclat d'un vase qui représentait une fauvette et il se disait, en voyant que sa fille était capable de produire toutes ces merveilles, que décidément Sèvres était la plus grande boîte à surprises du monde. Pourtant, il était pris de regrets en songeant que tout cela se faisait à présent sans lui ; qu'il ne pouvait plus employer son activité et son intelligence qu'il savait intactes et toujours tournées vers l'accomplissement de prouesses nouvelles. Son entourage – sa femme, sa fille, ses amis – avait décidé qu'il ne pouvait plus être véritablement utile, et il en était amer.

Personne ne comprenait qu'il était toujours là, plus proche d'eux qu'ils ne le croyaient, comme au travers d'un miroir sans tain derrière lequel il suivait leurs faits et gestes. Ils ne se rendaient pas compte qu'il n'avait rien perdu de son acuité, que sa finesse continuait de s'activer secrètement. Soudain, il leur en voulut de cet hommage qui avait quelque chose de funèbre et il regretta d'avoir cédé à l'envie de revenir dans « sa » manufacture.

Surmontant ces idées amères, il fit signe qu'il voulait revoir pour son amusement personnel l'une des choses qui lui paraissait la plus merveilleuse dans le travail du décor : la réapparition de l'or sous le frottement de l'outil d'hématite du brunisseur. Pierre-Antoine fit mieux ; il lui mit dans une main une petite soucoupe dont le bord paraissait être de bronze terni, puis, de son autre main, il l'aida à tenir la molette de pierre dure avec laquelle ils commencèrent ensemble à frotter. L'or finit par apparaître par endroits, puis par plaques, puis bientôt sur toute la surface du rebord de la pièce et l'on vit le visage d'Anselme changer d'expression, son œil pétiller comme s'il se chargeait d'un peu des escarbilles du précieux métal que ses gestes saccadés mais précis venaient de ressusciter. Malheureusement, cette joie soudaine succédant à son trouble se trahit soudain par de la maladresse : la soucoupe lui échappa et Paul ne la rattrapa que par miracle. Oui, décidément, son corps le trahissait, et tous ceux qui étaient là avaient bien raison de le croire fini. Il lui fallait s'en convaincre, même s'il en était effaré et révolté. Aussi, découragé, esquissa-t-il un geste de lassitude pour signifier qu'il voulait retourner dans la cour, il désirait en finir au plus vite avec ce voyage.

Régnier avait préparé un discours, mais il ne brillait pas dans ce genre d'exercice. Il fut trop long, trop monocorde pour être, ainsi qu'il l'aurait souhaité, lyrique sans grandiloquence. Vien fils et Paul, qui se tenaient derrière lui, ne purent s'empêcher de le railler en roulant de gros yeux suffoqués ; singeries dont l'orateur s'aperçut en souriant, une connivence qui fit passer l'austérité de l'exercice.

Il faut dire que, dans ces temps déjà agités, le directeur – non qu'il fût insensible ou lâche, mais bien plutôt parce qu'il ne se souciait que de son art et de son métier – affectait de n'avoir pas d'opinion politique déclarée. Or, depuis peu, cette neutralité, cette indifférence étaient en passe de devenir, par elles-mêmes, suspectes. Et ce péril commençait de menacer les tièdes, y compris les poètes, les savants ou les rêveurs.

Cédant cependant aux figures du style oratoire de l'époque, Régnier répéta vingt fois le mot « liberté » – qui faisait l'unanimité et devait continuer de la faire longtemps en France. Il fut plus économe en revanche, avec une prudence instinctive dictée par la raison, du terme d'« égalité » dont le sens plus objectif et plus polémique sera toujours la revendication la plus virulente et la plus excessive du Français.

En gros, le discours du directeur de Sèvres disait que la Manufacture s'épanouissait dans la liberté et qu'il lui en avait déjà donné tous les moyens. (Il venait en effet, sous la pression d'un comité de « patriotes », d'affecter une salle pour les réunions politiques et la préparation des élections municipales.) Il ajoutait que ce principe de liberté devait être une source d'inspiration en particulier pour les façonniers et les peintres qui trouveraient là sans doute matière à créer de nouvelles figures et allégories. Il ne put cependant pas s'empêcher de redire que les troubles de l'époque avaient affecté la marche des affaires, que le carnet de commandes était quatre fois moins rempli qu'un an auparavant, que le service de la tsarine n'était toujours pas payé et que la cour de Danemark venait de suspendre la commande d'un service de six cents pièces au motif qu'elle attendait de savoir comment tourneraient les événements en France.

– Le roi de Danemark n'a décidément pas l'esprit citoyen ! s'amusa Pierre-Antoine. Mais on ne peut pas lui donner tort : il n'a pas envie de payer pour qu'on lui casse sa vaisselle pendant qu'elle voyagera en France.

Adèle qui avait remarqué le changement d'humeur de son père fit tout ce qu'il lui était possible pour que le reste de la journée soit un enchantement.

Aidée de Basile et de Joseph-Marie, elle le hissa sur les terrasses, au-dessus du pavillon de Lully. On découvrait toute la Manufacture, ses cours grouillantes du va-et-vient des ouvriers portant sur des brouettes sans ridelles les moules, les gazettes et les pièces d'un atelier à l'autre. Trois cheminées fumaient, et comme il faisait beau les fenêtres des ateliers de décoration étaient ouvertes ; on entendait les sifflets et les chants des artistes car, c'était une constante de Sèvres, on n'y avait toujours travaillé que dans la joie ; et les sombres nuages qui se précisaient à l'horizon ne l'avaient pas encore altérée.

Le logis du roi était vide. Les volets intérieurs dans les salons du premier étage étaient fermés depuis presque trois ans, depuis la dernière visite de la reine qui, au cours de ses quinze années de règne, n'était venue à Sèvres qu'à sept ou huit reprises, cent fois moins à coup sûr que feu la marquise de Pompadour, l'ancienne fée bienfaisante de la Manufacture.

Lorsqu'ils regardaient de ce côté-là, Anselme et Pierre-Antoine songeaient à la marquise.

Ce dernier avait deviné les pensées du visiteur. Il s'était approché de sa chaise pour lui poser la main sur l'épaule.

– Oui, lui dit-il en s'accroupissant près de son ami, elle serait fière de tout ce qui s'est fait ici après elle... C'est elle qui nous a montré le chemin !

Anselme ouvrit les doigts. Il désirait s'emparer de la main de Pierre-Antoine pour partager avec lui ce souvenir. Il s'était accoutumé à faire ce signe pour le lui indiquer, et c'était la plus forte des émotions qu'il pouvait exprimer.

– Je ne reviendrai plus jamais ici, dit-il à Lucile au moment où le bac s'éloignait du débarcadère. C'est trop douloureux ! Toutes ces choses qui changent et dans lesquelles je ne puis plus être !

Elle lui prit la main et ne la lâcha pas jusqu'à l'arrivée, tandis que défilaient les collines de Bellevue, de Meudon et d'Issy qui s'ourlaient d'une lumière rasante. La remontée fut lente, car il fallut avoir recours aux haleurs et à leurs chevaux : c'étaient des opérations longues et minutieuses quand on naviguait ainsi à contre-courant.

Lorsqu'ils parvinrent chez eux, rue Montorgueil, à la nuit noire, deux visiteurs les attendaient sous leur porche. Bottés et chapeautés, vêtus de longues redingotes, ils avaient tout de voyageurs. Ces hommes venaient en effet de parcourir quelque quatre cents lieues : ils arrivaient de Naples.

Le plus âgé était Lucas, le garçon qui, dix-sept ans auparavant, avait accompagné Anselme en Italie. Il y était demeuré après que le roi Ferdinand l'eut pris en affection en raison de ses talents pour la chasse aux oiseaux et plus particulièrement pour sa capacité à concevoir et construire des palombières, un art qu'il tenait de son enfance passée en pays de Chalosse. Lucas était accompagné de l'aîné de ses fils, Pietro, qui avait quatorze ans et qui, jusqu'à peu, avait travaillé avec lui à l'organisation des chasses royales.

Lucas avait fait fortune à la cour des Deux-Siciles. Il s'y était marié, avait eu quatre enfants et, deux ans auparavant, Ferdinand, reconnaissant, l'avait fait baron de Forti. Singulier destin pour le fils d'un pauvre paysan qui, après avoir été porteur d'eau à Paris, était entré comme garçon de laboratoire à Sèvres quand Anselme remarqua sa finesse.

Ce dernier, malgré l'obscurité, l'avait immédiatement reconnu. Quant à Lucas qui connaissait l'accident de son ancien patron, il ne put retenir l'émotion qui s'empara de lui. Heureusement, la pénombre dissimula ses larmes.

Ils correspondaient depuis huit ans, depuis que Lucas, par un stupéfiant hasard, avait retrouvé, à Naples, Gennaro Esposito, qui n'était autre que le fils d'Eustache Masson, le plus jeune frère d'Anselme. Il était né en août 1774, un peu plus de huit mois après la mort tragique de son père. Puis il avait été placé dans un orphelinat dont il s'était enfui à l'âge de cinq ans et avait vécu alors de mendicité.

L'annonce de son existence avait été à l'origine de l'attaque d'Anselme. L'aîné des Masson regrettait de n'en avoir rien su plus tôt, mais s'en était surtout terriblement voulu de n'avoir veillé sur le jeune Eustache ;

de n'avoir pu le préserver du traquenard ourdi par les Anglais, jaloux des succès des porcelainiers français à la cour du roi Ferdinand, et dans lequel il avait perdu la vie.

Anselme aurait voulu que Gennaro – que ses cousins français, sans le connaître, n'appelaient pas autrement que Janvier – vienne à Paris, mais l'enfant, élevé parmi les *lazzaroni*, s'était contenté de rire lorsque Lucas lui avait présenté la chose : il ne savait même pas où la France se trouvait, être le fils d'un Français l'étonnait encore plus que si on lui avait dit qu'il était celui d'un prince. Il ne parlait alors qu'un dialecte qui n'a cours que sur le môle Saint-Vincent ou sur la place du Vieux-Marché, c'est-à-dire dans un tout petit quartier de Naples. Mathieu – l'autre oncle de Gennaro –, lecteur de Diderot et convaincu que les sauvages sont toujours mieux dans les îles où ils sont nés que transplantés de force dans la civilisation, avait persuadé son frère que ce serait une erreur de le faire venir à Paris par la contrainte, qu'il valait mieux s'occuper de lui à distance jusqu'à ce qu'il prenne lui-même sa décision.

Du coup, Lucas avait accepté de s'occuper du garçonnet. Il l'avait pris chez lui et l'avait élevé avec ses enfants en reconnaissance de ce qu'Anselme avait fait autrefois pour lui. Il lui avait d'abord fait donner des petits emplois dans les chasses du roi, comme rabatteur ou piqueux, mais ce n'était pas là sa vocation. L'atavisme était décidément le plus fort : il paraissait attiré par la décoration de la porcelaine. Son protecteur le fit sans mal entrer dans la nouvelle Manufacture royale, installée par la reine Marie-Caroline dans la cour de son palais. Gennaro s'y était spécialisé, non dans les oiseaux comme sa cousine de France, mais dans l'exécution de frises d'un étonnant relief et dans les fonds de feuillage.

Il s'était peu à peu «désensauvagé»; il avait même appris le français. En 1790, il avait tout juste quinze ans et, à Paris, ses oncles et ses cousins pouvaient se faire une idée assez exacte de lui, car, habile à crayonner, il leur envoyait régulièrement de ses portraits. Chaque fois, une grande émotion saisissait Anselme et Mathieu quand ils contemplaient ce visage plein mais gracieux, ces yeux noirs qui paraissaient vriller, ces grandes mèches de cheveux qui fusaient en désordre et qui leur rappelaient, presque trait pour trait, leur jeune frère disparu.

Les visiteurs entrèrent dans le logis et Lucile assura la traduction, car, malgré les bougies, avec la nuit complètement tombée, il était difficile de lire sur les lèvres.

Lucas, après avoir donné de récentes et abondantes nouvelles de Gennaro et répété que, une nouvelle fois, il n'avait pas voulu lui emboîter le pas, avait expliqué qu'il venait d'être chassé lui-même de Naples parce que la reine n'y voulait plus voir aucun Français depuis qu'elle avait appris que sa sœur, Marie-Antoinette, avait été délogée de Versailles.

– Mais, Lucas, tu avais pourtant la confiance du roi ! s'étonna Anselme.

– Que veux-tu, Ferdinand est un homme faible qui fait d'abord ce que veut sa femme... Il a été désolé de nous voir partir, il me l'a dit. Il m'a d'ailleurs fort généreusement gratifié.

– Et que vas-tu faire maintenant ?

– Grâce à Dieu, je suis riche... Je retournerai dans ma Chalosse : j'y achèterai un grand domaine pour y vivre avec ma famille.

– Heureux homme ! J'ai eu raison de faire confiance au jeune porteur d'eau débrouillard qui venait approvisionner notre laboratoire... Mais je t'en veux tout de même de ne pas avoir réussi à nous ramener Janvier.

— Janvier, comme tu l'appelles, dépérirait sous un autre soleil que celui de Naples. Être à Paris, dans ce mois froid dont il porte le nom, lui ferait maudire son saint patron !

— Vois-tu, Lucas, il faut que je me fasse à cette idée que ce neveu-là, je ne le verrai sans doute jamais ! ajouta Anselme devenu étrangement songeur.

CHAPITRE QUATRIÈME

« Je sortirai du centre du chaos pour le dominer ! »

– Franchement, Mirabeau, me vois-tu de nouveau aller faire le farfadet chez cette femme ?... J'ai perdu toute illusion à son sujet !
– Allons, Blanchot, toi, le défenseur de la rédemption laïque et du perfectionnement à satiété de tous les êtres, tu t'entêterais dans tes idées républicaines jusqu'à considérer qu'une femme, parce qu'elle est reine, ne peut pas s'amender ? Et Rousseau – ton Rousseau que tu portes au pinacle parce qu'il croit à la perfectibilité du genre humain –, qu'en fais-tu ?
– Au cours des derniers événements du mois de juin, en poussant le roi à se mettre en travers de la Révolution, en affamant Paris et en suggérant le regroupement des troupes autour de la capitale, Marie-Antoinette a prouvé qu'elle n'avait pas de cœur. J'ai essayé, mon ami, j'ai essayé autrefois de la dessiller. J'ai eu l'idée de ce Lycée où elle aurait pu voir le monde tel qu'il est et non pas dans le songe creux de ses bergeries de Trianon... Elle n'a rien voulu entendre !
– Je le sais bien, mais les choses ont considérablement changé depuis... et du tout au tout... Ne dénions pas à la reine la possibilité d'être touchée par l'évidence de ces changements. De désirer n'être plus si frivole, ainsi qu'elle te l'écrit, peut-être même d'être habitée du désir d'aimer sincèrement son peuple...
– Alors, tu veux vraiment que j'aille aux Tuileries ?

— Précisément !

— Et que lui dirai-je ?

— C'est elle qui parlera puisqu'elle a réclamé ta visite... Tu n'auras qu'à l'écouter ; ce qu'elle te dira peut être utile à la cause de la Révolution. Car, Pierre, nous sommes dans un temps où il faut davantage songer à concilier les choses qu'à les outrer... L'idée de l'adhésion sincère à la Constitution est-elle admise au Château ? C'est par elle que nous le saurons et bien plus sûrement que par le roi qui dit noir un jour et blanc le lendemain.

— Par elle ? Le crois-tu vraiment ?

— Ce sera l'occasion de lui tâter le pouls, comme tu dis dans ta langue de carabin. Je pense vraiment que cette femme a plus de jugeote que son mari.

— Tu le crois sincèrement ?

— Oui ! Oui ! Je sais comment fonctionnent ces crânes politiques. En défenseur de l'arbitraire et du despotisme, elle a été jusque-là infiniment meilleure que son mari. Un vrai despote eût assurément fait comme elle. Elle a de la volonté et de la suite dans les idées. S'il n'avait tenu qu'à elle, elle serait allée jusqu'au bout : elle aurait affamé Paris, elle aurait fait tirer sur le peuple... Elle aurait peut-être même, au bout du compte, gagné la partie.

— Rien de moins !

— Tout juste ! Et, à présent, si elle a changé d'humeur, ainsi qu'elle le prétend, elle mettra dans ses nouvelles résolutions le même acharnement et la même volonté. Mais, cette fois, ce sera pour le bien commun. Je sais qu'elle soutient ses avis beaucoup plus longtemps que ne le fait le roi qui n'a pas d'opinion constante et ferme, et qui – erreur tragique – a distingué pour sauveur La Fayette, un homme au moins aussi hésitant et incertain que lui... Or, Marie-Antoinette n'a aucune confiance dans ce général. Voilà déjà un bon point !

Blanchot considéra Mirabeau. Le tribun le fixait de ses yeux de braise. L'homme savait tout emporter après lui, il était capable de convaincre et de retourner des êtres de la trempe de Blanchot.

– J'irai ! finit par lâcher le médecin, fasciné par cette énergie. Et puisque tu m'assures qu'il n'y aura rien à dire… je ne dirai rien. J'attendrai que ce soit elle qui ouvre la bouche.

Mirabeau rêvait depuis le premier jour de la Révolution de rencontrer la reine, mais il savait que ce temps n'était pas encore venu. On le détestait beaucoup trop au Château depuis qu'il avait apostrophé Dreux-Brézé à l'Assemblée en disant qu'ils ne la quitteraient que par la force des baïonnettes. Aussi avait-il regardé l'invitation lancée à Blanchot comme la première passerelle à emprunter pour recoller, comme il le disait, avec le pouvoir royal.

Considérant dès à présent que l'essentiel était acquis, que la Constitution avait remis le roi sur un « piédestal civique », il appelait de tous ses vœux un pouvoir exécutif fort.

Mirabeau, qui ne laissait jamais une idée s'enfoncer dans les sables, s'occupa lui-même de l'organisation de cette rencontre de la reine et du bon docteur dont les détails furent arrêtés par l'intermédiaire de La Marck et de Mme de Tourzel : la chose fut appointée pour le 28 janvier, à 10 heures du soir, afin que ce conciliabule restât secret.

Blanchot, qui ne connaissait de la pompe de la Cour qu'une version réduite – celle mignardisée et faussement pastorale de Trianon –, n'était pas homme à se laisser impressionner par le décorum et le faste.

Attendu par un valet près de l'un des postes de garde de la grille principale, il traversa à sa suite la grande cour pavée, gravit l'escalier droit qui ouvrait sous le vestibule central et fut introduit à l'étage dans un salon de compagnie où Marie-Antoinette se tenait seule. Cette facilité d'accès, comparée aux labyrinthes qu'il fallait précédemment franchir à Versailles pour approcher la majesté royale, était stupéfiante, mais le médecin, qui ne connaissait pas les règles de l'étiquette, ne le remarqua presque pas.

Il se contenta d'incliner la tête puis il resta debout quelques secondes, car la reine, véritablement émue et troublée de le revoir, avait tout simplement oublié de l'inviter à s'asseoir, s'étant mise aussitôt à enchaîner des banalités sur le passage du temps, l'accélération des événements, l'imprévisibilité du destin.

Blanchot, enfin prié de prendre place, ne fit que hocher la tête sous ce flot de paroles, conservant un air impénétrable comme si, par cette affectation d'approbation polie mais froide, il voulait la presser d'en venir sans attendre à l'essentiel.

– Oui, monsieur, les jours d'octobre m'ont bien donné à réfléchir !

– Et de quelle façon, Madame ? Car il est mille manières de faire des songes là-dessus, intervint le médecin pour la première fois.

– J'ai songé au salut de l'État et à celui de ma famille ! annonça Marie-Antoinette avec superbe.

À ce moment, elle était véritablement reine. Ces quelques mots avaient été lancés d'un ton ferme, elle les avait appuyés d'un regard d'aigle qui venait de chasser ce qu'il y avait eu jusque-là de trouble et de vacillant au fond de ses yeux bleus ; elle avait même étiré le cou pour paraître plus altière. Blanchot la considéra alors plus attentivement et se rendit compte qu'elle avait changé : elle arborait une coiffure considérablement rabaissée qui n'avait plus rien des extravagances du commencement des années 1780 où l'on montait les chevelures comme des crèmes fouettées soutenues d'échafaudages périlleux de gaze et de fil d'archal. Ses traits s'étaient épaissis mais aussi ennoblis ; sa peau, ses bras surtout avaient gardé leur grain de marbre, mais sous son front toujours haut et fuyant, et de part et d'autre de ses lèvres épaisses, ses joues s'étaient arrondies. Sur son visage, la lumière confinée du salon, venant de lustres et de girandoles garnis de bougies de cire blanche, plaquait des reflets d'or. Elle portait de ravissants bijoux – des diamants en broche, deux bracelets de saphir –, mais discrets puisque depuis l'affaire du collier elle s'était fait portraiturer par Mme Vigée, tenant une simple rose et sans aucun joyau, et avait définitivement abandonné les exceptionnelles et orgueilleuses parures. Sa voix enfin était devenue plus grave, moins cassante ; on y discernait même de la chaleur.

– Le salut de l'État ! reprit Blanchot. Voilà qui préoccupe en effet les Français. Ils sont inquiets car nous vivons des bouleversements qui risquent d'être accompagnés de troubles, mais ce sont des transformations que, pour ma part, je trouve nécessaires et utiles.

– J'espère qu'elles le seront, monsieur, je ne souhaite même que cela.

– Il faut que toute l'attitude du roi démontre qu'il adhère sincèrement à la Constitution.

– Il l'a déjà montré, monsieur, n'a-t-il pas agrafé la cocarde tricolore à son chapeau au balcon de l'Hôtel de Ville ?

– Oui, mais personne ne s'y est trompé : c'était alors un homme que l'on contraignait… Il faut désormais qu'il prouve qu'il adhère du fond du cœur aux principes nouveaux.

– La fête de la Fédération que l'on prépare pour le prochain 14 juillet l'établira.

– En ce cas, il est nécessaire que les choses soient dites clairement et sincèrement… Que le peuple n'ait plus aucun doute là-dessus.

Elle l'arrêta du regard.
— Vous m'y aiderez, n'est-ce pas ? demanda-t-elle.
Blanchot la fixa à son tour.
— Madame, je garde le cuisant souvenir de l'échec de notre Lycée... Avec M. Masson, nous vous avions offert la possibilité d'être en harmonie avec l'intelligence de ce siècle, d'être une reine selon l'*Encyclopédie*... Si vous nous aviez tant soit peu écoutés, si vous aviez su discerner combien la chose était déterminante, peut-être n'y aurait-il pas eu de prise de la Bastille ni de têtes coupées le 6 octobre... Peut-être aussi seriez-vous devenue la souveraine des délices, une femme selon le cœur sentimental, généreux et fidèle des Français... À peu près ce que, dans l'imaginaire du peuple, est restée sainte Clotilde pour avoir mis son époux en communion avec ses sujets.

Elle parut s'attrister. Il y eut un silence puis elle répéta d'une voix presque expirante ces deux mots :
— J'ai changé !

Blanchot, malgré sa ferme résolution de ne pas se laisser embarquer par les séductions de la majesté royale et les artifices d'une femme dont le rôle était de charmer, était ému.
— Madame, faites confiance à Mirabeau, son cœur est bon !
— Ah ! celui-là, jamais !... se récria-t-elle soudain, comme si elle avait reçu une décharge de foudre. J'espère n'être jamais suffisamment malheureuse pour avoir recours à lui !
— Mais, moi, Madame, je suis son ami, et ce que je vous dis en ce moment il pourrait vous le dire lui-même de la même façon, avec cette grande différence que je n'ai pas de levier politique, que je ne puis pas vous être directement utile... Tandis que lui tient l'Assemblée sous sa patte de lion.
— Grâce au ciel, monsieur, vous n'êtes pas Mirabeau !

Elle le fixait de ses yeux durs. Il prit quelques secondes pour lui répondre.

– Sans doute voulez-vous suggérer que c'est sa laideur qui vous effraie ?

– Peut-être... Puisqu'il faut bien commencer par quelque chose.

– La figure du cardinal de Brienne qui fut votre ministre était au moins aussi hideuse... osa le médecin. Sa tête n'était qu'un furoncle !

– Au moins, lui, avait-il des manières !

– Nous sommes dans un temps, Madame, qui appartient au peuple, et le peuple n'a pas de manières.

– J'en conviens ! répliqua la reine, montrant ainsi qu'elle était capable de raisonner ses emportements.

Blanchot profita du trouble que venait de susciter cet aveu et du silence qui s'en était suivi pour ajouter :

– Enfin, Madame, voilà le seul préalable que je mets pour recommencer de vous voir : recevez Mirabeau ! Écoutez-le ! Il a beaucoup de choses à vous dire. C'est l'Hercule de la Révolution : il porte sur ses épaules le changement dont le pays a besoin. Or, ce changement est à présent acquis. Il faut aviser aux moyens d'en faire quelque chose d'utile, de s'en tenir à ce qui est indispensable sans courir aux surenchères et aux excès qui nous ruineraient tous... Pour finir, réfléchissez bien à ceci : il faut quelquefois que les choses s'ébranlent pour qu'elles se raffermissent par la suite plus solidement sur leurs bases.

Marie-Antoinette, que le seul nom de Mirabeau avait définitivement fait changer de visage, reçut la fin de ce discours à peu près comme une algarade : elle aspira sa grosse lèvre ainsi qu'elle le faisait chaque fois qu'elle ne pouvait dissimuler une contrariété ou un accès de colère. Observant cette humeur, le médecin se leva de son siège, sans même attendre le signe que la souveraine était accoutumée de donner pour signifier qu'un entretien prenait fin. Une fois de plus, Blanchot montrait son peu de souci des règles de l'étiquette.

Il allait saluer, mais il se ravisa, songeant qu'il ne fallait pas la laisser raidie dans sa contrariété. Il la savait intelligente ; il devait lui livrer en pâture quelque réflexion.

– Madame ! je ne souhaite rien tant, moi aussi, que de voir tous ces bouleversements s'accomplir sans effusion de sang... Vous avez un rôle à jouer, un grand rôle. Le succès est encore à votre portée. Vous pouvez toujours, selon ce que vous choisirez, en menant votre barque habilement, devenir une reine selon le cœur des Français ou bien, vous coupant définitivement du peuple, vous camper dans le rôle de l'étrangère mal-aimée.

Il s'inclina profondément avant de sortir, la laissant songeuse, les yeux flottants.

Depuis novembre 1789, depuis que la jalousie et la pleutrerie de ses collègues l'avaient écarté du ministère et de la marche exécutive des affaires, Mirabeau avait continué de secouer sa crinière à l'Assemblée, grossissant sa voix tous les jours, continuant d'imaginer les contours d'une France nouvelle malgré le découragement qui parfois le guettait... De toute façon, depuis la première heure, depuis mai 1789 même, il ne se faisait pas d'illusions : on ne voudrait jamais de lui parce qu'il lisait trop nettement les calculs égoïstes et l'ambition dans la course aux emplois, cordons et dignités des uns et des autres.

Il n'avait plus qu'un souhait : sauver la monarchie. Il était à peu près le seul à considérer qu'elle deviendrait même plus puissante dès qu'elle serait refondée sur les bases nouvelles du consentement populaire.

Il n'attaquait plus la Cour, surtout pas la reine. Il s'était employé, par l'intermédiaire de La Marck et de Montmorin, le ministre des Affaires étrangères, à faire savoir au roi que sa longue diatribe des premiers jours de l'automne de 1789 dénonçant la présence de mercenaires autour de Paris n'avait été prononcée que pour mettre la famille royale hors d'atteinte du soupçon de pactiser avec des puissances étrangères. C'était d'ailleurs là sa marotte : la Révolution devait rester une affaire «entre Français». Le roi conserverait sa légitimité tant qu'il ne céderait pas à la tentation de fuir : il pouvait voyager dans ses provinces autant qu'il le voudrait, mais il ne devait à aucun prix passer une frontière ou s'en approcher.

Mirabeau bouillonnait de projets et s'était entouré, entre autres, de républicains genevois pour mener à bien ses réflexions : Étienne Salomon Reybaz, ami de Voltaire, Antoine Du Roveray, un journaliste, Clavière, un banquier, et Étienne Dumont qui allait devenir son principal collaborateur et presque un fils spirituel.

Il prenait à bras-le-corps les questions inscrites à l'ordre du jour de l'Assemblée mais surtout celles qu'il avait décidé d'y inscrire : finances, droit civil ou criminel, Constitution, diplomatie... suppression de la traite des nègres, généralisation de l'éducation, mariage des prêtres, instauration du divorce...

En décembre 1789, il avait trouvé le sursaut d'énergie nécessaire pour, une fois encore, sauver le pays au bord du gouffre, car il manquait 90 millions pour finir l'année. Prenant définitivement le pas sur Necker, il avait, contre l'avis de celui-ci, fait adopter le cours forcé des billets de la Caisse d'escompte jusqu'en juillet 1790, fait accélérer la vente des biens du clergé et, surtout, fait voter la création de 400 millions d'assignats dans des conditions plus qu'audacieuses. La première tranche de biens d'Église apportée en garantie de cette émission ne représentait en effet que 170 millions ; il lui avait fallu persuader ses collègues de créer 230 autres millions de billets dont la valeur ne reposerait sur rien. C'était un tour de magie dont il avait sidéré l'Assemblée et qui avait évité la catastrophe.

Bien souvent saisi de découragement et connaissant de terribles embarras financiers, il envisageait de se retirer du jeu. Mais dès qu'un péril apparaissait, même s'il avait encore bien juré la veille qu'il ne lèverait pas le petit doigt, on le retrouvait sur la brèche. Le 19 janvier, il contrecarra seul la manœuvre de l'ultradroite qui proposait que l'Assemblée proclamât elle-même sa dissolution pour le 5 mai suivant, date anniversaire de la réunion des États généraux. On l'avait vu alors monter à la tribune, essoufflé, apoplectique ; il avait déchaîné les hourras en rappelant le serment du Jeu de paume prêté par des députés enthousiastes, découvrant dans des phrases sublimes et vibrantes d'émotion les nouveaux horizons de liberté qui s'étaient offerts à la France depuis ce 20 juin 1789. Il l'avait emporté et la motion des contre-révolutionnaires avait été rejetée.

Or, ce même 19 janvier, la gauche – plus particulièrement le district des Cordeliers – en avait fait de belles, accomplissant un pas de plus pour affirmer la suprématie de ses « arrêtés » pris dans le tumulte de ses assemblées locales. Danton, qui se mêlait de tout régenter dans son petit territoire, avait fait saisir rue de Seine un convoi d'or destiné à la Monnaie de Limoges, prétendant que la frappe des espèces nationales ne devait dorénavant s'effectuer qu'à Paris. Ce faisant, il s'était heurté à la justice du Châtelet et à Bailly, le maire de la capitale. Du coup, Danton avait fait pire : il avait fait élire le soir même cinq « conservateurs de la liberté », des patriotes de son district, sans l'autorisation desquels aucune loi, décision de justice ou de police ne pouvait s'exécuter dans cette partie de la rive gauche de Paris.

Mirabeau, mis au courant, ne put que déplorer, alors qu'il s'arc-boutait pour refonder l'État, cette obstination à «ériger de nouvelles féodalités». Il savait que ces particularismes menaçaient la Révolution.

Épuisé, souffrant de suffocations, voyant de plus en plus de papillons et de pluies d'étoiles obscurcir sa vision, Mirabeau éclatait de rire aux recommandations de se ménager que lui adressaient régulièrement Blanchot et son disciple, Cabanis.

– Gabriel, le prévenait chaque matin le jeune médecin de Limoges, tu ne dureras pas six mois à ce train !

– Le malheur n'attend pas ! lui répondait invariablement l'Hercule. Ces messieurs qui rêvent d'une révolution à petit prix, si je ne m'occupe pas d'eux sans cesse, feront leurs affaires et leurs misérables arrangements... Ce n'est pas tout de commencer, il faut aussi finir et, pour cela, comme je le dis souvent, ne pas craindre de sortir hors de ses propres mesures.

– Voilà pourquoi tu dois t'économiser... lui répliquait tout aussi obstinément Blanchot. Laisse tes lieutenants discuter point par point ce qui reste à régler de la Constitution, des finances et des assignats maintenant que ces questions sont en bonne voie, ne t'occupe que de l'essentiel – ce que tu nommes le fond –, c'est-à-dire l'héritage des Lumières.

– Mais le fond, Blanchot, est inséparable du reste ! Qui te dit que d'ici quinze jours, avec Talleyrand, nous ne serons pas obligés de proposer des mesures plus coercitives encore pour éviter la banqueroute de l'État... Et puis tout se tient : les plus révolutionnaires de ces beaux messieurs, ceux qui crient le plus fort au respect des acquis de la liberté et de l'égalité, qui invoquent les principes de la morale, sont ceux-là mêmes qui possèdent des plantations de sucre à Saint-Domingue ou qui sont aux ordres des planteurs. Ils se moquent éperdument du sort réservé aux pauvres esclaves sans lesquels il n'y aurait pas de sucre dans les colonies.

Blanchot, l'homme des grandes réflexions, restait au plus fort de ces discussions une âme candide.

– C'est maintenant à la conscience des hommes qu'il faut parler !

Mirabeau ne faisait qu'en hausser les épaules.

– Nos sociétés de pensée, à commencer par le club des Jacobins, vont bientôt se discréditer car elles sont noyautées par ces assoiffés de richesse qui n'aboient à la liberté que pour mieux faire leurs affaires. De l'humanité, de l'humanité sensible, misérable ou blessée, dans leur bouche, il n'en est jamais question !... Non, non, Blanchot, il m'est avis que je suis condamné, et pour longtemps encore, à vociférer à la tribune de l'Assemblée.

– En ce cas, nous t'assisterons ! s'enthousiasma Cabanis.

– Tu seras plus utile à tes malades et à tes pauvres ! Ne te détourne pas de ta tâche... Elle vaut bien la mienne. J'ai mes Genevois, je viens de réussir à leur payer les trois mois de salaire que je leur devais. Il ne me faudrait que des petites mains... des jeunes gens sachant écrire, ayant du cœur, de la générosité... n'ayant pas peur de travailler jusqu'à l'aube...

– Je pense que j'ai ce qu'il te faut, dit Blanchot.

Mirabeau habitait l'hôtel des Bons-Enfants, dans la rue du même nom, face à l'oratoire de la rue Saint-Honoré. Il s'agissait d'une modeste et étroite bâtisse de six étages. Lorsque l'Assemblée était revenue à Paris, il avait loué tout un niveau, c'est-à-dire une grande pièce et trois petites chambres à demi mansardées. Depuis qu'il avait pris là ses quartiers, cet homme tonitruant forçait toute la maisonnée à vivre à son rythme. Quand il rentrait à minuit du Manège, après un passage au club des Jacobins, puis un souper bien arrosé au Palais-Royal, il réveillait ceux qui dormaient déjà parce qu'il lui fallait quantité de choses : d'abord un bain bouillant que lui préparait pour 1 heure du matin un Auvergnat qui l'attendait dans la rue avec son réchaud et sa baignoire de cuivre, puis du vin à la glace et des sorbets que l'on allait chercher chez Corazza, dans les galeries du Palais-Royal. Souvent, il ramenait quelques amis députés qui assistaient à son bain dans des éclats de rire qui se répercutaient jusqu'au rez-de-chaussée ; puis, sur le coup de 2 heures, il se mettait à travailler, chantant quelquefois à tue-tête ou, lorsque l'inspiration ne venait pas, hurlant à sa fenêtre en jetant son papier froissé sur le pavé. Vers 4 heures, quelquefois, une créature à laquelle il avait donné rendez-vous venait le rejoindre et c'étaient alors des cris et des râles de plaisir poussés jusqu'aux premières lueurs de l'aube. Enfin, vers 6 heures, tout redevenait calme ; il ne s'agissait pas qu'il y eût jusqu'à 11 heures le moindre bruit dans la maison, sinon il se mettait en fureur. À cette heure précise, le vacarme recommençait ; l'Auvergnat devait remonter avec sa baignoire, un ou deux des Genevois étaient admis pendant le bain ou le déjeuner composé de pâtés, de jambon et de volailles froides accompagnés toujours de vin à la glace, car il ne supportait l'ingestion d'aucun liquide chaud, pas même le café, ni surtout le thé dont son séjour à Londres l'avait dégoûté pour toujours. À 1 heure et demie, il descendait l'escalier, aspergé d'eau de Cologne, sanglé dans son habit noir de représentant du peuple car, alors que l'Assemblée, en application de sa liberté nouvelle, avait décidé dès le mois de juin 1789 que les députés pourraient se vêtir à leur guise, Mirabeau jusqu'au bout fut le seul à paraître dans l'habit réglementaire que Louis XVI avait assigné aux représentants du tiers à l'ouverture des États.

Sa célébrité était telle qu'il y avait toujours un attroupement dès midi devant l'hôtel pour guetter sa sortie. Cabotin comme un comédien, il attendait souvent dans le vestibule qu'il y eût suffisamment de monde pour se risquer au-dehors ; alors apparaissait l'homme du monde le plus aimable, le plus franc, le plus convivial, avec un mot pour chacun et une pièce pour les mendiants qui étaient ses « abonnés » ; il mettait dans son chapeau tous les menus présents qu'on lui faisait – bonbons, gâteaux, petits ouvrages de vannerie ou d'aiguille, lettres et poèmes. Quand la calotte de ce couvre-chef était pleine, il revenait dans l'hôtel et déposait le tout sur la banque de Mme Legras, la propriétaire, une énorme patriote qui n'était pas peu fière d'héberger chez elle le « Tonnerre » de la Révolution.

Or, ce 3 février 1790, alors qu'il revenait, comme chaque jour, de remettre sa moisson de cadeaux à la propriétaire de l'hôtel, il fut arrêté par deux jeunes gens qui n'avaient pas osé s'approcher de lui lorsqu'il avait descendu l'escalier avec ses Genevois et qui étaient restés sur le pas de la porte en triturant nerveusement leurs tricornes. L'un de ces garçons marchait en s'aidant d'une béquille – c'était Paul Masson –, l'autre, plus jeune, avec ses petites lunettes, ses cheveux roux en désordre, était Louis Blanchot.

– Monsieur le comte ! dit Paul, qui avait été prévenu qu'avec Mirabeau il importait de conserver les anciens usages.

À ces mots, le visage du député de Provence s'était en effet épanoui d'un large sourire.

– Si fait, jeune homme, que puis-je pour vous ?

– Je viens de la part du docteur Blanchot dont le fils m'accompagne.

– Ah ! c'est vous dont il m'a parlé... Il ne m'avait pas dit que vous clopiniez, mais c'est de votre tête dont j'ai besoin, pas de vos jambes ! Vous m'avez l'air vif et dégourdi... plein d'allant – voilà sans doute la qualité qui importe le plus pour venir patauger de concert avec moi dans le marigot de la représentation nationale ; les noyades y sont quotidiennes. La plupart des nageurs y font piètre figure, ils barbotent et se débattent, tirant des mines de six pieds de long avant de couler à pic... Mais, grâce à Dieu, vous vous rendrez vite compte que moi, je ne suis jamais tant à l'aise qu'entre deux eaux ! Si vous avez tant soit peu de mémoire, si vous savez écrire à la volée aussi vite que je parle, alors vous êtes celui que je recherche.

— Et j'en suis fier ! ajouta Paul, rayonnant de bonheur.

— Mais ne vous attendez pas à de gros émoluments ; je n'ai pas un sou !

— Ce n'est pas...

— Si, c'est toujours !... Jeune homme, vous débutez dans la vie. L'argent, c'est malheureusement l'huile qui fait aller la lampe, mais, moi, vous vous en rendrez compte très vite, je ne suis pas doué pour presser cette huile-là... J'ai fait gagner des millions à des loups-cerviers qui ne m'en ont pas eu la plus petite reconnaissance, et du coup je sèche sur place, comme au premier jour de mon adolescence, chaque matin peu assuré du fait que je ne fasse pas banqueroute d'ici le soir... Pourtant, je vous paierai quand j'aurai de quoi et sans lésine ! Et dites-vous qu'un homme comme moi, dans la tourmente actuelle, finira bien par être reconnu et salarié à sa juste valeur.

— Quand commencerai-je ?

— Tout à l'heure ! tout de suite !... Venez avec moi, nous verrons Dumont, mon principal collaborateur, Reybaz et aussi Du Roveray qui préparent et peaufinent mes discours à partir des quelques idées que je leur donne à mâcher.

Là-dessus, il entraîna Paul et Louis d'un pas rapide et martial dans la rue Saint-Honoré ; sa veste ne tenait qu'à un bouton et, malgré le froid, sa chemise largement ouverte flottait au vent. Tout en marchant, il avait entamé un long monologue au débit preste et saccadé : c'était le programme des jours et des semaines à venir.

– La traite des nègres ! Voilà ce par quoi il faut commencer pour que cette Révolution soit vraiment celle de l'humanité... Sitôt après, nous poursuivrons par la suppression de la peine de mort, l'éducation pour tous, garçons et filles ; le droit pour les prêtres de se marier... Pour mes pauvres nègres, les travaux sont lancés ; ils seront longs. C'est un débat passionnant... Je suis en liaison avec l'abolitionniste anglais Thomas Clarkson. Il est à Paris pour me soutenir car il sait que je compte bientôt plaider cette grande cause contre une écrasante majorité de gens, patriotes pourtant convaincus, mais d'une opinion contraire... Il s'agit de dire la vérité sur le sort de ces malheureux esclaves, avec des témoignages, des dessins, les plans détaillés des horribles bateaux sur lesquels on les entasse... J'ai là de quoi apitoyer les âmes sensibles, mais nous aurons fort à faire en nous adressant à un public où se trouvent plus d'un négrier ou défenseur de la cause du sucre, et encore, je ne vous parle pas de ces ravissantes idiotes, ces belles dames de la Cour, plus promptes à se désoler lorsqu'un agneau de Trianon vient à se tordre la patte que lorsqu'un nègre désespéré avale de la terre pour mourir au moment d'être enlevé d'Afrique.

Le député d'Aix et ses deux jeunes accompagnateurs parvinrent bientôt, sans avoir ralenti leur allure, près de l'Assemblée où la foule était compacte. L'arrivée du tribun fut saluée d'applaudissements, de cris joyeux, mais aussi de quelques huées.

– Ça, dit-il à Paul dont il venait d'observer le regard surpris, ce sont les jaloux, il faut toujours en garder quelques-uns pour conserver la tête froide !

Dumont et Reybaz l'attendaient sous les tilleuls de la terrasse des Tuileries, portant leurs travaux de la nuit dans des portefeuilles de cuir rouge.

– Voilà mes petits Suisses ! fit Mirabeau d'un ton enjoué en désignant les deux hommes à la mine grave. Dumont me quittera bientôt, car il en a assez de me voir faire l'Arlequin dans cette boutique, dit-il en désignant du doigt la salle du Manège. Reybaz demeurera parce qu'il a femme et enfant à nourrir. Je le fais suer sang et eau mais il est bien satisfait d'en être venu ici aux exercices pratiques après avoir ruminé longtemps la société idéale dans ses montagnes suisses.

Dumont était un homme de trente-deux ans qui paraissait plus jeune, mêlant des airs d'innocence et de sévérité, bien mis, portant un chapeau rond de postillon, une redingote rayée à la mode et des bottes à reversis clair. Il avait le regard doux et un phrasé lent qui contrastait avec celui de son « patron » dont les phrases, plus rugies que dites, précipitaient l'ordonnance des mots comme sous le souffle de la bourrasque. Il s'avançait vers Mirabeau avec gravité parce qu'il savait déjà que la nouvelle qu'il apportait ne plairait pas.

– Nous l'avons appris il y a une heure, dit-il, le roi s'est fait annoncer ici, pour demain, 4 février, en vue de faire, a-t-il précisé, « une communication importante ».

La nouvelle était en effet surprenante, si surprenante même que Mirabeau, ainsi que l'avait pressenti Dumont, ne put s'empêcher de s'en irriter : ses sources d'information habituelles au Château – La Marck et Montmorin – ne l'avaient pas prévenu ; il s'attendait donc à quelque chose d'improvisé et de bâclé. Un coup d'épée dans l'eau au mieux, une maladresse au pire. Louis XVI aurait certainement concocté seul cette intervention, avec sa bonne volonté, son entêtement et toujours cette idée qu'on ne pouvait lui ôter de la tête que Dieu seul devait l'inspirer pour pourvoir au bonheur de ses peuples.

– Il faut essayer d'en savoir plus avant ce soir !

– Je lancerai mes filets, promit Dumont. Mais, du coup, l'ordre du jour de cet après-midi vient d'être changé, poursuivit-il, et Lanjuinais…

– Encore lui !… Quelle peste ! Cet homme fait tout pour m'empêcher de parler.

Le Genevois se contenta de sourire car il savait parfaitement comment le député d'Aix réduisait lui-même au silence la plupart de ses collègues.

– Mais vous aurez à dire, reprit Dumont, car j'ai pu savoir hier à minuit que l'on aborderait la question des jurys d'accusation aux assises et je vous ai préparé quelque chose là-dessus.

Mirabeau, au lieu de le remercier, s'empara avec humeur de la liasse que lui présentait son secrétaire. Il en tourna les pages convulsivement, les froissa de ses grosses mains nerveuses, puis sourit.

– Facile ! Facile, surtout quand on a affaire à des ânes !

Il se tourna vers Paul.

– Mais quelquefois, jeune homme, on a aussi affaire à des méchants, des têtus et le plus souvent, ce qui est pire, à des imbéciles… C'est dans ce cas surtout qu'il convient de se méfier !

Puis, revenant à Dumont :

– Vous serez le précepteur du jeune Masson, vous lui montrerez comme on travaille pour la Révolution… Vous le mettrez d'abord sur les nègres ; ce sera ma prochaine grande secousse. Je ferai tout pour que l'on se souvienne comment j'ai mené ce combat-là – un combat que nous perdrons, c'est certain, mais pour lequel l'avenir nous donnera raison.

Et là-dessus, avec une agilité stupéfiante, il monta les trois marches qui accédaient au vestibule de bois que l'on avait bâti à la hâte en avant de la porte du Manège, du côté du cul-de-sac Dauphin, pour donner l'illusion d'un portique grec. Ce n'était qu'un subterfuge d'architecture destiné à rehausser la majesté du modeste édifice dans lequel s'était réfugiée la représentation nationale. L'Hercule du moment y fut comme happé et bientôt Paul ne vit plus que sa tête – son immense perruque blanche – oscillant par-dessus la cohue.

À 8 heures du soir, le même jour, revenant chez lui, Blanchot trouva un message de la reine fermé par un discret cachet de cire rouge sans sceau. Il tenait en quelques lignes :

> Monsieur, vous serez satisfait de moi, du moins je l'espère. J'ai longuement parlé au roi, à la suite de la conversation que nous avons eue ensemble, sur les résolutions fermes qu'il doit prendre. Il s'exprimera demain devant les députés et j'espère qu'il en sortira quelque chose de bon. Marie-Antoinette.

Blanchot ne passa pas à table. Il se précipita rue des Bons-Enfants. Mirabeau se préparait pour l'Opéra avec un soin un peu ridicule : il se tenait assis sur une chaise, tandis que son valet, Legrain, tournait autour de lui, projetant une fine farine sur sa perruque à l'aide d'un petit soufflet de carton. Pour cette opération qui se renouvelait deux fois par jour, le député d'Aix avait improvisé un masque : un simple mouchoir dans lequel il avait pratiqué trois trous, deux pour les yeux et un plus grand pour la bouche afin qu'il pût continuer de tout observer et de parler à son aise tandis qu'on l'enneigeait ainsi. Pour le reste, c'était le laisser-aller qu'il affectionnait dans son particulier : jambes nues, ses gros mollets blancs à l'air et les pieds plongés dans une bassine d'eau chaude dans laquelle se dissolvaient des sels de lavande.

Le médecin lui lut la lettre de la reine d'un ton plein d'enthousiasme, mais Mirabeau l'arrêta :

– Non, Blanchot, tout cela ne me rassure pas !... Cela ne prouve qu'une chose, c'est que cette femme, comme je le pense depuis le début, ressent un peu de la gravité de la situation, mais que c'est le roi qui décide. Il va parler, mais sans doute, cette fois encore, gâchera-t-il tout par de la maladresse.

Le roi vint en effet le lendemain à 3 heures de l'après-midi au Manège en traversant à pied le jardin, vêtu presque en bourgeois d'un simple manteau gris à col de zibeline et portant, sur un habit de couleur puce, le simple cordon bleu de l'ordre du Saint-Esprit sans sa plaque de diamants accoutumée. Pour la première fois il avait donné des instructions pour que ce soient les gardes nationaux qui marchent autour de lui, tandis que les compagnies de sa maison militaire se trouvaient reléguées en tête et en queue du cortège, sans tambours ni drapeaux. La vue de cette modeste escorte, qui tranchait sur les cavalcades accompagnées de roulements de timbales et de bruits de fanfare qui avaient précédé chacune de ses apparitions à Versailles, au temps des États généraux, impressionna favorablement et la foule qui s'était massée entre le palais et l'Assemblée nationale se déchaîna en vivats sur son passage.

Entré dans la salle des séances, Louis XVI traversa le parquet avec un air de grâce et de bénignité. Malgré sa timidité et son peu de goût pour les manifestations publiques, il avait, dans ces occasions solennelles, du fait de sa haute taille et de son port de tête altier, une maîtrise innée de la majesté, un allant naturel qui lui permettaient pleinement d'assumer son personnage. Les députés – même ceux qui ne l'auraient avoué sous aucun prétexte, tels Barnave ou Robespierre – en furent impressionnés. Après avoir salué le président de séance en ôtant son chapeau – geste qui fut aussitôt remarqué parce que c'était la première fois que le roi daignait ainsi honorer le plus haut dignitaire de la représentation nationale –, il alla jusqu'au fauteuil qui lui avait été préparé à côté de la tribune, juste au-dessus du bureau de la présidence, et là, debout, il commença son discours d'une voix inhabituellement forte. Il ne parla que cinq minutes. Sa première phrase, s'il s'y était borné, comme devait le remarquer le soir même Mirabeau, l'aurait sans doute rendu l'homme le plus puissant de France depuis des siècles. Il annonça en effet son intention de « prendre la tête de la Révolution ». L'autorité royale était alors si grande, la nouveauté de l'intention affichée si surprenante, l'air de franchise de celui qui l'énonçait si inattaquable que ce fut aussitôt un triomphe : les applaudissements se poursuivirent pendant dix bonnes minutes.

À 3 h 12 de l'après-midi, ce 4 février, Louis XVI pouvait encore tout gagner, tout inverser, retrouver la faveur de son peuple. Tout paraissait ouvert, mais, cinq minutes plus tard, la suite de son discours allait se charger de démontrer aux yeux des politiques les plus aguerris, en particulier à ceux de Mirabeau, qu'il n'était décidé à prendre aucun des moyens nécessaires à la mise en œuvre de ses belles intentions. Car il ne mènerait pas lui-même cette grande entreprise. Il n'envisageait pas non plus de s'appuyer sur quelque tête solide, ainsi que le lui suggéraient ouvertement La Marck et Montmorin, en avançant le nom du député de Provence. Non ! Au lieu de cela, il s'en remettait pour prendre en compte les idéaux nouveaux à un seul homme, chargé non pas de conduire la politique mais seulement de le conseiller : La Fayette, esprit chimérique, homme aux idées républicaines mal transplantées de l'Amérique, grand démagogue, prêt à tout lâcher pourvu que le peuple fût content ; mais tout disposé aussi à instituer une dictature militaire si l'on en venait à contrecarrer ses plans.

Mirabeau avait comme souvent prophétisé justement la déception puis l'immanquable dégoût que susciterait cette déclaration mal ficelée et, le soir même, il s'en entretenait avec La Marck auquel il avait donné rendez-vous dans un salon particulier du Café national, au Palais-Royal.

– La démonstration est faite, monsieur le duc, ces gens-là périront non par défaut de bonne volonté ou de charité mais par inaptitude : le roi ne se fie qu'à son grossier bon sens, n'a de confiance qu'en La Fayette et la reine n'est pas écoutée, alors qu'elle a plus de sens politique, voit confusément les difficultés et n'aurait besoin que d'un mentor pour se forger une opinion... Louis XVI se trompe en ne prenant pas lui-même la direction de la politique et en en déléguant le soin aux plus ineptes : dans mon système, je le répète, le roi doit être professeur et non disciple. Il importe qu'il se coalise avec son peuple pour pouvoir plus facilement se passer des manieurs de sabre.

– Je commence à partager vos vues là-dessus après avoir longtemps trouvé que vous exagériez... Montmorin n'est pas loin de penser comme moi !

– Prince ! (Mirabeau aimait les titres et avec La Marck il avait le choix) la Révolution est comme un océan : elle peut porter triomphalement la monarchie ou la faire sombrer... Et cet après-midi, le vaisseau triomphant a viré sous la tempête.

– Heureusement que vous êtes là, Gabriel !

– Mais nul ne me prend au sérieux : l'Assemblée ne veut pas de moi, la reine non plus... Mais savez-vous que je ne me déclare pas battu : empêché de faire de la politique, je vais défendre les idéaux de l'*Encyclopédie*... Ainsi je les forcerai tous à porter les yeux sur moi... Je sortirai du centre du chaos pour le dominer !

Et aussitôt, comme meilleur remède à ses dégoûts et à la dépression qui depuis le mois de janvier semblait avoir eu raison de son courage, il alla s'occuper de ses nègres.

La traite était depuis longtemps l'un de ses grands sujets et, de son avis, pour son siècle « un anéantissement de honte ». Avec quelques esprits éclairés – Condorcet, Sieyès, Brissot, l'avocat Bergasse, La Fayette (favorable à l'esclavage mais, en même temps, par un louable sursaut de sensibilité, opposé à la traite), les frères Lameth et le jeune marquis de Valady (venu du Rouergue où l'on n'avait pourtant jamais vu un seul nègre) –, il avait été à l'origine, le 19 février 1788, de la Société des Amis des Noirs qui, sur le modèle de sociétés anglaises, réclamait non pas l'abolition de l'esclavage mais celui de la traite.

Il s'était servi habilement de ce combat-là pour placer les plus ardents révolutionnaires face à leurs contradictions. C'était d'ailleurs l'une de ses tactiques favorites que de prendre ainsi les gens à rebrousse-poil, de les contrecarrer sur leur propre terrain, en se faisant passer pour plus révolutionnaire qu'eux. Il suffisait de se souvenir de la fureur qu'avaient provoquée chez lui la fameuse nuit du 4 août et cette abolition des privilèges qu'il regardait comme une pure décision d'enthousiasme sans réflexion préalable et une « orgie d'abolitions ». La Déclaration des droits de l'homme n'avait pas non plus eu l'heur de lui plaire : il avait estimé que c'était du temps perdu passé à des balivernes, que l'essentiel était ailleurs, dans des tâches plus immédiates et plus utiles : la Constitution, les finances, la réorganisation administrative…

Barnave, affidé notoire du parti négrier et en même temps – nul n'y voyait un paradoxe – l'un des représentants les plus virulents de la gauche, avait salué avec emphase la Déclaration des droits, « texte valant pour tous les hommes, avait-il souligné, régnant sur la terre comme les lois de la nature régissent l'univers ». Du coup, le député de Provence, agitant la question des colonies, lui avait aussitôt tendu un piège : « Les

Blancs réservent-ils la liberté pour certains lieux et pour certains jours ?... Éclairez-nous, les nègres sont-ils des hommes ? » La grandeur de Mirabeau était de répondre oui à la question alors que le très révolutionnaire Barnave s'apprêtait à y répondre par la négative.

Mirabeau, pour se lancer dans ce combat, avait besoin du soutien de la Société des Amis des Noirs. Il en avait donc ranimé l'ardeur. Elle se réunissait à présent deux fois la semaine, Dumont en était devenu la cheville ouvrière. Mais il avait surtout près de lui Clarkson, qui était arrivé à la fin de l'été de 1789 à Paris, s'était installé à l'hôtel d'York, puis avait été reçu en triomphe par les Amis des Noirs ainsi que dans plusieurs loges maçonniques.

Dumont seul puis, à partir de la fin de février 1790, flanqué de Paul, allait tous les matins chez cet Anglais, personnage haut en couleur, sec et maigre, vêtu de gros habits de laine tricotée. Ils y nourrissaient leur dossier de plans et de dessins des horribles machines destinées à enchaîner les esclaves, complétant de la sorte la documentation que Mirabeau accumulait depuis des mois dans ses cartonniers. Ils dressaient également des tableaux détaillés de mortalité, passaient au peigne fin les rôles de navigation et les documents comptables, douaniers et contractuels pouvant étayer la cause de l'abolition. Ils parvinrent ainsi à démontrer, pièce après pièce, que le raffinage du sucre opéré dans les îles par de la main-d'œuvre servile revenait beaucoup plus cher que ce même raffinage effectué par des ouvriers payés dans les usines établies aux environs de Nantes. Ils détruisaient ainsi l'argument des planteurs quant à l'esclavage comme nécessité économique.

Mirabeau s'attendait au pire, il fut servi. Le 26 février au soir, dans la bibliothèque de l'ancien couvent qui servait de lieu de réunion au club des Jacobins, ayant rusé pour faire entrer ses collaborateurs dont Paul et

Dumont qui n'en étaient pas membres, il monta à la tribune où l'orateur disposait pour pupitre d'un ancien lutrin. Il avait sa tête des mauvais jours.

Il parla deux heures sans s'arrêter, sans boire ni souffler. Il démonta tous les préjugés que soutenait le parti colonial regroupé dans la Société de Massiac – du nom de l'hôtel où elle se réunissait. Il exposa successivement pourquoi à ses yeux la servitude n'était pas l'état naturel du nègre et il soutint, chiffres à l'appui, qu'abolir la traite ne ruinerait pas le commerce des colonies. Il démontra qu'en réalité la traite renchérissait le prix du sucre, du coton et de l'indigo et il conclut en affirmant que la seule solution était que le colon ménage et traite ses nègres de façon qu'ils se reproduisent harmonieusement. Qu'à ce prix seulement on verrait la fin des coûteux et cruels transbordements d'Africains dont le quart mourait en route.

Des huées et des injures saluèrent ce discours et montrèrent jusqu'où peut se porter la fureur dès lors qu'il s'agit d'intérêt ou d'argent. Tout était dit et Mirabeau, qui s'attendait à ce désaveu mais pas à cette violence, resta un moment muet, comme accablé. Paul et Dumont serraient les dents et même, pour se soutenir, se tenaient la main. Ils se faufilèrent dans la pénombre, désireux de rejoindre leur patron de crainte qu'on ne lui fît un mauvais sort. Ils le retrouvèrent, toujours calmement assis au bas de la tribune, sous la menace de dix poings et bras tendus.

– Ah ! mes enfants, se contenta-t-il de leur dire en souriant, nous n'avons pas la majorité ce soir… Ce qui prouve que cette règle du plus grand nombre d'avis est assez stupide… puisque, en l'occurrence, nous demeurons dans la certitude d'avoir raison.

Il se leva, fut bousculé, mais, ses deux secrétaires pendus à ses basques, il parvint à sortir et à gagner la rue Saint-Honoré. Des membres du club continuaient à le poursuivre en l'injuriant, mais bientôt, arrivés rue de Richelieu, ils furent seuls.

– Allons chez Février, nous l'avons bien gagné !

Ce fut ainsi qu'il conclut ce débat, sans jamais de toute la soirée reparler de ses nègres, faisant le boute-en-train tout au long de ce souper qui fut plein de saillies et de gaieté, car Mirabeau était ainsi : un combat perdu, une passe difficile n'abattaient jamais son courage.

Il avait décidé, en dépit de ce premier accueil désastreux, qu'il ne retirerait pas son projet, qu'il le présenterait au plus tôt sur le bureau de l'Assemblée nationale pour qu'il fût soumis à débats et à vote.

Ainsi fit-il. Il voulait voir combien de représentants du peuple en France estimaient comme lui que les nègres étaient des hommes. Il voulait faire de cette question, une nouvelle fois, le « thermomètre de la Révolution ». Il considérait que si tous ces bourgeois qui venaient de faire table rase du vieil absolutisme n'avaient pas l'audace de mieux traiter l'humanité, ils ne seraient définitivement à ses yeux que des imposteurs et des hypocrites. Il ne fut pas déçu...

Le 8 mars, Barnave fut chargé de faire le rapport devant ses confrères ; c'est ce que Mirabeau voulait. L'homme qui avait soutenu plus bruyamment que tous les autres et avec un enthousiasme démonstratif la Déclaration des droits de l'homme entama un discours proprement sidérant :

> On s'apitoie sur le sort des Noirs, mais sont-ils vraiment si à plaindre ? Qu'ils soient nés aux colonies ou transplantés de la côte d'Afrique, ils ne peuvent avoir le regret d'une liberté qu'ils n'ont jamais connue. Ne la leur donnez pas ! Ce serait un présent funeste dont ils s'empresseraient d'abuser. S'ils devenaient maîtres de leur personne et de leurs actions, il ne faudrait plus compter sur leur

gratitude. Ennemis naturels des Blancs, libres aujourd'hui, armés demain, ayant une grande supériorité en nombre, conspirant en secret, surprenant leurs victimes, ils auraient bientôt égorgé tous les colons. Le nègre transplanté ne se reproduit pas dans une mesure nécessaire pour balancer les morts. De plus, la traite est une des principales branches de notre commerce. Elle est indispensable et, loin de l'abolir, nous la devons favoriser par des encouragements… Que prétendent donc ces Amis des Noirs ? Sont-ils les députés de provinces de la France ou les législateurs de Loango ou du Mozambique ? Je leur conseille d'être moins philosophes pour être meilleurs Français.

Paul, Dumont, Reybaz, Condorcet et Chamfort – le poète académicien qui avait autrefois collaboré avec le député d'Aix à ses premiers pamphlets publics – se trouvaient dans les tribunes n'en croyant pas leurs oreilles. Mirabeau voulut parler, mais on l'en empêcha ; de toutes parts, c'étaient des cris : « Aux voix ! Aux voix ! » Sur huit cent dix députés présents, il n'y en eut que neuf qui furent d'avis d'abolir la traite, et parmi eux des aristocrates comme le duc de La Rochefoucauld, mais aussi Sieyès, l'abbé Grégoire, Pétion et Mirabeau.

De ce jour-là, la Révolution ne fut plus la fille des idées de Rousseau et de Voltaire.

Mirabeau avait voulu en administrer la preuve : il l'avait fait de façon éclatante. Après cela, il estima qu'il n'avait plus rien à voir avec ces hommes hypocrites qui discouraient à l'infini d'une liberté qu'ils ne voudraient jamais que pour eux-mêmes : celle de s'enrichir.

Il se sentit brusquement libre vis-à-vis de ces gens, libre de mener à sa guise les sujets qui lui tenaient à cœur avant de disparaître. Car Mirabeau, sans oser le dire à personne, pas même à Cabanis, sentait ses forces l'abandonner petit à petit : sa vue baissait, ses bourdonnements d'oreille s'amplifiaient, son souffle devenait plus court, la somnolence le gagnait traîtreusement dans la journée. Or sa grande ressource avait été de pouvoir se passer de sommeil pour abattre sa tâche. Lorsque la santé commence ainsi à devenir «intercadente», ou l'on se ménage pour durer, ou l'on accélère pour faire le maximum dans un temps qui irrémédiablement se raccourcit. Mirabeau était de la race de ceux qui n'imaginent pas ralentir.

Paul était donc entré selon ses vœux de plain-pied dans l'action, au cœur de l'atelier le plus actif, à la bouche même du souffle de la Révolution. Il en était tout changé : il était devenu d'un coup acteur du mouvement, avec cette heureuse circonstance que les projets auxquels l'intéressait Mirabeau tenaient tous aux anciens rêves suscités dans son âme généreuse par ses lectures philosophiques. Lui qui avait toujours aimé le théâtre, au point de passer des après-midi entiers sur la rive gauche aux répétitions de la Comédie-Française, avait l'impression d'avoir intégré la plus fabuleuse fabrique de décors de son temps.

Lucile et Anselme partageaient la fierté de voir leur fils servir le héros de la Révolution. Toutefois, l'ancien chimiste de Sèvres qui avait conservé une volonté intacte et de l'exigence en toute chose demeurait intransigeant sur un point : son fils devait continuer de suivre ses cours au Jardin du roi ; il devait même s'y rendre tous les matins et avoir retranscrit ses cours au net avant de se plonger dans les dossiers de son nouveau mentor.

La chose fut exécutée ponctuellement, dans les débuts du moins, mais bientôt, de plus en plus absorbé par un travail qui commençait d'empiéter sur ses nuits, le jeune étudiant envoya en cachette le jeune Basile prendre en notes les cours et les démonstrations de MM. Daubenton et La Cépède.

À peine l'affaire des nègres si glorieusement perdue, Mirabeau prépara les nouveaux grands combats du printemps de 1790 : le premier, contre la droite qui voulait faire proclamer la religion catholique « religion d'État et seule reconnue » ; l'autre, contre la gauche extrême, qui montrait clairement comment, en conservant des pouvoirs exorbitants aux assemblées électorales de district, une fois les élections finies, elle escomptait engager les cohortes populaires de Paris à l'assaut de l'ordre légal.

Du coup, l'atelier redoubla d'efforts. Son patron ne rentrait pas toujours rue des Bons-Enfants, restant dans la boutique de Mme Lejay pour corriger les épreuves de ses journaux ou rédiger des manifestes. Il ne se ménageait pas et quand l'heure fut venue d'engager simultanément ces deux combats, c'est exténué qu'il monta à la tribune. Le miracle était que, dès qu'il se trouvait ainsi hissé au-dessus de ses collègues, il lui suffisait de lever sa main puissante pour retrouver aussitôt son énergie et sa persuasion. Dans l'un et l'autre cas, il sortit vainqueur, ayant repoussé du vacarme de sa voix les entreprises de ces deux clans qui se haïssaient bien fort mais qui s'accordaient parfois pour tenter de le terrasser.

Dans ces furieuses empoignades, il découvrait la liberté de celui qui peut tout oser et entreprendre parce qu'il n'a plus personne à ménager, ni non plus rien à attendre de quiconque. En politique, il croyait fermement que ses derniers efforts devaient tendre à l'affermissement du pouvoir royal. Les lâchetés de l'Assemblée dans l'affaire des nègres lui en avaient administré la preuve : il ne saurait être question de donner une once de pouvoir en plus aux mille deux cent cinquante représentants de la nation dans lesquels il ne voyait que mille deux cent cinquante égoïstes, ambitieux et tyrans en puissance. Il espérait que Louis XVI finirait par comprendre qu'il voulait être son sauveur, et qu'il resterait dans l'Histoire comme celui qui avait bousculé le prince endormi sur son trône vacillant pour ensuite conforter son pouvoir.

Au début du mois de mars 1790, La Marck fut le premier à remarquer que le roi, déçu par La Fayette qui n'avait rien fait pour le soutenir depuis son discours du 4 février, ne sursautait plus dès que le nom de Mirabeau était prononcé en sa présence. Soutenu par Montmorin, et quoiqu'il fût patent que le roi, depuis son arrivée à Paris, ne consultait plus sa femme, La Marck s'efforça de convaincre la reine de tendre la main à Mirabeau.

Mais Marie-Antoinette résistait encore de toutes ses forces à l'idée de faire appel à celui dont elle avait dit plusieurs fois qu'elle espérait n'être jamais suffisamment malheureuse pour le solliciter. Se tourner vers lui à présent revenait à s'avouer qu'elle était effectivement à court d'expédients.

— Entrer en commerce avec M. de Mirabeau, dit-elle un soir à La Marck, c'est à peu près signer un pacte avec le diable. Ses plans sont audacieux, habiles, séduisants, mais bien dangereux, et il s'entend à vous persuader qu'il n'y a pas d'autre voie que celle qu'il vous propose...

— Ses plans, vous les connaissez donc, Madame ? s'était enquis le duc.

— Bien sûr ! Dès notre arrivée à Paris, le 7 octobre au matin, il était dans le bureau de Montmorin pour lui proposer la seule chose qui puisse retourner à coup sûr la situation : nous faire ressortir de la capitale où les esprits étaient déjà trop échauffés contre nous, gagner Rouen, y faire venir l'Assemblée nationale et, depuis là, en appeler solennellement à la nation.

— Et il avait raison, Madame !

— Je finis par le croire, en effet.

— Vous ne risqueriez rien à recueillir au moins ses avis car c'est un homme de ressources !

— Il n'est qu'une inconnue dans ce projet, mais elle est de taille, c'est sa sincérité.

— De cela aussi, Madame, je réponds... Les pires ennemis du comte de Mirabeau sont dans l'Assemblée. On lui a refusé la liberté pour ses nègres, il est persuadé que vous, vous ne l'auriez pas fait si on avait sollicité votre avis.

— On ne m'a pas consultée là-dessus, en effet.

La Marck engagea donc la négociation pour que Mirabeau devienne le conseiller secret de la Cour. Le roi et la reine, désemparés, acceptèrent mais cependant ne firent aucun effort pour sinon l'aimer du moins ne plus mépriser le sauveur qu'on leur jetait dans les bras. Le mot « secret » rendait cet accord inavouable ; en réalité, tout ce que « conseilla » le député de Provence au roi ne différait pas de ce qu'il professait au grand jour. Cela tenait en quelques phrases : « Le roi devait se retirer des troubles parisiens... Confier aux provinces le soin de sa sécurité... Nommer un gouvernement rénové tiré de l'Assemblée et ayant sa confiance... Dénoncer les princes émigrés et leurs appels suicidaires à prendre les armes contre leur pays... », avec toujours les mêmes mots d'ordre : « Être professeur et non disciple... Chef et non esclave. » Tout cela il le disait et l'écrivait publiquement depuis des jours : Mirabeau ne variait pas, il était constant dans son idée de vouloir un roi fort et une Assemblée nationale contenue dans son pouvoir d'écrire la loi.

L'accord fut conclu en quelques jours, début mai. La seule obligation faite au nouveau conseiller était d'écrire six lettres exposant ses vues et donnant des conseils pratiques. Le caractère secret avait un double but : à la fois ne pas ostraciser Mirabeau dans l'Assemblée en le faisant passer pour un traître, mais aussi préserver la liberté du roi qui aurait le choix de suivre ou pas ses conseils.

Les arrangements financiers furent dignes de l'Ancien Régime : royaux, sans mesquinerie. Ils allaient au-delà de ce qu'espérait le nouveau conseiller qui ne demandait qu'une chose : le paiement des dettes qui l'étranglaient et qui se montaient à 208 000 livres, une somme colossale.

Il s'ensuivit de nombreuses tractations dans lesquelles intervinrent Charles-Claude Flahaut de La Billarderie, comte d'Angiviller – le directeur des Bâtiments et tuteur de Sèvres –, Charles IV d'Espagne et Félix Vicq d'Azyr, le médecin de Marie-Antoinette, lié à Mirabeau par la franc-maçonnerie.

Fort étrangement, ce fut Marie-Antoinette, conseillée par La Marck et Vicq d'Azyr, qui intervint pour débloquer les choses : elle offrait sa parole comme garantie et en même temps faisait à Mirabeau un pont royal. Il eut la surprise de se voir proposer le paiement de ses dettes par tranches mensuelles de 25 000 livres jusqu'à épuisement, plus une indemnité mensuelle, bien au-delà de ce qu'il demandait, de 6 300 livres par mois et surtout quatre traites de 250 000 livres qui lui seraient remises immédiatement mais qui seraient encaissables à la fin de la session législative, c'est-à-dire en principe le 5 mai 1791, ceci « sous réserve que l'on soit satisfait de ses services ».

Mirabeau, ébloui, lorsqu'il avait su que c'était la reine elle-même qui avait veillé à ce qu'il fût satisfait, s'estima l'homme le plus heureux du monde.

Il compta pour rien les anciennes défiances, les haines accumulées, alors que sa connaissance du cœur des hommes aurait dû lui suggérer de se méfier. Mais il s'agissait du roi et de la reine, et il n'était personne de plus attaché que lui à l'ancien trône.

Du jour au lendemain, il fut transporté dans « une ivresse de bonheur » : quarante années de disette financière se trouvaient d'un coup effacées par ceux-là mêmes qui personnifiaient le principe royal qu'il plaçait au-dessus de tout. Il devenait soudain riche, lui qui, toute sa vie, avait manqué de tout ou de presque tout, puisque, en bon aristocrate, dès qu'il avait eu trois sous, il en avait gaspillé cinq.

Il ne se cacha de rien et cette brusque richesse l'enivra. Il avait déjà quitté à la mi-février le petit hôtel de la rue des Bons-Enfants et, après un bref séjour au-dessus de l'imprimerie de Mme Lejay, s'était installé « à la grande », à la chaussée d'Antin – là où résidaient les gens à la mode. Il y vivait encore misérablement en mars, mais en avril, tout y devint somptueux : mobilier aristocratique, riches tentures et rideaux de brocart, domesticité empressée dont il exigea – en dépit des décrets de l'Assemblée qui en avaient stipulé l'abandon – qu'elle portât la livrée : bas rouges et veste de lampas nacarat. Il réussit aussi le prodige de trouver du temps pour courir les ventes publiques et il y acheta la bibliothèque de Buffon, dénicha le globe de Catherine de Médicis et une étonnante pyxide d'albâtre sur un trépied de bronze doré qui provenait aussi des premières dispersions des biens de nobles fugitifs.

Il ajouta également à son train de vie des commodités tel ce vis-à-vis – un cabriolet dont les deux sièges se font face – capitonné d'une soie rayée de bleu dont on pouvait rabattre la capote pour se protéger du froid ou de la pluie.

Mais il rêvait depuis toujours d'avoir un vrai château. Après avoir jeté quelque temps son dévolu sur le vaste couvent des Minimes qui était à vendre dans le bois de Vincennes, il finit par choisir la location avec promesse de vente du château du Marais, à Argenteuil. Cette propriété appartenait à Minette Helvétius dont le précédent locataire avait été le malheureux prévôt des marchands, Flesselles, massacré le 14 juillet ; on lui dit que c'était un mauvais présage, mais il ne fit qu'en rire. La demeure était magnifique avec chapelle (dans laquelle il décida tout de go qu'il se ferait enterrer), orangerie, glacière, bosquets et allées de tilleuls. Minette ne l'obligea qu'à une chose : reprendre à son service la vieille Marguerite, la portière, « la plus laide femme du monde ». Du coup, il s'enthousiasma : « Chère Minette, vous pouvez donc aimer un être complètement laid ! » Et il fit aussitôt des projets grandioses pour agrandir le parc, tracer de nouvelles allées, construire un temple grec à la gloire de son père qui, pourtant, l'avait persécuté toute sa vie et qui avait même trouvé le moyen de mourir le 13 juillet 1789, le privant ainsi de prise de la Bastille.

Mirabeau était ancré dans l'idée que, soutenant le roi, étant même désormais son plus considérable appui, il ne pouvait pas vivre autrement qu'en prince. Les réceptions suivirent, des réceptions où selon l'éternelle coutume de Paris on se bousculait pour mieux critiquer ensuite le luxe et la profusion de l'amphitryon : vins et mets d'exception, tables de jeu où il était de bon ton de « flamber », jolies femmes aux épaules découvertes et brillance du service traditionnel à la française.

Autour de lui, la garde rapprochée s'était étoffée : il avait bien sûr gardé Legrain, son valet des temps de misère, mais à présent il avait aussi d'autres domestiques : Theis et le couple Legrand. L'afflux d'argent frais lui permit de réorganiser son secrétariat. D'abord, il paya – et plutôt grassement – ses Genevois : Reybaz, Du Roveray et Dumont, lequel, malgré ses protestations de toujours quitter la place, allait rester jusqu'en février 1791. Il avait aussi embauché de nouveaux jeunes gens capables d'écrire et de prendre des notes à la volée qu'il avait installés à l'entresol de la chaussée d'Antin pour les avoir sous la main et qu'il faisait aussi venir en fiacre en cas de besoin jusqu'à Argenteuil.

Outre Paul, qui ne travaillait que l'après-midi, car le matin il était censé se trouver au Jardin du roi, il avait repéré et engagé trois jeunes gens promis à un grand avenir : Comps, jeune Provençal, franc-maçon, avec lequel il communiquait au travers de la cheminée par des coups de canne reproduisant un code maçonnique, et qui devait devenir un jour le secrétaire de Bernadotte à Stockholm ; Pellenc, autre Provençal, et futur grand avocat ; enfin, Frochot, le jeune député d'Aignay-le-Duc, futur grand préfet de Napoléon, celui pour lequel il nourrissait une préférence, puisque tous les messages qu'il lui adressait se terminaient invariablement par *vale et me ama* (« Portez-vous bien et aimez-moi ! »).

Tous ces collaborateurs avaient accès à leur patron à partir de 11 heures pour lui parler et l'entretenir de l'avancée des dossiers. Ils entraient dans sa chambre sans façon, le trouvant souvent en compagnie d'une actrice ou d'une grisette qui enfouissait sa tête sous les édredons. Sans l'énorme crinière factice qui le rendait si reconnaissable, avec le crâne rasé qui lui faisait la figure d'un bagnard, il se tenait sur son lit, à demi nu, croisant ses longues jambes et se caressant voluptueusement la plante des pieds au moyen d'une plume. Il s'entretenait avec ces jeunes gens qui ne s'offusquaient pas de le découvrir ainsi et, suivant plusieurs affaires en même temps, il dictait les réponses à donner ou des fragments de discours à incorporer dans une trame qu'il avait présente à l'esprit. Il se livrait à cet exercice tout en mangeant du jambon, des tartines de pain à l'huile d'olive, à l'ail et à l'échalote qui faisaient son repas du matin, accompagné de grands bols de café toujours glacé.

Paul vint à Argenteuil pour la première fois avec Frochot, aux derniers jours de mai. Ils étaient arrivés en fiacre et devaient revenir ensuite avec leur patron à Paris dans le petit vis-à-vis bleu, se serrant sur la banquette qui faisait face à celle qu'occupait le tribun, toujours assis dans le sens de la marche.

Le grand homme avait la tête dans les nuages : quelques jours auparavant, le 22 mai, dans l'une de ses plus belles péroraisons du haut de la tribune, il avait obtenu une nouvelle victoire décisive pour le roi en lui conservant le droit absolu et exclusif de déclarer la guerre. Pour lui, c'était une évidence, il s'agissait de la prérogative régalienne par nature, une décision qui ne pouvait être confiée à une assemblée versatile où il se trouverait toujours des partisans de la paix à tout prix qui pourrait mener à l'anéantissement du pays.

Après cette victoire que la gauche n'avait pas manqué de stigmatiser comme une nouvelle avancée de la contre-révolution, la population de Paris s'était montrée particulièrement nerveuse : les attroupements s'étaient multipliés autour de la salle du Manège et, fait nouveau, d'autres mouvements s'étaient produits autour de l'Hôtel de Ville à l'initiative de Danton.

Frochot était inquiet, mais Mirabeau, balayant ses arguments d'un grand revers de la main, l'arrêtait d'un éclat de rire : « Il faut voir au travers des brouillards, Frochot, tout cela se dissipera si nous tenons le gouvernail bien ferme ! » C'est que sa vue portait loin et il avait la vision nette et simultanée de ce qu'il fallait abattre et de ce qu'il fallait rebâtir.

Devant cette confiance en lui-même, ce calme qu'il montrait au milieu des tempêtes, ses visiteurs étaient à la fois impressionnés et rassurés.

– Ils auront beau faire, ces acharnés – les coupeurs de têtes du 6 octobre, les pourvoyeurs de motions des districts parisiens, tous les jaloux qui me reprochent mon opulence nouvelle –, ils ne m'empêcheront pas d'avancer !

– Tu ne continueras d'avancer que si tu te ménages ! intervint Cabanis.

Le médecin était arrivé la veille, appelé de Paris en catastrophe car le tribun avait été pris de violents maux de ventre.

– Et si tu ménages aussi tes amis, ajouta Chamfort.

Celui-ci avait sa chambre à Argenteuil depuis le premier jour. Mirabeau le faisait suer sang et eau en le chargeant non seulement de classer ses papiers et ses livres mais aussi en lui demandant de rédiger des projets de discours sur l'éducation publique, la création de dépôts d'archives et de bibliothèques.

– Ah! la révolution à petit prix!... C'est donc ce que vous voulez!

C'était là son antienne, l'une des pires insultes qui puissent sortir de sa bouche.

– Ce n'est pas la mienne en tout cas! Il faut mettre le prix pour trouver des hommes tels que moi et pourtant je suis impayable!... Louis XVI m'a acheté, mais je n'étais pas à vendre!

Depuis sa fortune nouvelle, il portait des bagues à chaque doigt et ses épaisses phalanges boudinées d'anneaux d'or scintillaient d'intailles, de saphirs et de diamants; il s'était fait couper, dans de somptueux tissus de lampas ou de gros, de longues robes de chambre qui traînaient par terre et lui conféraient des allures de satrape oriental. Il recevait ses visiteurs ainsi, virevoltant de l'un à l'autre et passant des sujets les plus graves aux plus frivoles.

Or, cet après-midi-là, sa préoccupation était plutôt futile.

– Paul... ta sœur travaille bien à Sèvres, n'est-ce pas?

– C'est exact!

– Eh bien, nous irons demain lui rendre visite... Cela fait plusieurs fois que Chamfort me signale que la Manufacture est à court d'argent, or le luxe de la porcelaine importe à la France... Je veux trouver le moyen de sauver cette boutique... Et en même temps garnir mon château de belle vaisselle chatoyante. J'y choisirai certaines pièces pour ici et pour Paris. J'ai toujours pensé que la porcelaine qui nous enchante pendant la journée de ses couleurs et de ses motifs pleins de virtuosité est encore plus mystérieuse la nuit, lorsque les flambeaux se reflètent à l'infini sur ses glacis... Toutes ces lucioles qui paraissent clignoter dans la pénombre, ça fait de la gaieté et moi, plus ça va, plus il me faut de la gaieté partout !

Le conseiller secret de Louis XVI ne différait jamais les résolutions qu'il venait de prendre. Dès le lendemain, le vis-à-vis bleu se présenta, sur le coup de midi, à la porte de la Manufacture royale.

Mirabeau était d'humeur joyeuse, ravi par l'idée d'une magnifique promenade. Il avait en effet décidé de suivre, depuis Argenteuil jusqu'à la colline de Saint-Cloud, le chemin de terre longeant la Seine. Un vrai pays de Canaan s'offrait à son regard : le fleuve au limon fertile à main gauche et, à droite, des vignes couronnant le sommet des collines jusqu'en contrebas du château de la reine, des vergers bien tenus s'étageant en terrasses à mi-pente, des prairies se succédant tout au long des berges avec des paysans occupés aux premières fenaisons et des bergères court-vêtues assises avec leurs chiens dans les fossés. Le trajet lui avait paru si court qu'il s'était figuré que sa voiture, caracolant au trot de ses deux chevaux blancs nerveux, avait été poussée par le vent léger qui roulait ce matin-là d'agréables senteurs de chèvrefeuille et de tilleul en fleurs.

Paul, de son côté, était arrivé de Paris, ayant eu tout juste le temps de prévenir sa sœur de l'arrivée du grand homme. Montant les escaliers quatre à quatre, il était allé la retrouver dans sa loge vitrée.

Adèle, sans quitter sa blouse maculée de taches de couleurs, s'était précipitée, suivie de son frère, au-devant du visiteur au moment où il finissait de gravir l'escalier de la salle d'exposition ; un escalier qui se déploie avec grâce autour d'une rampe de fer forgé, alternant des ogives et des cercles, que les jeunes artistes facétieux de la Manufacture désignaient couramment sous le nom de « grille aux phallus ». Mirabeau le remarqua immédiatement et en riait à gorge déployée.

– Par ma foi ! la Pompadour savait par où prendre son amant !

La jeune femme, habituée à vivre au milieu d'artistes dont le langage était libre et trivial, accueillit le tribun d'un sourire et d'une petite révérence à la coquetterie mutine. Elle avait souvent entendu Paul parler de lui. Mais, tout en l'admirant, elle ne l'avait jamais vu encore ; elle avait suivi tous ses combats et avait été particulièrement touchée – elle qui pleurait en lisant *La Chaumière indienne* et *Paul et Virginie* de Bernardin – par son plaidoyer infructueux pour améliorer la situation des esclaves.

– Citoyen ! lui dit-elle, sans savoir encore que cette apostrophe lui déplaisait.

– Le comte de Mirabeau, rectifia Paul.

– Oh ! oh ! laissez, Paul, laissez-la dire !... fit le visiteur qui ne put se retenir de faire immédiatement le joli cœur, sautant d'un pied sur l'autre. C'est si doux de se faire donner du citoyen par cette demoiselle !

Lorsqu'il faisait des compliments aux femmes, il se transformait de façon étonnante. Sa grosse figure parcheminée et poudrée s'illuminait d'un sourire d'enfant. Son mufle écrasé devenait radieux comme celui de l'archange de Reims et son grand corps semblait se replier comme celui d'un chat qui se pelotonne.

– À qui ai-je l'honneur, mademoiselle ? À la marchande ou à l'artiste ?

– Oh ! monsieur le comte, telle que je suis là, en blouse de travail mais avec le sourire du commerce, je suis tout à fait capable de remplir les deux fonctions... En ce moment, les temps sont durs et nous ne refusons pas la clientèle.

– Tant mieux, car j'ai dans l'intention de jeter un peu d'argent par la fenêtre!... J'ai avec moi un porteur de paquets que vous connaissez bien. Il doit repartir les bras chargés.

– En ce cas, monsieur, vous êtes le bienvenu, reprit Adèle en se fendant d'une courte révérence encore plus insolente que la première. Mais par quoi commencerai-je?... Voulez-vous des pots? Des vases?... Des services à dîner, à café, à chocolat?

– Considérez-moi comme un célibataire qui monte son ménage et conseillez-moi!

– Est-ce un ménage des champs ou un ménage des villes que vous voulez?

– C'est selon!... Cela peut-être les deux, car, voyez-vous, je m'installe à Argenteuil, dans une vaste demeure, et j'occupe déjà un hôtel à Paris où tout est également à aménager.

– Moi, j'ai un avis particulier sur la chose qui n'est pas celui de tout le monde. Je pense qu'il faut se dépayser: qu'à la ville il faut penser campagne, avec des fleurs et des oiseaux, et qu'à la campagne il faut se transporter dans la cité avec ses monuments et ses grands hommes... C'est ainsi que la porcelaine ajoute le rêve à son mystère.

– L'idée est charmante en effet... Je la fais mienne. Oui, oui, des oiseaux, des oiseaux!

– C'est ma spécialité en peinture!

– Se peut-il que je tombe si bien?

– Oui! et je vais justement vous montrer ce que nous avons fait pour Mme de La Fayette.

Paul fit les gros yeux – c'était le nom à ne pas prononcer –, mais sa sœur ne pouvait pas le savoir. Mirabeau, de bonne humeur, ne fit qu'en plaisanter.

– Adrienne a sans doute meilleur goût que son mari qui ne doit priser que les oiseaux d'Amérique et le plumage de guerre des Iroquois ou des Hurons.

– Oui, justement, elle aime les oiseaux exotiques mais son goût est tout aussi accordé à la poésie de nos campagnes, des grives, des alouettes, des rouges-gorges, voilà ce que nous avons fait pour elle… J'ai ici une tasse litron qui provient de ce service, je vais vous la montrer.

– Charmant ! Vraiment charmant ! enchaîna le tribun en triturant cette délicate pièce de ses gros doigts. Et qu'est-ce qui est de votre main au juste là-dedans ?

– Oh ! tout l'atelier y a travaillé mais, ici… la tête est entièrement de moi.

– Je l'aurais juré ! reprit le visiteur avec emphase. Cet œil plein de diaprures qui semble pétiller, cela ne peut être que d'un ange !

– Je crois que j'ai fait le branchage aussi.

– Oui, oui… Il est souple et il paraît si vrai… Comme on aimerait se poser dessus.

À ces mots, Adèle, imaginant le tribun pesant de tout son poids sur cette délicate brindille, ne put se retenir de partir d'un grand rire. Au lieu de se fâcher, il lui fit aussitôt son œil de velours.

– Vous vous dites sûrement que c'est une grosse branche qu'il me faudrait !

– C'est sûr ! répondit-elle ingénument.

Elle était véritablement charmée qu'un homme si célèbre fût si simple et si drôle.

– Alors, vous me ferez un service comme celui de Mme de La Fayette ! Le même ! Voilà qui enquiquinera à coup sûr son insupportable mari quand il l'apprendra !… Mais il me faudra aussi de la vaisselle de table pour mon château, ajouta-t-il avec un petit air fat.

– Cette vaste demeure dont vous parliez, c'est donc un château ! releva Adèle, riant comme si elle trouvait incongru que ce géant habitât ailleurs que dans une caverne.

– Votre frère ne vous l'a pas encore dit ? Vous ne savez pas non plus que tout le monde me critique pour cela et que je m'en moque ? Comme si habiter un château pouvait effrayer... Où va-t-on ? Cela devrait au contraire rassurer mes détracteurs de voir quelqu'un qui s'installe et aime son pays quand tant de gens, à commencer par le frère du roi et son cousin, Artois et Condé, sont partis en exil... Moi, je ne suis pas un saccageur comme le prétendent ceux de mes ennemis qui restent attachés à l'ancien état des choses ! Je ne veux pas que l'on brûle les châteaux, je veux tout au contraire qu'on les habite et qu'on les embellisse.

Il accompagnait son discours de grands gestes comme chaque fois que du badinage il repassait à la politique. Il ne vit pas qu'Adèle s'était approchée de lui avec une petite cafetière dont il fit sauter le couvercle d'un grand coup de coude ; par chance, elle le rattrapa au vol.

– Saccageur ! voilà que j'ai bien failli l'être... C'était moins cinq !

– Oui, fit-elle plaisamment, d'autant que j'aurais dû vous faire payer tout l'ensemble, car le corps sans le couvercle, cela ne vaut plus rien...

– J'en aurais fait un pot pour arroser mes jacinthes... Mais c'est promis, je vais me tenir sur mes gardes.

– Approchons-nous de la table... Je vais vous montrer quelques décors de fleurs mais aussi de grands hommes.

– Ah ! de grands hommes... dit-il, dressant l'oreille. Et quels sont-ils, ces grands hommes ?

– Pour le moment, M. Régnier nous a demandé de ne songer qu'à des morts.

– Curieux ! Ce n'est pas parce que l'on est mort qu'on est forcément plus grand ! fit-il avec une moue de dépit.

– Dans ces temps incertains, il s'agit plutôt de prudence de la part de notre directeur, ajouta-t-elle d'un air facétieux. En effet, le regard que l'on porte sur la grandeur, ces temps-ci, a tendance à changer tous les jours... Prenez M. Necker, il était assurément le plus indispensable des hommes pour le peuple jusqu'à l'an dernier, puisque celui-ci a pris la Bastille pour qu'il revienne au pouvoir ; peine perdue, à présent personne ne l'aime plus... Si nous avions fait des bustes de M. Necker, nous ne les vendrions pas !

— D'autant qu'il est affreux ! Je suis ce que je suis, moi, mais je ressemble à un être humain... Necker a la tête d'un vieux cheval... Mais j'aurai deux mots à dire à votre M. Régnier quand je le verrai, ce n'est pas à lui de décider qui est important et qui ne l'est pas...

Son humeur avait brusquement viré.

— Allez, dites-moi qui sont vos grands hommes, demanda-t-il sans pouvoir contenir un ton sec.

— César... Caius Gracchus...

— Oh ! celui-là, c'était une espèce de fatrasseur... Tiens ! ce que pourrait nous faire demain Barnave s'il tournait au dictateur.

— Démosthène...

— Mais, au fait, sait-on quelle tête avaient ces gens-là ?

— C'est surtout de l'imagination...

— Vous leur faites à tous des figures admirables, alors qu'ils étaient peut-être aussi laids que moi... Dois-je attendre, moi aussi, que tombe la poussière des siècles pour que l'on m'embellisse !

Et il la fixa avec un air de chien battu. Il était sûr de la réaction qu'il obtiendrait. Elle vint effectivement, telle qu'il la souhaitait :

— Oh ! pour moi, vous n'êtes pas laid !

Il se rengorgea, puis, redevenu gai en un éclair, il avisa un autre petit buste de biscuit.

— Et celui-là ?

— C'est Homère !

— Ah ! oui, j'aurais dû m'en douter avec son regard perdu... Et là, dites-moi, ce sont nos amis Voltaire, Rousseau et Diderot ! Nous nous rapprochons, car ceux-là, il est encore beaucoup de monde pour les avoir connus.

— Oui, ce sont les sujets que nous vendons le plus. C'est bien normal puisqu'ils ont été pour beaucoup dans les changements que nous voyons s'accomplir...

— Sûrement ! mais ces hommes n'ont pas été confrontés aux dures réalités de la politique. Qui sait comment ils se seraient comportés dans l'épreuve décisive ? Voltaire, par exemple... Si la Révolution avait éclaté de son vivant, Voltaire, qui gagnait de l'argent en trafiquant les nègres, n'aurait sans doute fait qu'un Barnave de plus ! Enfin, passe !... Quant à Rousseau, je puis vous en parler, car je l'ai connu quand j'étais enfant.

— Se peut-il ? murmura Adèle, brusquement émue tant elle admirait l'auteur de l'*Émile*.

— Oui, il était un peu l'ami de mon terrible père... C'étaient deux fous ensemble et ils se sont d'ailleurs souvent insultés. Mais ils avaient parfois quelques lunes de miel. Rousseau s'est exilé en Angleterre en emportant *L'Ami des hommes*, et mon père citait parfois quelques paragraphes de l'incommode philosophe de Genève dans son insipide prose physiocratique – c'est d'ailleurs dans l'une de leurs trêves que mon père a hébergé quelques semaines Jean-Jacques dans une maison qu'il possédait à Meudon. C'est là que j'ai eu l'honneur de le rencontrer à plusieurs reprises...

Il examina plus attentivement le buste de l'auteur des *Confessions*.

— Oui, c'est à peu près cela... Cette mine malgracieuse et rechignée, cet être qui semble affecté en permanence de coliques néphrétiques... Allez ! Allez ! Donnez-moi donc votre Rousseau et votre Voltaire !

Il vaut peut-être mieux les avoir en statuettes qu'en pension chez soi...

Tandis qu'Adèle emballait, dans du papier de soie, les deux figurines et que Mirabeau s'était par extraordinaire arrêté de parler pour l'observer, elle eut une moue charmante pour dire ce qu'à la vérité il désirait entendre depuis qu'avait commencé leur conversation sur les grands hommes :

– Mais c'est vous, monsieur, qui mériteriez qu'on le statufie...

– Ah oui ! j'ai une tête à orner des pots à tabac ou à confiture ! s'esclaffa-t-il. Non, plutôt des surtouts de table pour couper l'appétit aux dames.

– Ce n'était pas ce que je voulais dire, rougit la porcelainière, car pour moi vous avez vraiment la tête d'un héros. Et vous en êtes un !

Elle avait baissé les yeux pour dire ces mots, mais quand elle les releva, ils rencontrèrent les siens.

– Ah, ça ! ma petite demoiselle, il ne faut pas me le dire deux fois !

Et il s'élança pour poser sur les joues roses de la jeune artiste une rafale de baisers sonores. Elle éclata de rire.

Un quart d'heure plus tard, il se trouvait dans son vis-à-vis en compagnie de Paul qui n'avait presque plus de place pour s'asseoir tant les paquets s'amoncelaient sur la banquette.

– Nous venons de faire un acte patriotique. J'en suis pour 1 494 livres... Mais ta sœur, mon petit, quel ange !

– Il est vrai que c'est un rayon de soleil, s'enthousiasma Paul, qui avait toujours professé la plus grande admiration pour son aînée.

– Mieux que cela, un soleil tout entier ! Un éblouissement ! Et vois comme elle sait faire tourner sa boutique... Elle m'a superbement estourbi, car me voici à présent avec des seaux à bouteille, des pots à pharmacie, des tonnelets à parfum et même un bénitier dont je ne vais pas savoir que faire... Et tout cela avec un tel sourire que le déplacement en valait la peine.

– Ma sœur a pris à cœur la destinée de Sèvres et, tout en étant une adepte du changement, elle se désole de la forte baisse d'activité de la Manufacture, car les acheteurs habituels de porcelaine sont ceux-là justement qui s'inquiètent et fuient.

– Il y a là, c'est vrai, un cas particulier sur lequel nous devrons nous pencher sans attendre : celui des industries de luxe et de prestige qui sont mises à mal par la tournure des affaires présentes... Il faudra qu'Adèle vienne à la chaussée d'Antin ou à Argenteuil avec son directeur, son caissier général et tous ses livres de comptes pour que nous examinions la chose. Je te charge de suivre cette question et d'en faire le rapport complet. Les grands changements que nous avons engagés ne doivent pas concerner uniquement les gueux, les traîne-misère ou les ascètes... Nous n'avons pas vocation à tenir le plus grand hôpital des incurables d'Europe. Je rêve que l'on puisse donner à chacun le droit d'apprendre à lire et de boire son lait dans une tasse de porcelaine.

Au milieu du mois de juin 1790, la course des événements parut marquer une courte pause : le pain était à peu près revenu dans les boulangeries, la récolte s'annonçait meilleure, l'ardeur au travail – avec l'annonce d'une grande fête de la Fédération pour le premier anniversaire de la prise de la Bastille – s'était de nouveau emparée des Parisiens qui passaient moins de temps à s'assembler pour discuter dans la rue. La présence de la famille royale aux Tuileries, sa discrétion, sa bonhomie dès lors que le roi avec sa famille se promenait dans les jardins, tout cela rassurait. C'est que l'on attendait tout, alors, de l'Assemblée. Depuis qu'elle était installée au Manège, le peuple – celui des districts les plus en pointe – avait à peu près suspendu, depuis la fin des disettes, ses manifestations hostiles. Momentanément apaisé, il regardait l'austère bâtiment à hautes baies vitrées où s'assemblaient les députés comme le saint des saints où se célébrait le culte de la nouvelle Constitution qui, immanquablement, rendrait les Français heureux, fraternels et pour toujours délivrés du joug des nécessités.

Aussi, lorsque le roi, au début du mois de juin, demanda à pouvoir aller passer le début de l'été dans son château de Saint-Cloud, sous la surveillance de la Garde nationale, cette permission lui fut-elle accordée sans trop de discussions.

Le 21 juin, en début d'après-midi, la famille royale franchit la grille de la place Louis-XV pour gagner l'ouest de la capitale. Le soleil était radieux, Paris resplendissant. En tête du cortège se déployait la pompe de l'ancienne monarchie et on ne pouvait alors imaginer que la prochaine chevauchée royale, à moins d'une année de là, se réduirait à la piteuse et humiliante équipée de Varennes. Des trompettes revêtus de tabards rouge et or sonnaient en avant de l'équipage ; des timbaliers coiffés de bérets à plumes chevauchaient à leur suite, frappant en cadence sur leurs peaux de bêtes tendues dans des cercles de bronze. Les glaces du carrosse royal étaient abaissées et, se penchant à demi, le dauphin et sa grande sœur adressaient des saluts au peuple qui s'était massé sur les terrasses et sur les rampes du jardin. Les cavaliers de la Garde nationale paraissaient avoir rivalisé d'élégance et d'adresse pour rendre ce spectacle magnifique et effacer, s'il se pouvait, le souvenir affreux du 6 octobre. La Fayette s'était même ingénié à placer ses plus beaux cavaliers près de l'équipage royal, et ces hommes, élégamment campés sur leur selle, cabrant leur monture, se croisant, passant de l'amble au pas, multipliant les figures de haute école, offraient le spectacle d'un véritable carrousel.

Il y avait chez tous ces cavaliers un négligé étudié, un élégant abandon de catogans dénoués, de perruques défrisées qui ruisselaient sur les épaules, de cravates relâchées avec art sur des chemises largement ouvertes, bref, une fantaisie contrainte seulement par l'unité des uniformes bleus, tout neufs, que chacun avait veillé à faire couper dans le plus beau drap possible et qui se rehaussaient de galons d'or et, quelquefois, d'ornements plus inattendus comme des cocardes de papier ou des bouffettes de soie. Il émanait de cette cavalcade une impression de décontraction générale tout accordée à l'idée nouvelle de fraternité que faisait naître la perspective de la prochaine fête de la Fédération, le 14 juillet prochain, pour laquelle il était prévu que le roi revienne de sa villégiature.

Mirabeau était sorti de la salle des séances après avoir rugi sur l'épineuse question de la réduction du nombre des députés dans la prochaine Assemblée élue. Il souhaitait voir passer ce nombre de mille deux cent cinquante à sept cent cinquante, mais ces messieurs, craignant de devoir céder leur place, élevaient toutes sortes d'objections.

S'étant accordé quelques instants de répit, le député d'Aix s'était appuyé à la balustrade des terrasses pour observer la sortie de la famille royale. Paul, qui l'avait accompagné en séance ce jour-là, se tenait près de lui.

– Ils sont libres de leurs mouvements pour la première fois depuis huit mois, lui glissa-t-il à l'oreille, et, cela, ils vous le doivent.

– Ils restent sous surveillance. La Fayette a promis de faire bonne garde, lui répliqua Mirabeau. Mais ils ne seront libres que lorsque la Constitution sera adoptée et qu'elle les aura consacrés de son sceau en place de l'illusoire onction qu'ils pensent toujours pouvoir tirer de la grâce divine. D'ailleurs, libres, il vaut mieux qu'ils ne le soient pas encore, dit-il en s'assombrissant. Je craindrais trop que leur première décision soit de retourner dans leur château doré de Versailles, en oubliant tout ce qui s'est fait depuis un an… Il faut sans doute beaucoup de temps encore pour qu'ils deviennent tout à fait raisonnables… Le roi vient d'acheter mes conseils, mais il n'est toujours pas disposé à les suivre…

– Vous pensez toujours que c'est par la reine que vous ferez le plus efficacement avancer vos projets ?

– L'homme de la famille, c'est elle !

Il se rapprocha de l'oreille de son jeune secrétaire, tant parce que les vivats sur la terrasse étaient assourdissants que parce qu'il voulait lui confier un secret.

– Paul, je ne te l'ai pas encore dit, mais les choses se sont avancées de ce côté-là, grâce à La Marck. La reine a accepté de me recevoir discrètement à Saint-Cloud… Avec mon neveu du Saillant, tu m'accompagneras à ce rendez-vous ; j'ai besoin de deux garçons dégourdis… parce qu'il s'agit peut-être d'un piège…

Le tribun vit alors s'approcher plusieurs hommes, vêtus avec affectation tandis que lui-même, en dépit de l'étalage qu'il faisait de sa richesse nouvelle, continuait de porter le costume noir des élus du tiers état. Deux de ces hommes cheminaient côte à côte en ne le quittant pas des yeux. Ils étaient ses adversaires dans presque tous les grands débats, tous deux siégeant à gauche : Barnave, coiffé ce jour-là d'un petit chapeau rond à boucle d'argent, muguet prêt à tous les excès niveleurs, et Robespierre, le député d'Arras, surnommé la « chandelle d'Arras », que Mirabeau comparait toujours à « un chat qui aurait bu du vinaigre ».

Mirabeau en usait avec ses contradicteurs comme avec ses proches : il les décontenançait par son amabilité, son rire, sa familiarité. Il les traitait comme s'ils eussent été les meilleurs amis du monde. Robespierre était pâle, comme un homme souffrant de digestion difficile, avec un visage long et triste ; d'une élégance qui aurait pu paraître affectée mais qui n'était que le signe visible de sa maniaquerie. Il était économe de mots, mais lorsqu'il parlait, il usait d'une langue précise, ciselée, d'un ton monocorde, sachant toujours où il allait, c'est-à-dire à une conclusion mathématique qui n'appelait pas de contradiction. Il enchaînait les phrases d'un ton froid, sans jamais le moindre sourire. Barnave, tout au contraire, était un de ces hommes faits pour emporter les cœurs par la seule expression de son visage : un teint mat et doré, de beaux cheveux châtains qu'il portait longs et au naturel ; avec cela, toujours le sourire aux lèvres, la parole douce et persuasive, mais un verbiage qui était d'autant plus pernicieux que presque toujours, sous couvert de sentiments altruistes et d'élégies lyriques à la gloire de la liberté, il défendait les droits de l'argent et de la propriété. Il plaisait car il parlait bien, mais il n'avait pas cette vue philosophique et humaniste qui chez Robespierre se pervertissait en système strict et qui, chez Mirabeau, tout en restant d'une constance irréprochable, variait dans son éclairage ou sa projection, suivant l'humeur du jour.

– Alors, Mirabeau, comme ça, tu viens de mettre la monarchie en voiture ! s'amusa Barnave.

– Oh ! Ce sont des gens délicats à qui il faut du bon air.

– De l'air, de l'air ! grincha Robespierre. Ils l'ont suffisamment ôté au pauvre peuple en le lui raréfiant comme par l'effet d'une machine pneumatique... Et puis cet air-là risque fort de se transformer en poudre d'escampette... Non ! Tant que la Constitution n'est pas déposée dans la nouvelle arche d'alliance, il importe que ces gens soient tenus dans la plus étroite surveillance...

– La Fayette répond de la famille royale !

– Quoi ! tu te reposes sur ce brouillon que tu détestes !

— Il y va de sa crédibilité. Le héros des Deux Mondes fera bonne garde, j'en suis sûr. Sinon sa carrière sera brisée...

— D'ailleurs, poursuivit le député d'Arras, s'ils tenaient tant que ça à prendre l'air, tes princes, ils pouvaient se promener dans ce jardin à leur aise ! Moi, je vis à deux pas, chez le bonhomme Duplay qui est menuisier, dont la cour n'est que de six pieds sur dix... Pour tout gazon, j'ai de la sciure et pour bon air celui que l'on peut attraper au fond d'un puits...

— Serais-tu jaloux, Robespierre ?

— Non ! certainement pas ! s'aigrit l'homme du Nord.

— Ce sont des rois et ils ont droit à des égards !

— Il arrivera un jour où la France demandera si elle ne peut pas se passer d'eux.

— Ce jour-là, tu me verras sur la brèche ; d'ailleurs, ce jour ne viendra pas... Ce serait un bien grand malheur pour la France que de la voir gouvernée seulement par mille prétentieux incapables de s'accorder entre eux.

— Va, Mirabeau ! Va ! Fais tes affaires avec ces gens, mais, sache-le, dans cette Assemblée, nombreux sont déjà ceux qui t'ont à l'œil.

Mirabeau ne pensait plus qu'à son entrevue avec Marie-Antoinette dans son palais de Saint-Cloud. Date avait été prise pour le samedi 3 juillet.

Il commença par lui envoyer une lettre pour la rassurer :

> Je veux, Madame, contribuer à autre chose qu'une vaste démolition, mettre dans cette entreprise un courage nouveau. Je m'engage à servir de toute mon influence les véritables intérêts du roi et, pour que cette assertion ne paraisse pas trop vague, je déclare que je crois une contre-révolution aussi dangereuse et criminelle que je trouve chimérique en France

> l'espoir ou le projet d'un gouvernement quelconque sans un chef revêtu du pouvoir nécessaire pour appliquer toute la force publique à l'exécution de la loi... Le rétablissement de l'autorité légitime du roi est le premier besoin de la France et l'unique moyen de la sauver.

Il se préparait donc fébrilement et, dans les dix derniers jours du mois de juin, il n'y eut à peu près plus que cela qui comptât à ses yeux. Il imaginait tout ce qu'il dirait, tout ce qu'il ferait en paraissant devant la reine, mais les questions affluaient, troublant aussitôt son sommeil : Se mettrait-il à genoux ? Lui prendrait-il la main ou baiserait-il le bas de sa robe ?

Blanchot s'essayait à le raisonner.

– Je te vois là à peu près comme un amoureux qui vient d'obtenir un premier tête-à-tête avec sa belle.

– Il y a de cela, Blanchot. Sais-tu bien ce que cela signifie pour un noble de Provence d'être reçu en particulier par la reine de France ?... D'ici au 3 juillet, il ne me reste que huit jours pour me faire couper un costume digne de l'événement. Je verrais bien quelque chose de gai, quelque chose de pimpant... Un habit de fête pour célébrer les noces du trône et de la liberté !

– Il est parfois des choses qu'un simple médecin ne peut saisir. Tu dois avoir raison sur l'essentiel puisque je ne t'ai jamais pris en flagrant délit de faire ou de dire une bêtise... Mais, cette fois-ci, méfie-toi ! Ce n'est pas parce que ces gens-là te payent qu'ils te portent dans leur cœur. Tu le sais bien, tu es le premier à le déplorer.

Au matin du fameux jour, Mirabeau n'avait pas dormi. Il était demeuré à Argenteuil afin d'être plus près de Saint-Cloud, et il avait fait coucher sur place Paul et son neveu du Saillant, le fils de sa sœur Caroline. Habillé depuis l'aube, il passait et repassait devant sa psyché de bois précieux, s'admirait de face et de profil dans son nouvel habit couleur puce. Il s'était inondé d'une eau de Chypre et harnaché d'une épée d'apparat à gros gland de soie, ajoutant çà et là des plumes, des rubans et des pompons.

Paul et le jeune du Saillant – qui était de trois années le cadet du premier – assistaient en silence à ces préparatifs. D'abord fascinés par le sérieux et la dignité du tribun lorsqu'il avait enfilé sa veste et passé son baudrier, ils avaient à présent beaucoup de mal à garder leur sérieux.

– Récapitulons, mes garçons ! On a beau aimer et soutenir les rois, il faut apprendre à se méfier d'eux : le duc de Guise, à Blois, n'avait pas suffisamment médité là-dessus... Alors ?

– Si vous n'êtes pas revenu dans une heure et demie ici même, dit Paul qui avait bien retenu sa leçon, nous filons à Paris et nous nous postons devant les Tuileries pour crier à la foule que l'on vous a assassiné... Nous faisons connaître partout la noirceur de la Cour !

– Et vous n'oublierez pas de dire que j'étais arrivé à mon rendez-vous le cœur bondissant d'allégresse, les mains grandes ouvertes ?

– Mais, mon oncle, intervint du Saillant, toutes ces plumes à votre chapeau, ne craignez-vous pas que ce soit encombrant ?

– C'est la reine que je vais voir, petit sot !

– Et tout ce parfum sur votre perruque, insista-t-il, n'avez-vous pas peur d'incommoder ?

– Non mais, gredin, prétendrais-tu m'expliquer comment il faut se tenir devant la reine de France ?... Allons, sortons !

Ils filèrent bon train, dans une chaise de louage, que conduisait Paul, du Saillant se tenant à côté de lui sur le banc. Il était convenu qu'une petite porte du parc, donnant sur le chemin de Bougival, serait laissée ouverte.

Ils réglèrent leurs montres et Mirabeau s'engouffra dans le parc, remontant le col de sa cape.

La reine l'attendait dans un salon du rez-de-chaussée où il fut introduit par Mme Campan qui avait fait le guet dans la cour. Mirabeau était si ému en entrant, si essoufflé d'avoir couru qu'il se jeta à genoux sur le grand tapis à arabesques sans pouvoir dire un mot ni se relever. Marie-Antoinette dut rompre la glace.

– Monsieur de Mirabeau, vous avez souhaité... Enfin, M. de La Marck m'a...

– Je suis là, Madame, le trône ne peut plus vaciller ! dit-il, toujours agenouillé et la tête baissée.

– Monsieur le comte, je me suis toujours promis, si je vous voyais quelque jour et avant d'entamer avec vous la moindre conversation, de vous poser une question qui m'étreint le cœur : avez-vous été pour quelque chose dans les événements d'octobre, dans ces meurtres commis sous mes yeux et dont je ne me suis pas remise ?

– Je n'ai été mêlé à rien, Madame ! Franchement, pensez-vous que j'ai pu lier ma partie à celle du duc d'Orléans qui n'est en politique qu'un eunuque, toujours tourmenté du désir d'agir mais sans en avoir jamais la puissance... Vous savez d'ailleurs, puisque les accusations portées contre ma personne par La Fayette quant à mon véritable rôle dans cette triste journée s'examinent actuellement au Grand Châtelet de Paris, que ce conspirateur que l'on a observé parmi les émeutiers, un grand sabre à la main, et que l'on a pris pour moi, s'avère être M. de Gamaches... Accusation terrible pour lui, car le voici soupçonné d'être au moins aussi laid que moi.

– Vous vous en tirez en homme d'esprit et je n'en attendais pas moins de vous... M. de La Marck, hier encore, m'a exposé votre projet.

– Mes projets, Madame, car ils évoluent sans cesse. Les événements présents produisent de grands hommes qui ne durent que quelques jours et des idées qui s'épuisent en vingt-quatre heures... En revanche, je ne poursuis qu'un seul but : fortifier le trône par le parachèvement de la Constitution. Je ne vois qu'une méthode à suivre : que la famille royale quitte Paris où elle est prisonnière, mais que ce soit en plein jour, avec le soutien de l'armée et seulement pour se rendre au centre du royaume. Sortir de France reviendrait à déclarer la guerre au peuple... Redevenu libre, le roi s'adressera à son peuple, dira clairement son intention de prendre la tête de la Révolution, bien mieux qu'il ne l'a fait le 4 février dernier... Il ne se mettra pas sous la protection d'un tuteur, il décidera d'être le seul maître... Il réformera le gouvernement en prenant des ministres dans toutes les sensibilités qui composent l'Assemblée nationale.

– Je vous prie de vous asseoir, monsieur de Mirabeau, et de m'en dire un peu plus là-dessus.

– Ah ! Madame...

On entendit soudain un léger grattement au-dehors.

– Entrez, mon ami, entrez !... Je suis dans un échange de vues des plus intéressants avec le comte de Mirabeau.

La porte s'ouvrit et Louis XVI parut.

– Ne vous embarrassez pas pour moi, monsieur le député !

– Sire !

– Ah ! s'amusa le roi, si M. de La Fayette voyait cela : Mirabeau conspirant avec la reine de France pour le salut de l'État !

– Cela dépasserait sans doute les capacités de son imagination, railla le visiteur. N'oubliez jamais, Sire, que dans le cœur du héros des Deux Mondes gisent tous les principes d'une république que son mentor Washington lui a patiemment inculqués... Et que moi, tel que vous me voyez là, je ne suis agi que par la vieille passion monarchique de ma race.

– Monsieur de Mirabeau, vous êtes toujours convaincant !... Alors, c'est dit, la partie est liée ? Vous voulez bien nous aider... Vous écrirez à ma femme et nous prendrons ensemble connaissance de vos notes.

– Seulement, Sire, si vous me promettez que le général de La Fayette ne lira pas mes lignes par-dessus votre épaule.

– Monsieur, je suis bien persuadé que nous ne nous sauverons qu'en mariant votre talent pour retourner les foules à la popularité du général.

– La chose est entre vos mains, Sire !

– Je ferai mon possible, monsieur, dit le roi en se préparant à ressortir. Je vous remercie d'avoir gravi la colline de Saint-Cloud pour venir jusqu'à nous.

– Sire ! prononça Mirabeau en s'inclinant fort bas.

La reine, dès que la porte se fut refermée, regarda fixement son visiteur.

– Quant à moi, monsieur de Mirabeau, je puis vous assurer que je ferai tout pour suivre vos conseils...

– Le roi n'a près de lui qu'un homme, Madame, c'est vous !

– On pense toujours que vous exagérez, même lorsque vous dites quelque vérité.

– Madame, la monarchie est sauvée !

Il tomba de nouveau à genoux Il voulut embrasser le bas de sa robe, mais la reine se déroba avec grâce. Elle lui prit la main et le mena devant la porte où il la quitta, les paupières rougies, les yeux pleins de larmes.

L'entretien n'avait duré que quarante minutes mais au retour, égaré par l'émotion, il se perdit, ne retrouvant pas la petite porte et marchant plus d'une demi-heure le long du mur. Il retrouva sa voiture au moment où ses deux jeunes cochers, affolés, faisaient des préparatifs de départ.

– Holà ! holà ! Où allez-vous, jeunes fous ?

– Nous partions à Paris pour annoncer que l'on vous avait assassiné chez le roi, s'écria du Saillant en se jetant dans ses bras. Enfin, mon oncle, il y a deux heures que vous avez passé cette porte et vous nous aviez dit vous-même que…

– Il est vrai, il est vrai, mon neveu, mais à présent tu as devant toi l'homme le plus heureux du monde… Celui qui pendant plus d'une heure a été ébloui de l'image de la majesté royale et qui n'a jamais rien vu de plus grand dans sa vie… Allons ! allons ! En route, c'est un grand jour ! Allons rendre cette voiture puis dîner ensemble au Palais-Royal. Nous l'avons bien mérité !

CHAPITRE CINQUIÈME

Les dernières caresses d'Hercule

Mirabeau en ce mois de juillet 1790 était tout acquis à la cause de la reine et aussi à celle de la porcelaine puisque le sourire d'Adèle ne l'avait pas laissé indifférent.

Le député d'Aix-en-Provence était un homme que sa sensualité entraînait à toutes sortes d'excès ; tout lui était bon : théâtreuses, bouquetières, soubrettes, grisettes. Depuis deux ans déjà il vivait sous la coupe de la dangereuse Mme Lejay qui lui avait fait faire à peu près n'importe quoi en matière d'édition et de journalisme, publiant les notes secrètes de l'ambassade de France à Berlin au risque de créer un grave incident diplomatique avec la Prusse, lui faisant créer coup sur coup trois journaux, tous menacés de banqueroute parce qu'elle ne cessait d'en détourner la recette sans lui laisser l'argent nécessaire pour payer ses journalistes.

Il commençait à se détacher insensiblement d'elle, mais il le faisait dans la douleur et l'hésitation. Il avait en effet besoin, dans les orages, de femmes qui ne lui lâchent pas la bride, et dans ses moments de plus grande quiétude de créatures soumises, incapables de lui opposer la moindre contradiction. Dans ce dernier genre, le coquin sans morale qu'il faisait souvent avait trouvé un superbe moyen de recruter des oies blanches. Il avait non seulement contribué à faire voter la suppression des couvents, ce qui offrait aux religieuses la liberté de rompre leurs chaînes, il s'était aussi fait nommer dans la commission qui interrogeait ces jeunes novices au moment où elles devaient exercer ce choix. Il était ainsi devenu le protecteur de certaines de ces filles souvent désemparées à l'instant de revenir à la vie profane. Il avait de la sorte installé quelque temps chez lui une certaine Armandine, touché par son sourire et ses façons de chatte, qu'il avait cachée au fond de ses appartements, à Argenteuil.

Mirabeau était comme cela. Il oscillait entre la crapule, la fascination des femmes dangereuses et, par instants, de grands débordements de tendresse pour des anges. Cet angélisme l'avait autrefois attaché à Yet-Lie, délicate jeune fille dont le nom était Henriette-Amélie de Nehra, fruit des amours d'un diplomate hollandais et d'une courtisane. Il l'avait emmenée avec lui à Londres et à Berlin, mais il avait fini par la tromper et l'abandonner, assez vilainement d'ailleurs. Il avait souvent le regret de ces amours belles et pures, et il en parlait quelquefois avec Cabanis ou Chamfort qui avaient connu Yet-Lie, l'avaient appréciée et bien souvent défendue contre les foucades et les injustices de son amant. Il regrettait cette compagne qui, dans la dépression et le découragement qui avaient suivi l'« ostracisme » dont il avait été victime de la part de ses confrères en novembre 1789, lui aurait été certainement d'un bien meilleur secours que l'avare et pernicieuse Mme Lejay. Elle était passée au début de l'année par Paris – car elle vivait désormais en Angleterre – mais, craignant de souffrir à nouveau, elle n'avait pas voulu de lui. Aussi, dans les moments où il retrouvait un peu de sa lucidité, songeant à cette belle exilée, Mirabeau ne pouvait-il retenir quelques larmes.

Adèle vint à la chaussée d'Antin, début août, pour parler comme prévu de la situation de Sèvres. Elle était accompagnée du directeur, Régnier, d'Hettlinger, son adjoint, d'un des deux frères Salmon, Jean-Hilaire, et aussi de l'imposante et avisée Mme Barrau, qui avait tous les comptes de la Manufacture en tête et qui depuis des mois s'angoissait à en repasser le détail.

Il aurait préféré la revoir seule, parce que depuis leur unique rencontre une douce impression de calme et de bonheur pénétrait son esprit dès qu'il se mettait à songer à elle : il sentait confusément qu'elle pouvait être l'un de ces sourires capables de l'apaiser et le rasséréner. Mais il avait fini par se dire qu'il ne faudrait pas tout gâcher par de la précipitation, qu'il valait mieux passer pour délicat et, lui qui emportait toujours les femmes à la hussarde, il s'était persuadé qu'il fallait avec elle user de toutes les prévenances et de toutes les patiences, employer – ainsi que l'on doit faire toujours dans une véritable passion – les talents de la séduction avant ceux de la persuasion.

Il s'était mis en frais : il étrennait un habit couleur cuisse-de-nymphe à gros boutons grelots, des bas rouge feu et une nouvelle perruque plus à la mode, aplatie et blanche, sans marteaux, avec des mèches au naturel, qui lui faisaient la mine d'un maître à danser. Il attendait ses visiteurs depuis une heure, la main glissée dans son gilet, comme chaque fois qu'il essayait de refréner une grande impatience.

– Nous joindrons l'utile à l'agréable, leur annonça-t-il dès qu'ils parurent, nous dînerons tout en examinant les dossiers que vous apportez... La Révolution m'aura appris au moins une chose, c'est à ne pas perdre de temps.

Et il les fit passer à table aussitôt, prenant Adèle à sa droite, plaçant à sa gauche Mme Lasteyrie du Saillant, sa sœur ; en face de lui le directeur, son adjoint Hettlinger et son secrétaire Salmon, Mme Barrau avec ses registres qu'elle tenait sous le bras, ainsi que Paul dont la vitesse d'écriture, depuis deux mois qu'il était à son service, était devenue stupéfiante : il ne lui faisait presque jamais répéter ses phrases.

Après le premier service composé de bisques, d'artichauts en barigoule, de ris de veau caramélisés – servis sur deux rôties pressant une tombée de girolles lentement confites –, le tout arrosé d'un délicat vin de Sancerre, si léger que l'on n'éprouvait pas le besoin de le couper, l'Hercule de la Révolution avait déjà la vue exacte de la situation de la fabrique de porcelaine du roi. Au deuxième service, celui des rôts et des terrines, il avait déjà trouvé dix solutions pour redresser la situation : comme d'ouvrir des boutiques à Londres et à Berlin où il avait noué récemment quelques relations utiles, comme aussi d'obliger chaque député ou ministre en fonctions à accepter une part de ses émoluments sous forme de pièces en kaolin ou de donner les récompenses de l'Université non plus en gros grimoires mais en bustes de la série des grands hommes, comme encore de faire exécuter les travaux les plus pénibles par des prisonniers ou des forçats, ou comme enfin de créer un grand prix pour améliorer, s'il se pouvait encore, les performances et surtout les coûts de fabrication des pâtes ou de cuisson des objets.

Il énonçait tout cela de sa voix de stentor, prenant le poignet de la jeune femme pour appuyer ses raisonnements, bourrant de coups de pied le pauvre Régnier pour répondre aux arguments contraires qu'il se mêlait de lui opposer.

– Ah oui ! disait-il, je vais vous la faire tourner, moi, votre boutique ! Et rondement encore !... Vous savez, ajoutait-il en couvrant d'une œillade, l'un après l'autre, chacun de ses convives, lorsqu'il y a une difficulté, surtout une difficulté d'argent, il suffit de l'aborder logiquement et de se poser quelques questions de base : Qui fait quoi ? Comment le fait-il ? N'y a-t-il pas un moyen plus simple de le faire ? Pourquoi continue-t-on de le faire et y a-t-il encore une utilité à procéder ainsi ? Combien ça coûte ? Est-ce que ça pourrait être fait ailleurs ? Et exécuté pour moins cher ?

Il se tournait régulièrement vers Paul.

– Écrivez ! Écrivez, mon petit !... Sur deux colonnes... Une pour l'existant, l'autre pour tout ce qui doit être changé.

Adèle ouvrait de grands yeux. Paul ne l'avait jamais vue ainsi ; elle était fascinée par cet homme qu'elle découvrait conforme à sa légende. Elle, toujours si mesurée, riait à gorge déployée ; elle parlait, elle plaisantait même ; elle buvait lestement son vin pur, alors qu'ordinairement elle ne prenait que de l'eau à peine rougie.

Elle étonnait non seulement son frère mais encore Régnier et Mme Barrau, et elle les surprit plus encore lorsqu'elle se leva, annonçant à la ronde :

– Ah, ça ! citoyen, la Manufacture est sauvée !

Mirabeau, à ces mots qui résonnaient en écho de ceux qu'il avait lancés à Marie-Antoinette quelques semaines auparavant et qui avaient fait le tour de Paris, lui prit la main en partant d'un grand rire.

– Vrai, citoyenne, voilà ce que je viens de dire à la reine, il n'y a pas un mois... Oui, je suis un sauveur et ce soir, je me sens de taille à sauver le monde : la monarchie comme ses entreprises !

Adèle, se souvenant à temps de la façon dont il fallait l'appeler, mit son plaisir à son comble, en ajoutant :

– Je crois d'ailleurs, vraiment, monsieur le comte, que vous êtes comme Hercule, de force à porter la France sur vos épaules !

Comment Adèle, d'apparence si sage et réfléchie, n'aspirant qu'à un bonheur tranquille en corollaire d'une vie studieuse, attachée à Vien fils qui était beau à croquer, qui l'aimait et dont elle partageait tous les secrets depuis l'enfance, tomba-t-elle amoureuse de ce vaurien de génie ? C'était un mystère, mais les raisons ordinaires n'ont pas lieu d'être dans les affaires de cœur.

À vouloir tout changer et bouleverser dans une vie rangée, elle risquait de tout perdre, ruiner un bonheur sans nuages, rompre une entente que n'avait jamais encore assombrie un seul orage. Mais, justement, cette félicité était peut-être trop régulière, cet avenir radieux trop prévisible, dans un temps où l'humeur générale portait aux passions et aux excès. Adèle, sous son écorce de jeune fille sage, était désormais mûre pour autre chose ; sa trop grande sagesse aspirait à des débordements et sa pudeur même à des élans plus tumultueux.

Il y avait là dans l'étincelle du regard qu'elle posait sur ce barbare auréolé de gloire toute l'étendue du mystère de l'amour : la magie de l'attirance puis celle de l'agrégation des singuliers atomes qui réunissent les cœurs. Depuis plus d'un an, elle admirait cet homme dont elle entendait chanter les louanges. Il avait été pour elle la voix puis le bras agissant de ceux qui rêvaient d'accorder les rêves fertiles de Rousseau et de Diderot à ceux de la France, ce pays le plus doué pour le bonheur.

Bref, le député d'Aix était à ses yeux, et même bien avant qu'elle ne le vît pour la première fois, une sorte de surhomme, un de ces êtres tels que l'humanité n'en produit que deux ou trois par siècle : Alexandre, Dante, Léonard, Michel-Ange, Henri IV, Voltaire, Leibniz, des héros capables de prouesses dans les différentes catégories de l'esprit, des beaux-arts ou de l'action... au milieu desquels il ne déparait pas.

Lorsqu'elle l'avait découvert, à Sèvres, en acheteur enthousiaste des productions de la Manufacture, elle l'avait de prime abord trouvé beaucoup moins laid qu'on ne le disait généralement. Considérant cette haute carcasse dont les bras, lorsqu'il avait à prouver ou à expliquer quelque chose, se déployaient puis tournaient comme les ailes d'un moulin, elle était demeurée subjuguée par ce flux d'énergie et fascinée par l'art imparable qu'il avait de persuader puis de convaincre en emportant les esprits et les cœurs. Par-dessus tout, il l'avait fait rire et elle avait découvert à travers lui la vertu bienfaisante de ce phénomène, puisqu'en vérité la sage Adèle commençait à s'ennuyer d'une existence trop bien ordonnée et sans fantaisie. Depuis quelques mois, condamnée à l'inactivité par l'écroulement des ventes des productions de porcelaine ornée, elle ne pouvait même plus innover ou créer. La seule chose qui marchât encore à peu près – les bustes de biscuit représentant La Fayette ou le roi – ne relevait pas de son talent. Elle éprouvait au même moment le désenchantement de sa relation avec le jeune Vien où l'amour physique était venu trop tôt, sans la secousse du véritable coup de foudre.

Était-il si difficile de s'avouer toutes ces choses quand on était aussi raisonnable qu'elle ? Elle s'étonna surtout de ne pas s'effrayer à l'idée d'aimer Mirabeau. Et, d'ailleurs, pour se persuader qu'elle l'aimait vraiment, que ce sentiment n'était pas qu'une illusion, elle se campa, un matin où elle se trouvait seule dans son appartement, devant la glace de sa cheminée, répétant doucement, puis de plus en plus fort :

– Oui, j'aime Gabriel ! J'aime Gabriel ! J'aime Gabriel !... J'aime Mirabeau !

Et pour appuyer cet exercice de persuasion, elle se désignait du doigt elle-même, criant à la fin, avant de se jeter sur un canapé pour étouffer un grand éclat de rire dans d'épais coussins tendus de gros de Tours.

Elle hésita quelque temps. Allait-elle avouer qu'elle était amoureuse ? Le sentiment qui s'était emparé d'elle était si fort qu'elle en aurait facilement oublié toute pudeur et mis de côté la ridicule prévention qui veut que les hommes se déclarent les premiers. Elle décida d'attendre, de ne rien dire à quiconque, pas même à Adélaïde Hannong, la nièce de Pierre-Antoine, réfugiée en Autriche avec ses parents après que Marie-Antoinette avait dédaigné les merveilles de porcelaine qu'elle avait confectionnées de ses mains. Elle était depuis bientôt neuf ans sa plus proche confidente épistolaire. Elle n'en dirait rien non plus à Joseph-Marie Vien et encore moins, bien sûr, à Mirabeau.

Elle savait que les événements qui ne manqueraient pas de s'accélérer conforteraient ou détruiraient la sensation folle qui venait de germer dans son cœur. Puisqu'elle s'était décidée à aimer l'homme le plus célèbre de France, elle ne doutait pas qu'il éprouvât pour elle la même passion.

Elle savait tout sur lui : que c'était un coureur, qu'il avait enlevé Sophie de Monnier, qu'il lui avait fait une petite fille, qu'il l'avait abandonnée après la mort de cette enfant ; que, désespérée, elle s'était suicidée peu auparavant. Mais ce qu'elle retenait surtout, en femme passionnée, c'est qu'il avait écrit à la pauvre Sophie des lettres brûlantes – des lettres qui n'étaient pas encore imprimées mais dont certaines circulaient déjà sous le manteau et dont on commercialisait des copies. Elle les avait lues, elle en connaissait même quelques-unes par cœur... Dans cette correspondance enflammée, elle ressentait sa passion nouvelle. Elle était bien persuadée que personne auparavant, ni Abélard à Héloïse ni le duc de Nemours à Mme de Clèves, n'avait su aussi bien parler d'amour que Mirabeau à Sophie de Monnier. Âme romanesque, elle prit la résolution d'aimer et d'écrire à son tour des lettres aussi passionnées, dans le cas où, comme elle l'espérait déjà, elle serait aimée en retour.

C'était plus fort qu'elle : elle ne pouvait s'empêcher de livrer publiquement des signes de cet attachement nouveau. Et lorsque Régnier, de plus en plus soucieux de la bonne marche de la Manufacture, se désolait :

– En platerie, nous n'avons fait que 300 livres de recettes ce mois-ci... Jamais, depuis 1756 que nous sommes installés à Sèvres, nous n'avons fait si peu... Il n'est que les biscuits qui se vendent encore.

– Il faut continuer la série, avait répondu Mme Barrau qui assistait à l'entretien et qui n'était pas d'un caractère à baisser les bras.

– Et pourquoi pas Mirabeau ? lança Adèle.

– Nous y avons renoncé, lui répliqua le directeur. Il est si laid !

– Non ! non ! protesta la magicienne des oiseaux. Son visage s'illumine et devient beau dès qu'il ouvre la bouche... et son regard est expressif.

– En ce cas, poursuivit Régnier, il faudrait un sculpteur qui sache transcender le sujet car nos petits bustes sont plutôt statiques... Et si vous laissez Mirabeau statique, vous ne rendrez pas compte de son caractère et surtout on ne verra plus que son mufle épais et disgracieux.

Adèle se lança.

– Confiez-moi l'exécution de cette figure et vous verrez que je saurai en faire quelque chose...

– Mais vous êtes peintre, Adèle, pas sculpteur !

– Je me ferai aider par Thomire et je pétrirai moi-même l'argile.

– Après tout, nous ne risquons rien, approuva Angélique Barrau non sans un sourire, car elle était la première à avoir deviné la fascination que le tribun exerçait sur la jeune femme. Au point où en sont nos comptes, si nous ne tirons de la première ébauche qu'un mauvais résultat, ce ne sera pas une grosse perte...

– Alors, c'est dit ! conclut Régnier, qui ne put s'empêcher de couvrir la jeune artiste d'un regard tendre. D'ailleurs, Adèle, je sais que vous vous en tirerez, car vous ne m'avez jamais déçu.

Le soir même, la jeune femme, travaillant chez elle, pour ne pas trahir son secret, fit une première ébauche de mémoire, s'aidant pour finir des gravures tirées des portraits que le peintre Boze avait réalisés du député d'Aix-en-Provence. Le résultat, au bout de trois jours, fut si étonnant que Régnier signa les bons d'exécution pour que le modèle fût reproduit en série.

Lorsqu'elle vint pour la première fois à Argenteuil au début du mois de septembre, Adèle portait sous son bras, dans un papier de soie, l'un des premiers exemplaires de cette série des têtes de Mirabeau. Elle réalisait parfaitement que l'offrir elle-même à celui qui en était le modèle revenait à lui faire le demi-aveu de sa passion naissante, mais elle s'était décidée à braver cette prévention qu'elle regardait comme un préjugé ridicule hérité de l'ancienne politesse. Elle avait lu les considérations là-dessus de quelques-unes de ses contemporaines – certaines dont le langage datait comme Félicité de Genlis, d'autres plus modernes, comme Manon, la femme de Roland de La Platière, dont on commençait à publier les lettres ardentes dans le journal *Le Patriote français*, ou comme Olympe de Gouges dans sa « Déclaration des droits de la femme et de la citoyenne » par laquelle elle avait voulu prendre le contre-pied de la Déclaration des droits de l'homme. Ces lectures l'avaient confortée dans l'idée que la présente révolution était l'occasion pour les femmes de faire preuve d'audace et de revendiquer le droit de faire à peu près tout ce qui jusque-là était réservé aux hommes. Elle s'était convaincue qu'il ne pourrait plus y avoir à l'avenir, en matière de politique, d'éducation et même de sentiment, une parole réservée au seul sexe masculin ; que, dans une société vraiment égalitaire, les femmes devraient prendre leur part : qu'elles pourraient décider en matière de cœur, quand les hommes auraient le droit de se laisser séduire et même de pleurer.

Mirabeau avait donné des ordres pour qu'il y ait dans son château de la gaieté et de la couleur pour accueillir la jeune artiste. Il l'attendait dans un petit cabinet ovale dont la cheminée s'ornait d'un manteau de marbre blanc décoré de symboles maçonniques : il avait servi de bibliothèque autrefois au fameux Helvétius. Par les portes-fenêtres ouvertes, trois longues allées du parc alignaient des tilleuls aux frondaisons impeccablement taillées dont les troncs cachés par des charmilles, à la française, évoquaient des murailles recouvertes de lierre et courant à l'infini. Bien que ce ne fût pas encore la saison, des ouvriers s'affairaient à rouler des arbres de taille déjà respectable mis en godets dans de grands paniers d'osier. Mirabeau était impatient, il ne voulait pas attendre pour planter. Il le sentait, le temps pressait. Il y avait là des hêtres pourpres tels qu'il les avait admirés à Potsdam, dans le jardin du Grand Frédéric auquel il avait pu rendre visite, en 1786, quelques semaines avant sa mort, et il avait ordonné cette plantation en souvenir de cet homme. Il n'avait fait que l'entrevoir, mais, comme il le disait plaisamment, c'était un de ces génies politiques capables de s'épargner le tracas d'une révolution.

– Les arbres, Adèle, ils poussent trop lentement !... Les verrai-je seulement dérouler leurs feuilles au prochain printemps ?

– Et pourquoi pas ?

Il s'assombrit brusquement et il en profita pour lui prendre la main. Elle ne la retira pas.

– Vous savez, Cabanis ne me voit pas faire de vieux os... C'est que j'ai un peu brûlé la chandelle par les deux bouts.

– Voyons ! Vous paraissez si plein de vie...

– Oui, mais je sens tout de même que les choses m'échappent. Ma vue surtout. Il est des moments où j'ai devant moi comme une ombre qui s'épaissit et d'autres où, dans l'espace d'une seconde, je ne distingue plus les choses qu'au travers d'une pluie d'escarbilles tombant comme la neige... Et puis je m'essouffle... J'ai fait bien des excès ; je n'ai pas la santé du duc de Richelieu qui est mort à quatre-vingt-douze ans après s'être conduit beaucoup plus mal que moi. C'est sans doute parce que cet homme jouissait sans réfléchir tandis que moi, je fais toujours travailler mon cerveau en même temps que mes muscles. Vous voyez, il n'y a pas de justice en ce monde !

— Et si vous preniez un peu de distance, un peu de repos ?

— C'est bien ce que je m'efforce de faire, surtout depuis novembre dernier quand ces messieurs de l'Assemblée m'ont envoyé dire qu'ils pouvaient se passer de moi... Depuis, je ne m'occupe plus que du «fond», ainsi que le disent mes amis : des grandes questions de l'humanité pour que cette Révolution, quelle qu'en soit l'issue, ne soit pas qu'une coquille vide... Et, malgré tout, je donne à tout cela beaucoup plus de temps et d'énergie que je croyais... Je ne puis décidément rien faire en m'économisant.

Tout en parlant ainsi, il tapotait la main de sa visiteuse et elle ne la dégageait toujours pas. Il en vint même à caresser ses doigts ; elle le laissa faire.

— Je cours comme un dératé, poursuivit-il, et je ne sais même pas après quoi... L'Assemblée se méfie de moi, le roi n'écoute rien de ce que je lui dis et n'en a toujours que pour cet imbécile de La Fayette ! Je crains bien qu'au bout du compte, à force d'exaspérer le peuple, tous ces gens-là ne se fassent massacrer...

— Vous n'y pensez pas !

— Si, si, j'y pense, tout au contraire, et ce mauvais rêve vient de plus en plus souvent hanter mes nuits... Le pire n'est jamais sûr, c'était là l'idée que je professais jusqu'à présent, mais lorsque les mauvais réflexes, les décisions déplorables s'enchaînent et s'enfilent comme les grains sur le fil d'un collier, c'est comme une horloge implacable actionnant un mécanisme mortel... Alors, on ne peut plus rien !

— Ça, vous n'êtes pas gai ce matin, monsieur de Mirabeau ! répliqua-t-elle en riant.

— Il est des jours comme cela... Je suis un cyclone qui connaît de brusques dépressions, un caractère joyeux affecté de grêles de mélancolie... Il me faudrait un môle où je puisse amarrer ma barque au milieu des tempêtes...

— Oui, vivre ici... Vivre ici plus souvent... Vous voyez, vous êtes en train de vous établir, lui dit-elle dans un sourire plein de bienveillance. Vous ne planteriez pas ces arbres si vous n'aviez pas l'intention de les voir pousser.

— Mais vivre ici, avec Chamfort qui ratiocine... que je devais calmer même lorsqu'il voulait décimer la race des aristocrates, et qui, depuis qu'il a vu les têtes sanglantes du 6 octobre, est devenu sans oser l'avouer l'un des plus farouches ennemis du mouvement. Vivre ici avec mes deux sœurs qui se chamaillent : Louise, la folle, qui a multiplié les amants et fait des chevauchées désordonnées par toute la Provence ; Caroline, la sage, qui prétend ordonner mon existence en rangeant mes papiers en désordre et en me préparant des tisanes.

Il la fixa brusquement, broyant son poignet.

— Si vous, vous étiez là, ce serait différent !

C'était ce qu'elle désirait le plus lui entendre dire, l'espérance d'un aveu qu'elle roulait dans sa tête depuis un mois, mais elle en fut si stupéfaite, si décontenancée, qu'inexplicablement elle retira sa main pour lui dire aussitôt, avec le plus beau des sourires, en lui tendant le petit paquet qu'elle avait gardé sous son bras, le couvrant de tout l'éclat de ses beaux yeux noirs qui riaient à la vie :

— Je vous ai apporté une surprise !

Adèle régna sur le cœur de Mirabeau dès ce soir-là : c'était un élan qui ne pouvait plus être contenu.

Et ce n'est qu'au lendemain de ce brusque éblouissement, lorsqu'elle rentra à Sèvres, qu'elle prit conscience de tout ce qu'elle allait devoir affronter pour soutenir cette passion nouvelle.

Le plus dur fut de parler à Joseph-Marie. Il tomba de si haut, il fut si incrédule qu'il commença par la traiter de prétentieuse, de fille de peu qui ne se donnait à un homme célèbre que par pure ambition. S'il avait poursuivi dans cette même violence, les choses auraient été plus faciles, mais elle vit qu'il éprouvait un réel et profond chagrin. Elle plongea aussitôt dans d'épouvantables tourments et, de huit jours, ne put sécher ses larmes car elle était attachée à lui. Elle prétexta des maux de tête pour ne pas revenir à la chaussée d'Antin ou à Argenteuil, et ce fut Mirabeau qui se désespéra.

Puis, un beau matin, elle vit Vien en compagnie d'un de ses amis, un jeune peintre de l'Académie, venant pour enlever les menus objets qu'il avait laissés chez elle.

Elle monta de son atelier qui se trouvait juste au-dessous de son appartement sans même quitter sa blouse, les cheveux en désordre.

– Oui, Joseph, je suis un monstre !
– Tu as fait ton choix !
– Ce n'était pas facile.
– Crois-tu que ce soit plus facile pour moi ?
– Promets-moi…
– Quoi ?
– De rester mon ami… comme lorsque nous étions encore innocents.
– Je ne te promets rien.

Il la bouscula pour passer la porte avant de se jeter dans l'escalier. Mais, brusquement, il remonta quatre à quatre lui donner un bref et fougueux baiser.

– Me pardonneras-tu ? lui dit-elle, fermant les yeux et passant sa main dans sa longue chevelure sombre.
– Laisse le temps faire son office !

– Ah ! Nous aurions dû toujours rester des enfants…

Elle demeura encore deux jours entiers dans ses pensées avant de pouvoir retrouver Mirabeau. Elle désirait vraiment l'aimer mais elle s'effrayait que cette passion fût une nouvelle occasion pour lui de faire étalage des prodiges de ses talents de séducteur. Elle prit alors l'habitude de lui demander de lui parler de ses amours avec la discrète Yet-Lie, la moins connue de toutes ses liaisons mais qui avait été aussi la plus longue parce qu'elle avait été menée presque de bout en bout hors du tapage de l'esclandre. De ce fait, elle exigea d'emblée qu'il s'engageât à son égard à respecter la même discrétion.

Et elle posa ses conditions :

– Tu ne me promèneras pas dans ton vis-à-vis bleu. Tu ne m'afficheras pas à ton bras dans les rues de Paris. Je veux être près de toi comme ton ombre et pouvoir t'aimer sans que les cancans, les racontars, les jalousies viennent troubler la passion que j'éprouve pour toi.

– Oui, tu as raison, je suis un homme public… répliquait-il avec cette forfanterie qui découlait de la parfaite conscience qu'il avait de son importance. On m'observe… Pourtant, j'aurais été fier de te montrer.

– Moi aussi, j'aurais éprouvé bien de l'orgueil à m'appuyer sur ton bras en public. J'entre dans un rêve que beaucoup de femmes françaises voudraient partager, mais un secret bien gardé sera le prix à payer pour que ce rêve perdure.

– Tu as bien du mérite d'aimer un homme aussi laid !

– Non, mon Mimi, tu es immense. Il te fallait véritablement ce corps de héros, cette figure qui pétrifie et impressionne tes ennemis… C'est comme cela que je t'aime, c'est comme cela que tu devais être… C'est comme cela que tu es beau !

Adèle entra dès lors dans une fièvre heureuse qui ne se peut décrire. Un bonheur qu'elle n'avait jamais connu auparavant, celui qui fait plonger dans un engourdissement délicieux. Elle en oubliait presque les soucis de plus en plus pressants que lui procurait la Manufacture, parce qu'elle était persuadée désormais que son grand homme, en plus de l'aimer, viendrait à bout de toutes les difficultés de Sèvres.

L'amour est d'ailleurs un grand déménageur de tourments puisque la seule chose qui l'obsédait désormais était la santé de celui qu'elle aimait ; elle voyait bien qu'il s'épuisait jour après jour. Elle s'était aperçue qu'il se soutenait de cantharide et d'opium ; elle voulut savoir si c'était avec ou sans l'approbation de Cabanis.

Parmi les familiers de Gabriel, elle avait apprécié d'emblée ce jeune médecin alors même qu'elle éprouvait beaucoup plus de difficultés avec le cynique Chamfort dont l'humeur changeait chaque matin. Ces deux hommes formaient alors le cercle le plus intime du tribun. Le médecin était un homme exact, franc, qui ne s'embarrassait jamais, lorsqu'on la lui demandait, de dire la vérité sur leur état à ses patients. Mirabeau l'en avait d'ailleurs prié et Cabanis ne lui avait pas dissimulé que, au train d'enfer où il menait sa vie, il était en train de se tuer.

– De la cantharide, non, je ne lui en ai jamais donné, répondit-il à Adèle lorsqu'elle lui posa la question. Quant à l'opium, l'usage n'en devait être que ponctuel, dans le cas de grandes douleurs ou dans des états de nervosité insoutenable, mais je vois qu'il continue à en prendre malgré moi.

– Que faire ?

– Oh ! chère Adèle, puisque vous êtes maintenant entrée dans sa vie, c'est à vous qu'il appartient de rendre de grands services à la nation en faisant la chasse à tous ces petits flacons qu'il dissimule habilement dans sa chambre et même dans les goussets de sa redingote.

– Quel est l'état véritable de Gabriel, Georges ?

– Je ne lui donne pas un an à ce rythme. L'année 1791 qui va s'ouvrir sera décisive : ou il continuera à s'agiter comme il le fait et il se tuera ; ou il ralentira et l'on pourra espérer un répit... Tout dépend des événements. Si par malheur ils venaient à s'emballer, si Gabriel était obligé de remonter à la tribune pour vitupérer, alors, là, je ne répondrai plus de rien.

– Mon Dieu, pâlit Adèle, nous sommes à la merci de bien des choses que nous ne maîtrisons pas.

– Oui, il vous a donné son cœur, mais son énergie et sa volonté, il les a vouées à ses contemporains et à la nation.

Le 17 octobre, le grand homme entra dans une crise violente de coliques hépatiques. Un soir qu'il rentrait de l'Opéra, après un copieux souper chez Vestris composé d'un cent d'huîtres, de homard et de pâté en croûte, il tomba inanimé dans l'escalier de l'hôtel de la chaussée d'Antin. Adèle fut prévenue au petit matin ; elle partit pour Paris aussitôt, empruntant le cheval du directeur, M. Régnier. De trois longues journées le colosse ouvrit à peine l'œil. Elle ne quitta pas son chevet tandis que Mme du Saillant se tenait de l'autre côté du lit.

Au soir de cette première journée à Paris, la jeune femme comprit que du fait de cette maladie sa liaison avec Mirabeau deviendrait publique. Elle avait renvoyé sa monture à Sèvres avec un mot plein de prévenance à l'égard de son patron, mais dans lequel elle ne lui cachait rien des raisons qui la retenaient à Paris : « J'aime Mirabeau, concluait-elle, mais peut-être vous en doutiez-vous ? » Régnier s'était incliné devant d'aussi fortes raisons, mais il écrasa une larme en pliant la lettre pour la glisser dans une poche de sa brassière. Il s'était enfermé dans sa chambre, restant toute la nuit à fixer les braises mourantes dans sa cheminée, sans avoir le courage de recharger l'âtre, buvant, gorgée après gorgée, la moitié d'une bouteille d'eau-de-vie de prune.

Cette maladie de Mirabeau occulta toutes les autres nouvelles. Elle parut même quelque temps suspendre le cours de la Révolution et jusqu'aux rodomontades de Danton. Celui-ci déployait une énergie redoutable pour exciter les quarante-huit sections qui, quatre mois auparavant, avaient remplacé les soixante districts – il s'agissait d'une manœuvre des modérés de la municipalité de Paris qui, par cette réorganisation territoriale, s'étaient bercés de l'illusion de pouvoir éteindre l'ardeur des anciennes assemblées électorales non dissoutes. Les séances de l'Assemblée furent écourtées et le rappel de l'ordre du jour, pendant toute une semaine, fut précédé de la lecture du dernier bulletin de santé du malade. Enfin, chose inouïe, on exposa le saint sacrement au grand autel de l'église Saint-Roch et la nef ne désemplit pas : démenti apporté aux membres les plus virulents du club des Jacobins qui annonçaient tous les jours que la popularité du député d'Aix était au plus bas.

Au soir du troisième jour de cet état d'hébétude, Mirabeau ouvrit un œil et secoua sa grosse tête, puis il s'agrippa au bras d'Adèle pour signifier qu'il voulait se lever. Ses premiers mots furent pour dire poétiquement que la barque de Charon venait de faire naufrage et qu'il regagnait en nageant les rives de la vie, puis il se regarda dans la psyché qui se trouvait près de son lit : il se trouva maigri et commanda à souper, un souper de convalescent, précisa-t-il : un potage et une roue de fromage de Brie qu'il dévora tout entière.

La publicité de sa présence auprès du grand homme pendant cette maladie empêchait Adèle de cacher plus longtemps la vérité. Il lui fallait expliquer à sa famille pourquoi elle avait pris la décision de partager la vie d'un homme qui avait presque vingt ans de plus qu'elle. Elle savait parfaitement que même si Mirabeau faisait, parmi les siens, figure de héros, elle aurait fort à faire pour se justifier. Depuis le mois de septembre, elle n'avait pas encore avoué à ses proches que le jeune Vien ne venait plus à Sèvres. Mais Mme Vien, la mère de Joseph-Marie, était restée l'amie de Lucile et les choses à la longue finiraient forcément par se savoir.

Le premier à être informé fut bien évidemment son frère. Paul travaillait le plus gros de son temps à l'entresol de l'hôtel de la rue de la Chaussée-d'Antin, où jusqu'à cette maladie il n'avait jamais eu l'occasion de croiser sa sœur; celle-ci ne voyant Mirabeau qu'à Argenteuil où elle se rendait en fiacre à la nuit tombée. Et si parfois elle était venue à Paris le retrouver, elle avait pris garde d'y arriver tard pour ne croiser quiconque. Or, depuis ce 17 octobre, Paul savait que sa sœur était demeurée trois jours entiers dans la chambre du tribun, au-dessus du bureau dans lequel il se tenait.

Une explication devenait inévitable.

– Mais enfin, Adèle, comment se peut-il?... Et Joseph-Marie?

– Ce sont des choses qui vous tombent dessus comme ça et que l'on ne peut pas raisonner. Toi-même, Paul, tu as eu déjà quelques petites amies, tu sais ce qu'est l'attachement... Cela change, quelquefois...

– Oui, mais toutes ces petites amies étaient de mon âge et je n'ai jamais brisé le cœur de l'une pour aller vers l'autre.

– Tu as quand même éprouvé des attachements qui se finissaient pour d'autres qui naissaient... Quitter Joseph-Marie, je ne l'ai pas fait gaiement; j'espère qu'il restera mon ami.

– Si j'étais lui, je t'en voudrais énormément!

Il la fixa d'un air inhabituellement sévère.

– Et puis, et puis... tu détournes peut-être notre grand homme de sa tâche!... C'est toi aussi peut-être qui altères sa santé...

Elle partit d'un rire nerveux.

– Alors, pour toi, il vaut mieux qu'il change de maîtresse tous les jours ! Qu'il s'épuise en catins et en comédiennes comme il le faisait avant de me connaître ! Vois, depuis quatre mois, depuis qu'il s'emploie à conseiller le roi, à remettre de l'ordre chez les Jacobins, à différer la bombe que ne manquera pas de produire le serment que l'on veut imposer aux religieux, à préparer la guerre que nous vaudra bientôt immanquablement le succès de la Révolution, il est plus calme, on ne le voit plus hurler à la tribune de l'Assemblée.

– Et tu prétends être l'inspiratrice de cette réflexion plus paisible ? Tu ne manques pas d'orgueil !

– Paul, mes prétentions sont bornées par la faiblesse de mes forces... Je continue mon travail à Sèvres et il faut y apporter bien de l'abnégation puisque rien ne va plus depuis que nous vivons avec l'idée d'une banqueroute possible. Je te demande de m'aider, de me comprendre, non de m'accabler !

Paul ne supportait pas les larmes, et lorsqu'il vit une première goutte affleurer sur l'ourlet de la paupière de sa sœur, il se précipita pour la prendre dans ses bras.

– Oh ! ma grande, je ne t'accablerai pas... Je t'aime trop et je l'admire trop, lui ! Mais, tout de même, je ne l'imaginais pas jusqu'ici en beau-frère ! ajouta-t-il en éclatant de rire.

Ce fut auprès de Lucile qu'Adèle trouva son plus fort soutien. Cette belle-mère d'exception qui l'avait toujours aimée comme sa propre fille était suffisamment observatrice pour remarquer que, entre leurs maladresses et parfois leurs silences, la tendre complicité qui avait un temps uni la jeune fille au fils de Mme Vien manquait de véritable passion. Cet amour n'était en fait que la poursuite d'une affection enfantine engagée trop tôt dans un simulacre d'amour. Elle aurait sans doute souhaité pour Adèle un homme plus jeune, et pourquoi pas l'un de ces fougueux acteurs de la Révolution qui révélait alors tant de talents. Mais elle était aussi discrètement flattée que la jeune fille ait eu l'audace de porter son choix sur celui qui prévalait par-dessus tous les autres.

— Vis ta passion et ne t'occupe de rien d'autre! lui dit-elle en l'étreignant.

Elles se trouvaient alors sur la terrasse des Tuileries dans le froid vif des premiers jours de novembre. Un vent violent les obligeait à tenir leurs chapeaux sur la tête. Mirabeau n'était revenu que depuis quatre jours à l'Assemblée et déjà il hurlait. Une foule compacte s'amassait autour de la salle du Manège et l'on entendait les vivats ou les huées qui saluaient l'entrée et la sortie des députés. Il se fit alors un tumulte plus fort: le député d'Aix descendait de son vis-à-vis.

— Cet homme vaut la peine qu'on l'aime, ajouta Lucile en lui pressant le bras. Avec lui, en tout cas, tu ne t'ennuieras jamais!

La jeune femme s'abandonna doucement en versant sa tête sur l'épaule de sa belle-mère.

— Pas un mot de tout cela à ton père pour le moment, ajouta-t-elle, il se fait trop de soucis pour toi à cause de la mauvaise marche de la Manufacture. La question l'obsède et toute la matinée il me dicte des notes, des projets, des plans pour venir à bout des difficultés.

— Mais ces notes, je voudrais les voir!

— Elles sont à ton intention, il te les donnera lorsqu'elles seront prêtes. Pas un mot non plus à Hannong, il déteste Mirabeau. Il a en aversion la Révolution et ses acteurs... Mais tu peux te confier à ton oncle Mathieu et surtout à Blanchot; Blanchot est de ces êtres qui sont capables de tout comprendre et de tout expliquer.

Hannong, depuis son retour à Sèvres, alertait tous les jours Anselme au sujet de l'avenir de la Manufacture.

Il coordonnait presque tous les aspects techniques, depuis la confection des pâtes jusqu'aux cuissons, il voyait et observait toutes choses d'un œil exercé par plus de trente années de métier et auquel rien ne pouvait échapper. Il s'effrayait surtout de constater que la recherche technique et l'inventivité artistique qui en découlait se trouvaient au point mort, alors que justement il fallait imaginer des choses neuves susceptibles de faire repartir la machine.

– Ce ne sont pas les bustes du minuscule La Fayette et à présent de l'affreux Mirabeau qui vont redresser nos affaires ! ironisait-il.

– Mais enfin, lui répliquait Anselme dans leurs silencieux échanges, il doit y avoir un moyen de soutenir le luxe en ranimant nos ventes à l'étranger tout en se résignant provisoirement à faire des choses plus simples en France.

– Non point ! répliqua le Strasbourgeois, qui avait cette supériorité sur son ami d'être non seulement chimiste mais aussi commerçant avisé. L'un nourrit l'autre depuis toujours... Si l'on fait de la pacotille en même temps que des produits de luxe, on perdra sur les deux tableaux : les riches amateurs n'achèteront plus les produits d'une fabrique qui sort également de la marchandise quelconque et les bourgeois se méfieront de nos vaisselles dorées... Le luxe est la marque de Sèvres, c'est cela que l'on copie ailleurs, c'est pour cela que les étrangers se sont rués jusqu'à peu sur nos productions. Si ces messieurs les révolutionnaires continuent à faire les imbéciles, à appauvrir ce pays, à faire fuir le peu qu'il reste ici d'aristocrates, nous n'aurons bientôt plus que nos yeux pour pleurer.

– La reine... la reine, elle devrait nous aider... Mirabeau affirme qu'il lui a maintenu sa liste civile au niveau de ce qu'elle avait autrefois à Versailles.

– La reine a d'autres chats à fouetter et ne doit pas manquer de vaisselle dans ses placards des Tuileries où elle n'a sûrement pu faire entrer que le quart de ce dont elle disposait auparavant.

– Alors que proposes-tu ?

– Arrêter cette pitrerie ! Laisser le roi s'en retourner à Versailles, dissoudre l'Assemblée nationale et calmer les esprits en remettant tout le monde au travail.

– Pierre-Antoine, s'amusa Anselme en traduisant sa joie par quelques coups de craie sur son ardoise, tu as toujours été l'homme des solutions radicales ! Mais ce que tu préconises est impossible. La Révolution roule imparablement comme cette pierre qui autrefois brisa l'idole de Nabuchodonosor...

– Oui, mais bientôt, ce n'est pas Nabuchodonosor qu'elle pulvérisera, ce sera nous !

Noël arriva, la neige aussi, et avec elle, du fait de nouvelles difficultés pour acheminer les grains, des troubles en province et le mouvement de plus en plus convulsif des nouvelles sections de Paris. L'agitation se déplaçait si vite que le sourd bourdonnement de la ruche du Manège parut retomber et les clameurs des députés s'étouffer et comme s'amortir sur l'épais manteau blanc qui s'était mis à recouvrir la ville. Au même moment, montaient les cris et les décharges d'armes à feu dans les quartiers et les faubourgs.

Marie-Antoinette, depuis le séjour de Saint-Cloud, n'avait plus quitté les Tuileries. Elle pressentait confusément qu'elle n'en ressortirait pas et se regardait avec fatalisme comme définitivement prisonnière. Elle employa alors toute l'énergie héritée de sa défunte mère pour organiser sa nouvelle vie. Prise dans un écheveau de contraintes qui auraient de toute façon annihilé son ancienne propension au caprice et dans un espace considérablement resserré par rapport à celui de ses anciennes résidences, elle parvint à recréer autour d'elle une sorte de bulle étroite mais aussi douce et paisible que possible.

Dans ce décor qui lui renvoyait un écho affaibli des anciennes splendeurs de Versailles, elle avait appris à se faire à cette chose inconnue et dont elle commençait à goûter la bienfaisance : une existence sans bruit, la joie d'avoir presque toujours à portée de regard et même parfois dans les jambes ses deux enfants qui autrefois, confiés à des gouvernantes, avaient été tenus éloignés d'elle.

Elle n'avait jamais imaginé, dans ses songes anciens de fermière et de laitière, avoir un jour le temps de pouvoir corriger les devoirs de sa fille, faire réciter des poésies au dauphin, surveiller leurs jeux et même parfois les partager. Elle y trouvait un plaisir nouveau, comme la perfection et l'aboutissement des joies simples qu'elle avait autrefois recherchées à Trianon.

Les événements du dehors, alors qu'elle n'avait qu'à se poster à la fenêtre de son grand salon de compagnie pour voir le défilé des députés entrant et sortant tout l'après-midi du Manège, étaient paradoxalement devenus plus lointains. En fait, coupée des passe-temps futiles et des mille oisivetés d'autrefois, elle avait désormais le temps de réfléchir : à son impopularité qu'elle n'avait jamais imaginée avant octobre 1789 si forte et dont elle s'effarait brusquement ; à l'obstination du roi dont elle n'avait plus le courage de contrarier les opinions et qui s'acharnait à voir dans La Fayette son grand homme. C'est justement parce qu'elle venait de prendre conscience que le désamour de son peuple lui commandait le plus profond silence et la plus grande discrétion que sa volonté en politique paraissait s'être arrêtée net. La femme impérieuse était devenue pensive. Sa foi religieuse avait fait le reste du chemin et elle en était venue insensiblement à une sorte de résignation fataliste.

Elle portait une attention nouvelle aux choses et aux gens à laquelle elle n'avait jamais accoutumé personne et qui avait considérablement rabattu de son ancienne superbe : plus rien de tranchant dans sa parole, ni de hautain dans son attitude. Elle semblait non pas désabusée, mais comme exilée d'elle-même. Peut-être, au fond, s'économisait-elle afin de conserver, pour des jours qu'elle prévoyait encore plus difficiles, les grands airs dont elle pourrait dans son malheur impressionner ses détracteurs.

Ce nouveau visage n'était visible que de très peu de personnes, et les nouvelles résolutions qu'elle avait prises en secret – dans ce huis clos des Tuileries où elle était pour ainsi dire dérobée à la vue du monde – n'étaient connues que d'elle.

Mirabeau avait vu dès le premier jour que de la question religieuse viendrait la principale cause de subversion et d'enchaînement des malheurs. Il avait suffisamment lu les historiens pour savoir que les actions les plus atroces avaient toujours été commises sous le couvert de la foi.

Il avait tout fait pour que la Constitution civile du clergé, votée en juillet 1790, approuvée par Louis XVI et promulguée par lui, quelques semaines plus tard, sans même prendre l'avis du pape, ne concernât que les deux principaux buts que lui avaient assignés ses concepteurs, c'est-à-dire Talleyrand et lui-même : libérer les hommes et les femmes de vœux perpétuels qui étaient comme la négation de la liberté nouvelle ; réorganiser l'Église et la charité dont elle avait jusque-là exercé la charge en un grand service public moderne et efficace. En contrepartie – et c'était là le tour de prestidigitation –, les biens d'Église – un bon quart de la richesse française – étaient nationalisés afin de payer les anciennes dettes de la monarchie absolue et financer la Révolution.

Pour lui, tout devait se borner là.

Mais le roi, sur injonction du pape, était revenu sur l'acceptation qu'il avait tout d'abord donnée à cette constitution. Les révolutionnaires les plus «exagérés», comme on commençait à les appeler, trouvèrent alors une pierre à disjoindre pour ébranler l'édifice : ils s'étaient mis en tête de faire de l'adhésion ou de la non-adhésion à ce texte, matérialisée par un serment, un révélateur de la vertu citoyenne. Quiconque ne prêterait pas ce serment serait traître à la nation. C'était pour Mirabeau la chose la plus hypocrite qui fût : comment en effet ces gens, qui s'étaient déjà montrés parjures aux idéaux philosophiques en abandonnant les pauvres nègres, pouvaient-ils soutenir qu'un serment – et justement ce serment-là – soit une preuve de vertu citoyenne ?

Pour sa part, peu passionné par les questions de dogme et de discipline ecclésiastique, le député d'Aix aurait fort bien admis qu'il y eût deux clergés comme cela commençait à se produire dans les faits, dans un grand nombre de paroisses, depuis un an déjà qu'avait été votée la nouvelle loi religieuse : les prêtres ayant juré occupaient les églises en plein jour, y présidaient des assemblées solennelles ; ceux qui avaient décidé de demeurer fidèles à l'ancien ordre des choses rassemblaient leurs petits troupeaux pour matines ou pour des célébrations à la nuit tombée. Tout le monde y trouvait ainsi son compte et Mirabeau était persuadé que l'on pourrait procéder de la sorte, tout le temps nécessaire, jusqu'à ce que l'Église nouvelle ait absorbé l'ancienne.

Immédiatement, Mirabeau avait pressenti que ce serment fournirait le plus beau prétexte aux exagérés pour déclencher une guerre civile. Aussi avait-il décidé de se battre. Chaque tentative faite pour lui ravir l'ordre du jour tournait à la confusion de ses détracteurs. Il apparaissait alors chaque fois comme une bête féroce blessée ; sa figure courroucée jetait l'effroi dans l'Assemblée. Son souffle court n'empêchait pas sa voix de rouler, puissante et formidable, jusque dans le vestibule du Manège et même sur les terrasses des Tuileries. Sa vue baissait et il craignait d'ici quelques mois de devenir aveugle. Il compensait et anticipait cette infirmité par l'emploi de sa fabuleuse mémoire. Il avait en effet le don de pouvoir tout retenir par cœur – il suffisait que ses Genevois, ou bien Paul, Frochot ou Comps, lui confectionnent un canevas; il en faisait aussitôt – improvisant à mesure qu'il parlait – un discours digne de Cicéron. En parfait acteur, il avait aussi appris à jouer de ses malaises et de ses évanouissements, à les mettre en scène et même, quelquefois, à les provoquer pour mieux toucher ses détracteurs. On voyait alors sous l'imposante perruque blanche, la hure crevassée pâlir ou se couvrir de pustules écarlates. Un bandeau de soie blanche était l'accessoire de ces envolées théâtrales : noué autour du cou, perlé de sang – certainement à cause de la tuberculose lente et pernicieuse qui insidieusement le rongeait –, il paraissait annoncer que cette tête serait un jour tranchée, non pas comme celle d'un traître mais comme celle d'un prophète malheureux, d'un saint Jean-Baptiste ; haussé sur le front, ce même bandeau ensanglanté devenait celui d'un flibustier décidé à défier les orages et livrer des combats sans merci ; enfin, tombé sur les yeux, comme cela survenait souvent à la fin de ses péroraisons, c'était une flaque de sang au travers de laquelle il voyait se débattre ses ennemis dont il prophétisait qu'ils s'entre-déchireraient s'il venait à manquer.

Toutefois, début 1791, mal remis des terribles coliques hépatiques du précédent mois d'octobre qui l'avait porté au seuil de la mort, observateur lucide de ses propres plaies tout comme il s'entendait à explorer celles de la France, il eut la certitude inébranlable qu'il mourrait bientôt. Il sentait inexorablement son grand corps l'abandonner.

Au premier jour de l'année, revenant du réveillon fastueux qu'il avait organisé à Argenteuil en l'honneur d'Adèle, il s'était arrangé pour retourner seul à Paris dans son vis-à-vis avec Cabanis. Et, pour être sûr d'avoir avec lui une conversation sans témoin, qui ne fût même pas entendue de Joseph, son fidèle cocher, il en avait, contre son habitude qui était de s'exposer au grand air et aux caprices de la nature même en plein hiver, fait rabattre la capote.

– Alors, Cabanis, combien de temps me donnes-tu vraiment ?

– Puisque tu t'acharnes à ne point te reposer, je te réponds tout aussi franchement que tu me le demandes : entre trois mois et trois ans.

– Ah ! si tu pouvais faire en sorte que ce soit juste le milieu : dix-huit mois... Il me suffirait de ce temps pour tout tordre dans le bon sens, sauver ce nigaud de roi, rehausser la popularité de la reine et disperser les braillards et les jaloux des sections qui veulent imposer leur volonté contre les instances élues de la nation.

– Je ne puis rien te promettre. Cela dépend autant de toi que de la Providence.

– La Providence, je me méfie de cette vieille sorcière... Elle n'a pas de morale ; elle est souvent ingrate.

– Alors, vis plus sainement ! Moins d'alcool, moins de mangeaille ; du bon air dès que possible. Moins de femmes aussi... Adèle... Et seulement Adèle. Puisque l'on m'a rapporté récemment que tu continuais, malgré la présence de cette merveille à tes côtés, de faire venir dans ta chambre à Paris de petites actrices.

– Cabanis ! tu veux vraiment que je ne sois plus tel que le peuple me regarde. Quant aux femmes, je crois que cela va se calmer. Je m'attache... Oui, je suis incorrigible, mais, cette fois, je crois que c'est celle qu'il me faut... Qu'elle m'a ferré !

– J'ai effectivement cru comprendre hier soir, pendant cette fête, que tu tenais à elle.

– Adèle Masson est un cœur... N'ai-je pas mérité un ange aux portes du tombeau et après tout ce que je viens de faire pour ce pays ?

– Si, bien sûr, et je vous souhaite d'être heureux ensemble. Mais, dans ce cas, et pour toi et pour elle... et pour la nation aussi... je t'en supplie, ménage-toi!

Mirabeau, qui s'était un instant attristé, retrouva d'un seul coup son sourire malicieux d'enfant et, passant son bras par la portière, frappant Joseph de sa canne, il s'écria:

– Vite! vite! fonce! Il y a à la chaussée d'Antin quelques bécasses et un lièvre au capucin qui nous attendent!

Qu'il fût réellement persuadé des recommandations de son ami ou qu'il feignît d'y croire, il parut dans le cours de ce mois de janvier marquer une pause. Il limita le nombre des soirées passées en réunions et beuveries avec ses amis, les remplaçant par de doux tête-à-tête avec Adèle.

Il l'envoyait chercher par Joseph, le soir, près du débarcadère de Sèvres et il la faisait revenir par le même moyen, à l'aube. Seul témoin de ces escapades, un vieux portier de la Manufacture qui la connaissait depuis l'enfance et qui l'adorait, et auquel elle adressait en passant devant sa loge, sa capuche rabattue sur son visage, une œillade complice. Mais, à présent, Régnier savait aussi... Le soir, inconsolable, il la regardait depuis la fenêtre de son salon s'éloigner dans le vis-à-vis. Ensuite, il allait boire son eau-de-vie: c'était son nouveau vice.

Dans ce plus grand calme, le député de Provence parut un moment vouloir s'installer dans le rôle de père fondateur de la Révolution, comme s'il avait voulu par cette posture paisible et patriarcale signifier à tous qu'était venu le temps de l'apaisement. Du coup, il se montra aimable avec Barnave, avec les Lameth, Du Port et leurs amis – ceux qui l'avaient jusque-là combattu en s'entêtant dans la défense des droits absolus de l'Assemblée et dans l'abjection du sort infligé aux pauvres nègres. Il fit de même avec La Fayette – Gilles-César ainsi qu'il le nommait en se méfiant de sa propension à la dictature militaire – et, bien qu'il lui en coûtât, il dîna plusieurs fois avec lui dans des restaurants du Palais-Royal.

Après son discours en vue de modérer les conséquences du refus de prêter serment à la Constitution civile du clergé, un discours qu'il avait dû interrompre, sous les huées, mais qui lui avait permis d'obtenir un ajournement et donc un délai, il parut se résigner à accepter des honneurs que jusqu'alors il avait refusés. Il avait été élu le 4 janvier au directoire du département de Paris, puis le 18 janvier chef de bataillon de la Garde nationale, et il avait étonné tout le monde en paraissant à l'Assemblée, non plus dans son sempiternel costume noir du tiers état mais dans l'uniforme bleu et rutilant d'épaulettes et de brandebourgs d'or de sa nouvelle fonction.

Enfin, le 29 janvier, il avait accédé à la présidence de l'Assemblée nationale. C'était un honneur qui ne durait que quinze jours, mais il en fit incontestablement un moment de détente et de bonne humeur. Cette présidence fut la plus inspirée, la plus intelligente, la plus courtoise et la plus drôle aussi de toute la législature. Parfois, sur son perchoir, il semblait rêver ; d'autres fois il accompagnait l'orateur de grands gestes comme un chorégraphe dessine avec les mains les figures de ses ballets. Il faisait des grimaces, il riait ; avec cela, de la drôlerie dans les rappels à l'ordre, de la malice, une manière qui n'était qu'à lui de s'élever au-dessus des débats et des brigues partisanes pour accueillir les délégations provinciales en trouvant pour chacun le mot juste. Ainsi, avec ces dames de la Halle, venues lui porter des pommes et du houx, qu'il embrassa l'une après l'autre, pinçant les fesses des plus jolies.

Cet allant, cette affectation de joie contrastaient avec son pessimisme profond car, dans ces premières semaines de 1791, sa religion était faite : il pressentait l'horreur de ce qui allait advenir, il savait même que c'était inéluctable. Pourtant, se sentant lui-même près de disparaître et ayant pour la première fois le sentiment de ne plus pouvoir rien faire pour conjurer le sort, il ne voulait pas annoncer les jours sombres ni même les suggérer.

Il désirait laisser de lui une image sereine et apaisée ; il n'aspirait plus qu'à un moment de calme pour être heureux, autant et aussi longtemps qu'il le pourrait : demeurer tranquille dans les bras de celle qu'il aimait, qu'il avait connue trop tard. C'était là son seul souhait.

Mais dans ce désordre – entre ruines fumantes et colonnes neuves déjà dressées pour servir de bases à de magnifiques édifices –, il lui restait encore un combat à livrer au nom de la plus radicale des libertés : celle de se retirer, de fuir, de glisser sa tête sous son bras afin de se retrancher du débat général.

Il y pensait depuis longtemps, et cette idée de fuite se traduisait en ce début de février 1791 en projets de voyage.

– Revoir Londres à ton bras, disait-il à Adèle, puis découvrir Rome, Venise et Naples ensemble...

– Oh, oui ! Je rêve de voir Naples depuis que mon père y est allé et nous en a rapporté des récits merveilleux.

– Vois comme l'annonce du printemps me fait du bien, ici, à Argenteuil... Chamfort a presque fini de ranger ma bibliothèque et j'ai là des lectures infinies en perspective. Il me reste à lire Buffon et Marmontel que je ne connais que par fragments, mais aussi à reprendre Rousseau, Diderot, Shakespeare et puis tous nos auteurs du Grand Siècle... La Bruyère par exemple. Je l'emploierais bien celui-là à tirer le portrait de la plupart de nos députés... Mais, à propos, tu ne m'as pas donné de nouvelles de ta boutique, ce soir.

– Les nouvelles ne sont pas bonnes. À Sèvres, par désœuvrement, on discute bien plus que l'on ne travaille...

– Des réunions pour ne rien dire, car ces gens-là sont comme nos députés ou nos messieurs des clubs, ils ne savent faire autre chose que pérorer.

Et, brusquement, comme avec un air de folie dans le regard, il ajouta :

– D'ailleurs, il n'y a plus rien à dire, puisque j'ai dit moi-même tout ce qu'il convenait de dire sur la singulière Révolution que nous vivons : elle doit aller bien au-delà de la modification de la forme du pouvoir ou de la redistribution des rôles et des richesses ainsi que le croient Barnave et ses séides. Elle doit cesser de démolir l'édifice, elle doit le meubler ; l'agencer autrement.

– Ce qu'il faut conforter, c'est surtout la liberté de publier et de s'exprimer…

– Cette liberté, l'une des plus précieuses, ne peut pas être une licence d'être sot ou inculte. On en revient toujours au préalable de l'éducation… la grande question que je n'aurai pas eu le temps d'aborder…

Quand il parlait ainsi de sa disparition prochaine en s'attristant, elle avait une manière qui n'était qu'à elle d'enfouir sa tête au creux du cou puissant de cette montagne de chair. Il se pelotonnait alors, réussissant le prodige de devenir, à côté d'elle, doux et fragile comme un chaton.

Cette occasion de plaider pour la liberté – la liberté ultime, la liberté absolue : celle de fuir et de se retirer – lui fut donnée à l'occasion du départ de France des deux dernières filles de Louis XV. Ce devait être son dernier combat, un combat aussi exténuant que celui relatif à l'initiative et au droit de la déclaration de guerre mais qu'il allait aborder, cette fois, dans des conditions beaucoup plus difficiles : quasi exténué, sans voix, sans vue, sans souffle, véritablement aux portes de la mort. Pourtant, comme dans une apothéose, il allait une dernière fois parvenir à faire vibrer les lambris de la salle du Manège ; emporter l'adhésion de ceux qui soutenaient ses vues pacificatrices, tout en déjouant la colère de ses ennemis qui, au premier jour de ce débat, réunissaient une écrasante majorité contre lui.

Il n'était pas de personnages plus décalés, plus anachroniques, plus déplaisants même que les deux vieilles princesses de France, dernières filles survivantes du roi Louis XV : Madame Adélaïde, impérieuse et colérique, qui tirait son air de supériorité de la préférence que son père avait autrefois marquée pour elle ; Madame Victoire, sotte à point, soumise à son aînée parce que, avec quatre autres de ses sœurs, mortes depuis, elle avait été élevée à l'abbaye de Fontevrault, en Anjou, sous prétexte d'économies à réaliser, tandis que dans le même temps son aînée grandissait environnée de tout le faste de la Cour.

Ces femmes étaient revêches, ridées, ennemies farouches de la nouveauté, avec la haine du populaire bien accrochée au cœur. Elles auraient sans doute pu continuer longtemps encore à dépérir d'ennui à Bellevue – ce château qui leur était échu à la mort de Mme de Pompadour, qu'elles détestaient pourtant bien fort –, où nul encore n'avait songé à venir les inquiéter, si elles ne s'étaient avisées que la condamnation que Pie VI venait de faire de la Constitution civile du clergé les empêcherait bientôt d'être confessées puis de recevoir la communion par des prêtres en accord avec Rome.

Ces princesses se trouvaient face à un cas de conscience insurmontable. Aussi avaient-elles résolu de gagner l'Italie et Rome, de renoncer à la vie agréable et pleine de protocole qu'elles affectionnaient pour courir le risque d'un long voyage. Elles en avaient avisé leur neveu, Louis XVI, qui leur avait imprudemment donné son autorisation sans estimer nécessaire d'en parler à ses ministres et encore moins à l'Assemblée. Or, le 19 février 1790, à la nouvelle du départ de ces vieilles dames, le tocsin avait retenti dans Paris et la municipalité avait aussitôt voté une motion hostile à la dynastie.

Mirabeau avait tout de suite senti que l'affaire était mauvaise ; que la gauche allait en tirer des conséquences disproportionnées. Il avait tenté d'alerter le roi par une très courte note – ce devait être la dernière –, mais elle ne devait pas être plus suivie d'effet que la cinquantaine de celles qui l'avaient précédée. Il y recommandait au souverain de demander lui-même à l'Assemblée qu'elle précise quels étaient ses droits de contrôle sur les allées et venues des membres de sa famille ; il apparaîtrait ainsi de bonne foi et se présenterait devant la nation en père de famille prenant conseil pour régler la conduite des siens. Louis XVI, une fois de plus, laissa passer l'occasion, et le tollé ne fit qu'augmenter : Camille Desmoulins fit une adresse au roi, distribuée à des milliers d'exemplaires par la ville : « Non, Sire, vos tantes n'ont pas le droit de manger nos millions en terre papale. » Marat, dont le journal *L'Ami du peuple* était le principal ferment du bouillonnement des esprits, en rajouta : « Il faut garder ces béguines en otage et donner une triple garde au reste de la famille... » Et, comme il ne coûte rien de grossir le trait et qu'il ne se privait jamais de ce plaisir, il précisa que les deux vieilles femmes emportaient dans leurs malles 12 millions en or. C'était un affreux mensonge, mais il touchait un point sensible.

Pendant ce temps, Mesdames, poursuivant un chemin de plus en plus chaotique, avaient fini par être arrêtées en Bourgogne et retenues par la population à Arnay-le-Duc. La Marck, effrayé, mandaté par Louis XVI, comprenant enfin la gravité de la situation, vint supplier son ami d'intervenir.

– Quelle opinion a-t-on de moi aux Tuileries où l'on ne fait même plus l'effort de me dire que l'on reçoit mes notes ? avait-il demandé à l'ami du roi lorsque celui-ci lui avait rendu visite dans son hôtel de la chaussée d'Antin pour le solliciter. Y attend-on encore vraiment quelque chose de moi ou est-ce vous, mon ami, qui venez ici de votre propre mouvement ?...

– Je puis vous assurer que le roi compte sur vous pour prendre le parti de ses tantes... Il veut du même coup marquer, à la face de la nation, combien il s'oppose à cette prestation de serment que l'on exige des prêtres.

– S'il m'avait soutenu par le canal de ses ministres lorsque je me battais pour différer, voire empêcher la prestation de ce serment... S'il n'avait pas obéi au pape en revenant sottement sur l'acceptation qu'il avait donnée publiquement à cette même Constitution civile en août de l'an passé... S'il avait même saisi le moyen que je lui donnais, la semaine dernière encore, de consulter l'Assemblée sur les allées et venues des membres de sa famille, nous n'en serions pas là !

– Monsieur le comte, nous ne sommes pas là pour réécrire l'histoire !

– Ni, moi non plus, prince, pour effacer continuellement les bêtises et les reniements de Louis XVI.

Mirabeau, malgré tout, intervint. Et il le fit habilement, à son habitude, commençant par se concilier une Assemblée qu'il sentait invinciblement hostile, blâmant Mesdames de vouloir quitter la France dans un moment où tous les bons citoyens devaient faire bloc autour du roi. Là-dessus, insensiblement, par petites touches, il fit valoir que ce voyage n'était pas illégal puisqu'il n'existait aucune loi sur le sujet. Des bancs de la gauche jaillit une invective : « Il en est une, c'est le salut du peuple ! » Calmement, il se tourna vers le côté d'où avait fusé ce cri et répliqua : « Le salut du peuple n'est pas intéressé à ce que Mesdames couchent trois ou quatre jours de plus en route. » On rit, on applaudit et il remporta la première manche.

On aurait pu en rester là si dès le lendemain, 25 février, la droite, en l'occurrence Cazalès – courageux, il n'avait pas hésité, quelques semaines auparavant, à se battre en duel contre l'athlétique Barnave –, n'avait relancé le débat en posant une question connexe sur la liberté de mouvement des fonctionnaires que l'on disait assignés à demeurer sur le lieu de leur emploi et n'en pouvoir bouger qu'avec la permission de l'autorité supérieure.

Mirabeau avait là tout ce qu'il aimait le plus : un débat connexe à la question principale, lui permettant de ne pas attaquer de front ses adversaires ; une question venue de la gauche, sur laquelle se greffait une surenchère de droite, quelque chose qui l'autorisait à tenir une position centrale et conciliatrice.

Mais le débat, avant même qu'il ait le temps d'intervenir, avait été brusquement radicalisé lorsque Le Chapelier avait annoncé qu'il présenterait, le 28 février, au nom du Comité constitutionnel, un décret sur l'émigration. Ce texte contenait une série de mesures restreignant la liberté d'émigrer : dans les moments de troubles, l'Assemblée pourrait confier à un comité de trois personnes le soin de décider sans appel qui pouvait entrer dans le royaume ou en sortir ; ce comité serait également chargé, tout aussi dictatorialement, de désigner les Français « absents », les sommer de rentrer dans le royaume sous peine d'être traités en rebelles – c'était le premier chapitre d'une loi de suspicion générale.

Alors Mirabeau engagea ses dernières forces pour combattre ce projet. Il rappela les principes :

– Ce n'est pas l'indignation, c'est la réflexion qui doit faire les lois. Entre une mesure de police et une loi, la distance est immense... La loi sur les émigrations est une chose hors de votre puissance parce qu'elle est impraticable... C'est une loi barbare et la voteriez-vous que vous ne pourriez l'exécuter, même en ayant recours à la plus horrible tyrannie !

On se mit à hurler, on l'accusa de vouloir établir une dictature. Ce soir-là, ne pouvant ouvrir les yeux, il se démena et parvint à couvrir le vacarme : les frappements de pied et les coups de poing assénés sur les bancs et les pupitres. Il poursuivit en demandant le retrait de la motion. La gauche se leva; il désigna du doigt les plus vindicatifs:

– Silence aux trente voix!

Il savait parfaitement que c'était une minorité qui agissait, capable d'entraîner une masse apathique dans des décisions terribles. Il les provoqua même en partant d'un rire sonore pour trouver grotesque «que l'on fasse tout ce tintamarre pour deux dames qui aiment mieux entendre la messe à Rome».

Il descendit de la tribune, les yeux remplis de brouillard, il tituba, bousculé par des gens qui tentaient de l'étouffer. Et c'est protégé par des gardes nationaux qu'il gagna son vis-à-vis sous les huées.

Au même moment, Paris était livré à l'anarchie: cinq ou six cents hommes, les plus enragés des quarante-huit sections, amenés par le brasseur Santerre, étaient partis pour s'emparer de Vincennes où la rumeur publique prétendait que la famille royale allait se réfugier. Au même moment, trois cents aristocrates armés jusqu'aux dents se massèrent dans les vestibules et les escaliers des Tuileries pour défendre cette même famille royale.

Mirabeau pour la première fois était inquiet. Il confia à ses secrétaires:

– J'ai prononcé mon arrêt de mort; c'en est fait de moi, ils me tueront!

Mais il retourna pourtant au Manège dans l'après-midi et escalada l'escalier de la tribune avec l'agilité de l'écureuil. Aussitôt il s'époumona et hurla contre un texte dont il ne trouvait l'équivalent ignominieux que dans les proscriptions du Triumvirat, aux temps de l'agonie de la République romaine. Il demanda la mise en accusation des apprentis terroristes. Brillant, excessif, convaincant, les yeux cette fois complètement fermés, il était au bord de retourner l'assistance: des brouhahas embarrassés, puis favorables, quelques applaudissements même. Mais Lameth demanda la parole et, pour une fois, se révéla bon orateur :

— Nous ne sommes plus seulement trente voix comme vous le disiez ce matin, d'un air assuré de votre triomphe, monsieur de Mirabeau, nous sommes ici cent cinquante que l'on ne désunira pas, et la patrie sera sauvée encore une fois !

Mirabeau avait présumé de ses forces. Il était en nage, près de s'évanouir et cette fois sans feindre. Il hurlait, mais on ne l'entendait pas. Au moment de descendre de la tribune, il trouva encore la force de s'écrier :

— Moi aussi je suis du peuple, aussi resterai-je parmi vous jusqu'à l'ostracisme !

Ses amis l'emportèrent à demi mort. Toute la nuit, Cabanis, Blanchot, Vicq d'Azyr demeurèrent à son chevet et voulurent le retenir de quitter sa chambre, mais, en fin de matinée, il enfila son uniforme bleu de la Garde nationale et retourna à l'Assemblée pour le début de la séance. Ses secrétaires durent le porter jusqu'à son banc. Il demanda la parole et remonta à la tribune où personne, de la droite la plus extrême à la gauche la plus radicale, ne put s'empêcher d'admirer sa vaillance. Il tonna « contre les hommes pervers et les factieux ».

La motion sur l'émigration fut ajournée.

Il rentra chez lui dans son vis-à-vis, la tête renversée en arrière, sans rien remarquer autour de lui pendant le trajet, alors que, habituellement, dans la rue Sainte-Anne ou dans celle des Moulins, par exemple, il notait chacun des détails infimes qui avaient changé depuis son dernier passage : des rideaux de couleur différente, de nouveaux arrangements de fleurs au balcon et, surtout, des jolies femmes qui guettaient son passage pour lui sourire.

Dès qu'il put tomber dans son lit, il perdit connaissance.

Adèle, prévenue par Paul qui lui avait dépêché Louis Blanchot, accourut cette fois en pleine nuit à la chaussée d'Antin, empruntant le cheval d'Hannong.

Lorsqu'elle pénétra dans la chambre où le tribun, veillé par sa sœur, Mme du Saillant, reposait, elle le crut mort, n'entendant pas un bruit, puisque Mirabeau, tonitruant le jour, était, lorsqu'il dormait, une forge, s'exhalant en râles, ronflements, soupirs et parfois même bribes de discours.

– Il repose, lui dit dans un faible sourire la comtesse. Il vous a appelée tout à l'heure... Et maintenant que vous êtes là, vous le ressusciterez...

Elle lui prit la main avec force.

– Vous le ressusciterez, n'est-ce pas ?

Adèle se contenta de lui poser la main sur l'épaule et de contourner le lit pour venir s'agenouiller de l'autre côté du chevet. Presque aussitôt, comme s'il avait senti sa présence ou reconnu son odeur, Mirabeau ouvrit un œil. Il parlait distinctement, mais d'une voix à peine audible.

– Je te le promets, Adèle... Je ne me lancerai plus jamais dans un combat aussi destructeur que celui-là.

– Oui, tu es allé au bout de tes forces.

– Il y a six mois encore, ce n'est pas un ajournement que j'aurais obtenu, mais un rejet pur et simple... Ah ! Je baisse dans le moment même où ces messieurs les factieux montent en puissance... Je ne suis plus à la hauteur.

Les deux femmes protestèrent d'une même voix :

– Vous êtes indispensable, assurait Mme du Saillant.

– Si tu n'étais pas là, c'est tout l'édifice qui aurait déjà croulé, renchérissait Adèle.

Il se contenta de leur sourire, puis il appela Theis, son domestique, pour se faire apporter ses lunettes et redresser ses oreillers. À mesure qu'il donnait ses ordres, sa voix regagnait en ampleur et en puissance.

– Vous ferez dire à La Marck que je ne serai pas à l'Assemblée aujourd'hui mais que j'y serai sans faute demain… Pour ce matin, on traitera le courrier dans ma chambre.

À peine dix minutes plus tard, Legrain parut avec la caisse du courrier : il y avait plus de cent lettres ; c'est ce qu'il recevait chaque matin et il ne s'en offusquait plus depuis que le directeur des Postes lui avait octroyé la gratuité pour sa correspondance, puisque, à cette époque, c'était au destinataire de payer. Comps entra à son tour, portant une petite table de bois blanc devant laquelle il s'installa pour ouvrir les dépêches et faire pour chacune d'entre elles un résumé en cinq mots au terme duquel le tribun concluait de trois manières invariables : classer, répondre selon modèle, répondre « en circonstanciant ». L'exercice était si bien rodé qu'il ne durait qu'à peine une heure. Pendant ce temps, les autres secrétaires travaillaient à l'entresol ; ils avaient toutefois licence de passer la tête par l'entrebâillement de la porte pour obtenir une précision ou balayer une hésitation. Ils en usèrent comme les autres matins, mais Paul ne parut pas de toute la matinée, par une espèce de pudeur inavouable, il rechignait à retrouver sa sœur au chevet de son grand homme.

Tout reprit à l'ordinaire : une fois de plus, le député d'Aix avait trompé la mort.

Le début du mois de mars fut plus tranquille : il se ménagea vraiment car, cette fois, il s'était vu bien près de mourir. Il arrivait à présent à l'Assemblée en plein milieu des débats, renseigné par ses secrétaires de l'heure exacte où il faudrait être là pour donner son avis, s'opposer à une motion ou en présenter une. Il partait avant la fin des séances et, ayant gardé un très mauvais souvenir de sa dernière apparition au club des Jacobins, il n'y reparut plus.

Il était donc à Argenteuil presque tous les soirs, dès 6 heures, et il n'y attendait qu'une chose : l'arrivée d'Adèle. Il y conviait peu de monde : Cabanis, Lachèze, un jeune disciple de ce dernier, sa sœur et son neveu, l'un de ses secrétaires parfois quand il avait quelque chose à dicter. Mais il y avait aussi Chamfort, ce poète auvergnat, ce vieil et imprévisible ami, qui l'accompagnait toujours là-bas, deux fois la semaine, en dépit de l'énorme travail que lui donnait à la Bibliothèque du roi le classement des archives et des centaines de milliers de livres qui provenaient par tombereaux entiers des couvents supprimés.

Cet homme à la beauté sombre – sans doute l'un des plus beaux mâles de son temps grâce à la grande régularité de ses traits, mais aussi l'un des plus ténébreux par son regard noir de charbon, toujours embué d'une expression d'accablement – paraissait être le confident idéal des réflexions du grand homme désabusé. C'était, disait Mirabeau parlant du couple qu'il formait avec ce vieux complice, l'attelage du beau avec le laid.

– Je ne verrai pas le printemps, lui disait invariablement ce dernier lorsque leur vis-à-vis s'engageait dans la longue allée de tilleuls du château.

– Allons ! tu as déjà trompé la mort, en octobre, avec tes coliques hépatiques. Tu viens d'y résister encore lorsque tu t'es échiné pour ces vieilles duègnes.

– Cette fois, je sens que c'est plus profond, que tout procède d'une usure générale et d'une lassitude sans remède... Ingrate Providence, tout de même, juste au moment où j'atteignais ces deux choses que j'ai poursuivies toute ma vie en m'échinant : l'amour et la fortune... Juste au moment aussi où j'allais tordre les événements pour édifier une Constitution capable de durer mille ans, autant que l'ancienne monarchie.

– Calme-toi ! Reprends de la cantharide puisque Cabanis n'est pas là pour te l'interdire.

— Toi, fieffé drôle, tu me donnes de ces conseils !...
Nous sommes entrés dans un temps que je commence à
ne plus du tout comprendre et peut-être après tout vaut-il
mieux que je disparaisse : sinon je serai la première tête
que ces gens-là feront tomber... Vois ! Ils ont montré
le bout du nez avec le projet de loi sur l'émigration, ils
régneront bientôt par la terreur !

— La terreur, tu crois vraiment ?... Ce sont pourtant
ces mêmes députés qui, à ton instigation, il y a deux ans
déjà de cela, ont voté des lois douces et humaines pour
rendre les hommes égaux et libres...

— Et ce sont les mêmes qui ont traité les nègres comme
des bêtes ! C'est ce que je pense depuis le début... Parmi
ces hommes, il ne restera bientôt plus que les loups, et
ces loups se dévoreront entre eux...

Mais lorsque Adèle s'annonçait – à peine avait-il
entendu le grincement de la grille pourtant à peine
audible de là où il se trouvait ou la sonnaille du grelot
du vis-à-vis qui la menait jusqu'à lui –, il reprenait un air
joyeux. Chamfort l'imitait en changeant de visage ; ces
deux-là auraient pu fort bien être acteurs tant ils s'entendaient dans un clin d'œil à accorder leurs attitudes. Le
poète tendait à son ami un gobelet d'argent rempli à ras
bord d'un vin bien tannique dont le tribun en y trempant
deux doigts se rosissait les joues avant de boire le restant
d'un trait. Alors, les deux compères, s'ajustant une dernière fois dans le reflet d'un miroir, se campaient l'un à
côté de l'autre dans le vestibule garni de fleurs que l'on
renouvelait tous les jours et, quand la porte s'ouvrait,
ils faisaient semblant d'avoir été interrompus au beau
milieu d'une saillie plaisante.

Le tribun prenait un air avantageux.

— Ah ! voilà enfin la dame de mes pensées ! Et
aujourd'hui elle va encore me disputer parce que je
n'ai rien fait pour faire avancer la Révolution... J'ai
dîné jusqu'au milieu de l'après-midi, chez Février,

au Palais-Royal, puis je me suis contenté d'aller lire le journal sur mon banc à l'Assemblée, tandis que ce pauvre Rabaut Saint-Étienne s'échinait à nous débiter un discours soporifique, un vrai prêche de huguenot. Il s'agissait de l'armée, je crois, mais qu'importe, puisque l'armée va bien – c'est même la seule chose qui aille dans ce pays –, et c'est facile car pour le moment elle est dans les casernes et que nous sommes en paix…

Puis, sans pouvoir se retenir de s'assombrir quelques secondes, il poursuivait :

– … et pourtant, quand les choses iront vraiment mal, la guerre sera la dernière ressource du roi. Et, alors… ce sera quitte ou double.

Adèle était habituée à ces facéties. Elle attendait la fin de ce numéro, résignée, amusée, ne quittant pas son sourire.

– Mais, mademoiselle Masson, s'excusait Mirabeau, nous bavardons, nous bavardons et je ne vous débarrasse pas.

Il se précipitait – rejouant toujours la même scène –, lui ôtait son manteau et en profitait pour poser sur son cou une guirlande de baisers.

– Viens près du feu ! Voilà un feu dont je ne suis pas peu fier car ce sont des fagots que j'ai liés moi-même… C'est de mon bois, parfaitement, mademoiselle, de mon bois !

– Ça ne fera qu'une flambée, estima Chamfort, vraiment pas de quoi rôtir un porcelet.

– Monsieur Roch – c'était le surnom que Mirabeau donnait parfois à son ami en utilisant le premier de ses prénoms –, vous vous mêlez toujours de minorer mes actions… De les péjorer même.

– Péjorer !

– Oui, monsieur, appuyait Mirabeau, j'ai bien le droit d'inventer des mots moi aussi, même si je ne suis pas comme vous de l'Académie française... La liberté nouvelle ne connaît pas de limites.

– Oh! s'exclama Adèle, vous mériteriez tant d'en être... De l'Académie... Car quel bousculeur de phrases vous faites!

– Puis-je faire respectueusement remarquer à la demoiselle que bousculeur n'est pas non plus dans le dictionnaire, observa Chamfort. Quant aux phrases de monsieur, ce ne sont que des discours, et les discours, ça s'envole!

– Mais il y a aussi les lettres d'amour... fit remarquer Adèle. Manuel veut les éditer!

– Manuel est un forban littéraire, estima Mirabeau avec de la colère dans le ton, un petit instituteur qui a mal tourné... C'est un homme rusé et opiniâtre : il les éditera, ces lettres, mais après moi ; il fera même de l'argent avec... Que la Providence nous garde de ce genre de coquins!

– Ces lettres sont en tout cas admirables, pour le peu que j'en connais. Mais moi, je n'en ai presque aucune de toi! ajouta Adèle dans une moue.

– Mais, Adèle, c'est parce que j'ai la joie de te voir tous les jours! Quand j'écrivais à Sophie, j'étais en prison. Je suis resté quatre ans dans ce donjon de Vincennes et, pendant ces quatre années, j'ai écrit du matin au soir pour ne pas devenir fou... Au fond, je crois que je suis meilleur orateur qu'écrivain.

– Tu es surtout bon lecteur des discours que d'autres t'écrivent, railla Chamfort.

– Monsieur Roch, ne faites point encore une fois le jaloux! On verra bien ce que vous vaudrez, vous, pour la postérité... Vous qui passez votre temps à remplir des boîtes de carton de toutes sortes de bouts de papier pleins de sentences et de maximes... qui feront sans doute, au bout du compte – si quelqu'un s'avisait jamais de les lire –, un joli chapelet de sottises.

Quand la dispute menaçait de s'envenimer, Adèle avait une tactique imparable : elle leur prenait la main pour les mener à table.

– J'ai grand faim... Sèvres est à ce point en déconfiture que l'on n'y mange plus que du pain de munition et du saucisson de cheval ! Heureusement, il est encore M. Sauvegrain, le boucher du village, pour nous faire crédit.

– Ah ! ma pauvre enfant ! se désolait Mirabeau. Ici, ce soir, ce sera un service bourgeois, à plat unique ou presque : du blanc-manger de toutes les façons, quelques terrines, puis un faisan – le dernier de la saison – et aussi des morilles, les premières de l'année à n'en pas douter, que la vieille Rosine nous a apprêtées tout simplement à la crème... Avec cela, du vin blanc de Bourgogne : un viré, le vin des moines de Cluny, et un pouligny, plus corpulent, moins monastique, et, si vous êtes sage, pour finir, un verre de saute-bouchon de Champagne.

Et ils passaient à table, joyeusement, oubliant tout ce qu'il s'était dit d'un peu aigre. Deux fois la semaine, ils étaient ainsi trois ; le vendredi, la table pouvait encore monter jusqu'à vingt convives – c'était la seule soirée que Mirabeau avait réservée pour traiter tous ceux qu'il avait encore à voir ou à obliger.

Les autres soirs, ils n'étaient que tous les deux.

Adèle voyait bien qu'il déclinait, qu'elle le perdrait bientôt. Elle en était effondrée mais elle ne le montrait pas ; en tout cas, lorsqu'il ne pouvait s'empêcher de parler du temps qui lui manquerait – car cette idée l'obsédait –, elle savait toujours trouver la parole consolante.

– Tu serais à l'armée qu'on t'appellerait Trompe-la-mort, ainsi que l'on nomme parfois les soldats qui sans arrêt réchappent des grandes hécatombes.

– Oh ! va, je sais où j'en suis, cette fois... C'est d'ailleurs pour cela qu'il m'est difficile de pouvoir croire en Dieu. Il ne conserve pas la vie de ceux qui font le bien. Parfois même il prolonge indûment les fléaux du genre humain ou ceux qui sont tout à fait inutiles à leur prochain…

– Tu dis cela, mais Fontenelle est mort à presque cent ans et Voltaire à quatre-vingt-deux…

– Mais, moi, mon Adèle, je n'en ai que quarante-deux, et j'ai tout à donner encore parce que je suis l'un des seuls, avec deux ou trois autres – Talleyrand, notamment –, à avoir l'intelligence de tout ce qui se passe, à voir les choses dans leur ensemble, à pouvoir les relier entre elles.

– C'est cette lucidité qui te suscite des ennemis !

– Oui, les Français aiment la médiocrité… Ils ne sont que des veaux. Ils ne deviennent grands que lorsqu'un meneur les galvanise… Il faudra un capitaine pour remettre de l'ordre dans tout cela et les faire marcher à la baguette, mais je sais une chose : grâce à Dieu, ce ne sera pas La Fayette.

Le dimanche 27 mars, il était resté toute la journée à Argenteuil, très affaibli. Cabanis lui avait ordonné trois jours de repos absolu et pourtant, à la nuit tombée, il s'était relevé de son lit pour donner l'ordre à Legrain d'apprêter sa voiture.

– Adèle… Je dois rentrer à Paris pour être demain à l'ouverture de la séance à l'Assemblée.

– Mais tu te soutiens à peine !

– J'ai promis à La Marck de m'occuper de ses mines, si je ne parle pas il risque d'être ruiné… Je le lui dois : sans lui, j'aurais sans doute été proscrit le 6 octobre quand La Fayette voulait ma tête en répandant la rumeur que j'avais organisé la marche des femmes de Paris sur Versailles… Sans lui aussi, je n'aurais jamais accompli mon rêve – être riche quelque temps –, le roi ne m'aurait jamais salarié… Sans lui, surtout, je ne t'aurais pas connue, car je ne serais jamais allé acheter de porcelaine à Sèvres.

– Je t'accompagne !

– Non, retourne à la Manufacture, on a besoin de toi là-bas. Tu dois y calmer les esprits… Ta fabrique sera bientôt sauvée. Il suffit que je survive quelques semaines encore pour tout boucler. Le plan de sauvetage avance. Montmorin doit présenter le projet à la reine cette semaine et j'ai promis de faire ensuite moi-même la motion : le roi devrait donner 75 % de l'argent qui manque sur sa liste civile et la nation le reste, à charge pour elle désormais d'effectuer tous les cadeaux diplomatiques en porcelaines.

Ce discours du 27 mars sur les mines, le dernier qu'il devait prononcer, était une folie. La Marck, propriétaire d'importants gisements de charbon en Hainaut, était menacé d'être spolié par le projet de décret qui transférait à l'État la propriété du sous-sol. Mirabeau avait mis au point une parade habile : il ne contestait pas le principe de ce transfert qui s'appuyait sur les principes de l'ancien droit romain, mais il revendiquait la possibilité pour l'État de concéder le droit d'exploiter à des particuliers. La Marck, devant son état déplorable, voulut lui interdire d'aller à l'Assemblée spécialement pour ce débat.

– Bon ami, lui répondit le tribun, ces gens-là vont vous ruiner si je n'y vais pas ; je veux partir, vous ne pourrez pas me retenir !

Il but un verre de vin de Tokay, embrassa longuement son ami puis se hissa dans son vis-à-vis.

Ce fut une séance épouvantable au cours de laquelle ses adversaires qui le voyaient pourtant mourant ne le ménagèrent pas. Il dut monter et redescendre à cinq reprises pour faire taire ses contradicteurs, son bandeau de soie blanche sous sa perruque rosissait à vue d'œil et quand il lui retomba sur les yeux, c'était une flaque de sang ; il trébucha à plusieurs reprises lorsqu'il dut remonter pour la troisième fois l'escalier de la tribune. De nouveau, il remporta la victoire, mais on dut le porter sur la terrasse au moment où il allait perdre connaissance. L'odeur des marronniers en fleur le fit revenir à lui ; il sourit à La Marck qui vint lui prendre la main peu après qu'on l'eut allongé sur un banc.

– Votre cause est gagnée, mais moi, je suis mort !

Il rentra à la chaussée d'Antin, roulé dans une couverture parce qu'il frissonnait malgré le vent tiède du printemps. Il envoya aussitôt Theis à Sèvres, en lui recommandant de ne pas ménager sa monture, porter ce mot à Adèle :

> Ma chère enfant, tout va pour le mieux, j'ai conservé ses mines à M. de La Marck ; aussi nous devra-t-il quelques tombereaux de charbon pour nous permettre de nous chauffer dans nos vieux jours. J'ai des affaires pressantes à régler, aussi je ne viendrai pas ce soir à Argenteuil. Sois rassurée au sujet de ton Mimi, je vais bien, je t'aime.

Ses amis étaient désespérés et, ne voulant pas croire qu'un homme aussi extraordinaire pût être malade, certains parlaient à mots couverts de poison. Le lendemain, il voulut sortir dans Paris, s'enivrer encore de quelques dernières acclamations ; il se fit escorter de Paul et de son neveu à qui Comps et Pellenc remirent des pistolets pour les cacher sous leur redingote dans la crainte d'un attentat. Le soir, après un bain chaud, il voulut aller entendre la Morichelli, l'une de ses anciennes maîtresses, à l'Opéra-Comique, mais, au bout du premier acte, oppressé, dévoré d'un feu dévastateur, il se fit raccompagner chez lui par le jeune docteur Lachèze qui l'accompagnait. Hélas, il dut s'en retourner à pied parce qu'il avait renvoyé Joseph, son cocher, avec son petit vis-à-vis et que, par fierté, il se refusait obstinément à commander un fiacre. Lorsqu'il eut fait les sept ou huit cents pas qui séparaient le théâtre de sa demeure, il ne tenait plus sur ses jambes. Theis et Legrain durent le monter dans l'escalier et le porter dans son lit. Ses lèvres étaient violettes, son pouls convulsif, ses mains glacées. Cabanis arriva au milieu de la nuit, suivi d'une multitude anxieuse qui, de trois jours, jusqu'à la fin, ne devait plus bouger, occupant l'escalier, la cour et débordant dans la rue de la Chaussée-d'Antin.

Le mardi 29 mars, il étonna son monde pour la dernière fois, travaillant toute la journée à sa table, à partir de midi, à un discours sur les successions en ligne directe, dictant à Paul les grandes lignes du projet sur la réforme du système éducatif qu'il mettait au point depuis plus d'un trimestre avec Talleyrand et ses Genevois. Sa pensée était claire, le débit de sa parole tranquille et régulier, bien qu'il eût quelquefois du mal à reprendre son souffle.

Il écrivit, ce même jour, à deux reprises à Adèle.

Il avait rédigé la première lettre à son lever et l'avait fait porter :

> Ce mardi, à la mi-journée, nuit mauvaise, mais matinée bien douce car je me suis endormi à l'aube dans des rêves heureux qui me menaient vers toi. Je sens ce matin que je ressuscite, que tu m'as donné une énergie nouvelle ; j'ai les idées claires et l'obstination de vivre pour accomplir encore des prouesses qui t'étonneront. Aujourd'hui, je me ménagerai, je ne ferai que lire et dicter dans l'espoir que Cabanis m'autorisera ce soir à venir te retrouver à Argenteuil. Travaille bien et aime-moi. Gabriel.

La seconde avait été écrite vers 6 heures du soir, quand l'ami médecin lui avait refusé la permission de sortir.

Cabanis est un bourreau, un homme sans cœur. Il m'a refusé la permission de te rejoindre alors que je m'estime en bonne santé – j'ai dévoré un demi gros poulet que ma sœur m'a rapporté du Bignon tandis que je travaillais ; vois-tu, ce n'est pas l'appétit qui manque. En tout cas, j'ai bien travaillé, j'ai réglé le cas des successions en ligne directe en me souvenant que j'avais fait du droit autrefois. C'est pour que nos enfants aient du bien... Tout ce que nous n'aurons point fricassé, tout ce que la nation reconnaissante, une fois le calme revenu, me donnera de pensions ira ainsi dans leurs poches. Demain, nous serons réunis, cette fois c'est bien sûr, et je vais faire chercher aux Halles des huîtres, des cailles et quelque gibelotte pour fêter dignement mes relevailles. Ton Gabriel qui te doit la vie.

Cette lettre aurait dû partir sur-le-champ par le cocher Joseph, mais à peine eut-il fini de la rédiger que Mirabeau s'évanouit. La nuit fut épouvantable, pris de douleurs qui étaient comme des coups de poignard portés au ventre, incapable de se tenir assis, le grand homme se mit au lit et, cette fois, pour ne plus se relever.

À l'aube du mercredi 30, Cabanis, se sentant dépassé, aurait voulu appeler les docteurs Petit et Jeanroi, que l'on regardait alors comme les meilleurs praticiens de Paris. Mirabeau refusa :

– Si je reviens à la vie, tu en auras tout le mérite. Je veux aussi que tu en aies toute la gloire.

Petit vint tout de même, mais il ne dépassa pas le vestibule ; Cabanis se contenta de sortir plusieurs fois pour lui décrire les symptômes de la maladie. On en était réduit au quinquina. L'ami médecin se désolait et Mirabeau le consolait...

– Tu es un grand médecin, mais il est un médecin plus grand que toi, l'auteur du vent qui renverse tout, de l'eau qui pénètre tout, du feu qui vivifie.

C'était sa manière à lui, très voltairienne, de songer à Dieu.

Paul, au milieu de la nuit, enfourcha un cheval pour aller jusqu'à Sèvres.

– Il n'est pas bien ! Et, cette fois, je ne pense pas qu'il en réchappe ! lui annonça-t-il tout de go en la trouvant assise sur le lit où elle n'avait pas pu fermer l'œil.

– J'accours ! dit-elle en se précipitant vers son cabinet de toilette.

– Non, surtout pas ! La chaussée d'Antin est à présent une ruche pleine de monde… Tu le tuerais s'il te voyait paraître dans sa chambre avec affolement.

– J'y suis bien déjà allée en pleine nuit, après le discours sur l'émigration.

– Cette fois, je crois que c'est plus grave… Et puis, Adèle, voilà ce qu'il m'a dit hier : « Si les choses empiraient, tu empêcheras ta sœur de venir me voir ; je veux qu'elle garde de moi un souvenir riant. »

Elle s'appuya à l'accoudoir d'un fauteuil sur lequel elle se laissa glisser à demi évanouie.

– Nous en sommes donc là… c'est la fin !

Paul s'agenouilla près d'elle.

– Oublie tout ce que j'ai pu te dire sur tes relations avec lui… Toutes les réserves ou les froideurs que j'ai pu te marquer. Toi seule avais raison : cet homme est vraiment extraordinaire. Je ne connais de lui que les éclats de l'intelligence et, vois-tu, il est sans doute le seul être pour qui je puis avoir cette pensée bizarre : si j'avais été une femme, j'aurais fait des folies pour partager quelques heures de son existence.

Ils restèrent quelques longues minutes enlacés ; elle pleurait sans bruit.

– Et nous allons le perdre, Paul… Et il ne me sera pas donné de le revoir.

– Adèle, il faut que tu sois forte et, d'ailleurs, tu l'es… Vis dans le souvenir de sa drôlerie, de sa bonne humeur, de l'espèce de feu follet qu'il a fait en traversant ta vie.

– Un feu follet… Un courant d'air, veux-tu dire, si peu… Si vite…

– Mais si intensément… Voilà bien l'humain le plus exceptionnel que toi et moi aurons eu la chance d'approcher. Après cela, nos existences ne seront plus les mêmes.

Dans la soirée du 30, la mort fut reconnue inéluctable, et l'Assemblée nationale décida de suspendre ses travaux. Mirabeau ne s'opposa pas au défilé de ses amis : une centaine de personnes en larmes, parmi lesquelles certaines l'avaient combattu encore tout récemment, comme Barnave ou La Fayette qui ressortirent de sa chambre effondrés. Il leur parla, il plaisanta, dit même à quelques-uns qu'il « guettait encore l'avenir ». Il parla de la France comme de « l'éternelle pensée de son combat ». Il donnait à tous d'ultimes conseils, concédant au dernier moment aux sectateurs du modèle anglo-américain la possibilité qu'il avait jusque-là combattue farouchement d'avoir deux chambres comme à Londres. Il se faisait prophète : « Même en supposant, mes amis, que la royauté dût être abolie, ce n'est pas une république qui devrait être établie – nous ne sommes pas mûrs pour ça –, mais un État populaire, avec un dictateur à sa tête. »

Son entretien le plus long, il devait l'avoir avec Blanchot, à propos de la chose qui lui tenait le plus à cœur : le sort du roi et, plus particulièrement, celui de la reine.

– Ce n'est pas à leurs amis que je veux les confier, Blanchot, car leurs amis ont déjà largement démontré qu'ils ne feront que les enfoncer… C'est à toi !

– Moi !

– Oui, Blanchot, tu as bien essayé autrefois de lui ouvrir les yeux…

– Et j'ai échoué !

– Mais elle s'en souvient… C'est toi qu'elle a appelé lorsqu'elle est arrivée aux Tuileries. Il n'est que toi pour la secourir ! Si tu ne sauves pas la reine, sauve au moins la femme !

– Je n'ai plus de contact avec elle depuis qu'elle a refusé d'entendre prononcer ton nom.

– Oui, mais depuis elle m'a reçu à Saint-Cloud, preuve que la leçon a porté… C'est toi qui iras la voir. Tu dois te montrer au-dessus des susceptibilités qui ne font que bloquer les choses.

– Et que lui dirai-je ?

– Que je t'ai mandaté pour me succéder dans la tâche de conseiller.

– Mais je n'en ai aucune envie… Et puis je suis pour la Révolution, moi !

– Et crois-tu que j'étais pour la conservation de l'ordre ancien ? Je n'ai pas donné un conseil au roi que tu n'aurais pu approuver toi-même… Et, d'ailleurs, je ne te demande pas d'être son conseiller politique, mais son bras, son directeur de conscience laïque… Cette femme a le sens politique ; elle t'écoutera mieux qu'elle ne m'a écouté… Toi, au moins, mon ami, tu n'as pas une tête à faire peur.

– Je ne…

– Promets-moi !

– C'est que…

– Promets à ton ami, car c'est le dernier viatique qui me ferait défaut pour mourir tranquille.

– Mirabeau, tu exagères !

– Je sais sur qui je peux compter…

Blanchot fixa l'agonisant ; il se tenait alors le ventre de douleur. Il promit, et le tribun le tira vers lui avec une force stupéfiante pour l'embrasser et lui glisser ceci :

— Il reste encore une personne, mon frère, cher frère, que je regrette de quitter... Adèle !

— Oui... cette enfant que nous aimons tous sera parvenue à t'apporter enfin le sourire de femme après lequel tu as si longtemps couru...

— Quel gâchis ! Trop tard... beaucoup trop tard !

— Mais enfin, cela est arrivé.

— Écoute, j'ai fait là un petit brouillon... lui dit-il d'une voix syncopée en lui prenant la main et en lui tendant un papier qu'il avait dans la poche de sa chemise – puisqu'on l'avait couché sans le changer. Ma main tremblait déjà trop, mais, pardi, tu sauras bien me lire, toi qui comme un médecin écris en lettres égyptiennes. Il y a là tout le plan de sauvetage de Sèvres que j'étais en train de mener à sa conclusion : Paul est au courant ainsi que Comps... La chose doit se faire par le canal de Montmorin qui doit convaincre la reine de remettre de l'argent dans la Manufacture... Il ne faudra pas les lâcher jusqu'à ce que l'affaire soit conclue... Ils ont promis, ils doivent s'exécuter... Il y a là aussi la liste de quelques menus objets que je veux lui laisser... Ma sœur est au courant, mais je te charge d'y veiller : je veux qu'on lui donne... mon grand bureau à cylindre, mon semainier de citronnier, enfin la collection complète de mes plus importants discours... – ceux que j'ai recopiés de ma main en m'appliquant pour les donner à l'imprimeur... Cela compensera les lettres de moi qu'elle n'a pas eu le temps de recevoir... Ne plus la voir... ne pas la revoir... le voilà le plus grand de mes chagrins !...

Sa tête retomba lourdement sur l'oreiller, dans un demi-évanouissement, puis il s'endormit tandis que Blanchot continuait de lui tenir la main.

Il rouvrit à demi les yeux, au bout d'un quart d'heure, réveillé par le sourd bourdonnement des conversations. On parlait bas et malgré tout Mirabeau comprenait qu'il y avait foule : « Ils sont toujours là ? » demanda-t-il.

Cabanis était venu lui expliquer que la municipalité avait fait barrer la rue pour qu'il ne soit pas incommodé par le bruit et qu'un jeune homme était venu offrir son sang pour qu'on puisse le lui transfuser, tout cela l'avait fait sourire.

Au matin du 1er avril, voyant que sa chambre était toujours pleine, il prononça de sa voix forte et d'un ton presque joyeux :

– Sont-ce les funérailles d'Achille ?

Et il consentit à recevoir enfin le docteur Petit. Il lui demanda la vérité.

– Nous vous sauverons, je pense, mais je n'en répondrai pas, répliqua le praticien.

Mirabeau fit alors appeler son notaire, maître Demautort, et énonça, avec un esprit particulièrement clair, la liste des dons qu'il voulait faire : 20 000 livres à Yet-Lie, 20 000 livres au petit Coco, le fils adultérin qu'il avait eu de la femme du sculpteur Lucas, des dons divers à ses domestiques et secrétaires, la liste particulière à prendre chez Blanchot des legs en faveur d'Adèle ; enfin d'autres objets à partager entre ses sœurs et Yet-Lie, ainsi qu'une donation de tous ses livres à Chamfort qu'il chargeait de faire une part sur l'ensemble à « une demoiselle avec qui il avait habité quelquefois au Marais, ces derniers mois »… Adèle.

Le plus étonnant restait à accomplir, sa confession. Il appela pour cela son plus vieux complice, celui avec lequel il avait décidé de l'étonnante et stupéfiante sécularisation des biens du clergé : l'abbé de Périgord, autrement dit Talleyrand.

On avait évacué la chambre pour ce dernier entretien avec un ministre de Dieu. Derrière la porte fermée, on les entendit rire à plusieurs reprises. L'abbé se levait pour prendre congé, quand Mirabeau l'arrêta :

– Cher ami, une dernière chose encore. Paul doit mettre au net le dernier discours que je viens de préparer sur l'éducation. Pourrez-vous, pour moi, le lire à l'Assemblée ?

La soirée fut marquée par un incident pénible dont le mourant fut tenu informé et dont il se fit rapporter les suites minute par minute : Comps, le plus sensible de ses secrétaires, ne pouvant se faire à l'idée de sa mort ni à celle de lui survivre, se donna quinze coups de couteau dont heureusement il réchappa.

Aux premières lueurs de l'aube, Mirabeau annonça à Cabanis qui n'avait pas quitté son chevet :

– Mon ami, je mourrai aujourd'hui, et quand on en est là, il ne reste plus qu'une chose à faire : se parfumer, se couronner de fleurs et s'environner de musique afin d'entrer agréablement dans le sommeil dont on ne se réveille plus.

Ce furent ses dernières paroles intelligibles car ensuite il sombra dans un demi-coma, souffrant visiblement, trouvant la force d'écrire sur un petit carnet le mot « dormir » pour signifier qu'il désirait de l'opium. Comme on tardait à lui en procurer, il se mit à pester, à serrer fortement le poignet de Cabanis, avec des mots hachés :

– Ah ! Les médecins ! Les médecins... Ne m'aviez-vous pas promis de m'épargner les douleurs d'une pareille mort ? Voulez-vous que j'emporte le regret de vous avoir fait confiance ?

Il décolla sa tête de l'oreiller, puis la laissa retomber d'un coup : il était mort, il était 8 h 30, ce 2 avril 1791.

Il était si célèbre qu'il y eut une quarantaine de médecins pour assister à l'autopsie que réclamait sa sœur Caroline, persuadée elle aussi que l'on avait empoisonné son frère, et ce sont ces médecins qui constatèrent une érection *post mortem* qui dura presque une heure et qui les laissa stupéfaits.

Le flambeau s'était éteint ; tout, dès lors, parut s'obscurcir. Et comme si l'on sentait confusément que c'était autour de son tombeau que pour une dernière fois s'assembleraient dans un élan unanime tous ceux qui vingt-trois mois auparavant étaient entrés en cortège avec lui dans la salle des Menus-Plaisirs, à Versailles, pour l'ouverture des États généraux, on décida d'un hommage grandiose : la messe à Saint-Eustache avec des décharges de mousqueterie qui firent crouler les verrières, et surtout l'ouverture décidée la veille de ses obsèques, à l'initiative du duc de La Rochefoucauld, dans la magnifique abbaye de Sainte-Geneviève, d'un Panthéon à toutes les gloires de la nation dont il fut le premier occupant.

La Cour même était triste : Louis XVI demeura dans son bureau à l'heure de la cérémonie et Marie-Antoinette s'agenouilla sur son prie-Dieu. Si, à cet instant, ils avaient eu une étincelle de courage ou d'imagination, ils seraient allés prendre la tête de ce deuil public et ils auraient été acclamés. Ç'aurait été le dernier miracle de Mirabeau en leur faveur.

CHAPITRE SIXIÈME

« Ce torrent nous emportera… »

Adèle avait vécu l'agonie et la mort de celui qu'elle aimait éloignée de lui, car le mourant en avait décidé ainsi, se refusant à lui offrir le spectacle lamentable de son agonie.

Durant ces jours affreux, la jeune femme s'était abîmée dans son travail; la nuit, elle s'était tenue prostrée dans sa chambre, au-dessus de son atelier, s'occupant encore à dessiner ou à faire une chose qui lui était pourtant aussi peu familière que de prier. Au petit matin, recrue de fatigue parce qu'elle n'avait pas fermé l'œil, elle demeurait figée sur une chaise, serrant les lèvres, grelottant malgré l'air tiède du printemps. Une lumière avait cessé de briller et, sur ses épaules, un vent joyeux et bienfaisant ne soufflait plus: il faisait froid à cause de ce vide; il faisait chaud parce qu'il n'y avait plus sur ses joues cette brise rafraîchissante.

Paul, qui la voyait désespérée et qui ne l'était pas moins qu'elle, avait fait chaque soir un aller et retour sur un cheval bai que lui avait donné Mme du Saillant, entre Paris où il travaillait encore aux prochains discours du tribun et Sèvres afin d'y consoler sa sœur. Comme elle était soucieuse de tout savoir, il lui faisait ponctuellement le récit des derniers instants de l'Hercule. Il n'oubliait rien de ses mots, de ses saillies, de ses drôleries et gestes qui, jusqu'au bout, devaient être ceux d'un esprit original et supérieur. Il lui nommait ceux qui étaient à son chevet : Mme du Saillant et son fils, Cabanis, Frochot, Chamfort, Lachèze, Blanchot ; d'autres, confinés dans l'antichambre : Coco, son tout jeune fils adultérin qui trottinait, allant de l'un à l'autre, intrigué par la gravité des visages ; des députés de droite comme de gauche ; enfin ceux qui se lamentaient dans l'escalier comme Camille Desmoulins, qui récemment, pourtant, avait écrit durement contre cet ancien protecteur et qui, pour lors, ne cherchait même pas à cacher ses larmes. Le tableau le plus touchant était celui des anonymes qui se pressaient dans la cour de l'hôtel et jusque dans la rue ; et, parmi eux, échevelée, avec un regard de folle, la mère de Mirabeau qu'il n'avait pas revue depuis des années et ne comptait pas revoir.

Le 1er avril au soir, la veille de la mort de ce géant, Paul était revenu à Sèvres avec Blanchot. Le médecin, qui regardait Adèle comme sa propre fille depuis qu'il l'avait mise au monde, avait tenu à lui rapporter lui-même les dernières paroles du mourant la concernant.

– Il m'a dit quelque chose qui n'a pas laissé de me troubler et qui montre à la fois sa lucidité et sa grandeur d'âme : il m'a assuré qu'en t'empêchant de venir à son chevet, il avait le sentiment de te protéger pour l'avenir... Il a, en effet, la terrible certitude que les temps qui s'ouvrent vont être sans pitié, que l'on s'attaquera bientôt aux hommes raisonnables et pacifiques, et, même, que l'on n'entendra bientôt plus que ceux qui appellent au crime. Qu'en ce qui le concerne, il sera le premier dont on recherchera le cadavre pour le battre et le jeter à l'égout... Que tous ceux qui l'auront approché, estimé, admiré et, à plus forte raison, aimé ne seront pas assurés de leur tranquillité : on les traquera, peut-être même le paieront-ils de leur vie... Ce sont là des perspectives affreuses, mais en considérant la pente que prennent les événements, je crains qu'il n'y ait du vrai... Qu'un temps où régnera la terreur peut advenir en France.

— J'aurais pourtant si fort désiré encore pouvoir le prendre dans mes bras... Baiser son front, ses lèvres... Bon ! beau ! cher Gabriel !

Blanchot, par son métier, mais aussi par la force de son caractère, savait parler au malheur dans un style qui n'était jamais ni plaintif ni geignard ; il trouvait chaque fois les mots justes.

— Adèle, tu es encore presque une enfant, enchaîna le médecin au grand cœur en s'emparant de la main de la jeune femme.

— J'ai vingt-cinq ans ! protesta-t-elle en relevant brusquement un visage baigné de larmes, mais fier.

— Pour moi, pourtant, tu n'es encore qu'une enfant ! Vingt-trois ans aujourd'hui, c'est le début de la vie ! Sais-tu que cette Révolution aura sans doute pour effet de décaler l'échelle des âges, non seulement parce que l'homme vivra plus longtemps, grâce aux progrès de la science, mais aussi parce qu'il étudiera plus longtemps et qu'il se donnera le loisir de plus de réflexion avant d'entrer de plain-pied dans la vie laborieuse... Toi, petite chanceuse, tu as déjà reçu d'incomparables leçons d'un père exceptionnel, autrefois actif et qui survit aujourd'hui dans les œuvres de l'intelligence. Tu as le privilège de vivre dans la familiarité de ceux qui l'entourent et qui sont à son image. Plus récemment, il t'a été donné de partager quelques mois de l'intimité du plus grand d'entre nous : celui qui a contribué à nous entrouvrir les portes d'un futur lumineux... Tu pourras éprouver à jamais l'orgueil et la fierté d'avoir été sa dernière consolation. Avec ça, mon enfant, ma tendre enfant, tu as le plus beau bagage dont une fille de vingt-trois ans puisse rêver... Et, excuse-moi de te le redire, pour moi, tu es bien jeune encore.

— Oh ! oncle Pierre, vous me dites là des choses si touchantes que je sens bien qu'elles me consoleront... Mais enfin, cette terreur que Mirabeau prophétise...

– Ce sont d'affreuses perspectives, en effet. Pourtant, si par malheur de tels événements survenaient, cela ne durerait pas... L'homme n'est pas fait pour supporter longtemps le malheur ! Il secouera vite le joug que des apprentis sorciers, persuadés de travailler au bonheur universel, prétendront lui assujettir... Et, si ce malheur se produisait, vois-tu, Adèle, je serai là ! C'est mon rôle de médecin. Je sais déjà ce que je ferai : je prêcherai la modération et la tolérance tant que je pourrai et, si je ne parviens à rien, je formerai les esprits à la résistance... En secret, je travaillerai à la construction d'un avenir paisible. C'est ainsi que nous demeurerons fidèles aux enseignements d'opiniâtreté et de fraternité que nous a donnés celui que tu as aimé et que nous construirons, grâce à lui, un avenir radieux... Cette œuvre, Adèle, nous l'accomplirons ensemble, avec toi, avec ton frère qui est ici, avec nos amis, tous les gens de cœur... Voici le pacte que je te propose sur les mânes de celui qui expire.

– J'y souscris ! dit-elle, émue.

Elle frotta sa tête tout ébouriffée contre la taille de Blanchot qui se tenait debout près de son fauteuil. Depuis trois jours elle ne s'était pas peignée, se contentant pour travailler de cacher ses cheveux dans un foulard.

Il l'embrassa puis, se reculant, il l'observa : la figure pâle et brouillée, les yeux rougis, elle était toutefois calme, montrant une détermination presque farouche sous le rideau des larmes qui continuaient de couler.

– J'y retourne, dit-il. Cabanis pense qu'il ne verra pas le jour reparaître.

Legrain, conduit par Joseph, vint en effet au milieu de la matinée du lendemain annoncer à Adèle, mais aussi à Paul, qui avait passé le reste de la nuit chez sa sœur, le décès du tribun. Or, les deux porteurs de la funeste nouvelle n'en revinrent pas de la trouver déjà descendue dans son atelier, dans sa volière, au milieu des quatre ou cinq peintres que la Manufacture, en ce début du printemps de 1791, employait encore à des sujets animaliers, à côté de cinq ou six autres qui ne faisaient que des fleurs. L'effectif de ces magiciens capables de recréer sur de la porcelaine les merveilles vivantes et végétales de la nature n'était déjà plus que le tiers de ce qu'il était deux ans auparavant.

Dans les jours qui suivirent, Adèle demeura à demi prostrée, en proie à mille réflexions, méditant surtout les fortes paroles de Blanchot. Ce sont ces mots du médecin qui lui donnaient, pendant le jour, toute son énergie, le courage d'avoir la tête à son atelier et même de sourire aux petits artistes et apprentis qui venaient à tout bout de champ lui montrer leur ouvrage.

Elle s'exclut elle-même de l'hommage délirant rendu au grand homme, des cérémonies grandioses organisées un peu partout dans l'emphase, mais elle fut contente de savoir qu'à Paris deux cent mille personnes – c'est-à-dire presque le tiers de la population – avaient suivi le convoi depuis la rue de la Chaussée-d'Antin, en passant par les Halles pour rejoindre le nouveau Panthéon. Elle se dit que son grand homme, qui ne dédaignait pas le luxe et l'apparat, aurait été fier de cette reconnaissance populaire et que, quelquefois même, il aurait ri en voyant qui marchait, la mine déconfite, derrière son corbillard.

Pour Paul également, le monde avait basculé. Du jour au lendemain, comme la lampe qui s'éteint parce qu'il n'y a plus d'huile, l'atelier de Mirabeau cessa de fonctionner. Les journées trépidantes de douze à seize heures que les jeunes secrétaires passaient à l'étude des dossiers, ponctuées, en manière de récréation, de discussions vives et animées, et qui se terminaient le plus souvent par des courses folles jusqu'à l'Assemblée et parfois même, le soir, jusqu'à Argenteuil, devinrent brusquement vides.

Il fallut sans délai quitter l'entresol de la rue de la Chaussée-d'Antin et mettre tous les dossiers et toutes les correspondances en caisses. À la demande de Mme du Saillant, Paul aida Comps et Frochot à classer les papiers que laissait le député : les réflexions, les plans, les projets de loi que la vivacité de son imagination lui avait donné à concevoir et qui, sous leurs différentes facettes politiques ou morales, touchaient à peu près toutes les sphères de l'activité intellectuelle, dans l'ordre civil, pénal, militaire, religieux ou diplomatique.

Ces liasses et ces cartons soigneusement rangés dans des panières d'osier ficelées par des cordelettes ou des sangles de cuir s'entassaient à présent dans les vestibules et les escaliers : brûlots de l'intelligence et du génie d'un esprit vraiment supérieur, ils étaient malheureusement – ainsi que l'avait prophétisé leur auteur – voués à l'oubli et à la poussière ; alors pourtant qu'au détour de chacun de ces feuillets se trouvait à coup sûr contenue la réponse à la question que se poseraient forcément un jour ceux qui auraient à poursuivre l'entreprise commencée. Les idées, les recettes politiques et parfois même les simples astuces ou déclics par lesquels on saurait se sortir d'une ornière ou d'une passe difficile resteraient confinés là, oubliés à jamais dans quelque cave ou grenier. Mirabeau, parlant de sa méthode d'action, avait quelquefois employé le mot de «pharmacie politique»; c'était à présent comme si toutes les drogues qu'il avait concoctées dans son fabuleux laboratoire venaient de s'éventer d'un seul coup.

Il fut constitué plusieurs lots de ces trésors : certaines caisses allèrent chez La Marck, d'autres chez Blanchot, d'autre en Limousin, chez les du Saillant ; les derniers états des discours – ainsi que Mirabeau lui-même l'avait arrêté – furent destinés à Adèle.

Un homme toutefois savait le prix de ces écrits, à la fois parce qu'il avait souvent participé à l'effort de réflexion du tribun, mais surtout parce qu'il était persuadé de l'incomparable éclat du génie de celui-ci : il s'agissait de Talleyrand, l'abbé de Périgord. Mirabeau, sur son lit de mort, lui avait demandé de présenter à sa place le projet de loi sur les successions en ligne directe. Il lui avait également suggéré de conclure son grand projet sur l'éducation auquel il travaillait depuis longtemps avec ses Genevois, en particulier Reybaz, et au sujet duquel il consultait régulièrement ses amis Condorcet et Cabanis.

Ce fut Paul, parce qu'il avait pris en dictée les dernières réflexions de son patron à ce sujet, qui eut le privilège de travailler avec Talleyrand à la mise au point définitive de ce projet. Il reconstitua le plus exactement possible les quatre discours que le tribun comptait prononcer sur cette matière : 1) De l'instruction publique et de l'organisation du corps enseignant ; 2) Des fêtes publiques civiles et militaires ; 3) De l'établissement d'un lycée national ; 4) De l'éducation de l'héritier présomptif de la Couronne.

Tout cela avait conduit à une réflexion sur la création d'un système complet d'écoles et de lycées au maillage le plus dense possible : ainsi, dans chaque département, il devait y avoir « au moins un collège de littérature ». L'idéal étant qu'il s'en établisse un dans chaque district... Partout où l'organisation nouvelle du clergé conserverait soit un curé soit un vicaire, « il devrait y avoir une école de lecture et écriture à laquelle seraient affectées 100 à 200 livres payables par le département ». Pour la première fois, l'idée d'implanter une école dans chaque village était énoncée. Mais il y avait aussi bien d'autres nouveautés appelées à être reprises, comme la mise au concours des bourses, l'obligation d'enseigner en français et non plus en latin, de créer des classes de lecture et d'arithmétique réservées aux jeunes filles, d'instituer un fonds de retraite pour les instituteurs.

Paul avait mis en exergue de ce travail de synthèse une lettre écrite par Mirabeau à Reybaz, à la fin de 1790 :

> Que te dirai-je que tu ne saches déjà mieux que moi sur l'incommensurable avantage, tout à fait nouveau dans l'histoire des hommes, d'une éducation nationale formée d'après la conception d'une seule tête et non d'après le choc des hasards et la lente mais monstrueuse et inextricable accumulation de tous les préjugés de la fausse science mille fois plus funeste que l'ignorance ? Tu sais bien que la France ne peut devoir un code d'éducation nationale qu'à un penseur inoccupé aux affaires publiques. Le recueillement et la méditation me sont presque entièrement ravis, il m'est devenu presque impossible d'organiser un grand travail dès lors même que nous n'en avons pas les matériaux préparés... Viens à mon aide, fais-le pour moi, fais-le pour la Révolution...

L'abbé de Périgord, évêque d'Autun, que l'histoire ne devait bientôt plus connaître que sous le nom de Talleyrand, ne pouvait s'empêcher d'admirer la prose nette, précise et sans fioritures du défunt.

– Ah ! jeune homme, quel génie nous avons perdu !... Quel animal !

– Monseigneur, c'est vrai qu'il nous laisse inconsolables.

– Oui, oui, mon petit, et la mort le grandit encore... Vois ! Il trône au Panthéon... Et pourtant, il en sera bientôt chassé comme un pestiféré !

– Un pestiféré !

– Oui, mon garçon, les Français sont comme ça... Le peuple le plus enthousiaste, mais aussi le plus mélancolique et le plus sujet à de brusques dépressions d'humeur de la terre... Mirabeau a tout donné pour le roi et le roi ne l'a pas entendu ; le roi tombera donc et le souvenir de ton patron sera entraîné dans la chute de la monarchie... Ce fut la première grosse bêtise de Louis XVI et elle causera sa perte. La dépouille de Mirabeau ira à l'égout ; on ne reconnaîtra ses mérites que dans quatre ou cinq générations.

– C'est affreux ce que vous me dites là !

L'évêque tapota la main de son jeune interlocuteur.

– Allons ! Allons ! Le Christ n'est-il pas mort ignominieusement pour ressusciter dans la gloire ?... Crois-moi, mon garçon, notre ami savait qu'il mourait à temps ; qu'il était trop en avance sur son époque ! Et pourtant, dans un siècle, au bout d'un temps de purgatoire, il y aura sans doute des boulevards qui porteront son nom dans tout le pays. La France gavée, saoulée, dégoûtée des excès du parlementarisme en viendra forcément à une forme de pouvoir plus équilibrée, que le discrédit de la monarchie rend impossible aujourd'hui...

– Il est donc mort désespéré ? bégaya Paul d'une voix angoissée.

– Non ! Et assurément ce n'était pas son style... Il est mort chagriné, mais pressentant ce que serait la France dans le futur. Voilà bien la marque du génie !

– Et vous, monseigneur, qu'allez-vous faire ?

– Moi, jeune homme, je compte bien continuer à servir la France, mais sans y laisser ma peau, c'est-à-dire en m'adaptant aux circonstances... Il faudra peut-être même s'exiler un temps si le ciel s'obscurcissait vraiment... Et puisque le tumulte finit toujours par retomber, il y aura aussi une heure marquée pour revenir...

– Et reprendre les leçons de Mirabeau...

– Sans doute, mais ce ne sera pas encore l'heure de se réclamer de lui.

– Vous ne défendrez donc pas sa mémoire ?

— Non ! Cela ne servirait à rien et sans nul doute en serait-il le premier d'accord, lui qui sacrifiait toujours les convenances à l'utilité… D'ailleurs, mon petit, c'est la dernière fois que je suis ici, chez lui, et je n'en repartirai qu'à la nuit tombée pour que nul ne sache que j'y suis revenu… Par la suite, également, tu ne m'entendras plus jamais parler de lui, ni dans mes discours ni dans mes écrits… Moi qui pourtant ai été avec lui si souvent – depuis dix ans déjà – comme les deux doigts d'une même main… Mais toi, mon enfant, toi qui n'es pas dans l'arène, continue de t'inspirer de lui… Il t'a laissé des souvenirs et des idées pour colorer toute ta vie ! Continue de porter ses idéaux d'audace et de mesure dans la Révolution… Fais-le, mais sans le dire, car bientôt le nom de Mirabeau fera de celui qui le prononce un coupable.

Talleyrand-Périgord, installé au bureau de bois blanc du tribun, reclassa une dernière fois les pièces des quatre discours que le défunt avait imaginé prononcer sur ce sujet de l'éducation, numérotant les feuillets à la mine de plomb et dressant à la plume, de son écriture calligraphiée, un petit index. Cela dura jusqu'à 10 heures du soir. Paul retenait son souffle, impressionné de ce tête-à-tête sépulcral avec un homme dont il avait maintes fois entendu dire par son défunt patron qu'il serait l'un des maîtres de la politique future – l'alpha et l'oméga des intrigues et des combinaisons secrètes qui assureraient la survie du pays malgré les tempêtes.

Talleyrand avait abandonné depuis peu la perruque et portait ses longs cheveux blonds au naturel, il relevait de temps en temps son nez fin qui finissait en trompette et laissait friser son œil malicieux pour répéter :

— Quel talent !… Quel talent ! Quel bougre d'homme, tout de même !

Ou, encore, plus trivial :

– Mon Gabriel ! Tu as bien fait de partir, ceux qui restent en piste à présent sont bien trop cons pour toi !

S'apprêtant à s'en aller, sa serviette de cuir gonflée de tous ces papiers, il s'approcha de la fenêtre. La rue de la Chaussée-d'Antin était déserte.

– J'y vais ! annonça-t-il. Et quant à nous, mon ami, à l'avenir évitons de nous trouver ensemble.

Avant de disparaître et de se jeter dans l'escalier, canne en avant, il fit cette chose si imprévue et si peu dans sa nature digne et froide que d'appliquer sur les joues de Paul deux gros baisers sonores.

Paul, après cette mise en garde de l'évêque d'Autun, réfléchit longuement sur l'incertitude des temps nouveaux et les précautions nouvelles qu'il convenait de prendre pour refréner des enthousiasmes qui, d'un jour à l'autre, pouvaient s'avérer dangereux.

Malgré tout, et bien qu'il ait parfaitement entendu la leçon, il ne pouvait taire la fierté qu'il ressentait à l'idée d'avoir aimé et connu son mentor. Il s'en enorgueillissait jusque dans les réunions publiques de la section des Postes – le district dont dépendait la rue Montorgueil – qui se tenaient à l'église Saint-Eustache, dans la salle des Colonnes, les mardis et jeudis. Dans ces assemblées, Paul pouvait prendre le pouls de Paris.

Venait là le petit peuple des Halles, des gens qui vivaient de l'industrie de bouche – bouchers, tripiers, panetiers, marchands d'herbes –, mais aussi quantité d'artisans qui avaient leurs ateliers au fond des cours des rues Tiquetonne, Saint-Sauveur, Montmartre ou du Mail. Ceux-là pratiquaient toutes sortes de métiers : brunisseurs, étameurs, menuisiers, vitriers, serruriers, sculpteurs sur bois ou sur pierre. Tous, dans ce printemps de 1791, parlaient encore du roi avec respect et tous aussi avaient versé des larmes en suivant l'enterrement de Mirabeau.

Dès le 15 avril, au lendemain des quatre jours de vacances pascales, Paul s'était décidé à retourner au Jardin du roi pour y suivre à nouveau, dans la section de l'histoire naturelle, les cours de MM. Daubenton et La Cépède.

Mais il y était revenu changé : on ne reste pas indemne, à vingt ans, de la fréquentation du génie, et tout lui semblait d'un coup devenu terne et minuscule. Comment retomber sans désillusion des hauteurs où il n'est question que d'idéaux généreux et sublimes à la méticuleuse description de matériaux et de minerais inertes ? Il fit effort toutefois : son défunt patron lui avait inculqué la discipline du travail en l'accoutumant à traiter avec la même précision et le même enthousiasme les matières les plus exaltantes comme les plus rébarbatives. Heureux malgré tout de retrouver ses condisciples, n'ayant pas vraiment perdu pied grâce aux notes que le jeune Basile avait continué d'aller prendre pour lui le matin, Paul retrouva lentement, jour après jour, tout l'enchantement des premiers temps de ses études. (Basile n'avait pas perdu son temps, grâce à ces heures passées sur un banc à la place de Paul, il finirait par devenir un excellent minéralogiste et serait un jour prochain engagé sans aucun diplôme comme premier manipulateur par M. La Cépède…)

En homme des temps nouveaux, Paul désirait ardemment que la science des minéraux eût une utilité sociale : il songeait à Sèvres, bien sûr, à ce que pourrait devenir une manufacture qui ne serait plus exclusivement au service des princes et du luxe, aux ouvrages d'utilité publique que l'on pourrait exécuter en porcelaine, mais aussi, en dehors du kaolin, à tout ce que l'on pourrait tirer pour le bonheur général de roches abruptes, comme de nouveaux ciments permettant d'édifier à plus bas coût des logements et des bâtiments collectifs d'une hauteur prodigieuse et d'une solidité à toute épreuve.

Du fait de la querelle religieuse, conformément à ce qu'avait pressenti Mirabeau, la situation s'était aigrie dans les dernières semaines. Le roi, sermonné par le pape, avait été sommé de revenir sur l'acceptation qu'il avait donnée un an auparavant à la Constitution civile du clergé. Il l'avait fait ; et, malgré tout, il n'avait pas tous les torts : l'exigence du serment allait créer un ostracisme entre les membres du clergé, et le but de cette Constitution s'en trouvait modifié.

Le 18 avril – deux semaines seulement après la mort du député d'Aix –, Louis XVI, étant monté en voiture pour gagner Saint-Cloud ainsi qu'il l'avait fait l'année précédente, avait été arrêté à la grille de la place Louis-XV et obligé de retourner aux Tuileries. On lui faisait là un véritable affront, la première d'une série de graves atteintes au prestige royal que l'homme lumineux qui venait de s'éteindre aurait peut-être pu éviter. Le soir même, aux Cordeliers, Danton s'était vanté d'avoir « fait hérisser des piques et des baïonnettes sur le passage de Louis XVI ».

L'incident, en tout cas, avait levé les dernières hésitations du roi. Le 21 juin, à 9 h 30 du matin, le tocsin se fit entendre pour annoncer la fuite de Louis XVI et de sa famille au cours de la nuit.

Ce départ en catimini causa immédiatement un traumatisme : la monarchie jusque-là respectée, même si elle avait été parfois rudement contestée, fut en un instant soupçonnée, discréditée et vilipendée.

On avait jusque-là parlé de Louis XVI comme d'un balourd, dominé par une femme capricieuse. Mais, dans le cœur de ses sujets, il bénéficiait à cause de cela d'un crédit de sympathie, quelque chose qui ressemblait à de l'attendrissement. En quelques heures, il devint un traître, un dissimulateur, un tyran complotant contre son peuple. Quant à la reine – que l'on n'avait jamais aimée –, elle passa du statut de pimbêche à celui de monstre acharné à affamer et à faire égorger le peuple de Paris.

Cette fuite de la famille royale avait, en un tournemain, fait sauter le verrou affectif qui retenait encore la France de verser du côté de la république.

Paul, dès la première réunion de la section des Postes, tenue à Saint-Eustache – à l'heure où l'on ne savait pas encore ce qu'il était advenu de la famille royale –, fut le témoin de ce retournement subit de l'opinion. Les boutiquiers et artisans, que leur activité conduisait souvent à travailler pour les grands et pour la Cour – et qui d'ailleurs depuis bientôt deux ans avaient souvent enregistré, avec l'installation du roi aux Tuileries, un réel regain d'activité –, s'estimaient trahis comme si leur protecteur naturel les avait abandonnés. Les plus âgés conservaient un morne silence, deux ou trois, même, retenaient leurs larmes mais, parmi les plus jeunes, ce n'étaient que cris, surtout contre la reine. Ils en appelaient aux armes.

Paul s'était fait accompagner à cette réunion spontanée, convoquée par le cri public, de Louis Blanchot qui se trouvait ce matin-là chez lui. Louis étudiait pour exercer le même métier que son père et était devenu aussi grand que son ami. Un peu maigre, un peu voûté, reconnaissable à sa tignasse rousse et crépue qu'il ne prenait même plus le soin de peigner, il avait une figure longue et pâle illuminée de deux yeux flambants dont le pétillement paraissait accentué par le port de fines lunettes toujours ajustées à sa nuque par un fin lacet de velours. Sans cet accessoire, il n'aurait pas vu ses pieds : il était affligé d'une myopie sévère qui lui donnait, par la lenteur qu'elle avait communiquée aux mouvements de son corps et même à son élocution, une expression de sérieux accru. Dans sa famille, on l'écoutait depuis qu'il avait huit ans, à peu près comme l'enfant Jésus au Temple lorsqu'il s'adressait aux docteurs. On ne s'étonnait plus de ses raisonnements au-dessus de son âge, on méditait ses avis.

À Saint-Eustache, où personne ne le connaissait, Louis fit forte impression en se campant au milieu de l'assistance, en la dominant de sa tête que l'on eût dite auréolée d'un halo de feu. D'abord muet, captivant peu à peu les regards, il força le tumulte général à se relâcher. Alors, lentement, posément, il entreprit de s'exprimer, d'une voix immédiatement forte pour s'imposer par-dessus les derniers murmures, puis d'un ton rabaissé qui réussit le prodige d'attirer bientôt sur lui l'attention générale.

– Le roi nous a trompés, dit-il. S'il parvient à gagner l'étranger, il reviendra ici nous mettre au pas, précédé de dragons autrichiens et prussiens... Si on le rattrape, si on le ramène à Paris, nous ne serons pas en sûreté non plus : les Tuileries deviendront le lieu de toutes les conspirations !

– Alors, que nous conseilles-tu de faire ? demanda dans la foule un homme que l'on connaissait comme libelliste d'une feuille de gauche.

– Nous armer ! Entreposer des armes en lieu sûr ! répliqua le jeune Blanchot. Parer à toute éventualité de subversion ! Tenir les aristocrates à l'œil !

– Et tu nous serviras de général, blanc-bec ? intervint un gros ferblantier de la rue du Roule en déclenchant une salve de rires.

– Des hommes décidés, nous n'en manquerons pas lorsque le peuple de Paris se verra trahi ! riposta le futur médecin.

– Il a raison, opina un bourgeois, il vaut mieux nous précautionner... Amasser des fusils et des piques, ce n'est pas décider de l'émeute... C'est tout juste nous tenir prêts en cas d'esclandre !

– Vous avez tous chez vous quelque vieille pétoire, quelque vieux tromblon.

– Et des piques aussi !
– Et connais-tu un endroit pour les cacher ?
Ce fut Paul qui eut l'idée.
– Dans la cave de mon père, rue Montorgueil, en plein centre de notre quartier !
– Ton père est-il bon révolutionnaire ? fit une voix au milieu des murmures qui recommençaient.
– Mon père, qui est infirme, a soutenu tous les combats des Lumières... Nous ne l'ennuierons pas avec ça. Notre cave est immense et parfaitement sèche pour conserver de la poudre. J'en fais mon affaire... Ce soir, à la nuit tombée, j'attendrai les premiers d'entre vous désireux de contribuer à ce dépôt !

Le 25 juin, le roi et sa famille rentraient de Varennes dans la voiture royale recouverte de poussière, avançant entre deux haies de baïonnettes et dans le plus profond silence. On avait promis le bâton à ceux qui applaudiraient et la corde à qui conspuerait. Un voile gris et laiteux s'étendait sur Paris. Le soir même, la fièvre n'était pas retombée : comme les trois jours précédents, on débattait partout, aux carrefours, sous le porche des églises, dans les clubs, aux comités de district et dans toutes les sections de Paris. Plus on en parlait, plus la trahison du roi, de quelque côté qu'on l'appréhendait, devenait un cas insurmontable : une cause de discrédit sans appel.

Danton surtout fut véhément. Il rejoignait Mirabeau au moins sur un point : la détestation de La Fayette, et il vit dans l'épisode de Varennes le moyen de le faire tomber. Comme ce général, le soir même de la disparition du roi, avait osé paraître aux Jacobins, il l'apostropha :

> La fuite du roi n'est que le résultat d'un vaste complot. Des intelligences avec les premiers fonctionnaires publics ont pu seules en assurer l'exécu-

tion... Et vous, vous monsieur de La Fayette, qui répondiez encore dernièrement de la personne du roi sur votre tête, paraître dans cette assemblée, est-ce avoir assuré votre dette ?... M. de La Fayette nous répondra du roi sur sa tête, il nous faut le roi ou sa tête !

Mais le héros des Américains était encore trop populaire pour tomber. Danton eut beau vitupérer et se porter à des excès d'une violence inaccoutumée, il ne fit pas bouger le peuple : le 22 juin, il avait proposé à la section du Théâtre-Français d'instituer partout le suffrage universel au lieu du suffrage censitaire voté par l'Assemblée ; le soir même, aux Jacobins, il conspua Louis XVI en termes injurieux – jamais, on n'avait osé s'adresser ainsi à la personne royale :

– L'individu déclaré roi des Français, après avoir juré de maintenir la Constitution, s'est enfui et j'entends dire qu'il n'est pas déchu de la Couronne. Le roi est ou criminel ou imbécile.

Quel jeu jouait à ce moment le maître des Cordeliers en sortant ainsi de ses mesures ? Sans doute celui du duc d'Orléans – revenu récemment de l'exil anglais auquel l'avait contraint La Fayette après le 6 octobre –, bien décidé à ressaisir le flambeau de l'agitation et qui, le 23 juin, par l'entremise de ce même Danton, venait d'être admis au club des Jacobins

Dans ce désarroi général qui aurait pu conduire à toutes les violences si quelques meneurs – tel Danton précisément – n'avaient réussi à canaliser la colère du peuple, le miracle fut que des hommes habiles, majoritaires dans l'Assemblée, parvinrent à accréditer la fable que le roi avait été enlevé ou du moins qu'il avait fui contre sa volonté.

Il s'agissait pour le moins d'une exagération, pour ne pas employer les mots plus discourtois de tromperie ou de mensonge. Personne ne fut dupe, mais cette hypocrisie était nécessaire pour passer un cap politique : rien n'était prévu pour remplacer la monarchie ; on risquait des émeutes et un bain de sang.

Toutefois, le malaise s'installa durablement. Il aurait fallu des revirements de conduite spectaculaires de la part de la Cour pour inverser le cours des choses, des contritions publiques si retentissantes que le peuple tout entier en aurait admis la sincérité.

Fort bizarrement, ce n'est qu'après le terrible événement de Varennes que Blanchot se résolut à tenir la promesse faite à Mirabeau. Alors que les esprits les plus affûtés, de gauche comme de droite, s'étaient convaincus que cette fuite disqualifiait à plus ou moins brève échéance la monarchie, Blanchot adressa à la reine, par le canal de La Marck, le 1er juillet, ces simples mots :

> Madame,
> M'acquittant d'un engagement pris auprès de M. de Mirabeau, je vous fais savoir que je suis à votre disposition pour vous rencontrer. N'attendez toutefois pas de moi quelque miracle que ce soit. Je ne suis pas un homme politique et la situation provoquée par votre récente sortie de Paris sans en avoir prévenu l'Assemblée serait plutôt de nature à me rendre circonspect à votre égard.
>
> Blanchot, médecin à la Charité, sous-lieutenant de la Garde nationale, section de la Croix-Rouge.

Sans doute espérait-il secrètement que Marie-Antoinette, vexée par le ton peu engageant de sa missive, ne l'appellerait pas. En tout cas il avait le sentiment d'avoir, au moyen de ces quelques lignes, tenu l'engagement qu'il avait pris auprès du tribun mourant. Il était au fond peu disposé à perdre de nouveau des heures précieuses pour s'occuper d'une femme qu'il estimait « inamendable ». De plus, il n'était pas soutenu dans cette démarche par sa famille qui le dissuada unanimement de courir, sitôt après le piteux retour de la famille royale à Paris, les périls d'une visite aux Tuileries, dorénavant cernées de mouches et d'espions.

Or, il fut tout surpris de recevoir presque en retour et par la même voie ce message encore plus court que le sien :

Monsieur,

Venez. La situation est trop grave pour que je puisse faire montre de fierté ou manifester la moindre exigence. C'est le médecin que j'appelle à mon chevet.

Marie-Antoinette.

Par un après-midi caniculaire de la deuxième semaine de juillet, le médecin se résolut donc à gagner le château royal. L'extrême chaleur a la même vertu que les nuits froides, elle enveloppe de vapeurs les objets et les êtres en leur assurant la même discrétion. Aussi, c'est par le grand escalier droit, sans aucune précaution particulière, que le visiteur accéda aux appartements des souverains, sur ce seul mensonge, convenu avec La Marck, qu'il déclarerait, si on lui demandait quoi que ce soit, être venu pour examiner Mme Élisabeth, la sœur du roi.

D'emblée, Blanchot fut frappé, depuis la visite qu'il avait rendue un an et demi auparavant, sitôt après l'arrivée de la Cour aux Tuileries, par le relâchement des factionnaires et des domestiques du palais. Les gardes nationaux devisaient sans façon sur les marches des escaliers, les valets parlaient haut, les plus jeunes chahutaient ; la Garde royale se tenait hors des guérites, sans plus prendre la peine de se figer comme autrefois dans d'interminables garde-à-vous. On aurait dit que nul n'était plus impressionné de se trouver dans ce sanctuaire, auprès de la majesté royale.

À la porte du cabinet royal se tenait un garde national d'assez jolie figure, un homme entre trente-cinq et quarante ans : il était grenadier à la section des Filles-Saint-Thomas. Il s'agissait du frère de lait de Marie-Antoinette, autrichien donc, fils de Marie Constance Weber qui avait donné le sein à la petite archiduchesse. C'était un secret bien gardé dans le tout petit cénacle du palais, connu toutefois de La Fayette qui avait favorisé sa mise à disposition au château. La présence de Weber était d'un grand secours pour la pauvre reine depuis qu'elle se trouvait à Paris : parfois, elle le faisait entrer dans son salon, lui demandant de lui dire quelques mots en allemand et de se tenir à l'intérieur des appartements pour la rassurer.

Marie-Antoinette était assise près d'une fenêtre ouverte lorsque Blanchot fut introduit près d'elle. Elle lisait un livre de Marmontel, qu'Anselme et Blanchot lui avaient fait rencontrer, à Trianon, dans le bref intermède de leur petit Lycée ; elle en avait aimé autrefois le théâtre et elle goûtait sa philosophie pleine de sagesse rustique. Blanchot ne fut pas dupe du choix de cette lecture au moment précisément où il arrivait, mais il eut le tact de l'en féliciter.

– Que cela fait plaisir de voir une figure qui n'a pas changé, lui dit-elle en le priant de s'asseoir.

– Pas changé, Madame...

– Oui, parce que je sens que vous me marquez la même sévérité bienveillante dans mon malheur qu'en d'autres temps dans ma fortune... Vous n'êtes pas comme tous ceux qui autrefois me faisaient des courbettes et qui aujourd'hui m'accablent de grimaces.

– C'est l'avantage d'être constant lorsque l'on n'a à gouverner que soi-même ! Mais vous-même, Madame, que j'ai vue tant de fois changer comme ces diamants brillants qui, de la façon dont on les oriente, étincellent ou se couvrent d'ombre, quel est à présent l'état de votre âme ?

– Le malheur m'a déjà contrainte à reconsidérer bien des choses ; j'ai fait un tour complet sur moi-même.

– Vous me disiez déjà cela voilà dix-huit mois à peu près... Mais ces malheurs ne vous ont pas rendue sage puisque vous n'avez pas écouté M. de Mirabeau qui vous conseillait de ne pas vous approcher de la frontière sans en avoir au préalable avisé l'Assemblée.

– Nous étions prisonniers, monsieur, et, de plus, on veut contraindre nos consciences en nous obligeant à désobéir au pape.

– Le pape a eu grand tort d'obliger le roi à revenir sur l'acceptation qu'il avait donnée à la Constitution civile... Le peuple regarde cela comme un parjure. Il ne reconnaît pas dans Louis XVI le digne héritier des François Ier, Henri IV et Louis XIV qui avaient osé tenir tête au pontife de Rome au nom des intérêts du royaume.

– Vous oubliez, monsieur, que l'on a changé la portée de ce serment. Quant à notre départ de Paris, vous le savez aussi puisque vous étiez son ami, M. de Mirabeau a été mêlé jusqu'au bout à nos projets de quitter la capitale...

– Madame ! Pas de ces approximations avec moi, protesta sèchement le visiteur. Je connais bien l'affaire pour m'en être entretenu avec lui : il vous conseillait d'aller à Compiègne puis, de là, à Metz... Pas à Montmédy, dangereusement proche du Luxembourg qui est inféodé à l'Autriche. Les projets que M. de Mirabeau avait formés avec MM. de Bouillé, le père et le fils, ont été modifiés par le roi sans qu'il en soit avisé.

Marie-Antoinette aspira sa lèvre, signe de contrariété. Elle baissa les yeux, son regard se radoucit.

– C'était une erreur en effet...

– Et il faudra des mois à présent sans un faux pas, de longs mois où vous donnerez jour après jour des gages sérieux et continus à la Révolution pour que vous retrouviez un peu de crédit... En êtes-vous capable ?
– Cela suffira-t-il ?
Blanchot réfléchit quelques secondes.
– Cela aurait suffi avec l'aide de votre conseiller secret, c'est certain... Il aurait trouvé mille combinaisons, toutes plus astucieuses les unes que les autres, pour vous tirer de ce mauvais pas. À présent, je ne réponds de rien... Pourtant, Madame, c'est la seule voie possible et il faut l'essayer... Il faut vous acharner à trouver parmi les gens raisonnables de nouveaux appuis.
– Barnave m'a promis son aide, à Meaux, tandis que nous revenions de ce désastreux voyage... Jusque-là, il comptait au nombre de nos ennemis les plus implacables. À présent – il me l'a avoué lui-même –, il a peur...
– Ce n'est pas la peur qui doit agir la politique ! C'est la sincérité, l'honnêteté, le cœur !
– Je m'efforcerai de faire tout ce que vous me direz, murmura-t-elle d'une voix posée, tandis que des larmes commençaient à lui monter aux yeux.
Il demeura silencieux ; il respectait cette émotion, mais il se refusait pourtant à esquisser le moindre geste. S'il lui avait pris la main, elle aurait pu l'interpréter comme un mouvement de pitié. Il se disposa même à la quitter parce qu'il avait décidé que ce premier entretien ne durerait pas plus d'un quart d'heure et qu'il se tiendrait quoi qu'il advienne à cette résolution. Il voulait lui montrer ainsi que les temps avaient changé, que ce n'était plus la reine qui marquait le début et la fin des conversations.
Il se leva donc sans en avoir été prié, sans qu'elle s'en offusque non plus ; elle se dressa à son tour – autre incroyable nouveauté –, d'abord à demi comme si elle

avait de la peine à bouger, puis se redressant d'un coup et retrouvant par la mécanique de l'habitude tout son aplomb, toute sa majesté.

– Madame ! Je reviendrai quand vous aurez besoin de moi, mais ce que j'aurai à vous dire ne vous fera pas forcément plaisir... J'entends ce qui se dit depuis Varennes aux Jacobins. Le prestige de la monarchie est tombé, votre cause est largement compromise.

– Oui, je le sais. Je sais aussi que ce torrent nous emportera... Mais je ne songe plus qu'au roi, à ma famille, à notre sauvegarde.

Et, sur ces paroles étonnantes, elle suivit le médecin jusqu'à la porte et là, chose plus inouïe encore, elle lui prit la main et la baisa avant de le laisser partir.

Dans la chaleur et la nervosité de l'été de 1791 s'approchait la date du 25 août, celle de l'arrêt jusqu'en octobre des activités universitaires et judiciaires. Tout le monde savait que ces vacances ne seraient pas ordinaires : plus de la moitié des aristocrates – ceux qui habituellement, à pareille époque, encombraient les barrières de Paris avec leurs carrosses et leurs chariots de meubles pour gagner la campagne – avaient déjà quitté la ville ; quant aux magistrats et aux étudiants, ils avaient décidé pour la plupart de ne pas s'éloigner, les derniers afin de se tenir dans la rue pour parer à toute éventualité ou tocsin, les autres pour se cloîtrer chez eux afin d'observer craintifs derrière leurs persiennes la suite des événements. Depuis l'équipée du roi à Varennes, les assemblées de quartier se succédaient à un rythme effréné. Elles étaient le thermomètre de l'humeur de chacune des quarante-huit sections de Paris et déjà se marquaient entre elles, dans la diversité de leurs opinions et dans la véhémence de leur expression, les différences qu'il y avait d'un coin de Paris à l'autre : aux Halles, les Postes étaient en pointe par rapport à leurs voisines de la Halle-au-Blé, de l'Oratoire ou de la Fontaine-Montmorency ; rive gauche, sur la montagne, c'était aux Thermes-de-Julien, au Luxembourg et surtout aux Cordeliers que l'on vociférait le plus.

Paul, auprès de Mirabeau, avait été gagné presque à son corps défendant par un enthousiasme passager pour la cause de la monarchie régénérée, mais depuis la désertion du roi il s'était efforcé de distinguer cette cause de celle de Louis XVI sur qui il portait à présent un regard sévère.

– Pourra-t-on de nouveau lui faire confiance ? était la question qui revenait dans les conversations qu'il avait avec ses amis.

Bien peu opinaient, presque tous regardaient désormais avec méfiance du côté des Tuileries. Le jeune homme entendait chez lui les opinions croisées de son père et de Blanchot : perplexes, les deux amis discouraient à l'infini de ce qu'ils appelaient « la question royale ».

Le médecin, dont nul ne pouvait suspecter l'attachement aux idées nouvelles, impressionné par le changement de Marie-Antoinette, qu'il était l'un des seuls parmi les vrais patriotes à avoir pu mesurer, mettait inlassablement en avant, lorsqu'il parlait d'elle, l'idée rousseauiste de la perfectibilité des êtres.

– Le roi est encroûté par mille années de préjugé nobiliaire. Mais il a montré quelquefois qu'il était réceptif : lorsque le 15 juillet 89 il a accroché la cocarde à son chapeau... Lorsque le 4 février dernier il est venu dire à l'Assemblée qu'il faisait sienne la cause de la Révolution... Hélas, depuis, il y a eu de terribles rechutes dont la pire est Varennes !

– Une rechute dont il ne se remettra pas ! estimait Mathieu, lorsqu'il se trouvait par hasard en tiers dans la conversation.

C'était lui, l'aveugle, l'instituteur des sourds-muets, qui devenait peu à peu l'élément le plus radical de la famille. Il portait un jugement sévère sur des événements dont il ne pouvait appréhender les images vives et colorées mais dont, par cette sensibilité plus aiguisée qui guide ceux qui ne voient pas, il percevait d'avance, et peut-être mieux que les autres, les inflexions et les tensions.

– Louis XVI, s'il jouait vraiment le rôle que lui assigne la Constitution, devrait être le premier rempart aux désordres et aux factions, poursuivait Blanchot. Il regagnerait ainsi toute sa légitimité ; et à terme, aussi sans doute, sa popularité... La France n'est pas mûre pour devenir la république de Genève : l'essentiel de son oligarchie militaire, ecclésiastique et diplomatique est exilée et le peuple n'a pas la maturité qu'il faut pour s'emparer encore de ces matières-là... La chute de la monarchie maintenant, ce serait tout de suite le crime et le débordement...

– Il faut peut-être en passer par ces crimes et ces débordements, renchérissait Mathieu. Ce sont les massacres du Triumvirat qui, à Rome, ont conduit à la paix impériale...

– Sauf, Mathieu, lui répliquait le médecin, qu'il était alors question, avec César puis Auguste, de passer de la république à la tyrannie d'un homme... Moi, c'est exactement le chemin inverse que je veux voir accomplir à notre pays : aller de la monarchie selon Dieu à une monarchie presque élective et qui soit en elle-même, dans sa probité et sa morale, à l'égal d'une république... C'est cela que le roi et la reine devraient comprendre s'ils veulent vraiment laisser le trône à leurs enfants.

– Je ne crois plus que cela soit possible, reprenait le paisible instituteur des sourds-muets qui tenait fermement à son opinion. Ces gens-là se sont coupés de leur peuple et presque aussi du reste du monde. Ils ne peuvent plus changer. La monarchie se délite. Elle n'a plus ni énergie, ni projet, ni volonté, ni même espérance dans son devenir… Elle est déjà morte, en fait.

Les apparences en tout cas donnaient raison à Mathieu : dans ce lourd et oppressant été de 1791, la vie semblait s'être retirée des Tuileries. Le palais paraissait échoué au milieu du tumulte de la cité, stores abaissés, fenêtres closes, comme s'il n'était plus habité. La famille royale s'était repliée au fond de ses appartements, le roi ne passait plus la revue de sa Garde et celle-ci manœuvrait à heures fixes mais sans éclat : on en avait supprimé la musique et quelquefois même, à présent, la relève se faisait sous les huées de gamins de Paris, accrochés aux grilles de la cour du Carrousel.

Paul, pour fuir la torpeur fébrile et inquiète de la ville, était allé pendant quelques jours chez Adèle réviser les matières du concours qu'il devait passer à la mi-août au Jardin du roi.

Les événements du dehors avaient depuis longtemps infiltré Sèvres. Il ne pouvait en être autrement : la porcelaine, ce comble du luxe et de la beauté, cet art qui paraissait comme consubstantiel à la façon de vivre aristocratique, avait partie liée avec tout ce que l'on remettait en cause dans le royaume – cet art était réservé aux privilégiés, et par là était devenu suspect. La matière froide, parfaite, étincelante, pimpante dans ses ors et ses bronzes dorés, ne pouvait plus longtemps demeurer « innocente » ; il paraissait presque inéluctable qu'on la charge des crimes supposés de ceux qui en avaient été les commanditaires et les clients.

Et d'autant plus que les directeurs et les ouvriers de la Manufacture avaient joui jusque-là de privilèges fiscaux et d'exonérations d'impôts qui commençaient de faire jaser. La première municipalité de Sèvres, formée à l'automne de 1789, avait d'ailleurs estimé que tous ces passe-droits rendaient leurs bénéficiaires inéligibles. Du coup, on avait vu quelques ouvriers renoncer par patriotisme à ces exemptions afin de pouvoir être élus.

L'été précédent, profitant du séjour de la famille royale à Saint-Cloud, sous l'étroite surveillance de la Garde nationale dont un bataillon provenait de Sèvres, les ouvriers avaient pour la première fois pétitionné directement auprès du roi pour leurs salaires et leurs conditions de travail. Par la même occasion, conscients de la terrible baisse d'activité de leurs ateliers depuis 1788, ils avaient exprimé leurs craintes quant au devenir de l'entreprise royale. À ces revendications ils avaient reçu une double réponse : de bonnes paroles de la part de d'Angiviller quant aux salaires et au maintien de l'activité ; et, du roi lui-même, quelque chose de plus tangible : la promesse que la Manufacture ne serait pas liquidée puisqu'elle allait être inscrite sur les engagements de la liste civile, cette liste que, malgré les pénuries, Mirabeau avait fait maintenir au niveau des dépenses d'avant 1789 afin de soutenir le prestige royal.

On avait depuis lors observé dans la ville des mouvements contradictoires. Quand, au début de 1791, les tantes du roi avaient tenté de s'exiler en Italie, quittant leur château de Bellevue, à quelques pas de Sèvres, ce fut la section de cette dernière municipalité, composée pour un bon tiers d'ouvriers de la Manufacture, qui décida d'empêcher l'acheminement de leurs bagages. Il fallut que la troupe intervienne pour y mettre bon ordre. Tout à rebours, un mois plus tard, en mars, Louis XVI ayant été victime d'un refroidissement qui pendant deux ou trois jours causa de l'inquiétude, ce fut Bolvry, le chef de l'atelier des terres, qui prit l'initiative de faire chanter, dans l'église paroissiale, un *Te Deum* pour son rétablissement.

Dès l'annonce de la disparition de la famille royale de son palais des Tuileries, dès le matin du 21 juin donc, quelques garçons, dans le hangar des marches dépendant de l'atelier des terres, avaient cessé leur travail, malgré les protestations de Bolvry. L'un d'eux, Fournier, que l'on reconnaissait à ses jambes musculeuses toujours incrustées d'une couche d'argile parce que, le soir, en bord de Seine, il se lavait moins longtemps et moins soigneusement que ses compagnons, avait incité trois autres ouvriers à partir sur-le-champ pour Paris avec lui afin de participer à la recherche de la famille royale. Il avait même débauché au dernier moment deux des petits peintres de l'atelier d'Adèle et, tous ensemble, empruntant un chariot de la Manufacture, attelé d'un percheron, ils étaient partis pour la capitale. On ne les avait pas revus de trois jours. Quand ils étaient revenus, à demi éméchés, les habits en désordre, ç'avait été pour faire des récits fabuleux du retour piteux des fugitifs de Varennes. Signe des temps, M. Régnier, d'habitude si prêt à sanctionner les incartades de son personnel, n'avait rien osé leur dire. Au même moment, le maire de Sèvres, un modéré, avait décidé à la demande du directeur d'augmenter l'effectif de la Garde nationale et l'extension des patrouilles jusque dans les locaux de la Manufacture.

L'ancien hameau, devenu un gros bourg depuis que s'y était implantée la Manufacture du roi, s'étirait paresseusement comme font les villages construits dans les vallées. Ici, l'alignement principal des constructions se faisait tout au long d'une route, celle de Chaville, encombrée presque jour et nuit d'un grand arroi de carrosses et de tombereaux, de piétons et de bétail qui circulaient entre Versailles et Paris.

Venir à Sèvres était un dépaysement, sans toutefois quitter la capitale des yeux. Il suffisait en effet de gravir les faibles éminences qui bordaient l'agglomération de part et d'autre du village – les collines de Bellevue ou de Saint-Cloud, surmontées chacune des demeures enchanteresses de la défunte marquise de Pompadour et de la reine Marie-Antoinette – pour observer à loisir la capitale, étincelante de ses toitures d'or et de plomb, hérissée de ses trois cents clochers et chapeaux pointus que dominaient les tours de Notre-Dame, les dômes des Invalides, du Val-de-Grâce et du nouveau Panthéon.

Paul venait le soir sur ces terrasses de Bellevue ou de Saint-Cloud pour relire les notes de ses cours, reprendre inlassablement l'avancée de ce *Traité de la porcelaine* qu'il rédigeait depuis des mois avec son père et corriger les pages de son mémoire sur *La Taille du porphyre dans l'Égypte ancienne*, qui, outre un examen oral de deux heures sur les diverses branches de l'histoire naturelle, devait permettre à ces messieurs du Jardin royal de se faire une opinion sur ses connaissances.

Depuis le dernier séjour du roi et de la reine à Saint-Cloud, en juillet 1790, le parc était resté ouvert au public. Sur ses vastes terrasses s'offraient un monde d'herbes et de fleurs, des allées filant sous les ombrages, et, du côté de la magnifique cascade, des buvettes et des manèges. Le bref passage de la famille royale au début de l'été en avait fait un but de promenade à la mode. Les élégantes s'y montraient au bras de leurs maris ou amants, comme elles ne pouvaient plus le faire aussi librement à Paris sous peine d'être suspectées d'aristocratie. Celles qui, en fin d'après-midi, étaient les plus accoutumées à se tenir là ne tardèrent pas à remarquer ce beau jeune homme pensif, assis sur son banc de pierre, avec ses livres, ses papiers et ses crayons, absorbé dans ses études, levant par instants sur l'horizon un regard plein de douceur et de mélancolie.

Paul, lorsqu'il se distrayait de ses lectures pour contempler la capitale tortueusement roulée à ses pieds, se livrait à de singulières réflexions sur l'état présent des esprits là-bas. Que pouvait donc méditer en secret cette ville dont il éprouvait tous les jours les tensions et la nervosité mais qui, en ce mois d'août 1791, vue du parc de la reine, était en apparence aussi calme que deux ou trois années auparavant ? Rien à l'œil nu de changé : Paris semblait se pavaner au soleil, dans la même insouciance tranquille. La ville n'était menaçante que parce qu'il savait pertinemment, lui, que plus rien n'y était pareil ; que sous le dôme du Panthéon, ce n'était plus la prière des moines mais la dépouille de Mirabeau effarée de l'immensité du silence ; que le matin, dans ses nombreuses églises, les prêtres qui avaient prêté le serment luttaient avec ceux qui l'avaient refusé pour occuper l'autel principal ; et que le soir, dans ces mêmes lieux, fusaient les cris des assemblées tumultueuses des sections.

Adèle, souvent, parce qu'elle était de moins en moins occupée, le rejoignait là en fin d'après-midi, à pied ou à cheval ; Hannong, quelquefois, se joignait à eux. Lorsque paraissait ce dernier – toujours aussi spirituel, mais ennemi depuis le premier jour d'une révolution qu'il regardait comme nuisible aux affaires de porcelaine –, la conversation prenait immédiatement une tournure polémique. Paul s'entendait alors traiter de sans-culotte, l'injure à la mode des aristocrates à l'égard du peuple en pantalon.

Quatre mois après la mort de Mirabeau, Adèle qui gardait de sa passion pour lui une reconnaissance brûlante, se soutenait par un labeur forcené. Elle s'était tant absorbée dans sa tâche et dans la résolution des difficultés de la Manufacture qu'elle ne ressentait les tempêtes de la capitale qu'au travers du clapotis faible qu'elles produisaient à Sèvres.

De toute façon, elle était en proie à des soucis plus immédiats, du fait de la situation financière quasi désespérée de la Manufacture. Le plan que le tribun avait bouclé et qui s'articulait autour de deux idées : rattacher la fabrique à la liste civile du roi ; en mettre le budget de fonctionnement pour les trois quarts à la charge de cette liste et, pour le quart restant, à celle de la représentation nationale et des ministères, était tombé aux oubliettes. Varennes avait fait le reste.

Régnier avait dû se résoudre à une chose aussi grave que d'accepter de solder tous les stocks dans une vente publique qui devait avoir lieu en novembre. La production était alors au quart de ce qu'elle était trente-six mois auparavant ; une caisse mutuelle avait été instituée pour permettre aux ouvriers ayant charge de famille, et qui ne percevaient déjà plus que la moitié de leur salaire, de survivre. Régnier, Hettlinger, Angélique Barrau, les Salmon n'avaient pas osé se payer depuis cinq mois. Adèle, elle-même, avait renoncé à son salaire : elle le pouvait grâce à l'héritage des frères Macquer et à une grosse bourse pleine de pièces d'or que Mirabeau lui avait donnée trois semaines avant sa mort. Elle s'efforçait de ne changer qu'une de ces pièces par quinzaine et encore, sur ce produit, faisait-elle vivre sept à huit personnes, comme la vieille bonne de ses parents, Mathilde, qu'elle avait, quoique impotente depuis des années, conservée à son service, mais aussi la plupart des petits peintres de son atelier qui, sans elle, seraient proprement morts de faim.

Heureusement, Hannong, avec sa verve et sa causticité accoutumées, retenait ses proches de se désespérer.

– Oui, mes enfants, disait-il à Paul et Adèle, le destin est facétieux. Regardez-moi ! Je reviens à Sèvres après presque trente années d'errance... Je devrais y être accueilli comme un roi, n'est-ce pas moi après tout qui ai donné au roi de France la formule de sa porcelaine dure ? Eh bien j'arrive, et tout s'écroule !... Et quant à vous, pauvres petits ! Vous commencez vos carrières au milieu d'un champ de ruines ! Toi, mon Adèle, il faudra bien qu'un jour tu cesses de te morfondre ici...

Je vois parfaitement, d'ailleurs, depuis deux mois, que tu dessines plus souvent tes oiseaux sur du papier que sur de la porcelaine.

– C'est vrai, mais je ne veux pas perdre la main... Il me faut de l'occupation !

– En ce cas, ma fille, profites-en pour ajouter une corde à ton arc !

– Comment cela ?

– Depuis combien de temps n'es-tu pas allée à Paris ?

– J'y suis allée huit ou dix fois depuis la mort de Mirabeau pour embrasser mon père.

– Je ne te parle pas de ça ! Je te parle de la capitale, de ses librairies, de ses magasins d'estampes, de son Muséum... Il faut que tu profites de l'inactivité du moment pour retourner là-bas, en particulier à l'École gratuite de dessin du roi, reprendre des cours pour te perfectionner encore... Mme Vien ne professe plus, mais elle t'aidera, j'en suis certain.

– C'est que...

– Je vois ce que c'est, poursuivit Hannong en esquissant un sourire, tu crains d'y rencontrer ton Joseph-Marie... Eh bien, rassure-toi, j'ai une bonne nouvelle : il a trouvé l'âme sœur. Je ne te l'avais pas encore dit, mais depuis peu il fréquente Mlle Bache, la fille d'un officier. Je crois même qu'ils vont se marier.

Adèle se mordit la lèvre. Elle songeait souvent à Vien, à la façon cavalière dont elle l'avait renvoyé et elle en éprouvait quelquefois du regret. Qu'il soit à nouveau engagé était une bonne chose ; pourtant l'apprendre si brusquement ne pouvait que la troubler.

Vivement, elle se récria :

– Es-tu bien certain de cela ?

– Ma petite, ton vieil oncle tient toujours une agence d'espionnage ! Quand on travaille dans la porcelaine, la police est un métier adjacent...

– Mais crois-tu que Régnier me laisserait libre d'aller si souvent à Paris ?

– J'en parlais avec lui justement hier au soir, car nous nous désolions tous les deux de ton inactivité.

Un éclair de joie passa dans les yeux de la jeune femme.

– Oui, reprendre des cours... Me perfectionner !... Peindre sur toile des oiseaux jusqu'à les croire sur le point de voleter ou chanter.

– Mais en te méfiant bien, ma jolie, de ne pas tomber dans la marmite des agitations de Paris !

Il se tourna alors vers Paul :

– Et toi, mon neveu, que feras-tu après ton concours d'août ?

– Moi, répliqua le jeune étudiant en riant, je serai diplômé en minéralogie et cela me fera une belle jambe... Car, franchement, qui s'occupe de pierres en ce moment ? Les pierres – les précieuses –, celles des princes et des rois, tout comme la porcelaine, ce n'est plus dans l'air du temps... Et les pierres ou les marbres destinés aux routes ou aux constructions, on ne s'y intéresse pas plus à présent ; tous les chantiers sont arrêtés. C'est le chômage qui me guette !

– J'ai peut-être une possibilité, mais rien de sûr. Et, pour ne pas te donner de fausse joie, je ne t'en parlerai que lorsque je serai un peu plus avancé...

– Décidément, Pierre-Antoine, tu es un magicien ! applaudit Adèle.

– Passe ton concours d'abord et distingue-toi ! M. Daubenton estime que tu en es capable si tu parviens à chasser de ton esprit les chimères et les rêveries qui sont les fruits de l'agitation du moment.

– Mais de quoi s'agit-il ? ajouta Paul avec des yeux suppliants. Donne-moi au moins une indication.

– Tu l'auras voulu... Et ce sera comme dans le conte de *La Barbe bleue*, ta curiosité va maintenant te tourmenter : il s'agit d'une charge que ne peuvent plus obtenir aujourd'hui que de vieux conspirateurs, et ce seul mot de conspiration m'interdit de t'en dire plus.

Il termina sa phrase, appuyant un air de mystère en posant un doigt sur ses lèvres, et à cet instant précis les jets d'eau de la cascade se mirent à jouer sous les cris admiratifs du public.

– Regardez-moi ça ! s'enthousiasma Hannong, un brin provocateur. La vieille monarchie sait encore émerveiller son monde !

Paul, le 16 août, fut reçu premier du concours annuel de la classe d'histoire naturelle du Jardin du roi. Il y avait là, réunis dans l'amphithéâtre – cette belle salle réalisée par l'architecte Verniquet sur ordre de Buffon, contiguë à la maison que ce dernier avait habitée jusqu'à sa mort –, les professeurs des quatre sections du Jardin : pour la botanique, MM. Le Monnier, Louiche des Fontaines, Jussieu, Thouin père et fils ; pour la chimie, MM. Fourcroy et Brongniart ; pour l'anatomie, MM. Petit et Portal ; enfin, pour l'histoire naturelle – matière dans laquelle Paul faisait sa démonstration publique, MM. Daubenton et La Cépède.

Le Jardin du roi était l'une des premières institutions royales à avoir été touchées par le souffle des idées nouvelles. L'intendant nommé à la mort de Buffon en 1788, Charles François Flahaut de La Billarderie, frère aîné de Charles Claude Flahaut, comte d'Angiviller, directeur des Bâtiments et tuteur de Sèvres, était un grand seigneur distant et dédaigneux. Il avait tout de suite eu maille à partir avec l'homme au caractère le mieux affirmé de son équipe : Jean-Marie Daubenton. Ce dernier, dès l'été de 1789, avait tenté de mobiliser ses collègues, rédigé même un programme qui était une sorte de manifeste contestataire dont le double but était d'ouvrir l'enseignement à un public élargi et de constituer les collections d'un muséum ouvert à tous. Il avait porté ses revendications à Versailles puis aux Tuileries mais, compte tenu de la multiplicité des affaires qui devaient se traiter au même moment, il n'avait pas été entendu.

L'Assemblée constituante, le 20 août 1790, avait demandé à une commission présidée par ce même Daubenton, composée de Fourcroy, La Cépède et Portal, de rédiger un rapport en vue de la réorganisation du Jardin. La première recommandation tirée de ce travail avait été de conseiller au roi de renvoyer Flahaut de La Billarderie, la deuxième de créer le fameux muséum. Mais ce rapport était resté lettre morte : l'Assemblée ayant, cette fois encore, quantité d'autres chats à fouetter. Flahaut de La Billarderie était toujours intendant mais sans plus remettre les pieds au Jardin ; Daubenton avait continué ses cours, donnant dorénavant à ses élèves le titre de « citoyens » et baptisant, de sa seule autorité, le Jardin « Muséum ».

De cette situation compliquée et embrouillée, il n'apparaissait rien au jour de la soutenance du jeune Masson, sauf que sur les gradins destinés aux professeurs, le fauteuil de l'intendant était vide et que l'on avait surmonté le portrait de Buffon d'un drapeau tricolore.

Anselme, assis sur sa chaise roulante, à côté de Lucile, se tenait au premier rang, paré comme elle d'une cocarde aux trois couleurs : lui, *la* portant au revers de sa veste de basin rayée, elle sous forme d'une petite broche de porcelaine dont Adèle avait eu l'idée récemment pour procurer à Sèvres quelques menues entrées de numéraire. Autour d'eux se tenaient la famille et les amis. Ceux de la génération qui à présent dépassait la cinquantaine : Anselme, Mathieu, son frère, Blanchot, Hannong, puis tous leurs enfants parmi lesquels – même chez ceux du Strasbourgeois – ne se trouvaient que des adeptes des idées nouvelles arborant triomphalement les trois couleurs.

Le vieux Daubenton, il avait en effet soixante-quinze ans – un âge canonique, mais il en imposait car il se tenait toujours très droit –, avait dit en préambule de l'épreuve :

– Monsieur Masson, je ne sais pas si l'histoire naturelle donnera immédiatement du pain aux hommes impatients de 1791, mais ce que je puis vous assurer, c'est que si l'on sait en retirer ce que le vieux Rabelais appelait « la substantifique moelle », en respectant l'équilibre des saisons, en ne contrariant en rien les cycles immuables des espèces, on saura bientôt extraire les ressources nécessaires à la perpétuation du genre humain que nous livrera bénévolement une nature heureuse d'être bien traitée par l'homme... Je sais aussi que vous n'êtes pas un homme avide de capter ces richesses pour votre propre usage, que vous agirez selon le souhait du bienfaisant Jean-Jacques Rousseau pour la satisfaction du bonheur de l'humanité, y compris la subsistance de ceux qui n'ont rien et qu'il appelait surnuméraires...

Ce fut un tonnerre d'applaudissements dans le public, mais un accueil beaucoup plus réservé dans le jury. Les jeunes surtout saluaient le discours de ce vénérable savant, ami des Condorcet et des Bailly, ceux qui, dans l'ombre de Diderot et de d'Alembert, avaient poussé sans cesse au développement de la connaissance en faveur du plus grand nombre et avaient été pour quelque chose dans la grande entreprise de l'*Encyclopédie*.

Paul, en habit bleu clair, assis à sa table de bois blanc, encombrée de livres et de papiers, face à cet aréopage de savants, était rayonnant. Ses yeux noirs pétillaient, les pommettes de ses joues lisses et dorées se rehaussaient d'un peu de rose. Il paraissait plein d'entrain alors que pourtant, au fond de lui, il était comme paralysé, s'attendant même à une éventuelle catastrophe : depuis quelques jours en effet il s'était mis en tête qu'avoir passé trop de temps dans l'ombre de Mirabeau l'avait invinciblement éloigné de son sujet d'étude et qu'il allait fatalement, au jour de rendre des comptes, en payer le prix fort par un échec cuisant. Or, contrairement à toutes ses appréhensions, à mesure qu'il faisait face au roulement des questions de ses examinateurs, il s'étonnait de garder constamment les idées claires, de n'oublier aucun des enchaînements de la suite des arguments qu'il avait appris par cœur, se trouvant même capable de ponctuer les chapitres les plus obscurs de quelques saillies plaisantes.

Il tint comme cela l'auditoire sous son charme, à peu près comme savait le faire, dans un registre éminemment supérieur, son défunt mentor à l'Assemblée nationale. Il devait à cet homme sa maîtrise du phrasé et de l'émotion, cette méthode pour convaincre, cette façon d'émailler le sérieux de fantaisie : non, décidément non, au côté du député d'Aix-en-Provence il n'avait pas perdu son temps.

Quand l'heure fut venue de remercier le jury après que La Cépède lui eut fait savoir qu'il avait satisfait l'unanimité de ses confrères, en particulier sur les particularités de la taille du porphyre dans l'ancienne Égypte, il se leva et, couvrant l'assistance d'un regard plein d'assurance mais aussi de modestie – Mirabeau lui avait souvent enseigné le grand art de faire coexister les contraires dans une même expression –, il prononça ces mots :

– Messieurs, c'est un impétrant hésitant, mais un lauréat comblé qui se présente devant vous… Les turbulences du moment et les distractions qu'elles peuvent occasionner dans un esprit impressionnable, les mouvements de l'âme capables de distendre les liens de l'exactitude et de la mémoire m'avaient fait craindre jusqu'à cette minute de ne pas être à la hauteur de l'espérance que mes augustes professeurs mettaient en moi... Mais, soutenu de l'exemple d'un père dont l'esprit toujours actif m'oblige à la plus contraignante des disciplines, de l'affection d'une mère à la sensibilité artistique exceptionnelle, d'une sœur qui poursuit brillamment à Sèvres l'œuvre de ses père et mère, et de vous tous, chers professeurs et amis, j'avais l'obligation de ne pas décevoir... J'ajoute enfin que je dédie ce résultat de mes efforts aux mânes de M. de Mirabeau qui m'a donné le goût du travail bien fait, de l'effort qui ne se relâche pas et d'un objectif noble à ne jamais perdre de vue.

À ce moment, la voix brisée par l'émotion, il inclina la tête. Ce fut une seconde salve d'applaudissements, surtout dans le public, mais lorsque, relevant le front, il fixa les fauteuils du jury, il s'aperçut que M. Louiche des Fontaines et deux ou trois autres professeurs – qui très certainement ne tenaient pas l'homme du Panthéon en grande estime – avaient quitté la salle.

Hannong fut des premiers à venir l'embrasser, lui glissant à l'oreille :

– Pour l'hommage à Mirabeau, tu aurais pu t'en dispenser ! Sa cause n'est plus bonne d'aucun côté : trop lié aux Tuileries pour les plus excités, initiateur du cataclysme pour les tenants de l'ancien ordre... Il n'est plus d'aucune utilité pour lancer les carrières... Si tu as vraiment de l'ambition, alors, vois des gens un peu plus dans la surenchère comme les Barnave, Robespierre, Pétion ou Bailly... C'est un tourniquet, un manège de chevaux de bois que ta Révolution !

– Mais moi, Pierre-Antoine, je ne suis pas ici pour me livrer à d'ambitieux calculs. Je resterai fidèle à la mémoire de cet homme. Je lui dois tout...

– Viens ! Je t'avais promis de m'occuper de toi dès que tu serais lauréat... Je vais te présenter un homme qui cherche du renfort.

Il le prit aussitôt par le bras pour le mener devant un personnage, digne et sévère, grand, sec et jaune, impeccablement mis, qui attendait debout, au parterre, devant le premier rang des bancs de l'amphithéâtre.

– Félicitations, jeune homme ! Ce sont en particulier vos explications sur l'extraction du porphyre qui m'ont passionné... Et puis vous avez le don de convaincre même quand vous théorisez.

Hannong compléta les présentations :

– Mon neveu... ou quasi-neveu, car son père est pour moi comme un second frère... Monsieur Thierry de Ville-d'Avray, l'intendant général du Garde-Meuble royal... Il t'expliquera dans le détail de quoi il retourne, mais je puis déjà te dire qu'il a un besoin urgent d'un gaillard dans ton genre. Un garçon vif, débrouillard, inventif, ayant reçu l'inoculation contre les idées anciennes sans être pour autant le boutefeu des mots d'ordre du jour... Je le déplore, mais enfin c'est comme cela par les temps qui courent : l'enthousiasme pour ce qui est neuf et patriotique vaut certificat de sérieux...

Ville-d'Avray, qui se savait déjà menacé dans la conservation de son poste et qui avait appris à se méfier de la politique, ne disait mot, ne souriait même pas. Il paraissait même ne pas pouvoir se départir d'un air soucieux.

– Nous n'avons pas de politique à faire dans mon département. Ce que j'ai à vous proposer consiste en un travail essentiellement technique. Vous savez sans doute que les bijoux de la Couronne, ceux de Versailles, ceux réquisitionnés des émigrés qui ont été versés au Trésor national, mais aussi ceux qui se trouvaient à l'abbaye de Saint-Denis ont été rassemblés à Paris au Garde-Meuble royal de la place Louis-XV, dont j'ai la charge. Le 27 juin dernier, sitôt après que le roi est revenu de Varennes, l'Assemblée a eu soupçon que la famille royale avait emporté quelques pièces du Trésor dans sa fuite. Je sais qu'il n'en est rien, car je n'ai rien sorti des coffres à la demande des Tuileries avant cette équipée. Tous les joyaux que le roi a emportés étaient sa propriété personnelle ou celle de la reine. Mais à présent, depuis deux mois donc, du fait de ce soupçon qui continue de peser sur mon administration, me voici avec un inventaire à faire et un délai de quatre mois pour m'exécuter... Il s'agit de classer, estimer, décrire, inventorier des objets dont presque la moitié ne figuraient pas dans les anciennes listes. Je dispose d'une équipe d'administrateurs et de comptables, mais ils sont tous âgés et peu disposés à traiter avec les autorités nouvelles. J'ai besoin d'un œil neuf et qui connaisse les pierres et les gemmes, capable de travailler avec les deux orfèvres que j'emploie régulièrement. Vous aurez entre les mains les plus fameux diamants et saphirs du royaume... Il faut donc aussi de la confiance et je crois ne pas pouvoir mieux la placer qu'en un homme jeune et qui, d'après ce que je viens d'entendre, a des idéaux...

Paul, émerveillé par cette proposition, le cerveau brouillé, s'oublia jusqu'à interrompre l'intendant du Garde-Meuble :

– Ah ! monsieur, si j'ose parler ainsi, c'est vraiment un jour à marquer d'une... d'une pierre ! Reçu au Jardin du roi et le jour même au Garde-Meuble royal, voilà qui s'appelle ne pas chômer.

– Eh bien, c'est dit ! Je vous attends lundi, premier jour de septembre, à 7 heures. On accède à mon bureau par la rue Saint-Florentin.

Ville-d'Avray, économe en paroles et réservé, après avoir incliné la tête, tourna bientôt les talons et Paul put aller sans attendre informer de la bonne nouvelle son père et sa mère qui se disposaient à sortir pour traverser les jardins encore fleuris.

Anselme fut aussitôt en joie et il griffonna sur son ardoise ces simples mots : « Bravo ! Tu me continues. »

Lucile le pressa contre son cœur et Adèle lui sauta au cou.

– Toi au moins, se réjouit-elle, tu commences en ayant de la besogne. Tandis que moi, telle que tu me vois, je suis pour la première fois depuis que je travaille à Sèvres au chômage complet... Cela fait une semaine que toute la Manufacture s'est arrêtée.

– Alors, plaisanta Paul, je glisserai dans ma poche quelques diamants du roi et nous les vendrons pour faire repartir ta boutique... N'est-ce pas à cela que doivent servir à présent les richesses nationales inemployées : porter l'argent qui dort là où il manque pour créer des ressources utiles ?

– Belle mentalité ! s'amusa Adèle. On ne te fait par entrer au Garde-Meuble royal pour que tu donnes ton avis sur la meilleure façon d'en dilapider les collections ! Tu n'es que l'expert et le comptable du Trésor des Français... Mirabeau ne t'a-t-il donc pas appris ce qu'était la propriété nationale ?

Lucile, dès qu'il avait été question d'une nouvelle situation pour Paul, s'était inquiétée de l'habiller de neuf.

– Avec Mirabeau, lui avait-elle dit, l'habit n'avait pas d'importance, mais avec M. de Ville-d'Avray, tiré à quatre épingles, c'est différent... Et puis, tu vas travailler directement pour le roi et même, peut-être, rencontreras-tu la reine s'il lui prenait fantaisie de porter telle ou telle parure ou tel joyau tiré de tes coffres-forts.

– Maman, tu songes à tout, s'était contenté de répondre le jeune Masson.

Signe des temps nouveaux, il s'était depuis peu mis comme sa sœur à tutoyer ses parents.

– Oui, ce n'est pas parce que l'on fait la révolution qu'il faut être négligé. Regarde Barnave, Bailly, Robespierre... Ils sont toujours élégants !

– Ce sont même des muguets, maman... Dans ma section, on ne manque pas de critiquer cette mise affectée de petit maître.

Paul avait tout de même suivi sa mère jusqu'à la rue Sainte-Anne, chez M. Thuret, un tailleur qui était le premier à présenter ses habits sur des mannequins de bois dressés dans sa vitrine. Le quartier des Petits-Champs, depuis l'installation de la Cour et de l'Assemblée nationale aux Tuileries, était devenu le nouveau rendez-vous de la mode, et, dans Paris toujours menacé de famine, les échoppes de parures et de vêtements avaient fleuri tout autour du Grand Mogol, le magasin de la fameuse Rose Bertin : depuis peu, rue Saint-Honoré, rue d'Argenteuil, rue des Moulins et rue des Petits-Champs, les devantures des parfumeurs, gantiers, chausseurs, fourreurs se tenaient presque à touche-touche.

Le futur secrétaire du Garde-Meuble choisit d'emblée de s'y faire couper un habit de satinette gris perle, puis un autre, plus au goût du jour, de casimir vert à grosses rayures bordeaux.

Le commis de M. Thuret l'avait fait s'approcher de la devanture pour lui montrer à la lumière du jour la façon de ce dernier tissu, lorsqu'un élégant, qu'il n'avait pas reconnu à cause de son chapeau rabattu sur les yeux, s'approcha.

– Je viens moi-même de commander qu'on me lève une veste dans ce coupon. Mais je n'en ai pas l'exclusivité et si nous nous trouvons ensemble, nous semblerons deux frères... Ce qui après tout n'est pas pour me déplaire, puisque nous sommes tous deux orphelins de Mirabeau !

Il s'agissait du marquis Xavier de Valady, un ancien officier des Gardes-Françaises qui s'était illustré en refusant de tirer sur le peuple et que Paul avait connu comme secrétaire de la Société des Amis des Noirs au moment où il préparait avec Dumont pour Mirabeau un grand plaidoyer contre la traite.

— Valady, tu me surprends en pleine crise de futilité ! s'écria Paul, avant de présenter sa mère au jeune marquis,

— Et moi, que crois-tu que je fasse ici ?... Cette vanité de paraître, ce n'est qu'un hochet pour tromper mon ennui : démissionnaire de l'armée, fâché avec mon père, brouillé avec ma femme, inconsolable de la mort de notre grand homme, ayant toutes les peines du monde à accorder ensemble la poignée de membres qui se retrouvent encore aux réunions en faveur des nègres, je suis devenu presque oisif, observateur de mouvements que je ne comprends plus tous.

— C'est vrai qu'avec lui un soleil s'est éteint !

— Il n'a plus que des singes !

— Mais tes amis, Pétion, Brissot, Mainville... Tous ceux que je voyais près de toi aux Amis des Noirs ?

— Ils sont à présent sans gouvernail autre que celui d'une femme d'exception : Manon Phlipon, la femme du savant Roland... Elle a tout ce qu'il faut pour entraîner les cœurs. Elle étonnera bientôt son monde... Tu le sais sans doute et je ne t'apprends rien : Varennes a changé beaucoup de choses. Mes amis se partagent aujourd'hui entre ceux qui sont restés fidèles à Louis XVI et ceux qui aspirent déjà à autre chose.

— Et toi ?

Le visage de Valady, d'une finesse et d'une délicatesse tout aristocratiques, avec un front haut, des yeux pâles éraillés de légers cernes, se fripa d'un petit rictus moqueur.

— Oh, moi ! J'ai été élevé par mon grand-père, M. de Monjésieu, dans la dévotion au trône... On ne se refait pas, même si, dans le fond de mon cœur, Jean-Jacques Rousseau est plus grand que tous les rois de la Terre assemblés...

– Quel est ton plan ?

– Je n'en ai pas... je ne suis plus de rien et j'aimerais être de quelque chose... Peut-être devenir député quand l'Assemblée actuelle sera renouvelée...

– Ce n'est pas pour tout de suite... Elle se proroge de mois en mois jusqu'à l'adoption de la Constitution.

– Je vais avoir vingt-cinq ans... On peut faire encore beaucoup de choses à cet âge.

– Toujours cette idée de voyage en Amérique ? Je sais que c'était ta marotte...

– Toujours ! J'ai échoué deux fois, mais je n'ai pas renoncé.

– Ce rêve d'Amérique, moi aussi je l'ai caressé quelquefois lorsque j'étais dans la classe d'histoire naturelle du Jardin du roi... Mais à présent ma carrière prend un autre tournant : dans trois jours, je travaillerai au Garde-Meuble de la place Louis-XV.

– Ce n'est pas précisément l'aventure !

– Qui sait ?... Tout est imprévisible aujourd'hui. Mais toi, es-tu dans une section de Paris ?

– Oui, aux Cordeliers. Le grand homme là-bas, c'est Danton, mais parfois sa violence et son énergie m'effraient...

– Moi, je suis aux Postes. Viens demain m'y rejoindre à 7 heures, si tu es libre, puis après nous souperons dans une gargote des Halles... C'est à la salle des Colonnes, dans l'église Saint-Eustache.

Valady, cet homme longtemps occupé par les plaisirs dans le sillage du marquis de Vaudreuil, son beau-père, et du comte de Vaudreuil, l'oncle de sa femme et le grand favori de Marie-Antoinette, Valady, qui avait fait tourner bien des têtes féminines, avait brusquement changé de vie lorsque à l'été de 1789 il s'était employé à prêcher l'insubordination dans les régiments des gardes stationnés autour de Paris.

Dans le droit fil de cet engagement contraire au mode de penser de son milieu, il s'était donné corps et âme à la Société des Amis des Noirs, qui souhaitait améliorer la situation des esclaves, ceci tout précisément à rebours des intérêts des Vaudreuil dont la colossale fortune reposait sur l'exploitation de la canne à sucre dans les îles.

Depuis l'échec du projet pour l'abolition de la traite et la mort de Mirabeau, il n'était plus qu'un homme sans emploi. Or, l'oisiveté pèse plus à cet âge et nourrit des rancœurs qui vous font perdre dans des labyrinthes de mélancolie et d'indifférence. Il enrageait tous les jours de constater que la Révolution avait oublié si vite ses actions d'éclat au service de la liberté. Mais les grandes convulsions de la société sont ainsi : elles hissent sur le pavois des héros d'un jour qu'ensuite elles négligent et délaissent.

Alors que Paul n'en escomptait guère la présence, il fut agréablement surpris, car ce marquis que tout paraissait à présent ennuyer était exact au rendez-vous. Il attendait sous le porche de l'église, nu-tête, sans perruque ni chapeau, ses cheveux courts coiffés à la romaine. Sa mise était soignée comme à l'accoutumée, avec cette touche de chic anglais qu'il avait attrapée de ses deux séjours en Angleterre, ce fin du fin de l'élégance qu'avaient mis au goût du jour les « anglomanes » de la Cour : l'« oncle » Vaudreuil, Biron, le duc d'Orléans et quelques autres grands seigneurs aux idées en avance sur leur temps. L'attirail du gentilhomme anglais se composait d'une courte canne de jonc qui ressemblait à la badine d'un jockey, de bottes de cuir souple à reversis jaune canari et d'une espèce de *riding coat* de drap fin à boutons grelots d'argent, ajusté à la taille.

Paraissant davantage sortir du boudoir de Marie-Antoinette que du pavé des révolutions, il impressionna les trois garçons venus en compagnie de Paul ;

trois patriotes de son âge qui étaient devenus, depuis quelques semaines, ses plus proches compagnons aux réunions de la section des Postes. Le premier, d'aspect maladif, la mine brouillée, la chevelure d'un blond filasse, déjà voûté quoiqu'il n'ait pas vingt ans, se nommait Pierre de Lunegarde. Il grossoyait, penché sur l'écritoire à longueur de journée, dans l'étude d'un de ses oncles, avoué de la rue Croix-des-Petits-Champs. Il avait une tête de fouine avec un regard vrillant qui dodelinait sans cesse. Toujours prompt à ergoter sur un mot ou sur une idée car son métier lui avait inculqué le souci de l'exactitude et de l'expression, on l'avait vite chargé de dresser le procès-verbal des réunions, tâche dont il s'acquittait à la satisfaction de tous. Le deuxième se nommait Aubert, âgé d'un peu plus de vingt ans, il était petit, trapu, avec une figure ronde, sans aucune joliesse, mais reflétant une fabuleuse énergie. Il était imprimeur, rue des Prêtres-Saint-Paul, et comme il était né à Vitry-le-François et que le nom d'Aubert, comme celui de Dupont ou de Moreau, était des plus répandus, on avait pris l'habitude, dans la section, de l'anoblir en l'appelant Aubert de Vitry, habitude qui, après quelque agacement dans les débuts, avait fini par lui procurer un ressaut d'orgueil.

Le troisième, qui avait vingt-quatre ans, avait déjà toute une vie d'aventures derrière lui. Il se nommait Charles-Hippolyte Delpeuch de La Bussière. Son père, chevalier de Saint-Louis, s'était efforcé de faire de lui un soldat afin de tenter de réparer les dégâts d'une jeunesse tumultueuse – le jeune homme avait été en effet successivement renvoyé avec fracas de cinq ou six collèges. Entré par la protection de la princesse de Lamballe au régiment de Penthièvre, il s'y était illustré en enlevant une religieuse attachée à l'infirmerie de la caserne. Sorti de l'armée, il s'était lié aux deux fils du maréchal de Ségur et avait fréquenté leur

« vide-bouteille » de Romainville où l'on s'adonnait au plaisir sans retenue. C'est là qu'il avait pris le goût du théâtre, qu'il y était même devenu prodigieux, imitant tous les parlers de province, tous les bégaiements, tous les hoquets, révélant une vivacité prodigieuse pour jouer les valets et une souplesse rare pour recevoir des coups de pied au derrière. De ces emplois facétieux, il avait décidé de faire son métier. Déshérité par son père, mais entretenu par les Ségur et par l'un de ses anciens amis de l'armée, le riche chevalier de Clavière, qui le logeait chez lui, rue Sainte-Anne, il était entré dans le petit théâtre Mareux, près de la rue Saint-Antoine.

Toussaint Mareux, comédien amateur sous le nom de Grosse Culotte, était un marchand de miroirs qui avait la passion de la scène et qui contournait habilement le privilège qu'avaient les grandes troupes – la Comédie-Française, l'Opéra, l'Opéra-Comique – de donner des représentations payantes. Quoique sa petite salle, derrière le hangar de sa miroiterie, fût pleine tous les soirs, Toussaint Mareux prétendait que son théâtre était « de société », animé par des bénévoles, avec des comédiens jouant gratis et pour des spectateurs qui ne déboursaient pas un liard. En réalité, la sébile circulait discrètement dans la pénombre, sous les manteaux, et les habitués savaient se montrer généreux, sans quoi, bien évidemment, le pauvre Toussaint n'aurait eu qu'à mettre la clé sous la porte. La Révolution avait décuplé le succès du théâtre Mareux et La Bussière y jouait tous les soirs les Arlequin, les Lucas, les Frontin. Il triomphait dans *Rosalinde et Floricourt* de son ami Joseph-Alexandre de Ségur, dans *La Nuit aux aventures* de Dumaniant et surtout dans ce fameux *Désespoir de Jocrisse* de Dorvigny où il tenait le rôle-titre et où chaque soir, après des applaudissements nourris, il y avait un bon quart d'heure de « redemandages », jusqu'à ce qu'il reparaisse au bord de la rampe.

Chez ces garçons, depuis le début de l'été de 1791, une même question lancinante revenait : la sincérité du roi.

Lunegarde, qui avait déjà toute la patience des hommes de procédure, et qui, comme Blanchot, avait retenu de Rousseau l'idée de la perfectibilité des êtres, pensait que l'on pouvait encore «éduquer» Louis XVI, le mettre en tête de la Révolution ; Aubert, plus brusque, plus sanguin, avait conspué la famille royale lors de son pitoyable retour de Varennes et faisait partie de ceux qui enchaînaient les motions pour que désormais il ne soit plus rien passé «à ceux des Tuileries», et pour que, même, s'il en venait à se mettre encore une fois en travers de la route de la Révolution, Louis XVI soit suspendu, voire destitué. La Bussière, lui, affectait de ne pas dire son avis et, s'autorisant des pirouettes du théâtre, tournait tout à la dérision. On le suspectait, comme tous les acteurs à cause de leur art de feindre, de ne pas être très patriote. Effectivement, il s'exposait dangereusement : authentique aristocrate, pitre par vocation, ne pouvant se retenir d'imiter tout le monde, depuis la fougue de Mirabeau et de Danton, en passant par le débraillé de Marat et d'Hébert et jusqu'à la paralysie de Couthon perclus sur sa chaise roulante, il ne prenait pas garde que parmi ceux qui l'observaient, il n'y avait pas que des rieurs.

Les réunions de la salle des Colonnes, à Saint-Eustache, étaient des plus animées car s'y mêlaient les deux parties antagonistes du peuple du cœur de Paris : ceux qui par leur intelligence et leur argent, animés du goût d'entreprendre, continuaient malgré les difficultés à faire tourner le négoce et l'industrie et ceux – en plus grand nombre – qui n'avaient que leurs bras et leurs muscles à offrir à ces entrepreneurs. Ces derniers formaient la masse menaçante quand ils se coalisaient et se mettaient à crier. Ces puissances antagonistes se complétaient toutefois dans ce combat de tous les jours : l'ouvrier avait besoin de l'ingéniosité et de l'argent de son patron, et celui-là ne pouvait rien faire sans la peine du premier ; ils se détestaient bien cordialement, ils n'avaient pas de mots assez durs à s'envoyer à la face dans leurs moments d'affrontement et pourtant ils avaient appris à se respecter, sachant parfaitement que la ruine ou l'affaiblissement de l'un ou de l'autre entraînerait forcément son propre affaiblissement ou sa propre ruine.

Entre ces bourgeois sévères, emperruqués et bien mis, qui n'ouvraient la bouche que lorsqu'ils se sentaient menacés – et qui d'ailleurs se tenaient à la droite de la tribune tout comme à l'Assemblée les députés modérés se tenaient à la droite de la tribune présidentielle –, et ces hommes aux grosses mains brutales, en bras de chemise, toujours prompts à vociférer, interrompre et couvrir d'injures les orateurs, il était toute une frange d'individus, portant la veste comme les bourgeois mais affectant un négligé étudié avec leur cravate au nœud défait et leurs cheveux au naturel. Ceux-là voltigeaient d'un groupe à l'autre, manipulant la foule, la flattant, nourrissant ses peurs, l'excitant par des insinuations ou des mots d'ordre. Vieux système, vieux réflexe que celui de ces « instrumenteurs » : les annales de la vieille République romaine sont pleines de l'exemple de tels démagogues menant un jeu trouble et se faisant presque toujours, au bout du compte, déchirer par ceux-là mêmes qu'ils avaient voulu émouvoir ou utiliser.

Au premier rang de ces boutefeux se trouvait Antoine Joseph Gorsas, imprimeur rue Tiquetonne, œuvrant dans un petit atelier que Paul, enfant, avait connu confidentiel, confiné dans l'échoppe d'un immeuble de rapport, mais qui, depuis le début de la Révolution, n'avait cessé de s'étendre, occupant tout le rez-de-chaussée de ce bâtiment, ainsi que la vaste cour que l'on avait recouverte d'un hangar. Il faut dire que le citoyen Gorsas était devenu l'imprimeur mais aussi le rédacteur d'un journal à succès : *Le Courrier des quatre-vingt-trois départements*. Il était à la pointe du mouvement : membre du club des Jacobins, électeur à l'Assemblée des districts de Paris qui conservait un contrôle étroit sur les actes des députés qu'elle avait élus.

Valady l'avait connu aux Amis des Noirs, aussi tombèrent-ils dans les bras l'un de l'autre.

– Gorsas !

– Valady ! Nous ne nous voyons plus, depuis la mort de Mirabeau, c'est toute notre petite société qui part en charpie.

– Oui, poursuivit le jeune marquis avec un air de regret, depuis la déroute de notre combat sur la traite, les nègres ne sont plus à la mode...

– La Révolution agit par cercles concentriques, elle doit commencer par assurer le bonheur des gens d'ici avant de s'occuper des îles, estima Gorsas qui était un esprit froid et méthodique, homme à passions têtues et successives.

– Pour ma part, je ne puis que le regretter...

– Les priorités, Valady, elles s'imposent toujours ! Tes nègres seront servis à leur heure !

Le marquis n'était pas convaincu. Il décida toutefois de faire bonne figure devant cet homme qui représentait assez bien l'égoïsme plein de morgue de la bourgeoisie impatiente de saisir tous les leviers et il s'écarta pour présenter Paul ainsi que ses amis Lunegarde, Aubert et La Bussière.

– Le citoyen Masson prend demain ses fonctions au Garde-Meuble de la Couronne.

– Ah ! Ah ! renifla bruyamment Gorsas. Il y a bien trop d'argent qui dort là-bas et qui pourrait être plus utile au succès de la Révolution.

– C'est le trésor de la nation, il garantit le crédit de l'État ! protesta hardiment Paul.

– Certes, mais l'État devrait avoir assez de crédit par lui-même pour se passer de cette bimbeloterie. Il devrait pouvoir sans péril dilapider pour le bien général un peu de l'or et des bijoux entassés par les monarques...

Le journaliste toisa brusquement les jeunes gens restés stupéfaits de l'énergie de son discours.

– Je vous sens bien tièdes, jeunes gens, en faveur de la cause publique!... Toi, Valady, par exemple comment vois-tu les choses maintenant?

– Je suis de ceux qui se réclament de l'héritage de Mirabeau: la Révolution, oui, mais pas de sang versé!... L'ordre constitutionnel: un roi arbitre et qui ait les moyens d'arbitrer, une représentation nationale souveraine pour faire les lois et supérieure au roi en dernier recours, des juges libres et indépendants...

– En voilà un idéal! se moqua méchamment Gorsas. Il va falloir jouer des coudes pour l'imposer!... Je te le dis, moi, rien ne sera aussi angélique que tu le crois. Il y aura encore des bastilles à prendre et des aristocrates à pendre à la lanterne avant que l'on en vienne vraiment à réaliser tes souhaits.

– Je me reconnais dans Roland, l'homme de la paix et de la fraternité... protesta Valady. Je suis un de ses familiers.

– Dis plutôt que tu es un admirateur de sa femme, ainsi que beaucoup de ces jeunes muguets qui se prétendent aujourd'hui les ardents suppôts de la Révolution... Pourtant, fais attention! Roland joue un jeu personnel qui n'est pas celui de l'unité de la nation; il veut laisser des libertés aux provinces, et les provinces n'aiment pas toutes la Révolution. C'est un Richelieu qu'il nous faut aujourd'hui, un homme qui ramasse et concentre l'autorité pour imposer de force le changement aux réactionnaires et aux tièdes.

La Bussière, mis en verve par le nom du feu cardinal, se mit à composer une figure sinistre, distribuant des bénédictions qu'il assaisonna tout aussitôt de grimaces. Gorsas, qui n'entendait rien à ces finasseries, haussa les épaules et leur tourna le dos.

Dès l'automne de 1791, c'était donc déjà sur l'idée d'une impulsion plus ou moins centralisatrice à donner à la France, sur l'autonomie des corps intermédiaires ou leur étroite sujétion à une autorité centrale, que se cristallisait l'opposition entre les partisans du nouvel état des choses. Le débat était d'autant plus vif que s'annonçaient de nouvelles élections : l'Assemblée constituante qui avait rempli son office – l'achèvement de la Constitution avait été proclamé en septembre – devait céder la place à un corps législatif.

Or, nouveauté inouïe, folie ou coup de génie de Robespierre qui en avait été l'instigateur – nul alors n'en pouvait prévoir les conséquences –, il avait été décidé qu'aucun des anciens députés entrés aux États généraux en 1789 ne pourrait être réélu à la fin de 1791. Ce serait donc un changement de fond en comble de la représentation nationale : des têtes nouvelles partout et à tous les postes. Le député d'Arras attendait de ce renouvellement l'émergence d'une représentation nationale unanimement dévouée à la Révolution ; des hommes qui lui devraient leur carrière, tandis que lui-même – solidement campé au club des Jacobins – resterait leur mentor et leur inspirateur.

Le Garde-Meuble royal possédait deux entrées : la principale, rue Royale, l'autre, rue Saint-Florentin. Dès sa construction il avait été conçu comme un vaste coffre-fort, avec une succession de salles pourvues de portes blindées et, pour les joyaux les plus précieux, des armoires fortes munies de triples et quadruples serrures.

Ce coffre-fort était administré par une équipe d'une vingtaine de personnes, toutes triées sur le volet, à la tête de laquelle se trouvait M. de Ville-d'Avray, avec pour adjoint M. Lemoine-Crécy, son beau-frère, et, pour inspecteur rattaché au Contrôle des Finances, M. Pigrais, flanqué lui-même d'un premier et d'un deuxième commis, MM. Choppin et Sansbœuf, ainsi que d'un vérificateur, M. Sulleau.

La fonction du Garde-Meuble établi à Paris par la volonté de Louis XV – alors que pour la commodité du service de la monarchie il eût été d'un accès plus facile à Versailles – était d'abord de conserver les trésors de joaillerie et de parures de la Couronne. Mais aussi, accessoirement, de répondre à une préoccupation nouvelle, apparue avec la création d'un Muséum au Louvre pour les peintures et sculptures ou avec le projet d'une galerie de gemmes au Jardin du roi, pour les merveilles naturelles : exposer dans deux galeries ornées de vitrines les pièces les plus rares pour les montrer au public. Cette exposition se faisait, depuis 1779, pendant les deux tiers de l'année, de la Quasimodo à la Saint-Martin, le premier mardi de chaque mois, c'est-à-dire sept fois par an seulement.

Paul, craignant d'être en retard, était arrivé avant 7 heures, avant que le jour soit levé et il avait attendu longtemps, assis sur une banquette dans le vestibule, impressionné par la majesté des lieux. Il se tenait bien droit, fier de son bel habit de satinette gris et, puisque M. de Ville-d'Avray lui avait fait dire de nouveau qu'il ne fallait pas craindre d'apporter dans son administration le souffle de l'air du temps, il s'était coiffé selon la mode : ses cheveux drus coupés mi-court, fusant sur le dessus et retombant en mèches savamment dégradées sur la nuque. M. Choppin, le premier commis – entré en coup de vent comme un homme pressé –, s'était présenté à lui pour lui faire effectuer, sur ordre de l'intendant général, un premier tour de la maison.

C'était un gros bonhomme sympathique, avec des yeux à fleur de tête, barrés de sourcils épais et noirs comme la queue d'un rat, licencié en droit, recruté à la sortie de ses études – un quart de siècle auparavant – parce qu'il savait écrire et qui, depuis, n'avait plus jamais quitté sa place. Il avait des manières de chattemite : débordant de vénération pour celui qui l'avait embauché et resté dans un éblouissement qui n'avait jamais faibli pour les merveilles dont il avait la garde. Malgré son affabilité, il était pompeux et ne pouvait se défendre d'entrer dans d'obséquieuses et longues digressions : il promena Paul au travers des salles, ne lui faisant grâce d'aucun détail, si bien que cette promenade dura toute la matinée. Parmi les objets exposés, il lui vanta et lui détailla en particulier les armures de François Ier et d'Henri II, le casque et le bouclier de Charles IX, les riches caparaçons d'argent des chevaux royaux, recouverts de fabuleux décors de métal repoussé rehaussé d'or et de vermeil ; les canons damasquinés offerts à Louis XIV par le roi du Siam ; les riches tapisseries de Bruxelles et des Gobelins ; les ustensiles de vermeil de la chapelle du cardinal de Richelieu ; l'aigrette en diamants du nabab Tippo Sahib, sultan de Mysore, ainsi que cent autres merveilles dont Paul qui avait pris le soin de se munir d'un carnet nota le détail à la mine de plomb.

Ce n'est qu'un peu avant midi, après être passés de chef-d'œuvre en chef-d'œuvre, qu'ils atteignirent la pièce de six pieds sur six, presque entièrement blindée, dans laquelle étaient entreposés les principaux joyaux de la Couronne : les diamants, les topazes, les saphirs, les rubis du roi. M. Choppin, bien que l'on ne pût rien voir parce que ces joyaux étaient enfermés dans des écrins rangés dans des armoires, était au comble de l'émotion en pénétrant dans ce saint des saints. Il esquissa même une espèce de génuflexion devant ces portes fermées, se contentant de montrer à son visiteur des dessins agrandis des pierres qui s'y trouvaient : le rubis Côte de Bretagne, le Diamant bleu, le Sancy, le Régent, la grande plaque de l'ordre du Saint-Esprit de Louis XV avec sa centaine de diamants et le bec de rubis rouge de la colombe.

Choppin finit par avouer à son nouveau collaborateur que, tout comme son patron Ville-d'Avray et tous ces messieurs du Garde-Meuble, depuis plus d'une année un souci l'empêchait de dormir tranquille : la désorganisation des inventaires. Celle-ci résultait du départ en catastrophe de la Cour pour la capitale qui avait conduit au transfert, dans la nuit du 8 au 9 octobre 1789, de la quasi-totalité des joyaux conservés à Versailles sans qu'un procès-verbal fût dressé et de l'arrivée presque concomitante des trésors des grandes abbayes royales et de certaines saisies de biens d'émigrés qui avaient rejoint le Trésor royal sans dénombrement précis.

L'Assemblée, qui depuis Varennes soupçonnait la Cour de s'être livrée à des manipulations avant son départ, avait prié Ville-d'Avray de remettre tout au net. Celui-ci estimait alors à mille ou mille cinq cents le nombre d'objets de grande valeur qui avaient été entreposés dans ses armoires sans avoir été au préalable décrits ou évalués : c'était l'une des raisons pour lesquelles il avait réclamé en catastrophe le secours d'un nouveau secrétaire.

Pour bien montrer à son nouveau collègue l'urgence de la tâche qui l'attendait, Choppin appela son adjoint, M. Sansbœuf, qui était sec et austère à proportion que son chef était grassouillet et volubile. Cet homme tenait tout comme lui une petite clé retenue à son cou par une chaînette. Faisant chacun leur tour jouer une serrure, ils ouvrirent une grande porte renforcée de plaques de fer, découvrant ainsi un vaste placard plein à craquer d'à peu près trois cents ostensoirs, ciboires, calices, burettes d'or, d'argent et de vermeil, bric-à-brac digne de la caverne d'Ali Baba où l'or palpitait d'éclat comme de la braise.

– Vous le voyez, jeune homme, nous avons du pain sur la planche ! Nous nous sommes laissés déborder… Les tumultes des révolutions sont souvent funestes à la bonne conservation des choses.

Choppin trahissait de la sorte indubitablement son attachement à l'ancien ordre. Mais, prudemment, il se ravisa ; il avait entendu dire que ce jeune secrétaire avait été précisément choisi en raison de sa sympathie pour la nouveauté, en quelque sorte pour dédouaner une administration attachée par son objet même aux fastes de l'ancienne Cour et, du coup, considérée d'emblée comme suspecte.

– Enfin, voilà ce que je pense, mais vous n'êtes peut-être pas de mon avis.

– Oh ! sourit Paul, puisque vous me dites les choses avec l'élan du cœur, je vous répondrai tout aussi directement que je suis pour le progrès mais que je déteste la violence.

– C'est déjà beaucoup par les temps qui courent… Vous comprenez bien qu'il faut d'abord ici du calme, du sérieux, de l'honnêteté… M. de Ville-d'Avray est un homme scrupuleux, ancien officier de dragons, estimé du roi. Il tremble chaque jour à l'idée de devoir conserver intact, dans ces temps si incertains, le trésor qui lui est confié.

– C'est le trésor de la nation ! opina le jeune secrétaire, reprenant les propres mots de Valady. Pour ma part, je vous promets de vous aider à y faire bonne garde !

M. Choppin comprit que ce nouveau collaborateur n'était pas exactement de la même opinion que la plupart des messieurs chargés de conserver les trésors du roi, mais il voyait dans son recrutement une habileté de plus de l'intendant général et donc une occasion de plus de l'admirer, et eut un élan de sympathie vers le nouveau venu.

Du coup, il prolongea la visite en lui montrant quelques objets plus rares encore : le hochet d'argent à manche incrusté de diamants que Catherine II avait offert au premier dauphin – l'enfant mort peu après l'ouverture des États généraux – ; le jeu de l'oie du jeune Louis XIII, peint et rehaussé d'or sur des feuilles de cuir de Cordoue ; deux dînettes de porcelaine et de vermeil ayant appartenu aux filles de Louis XV ; et, plus extravagant que tout, le collier de diamants offerts par le roi de Suède, Gustave III, au petit chien de Mme Du Barry.

– Chacun de ces objets a une histoire. Je les connais à peu près toutes, mais il faudrait les écrire sinon on les oubliera... Pour ça, je compte aussi sur vous !

Paul se fendit d'un sourire qui valait promesse.

Valady, démissionnaire des Gardes, séparé de sa femme et pour l'heure sans nouvelle maîtresse, était un homme que l'ennui guettait et ce, paradoxalement, alors que l'agitation générale redoublait.

Il envisageait bien de se présenter aux élections annoncées pour former l'Assemblée législative mais, en ce mois de septembre 1791, il reculait de jour en jour son départ pour le Rouergue, attendant des agents qu'il avait sur place l'assurance que sa candidature serait reçue avec des chances réelles de succès et – ce qui n'était pas moins compliqué – un accord en bonne et due forme signé de la main de son père, car, à quelques semaines de ses vingt-cinq ans, il n'était pas encore libre de tous ses actes. Peu désireux au fond de quitter l'agitation de Paris pour la solitude des causses, il préparait en même temps un nouveau projet de traversée de l'Atlantique, espérant cette fois-ci réussir, puisque par deux fois déjà il s'était lancé dans cette entreprise sans jamais dépasser l'Angleterre.

Devant des cartes étalées du Rouergue et de la Louisiane, il rêvait, incertain de son destin.

Il habitait à Paris, rue du Temple, le vaste et coquet rez-de-chaussée de l'hôtel de Montmort où il avait rassemblé quelques-uns des restes de l'opulence qu'il avait connue du temps de son mariage. Il était alors très jeune, entre ses dix-neuf et vingt-deux ans. Esprit moderne, ayant gardé de la vie militaire les façons les plus libres, il ne se plaisait toutefois que dans une magnificence et un luxe d'autrefois, lits à la polonaise, commodes en tombeau, fauteuils et méridiennes à la dernière mode, tous tendus de soie légère rayée. Il n'était que les tableaux et les gravures sur ses murs pour rappeler son attachement à la Révolution : des profils de Voltaire et de Rousseau, un pastel de Diderot, un buste de Mirabeau ; une bibliothèque remplie de leurs ouvrages et une armoire de marqueterie dont les portes grillagées laissaient voir les dix-sept volumes de l'*Encyclopédie*.

Ce jeune homme à la mode dont l'esprit versait dans la mélancolie passait là ses matinées, toutes portes ouvertes sur le jardin orné d'une statue de Falconet, buvant du thé le matin et du punch l'après-midi, fumant la pipe, griffonnant négligemment, crayonnant et dessinant, car il savait parfaitement saisir tout ce qui se présentait à sa vue : gens, animaux, monuments ou paysages.

Du cercle des Vaudreuil, il avait conservé un seul ami : Chamfort, dernier confident de Mirabeau. Ils se ressemblaient physiquement, beaux à croquer tous les deux, chats sauvages, malhabiles avec les femmes, malcommodes avec les hommes, ayant beaucoup attendu de la Révolution et en étant déjà terriblement déçus ; horrifiés depuis le premier sang versé lors de la prise de la Bastille et s'attendant – parce qu'ils avaient cette prescience des choses que confère la connaissance de l'histoire des hommes – à voir bien pire encore.

Chamfort avait alors presque cinquante ans, il aurait donc pu être son père. L'ancien lauréat du concours général et meilleur lycéen de France avait conservé cet air ténébreux, cette grâce légère et cette élégance naturelle ; les traits réguliers et parfaits de son visage s'étaient à peine empâtés. Ils se voyaient presque tous les jours, le matin, avant que Chamfort aille travailler à la Bibliothèque du roi et que Valady sorte dans Paris, visiter les galeries, les librairies et les boutiques de mode.

Au début de septembre, ils prirent l'habitude d'inviter Paul à leurs réunions. Celui-ci pouvait leur parler du disparu dont ils chérissaient tous deux le souvenir. Paul, commençant son travail au Garde-Meuble dès 7 heures, disposait d'un assez long laps de temps en milieu de journée pour pouvoir les rejoindre au Palais-Royal ou rue Saint-Honoré dans les restaurants dont le nombre avait décuplé depuis l'installation de l'Assemblée nationale aux Tuileries. Chamfort était heureux de retrouver en Paul quelqu'un avec qui parler des soirées du Marais qu'ils avaient partagées dans les derniers mois de la vie de Mirabeau.

– Oui, disait l'auteur de *La Jeune Indienne*, lui seul aurait pu empêcher ce long dépérissement de la monarchie que l'on sent aujourd'hui plonger vers les abîmes... Le roi n'a plus de gouvernail ; les Tuileries sont à présent comme un navire pestiféré ancré en quarantaine au bout de la jetée d'un lazaret... Tout cela finira mal !

– Mal... Mal pour eux ! rectifiait Valady. Car après tout ils l'auront bien cherché... Varennes est un crime impardonnable.

Devant de telles affirmations, Chamfort restait songeur.

– Peut-être finalement faut-il que ce rameau-là de la famille des Bourbons cède la place, que l'on s'appuie sur quelque branche neuve.

Paul écarquillait les yeux. Il contemplait bouche bée le courtisan qui avait goûté aux plaisirs délicats et sans frein de Versailles et de Saint-Cloud, dans la plus étroite intimité de la reine, ainsi que le poète qui autrefois avait charmé cette même Cour parler froidement de brûler ce qu'ils avaient adoré. Cela le sidérait. Il se demandait comment il était possible que des esprits si avisés se déjugent à ce point.

Pénétré des leçons de modération du député d'Aix-en-Provence, c'était lui qui se montrait parfois le moins radical.

– La monarchie balayée, ce seront sans doute de nouveaux massacres !

– Inévitable ! appuyait d'un revers de la main Valady.

Chamfort, quant à lui, ne pouvait jamais suivre une conversation sans s'échapper à un moment ou un autre dans des visions affreuses.

– La machine avance, elle nous broiera inéluctablement... Nous sommes le vieux monde. Il en faut un nouveau !... Nous disparaîtrons tous !

– Encore, toi, Chamfort, es-tu utile. Tu classes les livres du roi... En t'adonnant ainsi à des travaux arides, tu oublies tes tourments.

– De vieux livres, ceux du passé ! Dans le temps où il faudrait en écrire de nouveaux

– Mais, Roch, ces ouvrages nouveaux, plus que d'autres, toi, tu les as écrits.

– Je suis moi aussi un homme du passé... J'ai trop longtemps nourri ma mélancolie de rêves d'aristocratie qui m'ont échappé à la naissance pour pouvoir à présent fonder mon existence sur autre chose... Je suis le prisonnier de mes représentations mentales !

– Moi, je me suis roulé dans les plaisirs jusqu'au dégoût... Et lorsque j'ai voulu fuir en Amérique pour recommencer ma vie là-bas dans la nature, près des sauvages, j'en ai été empêché... Je suis le prisonnier de mes vices !

Or, le plus étrange pour Paul, était que lorsque les deux compères avaient ainsi fait surenchère de constats amers et désespérants, ils partaient ensemble d'un grand rire puis, après avoir bu une dernière chopine, s'en allaient chacun de leur côté, pleins de gaieté ; l'un pour étiqueter les livres qui obstruaient tous les vestibules et les galeries de l'ancien palais Mazarin, l'autre pour errer dans Paris, sans but, simplement pour passer le temps jusqu'à l'heure du souper.

CHAPITRE SEPTIÈME

Manon Phlipon

Valady et Chamfort, sitôt après le traumatisme de Varennes, s'étaient retrouvés quelquefois ensemble, en fin d'après-midi, chez les Roland, arrivés de Lyon dans la capitale au mois de février.

Mme Roland, Manon pour ses amis, était née parisienne, quai de l'Horloge, sur l'île de la Cité, dans la maison où son père tenait un atelier de gravure sur métal. Elle ne concevait pas que l'on puisse vivre ailleurs que là, aussi ses longs séjours en province depuis son mariage lui avaient-ils beaucoup coûté de larmes et de soupirs. Dès son retour, elle avait repris l'habitude de réunir les anciens amis qu'elle avait retrouvés fidèles au poste mais aussi quantité de nouveaux venus impatients de la connaître qui se déversaient continûment dans le petit appartement qu'elle occupait avec son mari, à l'hôtel Britannique, rue Guénégaud, derrière l'hôtel de la Monnaie, à deux pas de sa maison d'enfance.

Manon Roland, née Phlipon, dès avant de reparaître en bord de Seine, s'était rendue fameuse par les lettres qu'elle avait envoyées de Lyon à ses amis de Paris sur les débuts de la Révolution dans cette ville, lettres que le journaliste Brissot avait trouvées si belles qu'il les avait publiées. Quant à son époux, Jean-Marie Roland, il était depuis longtemps fameux par sa collaboration aux *Suppléments* de l'*Encyclopédie* et par son *Dictionnaire des manufactures*. Ils formaient un couple singulier que vingt ans séparaient ; elle, exaltée et volubile, lui, presque toujours silencieux, semblant s'abandonner en permanence à des vertiges de réflexion.

Roland, qui avait accolé à son nom celui de La Platière, tiré d'un domaine que possédait sa famille en Beaujolais, avait la passion des usines et des manufactures. Il était issu de la bonne bourgeoisie de sa province, âgé de presque soixante ans en 1791, ayant par miracle su échapper à l'emprise de l'Église dans laquelle s'étaient engouffrés ses quatre frères, devenus tous moines ou prêtres. Venu étudier à Lyon, il avait été attiré par le négoce, puis, sitôt après, par l'aventure du négoce en songeant à un voyage aux Antilles, mais auquel il avait dû renoncer à cause d'une santé qui ne devait jamais vraiment cesser d'être, ainsi qu'il le disait, « intercadente ». Il était alors entré dans la carrière de l'inspection des manufactures, à Rouen, à Clermont-Lodève, puis en Picardie. Ces fonctions lui avaient donné l'occasion de ne jamais s'éloigner du monde des sciences dont presque aucun domaine ne lui était étranger – anatomie, optique, physique, mécanique, botanique ou astronomie –, et ce savoir encyclopédique, soutenu de la maîtrise de la synthèse, lui avait valu la protection de Trudaine, l'homme de la modernisation de la France sous Louis XVI.

Ce mentor l'avait envoyé en voyage d'études en Italie, et quand il était rentré, aux premiers jours de 1776, il s'était présenté, quai de l'Horloge, chez la jeune Manon Phlipon, pour lui donner des nouvelles des demoiselles Canet, deux sœurs avec lesquelles elle avait été autrefois au collège et dont il avait lui-même fait la connaissance à Amiens. Elle avait vingt-deux ans, il en avait quarante-deux. Elle était belle, fraîche et pimpante, lui maigre et chauve, paraissant plus que son âge, portant un air de perpétuelle tristesse.

Elle l'avait distingué ; jusque-là elle n'avait eu que des confidents beaucoup plus âgés qu'elle – ayant même un temps envisagé avec l'un d'eux, M. de Sévelinges qui aurait pu être son père, de conclure « une union chaste » qui ne tournerait jamais que sur la correspondance, les lectures partagées et la conversation. Les hommes mûrs étaient en effet pour elle les seuls dignes de son exigence intellectuelle.

Ce n'avait donc pas été entre eux le coup de foudre sensuel de Julie pour Saint-Preux. Elle avait pris le temps, lui écrivant en secret afin que la pieuse famille de Roland ne désapprouvât pas la fréquentation d'une femme plus jeune et qui, de plus, était la fille d'un artiste à demi ruiné, menant joyeuse vie depuis son veuvage. D'Amiens à Paris, leurs lettres écrites en italien ou en français se croisaient, gambadant sur tous les sujets, tant sur les événements du temps que sur les impressions ressenties dans leurs lectures de Jean-Jacques Rousseau ou de Xénophon. En avril 1779, à Paris, à l'hôtel Impérial, rue des Mathurins, où il résidait lorsqu'il se trouvait dans la capitale, il avait échangé avec elle un premier baiser – « *dolcissimo bacio* », avait-elle écrit, ravie, dans son journal – et, le 4 février 1780, ils avaient fini par se marier. Il fallait de la constance au valétudinaire Roland pour épouser cette jeune impétueuse qui devait déclarer à l'une de ses amies, au lendemain des premières heures passées tête à tête avec lui : « Les événements de la première nuit de mes noces me parurent aussi étonnants que désagréables. »

Elle avait été tout de suite la collaboratrice des grandes entreprises de cet époux studieux, travaux qui tout d'abord l'avaient remplie de fierté, puisque Roland était un excellent pédagogue, un habile diffuseur du savoir et des connaissances techniques dont un public averti attendait les publications. Il avait commencé par publier ses *Arts* – des monographies sur différentes techniques : *L'Art du fabricant d'étoffe en laine*, *L'Art du fabricant de velours de coton*, *L'Art du tourbier*. Manon était sa copiste. À l'hôtel de Lyon, rue Saint-Jacques, à Paris, ils passaient leurs journées à la table de travail et leurs soirées en compagnie de deux autres pensionnaires de l'établissement : le médecin Lanthenas et un jeune employé de l'administration des Postes, Louis Bosc d'Antic, qu'ils allaient tous deux, plus tard, entraîner dans la grande aventure de la Révolution.

Ils avaient ensuite vécu trois années pleines à Amiens où Roland avait repris son poste. C'est là, le 4 octobre 1781, qu'était née Eudora, qui devait rester l'unique enfant du couple et que, bien sûr, Manon s'était promis d'élever strictement selon les préceptes édictés par le divin Jean-Jacques dans l'*Émile*. Manon, qui se morfondait en Picardie, s'évadait en songes sur la fraternité, l'harmonie des cœurs, la liberté des femmes et elle jetait toutes ses pensées dans des carnets qu'elle devait rassembler plus tard sous le nom évocateur de *Rêveries politiques*.

Après un bref voyage en Angleterre qui leur avait mis sous les yeux le spectacle, inouï pour des Français – qui quelques mois auparavant avait aussi ébloui Mirabeau –, du régime parlementaire, d'une organisation politique dans laquelle la loi commune était l'objet d'un débat, ils gagnèrent les bords de Saône où la bouillante Manon allait promptement suffoquer de l'ennui de la province.

Au début pourtant elle fit beaucoup d'efforts. En adepte de Jean-Jacques, elle commença par s'émerveiller du charme tranquille de l'existence aux Clos, de la vie « cochonne », des lessives bien odorantes, des confitures, des poires tapées, des pages d'écriture qu'elle continuait de faire pour son mari. Lorsqu'il eut par exemple à rédiger un discours sur les femmes à l'Académie de Lyon, elle se substitua à lui. Il est dans ce texte des phrases qui ne peuvent être que d'elle, car elle s'y dépeint tout entière : « Pour bien juger d'une femme, il suffit de bien connaître les hommes dont elle fait sa société particulière et ses relations chéries. »

Le printemps de 1789 était arrivé dans la tension que provoquait chez elle le sentiment de l'inutilité de l'éloignement: « La Révolution survint, écrivit-elle, et elle nous enflamma. »

Tout changea dans l'instant en effet: elle se mit à composer des pages vibrantes et ardentes que l'excitation des grands événements qui se produisaient à Paris faisait lever dans son cœur. Elle écrivit lettre sur lettre à ses amis Lanthenas et Bosc, restés dans la capitale, au cœur de la tourmente. Ceux-ci, les trouvant remarquables, les passèrent à Brissot qui les publia en feuilleton dans son journal, *Le Patriote français*. Brissot, cet aventurier des lettres, du journalisme et de la politique, fut ainsi le briquet qu'il fallait au fusil de Manon. Il était fils d'un simple traiteur de Chartres, âgé de trente-cinq ans lorsque les États généraux s'assemblèrent. Servi par une énergie brûlante et un extraordinaire talent de plume, il rêvait d'une carrière de littérateur et de polémiste. Son existence jusque-là tenait du roman d'aventures: emprisonné à Londres pour dettes, embastillé à Paris pour un pamphlet contre Marie-Antoinette. En 1787, il avait rédigé avec Clavière *L'Importance de la révolution d'Amérique pour le bonheur de la France* et fondé avec lui l'organe destiné à obtenir l'interdiction de la traite: cette Société des Amis des Noirs dont Mirabeau devait être bientôt la figure tutélaire.

Dans ses lettres, Manon se montrait telle qu'elle était et sera toujours: véhémente, lucide, passionnée. Ainsi le 26 juillet 1789, répondant à Lanthenas et Bosc, enthousiasmés de la prise de la Bastille: « Non, vous n'êtes pas encore libres, personne ne l'est encore! La confiance publique est trahie! Les lettres sont interceptées... »

Brissot était enchanté de retrouver chez elle, dans la passion exaltée qu'elle avait pour Rousseau, les réserves qu'il faisait siennes à l'égard de la toute-puissance du mandat représentatif tel que venait de le théoriser l'abbé Sieyès, plaidant pour la totale liberté d'action du député dès qu'il serait élu et n'ayant plus de comptes à rendre à ses mandants jusqu'à sa réélection : « Il faut, écrivait-elle au contraire, si l'Assemblée trace le projet, qu'il soit envoyé dans toutes les provinces pour être adapté, modifié, approuvé ensuite par les constituants. » Cela revenait à vouloir contrôler le travail des députés : l'amorce d'un fédéralisme opposé à la toute-puissance du parlementarisme centralisateur qui était le credo de la majorité des politiques.

Rien n'échappait à Manon, depuis son pays de Beaujolais. Elle savait juger exactement de la moindre inflexion des événements ; ainsi, lorsque, à la fin de 1789, les Constituants avaient décidé d'écourter le travail sur la Déclaration des droits de l'homme pour en revenir à l'œuvre constitutionnelle, avait-elle protesté : « On va nous plâtrer une mauvaise Constitution comme on nous a gâché notre Déclaration incomplète et fautive. »

C'est à cause des événements de Lyon que les Roland allaient devoir s'en retourner à Paris. La crise économique se faisait sentir en bord de Rhône plus que partout ailleurs : la grande fabrique, celle liée aux industries du luxe (la soierie et le textile), qui comprenait en 1787 encore quinze mille métiers actifs, en avait perdu le tiers en quelques mois. Ce recul d'activité, dans le même temps et dans la même proportion, était identique à celui que l'on déplorait à Sèvres. Roland, poussé par un de ses amis – Bancal des Issarts, un bel Auvergnat à l'œil ravageur qui faisait une telle impression sur Manon qu'elle avait calligraphié à son intention le conte *La Fauvette et le Rossignol* –, s'était présenté aux élections de la municipalité et y avait été élu. L'homme de tête, l'administrateur, avait aussitôt été chargé des finances de la deuxième ville de France et il y avait fait merveille :

d'un trait de plume, il avait supprimé 182 000 livres de dépenses annuelles, estimées contestables. Restait un trou colossal de 39 millions, héritage de la gestion catastrophique des édiles qui s'étaient succédé depuis un quart de siècle, et pour lequel, après des jours et des nuits passés à refaire les comptes, il ne vit bientôt pas d'autre remède que d'aller plaider la cause des Lyonnais auprès de l'Assemblée nationale à Paris.

Manon présidait aux vendanges, aux Clos, lorsqu'elle apprit la bonne nouvelle. Elle n'attendait que cela : se trouver au cœur du séisme.

Début février 1791, les Roland s'installèrent donc à l'hôtel Britannique, rue Guénégaud, avec Eudora et leur bonne, Marguerite Fleury. Ce fut pour la femme de l'inspecteur des manufactures presque un enivrement de revenir à deux pas de sa maison natale, avec cette même vue sur la statue d'Henri IV qu'elle avait depuis sa chambre d'enfant.

Dès le lendemain de son arrivée, elle était ressortie, confiant la petite Eudora à sa bonne. Elle ne voulait rien rater : elle vit monter Mirabeau, à quelques semaines de sa mort, à la tribune de l'Assemblée et fut aussitôt subjuguée par sa voix puissante ; elle alla dans les clubs, dans les cafés, au Muséum. Elle s'enflamma contre le décret du « marc d'argent » qui réduisait drastiquement le nombre des éligibles du second degré à moins de cinquante mille personnes ; elle donna son avis dans les tribunes à ses voisins au cours du débat sur les droits des mulâtres dans les colonies, seule question coloniale encore à l'ordre du jour après la grande défaite essuyée par Mirabeau sur la suppression de la traite. Elle alla le soir en fraude au club des Jacobins où les femmes n'étaient pas les bienvenues et, à cause de cela justement, elle le délaissa bien vite pour le Cercle social de l'abbé Fauchet, club politique soumis à des influences maçonniques dont les réunions se tenaient au cirque du

Palais-Royal qui pouvait contenir à peu près deux mille personnes. Ce qui l'attacha immédiatement à ces réunions fut que l'on y faisait des résolutions qui donnaient lieu à un vote ouvert aux deux sexes. Robert y plaidait presque ouvertement pour la fondation d'une république et Louise de Kéralio, son épouse, y faisait des proclamations hardies pour le droit des femmes. Manon s'émerveillait de tout cela, mais elle restait lucide : « Je ne crois pas que nos mœurs permettent encore aux femmes de se montrer, elles ne pourront agir que lorsque tous les Français auront mérité le nom d'hommes libres. »

Dès la fin du printemps, elle prit l'habitude de réunir chez elle, au premier étage de l'hôtel Britannique, quelques-unes des figures du club des Jacobins ou de la Confédération des amis de la vérité. L'accueil était sommaire, une carafe d'eau et un sucrier, l'unique rafraîchissement offert aux invités, mais la beauté de la maîtresse de maison, son esprit et surtout l'art qu'elle possédait de s'effacer pour laisser parler ses hôtes – se tenant d'ailleurs la plupart du temps quasi muette, carrée sur une chaise, à l'écart du cercle principal – avaient rapidement établi la renommée de ces réunions. On y voyait Pétion, Robert et sa femme, Buzot, Clavière, l'abbé Grégoire, Louis de Noailles et très souvent Robespierre qui faisait encore une énigme pour tous. « Il parlait peu, devait relever Manon, ricanait souvent, n'avait jamais un avis à lui, mais le lendemain d'une discussion un peu suivie il avait soin de paraître à la tribune de l'Assemblée et de mettre à profit ce qu'il venait d'entendre. »

Varennes, le 21 juin, avait en quelque sorte consacré ces réunions de la rue Guénégaud comme celles de l'un des cénacles politiques les plus méfiants désormais à l'égard de l'institution royale. On pensait couramment que c'était là que l'on avait débattu de la grave question des suites à donner à la fuite du roi en regard du maintien de la Constitution ; là que s'était imaginé ce fameux tour de passe-passe qui avait permis de faire du roi déserteur, un roi enlevé et otage. Ce fut en effet Manon qui persuada nombre de ces hommes hésitants à pétitionner pour la fondation d'une république ; qu'un monarque ligoté était ce qui pouvait advenir de mieux pour l'heure. Elle fut pour quelque chose aussi dans l'adoption de deux mesures contraires qui confortaient la sauvegarde de la Constitution : Louis XVI suspendu dans ses fonctions jusqu'à ce qu'il approuve la Constitution ; la mise en jugement de quiconque proposerait le remplacement du roi.

Dans la semaine qui suivit l'équipée de Varennes, Manon fit un pas de plus dans son engagement en adhérant à la Société fraternelle des deux sexes, organisation proche du club des Jacobins qui, pour la première fois, admettait des femmes à sa tribune.

Hélas, cette gloire naissante n'allait faire qu'un feu de paille. En effet, Roland, à force de mémoires et d'interventions dans les bureaux ministériels, devait emporter un plein succès dans sa mission de réduire la dette de la municipalité lyonnaise – 34 millions sur 39 furent effacés. Il fallut dès lors se résoudre à quitter Paris à la fin du mois d'août. On imagine quel déchirement ce fut pour Manon, torturée du noir pressentiment que son mari ne serait pas élu à l'élection législative à laquelle il venait de décider de se présenter et que, dès lors, elle serait pour toujours reléguée aux chétives proportions de l'existence provinciale, dans le temps justement où les événements s'emballaient dans la capitale.

Ces fameuses élections qui devaient renouveler de fond en comble le théâtre de la Révolution eurent lieu et, effectivement, Roland fut battu.

La nouvelle Assemblée tint sa première séance à la salle du Manège le 1er octobre 1791. Ce fut véritablement un moment d'enthousiasme, tant tout avait pris soudain un air de jeunesse et de nouveauté, puisque tous ces députés étaient des hommes nouveaux. On s'émerveillait entre autres de trois élus de la Gironde – Vergniaud, Gensonné, Guadet –, avocats commençant dans la carrière. Ils étaient jolis garçons, débordants d'ardeur. Ils étaient arrivés en diligence ensemble, ayant fait la route en chantant, embrassant les filles qui se bousculaient à la portière pour leur offrir des bouquets. Ils n'avaient jamais vu Paris. Ils y entraient les yeux écarquillés, avec l'idée qu'ils venaient là établir le bonheur éternel de leurs compatriotes.

Le roi venait d'être rétabli dans ses fonctions après avoir approuvé la Constitution. Sur les sept cent quarante-cinq nouveaux députés, cent quarante, qui s'étaient inscrits d'emblée aux Jacobins, formaient l'avant-garde favorable aux idées les plus avancées ; trois cents appartenaient à cette frange modérée qui commençait à se réunir aux Feuillants – on les désignait déjà du nom de cet ancien couvent ; le reste se tenait dans un juste milieu que l'on désignait du nom de Plaine. On pressentait déjà que cette Plaine serait marécageuse, le lieu des compromissions et des alliances d'un jour, des compromis qui finiraient toujours par apporter une majorité à celui qui crierait le plus fort ou paierait le mieux.

Ce fut encore un de ces moments d'euphorie où l'on pensa la Révolution terminée, son sort remis dans des mains inexpérimentées mais généreuses. On put d'ailleurs se rendre compte très vite que ces hommes nouveaux de l'automne de 1791 n'avaient pas les complexes de leurs prédécesseurs : dès les premiers jours, ils décidèrent que le cérémonial pour recevoir le roi serait allégé, que l'on placerait son fauteuil à la même hauteur que celui du président de séance.

Manon, qui recevait tous les jours à Lyon des nouvelles de la capitale, enrageait de n'être que la spectatrice de changements dont elle avait la faiblesse et l'orgueil de croire que beaucoup avaient été amorcés, quelques mois auparavant, dans son salon de l'hôtel Britannique.

Rongeant son frein, elle avait repris sa correspondance cyclonique. On la sentait comme une lionne en cage. Elle n'avait qu'un but : revenir à Paris. Du coup, Valady, Chamfort, Pétion, ses correspondants habituels, qui connaissaient son impétuosité et redoutaient les effets de sa mélancolie, s'attachaient dans leurs lettres à rabattre beaucoup de l'exaltation qui, malgré les mauvais approvisionnements persistants et la sourde colère que l'on percevait en conséquence dans les faubourgs, faisait frissonner Paris en cet automne. En dépit de ces précautions, elle ressentait, même à cent lieues, les secousses de ce tremblement de terre et elle enrageait de ne pas en occuper l'épicentre.

Or, Roland, depuis peu, n'avait plus de traitement. Un des derniers décrets de la Constituante, le 27 septembre 1791, avait supprimé l'inspection des manufactures. Manon y vit une chance : elle persuada son vieux mari que, tant pour l'éducation de la petite Eudora que pour la recherche d'un nouvel emploi, il était nécessaire de revenir à Paris ; ce fut chose faite au début de décembre.

Ils retrouvèrent l'hôtel Britannique, mais ce fut au troisième étage, dans un appartement moins grand, parce qu'il fallait faire des économies. Manon, qui avait hérité entre-temps des débris de la fortune de son père, décida d'employer ce peu d'argent pour reconstituer le cercle de ses admirateurs. Elle le savait : trois mois sans mettre de l'huile à la lampe et tout s'évanouit à Paris. Les choses, dans cette ville, tournent vite ; un trimestre y est comme une année.

Son petit cercle du printemps s'était éparpillé, mais elle ne doutait pas une seconde de pouvoir reprendre son empire.

Elle se lança donc, dans les jours qui précédèrent la Noël, malgré l'exiguïté de son appartement, avec le secours de Marguerite Fleury, revenue à Paris avec elle, dans des soupers d'une douzaine de personnes, deux fois la semaine. Ce n'était plus l'eau et le sucre posés sur le guéridon dans les réunions de l'après-midi, mais ce qui était servi à table était tout aussi spartiate, une nourriture digne des Gracques ou de Caton, servie toutefois dans de la porcelaine blanche à simple liséré bleu, accompagnée d'une argenterie que n'auraient pas méprisée les meilleures maisons bourgeoises de la capitale. De la sévérité mais du style, telle aurait pu être la devise de cette femme admirable.

Son mari revenait de sa province avec un masque imperturbable. Son triomphe dans l'affaire des dettes de Lyon aussitôt suivi des marques de la plus noire ingratitude – son échec à l'élection législative et la Constituante qui lui avait supprimé son gagne-pain – n'avaient pas paru l'affecter. Sobre, économe, exact, obstiné surtout, il était de nouveau prêt à assujettir à ses chétives épaules le joug du labeur patriotique. Persuadé que la France – selon lui, le pays de l'univers le mieux doté par la nature – avait tous les atouts pour dominer le monde, il songeait à de vastes plans pour fédérer les énergies, améliorer les routes et les ports, développer l'agriculture selon les préceptes des agronomes, encourager les industries et, parallèlement, traquer sans répit, partout et toujours, la futilité, le superflu, les dépenses du caprice comme celles engagées par la Cour.

Roland était un activiste du bonheur, mais d'un bonheur sérieux, sans pantalonnade ni fantaisie. Il était persuadé qu'en agissant continûment, toujours dans le même sens, en mobilisant les bonnes volontés, on parachèverait la Révolution en la fixant à ses buts premiers – l'égalité de droits, la liberté en toutes choses du moment qu'elles soient conformes à la morale ; que l'on induirait ainsi le peuple à ne pas aspirer à autre chose qu'à des satisfactions vertueuses.

Il avait d'ailleurs tout du laboureur arc-bouté sur la charrue, traçant inlassablement le sillon dans lequel il se promettait de faire lever par l'effort et par la tempérance la félicité du genre humain : un front épais, un regard noir, des sourcils broussailleux, des rides qui paraissaient être le stigmate des longues heures passées à écrire et à lire, des lèvres toujours serrées, un crâne presque chauve, enfin un teint cireux qui trahissait ses tourments.

Sa femme, qui, à revoir la Seine, avait déjà oublié ses accès de mélancolie, reparaissait sur le théâtre de la capitale dans toute sa splendeur. Elle avait adopté, dès son retour à Paris, la mode que l'on disait « romaine » depuis que les peintures du temps – celles de David ou de Vien – représentaient les femmes de l'ancienne République, cheveux mi-courts, coiffés en liberté, souvent enturbannées de soie aux couleurs vives, les bras nus, ornés de bijoux de pacotille : fausses perles, torques ou joncs de métal argenté. Elle était une beauté tout intellectuelle, avec un admirable port de tête et des yeux noirs qui pétillaient. Un nez droit qui se pinçait lorsqu'elle émettait quelque objection, des joues que la modestie revendiquée de sa table avait creusées et des lèvres fines, roses, bien dessinées qu'elle ne peignait jamais parce que le sang suffisait à les colorer.

Chamfort et Valady amenèrent Paul à l'un de ces premiers soupers du troisième étage de l'hôtel Britannique. Y venant pour la première fois, il fut placé à droite de la maîtresse de maison. La tablée était de treize convives. C'était une coquetterie de Mme Roland que de le vouloir délibérément de la sorte, d'abord parce qu'elle n'avait que treize chaises, mais aussi pour bien montrer qu'elle était ennemie des superstitions. Du coup, elle faisait sien cet adage de La Reynière : « Il n'y a aucun inconvénient à manger à treize sauf s'il n'y en a que pour douze. »

– Le Garde-Meuble royal, voilà véritablement une mission de confiance ! s'était-elle exclamée quand son hôte lui dit où il était occupé.

– Des valeurs qui seraient mieux employées à développer l'industrie et les manufactures plutôt qu'à dormir sottement dans des coffres ! était intervenu Roland. Ce sont là les oripeaux de l'ancien théâtre, ils ne sont plus de mise !... Même la reine, m'a-t-on rapporté, s'est faite à l'idée de ne plus se couvrir de diamants.

– Si la vente d'un diamant peut donner du pain à mille personnes pendant une année, avait repris la maîtresse de maison, il est alors certain qu'il faut vendre ce diamant.

– Ou plutôt, chère Manon, avait rectifié Roland, si l'investissement de ce diamant dans une machine peut donner du travail à cent ouvriers pendant un an, il est certain qu'il faut vendre ce diamant puisqu'il produira du pain et qu'il existera toujours comme contrepartie la valeur de cette machine.

Chamfort, ce soir-là, était décidé à tenir tête à la terre entière.

– Et si l'on faisait payer 10 sols pour voir ce diamant tous les jours, dans les vitrines du Garde-Meuble royal... Non seulement ce joyau existerait toujours mais encore il rapporterait de l'argent.

– Mais sans jamais avoir été utile économiquement ! renchérit Roland d'un ton sans appel.

Paul s'amusait de ces échanges tandis que deux servantes, coiffées et habillées comme leur maîtresse – Manon voulait signifier ainsi l'égalité en marche –, faisaient circuler les deux plats uniques du souper : des blancs de poireaux à la vinaigrette, dits « en crayon », et un rôti de veau aux navets, le tout accompagné d'un petit vin de Suresnes dont chacun avait la liberté de se servir à sa guise car il était mis à disposition dans deux brocs d'étain posés à chaque extrémité de la table.

En suivant les escarmouches de cette conversation, Paul eut tout à coup l'idée que la table des Roland était le lieu idéal pour exposer les nouvelles difficultés de Sèvres dont sa sœur l'avait entretenu la veille : un décret, publié en octobre, venait en effet d'abolir le statut des manufactures royales et – au nom de la chasse aux privilèges – de réduire à néant le monopole, annulant ainsi définitivement toutes les anciennes franchises et exceptions dont jouissait l'entreprise royale. Le roi avait eu beau placer Sèvres sur sa liste civile, cela ne servait plus à rien : quel pouvait être désormais l'avenir d'une industrie du luxe si l'on interdisait à l'État de lui faire un traitement particulier qui la soutiendrait ?

Il se lança donc et, mis en confiance par la liberté de ton de la compagnie, fut disert et volubile. Comme il parlait bien, avec conviction et persuasion, et que les cinq femmes présentes autour de la table lui trouvaient un air de fraîcheur, il concentra vite sur ses lèvres l'attention générale.

– Sèvres offre vraiment un cas de réflexion particulier, estima Roland. C'est une industrie presque exclusivement aristocratique... Socialement, par les temps qui courent, on pourrait s'attendre à ce que des patriotes aillent de bonne foi briser les objets qu'elle produit comme offusquant les affamés et les surnuméraires qui n'ont pas de quoi subsister... Cela, je le comprendrais, je l'excuserais même. Ce n'est d'ailleurs pas un hasard si, au début de la Révolution, les émeutiers s'en sont pris à la fabrique de papier peint de M. Révillon... Quel est l'homme du peuple qui peut posséder de tels papiers peints chez lui ? Cet homme n'a-t-il pas le droit de se scandaliser lorsqu'il sait le nombre de livres de pain ou de charbon que représente un simple lé de ces ornements ?... Il est tout aussi exact de dire : Quel est l'homme du peuple qui a de la porcelaine chez lui ? Conçoit-il que l'on puisse payer aussi cher pour le plaisir des yeux quand des ventres se crispent des douleurs de la famine ?

Il s'arrêta alors et ce fut Manon, tout sourire, qui reprit :

– Toutefois...

Elle se tourna à cet instant vers Paul, s'emparant de son poignet.

– Je dis toutefois, car, lorsque mon mari hésite, qu'il s'arrête comme cela au milieu d'une phrase, c'est qu'il déroule dans sa tête des arguments opposés à ceux qu'il vient d'énoncer... J'appelle cela « passer le col » ; vous savez... on monte... on monte et puis, sitôt après... on redescend...

Tout cela fit rire, et Roland, pour ne pas faillir à sa réputation, commença la seconde partie de son discours sans pouvoir réprimer un sourire de connivence à l'adresse de sa femme, le premier de la soirée.

– Toutefois !... La technique de la porcelaine est une richesse pour la France. Nous avons pris une telle avance dans sa fabrication et son décor qu'il ne faut pas en perdre les tours de main. Cela vaut de l'or !... C'est même un objet d'exportation essentiel pour notre commerce du dehors et pour notre prestige national, un fleuron. Vous m'affligez bien, monsieur, en annonçant que la situation de la Manufacture est comme désespérée.

– Oui, reprit Paul, le directeur, M. Régnier ne parvient pas à faire la paye de décembre 1791... Il a dû licencier cinquante des ouvriers qui lui restaient... À peine cent personnes reprendront le travail au 1er janvier prochain, quand elles étaient encore trois cents il n'y a pas deux ans.

– Voilà une question dont l'Assemblée nationale devrait débattre d'urgence, estima Roland.

Il n'était pas lui-même député, mais il avait dans la salle du Manège tout un réseau d'appuis et, dans les bureaux de Louis Hardouin Tarbé, le ministre des Contributions et des Revenus publics, des hommes qui le renseignaient et soutenaient ses vues modernes. Il se fit alors, pendant que Roland réfléchissait à la meilleure manière d'activer toutes ces connexions, un silence que Manon mit à profit pour se pencher à l'oreille de Paul.

– Il faut un plan pratique, lui murmura-t-elle en affectant un ton de grand sérieux et même de conspiration.

– Il faut un plan pratique ! enchaîna presque aussitôt son mari faisant mine de ne pas remarquer le manège de son épouse. Il serait intéressant de pouvoir rencontrer quelqu'un qui connaisse parfaitement la marche de la Manufacture...

– Ma sœur ! Rien de ce qui est à Sèvres ne lui est étranger !

– Votre sœur ! s'étonna Roland, montrant par là qu'il était de la vieille école, toujours surpris quand on lui proposait le nom d'une femme pour discuter d'une affaire technique ou financière.

Ce sectarisme exaspérait Manon et c'est la raison pour laquelle, revenant à Paris, elle avait repris ses activités à la Société fraternelle des deux sexes. « Les femmes s'entendent aussi bien que les hommes à sentir les nécessités, disait-elle couramment, elles ont des entrailles qui s'émeuvent plus vite que celles des mâles, en particulier lorsqu'elles ont des enfants à nourrir. »

C'étaient de ces phrases que l'on eût pu trouver dans la bouche de la mère des Horace, sous la plume de Salluste ou de Tacite. Des phrases auxquelles étaient désormais accoutumés les familiers de cette nouvelle Cornélie, prononcées avec tant d'assurance et de conviction que nul n'y pouvait demeurer insensible.

L'an 1792 commença fort tristement aux Tuileries. La reine était épouvantée : elle voyait beaucoup plus lucidement que le roi la pente fatale sur laquelle glissait tout l'édifice de la vieille monarchie.

Le désert gagnait autour d'elle. Ce n'était plus un honneur d'être reçu au palais et la plupart des gens avisés regardaient la fréquentation de ce qui subsistait de la Cour comme un acte de bravoure inutile, voire une cause de péril. Des courbettes et des révérences dans des salons froids et à demi vides, Marie-Antoinette ne sentait plus que le ridicule. À plusieurs reprises, elle s'était résolue dans ses nuits sans sommeil à conseiller au roi de se défaire des derniers oripeaux d'un pouvoir qui lui avait déjà glissé des mains. Juste avant l'aube, plusieurs fois, elle avait conçu le plan d'une demi-abdication : Louis XVI ferait part à l'Assemblée de sa décision de se retirer avec sa famille à Rambouillet ou à Saint-Cloud et il nommerait un lieutenant général qui reprendrait les choses en main et le débarrasserait du souci immédiat des affaires. Au petit matin, bien résolue, ayant même préparé un court discours pour soutenir ses vues, elle s'était à deux ou trois reprises présentée à la porte du bureau de Louis XVI, bien décidée à lui dire ses résolutions, mais, chaque fois, elle s'était arrêtée à la vue de cet homme soucieux, arc-bouté à ses devoirs, entêté de reprendre l'initiative et de se désembourber avec la seule assistance divine de l'ornière dans laquelle il pensait n'être que momentanément tombé.

Depuis le début de l'hiver, il arrivait à la reine de ne plus sortir de trois jours de ses appartements, de ne plus exécuter que les deux ou trois apparitions obligées que l'on attendait d'elle encore dans les galeries ou dans la salle du trône, soit pour recevoir un ambassadeur – ainsi William Hamilton et sa jeune femme s'en retournant de Londres à Naples –, assister à la remise d'une croix de Saint-Louis, faire bonne figure enfin, sur le chemin de la messe, aux derniers courtisans suffisamment courageux pour se trouver encore là. Le dernier bal avait eu lieu à la Saint-Martin, il avait été si compassé et si lugubre qu'elle s'était bien juré qu'il n'y en aurait pas d'autres tant qu'elle serait contrainte d'habiter Paris.

Elle se renfermait donc avec ses enfants, Weber, son frère de lait, et les dernières dames fidèles : Mmes de Tourzel et Campan, la princesse de Lamballe revenue à la première place de son affection depuis le départ en exil de Yolande de Polignac. Elle passait une partie de sa matinée à écrire, bien qu'elle n'ait jamais eu de goût pour la chose ; elle correspondait ainsi avec Mercy-Argenteau, l'ambassadeur de son frère, ou avec Fersen qu'elle ne voyait plus aussi librement qu'auparavant bien qu'il eût pris un logis, en dehors de sa maison de Passy, rue Sainte-Anne, pour se rapprocher d'elle.

Blanchot avait revu Marie-Antoinette presque chaque mois parce qu'elle le lui avait demandé. Il la retrouvait chaque fois un peu plus amaigrie, jaunie, secouée de frissons, sans pour autant qu'elle ait abdiqué la moindre parcelle de son air de majesté. Lui seul à présent, sans doute, savait vraiment combien elle avait rabattu de sa hauteur, combien elle était désireuse de mener une vie simple et tranquille, combien, depuis Varennes – ce mauvais coup dont au moins autant que le roi elle avait été l'instigatrice –, elle n'avait plus d'autre désir que celui de sauver sa famille.

Le médecin était surtout stupéfié par ses yeux grands ouverts sur un avenir qu'elle prévoyait catastrophique ; visite après visite, il modifiait le jugement sévère qu'il avait jusque-là porté sur sa frivolité.

– Monsieur Blanchot, tout cela finira mal et pourtant j'espère que mon mari et mes enfants seront épargnés. Nous n'avons rien commis d'impardonnable… Le roi a gouverné selon le serment qu'il a prêté au pays au moment de son sacre… Que tout cela ne soit plus au goût du jour n'implique pas pour autant que nous soyons des traîtres ou des félons.

– Madame, dans ce siècle de raison, vous ne pourrez empêcher que les haines accumulées depuis longtemps éclatent, que se lèvent des ambitions nouvelles ; l'argent-roi qui se montre partout désormais sans retenue et sans honte va niveler les anciennes hiérarchies et les anciennes morales chrétiennes, avec le risque de s'imposer comme un nouveau baromètre des vertus... Cela, je serai le premier à le déplorer.

– Il n'est plus un levier sur lequel agir... Le seul mot de veto à présent, dès qu'il est prononcé, déclenche des émeutes... Le roi est otage.

– Parce qu'il a refusé d'entendre Mirabeau qui voulait le remettre à hauteur et même au-dessus de la représentation nationale...

– Trop tard ! Je m'en rends compte aujourd'hui... Comment cela finira-t-il ?

– La guerre menace ! L'Autriche, la Prusse, l'Angleterre, l'Espagne ne comprennent pas ce qui se passe en France... Ces pays nous attaquerons bientôt, c'est inéluctable : ce sera la dernière chance pour le roi de se montrer patriote.

– En s'opposant à l'Europe ?

– Oui, Madame, en s'opposant à l'Europe coalisée... Mais surtout ne regardez pas cette guerre comme une chance donnée aux armées de votre frère l'empereur d'occuper Paris et de vous rétablir dans vos anciens droits... Ce serait votre perte ! Là, aujourd'hui, dans ce boudoir où nul ne peut nous entendre, j'ai le sentiment de vous parler comme aurait pu le faire Mirabeau : ce serait en effet la pire des erreurs à commettre... Soyez du côté de la France ! Souhaitez la victoire du pays de plein gré, du fond de votre cœur ! Ce n'est qu'ainsi que vous consoliderez votre trône et pourrez regagner votre prestige.

Marie-Antoinette demeurait songeuse.

— Moi, je le veux bien... Le roi sans doute aussi... Mais nous croira-t-on ?

— Soyez agissante ! Soyez persuasive ! Le peuple qui est comme un enfant, toujours prompt à se mettre en colère ou à pleurer, dès qu'il aura de nouveau confiance en vous ne demandera qu'à vous suivre... Ah ! Madame, si vous osiez devenir cette mère que les Français attendent, vous iriez de vous-même dans les ouvroirs où l'on tricote pour les soldats et dans les ateliers où l'on prépare leur paquetage... Vous mèneriez le dauphin avec la cocarde à son chapeau assister au défilé des troupes quittant Paris... Le roi se mettrait à cheval en tête de ses soldats et jamais, jamais sans doute, la monarchie n'aurait été si populaire.

— Et même cela, monsieur, je vous le demande à nouveau... Nous croirait-on ? Nous penserait-on sincères ?... En est-il temps encore ?

— Si vous-même ne le croyez pas, Madame, qui vous en persuaderait ?

— Vous, monsieur Blanchot ! Vous ! Vous m'avez déjà convaincue... Mais c'est le peuple qui me fait peur... C'est sans doute parce que je ne le connais pas... Il est vrai que lorsque j'étais perdue dans le tourbillon des fêtes de Trianon et de Versailles, je n'imaginais même pas la figure, la tournure, le ton de voix d'un homme des faubourgs de Paris... Il était pour moi comme une chose abstraite, comme un Huron... Mais à présent que je suis ici, au milieu d'eux, lorsque la nuit s'étend et que je ne dors pas, ces Parisiens, je les entends... J'ai l'impression parfois qu'ils sont là, dans ma chambre, qu'ils respirent près de moi... Et je tremble...

— Il ne faut pas avoir peur... Le citoyen de cette ville est bon ! Je vous le disais tout à l'heure, il est comme un enfant, avec ses caprices et ses élans d'affection. Il aime que les puissants lui ressemblent dans ses joies ou ses peines, que les mères soient mères, qu'elles soient reines ou récureuses… Ce peuple-là, Madame, serait heureux de vous voir vous promener dans la rue avec vos enfants.

– Dans la rue avec mes enfants ! Mais imaginez-vous, monsieur Blanchot, qu'on laisserait la reine de France sortir d'ici sans la flanquer de deux bataillons de gardes du corps…

– Non seulement je l'imagine, Madame, mais encore je l'appelle de mes vœux.

– Ah ! monsieur Blanchot, vous souhaitez des choses impossibles ! Je suis recluse dans ce palais, murée vive jusqu'à ce qu'il s'écroule ou que j'en sois chassée.

Le médecin de la Charité, cet homme inflexible moralement, mais charitable et juste, sentit monter des larmes à la vue du désespoir de cette femme, brusquement et sincèrement réduite à la fragilité de sa seule humanité.

– Quels sont vos soutiens, aujourd'hui ? lui demanda-t-il, troublé.

– Vous, quand vous êtes là ! Le roi, lorsqu'il se confie à moi ! M. de Fersen, lorsqu'il m'écrit ! Mon frère Weber, lorsqu'il se tient dans mon salon… Pour le reste, je ne suis entourée que de femmes : Élisabeth, la sœur du roi, la princesse de Lamballe, les dames de ma maison… J'ai eu trop de monde autour de moi autrefois pour y trouver un appui solide ; c'est dans la rareté à présent que sont mes plus forts appuis.

– En tout cas, Madame, moi, je ne vous ferai jamais défaut… Je vois qui vous êtes devenue à présent : la preuve vivante que les hommes et les femmes peuvent se perfectionner… Vous êtes dans le secret de votre cœur devenue la reine selon le vœu des Français et ceux-ci ne peuvent pas le voir.

– C'est pourquoi je crains bien, mon ami, qu'à présent tous nos efforts ne restent vains.

Et, comme il demeurait silencieux, elle ajouta :

– Voyez-vous, j'y suis résignée !… Le malheur, au lieu de m'éloigner de Dieu, m'en a tout au contraire rapprochée... J'ai un pacte avec lui et je sais que, quoi qu'il arrive, il me soutiendra.

– Il y a ce secours, c'est vrai, reprit Blanchot, ému. Il y a aussi celui de la philosophie. Je vous porterai à mon prochain passage le traité de Sénèque, *Sur la constance du sage*.

Il ne voulut cependant pas la quitter sur une note aussi triste, aussi reprit-il un ton énergique, appuyant ses paroles d'un air de confiance :

– Oui, tout cela serait vraiment désespérant s'il n'y avait pas la possibilité que je viens de vous suggérer de rassembler les cœurs et de regagner votre popularité à l'occasion de cette guerre qui paraît inéluctable...

À ces mots, au lieu de s'éclairer, Marie-Antoinette devint plus songeuse encore.

– Pourquoi faut-il que ce soit au roi, le plus pacifique des hommes, que vienne à échoir ce fardeau ?... On ne peut pas lui demander indéfiniment d'être un héros quand il porte déjà au-dessus de la tête l'auréole du martyr.

Adèle vint chez les Roland pour la fête de l'Épiphanie. Manon avait remplacé le tirage des rois par celui du « plus chanceux des citoyens » ; le gâteau dans lequel se trouvait la fève – un petit bonnet phrygien de porcelaine – se présentait comme un gros massepain tout bosselé et sans forme. Là maîtresse de maison l'avait pétri elle-même, aidée de sa bonne Marguerite et d'une soubrette, mais sans cesser de leur faire, tout en malaxant la pâte, un cours sur les bienfaits de la liberté.

Adèle avait voyagé à cheval depuis Sèvres, ainsi qu'elle s'y était accoutumée, en tenue de cavalier : bottes, culotte de gros drap, veste fourrée de laine et tricorne rabattu sur les yeux. Elle avait préparé dans son bissac une robe blanche soigneusement pliée, des bas de soie venus de Londres, des escarpins de velours bleu et une étole de velours à franges accordée à la couleur de ses chaussures. Elle avait demandé à Manon en arrivant un coin pour se changer et celle-ci l'avait emmenée tout simplement dans sa chambre, restant près d'elle et profitant de ce moment où elle se préparait pour faire plus ample connaissance.

– Vous plairez à mon mari, lui dit-elle, à peine eurent-elles échangé quelques phrases. Il aime l'intelligence pratique, les raisonnements qui s'entrelacent sur la vue raisonnable et épurée des choses qu'ont ceux qui se vouent au labeur industriel... Son système est en effet que ceux qui savent faire aller les manufactures peuvent aussi se charger de l'État. Il voit la France comme une grande usine régie par des règles simples. Il appelle cela l'organisation sociale... Mais vous me plaisez également à moi, parce que vous êtes une artiste, que je suis moi-même la fille d'un graveur, et qu'à un moment de ma vie, avant mon mariage – ne voulant pas être purement et simplement à la charge d'un homme –, j'avais envisagé de gagner mon pain en dessinant.

– Le fait est, madame, que plus j'avance dans mon travail à Sèvres, plus je considère la Manufacture comme une petite république. Mais, à présent, cette république est en péril... Elle bouge et se fissure...

– C'est la rançon que nous devons tous payer à la liberté : ce qui nous paraissait immuable ne l'était souvent que du fait de la contrainte... L'esprit de l'homme est naturellement volatil et papillonnant. L'épanouissement des êtres dans la liberté va forcément de pair avec la mobilité des choses... La liberté n'est que zigzags et soubresauts, la tyrannie, pétrification.

– Savez-vous que je suis impressionnée de devoir parler de Sèvres devant vos invités ce soir ? Je ne l'avais fait jusque-là qu'avec Mirabeau : il avait son plan pour sauver Sèvres, mais il est mort...

— Nous, nous sommes bien vivants et nous comptons le rester longtemps... Nous serons treize, ce soir, et nous serons six femmes... Vous aurez déjà cinq alliées, car, c'est une particularité de ma maison, les femmes s'y soutiennent en tant que telles et font coalition lorsque les hommes se laissent entraîner à leur mauvais penchant de vouloir tout dominer... Car enfin, ma jolie, ne trouvez-vous pas que cette révolution fait une nouvelle fois la part trop belle à ces messieurs ?

— Peut-il en être autrement au point de balbutiement où nous sommes ?

— Je compte bien changer les choses et, d'ailleurs, j'y travaille. Nous avons notre mot à dire sur quantité de sujets qui nous touchent plus que les hommes : les enfants, le mariage et ses différents contrats qui enchaînent plus ou moins la femme ; le divorce qu'il faudra bien instituer un jour comme un contrepoison à certaines de ces unions qui nous rendent esclaves. Parmi ces sujets, il est aussi l'éducation des enfants puisque, enfin, qui sait mieux ce qui est nécessaire à un garçon ou à une fillette que celle qui a porté cet enfant dans ses entrailles ?

— Sur tous ces points je suis d'accord, concéda Adèle, mais la route sera longue...

— Raison de plus pour l'emprunter sans attendre !

La tablée, ce soir-là, était composée à souhait : que de la jeunesse ! Que de la gaieté ! Manon avait réussi le tour de force, depuis la convocation de la nouvelle Assemblée législative, d'avoir renouvelé son ancienne société en la métissant des plus remarquables parmi les nouveaux députés arrivés de province. Roland se tenait à son habitude, tel un patriarche, en bout de table, quittant par instants sa mine sévère pour se donner auprès de tous ces jeunes gens des allures de protecteur. Il y avait, ce soir-là, outre Paul, Luc Antoine Champagneux, fondateur du *Courrier de Lyon*, Valady, François Léonard

Buzot, Bosc d'Antic, Brissot de Warville ; et, quant aux dames, les sœurs Canet, amies de collège de Manon, une comédienne, Mlle Contat aînée, et Armande de Spare, une affidée de la Confédération universelle des amis de la vérité. À l'autre extrémité de la tablée, face à Roland, Mme Dodun était seule à lui faire, par l'âge, une manière de pendant. Riche veuve d'un fermier général, elle s'était enthousiasmée pour les idées du moment au point d'héberger dans son bel hôtel particulier de la place Vendôme deux des jeunes députés de la Gironde – Pierre Vergniaud et Jean-François Ducos – et de donner chez elle des soupers patriotiques dont l'opulence devait bientôt faire naître chez Manon une certaine jalousie.

– Alors, mademoiselle de Sèvres, lança Roland, j'ai lu votre petit rapport : c'est un modèle de précision, de concision et d'intelligence, tout à fait digne de figurer dans mon *Dictionnaire des manufactures, arts et métiers*.

– Vous voyez que les femmes sont parfois capables de vous étonner ! persifla Manon.

– Oui, s'obstina Roland, surtout lorsqu'elles se mêlent de parler justement et pertinemment de problèmes d'industrie et de technique comme l'a fait Mlle Masson.

– Mazette ! En voilà un compliment ! s'amusa encore Manon.

– C'en est un, en effet !

– Eh bien, ma chère, reprit-elle à l'adresse d'Adèle, vous pouvez vous en croire... Le juge suprême des techniques vous admet dans son cénacle.

– Toutefois... dit Roland, qui était un maître exigeant.

– Ce toutefois n'est que de style, rassura la maîtresse de maison.

– Oui... toutefois, vous ne me dites pas ce qu'il faudrait injecter actuellement comme argent pour remettre la Manufacture sur pied, ni ce que vous comptez faire avec les cent deux ouvriers qui vous restent à occuper en ce début d'année 1792. Quelle production ? Quelle clientèle ? Quels efforts entreprendre – et avec en plus le risque d'une guerre qui se profile – pour continuer de commercer avec l'étranger ?

– C'est évidemment la partie périlleuse, concéda Adèle, celle où il faut se projeter dans un avenir incertain... Je vous répondrai avec les éléments en ma possession : le déficit actuel est de 375 000 livres dont la moitié est garantie de façon plus ou moins aléatoire par des ventes faites et non payées, ainsi que par des stocks non vendus et pour une grande part invendables, mais, enfin, qui existent... Il faudrait pouvoir trouver 275 000 livres d'argent frais pour faire repartir la machine.

– Oui, trouver des patriotes, des risque-tout, estima Roland, songeur.

– Peut-être aussi tout simplement des amateurs de porcelaine, objecta Valady. J'ai connu des gens qui autrefois auraient fait des folies pour un service à thé ou à chocolat...

– Valady, ironisa Brissot, tu es un partisan des idées nouvelles mais tu regardes encore les choses avec les yeux que tu avais à Trianon lorsque tu t'amusais avec la reine à peigner ses moutons. Tes amateurs de porcelaine ne sont plus en France, ils ont émigré... Le sais-tu seulement ?

– Admettons que nous trouvions ces 275 000 livres, reprit Roland qui poursuivait son raisonnement, à quoi cela servirait-il ?

– À payer en partie les ouvriers auxquels on doit actuellement 140 000 livres, à verser des acomptes aux fournisseurs qui ne livreront plus rien si on les fait encore attendre... Il faudrait aussi mettre de côté une somme conséquente pour un développement...

– Et qu'en feriez-vous, mon enfant ?

– J'installerais un magasin, rue Saint-Honoré, près de l'Assemblée nationale, où se débiteraient des articles destinés à messieurs les députés et surtout aux visiteurs qui viennent à Paris assister aux séances du Manège… On y écoulerait les productions ordinaires mais aussi des articles de fantaisie liés à l'actualité : des petites Bastille, des tables des Droits de l'homme, des bustes de nos héros… de ces petites cocardes dont j'ai eu l'idée qu'on place à la boutonnière et que l'on vend 1 franc.

– Des guillotines de porcelaine, hasarda Bosc d'Antic qui ne reculait jamais devant une mauvaise plaisanterie.

Il fut fusillé du regard par Manon que l'on avait accusée autrefois, lorsqu'elle vivait à Amiens, de ne pas lui avoir été toujours cruelle.

– Tes guillotines, Bosc, sont le signe le plus visible que l'homme n'est pas adulte !

Pendant ce temps, Roland réfléchissait. Il développait son fameux raisonnement ascendant et descendant : une rude montée encombrée de l'accumulation de toutes sortes d'inconvénients, puis, après une courte pause, reprenant son souffle, une espèce de longue descente, presque joyeuse et bondissante, dans laquelle il énumérait toutes sortes d'avantages et de solutions.

– L'idée n'est pas mauvaise ! conclut-il. Aujourd'hui, il faut aller à Sèvres pour acheter vos productions, et dans cette Révolution où tout se fait de plus en plus précipitamment, les gens se découragent à l'idée de faire même un si petit voyage.

– Une boutique, quelle idée charmante, estima Buzot. Surtout si Mlle Masson s'en fait la boutiquière !

François Buzot était, depuis peu, l'un des ornements du salon de Manon. Elle avait pour lui toutes les attentions. On le disait, dans ce cercle où les hommes étaient peu ou prou amoureux de la maîtresse de maison, le plus favorisé entre tous, pourtant personne n'aurait su en apporter la preuve. Car la mère d'Eudora, même si l'arrivée du beau François, avec son teint frais, son œil noir, sa crinière de lion, sa voix de bronze, l'avait profondément secouée, restait fidèle à ce qu'elle avait écrit jeune fille :

« Si l'amour me prenait par les yeux, je mourrai de honte avant de lui céder. » Elle n'avait pas cédé ; elle n'était pas morte. Elle avait signé avec l'austère Roland un pacte de fer : elle se laissait la liberté d'entraîner les cœurs, de les captiver pour qu'ils se surpassent, de les charmer même pour les encourager, mais sa fidélité n'irait jamais qu'à son vieux mari.

Autre signe de modernité : après le repas frugal – ce soir-là, des œufs en salade et des saucisses aux haricots –, on se levait pour aller au salon boire un alcool ou prendre un café. Les hôtes pouvaient alors quitter leurs dures chaises de bois pour aller s'enfoncer dans les moelleuses bergères et fauteuils disposés en cercle.

Manon avait placé Adèle, l'héroïne de la soirée, juste en face d'elle, et Valady, qui depuis un moment ne la quittait plus des yeux, s'était habilement glissé à côté d'elle.

– Mademoiselle, tout comme mon ami Buzot, je trouve cette idée de boutique plaisante... Serait-il permis à un homme, qui pour le moment n'a que des occupations futiles, de rêver d'être un jour votre commis ou votre caissier ?

– Comment, monsieur, vous êtes marquis, jeune, intelligent, fortuné et vous voudriez être au comptoir !

– Oh ! J'ai vingt-six ans à peine et j'ai fait jusque-là quantité de choses qui ne m'ont mené à rien. Je n'ai plus d'ouvrage, mais j'ai encore des passions et des illusions... La fréquentation du Muséum est le premier de mes nobles passe-temps... Et vous, vous peignez, m'a dit votre frère ?

– Des oiseaux... Mais je ne les ai jamais représentés en cage... Ils sont toujours en liberté, voletant, picorant, pépiant...

– Ce doit être charmant !

– Cela l'est en effet, mais cette partie si délicate de notre art est celle qui aujourd'hui, à Sèvres, ne fait pas florès… Les gens pensent à des choses plus graves : les émeutes, la guerre… Franchement, qu'auraient-ils à faire des oiseaux ?

– Moi, mademoiselle, je viendrai un de ces matins vous en acheter quelques-uns… Je suis depuis peu redevenu garçon… Ma femme, ma charmante femme que j'estime toujours, n'aimait pas assez cette Révolution pour que nous puissions envisager de continuer à vivre plus longtemps ensemble. Me voici donc obligé de remonter mon ménage !

Il ne se passa pas trois jours avant que Valady n'accomplisse sa promesse. Ce jeune homme qui était entré dans le mouvement politique avec enthousiasme, mais sans quitter tout de suite ses perruques poudrées et ses gilets de soie brodée, avait gardé de ses goûts anciens d'opulence et de son anglomanie un tilbury à la caisse d'osier tressé et aux fines roues de bois clair, marquetées d'incrustations d'ébène. Cet équipage attelé de deux chevaux blancs était fameux dans Paris et il fit sensation lorsqu'il entra à Sèvres, dans la cour du logis du roi.

Les petits peintres des étages, nourris presque exclusivement de ce pain noir qui ne rembourre pas les côtes, s'étaient mis aux fenêtres et les avaient ouvertes malgré la froidure du mois de janvier. Ils rivalisaient de quolibets.

– Coquin ! Tu as vu ça, des chevaux de Paris qui ont encore du picotin à manger !

– Ventre de biche ! Un aristocrate qui n'est pas à l'armée des princes !

– En tout cas, c'est peut-être un client… Ne lui faisons pas peur !

Valady avait sauté lestement par-dessus le marchepied, lançant sans prévenir ses longues guides de cuir au jeune morveux en tablier qui s'occupait des chevaux du directeur : il est ainsi des habitudes de grand seigneur dont on ne peut pas se corriger.

Comme le logis du roi était fermé depuis maintenant trois ans qu'il n'avait plus reçu aucune visite de ses maîtres, il contourna le bâtiment, le longeant à pied, pour se présenter à la porte principale où, sans broncher, il souscrivit à toutes les formalités imposées aux visiteurs : déclinaison de son nom, aussitôt couché sur un registre, puis paraphe de celui-ci. Un huissier l'accompagna ensuite jusqu'à la salle d'exposition par ce fameux escalier surnommé « grille aux phallus ».

– Mlle Masson attend ma visite, dit-il en entrant dans la salle.

Là, se trouvaient deux autres visiteurs : un couple de bourgeois bien nippés, parlant fort, dont l'intention était visiblement plus d'admirer que d'acquérir.

Valady, qui n'avait pas de problème de vue mais qui avait rapporté d'Angleterre l'affectation d'user de jumelles montées en face-à-main, s'appliqua avec cet instrument à détailler une par une les pièces exposées dans les vitrines. Il y avait là, à titre de modèle des plus belles productions de la Manufacture, une soupière du service des Asturies offert par Louis XV à sa petite-fille Marie Louise de Parme lors de son mariage avec l'héritier du trône d'Espagne et aussi deux tasses litron et leurs soucoupes, copiées du grand service que Catherine II avait commandé en 1776 et dont on attendait toujours plus des trois quarts du règlement.

Il était penché, examinant le détail du monogramme impérial gravé à l'or, lorsqu'il vit dans le reflet de la vitrine la grande porte s'ouvrir et Adèle paraître, essoufflée. Elle était à ravir, avec ce rose que sa course dans les couloirs avait fait monter à ses joues : une robe blanche fluide et légère, une ceinture de soie bleu pâle et des cheveux relevés par un nœud de mousseline accordé à la couleur de sa ceinture, ainsi qu'elle s'était accoutumée à le faire depuis que Mirabeau lui avait dit qu'il en trouvait la mode charmante.

Ses doigts étaient tachés de peinture bleue ; ce fut la première chose que remarqua le visiteur lorsqu'il lui prit la main pour la serrer.

– Je vous surprends en plein travail... Et ces marques à votre annulaire, quel goût exquis ! Elles s'accordent à l'azur de ces soieries.

Elle eut la coquetterie de vouloir retirer sa main.

– Oh ! marquis, j'aurais dû mettre du térébinthe pour faire disparaître cela... Mais j'ai remarqué une chose curieuse, plus mes doigts sont maculés, mieux je travaille !

– Il me tarde de voir vos oiseaux, car ceux qui sont exposés ici ne volettent guère et me paraissent bien sages.

– Oui, ce sont de vieux moineaux... Ils ne sont pas de moi, mais de M. Thiriot, qui fut longtemps ici le peintre de l'oisellerie...

– Cela me conforte dans l'idée qu'il n'y a que les anges pour peindre les merveilles du ciel !

– Je suis trop nouvelle ici pour avoir l'honneur des vitrines... Mais suivez-moi dans mon atelier, vous y verrez des moineaux qui ne sont faits encore qu'à demi mais qui sont près de prendre leur envol... Ensuite, si vous avez du temps, je vous laisserai avec mon parrain, M. Hannong, qui vous fera visiter la partie sérieuse, la partie technique de la fabrique...

– Comme je vous l'ai dit, j'étais un homme autrefois occupé, devenu par les hasards des événements un homme désœuvré... C'est vous, mademoiselle, dont je ne veux pas accaparer le temps.

– Ne suis-je pas là pour vendre ? répondit-elle effrontément. D'ailleurs, ne m'avez-vous pas promis d'acheter quelque chose ?

– Mais si, mais si, je suis venu pour cela ! protesta-t-il.

Il partit d'un grand rire et sortit sa bourse d'une poche de son gilet, faisant entendre le tintement de l'or.

Elle le fit ressortir sur le palier du grand escalier puis ouvrit une porte dont elle avait la clé qui permettait de passer directement dans les ateliers : toujours à Sèvres cette manie du secret, même en ce début de l'année 1792, alors qu'il n'y avait pas eu depuis des mois de tours de main ou de secrets de chimie nouveaux à protéger vraiment.

Dans l'atelier de peinture animale, envahi d'une grande lumière blanche d'hiver, où ils pénétrèrent tout d'abord, ce qui frappait d'entrée était le silence : les trois quarts des bancs des peintres étaient vides et débarrassés de leurs outils et les trois garçons qui avaient survécu aux coupes claires pratiquées par M. Régnier dans les effectifs de l'« oisellerie » s'étaient regroupés pour se sentir moins seuls autour d'une grande table qu'ils avaient poussée devant une fenêtre.

Elle amena son visiteur jusque dans sa cage vitrée, au milieu de l'atelier.

– Là aussi, ce sont de vieux oiseaux, mais ils sont de ma main : ce sont les premiers que j'ai faits en arrivant ici, lui dit-elle en lui montrant quelques essais accrochés les uns au-dessus des autres aux bâtis de bois de cette verrière.

Valady ne put se retenir d'ajuster sa petite lunette, elle s'esclaffa.

– Vous vérifiez si je n'ai pas « bavé » ?

– Non, non ! protesta-t-il. J'admire, tout au contraire, l'œil vif, le bec hardi, la délicatesse des pattes de ce moineau...

– Une mésange, rectifia-t-elle. La collerette blanche, le bec noir, la forme ramassée : une vraie boule de duvet !

Elle lui montra ensuite des dessins de sa main, sur papier et sur calque, des ébauches en couleurs tracées à la va-vite sur des éclats de porcelaine et c'est ce qu'il admira le plus et, cette fois, sans nécessité de braquer de nouveau sa petite lunette.

– Charmant ! Vraiment charmant !

Ce n'était qu'une tête d'oiseau qui se perdait dans la blancheur d'un morceau de biscuit pas plus gros qu'un écu d'argent. Il l'examina longuement et se mit à le caresser de ses doigts fins.

– Oh ! J'ai rarement vu quelque chose qui fût capable de me toucher autant… Vraiment !

Elle le conduisit alors vers l'armoire où se trouvaient les pièces finies et il y choisit un service à café aux poules de Guinée pour 275 livres, une « marronnière » avec un coq, pour 290 livres, et surtout, pour 545 livres, un service à moka de douze petites assiettes sur un plateau à décor de fauvettes et de rouges-gorges. Il paya sans discuter, directement à Adèle, en pièces d'or. Et tandis qu'un magasinier venait empaqueter le tout dans des clayettes de bois avec de la paille et du papier crépon, il ressortit comme par magie entre l'annulaire et l'index l'essai de biscuit qui n'avait pas quitté le creux de sa main.

– Les commerçants avisés ont coutume de faire des cadeaux à leurs acheteurs, cela pourrait-il être ma petite prime ? fit-il avec un peu d'audace dans le ton.

– Mais bien sûr, rougit-elle, c'est vraiment si peu de chose.

– Eh bien, détrompez-vous ! Ce tesson barbouillé de quelques traits de couleur m'a fait éprouver plus d'émotion que tout ce que j'ai vu de merveilleux depuis que je suis entré ici.

Il s'inclina, puis effleura de ses lèvres le bout des doigts d'Adèle avant de suivre les deux valets de la Manufacture qui descendaient ses paquets jusque dans son tilbury. Il affecta de ne jamais se retourner, la laissant interdite et en proie à d'étranges pensées.

Le soir même, à Paris, il alla chez Mignot, un joaillier de la rue Saint-Honoré, et lui fit percer ce tesson pour le passer dans un lacet de cuir qu'il glissa sous sa chemise.

Manon Roland, dans le courant de ce mois de janvier 1792, avait repris à peu près toutes les habitudes d'avant son dernier voyage en Beaujolais et pourtant, sentant qu'elle n'avait pas tout à fait ressaisi son empire, elle éprouvait déjà ce retour dans la capitale comme une suite de désillusions.

Elle s'échappait dans les songes bizarres où la poussait sa boulimie d'action. Depuis quelque temps par exemple – comme Mirabeau quelques mois auparavant –, sidérant ses visiteurs, elle appelait de ses vœux une vraie guerre civile, «cette grande école de vertus publiques». Elle en faisait tant, elle semblait quelquefois si extravagante que, pour la première fois, Roland parut se détourner d'elle. Il continuait son *Dictionnaire des manufactures* avec l'aide d'une amie d'enfance de Manon, Sophie Grandchamp, jeune femme lancée dans le milieu de la librairie et qui venait d'obtenir du fameux libraire Panckoucke qu'il confie à Roland, à partir du prochain 1er juillet, la direction d'un nouveau journal, le *Journal des arts*. Le 15 février, il était entré au Comité de correspondance des Jacobins où il avait été chargé des relations avec les filiales du club dans toute la France. Manon y avait trouvé pendant quelques jours un exutoire : elle avait délaissé sa correspondance avec ses amis pour s'attacher à entretenir la flamme révolutionnaire des patriotes de province. Pourtant, là encore, cela n'avait été qu'un feu de paille : sa mélancolie, son impatience d'être dans une fonction exécutive reprenaient le dessus et la laissaient pendant des heures prostrée dans un coin de sa chambre.

Adèle revint chez Manon le 10 mars, au bras de Valady – puisqu'en effet ces deux-là dont les yeux s'étaient rencontrés dès le premier jour s'étaient revus ; et que les pas du marquis, ou tout du moins sa voiture, dans ce moment de l'année où les cœurs inclinaient à la passion, le conduisait depuis peu tous les soirs du côté de Sèvres.

Ils avaient trouvé Manon dans cet étrange état où, en une minute, se succédaient chez elle l'excitation et l'abattement.

– Vous me comprendrez, vous qui avez une activité, lui avait-elle dit, mon mari voudrait me réduire au rôle de copiste. Cela ne m'intéresse plus... Je ne veux même plus être spectatrice comme je l'ai été trop longtemps... J'ai cessé d'aller aux séances du Manège ou dans les clubs ; je ne suis plus qu'à la Société fraternelle des deux sexes parce que j'y rencontre des femmes aussi malheureuses que moi... Je veux être de quelque chose et, par cette prescience que j'ai toujours eue des événements tristes ou heureux, je sais que ce temps approche...

Valady, lui-même souvent mélancolique, s'entendit à trouver les mots pour la toucher.

– Je n'en doute pas, chère Manon, vous avez l'âme suffisamment vaste pour répondre aux exigences d'un temps qui n'a que faire des caractères ordinaires...

– Par où viendra cette lumière ? Est-ce par moi, si je fais quelque chose de grand ?... Me faudra-t-il pour cela commettre un crime comme de poignarder ce monstre de Robespierre qui depuis que je suis revenue à Paris n'a pas daigné reparaître ici ? Me faudra-t-il fonder un journal ? Gagner à la loterie pour pouvoir, comme cette grosse Mme Dodun, donner des réceptions ?

Elle se mit soudain à sourire mystérieusement et elle poursuivit :

– Je ne l'ai pas dit encore au bonhomme Roland, mais j'ai loué un appartement... Un logis clair et gai, rue de la

Harpe. J'y ai jeté mes dernières économies ! J'étouffe ici, et de plus mes amis répugnent à monter les trois étages de l'escalier sordide de cet hôtel...

– C'est vous qu'ils viennent voir, Manon, protesta Adèle à qui dès le premier soir son hôtesse avait donné l'autorisation de l'appeler par son petit nom. D'ailleurs, tous les jeunes députés brûlent d'impatience d'être reçus chez vous...

– Oui, je suis comme la vieille idole au fond d'un temple.

– Non pas ! Une inspiratrice ! Un modèle !

– Après tout, oui, je sais écrire. J'ai un don pour fédérer les énergies... J'aurai bientôt plus d'influence que ce pauvre Roland qui reste enfermé tout le jour dans sa chambre avec Mme Grandchamp pour remplir des fiches et rédiger des articles.

Pour une fois, Manon se trompait, car c'est son vieux et trop sérieux mari qui allait la remettre sous les feux de la rampe et la porter jusqu'à ce firmament de la politique dont elle rêvait.

Le 24 mars 1792, en effet, à la surprise générale, Roland fut nommé ministre de l'Intérieur. C'était le résultat d'obscures combinaisons et de l'alliance quasi monstrueuse que le roi – par un machiavélisme dont il n'avait plus la maîtrise – prétendait nouer avec la gauche de l'Assemblée pour contrarier le parti majoritaire et tranquille – celui des Feuillants et de la Plaine – qui ne lui réclamait pourtant que la stricte application de la Constitution.

Brissot s'opposait à tous ceux qui prétendaient la Révolution fixée dans ses principes et donc terminée. Il discernait trois périls qui commandaient la plus prompte riposte : les prêtres réfractaires, prêts à entraîner les foules dans la désobéissance, les émigrés massés de l'autre côté des frontières, enfin la menace d'une invasion étrangère, très réelle depuis qu'en août 1791, à Pillnitz, en Saxe, l'empereur et le roi de Prusse s'étaient entendus pour s'opposer aux événements de France. Il avait un plan pour contrecarrer ces deux derniers périls : sommer les souverains étrangers de chasser les émigrés français de leurs territoires et contraindre le roi à prendre sur ce sujet une position publique. Pour lui, la guerre paraissait inévitable.

Louis XVI s'était déterminé sur tous ces sujets, en accord avec son ministre de la Guerre, Narbonne, l'amant de Mme de Staël : il avait opposé son veto aux mesures contre les prêtres réfractaires, mais, le 14 décembre 1791, il s'était prononcé clairement pour la guerre, la limitant aux petits princes dont les États se trouvaient limitrophes du royaume et qui refuseraient de chasser les émigrés de leur territoire. C'était une position prudente qui tendait à ne pas attaquer de front l'empereur ni le roi de Prusse. On le soupçonnait de toutes parts de ne s'être prononcé pour la guerre qu'avec l'espoir secret qu'une défaite de l'armée française arrêterait la Révolution et le rétablirait dans son ancien pouvoir.

Les Feuillants et surtout Barnave, l'ancien stentor des États généraux – devenu le serviteur secret de Marie-Antoinette depuis qu'il lui avait promis son aide dans les jardins de l'évêché de Meaux, au retour de Varennes –, plaidaient quant à eux pour la paix, en accord avec le ministre des Affaires étrangères, Valdec de Lessart. La Fayette, comme Narbonne, soutenait au contraire l'idée d'une guerre courte et fulgurante contre les princes du Rhin afin d'asseoir le prestige de la monarchie constitutionnelle. Pourtant, à gauche, Robespierre aussi voulait la paix : son idée plus radicale était que les pires périls qui menaçaient la France ne résidaient pas à l'étranger mais aux Tuileries.

Brissot, favorisé entre-temps par l'éviction de Narbonne, obtenue par Marie-Antoinette qui détestait

Mme de Staël, parvint à jouer finement. Avec une effrayante mauvaise foi, par un réquisitoire prononcé à la tribune de l'Assemblée, il accusa Valdec de Lessart d'avoir envoyé une dépêche à son collègue autrichien, Kaunitz, pour tenter de préserver la paix. Le ministre n'avait fait là que son devoir mais, par la violence de son attaque, Brissot montrait au roi que, s'il lui était loisible selon la Constitution de choisir des ministres à son gré, il importait désormais qu'ils aient la confiance de l'Assemblée. Le jeune député Vergniaud appuya ce discours, plus violemment encore, montrant d'un doigt vindicatif, au travers des verrières de la salle du Manège, le dôme des Tuileries.

Les amis de Manon l'avaient emporté, ils étaient maîtres de constituer le nouveau ministère. Louis XVI tenta bien de les prendre de vitesse en nommant Dumouriez aux Affaires étrangères, en remplacement de Valdec ; c'était un choix habile, car ce général était un homme en demi-teintes, incertain, virulent à la tribune du club des Jacobins, le soir, après qu'au matin il se fut répandu en révérences devant la reine, l'assurant, comme Mirabeau autrefois, qu'il souffrait de la voir malheureuse. La suite allait se charger de démontrer que ce brillant stratège était un homme du double jeu : Dumouriez, devenu l'homme fort du ministère par le choix du roi, pourvut aux autres postes en accord avec Brissot et ses amis : l'insipide chevalier de La Grave fut appelé à la Guerre, l'ami Clavière aux Finances, Lacoste à la Marine. Restait l'Intérieur pour lequel Lanthenas souffla immédiatement le nom de Roland. Brissot hésita deux jours, car il avait en tête Collot d'Herbois ou de Dietrich. Il se méfiait de « la raideur de caractère de Roland » ; pourtant il se détermina en sa faveur, mais ce fut en songeant plus à sa remarquable femme qu'à lui.

Tout changea dans la seconde pour Manon. Le soir même de la nomination de Roland, sa logeuse, qui l'avait reléguée au troisième étage de son établissement et qui se méfiait au point d'exiger ses loyers d'avance, vint avec un bouquet de fleurs lui proposer de reprendre l'étage noble. Elle la toisa :

— Savez-vous bien, madame, que les ministres résident dans des ministères qui sont les anciens palais des princes ?

Elle ne croyait pas si bien dire en parlant ainsi de la résidence du ministre de l'Intérieur avant même de l'avoir vue. Il s'agissait de l'ancien siège du Contrôle général des Finances, à Paris, installé somptueusement, rue Croix-des-Petits-Champs, dans le voisinage du Palais-Royal. Ce nouveau ministère, dit de l'Intérieur, appelé à perdurer n'avait que cinq mois d'existence et n'avait eu jusque-là que trois titulaires, marquis ou comtes : Saint-Priest, Valdec de Lessart, Cahier de Gerville. Il rassemblait dans son domaine de compétences ce qu'avait été longtemps l'ancien secrétariat de la Maison du roi, chargé principalement de la police, et il avait repris aussi tout ce que l'ancien Contrôle général depuis Colbert avait usurpé en dehors des finances : les relations avec les provinces – devenues quatre-vingt-trois départements – et avec les municipalités ; les Ponts et Chaussées, les Postes, l'agriculture, le commerce et l'industrie, les hôpitaux, les cultes, les beaux-arts et, en particulier, les manufactures royales. Ses compétences étaient donc considérablement étendues.

Les Roland, passés en un clin d'œil de leur troisième étage, bas de plafond, de l'hôtel Britannique, aux ors rutilants du pouvoir, parurent ne rien vouloir changer à leurs habitudes. Lui, surtout, toujours aussi froid et peu disert, ne quittant ni son habit gris ni ses gros souliers sans boucles. Sitôt arrivé dans son nouveau bureau, il alla s'enfermer, sans presque saluer ses quelque trois cents collaborateurs qui s'étaient rassemblés dans la cour pour l'accueillir, leur inspirant par cette manière de retranchement, et sans même s'en rendre compte, de la défiance et de la crainte. Quant à elle, elle parut peu après, venant à pied depuis la rive gauche de la Seine, tenant Eudora par la main, suivie de trois pousseurs de carrioles qui portaient son maigre bagage, donnant aux huissiers et aux chefs de service, accoutumés à la pompe des cabinets, une première image peu conforme à leurs attentes.

Roland retrouvait là, sous ses ordres, des hommes qui – placés jusqu'à peu au-dessus de lui – lui avaient mené la vie dure, en particulier les directeurs de service Blondel et Tolozan. Ces derniers s'attendaient au pire, or rien n'était plus étranger à l'ancien inspecteur des manufactures d'Amiens et de Villefranche que l'idée de prendre une revanche. Il avait la sagesse des hommes vertueux, il n'avait en tête que la réussite de sa mission : il songeait avant tout à donner corps par ses actes et par ses décisions aux rêves de perfection industrielle et technique qu'il avait autrefois poursuivis dans ses écrits et ses réflexions avec ses amis. Pour cette raison, sachant parfaitement qu'il serait critiqué, il prit pour première décision d'appeler près de lui quelques-uns de ses proches ; c'est ainsi que Bosc d'Antic se vit nommé à l'une des quatre charges d'administrateurs des Postes.

L'exercice des trois conseils des ministres hebdomadaires, au palais des Tuileries, en présence de Louis XVI ne le troubla même pas. Il s'y présenta pour la première fois le 26 mars 1792, suscitant l'effarement de l'huissier qui se trouvait dans l'antichambre.

– Eh, quoi ! Monsieur, pas de boucles à vos souliers !

Le nouveau ministre, conservant un air impavide, ne répondit même pas et ce fut son collègue Dumouriez qui, survenant au même instant, prit le parti d'en rire :

– Alors ! Sans boucles, tout est perdu !

Louis XVI le surprit d'abord agréablement parce qu'il connaissait ses dossiers et affectait un air de bonhomie ; il faisait, lorsqu'il entrait en séance, le tour complet de la table ministérielle, serrant les mains et s'efforçant de trouver un mot aimable pour chacun. Pourtant, très vite – au bout de sept ou huit séances –, le monarque lui devint suspect par la manière qu'il avait de fuir la discussion, de s'échapper en de longues incidentes sur les mœurs ou sur l'agriculture qui n'avaient pour but que de noyer les débats ; de s'en échapper même en affectant de lire les gazettes anglaises tandis que se poursuivaient les discussions.

Fin avril, Roland s'était déjà ancré dans l'idée que « le conseil royal n'était qu'un café où l'on s'amusait à des bavardages ». Son honnêteté intellectuelle allait le rendre méfiant à l'égard de Louis XVI et des plus désireux de réexaminer la « fiction royale » qui prévalait depuis neuf mois – depuis la « désillusion » de Varennes.

Manon avait tout de suite pris ses aises rue Croix-des-Petits-Champs. Elle avait réaménagé l'appartement de Mme Cahier de Gerville, la précédente femme de ministre, avec le souci du plus extrême dépouillement, faisant en particulier descendre dans les caves la plus grosse partie des meubles d'apparat dorés. Les lourds brocarts du petit salon, avec son avancée en rotonde, qui avait reçu sa préférence parce qu'il donnait sur le jardin planté de tilleuls, avaient été remplacés par de simples toiles écrues sans galons ni embrasses. Elle avait installé là son nouveau « parloir » : deux cercles d'une dizaine de chaises, rangées autour de deux guéridons sur lesquels se servait toujours la même simple eau sucrée qui avait fait tout le régal des soirées de l'hôtel Britannique.

Ce salon en rotonde, du fait des fonctions nouvelles du mari de Manon, allait très vite devenir le principal rendez-vous politique de Paris.

Robespierre et Brissot étaient comme chien et chat, comme l'eau et le feu, incompatibles et à jamais irréconciliables. Brissot avait tenté de reprendre la main sur les Jacobins. Il avait réussi son coup jusqu'à devenir ministre ; tout cela, la « chandelle d'Arras » ne le lui pardonnait pas.

La guerre aux frontières se préparait : le gouvernement était d'accord là-dessus avec le roi et, pour bien se démarquer, Robespierre avait trouvé le moyen de contrecarrer cette entente en se proclamant pacifiste. Le 26 mars déjà, au club des Jacobins sur lequel il recommençait peu à peu à reprendre l'ascendant, au lendemain de l'entrée de Roland au ministère, un vif incident l'avait opposé à Guadet qui parlait au nom de Brissot. Manon avait été pressentie pour recoller les morceaux : elle avait invité Robespierre chez elle, au ministère, à souper en tête à tête, puis elle l'avait revu début avril. Elle avait plaidé pour ses amis « dont la passion dominante était celle de l'intérêt général dépouillé de toute vue personnelle ou ambition cachée ». Contrairement à ce qu'elle espérait, Robespierre s'était cabré et, même, avait élevé la voix, lui lançant en pleine face : « Quiconque pense différemment de moi sur l'idée de guerre est un mauvais citoyen ! »

Malgré l'opposition de l'ancien député d'Arras, la guerre avait été déclarée.

Louis XVI était venu l'annoncer lui-même à l'Assemblée, occupant pour la première fois ce fauteuil qui le mettait à la même hauteur que le président de séance. Robespierre – privé du droit de siéger à la Législative de son seul fait, pour avoir refusé de voir renouveler le mandat des précédents Constituants – avait, le soir même, dénoncé aux Jacobins les partisans de la guerre comme « des intrigants et des ennemis de la Constitution ». Deux jours plus tard, Guadet lui avait répondu violemment. Cette question de l'entrée en guerre marquait véritablement le début de la lutte à mort entre les deux factions : cette poignée d'hommes réunis autour de l'ancien député d'Arras qui voulaient la paix et les amis de Manon – brissotins, rolandistes, mais dénommés de plus en plus couramment Girondins à cause de la fougue des jeunes députés de ce département – qui pensaient que l'on raffermirait la Révolution par des succès militaires.

Malheureusement, les premiers engagements de l'armée française, dirigée selon le plan de Dumouriez en direction de la Flandre – possession des Habsbourg – avaient tourné en quelques jours à la débandade et au désastre : la division de Rochambeau enfoncée par les Autrichiens ; Biron, contraint, le 30 avril, d'ordonner la retraite devant Mons ; La Fayette, enfin, interrompant sa marche sur Liège. Robespierre avait beau jeu de dénoncer des traîtres parmi les officiers aristocrates de l'armée royale : la promenade militaire et les succès rapides dont avaient rêvé le roi et les Girondins n'étaient pas au rendez-vous.

Le 18 mai, Rochambeau, La Fayette et Luckner, les trois chefs des opérations, avaient informé Dumouriez, le commandant en chef, que « l'état d'impréparation » des troupes empêchait toute poursuite de l'offensive. Le nouveau ministre de la Guerre, de La Grave, avait dû démissionner ; et c'est Manon qui avait soufflé le nom de son ami Joseph Servan pour le remplacer, choix que Louis XVI avait ratifié.

Brissot avait déjà manqué son coup : la guerre n'allait être ni le ciment de la Révolution ni le signal du triomphe des Girondins. Le voile opaque et gris du soupçon s'étendait sur ces hommes qui, hier encore, partageaient le même enthousiasme. Pire, à l'intérieur du groupe jusque-là soudé des amis de Manon, les opinions divergeaient : Roland, Clavière, Servan, Brissot étaient partisans de la manière forte à l'égard des officiers qui marquaient le pas face à l'ennemi et également de l'affrontement avec le roi ; face à eux, autour de Dumouriez, du ministre de la Marine, Lacoste, et du ministre de la Justice, Duranthon, se regroupaient ceux qui restaient partisans de temporiser avec les Tuileries et de ménager les chefs militaires.

Le fait déterminant, qui n'était au départ qu'un simple détail – mais les hasards de l'Histoire sont souvent le produit de la sommation de détails heureux et malheureux –, fut l'affaire du procès-verbal du conseil des ministres : ceux qui voulaient affronter le roi en réclamaient l'établissement ; le monarque et ses partisans s'y opposaient, arguant de la nécessaire confidentialité des débats.

Les tenants de la nécessité du procès-verbal ayant rompu avec les Tuileries, Dumouriez refusa à Roland les fonds secrets qu'il lui réclamait afin de fonder un journal qui servirait la cause de la Gironde. C'était, cette fois encore, une idée de Manon. Elle comptait avec cette publication contrer Robespierre sur son propre terrain ; aller même plus loin que lui, en ne se contentant pas de dénoncer la traîtrise des généraux mais en mettant directement en cause la reine et ce que l'on appelait, dans le salon de la rue Croix-des-Petits-Champs, son « comité autrichien ».

Valady était des habitués de ces dîners du ministère, assombris aux premiers jours de mai 1792 par les annonces de défaites ou de déroutes qui parvenaient tous les jours de Belgique.

Manon avait fixé ses temps de réception, comme les « salonnières » ou les duchesses d'autrefois : tous les lundis et jeudis à 7 heures. Ces réunions se constituaient autour de quelques fidèles : Clavière, Servan, Buzot, Guadet, Lanthenas – qui depuis peu servait de secrétaire particulier à Roland –, Gensonné, Champagneux, Isnard ; un cercle que Manon complétait chaque fois par un ou deux de ceux qu'elle regardait comme les héros du moment. Elle était têtue et son idée restait celle d'un journal qui propagerait les idées de ses amis.

Valady et Adèle se trouvaient souvent chez elle, réunis en bout de table, partageant une chère toujours aussi improbable que quelques mois auparavant, rue Guénégaud, « une nourriture de Romaine », appuyait invariablement la maîtresse de maison lorsqu'elle surprenait la mine déçue d'un de ses convives. Valady était l'un des seuls à ne pas s'en plaindre car – c'était une autre de ses étrangetés – il ne mangeait plus que des herbes depuis qu'à Londres le philosophe Pigott l'avait converti à la discipline des végétariens.

Au cours de l'une de ces soirées de printemps où elle était apparue enjouée et triomphante, Manon étendit soudain le bras, réclamant d'un geste large le silence.

– Je l'ai, mon journal !... Il s'appellera *La Sentinelle*, puisqu'en effet ce qui importe avant tout aujourd'hui, c'est de garder les yeux grands ouverts... Le premier numéro sortira samedi prochain.

– Beau titre, en effet, s'enthousiasma Bosc, qui paraissait être dans la confidence. Toi, Manon, tu sais toujours trouver le mot exact.

– J'ai conçu une feuille de qualité – quelque chose qui tranche sur la production pléthorique des follicules de Paris que l'on vend à la criée autour de l'Assemblée nationale... Savez-vous qu'il en existe plus de cent à ce jour ?

– La plupart illisibles ! trancha Lanthenas, qui dans ces soupers usurpait chaque fois davantage le droit de s'exprimer à la place de Roland qui demeurait de plus en plus taciturne et muet à son bout de table.

– Oui, j'ai appelé auprès de moi des hommes qui ont l'habitude des libelles et des nouvelles du jour.

D'un geste toujours aussi ample et gracieux, elle désigna deux hommes élégants que l'on voyait pour la première fois à sa table : l'un, grand, sec, avec un nez droit partant du front, deux yeux de braise, une chevelure charbonneuse, était Dulaure, connu pour être le rédacteur d'une petite feuille, le *Thermomètre du jour*, qui n'avait jamais dépassé le millier d'exemplaires ; l'autre plus âgé, d'une élégance recherchée – perruque parfumée, jabot de dentelle empesée, habit de drap couleur feuille morte ouvert sur une brassière de soie à ramages –, se nommait Jean-Baptiste Louvet de Couvray. Il était fameux depuis 1787 pour avoir publié *Une année de la vie du chevalier de Faublas*. La France entière s'était tant enflammée au récit des amours de la belle Marguerite, son héroïne, que – inaugurant le genre du roman à épisodes – il avait donné l'année suivante *Six Semaines de la vie du chevalier de Faublas* et, en 1790, une *Fin des amours du chevalier de Faublas*. Ces publications l'avaient rendu riche. Il avait près de lui ce soir-là sa maîtresse, la belle et scandaleuse Lodoïska – née Marguerite Denuelle – qui avait servi de modèle pour l'amoureuse de Faublas. Elle avait défrayé la chronique récemment en quittant à Nemours son mari et ses enfants pour rejoindre Louvet.

Manon avait connu le couple par Lanthenas. Elle avait été aussitôt subjuguée par cette femme éperdue d'amour au point d'abandonner mari et enfants et qui ne rougissait pas d'avoir inspiré l'héroïne d'un roman à succès. Elle rêvait de toutes ces extravagances qu'elle n'aurait jamais le cœur d'accomplir.

– Manon sait convaincre, opina Louvet en s'emparant du poignet de Lodoïska.

– Il a mis moins de temps à accepter la proposition de Mme Roland qu'il n'en a mis à consentir que je me jette à son cou, renchérit la belle, qui affectionnait ce genre de provocation.

Cela fit rire mais sans éclat, car la figure restée impassible de Roland dissuadait de poursuivre sur le même ton.

– Manon ne paye pas ses journalistes mais on est assez payé de ses sourires, crut bon d'ajouter Dulaure.

Cette fois, la saillie eut encore moins de succès : les sourcils du maître de maison venaient de se froncer. Roland, ce soir-là, était particulièrement taciturne : ces affaires de journaux ne lui paraissaient pas aller à l'essentiel. Les difficultés de son ministère l'accaparaient. Il descendait à son bureau, tous les matins, dès 5 heures, après s'être obsédé toute la nuit des dossiers qu'il devait traiter. Cette tâche le dévorait et sa santé qui avait toujours été fragile se dégradait imparablement.

Maintenant que la guerre était lancée et mal engagée, il fallait la soutenir, rectifier le tir au plus vite, c'était une question de survie politique et peut-être même une question de survie tout court. Roland était l'un des seuls parmi ses amis à avoir la noire prescience de ce que pourrait produire la surenchère des violences verbales. Là résidait aussi la grande différence avec sa femme : il croyait bien plus aux mesures concrètes, à l'efficacité de l'argent investi dans des entreprises rentables, à de grands projets industriels ou agricoles, qu'à la force des diatribes et des discours.

Manon n'avait cure de l'humeur sombre de son mari. Elle était, ce soir-là, comme une petite fille gâtée qui vient d'essayer sa première robe de bal.

– Et toi aussi, Valady, tu me donneras des articles pour mon journal. J'attends que tu me parles de tes nègres... Pareil pour toi, Adèle, tu sais peindre, tu tiendras la rubrique des arts et des salons.

– Je ne sais si j'aurai ce talent...

– La Révolution révèle ce qu'il y a en nous de meilleur. Nous avions tous des dons cachés qui n'attendaient qu'une secousse pour éclore... Regardez-moi, mes amis, il y a deux ans, à cette même époque, je ne songeais pas à autre chose qu'à faire les foins aux Clos... J'écrivais déjà, il est vrai, mais à présent je ne fais plus que cela !

– Écrire, soit ! Mais pour aller où ? demanda brusquement Roland.

Depuis une heure qu'il était venu prendre place, la mine renfrognée, parmi ses invités, c'étaient ses premières paroles.

Manon le fixa, d'abord étonnée puis le morgua avec insolence :

– Écrire pour faire avancer nos idées, voyons ! Pour mettre enfin Louis XVI aux ordres de la nation et faire taire Robespierre qui nous accuse de mollesse et nous fera bientôt, si nous ne le mettons pas au pas, un procès en trahison ! C'est à propos du veto que le roi vient d'émettre sur les lois religieuses qu'il convient de porter le fer. Je suis parisienne et gallicane, moi, monsieur, et je n'admets pas que l'on soit ici inféodé au pape… Le roi, en août 1790, avait donné son accord à la Constitution civile du clergé. Et il le retire aujourd'hui parce que Pie VI, un peu tard il est vrai, vient de condamner cette même Constitution.

– Et c'est toi, Manon, Manon Phlipon, qui prétend avec ton journal faire reculer Louis XVI ?

– Oui, Roland, oui, monsieur mon mari, et ce sera de bonne politique ! Attaquons le roi sur la religion, cela fera taire Robespierre qui nous cherche sur la mauvaise conduite des affaires militaires et la trahison des généraux… Voilà qui s'appelle déplacer les difficultés !

Tous demeurèrent stupéfaits de l'esclandre et du raisonnement, car les Roland n'avaient jamais habitué ainsi leurs amis à étaler publiquement leurs dissensions. On pensait même qu'ils n'en avaient aucune, tant ce couple paraissait fort et admirable, semblant en toutes occasions se répartir la tâche : à elle, le pétillant, l'enthousiasme, la grâce ; à lui, les cogitations et les longs cheminements dans les sphères supérieures de l'intelligence pratique et efficace. On découvrit ce soir-là que Manon avait le sens de la tactique politique quand son mari paraissait se décourager. Il y avait là de quoi nourrir de grandes inquiétudes, mais aussi une grande espérance dans le génie naissant d'une femme qui tenait tant d'hommes talentueux et pleins d'ardeur sous le joug de son charme. Son idée de journal au service des idées de la Gironde, quoi qu'en pense son mari, était peut-être la bonne.

L'affrontement, un affrontement terrible... avec le roi... avec Robespierre, se préparait donc. Tous le pressentaient. Le pari des brissotins qui avait consisté à entrer au gouvernement pour contrôler le processus de la guerre était risqué. Les premières défaites aux frontières changeaient la donne. Louis XVI pouvait retourner la situation en s'appuyant sur les officiers généraux qui avaient, certes, démérité mais qui concentraient dans leurs mains cette force militaire avec laquelle on fait les coups d'État. Robespierre et ses partisans – ceux qui siégeaient sur les bancs les plus hauts de l'Assemblée nationale et que depuis peu, de ce fait, on appelait les Montagnards – avaient beau jeu de crier à la trahison des généraux et supposer la collusion des amis de Roland qui avaient voulu la guerre avec ces officiers devenus des traîtres.

En ce début de l'année 1792, l'intendant du Garde-Meuble royal, Thierry de Ville-d'Avray, tout comme son collègue intendant du Jardin du roi, Flahaut de La Billarderie, faisaient déjà, dans une capitale qui se hérissait de piques à la moindre rumeur, figure de reliques de l'ancien temps. Mais autant Flahaut de La Billarderie, pourtant issu d'une famille de vieux chevaliers qui s'étaient tous signalés par des actes de bravoure, avait décidé de disparaître en ne venant plus au Jardin du roi, autant Ville-d'Avray, noble de fraîche date, s'était entêté à rester et à se battre pour défendre sa place et son honneur.

Ville-d'Avray était issu d'une ancienne famille bourgeoise de Versailles qui avait fait fortune en servant la monarchie. Il y était né en 1732, à l'ombre du château, et il en avait même été le premier maire, en mai 1789, avant de démissionner deux mois plus tard, dégoûté par les désordres et les troubles. Celui dont le père n'était encore que M. Thierry, riche propriétaire de la ville, avait fait tout ce qu'il fallait pour s'élever dans la noblesse : il avait acquis une charge militaire de colonel au régiment de Dauphin-Dragons, puis, sitôt après, en 1775, avait acheté le manoir de La Brosse, à Ville-d'Avray, qu'il avait entièrement reconstruit, aménageant tout autour un vaste parc au goût du jour. Huit ans plus tard, touchant enfin au terme de ses ambitions, il en avait acquis la seigneurie. Devenu de la sorte baron, il s'était senti investi de ses nouvelles prérogatives de suzerain jusqu'à reconstruire de ses seuls deniers l'église de son village, travaux qui n'avaient commencé qu'en 1789 et qu'il continuait de pousser malgré le désordre du temps et le discrédit de la religion, allant visiter lui-même le chantier deux fois la semaine.

En 1784, il s'était également pourvu de la charge importante de premier valet de chambre du roi, surintendant des petits cabinets, intendant du Garde-Meuble et des joyaux de la Couronne. Au retour de la monarchie à Paris, en octobre 1789, il avait suivi le roi et s'était installé dans le bâtiment construit par Louis XV pour la conservation des meubles royaux. Depuis, outre les joyaux de parade qui ne sortaient plus de leurs écrins parce que l'on n'avait plus le cœur à la fête, il y avait reçu presque chaque jour le dépôt des trésors des abbayes que l'on supprimait à tour de bras ou des aristocrates qui fuyaient.

Sa tâche s'était singulièrement compliquée depuis que l'Assemblée constituante lui avait demandé, au cours du printemps de 1791, de procéder à un inventaire général de toutes ces richesses accumulées dans le plus grand désordre et que l'on regardait à présent comme le bien inaliénable de la nation.

La commission désignée par les députés avait reçu comme prévu cet inventaire fin octobre. Paul y avait travaillé jour et nuit avec les autres collaborateurs de l'intendant. En fin de compte, il subsistait un doute : pas de disparition remarquable pour toutes les pièces figurant déjà dans les inventaires précédents, mais une différence de poids dans la masse totale des objets en or pur. Cela avait donné lieu à soupçon et, en janvier 1792, Ville-d'Avray avait été convoqué à la barre de la nouvelle Assemblée législative qui l'avait longuement interrogé sans qu'il puisse apporter de réponse valable à la différence constatée. Du coup, le comparant avait reçu l'inquiétante instruction « de se tenir aux ordres des commissaires ».

Depuis, le baron n'avait cessé de s'interroger ; il avait, pendant des journées entières et quelquefois des nuits, fait et refait ses comptes, repassé et pointé les inventaires, sans rien pouvoir conclure. Avec son beau-frère Lemoine-Crécy et ses collaborateurs, Thébault, chargé du contrôle des inventaires, Daubas, son secrétaire, Choppin, son premier commis, Sansbœuf, l'adjoint de ce dernier, Sulleau, son vérificateur, s'employant tous ensemble à percer le mystère de cet écart, ils n'avaient rien trouvé.

Paul avait été admis quelquefois à ces réunions qui se tenaient dans l'attique du magnifique bâtiment élevé par Gabriel. Elles se déroulaient dans un effrayant silence parce que chacun y refaisait ses calculs, le nez posé sur son papier, additionnant, biffant, reprenant, refaisant cent fois la même addition.

– On nous accusera bientôt de toutes les vilenies, se lamentait l'intendant général, car, soyez-en bien persuadés, messieurs, ces gens-là ne nous passeront pas la perte de la moindre épingle d'or... Allons, nous ne sommes ici qu'entre gens honnêtes et nous nous connaissons tous, il ne peut s'agir que d'une erreur dans nos comptes ou dans les leurs... Les couronnes, les masses d'armes, les plats, les sceptres et la main de justice des rois ne peuvent pas perdre de la matière comme cela !

– L'évêque d'Autun, Talleyrand-Périgord, a fait signer au roi en mai 1790 un décret pour réformer les poids et mesures du royaume, observa, dans un moment de silence plus prolongé que les autres, le contrôleur Thébault, qui était une sorte de poète des livres de comptes.

Et, bien que ses collègues n'aient pas décollé le nez de leurs papiers, habitués qu'ils étaient à le laisser poursuivre, sans le troubler, ses digressions pleines d'incidentes et de coq-à-l'âne, il poursuivit de sa voix flûtée :

– Il s'agit de ne plus se servir, assurent nos législateurs, des mesures imprécises du corps – comme le pouce ou le pied, que l'on prétend être aujourd'hui des références liées à la personne, plus particulièrement au corps du roi lui-même... Il est bien vrai que les rois n'ont pas tous la même morphologie : qu'ils sont plus ou moins grands, plus ou moins trapus, que Berthe avait un pied plus long que l'autre... Mais, enfin, on s'en était accommodé jusque-là... Pire, nos anciennes mesures de poids ou de volume, comme le sétier, la livre ou le boisseau, varient selon les provinces quand ce n'est pas d'une paroisse à l'autre. La commission de l'Académie des sciences, où sont MM. Lalande, Lagrange et Mora, discute aujourd'hui d'un étalon tiré d'une particularité de la nature qui serait indiscutable et à partir de laquelle on relierait le poids, la longueur et le volume par un système fixe...

– Certes, certes ! bougonna Ville-d'Avray que cette digression mettait hors de lui. Mais, pour l'heure, nous ne sommes toujours pas en possession de cette martingale miraculeuse et le poids de notre or étant bien estimé selon nos inventaires en référence à la coutume de Paris, ce sont des grains et des carats, des onces, des marcs, des livres – mesure de la capitale – qui nous manquent... et qu'il faut justifier.

Choppin était un homme minutieux. Paul, qui travaillait chaque jour avec lui, avait déjà pu s'en rendre compte. Depuis le début de la réunion, il tournait les feuilles d'un gros grimoire où figurait l'inventaire des joyaux de France en 1715, à la mort de Louis XIV. Ce document était beaucoup plus détaillé que celui dressé à la mort du roi suivant, Louis XV, en 1774 – la précaution s'expliquait sans doute parce qu'en 1715 il y avait eu une régence. Or, c'est justement à cause de sa plus grande précision, qui allait jusqu'à décrire par le menu certains des objets faisant partie du Trésor royal, que ce document, vieux de presque quatre-vingts ans, avait été pris pour référence par les vérificateurs de 1791.

– Il y a là quelque chose que je viens de comprendre, intervint tout à coup le premier commis de ce même ton placide dont il ne se départait jamais... Ce sont ces N...

– Des N ! Qu'est-ce cela ? s'étonna Lemoine-Crécy.

– Oui, des N qui, si je les rapporte aux objets décrits que je reconnais dans cette liste, concernent tous des pièces ornées de cabochons ou de pierres...

– Et alors ? poursuivit Lemoine-Crécy.

– Alors, ce N veut peut-être dire « nu » ainsi que je l'ai remarqué dans certains actes dressés par des orfèvres... Ce qui signifierait que pour cet inventaire de 1715, beaucoup plus minutieux que tous les autres, on aurait démonté les joyaux pour ne peser que l'or...

Ce fut une illumination soudaine autour de la table où tous ces hommes ahanaient depuis le début de la matinée sans ressentir encore – sauf Paul, peut-être – l'appel de leur estomac. La vérification fut aisée et rapide : toutes les pièces inventoriées en 1774, qui n'avaient pas été démontées, et que l'on pouvait comparer à la liste précédente, pesaient plus lourd.

– Les pierres ! Les cabochons ! s'exclama Ville-d'Avray. Comment n'y avons-nous pas pensé ?... Choppin, vous êtes un génie !

– Un homme attentif tout au plus ! bredouilla le premier commis rougissant du compliment que lui adressait ce patron qu'il vénérait.

– Et comment procéder à présent pour rétablir la vérité, au carat près ? demanda Sulleau.

Ce fut encore Choppin qui, d'une voix incisive et posée, proposa la solution.

– Messieurs, il me semble que nous avons parmi nous un spécialiste, un éminent minéralogiste, qui a aussi le mérite non moins éminent d'être le plus jeune d'entre nous : M. Masson !

– Spécialiste, vraiment ? lança Sansbœuf avec un air suspicieux.

– M. Masson vient d'obtenir son diplôme au Jardin du roi...

– C'est un lieu où l'on paraît beaucoup s'agiter en ce moment, poursuivit Sansbœuf, toujours aussi méfiant.

Paul, que cette suspicion désarçonnait, manqua d'aggraver son cas.

– Le Muséum... Le Jardin du roi...

– Il a dit Muséum, releva aigrement l'adjoint du premier commis. N'est-ce pas le nom que veulent donner au Jardin du roi une poignée d'agités parmi lesquels se trouvent quelques professeurs ?...

Paul, bien qu'il ressentît au cœur un pincement bizarre, ne se démonta pas. Il parla devant ces graves messieurs à peu près comme il l'aurait fait dans la salle des Colonnes, à la section des Postes :

– M. Daubenton, qui est mon maître et que je vénère, n'a fait que proposer ce nom à l'Assemblée nationale pour la partie du Jardin où, dès à présent, des galeries d'exposition sont ouvertes au public... Même si l'Assemblée n'a pas encore officialisé ce nom, c'est déjà ainsi que tous ces visiteurs la nomment.

M. de Ville-d'Avray leva la main pour dissuader Sansbœuf de poursuivre.

– Il suffit, ce n'est pas pour faire de la politique mais pour peser des pierres et confondre ceux qui voudraient nous accuser de tricherie. Il faut que nous justifiions nos indications avec une marge d'erreur qui ne saurait excéder le poids d'une plume...

– Au gravet près donc, voulez-vous dire! releva ce même Sansbœuf, qui décidément était incapable de contenir son irritation contre la nouveauté. Car il paraît que c'est ainsi que nos messieurs de l'Académie veulent baptiser la plus petite unité de poids...

– En tout cas, nous devons dresser un tableau des poids respectifs du marbre, du lapis, de la cornaline... Voilà de quoi je charge M. Masson, et je sais qu'il y réussira...

– Combien m'accordez-vous de temps?
– Un mois!
– Cela suffira!

Là-dessus, Ville-d'Avray congédia tous ses collaborateurs à l'exception de son beau-frère, Lemoine-Crécy, et de son secrétaire Daubas. Il attendit que le bruit des conversations derrière la porte se soit tout à fait évanoui, puis, attrapant un portefeuille de toile qui se trouvait à ses pieds, il parla d'une voix rabaissée:

– Nos nouveaux députés législateurs se montrent bien plus sourcilleux à notre égard que leurs prédécesseurs constituants... J'ai réfléchi depuis notre dernier entretien ensemble et je reste arrêté à mon idée: nous devons prendre des précautions supplémentaires pour que le Trésor dont nous avons la garde reste intact:... Les temps sont incertains: tout est possible!

– Et moi, je persiste, intervint Lemoine-Crécy, je dis que ton idée n'est pas la bonne.

– Et toi, Daubas, qu'en penses-tu ? demanda le baron à celui qui était depuis toujours son collaborateur.

– Oh, moi, monsieur l'intendant, je vous ai représenté tous les risques : ce surcroît de précautions peut se retourner contre vous, car ce que vous proposez n'est pas bien dans les formes.

– Je dois au roi la sécurité de ses trésors... Et, malgré vos avis contraires, je m'en tiendrai à mon idée.

Rien ne devait le dissuader en effet, car il était des plus têtus : il s'était arrêté à faire construire un meuble, un coffre-fort, à neuf compartiments, dans lequel il conserverait chez lui, à l'intérieur de son appartement, dans une pièce sans fenêtre, protégée par deux portes blindées, les joyaux les plus précieux de la Couronne. Il était persuadé que personne n'irait imaginer que ce qu'il y avait de plus rare et de plus précieux puisse se trouver là, séparé du reste des collections, et que des voleurs assez habiles pour pénétrer dans les salles du Garde-Meuble n'auraient jamais l'idée de s'introduire également dans le logis de l'intendant.

Il n'en démordait pas, c'était pour lui la meilleure façon de mettre à couvert ce dépôt. La chose faite, le baron était décidé à ne plus sortir de chez lui, à ne même plus se rendre dans son merveilleux château de Ville-d'Avray jusqu'à la fin des troubles ; à veiller sur le trésor des rois comme ces voleurs qui, dans les contes orientaux, se métamorphosent en dragons pour protéger plus sûrement le fruit de leurs larcins.

Lemoine-Crécy voulut voir de nouveau les plans de ce coffre dont son beau-frère s'apprêtait à passer la commande.

– Qui en aura les clés ?

– Toi et moi, et seul Daubas sera informé que nous les possédons... Les ouvriers viennent demain. Ils ne s'étonneront guère : n'avons-nous pas passé commande de quatre coffres depuis que nous sommes revenus à Paris avec le roi ?

— Oui, mais cette fois ce coffre sera chez toi !

Ville-d'Avray découvrit le sourire de celui que l'on ne peut pas prendre en faute.

— Pas si bête ! Le coffre sera installé au départ en face de chez moi, au deuxième étage, dans la salle des Antiques. Il suffira ensuite de lui faire traverser le vestibule...

— Comment ? demanda Lemoine-Crécy en pensant s'étrangler.

— Toi ! Moi ! Daubas !... Avec des rondins, je suis persuadé que nous y parviendrons.

— Des presque vieillards ! Tu te moques !

— Allons ! mon cher beau-frère, pour la gloire du roi.

— Je ne te comprends pas... Tu es le plus honnête des hommes et pourtant, quelquefois, tu parais vraiment vouloir tout mettre en œuvre pour que l'on en vienne à douter de ta probité.

— Moi vivant, il ne disparaîtra pas un carlin, ni le plus petit diamant du Trésor que le roi m'a confié. Ce n'est qu'à lui que je remettrai ces trésors s'il me les demande.

Lemoine-Crécy habitait lui aussi avec sa famille, depuis le mois d'octobre 1789, au Garde-Meuble, juste au-dessus de Ville-d'Avray. Les deux ménages dont les femmes étaient sœurs s'entendaient à la perfection. L'intendant, plus âgé, n'avait plus que sa femme avec lui, ses enfants étant déjà mariés, mais Lemoine-Crécy avait encore deux filles de dix-huit et vingt et un ans : Laurence et Clémentine. Elles suivaient l'une et l'autre des cours de dessin, dans la classe de fleurs et d'ornements, à l'École gratuite de la rue des Cordeliers, ouverte huit ans auparavant, juste après la fermeture de l'académie de Saint-Luc.

Paul avait croisé quelquefois ces deux demoiselles lorsqu'elles partaient le matin, un carton sous le bras, en fiacre, pour se rendre à ces cours et elles s'étaient retournées sur son passage, étouffant un petit rire de leurs mains. Ce manège s'était déjà reproduit à trois ou quatre reprises quand le jeune employé de leur père se décida à leur répondre en soulevant son tricorne avec un air de connivence amusée.

Comme l'académie de la corporation des peintres de Paris, vouée à saint Luc, sa devancière, la nouvelle école de la rue des Cordeliers, à la grande différence de la grande Académie royale, admettait des femmes et des filles, tant pour élèves que pour professeurs. Parmi ces derniers, il y avait Marie-Thérèse Rebour, femme du peintre Joseph-Marie Vien et mère du premier amoureux d'Adèle. En avril 1788, elle était tombée brusquement malade, si essoufflée que Blanchot lui avait ordonné de suspendre tout enseignement, elle avait songé à Adèle pour prendre sa place. Mais, à cette époque, la fille d'Anselme à Sèvres, avait encore tout à faire pour monter son «oisellerie». Mme Rebour s'était rabattue sur d'anciennes élèves dont le talent lui paraissait moins éclatant.

Or, en avril 1792, la dernière remplaçante choisie venant de résigner son poste, celle qui s'amusait souvent d'être «mère et femme des deux Joseph-Marie» et qui ne renonçait jamais à une idée, appela la peintre des oiseaux à son chevet, car en dépit de sa rupture avec Joseph-Marie, elle avait continué à vouer à Adèle une vive affection.

– Comme tu es belle !... Tu dois être amoureuse, pardi !

– D'un marquis ! répondit la jeune fille en esquissant une demi-révérence moqueuse alors qu'elle avait toujours son chapeau à ruban sur la tête. Toutefois, il est révolutionnaire à souhait... Il veut libérer les nègres de l'esclavage et même – penseriez-vous à cela, ma chère ? – il voudrait que les femmes obtiennent le droit de voter... Il prépare un discours dans ce sens qu'il veut lire au club des Jacobins.

– Oh ! Oh ! ton marquis est un utopiste, et gageons qu'il n'obtiendra pas gain de cause ! s'amusa la malade qui n'avait rien perdu de son humour. Il est trop de messieurs en France jaloux de leur pouvoir, pour que les femmes puissent si vite ouvrir la bouche !

– Qui ne tente rien n'a rien !

– Je t'ai fait venir parce que j'ai une idée derrière la tête te concernant... Toujours la même !

– Moi, je me méfie de vos idées quand il s'agit de ma petite personne car vous me voyez toujours mieux que je ne suis vraiment.

– Je te vois avec mon œil d'enseignante exigeante et parfois je me désole que tu te bornes à exercer les ressources de ton talent sur des tasses ou sur des soucoupes... Tes oiseaux pépieraient davantage et seraient plus à l'aise sur la toile ou sur le carton... Ces derniers temps, je le sais, tu n'emploies ton talent qu'à demi avec la baisse d'activité de la Manufacture.

– Oui, et je suis la première à le déplorer !

– Que dirais-tu... provisoirement... pendant quelques mois... de reprendre mon enseignement à l'école de la rue des Cordeliers pour la figure et les animaux ?

– Mais... Je...

– Ah ! cela suffit de te voir toujours rabaisser tes talents !... se fâcha tout rouge la brave femme en se recalant sur ses oreillers. Tu es de taille, ma fille, à peindre tous les animaux de la terre : du rhinocéros du roi jusqu'aux plus insignifiants passereaux.

– Mais je ne sais si M. Régnier...

– Je me suis renseignée, il paraît que tu le mènes par le bout du nez !

– Oh! Il a beaucoup de soucis en ce moment et si, en plus, il savait que je voulais le quitter…

– Qui te parle de le quitter?… Je n'ai besoin de toi que le lundi et le jeudi – je sais que ce sont les jours où tu vas chez Manon Roland, tu vois je suis au courant de tout. Puisque, ces jours-là, tu te trouves à Paris, tu viendrais faire cours, l'après-midi, à l'école, avant d'aller chez cette femme…

– Mais…

– Taratata! Tu me répondras quand tu voudras… Pourquoi pas demain, d'ailleurs? Je te laisse donc toute la nuit pour réfléchir.

Adèle embrassa Mme Vien.

– Je parie que vous allez parvenir à vos fins!

– J'y compte bien, ma fille…

Alors, Adèle rougit un peu, hésita, ouvrit la bouche, resta muette, puis, enfin, elle se lança:

– Et Joseph-Marie?

– Oh! Je ne le vois guère, il est tout à sa Rose-Marie, la fille d'un officier qui se bat actuellement du côté de la Belgique.

– Vous lui direz, si j'accepte…

– Tu le lui diras toi-même. Il fait le cours de plâtres et de modèles, rue des Cordeliers. Ce sera l'occasion de vous revoir… Entre artistes.

Adèle quitta perplexe le logis de Mme Vien – rue Saint-André-des-Arcs – pour rejoindre Valady dans le jardin des Tuileries. Ce qui la rendait pensive était de songer de nouveau à Joseph-Marie, car, au fond, elle n'était pas fière d'avoir abandonné sèchement ce garçon gai et spirituel, qu'elle connaissait depuis l'enfance, pour ce grand laid de Mirabeau qui l'avait subjuguée.

Le revoir, renouer avec cette tendre complicité de son adolescence, alors qu'il avait sa Rose-Marie et elle son Valady, était une perspective qui en définitive la réjouissait.

Elle retrouva donc Joseph-Marie, à l'École gratuite du roi, à deux pas de l'ancien couvent des Cordeliers où le soir, dans les réunions de section, tonnait la voix puissante de Danton.

L'école, jusque-là épargnée par l'agitation du dehors, venait tout juste d'être rattrapée par la course des événements. L'un des artistes les plus actifs dans les sections révolutionnaires, membre de la Commune de Paris où il militait pour la suppression des académies dont il était sorti lui-même mais dont il n'avait jamais respecté les règles – Jean-Bernard Restout –, venait de s'en autoproclamer le protecteur au nom de la Ville de Paris.

Il était issu d'une vieille lignée de peintres normands, de Caen et de Bayeux, second de sa famille à avoir obtenu le prix de Rome, auteur d'œuvres attachantes comme son *Diogène demandant l'aumône aux statues*. Il était l'ami de Jacques-Louis David et ils s'étaient partagé les rôles pour introduire la contestation dans l'univers feutré des grandes institutions d'art : le premier devait porter le feu dans l'Académie royale, le second, à l'École de dessin. En ce printemps de 1792, Restout avait déjà imprimé sa marque rue des Cordeliers : les bustes de plâtre de la famille royale qui servaient jusque-là de modèles avaient été brisés, les élèves devaient porter la cocarde, les sujets de peinture ne devaient être qu'édifiants et tirés de l'histoire de la République romaine. On savait que Restout avait placé des espions dans l'école, aussi n'y parlait-on plus qu'à mots couverts. Son ambition était sans bornes : on murmurait qu'il guignait la direction d'institutions royales plus considérables encore comme le Garde-Meuble.

Adèle, prévenue à temps de ces changements, parut au premier jour de sa prise de fonctions en simple robe blanche et bonnet de dentelle orné d'un ruban aux trois couleurs ; elle n'était pas intimidée car, à Sèvres, elle avait appris à se conformer à cette discrétion qui est de mise lorsque l'on se sait épié.

À peine le porche franchi, elle tomba sur Joseph-Marie. Il n'avait pour ainsi dire pas changé, toujours aussi riant et drôle avec son nez retroussé en trompette.

– Alors, tu montes dans la carrière... lui dit-il en l'embrassant et en lui offrant un bouquet de pivoines blanches. Ma mère me dit que tu es passée du comte au marquis !

– D'un comte qui voulait sauver la monarchie à un marquis qui veut la bousculer !

– Tout ce mouvement que l'on se donne autour de nous est exténuant à suivre... La grande question, toujours la même : cela nous donnera-t-il de l'ouvrage, à nous autres artistes ? Mon père jusqu'à peu était débordé par le nombre de portraits qu'il avait à peindre, mais qui songe encore à prendre la pose ?

– Cela reviendra forcément ! Aujourd'hui, les gens ont d'autres soucis...

Adèle, qui avait un peu redouté ces retrouvailles, était ravie de constater que le jeune homme était resté aussi joyeux compagnon. Elle s'apprêtait à lui répliquer sur le même ton lorsque survint un grand escogriffe aux cheveux blonds, longs et bien lissés qui encadraient un visage à la pâleur de porcelaine illuminé d'un regard bleu et presque translucide. L'homme, qui aurait pu passer pour le grand frère de Joseph-Marie tant il était svelte et fringant, tant aussi sa démarche était bondissante, mais qui avait en réalité presque vingt-cinq ans de plus que lui, était tiré à quatre épingles : une veste de drap rayé s'ajustait à sa taille bien prise, il portait des culottes blanches qui disparaissaient dans des bottes jaunes à reversis noir.

– Par exemple ! voici le plus polonais des peintres de Paris... annonça le professeur de plâtres et de modèles en se tournant vers Adèle. Celui qui a éclipsé ici la renommée que le beau roi de Pologne, Stanislas

Poniatowski, avait autrefois acquise à Paris dans le salon de Mme Geoffrin ; un artiste qui a pensé qu'il trouverait davantage d'ouvrage en bord de Seine que dans son lointain pays plein de brume… Mais voilà, cet étourdi, qui fuyait les révolutions de Pologne, n'a pas prévu qu'il s'en ferait ici une plus grande et plus tempétueuse ; je te présente Alexandre Kucharsky !

Adèle exécuta une petite révérence aussi légère que moqueuse.

– Monsieur !… Mais y a-t-il donc tant de brume que cela à Varsovie ?

– Joseph exagère… On patine davantage l'hiver sous le Pont-Neuf qu'on ne peut le faire sur la Vistule !

– Alexandre, poursuivit Vien fils, a été longtemps, jusqu'à sa suppression, le seul membre étranger de l'académie de Saint-Luc ; ensuite il a travaillé pour le prince de Condé. À présent que tout ce beau monde est parti de France, en voyage forcé, il a quitté Chantilly pour revenir à Paris. Il fait des miniatures, et c'est cette branche subtile de notre art qu'il enseigne ici. Et c'est un secret… Mais, Adèle, sais-tu rester discrète ?

Celle à qui s'adressait cette question ne fit que s'amuser d'un tel soupçon.

– Tu le sais bien, nigaud ! Car si j'avais rapporté toutes les vilenies que tu m'as faites autrefois, tu aurais été chassé de chez toi.

Joseph-Marie, ne quittant pas sa mine de conspirateur, s'approcha de son oreille :

– La reine l'a choisi pour portraitiste après le départ de Mme Vigée-Lebrun, et Alexandre a désormais ses entrées aux Tuileries.

Là-dessus, celle qui s'apprêtait à donner bientôt son premier cours de dessin fit une autre révérence pleine de respect.

– Madame… Mademoiselle ? hasarda le Polonais.

Vien fit un petit signe pour signifier que les deux pouvaient avoir cours.

– Mademoiselle, en ce cas. Cela va mieux à votre fraîcheur… Notre ami exagère toujours : je n'ai fait que deux dessins sur carton de la reine et je commence seulement une huile.

– Mais je connais déjà votre talent, monsieur, reprit Adèle. J'ai vu des gravures et quelquefois même l'original de tous les portraits que vous avez faits ici depuis dix ans : les princes de Condé et de Conti, le comte d'Artois, la princesse de Lamballe et quelques autres personnages de la Cour…

– C'est pour cela, comprenez-vous, qu'après avoir fixé tant de gens qui se sont enfuis, je ne me sens plus dans l'air du temps… je serai même bientôt suspect !

– Mlle Masson a été appelée dans cette noble maison pour continuer l'enseignement qu'y donnait ma mère… Elle fera le lundi et le jeudi les cours de figures et d'animaux…

– Je viendrai à vos leçons m'instruire, reprit Kucharsky, puisqu'il m'est désormais nécessaire de renouveler mon style et ma manière… Et peut-être d'ailleurs vaut-il mieux, par les temps qui s'annoncent, peindre des animaux que des hommes ?

– Tu les crois sans doute innocents, railla Vien, mais les chevaux du carrosse de Varennes n'étaient pas des patriotes…

– C'est à mon tour de vous dire, mademoiselle, reprit Kucharsky, que votre travail ne m'est pas inconnu… J'ai souvent admiré chez les princes, sur les plus belles porcelaines, les oiseaux de votre atelier, dans le style de Buffon ou ceux qui sont purement de votre invention que je trouve encore plus charmants.

– Décidément, conclut Joseph-Marie, l'École gratuite du roi n'a que des génies pour professeurs puisqu'ils en sont entre eux à se décerner des palmes.

CHAPITRE HUITIÈME

Les flambeaux du Temple

Au cours du mois de mai 1792 les passions s'exacerbèrent brusquement.

Les tensions s'étaient insensiblement accrues, car le semestre qui avait suivi Varennes avait été marqué d'un temps de pause et de réflexion. Une espèce d'unanimité s'était faite parmi la majorité modérée des députés pour conserver au roi discrédité et presque impuissant son rôle de clé de voûte des institutions.

De ce calme relatif reposant sur la « fiction royale » – stupéfiante hypocrisie institutionnelle –, le fougueux Danton était le thermomètre. Il paraissait en effet d'abord s'être assagi : il avait consacré tout l'été de 1791 à un voyage en Angleterre en compagnie de son beau-père Charpentier, puis il avait passé l'automne en Champagne où il avait imprudemment – chose qui lui sera vite reprochée – procédé à des achats massifs de terres pour agrandir son domaine d'Arcis. En janvier 1792, élu procureur-syndic de la Commune de Paris, il avait inauguré son magistère par un discours plein de modération. Mais, à la fin mars, il avait brusquement changé d'humeur, redevenant virulent sous un prétexte des plus futiles : il s'agissait d'un don modeste que Louis XVI venait de faire en faveur de soldats qui s'étaient révoltés à Nancy en 1790 et que l'on venait de réhabiliter. De ce geste charitable, Danton avait fait une injure : « Est-ce par une mince aumône que le pouvoir exécutif doit expier ses fautes ? Comment sauriez-vous ratifier cette insolence ? »

Quelle mouche l'avait donc piqué ? Robespierre lui-même ne l'avait pas suivi et, du jour au lendemain, Danton était redevenu le principal ennemi de la Cour. Voyait-il enfin arriver l'heure du duc d'Orléans dans le destin duquel, plus indulgent que Mirabeau, il n'avait jamais cessé de croire tout à fait ? Comptait-il faire pression sur Louis XVI pour être du ministère qui devait tardivement – en application du conseil resté jusque-là lettre morte de ce même Mirabeau – rassembler autour de Louis XVI les hommes les plus représentatifs de l'Assemblée nationale ? En ce cas, il rata son coup car, le 24 mars, Roland avait reçu le portefeuille de l'Intérieur, Dumouriez celui de la Guerre et lui ne fut pas nommé.

Tout parut s'aigrir dès la constitution de ce ministère. Et d'abord la situation militaire ; chaque jour apportait la nouvelle d'une défaite ou des rumeurs de trahison prochaine des officiers ; on s'attendait chaque matin à apprendre que La Fayette marchait sur Paris. Ensuite, les prêtres refusèrent massivement de prêter le serment civique et le roi, apathique, ne leva plus le petit doigt contre ces ennemis de la Révolution. Le 29 mai, mille cinq cents hommes, armés de piques, venus de la section des Gobelins, avaient, pour la première fois, envahi la salle du Manège, aux cris de « Vivre libre ou mourir ! » et de « La Constitution ou la mort ! » ; tandis que dans ce même temps des femmes, massées dans les jardins, exigeaient haut et fort la taxation du pain.

L'avant-veille, à l'instigation de Vergniaud, les députés avaient voté le décret qui permettait de condamner à la déportation les prêtres qui, sur dénonciation de vingt citoyens actifs d'un même canton, seraient réputés n'avoir pas prêté le serment à la Constitution civile : c'était la première fois que l'Assemblée bravait ainsi Louis XVI puisque, celui-ci ayant opposé son veto à la question, il était interdit à la représentation nationale de s'en saisir de nouveau. Le 29 mai, Bazire et Couthon avaient fait un pas de plus dans l'affrontement avec les Tuileries en faisant voter la dissolution de la Garde royale. Puis, le 4 juin, sans en référer auparavant à ses collègues ministres, Servan avait proposé la formation aux portes de la capitale d'un camp de vingt mille hommes, des hommes venus des gardes nationales de province, des «fédérés», qui seraient une garantie contre les désordres, en réalité contre les menées de la Cour.

En une semaine, le roi se vit ainsi acculé : ses ministres les plus modérés mais aussi ses officiers sur le front – Dumouriez et La Fayette – lui donnaient des avis contraires : à peu près tous lui conseillaient de céder sur la dissolution de sa Garde, ce qu'il fit. Dumouriez suggérait de ne pas s'élever contre le rassemblement des fédérés, promettant de les avoir à l'œil ; La Fayette le poussait en revanche à opposer le veto le plus formel à l'arrivée de ces troupes que l'on savait d'avance acquises aux idées les plus exagérées.

Ainsi, c'étaient des amis des Roland qui, les premiers, avaient osé affronter le pouvoir exécutif et bafouer la Constitution. Ces attaques venues de la Gironde mettaient en péril la monarchie, alors que l'on aurait plutôt attendu une contestation de la part de la Montagne. C'est que Robespierre attendait l'heure d'établir la Terreur en se parant du masque de l'homme scrupuleux et légaliste : il était contre la venue à Paris des fédérés – les «instruments d'une faction», disait-il –, tout comme il s'était opposé quelques semaines auparavant à la déclaration de guerre.

Dans cette attaque soudaine et violente contre le roi, il y avait, sans que l'on s'en rendît encore compte, la volonté farouche de Manon. C'est elle qui avait inspiré à Vergniaud l'idée de faire bon marché du veto ; elle parlait à présent d'adresser à Louis XVI «un ultimatum pour le contraindre à se ranger du côté des patriotes ». Le 10 juin, elle avait écrit, sans la publier encore, sa fameuse *Lettre au roi* ; un texte d'une audace incroyable qui s'enorgueillissait ouvertement de méconnaître la prérogative du veto et qui justifiait le droit à l'insurrection ; c'était « un coup de feu tiré à bout portant sur le roi et sur la royauté ».

Le 12 juin, Louis XVI, devançant la menace de la démission collective que brandissait la Gironde, avait renvoyé Roland, Clavière et Servan. Du coup, le 13, Manon avait adressé le texte de sa *Lettre au roi* à l'Assemblée et ce fut un triomphe : les députés debout avaient ovationné cette lecture et voté aussitôt une adresse portant que les trois ministres renvoyés « emportaient avec eux les regrets de la nation ». La femme du ministre déchu venait à cet instant de toucher, mais sans le savoir, au firmament de sa gloire.

Les Roland étaient revenus rue de la Harpe après l'éviction du ministre de l'Intérieur. C'est dans le salon de Manon que les Girondins allaient élaborer les mécanismes s'écartant insensiblement et toutefois suffisamment de la légalité pour abattre la royauté.

Dumouriez, accouru à Paris, avait repris le ministère de la Guerre à Servan. Il assurait les Girondins qu'il ferait céder le roi sur les décrets des fédérés et du serment des prêtres. Il ne lui fallut que quarante-huit heures pour voir qu'il n'y parviendrait pas. En conséquence, il démissionna, n'étant resté en poste que quelques heures, et il s'en retourna prendre la tête des armées.

Le 16 juin, Louis XVI était seul, désemparé, et pourtant toujours confiant dans la Providence qui était pour lui comme une espèce d'idole pétrie de piété, d'orgueil et de bonne volonté. Il s'essaya sans presque en référer à personne, du 17 au 19 juin, à monter un nouveau ministère – le plus obscur, le plus inepte qu'il eût jamais réuni. Ce brave homme à bout d'expédients, pressentant même très lucidement la fin prochaine de son règne, écrivit le 19 juin à son confesseur : « Venez, monsieur, je n'ai jamais eu autant besoin de vous, j'ai fini avec les hommes, c'est vers le ciel que se portent mes regards. On annonce pour demain de grands malheurs ; j'aurai du courage. »

Le lendemain, en effet, le peuple envahissait les Tuileries.

C'était un coup de force que Danton avait désapprouvé parce qu'il ne l'avait pas organisé.

Il ne restait que cinquante jours à la monarchie et pourtant, jusqu'au bout, le roi, la reine et leurs serviteurs firent tourner la grande machine royale, avec ses rites et son étiquette, comme si elle devait être indestructible.

Le 20 juin 1792, jour du troisième anniversaire du serment du Jeu de paume, les huit mille personnes qui avaient envahi le palais du roi, menées par le brasseur Santerre, le boucher Legendre – qui, paradoxalement, devait par la suite en concevoir une vive répugnance pour l'émeute – ainsi que par le patriote polonais Lazowski, avaient campé plusieurs heures sur place, dans les salons d'apparat, retenant un long moment la famille royale en otage dans l'embrasure d'une fenêtre.

Seul Pétion – le maire girondin de Paris – était finalement parvenu à décider ces femmes et ces hommes à regagner leurs logis, ce qu'ils n'avaient exécuté que la rage au cœur puisque Louis XVI ne leur avait pas cédé : il n'avait pas levé le veto mis sur les deux décrets concernant la venue à Paris des fédérés et le serment des prêtres. Courage ? Obstination ? Le roi, par cette résistance désespérée, commençait de regagner du respect parmi les modérés : dans la semaine qui suivit, des protestations de loyalisme à la nation et à son chef, venues de soixante-quinze des départements français sur quatre-vingt-trois, parvinrent sur le bureau de l'Assemblée.

Quant aux Girondins qui avaient inspiré cet ultimatum musclé – sans prévoir toutefois l'invasion du palais –, ils se trouvèrent brusquement affaiblis. Les démiurges ont la responsabilité de tout prévoir, même l'imprévisible ; à défaut, ce ne sont que des agitateurs...

Le 28 juin, pensant apporter sa pierre au retournement d'opinion opéré à Paris, La Fayette, accouru de son quartier général de Maubeuge, avait eu l'audace de reparaître dans la capitale – c'était la dernière fois qu'il y viendrait avant de choisir l'exil. Il était allé à l'Assemblée exiger la punition des «trublions». Plus discrètement, il avait été reçu aux Tuileries par le roi et la reine. Il arrivait avec en poche un plan audacieux : négocier secrètement l'armistice avec l'ennemi, puis revenir avec les troupes étrangères, ou sans elles, mettre Paris au pas. Le roi penchait pour accepter ; mais la reine ne le voulut pas. Ici, Marie-Antoinette fut grande, car elle évita de la sorte à Paris ce qui aurait pu être le plus grand bain de sang de son histoire.

Cette hésitation perdit la monarchie, mais lui assura l'auréole du martyre plutôt que la honte de l'ignominie.

Blanchot retourna voir la reine le 22 juin. Il s'attendait à la trouver désespérée et il fut sidéré de rencontrer une femme énergique, parvenant à ne rien laisser paraître de ce qui la tourmentait.

Elle posait pour Alexandre Kucharsky dans son petit boudoir du rez-de-chaussée, dans l'embrasure d'une fenêtre qui donnait sur le jardin des Tuileries. Le store de toile écrue était à demi abaissé à cause de la grande chaleur. Il occultait le ciel et les nuages mais, en s'approchant, on pouvait distinguer, à moins de deux cents pas de là, une foule compacte de curieux, dont certains étaient munis de lorgnette ou de longue-vue et qui s'étaient alignés de l'autre côté du saut-de-loup marquant la limite de la partie publique du jardin.

– Eh bien ! monsieur Blanchot, vous voyez, je suis entière ! annonça Marie-Antoinette gardant la pose, c'est-à-dire sans bouger la tête, tandis que le médecin entrait.

– Madame ! lui répondit celui-ci d'une voix presque inaudible.

Il s'était arrêté de marcher, stupéfait, ne trouvant pas même la force d'incliner la tête, tant il était impressionné par l'aplomb et le cran de cette femme.

– Vous voyez ! Je fais mon métier : je me laisse immortaliser, comme on dit... pour une postérité qui n'en aura sans doute rien à faire... Nous avons été interrompus avec M. Kucharsky par l'irruption du peuple avant-hier, alors nous reprenons !... J'aime aller jusqu'au bout des choses. Vous savez sans doute le détail de la grande kermesse qui s'est produite ici : le roi obligé par ces messieurs des sections de boire au goulot d'une bouteille et de coiffer le bonnet rouge... Mais Louis s'en est sorti avec honneur : il a retourné les intrus en sa faveur, prenant la main de l'un d'entre eux pour la poser sur sa poitrine en lui demandant s'il ne sentait pas là battre le cœur d'un honnête homme.

– Je sais tout cela, Madame, je sais que vous n'avez manqué ni l'un ni l'autre de courage. On dit même que cela a remué l'opinion... C'est ainsi qu'il faut agir : de la compassion pour le sort du peuple, mais de la dignité et de la fermeté devant les débordements.

Blanchot, avisant Kucharsky, interrogea du regard la reine pour savoir s'il pouvait parler librement et celle-ci, quittant pour la première fois la pose, le rassura.

– M. Kucharsky est discret... De toute façon, il n'a rien à voir avec les événements qui se produisent ici. Son statut d'étranger le met à l'abri des tracasseries.

– Madame, poursuivit le médecin des pauvres, le péril actuellement vient des fédérés qui montent sur Paris...

Vos ennemis veulent se servir d'eux comme de la garde prétorienne qui, à Rome, venait déposer les empereurs.

– Nous le savons, mais nous sommes tenus dans ce palais sous étroite surveillance, livrés sans possibilité de nous y opposer à tout ce que réclamera la Providence... M. de La Fayette, que le roi regardait comme son dernier rempart, est aujourd'hui en situation critique sur la frontière de l'Est, avec toute son armée. Il serait massacré s'il revenait à Paris, il le sait. Aussi la plus grande probabilité est de le voir gagner directement l'étranger, abandonnant son commandement de Belgique et par là même le soutien du trône dont il paraissait faire si grand cas... La Garde nationale depuis qu'il a quitté Paris se dissout dans des rivalités internes ; elle n'opposera pas ses fusils aux piques des sectionnaires... Voilà la situation ! Elle est désespérée.

Prononçant ces paroles, très bizarrement, la reine avait été secouée d'un petit rire nerveux. Blanchot en avait été si ému que, sans en avoir reçu la permission, il s'était laissé couler sur une chaise.

– Mais que puis-je faire pour vous ? articula-t-il d'une voix blanche au bout de quelques secondes.

– Vous ne pouvez nous être d'aucune aide militaire ou politique, c'est évident... Vous pouvez beaucoup cependant : vos visites ici me soutiennent, parce que, monsieur, il faut avoir le sang-froid de nous en convaincre, c'est notre survie qui se joue désormais... En ce qui me concerne, je suis prête à tout, le roi est dans la même disposition d'esprit, mais ce que nous demandons, c'est que nos enfants soient épargnés.

– Mais, Madame, vous pouvez encore vous sauver !

– Ah ! monsieur Blanchot, croyez-moi, nous avons mille fois retourné la chose dans notre tête... Il n'est plus temps d'énumérer des regrets. Qui aurait pu nous sauver ? Calonne ? Brienne ? Necker ? La Fayette ? Ils se sont découragés, les uns après les autres... Mirabeau, peut-être ? Je ne dis pas, mais nous ne l'aimions pas. Les voies qui nous restent actuellement pour nous en sortir ne peuvent être empruntées qu'au prix du reniement de nos engagements civils ou religieux.

Blanchot, toujours installé au bord de sa chaise, eut, à ces mots, une réaction étonnante : il fondit en larmes, cachant aussitôt son visage dans ses mains. Cet homme fort était d'abord un cœur sensible : qu'un sort fût ainsi scellé, qu'il ne laissât plus de place aux énergies de l'intelligence, cela le désespérait.

La reine, stupéfaite, abandonnant complètement la pose, adressa un signe discret de la tête à Kucharsky pour qu'il sorte, puis, posant le livre qu'elle tenait fermé sur ses genoux, rejoignit en quelques enjambées son visiteur. Elle fit alors une chose aussi inouïe que de s'agenouiller près de lui, quittant dans la seconde l'air impavide de majesté froide dont elle avait jusque-là plâtré son désespoir.

– Quittez ces larmes, monsieur !… Car, jamais, vraiment jamais, larmes d'homme ne m'ont tant impressionnée que les vôtres… Vous finirez par me navrer en me persuadant que ma situation est plus sombre et plus désespérée que je ne le redoutais…

Là-dessus, accompagnant son geste d'un sourire mélancolique, elle accomplit le geste plus incroyable encore de lui prendre les mains.

– La pierre roule, n'est-ce pas ? Et la vieille idole sera bientôt fracassée… J'y suis prête, mais ne m'abandonnez pas… Que dans les heures sombres à venir, où que je sois, dans ce palais ou dans une prison, je croise toujours votre regard bienveillant.

– Je vous le promets !

Le 2 juillet, faisant de nouveau fi du veto, la gauche s'unit aux Girondins – Robespierre commençait ainsi d'abattre son jeu après avoir laissé longtemps agir ses anciens amis. Cette majorité de circonstance ratifia le décret appelant les fédérés à Paris pour le 14 juillet. Cette initiative, on la devait à Barbaroux – un nouveau fidèle de Manon –, avocat, fils d'un riche négociant de Marseille, l'un des fondateurs du club des Jacobins dans cette ville. Il était si impatient de voir s'ériger une république qu'il avait envisagé un temps d'en fonder une en Provence; son «Projet conditionnel de république dans le Midi» avait enthousiasmé la femme du ministre de l'Intérieur.

Ce fut lui qui trouva le subterfuge pour contourner le veto du roi à propos de la constitution d'un camp de fédérés sous les murs de Paris, décision qui relevait de l'exécutif: il suffisait de la transformer en une simple convocation à Paris des gardes nationaux de province, mesure dont l'initiative relevait de l'état-major parisien de cette garde, soumis à la Commune. On aurait ainsi à disposition la force prétorienne en vue du coup d'État; Danton devait faire le reste après s'être assuré d'avoir la main sur une nouvelle municipalité à Paris.

Le retour de La Fayette à Maubeuge n'arrêta malheureusement pas la suite des désastres militaires: Luckner évacua la Belgique pour se replier sur Lille et Valenciennes.

Vergniaud, le 3 juillet, prononça le discours le plus violent jamais entendu jusque-là contre le roi. Sous les vivats, il proposa le vote de deux décrets: la patrie était proclamée en danger et Louis XVI prié de se conformer strictement à la volonté de l'Assemblée. Il s'agissait ni plus ni moins que d'une mise sous tutelle.

Or, Manon, qui n'aimait pas Vergniaud, eut le toupet de lui reprocher sa mollesse; elle s'étonna qu'il n'eût pas tout bonnement proposé la déchéance du roi et elle ajouta ceci: «Ne craignez pas de lui dire qu'il a beaucoup à faire pour se rétablir dans l'opinion, si tant est qu'il y tienne encore en honnête homme, ce dont je doute.»

L'idée d'abattre la monarchie était donc dans l'air et, pourtant, il n'était pas un homme en France qui ne fût effrayé à l'idée de franchir ce pas. Les acteurs du drame s'observaient et, effarés eux-mêmes de leur audace, se prêtaient au dernier moment à des réconciliations de comédie comme ce fameux « baiser Lamourette » qu'un abbé-député de ce nom, les larmes aux yeux, engagea tous les députés à venir échanger au bas des gradins de l'Assemblée ; comme aussi ce serment que le roi monta renouveler à l'autel du Champ-de-Mars, le 14 juillet, sous les huées, en présence du peuple paré de cocardes… Et, surtout, sous le regard des premiers fédérés arrivés dans la ville, présents aux premiers rangs, grossièrement accoutrés, la mine farouche… vociférant et brandissant leurs fusils comme une horde de barbares.

Ce que l'on remarqua tout du long de cette étrange cérémonie où la famille royale apparaissait en public parée des derniers oripeaux de sa gloire, ce furent les yeux rougis de la reine et son air de désespoir.

Du 15 juillet au 9 août, Paris se calma un peu ; même Manon paraissait tétanisée. La fureur se contint à peu près dans l'enceinte des salles où se tenaient les réunions des quarante-huit sections de Paris. Deux ou trois pétitions réclamant la déchéance du roi échouèrent sur le bureau de l'Assemblée mais ne firent pas l'objet d'un débat public.

Brusquement, redoutant les conséquences de la machination qu'ils avaient montée depuis mars, Brissot et quelques Girondins modérés, qui venaient de comprendre en lisant dans le sourire que laissait parfois échapper Robespierre qu'ils avaient bien travaillé pour lui, prirent peur. Gensonné, Guadet et même Vergniaud tentèrent alors de prendre langue en secret avec la Cour par l'intermédiaire du valet de chambre Thierry. Mais le torrent était inexorable et la mécanique du coup d'État en place : Robespierre ne parlait plus de sauver la Constitution, les fédérés étaient chaque jour plus nombreux dans la capitale, le roi «en avait fini avec les hommes», la reine avait accepté son destin : personne ne pourrait plus inverser le cours des choses.

Le 26 juillet, Guadet, pâle et solennel, monta à la tribune lire une *Adresse au roi*; c'était presque un dernier appel à un père absent : «Vous pouvez encore sauver la patrie et votre couronne avec elle... Osez enfin le vouloir; que le nom de vos ministres, que la vue des hommes qui vous entourent appellent la confiance publique...» Brissot lui succéda à la tribune pour appeler à la modération générale. Or, dès le 29, Robespierre, aux Jacobins, laissa tomber le masque : il se livra à une attaque en règle contre la Législative aux mains des amis de Brissot, il leur reprocha d'avoir mené le pays au bord de l'abîme et il plaida pour une nouvelle Convention qui serait l'émanation non des anciennes institutions mais des principes de la Révolution soutenus du droit à l'insurrection.

Le 1er août, dans l'après-midi, fut connu à Paris le manifeste de Brunswick dont les dispositions les plus humiliantes étaient celles qui concernaient particulièrement la capitale :

> La Ville de Paris et ses habitants sans distinction seront tenus sur-le-champ de se soumettre et sans délai au roi, de mettre ce prince en pleine et entière liberté, et de lui assurer ainsi qu'à toutes les personnes royales l'inviolabilité et le respect auquel le droit de la nature et des gens oblige les sujets envers leur souverain. Seront rendus personnellement responsables de tous les événements, sur leur tête, pour être jugés militairement, sans espoir de pardon, tous les membres de l'Assemblée nationale, du département, du district, de la municipalité et de la Garde nationale de Paris, les juges de paix et tous ceux qu'il appartiendra... S'il est fait le moindre outrage à Leurs Majestés le roi, la reine

> et la famille royale, s'il n'est pas immédiatement pourvu à leur sûreté, à leur conservation et leur liberté, il en sera tiré une vengeance exemplaire et à jamais mémorable, en livrant la Ville de Paris à une exécution militaire et une subversion totale et les révoltés coupables d'attentats au supplice qu'ils auront mérité…

Ces quelques lignes mortifièrent les Parisiens. Les officiers prussiens qui les avaient écrites avec l'aide d'émigrés français ne pouvaient pas se faire une idée de l'état moral du peuple de la capitale depuis que l'on avait déclaré la patrie en danger : il était comme galvanisé. Le manifeste devenait de la sorte l'acte le plus maladroit que l'on puisse imaginer produire si l'on désirait sincèrement sauver la monarchie. Sur quarante-huit sections de Paris, quarante-sept se prononcèrent sur-le-champ pour la déchéance de Louis XVI. L'Assemblée nationale ne pouvait plus rien tenter pour s'y opposer, le reste de la France ne pouvait pas être consulté : c'étaient à présent les sections de Paris, soutenues de la puissance des colonnes fédérées, qui allaient prendre en main les choses.

Les Tuileries, depuis le manifeste, avaient reçu le surnom de château de Koblenz, c'était assez dire qu'on ne les regardait plus que comme le repaire de la traîtrise et de la conspiration.

Danton allait tirer toutes les ficelles du « coup d'État » du 10 août : il fallait pour cela que Louis XVI, qui depuis dix jours n'avait plus de ministres, fût définitivement bafoué ; que la municipalité de Paris, prudemment conservatrice et bourgeoise, fût entièrement supplantée par une équipe composée de ce qu'il y avait de plus extrême dans les sections parisiennes, et que la Garde nationale encore majoritairement « fayettiste » fût réduite à l'impuissance. Il fallait surtout que l'action fût rapide, contenue dans la capitale et que la province conservatrice n'y vînt pas mettre son grain de sel.

Le plan de Danton, président du club des Cordeliers, avait besoin d'un déclic. Celui-ci fut facile à trouver : le 7 juillet, le directoire de Paris avait suspendu de leurs fonctions Pétion, le maire, et Manuel, le syndic, rendus responsables de n'avoir pas su éviter l'invasion des Tuileries le 20 juin ; le 12 juillet, Louis XVI avait confirmé cette suspension.

Danton prit aussitôt la défense de Pétion qu'il n'aimait pourtant pas : « Non ! Non ! Vertueux Pétion, le peuple vous soutiendra ! » Il en fit tant que l'Assemblée nationale craintive, manipulée par des agents de Danton – qui n'était pas député lui-même –, outrepassa largement ses pouvoirs en rétablissant Pétion dans son poste malgré la sanction royale. Ce dernier, rétabli à l'Hôtel de Ville, remercia son sauveur en lui procurant l'arme du coup d'État à venir : un « Bureau central de correspondance », qui, pour la première fois, centralisait les travaux et les projets des quarante-huit sections de Paris.

Ce fut cette réunion des sections qui pouvaient à présent parler d'une seule voix qui allait décider de la suite : Danton rassembla le Bureau et lui fit rédiger une *Adresse à l'armée*, empiétant de nouveau sur les prérogatives du ministère et du roi. Le 31 juillet, il laissa la section de Mauconseil créer l'irréparable : elle déclara cette chose énorme de « ne plus vouloir reconnaître Louis XVI comme roi »… Le même jour, dans sa section du Théâtre-Français – qui avait englobé l'ancien district des Cordeliers –, Danton fit un autre pas de géant vers la subversion : il appela les citoyens à s'enrôler pour sauver la patrie en danger, mais surtout il envoya des délégués à l'Hôtel de Ville pour *remplacer révolutionnairement* les représentants réguliers soupçonnés de tiédeur. Le 4 août, c'est toujours la section du Théâtre-Français – décidant cette fois au nom de la nation – qui demanda la dissolution de l'état-major de la Garde nationale et arrêta la création d'un poste d'artillerie au Pont-Neuf qui démontrait clairement l'intention de s'en prendre au château des Tuileries.

On en était donc là le 4 août, quand – coup de tonnerre – Danton quitta Paris brusquement pour se rendre en Champagne pendant trois jours... Surprenante manière d'agir à laquelle, dans les heures les plus graves, il allait habituer tout son monde. Hésitait-il ? Eut-il une hésitation à la veille de franchir le pas, d'oser ce que personne n'avait osé depuis plus de mille ans : abattre la vieille monarchie ? Non ! Il prenait simplement des forces. Le 9 août au matin, il était de retour dans Paris : « On m'a vu solide ! » dira-t-il plus tard. Solide, en effet, il l'était.

Il allait devenir le pivot de l'émeute, manœuvrant magnifiquement à l'Hôtel de Ville où, dans deux salles séparées, siégeaient au même moment la municipalité conservatrice qu'il voulait évincer et celle qu'il venait de composer après avoir choisi des hommes à sa main dans les différentes sections de Paris... Il avait aussi son plan pour neutraliser Jean-Antoine Gailliot, marquis de Mandat, le nouveau commandant de la Garde nationale...

Restait à jouer la pièce...

En cette soirée du 9 août, la nuit était belle et illuminée d'une douce clarté. À un balcon des Tuileries, deux femmes, semblables à deux fantômes, pleuraient : la reine et la princesse Élisabeth. Elles entendaient le tocsin, et chaque coup frappé retentissait dans leur cœur. Le roi venait de leur annoncer que des attroupements se formaient lentement et que les faubourgs semblaient endormis. Cela avait donné un peu de courage aux deux femmes : et tandis que les Suisses se mettaient silencieusement en ordre de bataille dans les cours, elles étaient allées se reposer, parées de leurs beaux habits, dans un cabinet de l'entresol. La reine voulut alors amener le roi avec elle pour lui faire endosser un gilet «plastronné».

Mme Campan l'avait confectionné mais il refusa de le passer. Il laissa les deux dames pour aller s'enfermer avec son confesseur.

Un officier de son état-major, qui avait communiqué au roi un plan de défense élaboré par le général de Vioménil, rejoignit la reine et la princesse.

– Mesdames, leur dit-il, mettez dans vos poches autant d'or et de diamants que vous pourrez. Le péril est inévitable et nos moyens de défense résident seulement dans la volonté du roi. Votre Majesté, plus que quiconque, sait ce que l'on peut espérer de lui.

Les deux femmes tentèrent de s'endormir, mais n'y parvenant pas elles appelèrent Mme de Tourzel, lui faisant signe de s'asseoir à leurs pieds. À peine celle-ci eut-elle obéi que l'on entendit un coup de fusil dans la cour.

– Hélas! dit la reine en se levant, voilà le premier coup de fusil. Malheureusement, ce ne sera pas le dernier. Allons près du roi!

Elles trouvèrent le roi assez tranquille. Un homme s'était offert pour corrompre Pétion pour 200 000 francs et Danton pour 100 000. Le roi y avait cru: ces deux-là ne passaient-ils pas pour corruptibles? Le mystérieux personnage avait reçu les 300 000 francs et était revenu disant au roi que l'affaire était faite. La vieille Couronne en était réduite à d'improbables expédients.

Pétion, appelé par le roi, devait au lever du jour venir au château et, en signe d'accord, poser pendant une seconde son index sur son œil droit – il s'agissait pour ce qui le concernait de calmer l'Assemblée des sections de Paris et d'empêcher la marche des fédérés. Danton devait rester chez lui. C'était donc sa seule inertie qui était estimée à 100 000 francs.

De là venait la tranquillité du roi.

Mais, sur ces entrefaites, arriva une terrible nouvelle : la question de la déchéance du roi avait été posée à l'Assemblée au début de la séance et quarante-sept députés présents sur quarante-huit avaient voté cette déchéance.

Une demi-heure plus tard fut annoncée l'arrivée de Pétion. Le roi ordonna qu'on l'introduise. Mais, dans l'antichambre, il se trouva nez à nez avec le commandant de la Garde nationale, Mandat.

Il entama une vive discussion avec celui-ci sur le nombre de cartouches qui avaient été distribuées aux gardes nationaux, tandis qu'un huissier criait :

– Le roi attend !

On ouvrit, Pétion entra. Au même moment, Mandat fut appelé à l'Hôtel de Ville pour rendre compte des mesures prises par lui pour la sécurité de Paris. Il n'y avait plus moyen pour Mandat de ne pas aller à cette convocation, tout comme il n'y avait pas eu moyen pour Pétion de ne pas venir aux Tuileries.

Le roi parla à Pétion comme s'il parlait à un homme acheté. Pétion n'y comprenait rien ; il écarquillait les yeux mais il ne plaçait point son index sur l'œil. Le roi pressentit qu'il avait eu affaire à un écornifleur qui sans doute, concernant tout au moins Pétion, avait mis dans sa propre poche les 200 000 francs.

Il restait la ressource de retenir Pétion en otage.

– Ne vous éloignez pas, monsieur, dit le roi, je dois encore parler avec vous.

Pétion sentit qu'il était prisonnier. Mais il avait prévu le cas et en avait prévenu l'Assemblée qui s'était déclarée « siégeant en permanence ».

Un huissier de l'Assemblée vint aux Tuileries, parvint jusqu'à la chambre du roi et annonça à Pétion qu'il était appelé à la tribune. L'huissier marchait droit et personne n'osait lui barrer la route.

Quelques instants après, on vint dire au roi que Mandat, le commandant de la Garde nationale, avait été tué sur les marches de l'Hôtel de Ville et que Santerre, le brasseur, avait été nommé pour le remplacer. Ce n'était plus la même chose. Mandat était un ami éprouvé, Santerre un ennemi acharné.

Puis on annonça que l'on battait la générale dans les faubourgs. Le nouveau commandant de la Garde prenait ses fonctions.

La reine sortit alors de la chambre du roi, pâle, défaite, frissonnant au bruit du tocsin qui faisait trembler les pendeloques de cristal des lustres.

Les dernières nouvelles étaient arrivées chez le roi quand, assoupie, elle cherchait à retrouver quelques forces contre la fatigue.

On donna au roi le conseil de se montrer à ses défenseurs tant à l'intérieur qu'à l'extérieur. Mais il est des hommes qui ne réussissent rien dans les occasions qui font les grandes circonstances. C'était le malheur de Louis XVI.

Vêtu d'un habit somptueux, habit de prestige et de combat pour les rois, il avait conservé sa coiffure du jour précédent ; seulement, il s'était couché et sa coiffure était en partie défaite. À cela s'ajoutaient de gros yeux rouges, quasi hébétés ; les muscles de sa bouche étaient tendus et agités de mouvements involontaires : le malheureux monarque produisait un bien piètre effet.

La revue fut peu pittoresque ; on entendit quelques cris de « Vive le roi ! » mais, depuis la cour des Tuileries, ils furent couverts par ceux de « Vive la nation ! ».

Les royalistes persistaient, mais les patriotes crièrent :
– Non, non, nous ne reconnaissons pas d'autre maître que la nation.

Le roi, presque suppliant, leur répondit :
– Oui, mes fils, la nation et votre roi qui ne font et ne feront jamais qu'un seul corps.

C'était déjà annoncer une défaite avant que de combattre.

Le roi rejoignit son appartement, tout essoufflé, il rentra dans sa chambre et se jeta sur une banquette. Alors seulement il mesura l'abîme dans lequel il était sur le point de plonger. La reine qui l'avait suivi à la revue, restant dans le vestibule, remonta l'escalier derrière lui : de grosses larmes roulaient en silence sur ses joues.

Elle se pencha vers Mme Campan qui, n'ayant reçu aucun ordre, était restée dans la chambre.

– Tout est perdu ! lui dit-elle à voix basse. Le roi n'a montré aucune énergie et sa présence a fait plus de mal que de bien.

Une heure plus tard, le roi se décida à suivre le conseil de Roederer, procureur-syndic du département de la Seine : il abandonna le château pour aller réclamer la protection de l'Assemblée. Il laissait là neuf cent trente Suisses, trois cents gentilshommes à peu près et autant de gardes nationaux demeurés fidèles.

Louis XVI parti, tous se sentirent abandonnés, cherchant un chef, un centre, une voix, quelqu'un enfin auprès de qui prendre des ordres.

Le major Dürler, homme héroïque, cherchait comme les autres. En descendant le grand escalier, il trouva sur la dernière volée le sieur de Mailly, qui lui annonça qu'en abandonnant le château le roi lui en avait laissé le commandement.

– Alors, demanda Dürler, quelles sont les intentions du roi ?

– De ne pas vous laisser dominer, dit Mailly.

– Vous pouvez vous fier à nous, répondit simplement Dürler.

Et il alla porter à ses compagnons ces ordres qui étaient leur sentence de mort. Le commandement lui revint puisque Maillardoz, le commandant du château, avait accompagné le roi à l'Assemblée.

Blanchot se tenait sur la large terrasse des Feuillants lorsque la famille royale était apparue venant du palais pour gagner l'Assemblée nationale. La salle du Manège avait deux entrées : la principale se situait presque à hauteur du pavillon de Marsan qui terminait les Tuileries au nord, débouchant au milieu du cul-de-sac Dauphin qui permettait de joindre l'église Saint-Roch ; l'autre, plus éloignée du château, ouvrait sur le très étroit passage des Feuillants qui permettait, lui aussi, de rejoindre la rue Saint-Honoré en suivant le mur aveugle qui longeait l'enclos de ce couvent. Les officiers en charge de la sécurité du roi, soucieux avant toute chose de l'éloigner du palais au plus vite, choisirent au dernier moment cet accès plus éloigné mais aussi plus malcommode.

Or, dans cette fuite où tout était improvisé, on ne savait plus qui commandait vraiment, de Louis XVI, frappé de mutisme, ou de ceux qui marchaient devant lui en paraissant l'avoir séquestré. Du coup, ni le monarque ni ceux qui l'accompagnaient – Roederer, Jacobin légaliste qui avait fermement condamné l'invasion des Tuileries le 20 juin dernier ; le major Bachman et le colonel de Maillardoz –, tous persuadés que la sortie de la famille royale ferait immédiatement cesser la marche des assaillants, ne songèrent à donner l'ordre aux défenseurs de cesser de tirer sur les assaillants. Cette négligence causée par la panique générale devait coûter des centaines de vies et bientôt être imputée à Louis XVI comme un crime de plus.

Ce bien triste cortège allait d'un pas rapide, poussé par les soldats de la Garde et entraîné par Roederer qui marchait à grandes enjambées : avant qu'il quitte le château, on l'avait informé de l'assassinat de son ami le marquis de Mandat, commandant de la Garde nationale, dépêché par le roi à l'Hôtel de Ville ; cette nouvelle l'avait saisi d'épouvante. Flanquant Louis XVI, le précédant même de quelques pas, Bachman et Maillardoz couraient en jetant sans cesse des coups d'œil en arrière comme pour vérifier qu'ils n'étaient pas poursuivis. Bizarrement, à cet instant, une poussière dorée flottait dans l'air comme pour faire de ce drame une espèce de féerie.

Louis XVI portait alors un tricorne à cocarde qu'il venait, au moment de quitter le château, d'échanger avec un garde national contre son couvre-chef habituel à ganse de soie et grand plumet blanc. La reine suivait du même pas accéléré, en larmes, tenant la main du dauphin, appuyant son autre bras sur celui de François de La Rochefoucauld ; Mme de Tourzel tenait l'autre main de l'héritier du trône ; sur le même rang se trouvaient Madame Royale, elle aussi en pleurs, la princesse de Lamballe, ainsi que Madame Élisabeth. Cette dernière était comme extatique. Ses lèvres s'animaient d'une inaudible prière et sans doute, déjà, priait-elle Dieu, comme elle n'allait cesser de le faire par la suite, de la prendre elle, et elle seule, pour victime expiatoire de tant de catastrophes.

Marie-Antoinette remarqua soudain, au milieu de cette horde qui fuyait, son frère de lait, Weber.

– Que fais-tu ici ? lui demanda-t-elle effrayée, ce n'est pas là ton poste !... Rejoins tes camarades, ou plutôt, enfuis-toi ! Il y a du danger si l'on remarque ton accent.

Cet homme, en un éclair – car tout cela se produisait toujours au pas de course –, s'arrêta brusquement et, les yeux pleins de larmes, la regarda s'éloigner tandis qu'elle tournait la tête autant qu'elle le pouvait pour le fixer encore, l'air cette fois tout à fait désespéré.

Le petit dauphin, inconscient de la gravité du moment, s'était amusé à deux ou trois reprises à lancer son pied dans des tas de feuilles mortes et Blanchot, qui se trouvait sur la dernière marche de l'escalier, avait entendu distinctement son père, souriant tristement, lui dire avec un calme stupéfiant : « Voilà bien des feuilles ! Elles tombent de bonne heure cette année ! » Le médecin fut parcouru d'un frisson car on ne pouvait que faire le rapprochement avec ce qui était paru, depuis quelques jours, dans les journaux et les libelles de la Montagne où l'on annonçait que la monarchie « ne durerait pas jusqu'à la chute des feuilles ».

À mesure que cette pitoyable troupe s'était éloignée du palais, le fracas de la mitraille s'était fait plus lointain – car les plus terribles combats se déroulaient alors dans la cour du Carrousel, de l'autre côté du château. Mais à présent, malgré cet écran minéral, le bruit devenait plus continu, plus sourd et plus menaçant, désormais entrecoupé de répétitives canonnades. De plus, au moment où les fugitifs allaient atteindre la terrasse, la foule, regardant du côté des jardins, remarqua pour la première fois depuis le début de la matinée, par-dessus les toitures et le dôme central, des panaches de fumée noire s'élevant dans les airs.

Très vite, ce roulement de mitraille et de canon avait été relayé par les cris de la populace massée à l'entrée de l'étroit passage des Feuillants. De tous côtés on vociférait, on insultait les fugitifs. C'étaient des cris mêlés de « À bas le veto !... À bas le tyran !... La mort ! La mort ! ». La reine était conspuée bien davantage que les autres. Elle fut même bousculée au moment de pénétrer dans le corridor qui menait depuis cette entrée secondaire jusqu'à la salle des séances : on lui vola sa montre, on lui arracha sa bourse... Forfaits inimaginables une heure auparavant encore.

Blanchot ne put pas entrer. Il n'entendit donc pas le roi annoncer d'une voix blanche et faible qu'il venait se placer sous la protection de la représentation nationale. Il n'eut pas non plus le lamentable spectacle de la famille royale parquée dans la loge grillagée du logographe tandis que les députés commençaient de délibérer sur son sort.

Un moment, il demeura sur la terrasse où un vent inhabituellement violent fit tout à coup tournoyer des colonnes de poussière, agitant le feuillage déjà à demi fané des tilleuls; ce brusque accès de nervosité d'une nature qui paraissait elle-même inquiète et contrariée suffit un moment à couvrir le bruit de la fusillade qui continuait dans la cour du Carrousel et à faire ainsi presque oublier qu'à trois cents pas de là des hommes étaient en train de mourir.

Au milieu de cette masse émue et haletant d'une terrible colère, Pierre Blanchot, tout en sachant pertinemment le peu de foi qu'il fallait apporter aux nouvelles colportées de bouche à oreille, avait écouté le rapport venu par bribes de discours que l'on prétendait tenus à l'intérieur de l'enceinte du Manège. Il avait été tour à tour question de la suspension du roi, de sa déchéance, de son exil au mont Saint-Michel ou dans une forteresse des rives de l'Atlantique.

Comprenant que rien de décisif ne se passerait avant la fin du jour, il décida, sur le coup de 3 heures, d'aller dîner chez Anselme et Lucile. Longeant les terrasses, arrêté juste avant le pavillon de Marsan par un groupe compact et désordonné d'hommes en armes et sans uniforme, il prit alors la mesure du drame qui était en train de se jouer du côté du Carrousel.

Le canon roulait et tonnait toujours, couvrant les cris de ceux qui se battaient encore. Mais son regard s'arrêta sur un groupe d'hommes qui buvaient au goulot une bouteille de vin; comble d'horreur, deux de ces soudards débraillés portaient dans leurs larges ceinturons de flanelle des sabres sans fourreau dégoulinant de sang; derrière eux s'entassaient les corps de quelques-uns des défenseurs que l'on avait dépouillés de leurs habits pour les voler, à commencer par leurs bottes : quelques-uns avaient été émasculés et deux ou trois décapités.

Le médecin était habitué par métier à endurer de terribles spectacles mais, cette fois, il faillit défaillir. Frissonnant jusqu'aux entrailles, il s'adossa un instant pour reprendre ses esprits à la borne cavalière d'une des premières maisons du cul-de-sac Dauphin puis hâta le pas du côté de la rue Saint-Honoré qu'il remonta prestement jusqu'à celle du Roule.

Ce qui l'étonna, à mesure qu'il s'éloignait du fracas et de la fusillade, ce fut le calme qui régnait dans le reste de la ville. Les rues presque désertes, les boutiques et les échoppes ouvertes à l'ordinaire, les Halles qui étalaient sur le carreau leurs déballages accoutumés de l'été: des légumes, avec des empilements de choux verts et de fruits – des poires surtout dont il y avait un nombre infini d'espèces que la chaleur précoce avait déjà fait venir à maturité. L'animation était surtout due aux attroupements de mégères discutant à l'infini, dans de grands gestes brusques et à grand renfort de cris, autour des rares volailles enfermées dans des cages ou des fromages alignés sur des claies de paille, denrées devenues rares et chères depuis de nombreux mois.

Ce jour d'horreur était en somme comme un jour ordinaire, avec ses tracas, ses misères de temps de disette, quand, à moins de dix minutes de marche de là, dans l'émeute et le crime, se jouait le sort du pays. Les grands événements sont souvent ainsi; ils sont comme la tête d'épingle piquée sur la carte, comme la virgule posée au milieu de la phrase; c'est après coup qu'ils deviennent énormes, et ceux qui avaient eu la possibilité d'en être les témoins s'étonnent le plus souvent de ne pas les avoir vus.

Anselme se trouvait dans sa cour, à l'abri de sa terrasse couverte de glycine, lisant les gazettes sur le petit pupitre ajusté à l'accoudoir de sa chaise roulante. D'entrée, il fut impressionné par le visage bouleversé de son ami.

– Les Tuileries sont tombées!... Le roi s'est réfugié à l'Assemblée nationale, mais cela ne préjuge rien de bon:

les députés sont sous la menace de la rue ; ils ont peur... Ils seront forcément lâches.

– Nos amis girondins ont porté l'étincelle, mais ils ne maîtrisent pas l'incendie, estima l'ancien chimiste de Sèvres. Ils n'ont pas de courage, en effet : Paul qui vient de passer et qui m'a déjà raconté le début de l'émeute prétend que Pétion, après avoir quitté les Tuileries avant l'assaut, s'est fait sur sa demande consigner chez lui pour n'avoir à prendre aucune décision publique. Quelle que soit l'issue de l'affaire, il aura le beau rôle !

– La reine, Anselme, la reine, je lui ai promis de l'aide... Je suis l'un des seuls à pouvoir juger exactement des profonds changements qui se sont produits en elle... La femme futile que nous avons connue à Trianon, et qui nous avait glissé entre les doigts dans la frénésie du plaisir, se révèle aujourd'hui un grand caractère, une femme admirable.

Le paralytique ne put réprimer un sourire et, pour que sa réponse soit plus forte, alors même que Blanchot était le plus habile de tout son entourage à savoir lire sur ses lèvres, il écrivit sur son ardoise cette phrase : « Homme crédule ! Tu te laisses enjôler par une sirène. »

Le médecin se défendit tant qu'il put, racontant en quelques phrases ses derniers entretiens aux Tuileries avec la reine, son fatalisme, ses regrets d'avoir gâché beaucoup d'occasions favorables et, pour finir, son étonnante résignation.

– Tu auras du mal à te faire entendre de nos amis, reprit Anselme, regarde un peu autour de nous : Mathieu, le doux Mathieu, pense, depuis Varennes, que ces gens-là sont dangereux, qu'on devrait les exiler... Paul, tout à l'heure, me disait qu'il comptait sur la déposition du roi... Il me semble surtout que ton propre fils, Louis, sur ce point précisément, ne partage pas ton avis.

– Comprends-moi bien, je ne plaide pas pour qu'on leur laisse le veto, ni même la Couronne... Je veux tout simplement qu'on les épargne, lui en tant que père, elle en tant que mère, et qu'avec l'honneur qui compte tant pour eux on leur laisse aussi la vie... Tu sais comme moi que par les temps qui courent les têtes ont vite fait de se balancer au bout d'une pique... Le pauvre Mandat, ce matin encore...

– Aide-la ! Pierre, aide-la, mais fais bien attention à tout ce que tu diras... Tu jouis de l'estime publique puisque tu es le médecin des pauvres à la Charité et celui des sourds-muets à l'école de l'abbé de l'Épée... Ne gâche pas tout cela parce que l'on pourrait te croire devenu brusquement entiché de ces gens-là... Pris, comme tant d'autres, sur le tard, d'un éblouissement aristocratique.

Blanchot dîna simplement, tête à tête avec son ami, de melon, de poulet froid et de fruits. Il était à peu près 5 heures lorsqu'il revint vers les Tuileries. Du côté du château, c'était à présent le silence. Il put s'avancer jusqu'à la grille et ce fut pour contempler un spectacle de désolation : le pavé jonché des cadavres des défenseurs en uniforme mêlés à ceux des assaillants en chemise que des hommes s'affairaient alors à jeter pêle-mêle sur des chariots sans ridelles. D'instinct, horrifié, il se détourna pour se porter du côté de l'Assemblée où rien n'avait bougé depuis le début de la matinée, hormis qu'alentour la foule s'était faite plus compacte.

Il attendit là pendant presque cinq heures, debout, refusant par son mutisme d'alimenter les rumeurs et les ragots qui volaient de bouche en bouche. À mesure que le temps passait, la foule grossissait et, au premier rang, se glissaient, de plus en plus nombreux, de plus en plus nerveux, des fédérés, des hommes des faubourgs, armés de fusils et de piques.

Un peu avant 10 heures du soir – la nuit était déjà tombée – courut une nouvelle rumeur à laquelle cette fois le médecin prêta plus d'attention et qui fut effectivement presque aussitôt confirmée par l'annonce d'un huissier :

– Le roi et sa famille vont dormir aux Feuillants ! On fixera leur sort demain !

– Pourquoi pas tout de suite ? répondirent en écho quelques gaillards des premiers rangs. Voilà bien des ménagements pour des gens qui font assassiner le peuple !

– Le roi et la reine en prison ! relayèrent d'autres cris.

– Le gros Louis destitué ! hurla une mégère.

Il y eut une nouvelle bousculade : des hommes essayèrent de forcer la porte de cette entrée secondaire du Manège, tandis qu'au même moment, à la porte principale, celle du cul-de-sac Dauphin, se produisaient des incidents encore plus vifs. Blanchot parvint – Dieu sait comment – à fendre cette foule et se hissa sur l'un des montoirs de la porte du cloître du couvent des Feuillants : la reine allait forcément passer par là.

Juste au-dessus de lui se trouvait une lanterne qu'un domestique des moines était parvenu à allumer. Le rai de lumière coupait le crépuscule et tombait sur Blanchot, si bien que l'on ne voyait presque plus que lui dressé au-dessus de la foule.

Vers 10 heures et demie il y eut une bousculade, une véritable émeute même dans ce passage déjà bondé au point que l'on n'y pouvait plus remuer un bras : des gardes, des députés, des huissiers tentèrent de faire une chaîne pour ménager un passage, mais ils étaient poussés de toutes parts et, bien que s'arc-boutant, ils se cognaient les uns aux autres. Des gardes nationaux avaient tiré leurs sabres dont l'acier étincelait dans la pénombre. Ils les agitaient au-dessus de leurs têtes mais sans pouvoir faire relâcher la presse. La famille royale, poussée, tirée, même bousculée par ceux qui étaient en charge de la protéger, finit par se risquer dans cette fournaise : le roi toujours défrisé, tenant la main de son fils, Mme de

Tourzel posant la main sur l'épaule de ce jeune prince, la reine pâle et digne, entourée de sa fille et des princesses Élisabeth et de Lamballe.

Marie-Antoinette vit tout de suite Blanchot, et elle ne le quitta pas du regard tandis qu'elle s'engouffrait, presque aspirée par la multitude, dans la porte du couvent.

Elle comprit qu'il ne lui manquerait pas et à cet instant elle esquissa un faible sourire.

Durant trois jours, les 11, 12 et 13 août jusqu'à 3 heures de l'après-midi, recommença le même manège : la famille royale tout entière revenait dans la journée à l'Assemblée, cloîtrée dans la petite loge du logographe où l'on suffoquait, ramenée le soir dans les misérables cellules tapissées de papier vert fané des Feuillants. Ils n'avaient rien, on n'osait pas leur dire que les Tuileries avaient été pillées et que l'on aurait été bien en peine de retrouver pour eux des chemises de nuit, des bonnets, des chaussettes ou de la vaisselle.

Le roi n'étant ni suspendu, ni destitué, ni prisonnier pouvait encore recevoir des visites. Avec beaucoup de mal, le prince de Poix, MM. de Briges, de Brézé, de Nantouillet, de Saint-Pardou, d'Aubier, le duc de Choiseul-Stainville parvinrent à le rejoindre dans son couvent pour le rassurer : ils trouvèrent un homme abattu qui se contenta de les embrasser en pleurant. Les dames n'étaient pas en reste : lady Sutherland, la femme de l'ambassadeur d'Angleterre, vint apporter du linge et des vêtements, la duchesse de Choiseul, Mmes de Nantouillet et Campan vinrent s'essayer à réconforter la reine qui les reçut avec beaucoup de dignité, les assurant qu'elle aurait du courage pour affronter les événements auxquels la Providence l'exposait.

Le reste du temps, Louis XVI mangeait à heure fixe et avec appétit, il lisait les *Métamorphoses* d'Ovide dans l'édition en latin que lui avait passée l'un des moines. Cela le changeait presque agréablement de la lecture qu'il avait faite les jours précédents de l'histoire de son arrière-grand-oncle Charles Ier, le roi d'Angleterre décapité. La reine était à cran, elle ne mangeait plus et s'échappait parfois en crises de nerfs. À Mme de Tourzel, elle avait confié avant de s'effondrer : « Nous sommes perdus ! Nous succomberons tous dans cette horrible révolution ! » Mais elle était aussi – pour la première fois sans doute à ce point – une mère admirable : elle tentait de ranimer le courage de sa fille qui, depuis la sortie des Tuileries, n'avait cessé de pleurer et de calmer les impatiences du dauphin qui ne comprenait pas pourquoi il fallait être enfermé tout le jour dans cette loge étroite et grillagée au lieu d'aller jouer dans le jardin.

Les députés, comme jamais auparavant, débattaient sous la pression du peuple. Les plus modérés voulaient une simple suspension du roi, le maintien de la Constitution avec, à la rigueur, un réexamen des conditions de l'exercice du veto ; mais une minorité agissante réclamait la destitution, la rédaction d'une nouvelle Constitution, avec convocation d'une nouvelle Assemblée chargée de mettre au point ce nouveau pacte : une Convention. Pour le moment, l'Assemblée dans sa grande majorité – tétanisée par la responsabilité qui lui incombait – souhaitait qu'à titre provisoire le roi soit retenu non comme prisonnier mais comme otage, au palais du Luxembourg, vide depuis la fuite à l'étranger du comte de Provence. Mais le peuple était aux portes du Manège, il ne comprenait rien à tous ces ménagements. Il criait fort, c'étaient des cris de mort ; il menaçait d'envahir la salle des délibérations tant que le roi ne serait pas mis en accusation et jeté dans un sombre cachot.

Jamais sans doute autant que dans ces trois jours ne fut-il donné à un monarque de s'entendre ainsi accuser de tous les maux publics sans pouvoir répliquer ni élever la moindre justification. Tout d'abord, l'Assemblée avait paru gênée de sa présence, puis elle l'avait complètement oublié. À présent, c'était véritablement de la haine que l'on sentait vibrer lorsque les hommes de la Montagne prenaient la parole : quelque chose de violent que la longue suite des règnes depuis des siècles avait accumulé, et dont Louis XVI allait avoir à présent à régler le solde au nom de ceux qui l'avaient précédé.

Quand un député de la Plaine se levait pour tenter d'adoucir ou d'accommoder, la vocifération du peuple au-dehors suspendait aussitôt son discours, comme si les murs avaient été de papier : la voix de l'orateur devenait alors tremblante, elle se ralentissait et puis elle s'arrêtait. Face au droit à s'insurger proclamé par la Commune de Paris, la Constitution, la loi, l'équité, le respect, la pitié même – celle que l'on peut avoir pour un père, même déchu, pour une femme, pour des enfants – paraissaient chaque fois des considérations hors de propos ou dérisoires. C'était un de ces moments troubles où la force brutale emporte tous les pactes de la raison et de l'intelligence.

Le mérite de Louis XVI, dans ce moment dramatique, fut de rester calme ; celui de la reine, d'être digne.

Le 13 août, à 3 heures de l'après-midi, la famille royale fut ramenée au couvent avant la délibération finale. Rien n'avait été prévu pour eux : le roi dut se contenter de pain et de saucisson, et ce fut la première fois qu'il marqua quelque déplaisir. Une heure plus tard, Pétion parut, un chapeau orné d'un plumet tricolore vissé sur la tête – ce même Pétion qui s'était volontairement fait enfermer dans son bureau de l'Hôtel de Ville pour attendre la suite des événements. Il avait cette fois un air insolent qui ne présageait rien de bon : il annonça au roi que la Commune de Paris – puisque c'était elle au bout du compte qui avait décidé de la chose et non l'Assemblée – le logerait au Temple.

Louis XVI sursauta en apprenant qu'il s'agissait d'une décision de la municipalité ; de plus, de cette municipalité insurrectionnelle qui, la veille, par l'habile manipulation de Danton, s'était substituée par la force à celle régulièrement élue, et qui avait signé un premier forfait en laissant assassiner Mandat.

Pourtant, il fut rassuré de cette idée du Temple : pour lui, il ne pouvait s'agir que de l'agréable palais construit par Delisle au siècle précédent pour les prieurs et que le prince de Conti avait, il y a peu, paré de tous les aménagements luxueux du temps. Son frère, Artois, nommé grand prieur, y avait fait quelques fois, à la suite de Conti, son séjour des délices dans la capitale et Louis se souvenait d'une visite à son frère – la seule qu'il ait jamais faite en ces lieux – comme d'un moment agréable.

Otage de sa bonne éducation, le roi eut la faiblesse de remercier Pétion et il alla lui-même commander à sa famille de se tenir prête à partir : il n'y avait en vérité aucun préparatif à faire puisqu'ils n'avaient rien. Ce n'était pas la fuite de Versailles, en octobre 1789, lorsqu'il fallait choisir dans la surabondance le peu que l'on emporterait, ni celle de Varennes où l'on avait pendant des semaines refait la liste du nécessaire ; chacun de ces départs successifs avait appris un peu plus à la famille royale le sens du véritable détachement.

La foule était toujours considérable, toujours hostile lorsque vers 5 h 20 de l'après-midi la famille royale reparut sur la terrasse des Feuillants pour monter en voiture. Il y avait là les mêmes personnages que trois jours auparavant, mais singulièrement plus défaits et plus fatigués : le roi, bouffi et toujours défrisé malgré les soins que l'on avait apportés à sa perruque, la reine parfaitement mise et ajustée mais avec d'horribles cernes sous les yeux, les joues presque transparentes à force de pâleur, leur fille, les yeux rougis de pleurs, la princesse

Élisabeth telle une somnambule, celle de Lamballe aussi blanche que la reine et la soutenant malgré tout, Mme de Tourzel enfin qui avait toutes les peines du monde à faire se tenir sage le petit dauphin qui sautait d'un pied sur l'autre dans la joie d'une liberté qu'il croyait retrouvée. On avait tiré jusqu'à l'entrée du passage des Feuillants un gros carrosse, sorti des remises des Tuileries, que l'on avait attelé de deux chevaux au lieu des six nécessaires. Pétion et un commissaire de l'Hôtel de Ville, qui affecta obstinément jusqu'au dernier moment de garder son chapeau vissé sur sa tête, étaient aussi du voyage.

Le cortège se mit en route non sans mal, sous de nouveaux cris et de nouvelles vociférations. Il fut quelque temps retenu sur la terrasse par des gaillards torse nu, armés de haches, qui prétendaient «qu'on préparait un nouveau Varennes dans le dos du peuple... et qu'il fallait tout faire pour empêcher ces sangsues d'aller préparer hors de Paris une Saint-Barthélemy des patriotes».

À l'intérieur, toutes vitres remontées, on suffoquait : le dauphin avait pris place sur les genoux de Mme de Tourzel, Madame Royale se tenait entre les jambes de son père, la reine était seule, droite et digne près de la fenêtre qu'elle s'attendait à tout instant à voir voler en éclats.

Enfin on put partir, après que la Garde nationale eut formé un carré compact. Le carrosse, toujours flanqué d'une populace hostile qui avait d'autant moins de peine à suivre que l'on roulait au pas, s'engagea bientôt rue Royale après avoir longé la façade du Garde-Meuble d'où Paul, accoudé à la balustrade, à côté de M. Choppin qui avait les larmes aux yeux, le regarda passer.

De là il tourna dans la rue Saint-Honoré, à partir de laquelle il décrivit une boucle imprévue pour faire le tour de la place Vendôme : les deux cochers hilares, qui étaient des patriotes, tenaient absolument à montrer au roi ce que l'on avait fait de la statue de son ancêtre

Louis XIV : elle gisait depuis la veille, fracassée tout autour de son piédestal. Louis XVI, découvrant ce spectacle, blêmit, ferma les yeux, puis, surprenant à la dérobée le regard narquois de l'officier municipal, devint impassible. Madame Élisabeth lui pressa le poignet, la reine pleura, mais cette fois elle n'essuya pas ses larmes.

À 7 heures, sans qu'aient jamais vraiment cessé pendant tout ce trajet le vacarme, la presse et quelquefois même le bruit assourdissant des décharges de fusil, le cortège parvint rue du Temple. Le vaste porche de l'enclos était encombré des étals des marchands de légumes et de viande qui, malgré la suppression en août 1789 des franchises de taxes accordées à l'ordre de Malte, continuaient de faire là leur commerce. La chaleur commençait à retomber, un souffle bienfaisant balayait la cour du palais prieural lorsque la voiture de la famille royale s'immobilisa devant la magnifique façade à colonnes de pierre blanche : c'était brusquement, au bout de trois grosses journées de contrainte, de l'air pour respirer, de l'espace pour bouger. Le petit dauphin exultait.

– Nous serons bien ici ! dit-il joyeusement en sautant de la dernière marche du marchepied.

– Oui, lui répondit tranquillement son père, mon frère Artois aime fort ce palais.

La mine des gens chargés d'accueillir la carrossée était même plus avenante qu'aux Feuillants : des femmes du peuple en bonnet, des sans-culottes de la section du Temple qui n'avaient pas l'air des plus farouches. Le palais était vide, démeublé même selon cette habitude qu'avaient les aristocrates possédant plusieurs résidences de toujours transporter leurs meubles avec eux et de se faire suivre et précéder de leurs fourgons. C'est la raison pour laquelle tout d'abord Louis XVI ne s'en inquiéta pas car, plus d'une fois, allant à Fontainebleau ou à Compiègne le matin, il était arrivé dans un lieu qui ne pouvait être habitable que le soir. Confiant, il allait, suivi de ses enfants, de pièce en pièce, visiter ce palais dont il n'avait qu'un fugitif souvenir et, même, en bon père de famille, faisait la distribution des appartements :

– Là, on mettra la reine et ici Mme de Tourzel avec vous, mon mignon, ainsi vous serez proches... Là, ma sœur Élisabeth, avec vous, ma fille, et puis ici la princesse, ainsi nous ne serons pas loin les uns des autres.

Le petit dauphin, voyant l'entrain de son père, ajouta :
– Oui, nous serons heureux ici, mon papa.
– Heureux comme une petite famille qui ne veut plus de tracas, reprit Louis XVI en jetant tout de même un regard inquiet dans la cour où des groupes d'hommes armés de piques venaient de pénétrer pour interpeller avec véhémence les serviteurs habituels de l'enclos et les membres de la section du Temple, demeurés jusque-là calmement sur le perron du palais.

À cet instant, un de ces municipaux – un aristocrate visiblement – entra, ôtant son tricorne, pour annoncer qu'un souper serait servi à 10 heures dans la grande salle, au rez-de-chaussée du palais. Le roi qui commençait à avoir faim s'y rendit : il vit une dizaine d'hommes s'affairer à dresser des tréteaux et à dérouler une grande nappe blanche.

Tout joyeux, il courut l'annoncer à la reine :
– Vous serez contente, Madame, on nous met ce soir une grande nappe de damas, cela nous changera des napperons des moines.

Marie-Antoinette, qui, depuis son arrivée, n'avait pas bougé de la banquette sur laquelle elle était tombée en compagnie des princesses Élisabeth et de Lamballe, voulut y aller voir pour faire plaisir à son mari dont depuis trois jours elle admirait la patience.

Mais, dès qu'elle eut passé la double porte de la grande salle, elle demeura stupéfaite : le premier valet qu'elle rencontra, portant deux flambeaux d'argent chargés de chandelles neuves, n'était autre que Blanchot.

– Vous ici ! s'exclama-t-elle.

Il lui fit, roulant des yeux, signe de se taire.

– Madame, vous voyez que je tiens ma promesse, je ne vous abandonne pas !

– Nous installons-nous vraiment ici ? demanda-t-elle, car elle était la seule à en douter.

– Madame, je ne vous mentirai pas non plus, cela fait partie de notre pacte... Je crains bien que non... Il y a en ce moment à propos de votre famille des discussions terribles... La Commune, pour plus de sûreté, veut vous garder dans le petit donjon, dans l'ancien logis du bibliothécaire du Temple.

– Alors, monsieur, n'en dites rien au roi... Je veux qu'il soit encore heureux pendant tout ce souper, qu'il reste encore dans ses rêves de vie paisible... Moi, pendant ce repas, j'aurai le temps de me faire à l'idée que nous irons dans le donjon et je pourrai de la sorte, par la suite, plus efficacement soutenir son courage.

Elle allait se détourner pour rejoindre les siens, quand elle se ravisa :

– Monsieur, vous vous donnez bien du tracas pour nous... Je ne voudrais pas que tout ce temps nous le volions à vos pauvres.

– Oh ! Madame... mes pauvres, à présent, hélas, vous en faites aussi partie !

Le souper fut servi peu après, un souper digne des petits appartements du roi : profusion de flambeaux et, dans les assiettes, tout ce qu'avait pu assembler la diligence des fidèles qui avaient apporté là leurs ressources – des poulets rôtis, des terrines, des légumes de saison, des flacons de vins de Bourgogne cravatés de lin blanc. Le roi, que rien ne rassurait tant que la profusion de la table, retrouva sa bonne humeur en même temps que l'appétit qui ne l'avait jamais quitté. La reine fut admirable d'entrain, elle qui pourtant savait par Blanchot que cette joie était factice et que cette dernière apparence de fête n'était qu'un feu de paille.

Le médecin se tenait dans le vestibule, toujours vêtu en domestique et peu reconnaissable sous sa perruque blanche, un ornement que jusque-là il s'était toujours refusé farouchement à porter. Dans la cohue – car le peuple du faubourg du Temple était venu en masse pour assister à ce souper public –, on ne pouvait le remarquer. Il allait donc quelquefois, lorsqu'il voyait que l'accès était libre, jusqu'à la table royale sous prétexte de vin à servir ou de plat à remporter, car tout le service se faisait ainsi, au petit bonheur, sans que personne n'ait de rôle vraiment défini. Il se penchait alors vers Marie-Antoinette pour lui sourire.

– Vous soutenez de nouveau ma faiblesse, eut-elle le temps de lui glisser, comme il faisait semblant de se baisser pour ramasser un couvert tombé.

– Madame, c'est vous qui êtes étonnante de courage ! répliqua-t-il encore à demi accroupi.

Un peu avant minuit, lorsque le souper fut terminé, des hommes venus du dehors à la tête desquels se trouvaient les délégués de la Commune – Manuel, l'ancien instituteur devenu journaliste, Michel, un passementier, Laignelet, un obscur poète tragique, Simon, un cordonnier qui allait bientôt s'illustrer pour avoir la garde du dauphin – vinrent souffler les bougies plongeant la vaste salle dans la pénombre. L'un de ces nouveaux venus, qui ne portait que le chapeau de la Garde nationale qu'il garda obstinément sur la tête et qui pour tout le reste de son costume – pantalon à mi-mollet et chemise sortie – tenait au style débraillé, apostropha le roi :

– Citoyen ! Suivez-nous !

Louis XVI demeura interdit, comme pétrifié, parce que c'était la première fois non pas qu'on l'appelait citoyen mais que l'on osait lui donner un ordre. Il s'apprêtait à dire quelque chose lorsque cet homme redit encore moins gracieusement :

– Suivez-nous !

Le roi prit dans ses bras son fils qui dormait, fit un signe de la tête à la reine déjà debout, protégeant de son bras sa fille qui étreignait sa taille. Ils emboîtèrent le pas aux municipaux, sortant dans le jardin et gagnant la petite tour que dominait le donjon qui dans l'obscurité se détachait sur le ciel plein de nuages comme une masse menaçante. On leur fit gravir à la lueur de deux torches de résine, en leur recommandant de se presser, le sombre escalier droit qui menait au logis de l'archiviste. Là, des femmes malpropres auxquelles l'absence de dents conférait un air de perpétuel sarcasme les attendaient : ces dames de service improvisées avaient disposé des paillasses à même le sol car il ne se trouvait aucun véritable lit.

À la première heure de ce fatal 14 août, hébétée, presque inconsciente du malheur qui fondait sur elle, la vieille monarchie était passée de cette salle brillamment illuminée au corset de pierre dans lequel elle devait bientôt étouffer.

Blanchot avait voulu suivre, mais la cohue était immense. Dans l'escalier ce n'était que ricanements devant les anciens maîtres humiliés ; cris obscènes et insolents poussés dans l'espoir de les voir trembler. Il eut beau jouer des coudes, s'agripper aux épaules des hommes en bonnet rouge qui redoublaient d'invectives, il ne fit que perdre sa perruque. Et c'est alors qu'un homme maigrelet et roux, à la mine de fouine, lui cria :

– Il fait mauvais temps pour les rois ce soir, docteur !... Vous ne pouvez leur être d'aucun secours !

Cet homme était un préparateur de l'apothicairerie de la Charité ; il s'appelait Gresset.

Le médecin le fixa de son œil noir, continuant ses efforts malgré tout, mais il n'arriva à rien : l'épaisse porte de bois du petit logis où devait résider la famille du roi venait de se refermer dans un claquement sinistre, sec et caverneux.

SECONDE PARTIE

L'EAU ET LE FEU

CHAPITRE PREMIER

« Un voile noir, âcre et poisseux est tombé sur Paris… »

Paris resta comme étonné de la chute de ses rois et beaucoup de ceux qui, depuis longtemps, critiquaient le pouvoir, en particulier parmi les députés de la Législative, demeurèrent stupéfaits de leur audace. Mais la nouvelle Commune insurrectionnelle de Paris, venue en quelques heures, par l'énergie de Danton, à bout de la municipalité légale, ne nourrissait pas de ces doutes : composée d'audacieux, de violents, d'hommes que rien n'intimidait ou n'arrêtait, elle prétendait être à elle seule, dans sa plénitude, toute la Révolution.

Elle soutenait que l'Assemblée législative, une fois la monarchie tombée, n'était plus rien d'autre qu'un « prétexte constitutionnel » ; qu'elle n'était plus là que pour maintenir une apparence légale jusqu'à la convocation d'une Convention. Sur sept cent cinquante députés élus à l'automne de 1791, il n'en était d'ailleurs plus que la moitié pour venir aux séances ; les autres étaient retournés dans leurs provinces ou se tenaient prudemment cachés dans Paris.

La Commune se sentait donc investie d'une onction supérieure, plus puissante encore que celle du saint chrême qui avait fait les anciens rois : celle de la volonté du peuple de Paris qui, tous les jours, dans les assemblées de district, lui renouvelait sa confiance. Le 12 août, le député Anthoine avait exposé nettement la chose à la tribune du club des Jacobins : « Le peuple a repris sa souveraineté, et la souveraineté une fois reprise par le peuple, il ne reste plus aucune autorité que celle des assemblées primaires, l'Assemblée nationale elle-même ne continue à exercer quelque autorité qu'à raison de la confiance que lui accorde ce même peuple. »

Dès que Louis XVI se fut réfugié au Manège, la Commune invita les députés à nommer de nouveaux ministres : Roland revint à l'Intérieur, Dumouriez à la Guerre et Danton fut désigné pour la Justice, allant occuper, place Vendôme, le bureau parisien des anciens gardes des Sceaux de la monarchie.

Robespierre n'avait toujours rien fait ouvertement pour enfreindre la loi. Il avait laissé ses ennemis girondins – Vergniaud, Guadet, Buzot, Lanthenas – porter les premiers coups, mais à présent il entendait profiter de la situation nouvelle. Il éprouvait une « âpre jouissance d'orgueil » à humilier l'Assemblée dont il n'était pas et que dominaient les amis de Manon.

Marat – Jean-Paul Marat –, l'ancien médecin des gardes du corps du comte d'Artois, dévoré d'une espèce de lèpre ou de mycose qui l'obligeait à rester des heures durant dans une baignoire pleine d'eau argileuse où il rédigeait les articles incendiaires de *L'Ami du peuple*, Marat donc – qui, dix jours avant le 10 août, désespérant de susciter l'insurrection avait eu le projet de quitter la capitale – était, depuis la chute du roi, l'énergie hallucinée de la Commune de Paris. Il l'encourageait à toutes les outrances, par haine de ceux qui avaient reçu à un moment ou un autre l'onction du suffrage ; par haine aussi de tous ceux qui n'étaient pas affligés, comme lui, de plaies purulentes : « Oh, vous, dignes commissaires des sections de Paris, vrais représentants du peuple... Louis Capet est en otage avec sa famille ; ne permettez à aucune de ses créatures de l'approcher !... »

Et pourtant l'Assemblée, composée d'une majorité d'hommes raisonnables, n'entendait pas se laisser écraser par ces « vrais représentants du peuple ». Non sans courage, le 12 août, sur proposition de Guyton de Morveau, elle avait décidé que le directoire du département de Paris, issu du coup de force de Danton, serait dissous et qu'une nouvelle instance serait élue à raison d'un député pour chacune des quarante-huit sections. C'était vouloir gagner du temps car on ne pouvait espérer vraiment, compte tenu des pressions de la rue, que les quarante-huit nouveaux commissaires seraient moins virulents que leurs prédécesseurs.

Robespierre, abattant définitivement le masque, vint au nom de la Commune, le 13 août, protester devant les députés – à la barre des pétitionnaires, puisqu'il ne siégeait pas – contre les termes de ce décret de dissolution : il fit un discours qui allait à soutenir le pouvoir absolu des sections. Il renforça ainsi la certitude des Parisiens d'incarner à eux seuls la volonté de toute la nation, et c'est la raison pour laquelle, le jour même, ce fut la Commune et non l'Assemblée qui décida de mettre « en dépôt » la famille royale au Temple.

Or, Robespierre, dans son discours, avait aussi couvert un autre crime : il avait rétabli la censure. Des journaux que l'on regardait comme contre-révolutionnaires – *Le Mercure de France*, le *Journal de la Cour et de la Ville*, la *Feuille du jour*, la *Gazette de Paris*... – furent interdits ; le directeur des Postes fut convoqué à l'Hôtel de Ville pour s'entendre ordonner de ne plus les acheminer ; les journalistes et les propriétaires de ces périodiques furent suspendus, décrétés d'arrestation. Trois ans après que Mirabeau avait institué la liberté de la presse, elle était brusquement réduite à néant.

Toutes ces reculades par rapport aux principes de 89 étaient justifiées, selon leurs auteurs, par la désastreuse situation militaire aux frontières : l'ennemi était aux portes, le soupçon de trahison s'étendait partout. Le jour où la famille royale était entrée au Temple, Adrien Du Port, Du Pont de Nemours, Lachenage, Rulhier, illustres figures des États généraux, avaient été aussi arrêtés et leurs papiers saisis. La Commune, sous prétexte d'empêcher que les prêtres puissent envoyer des émissaires vers les provinces, avait fermé les portes de Paris. Plus de passeports ; obligation faite aux logeurs de déclarer leurs clients ou leurs hôtes ; autorisation donnée à un bureau spécial d'ouvrir les courriers qui arrivaient. Paris fut, en quelques jours, livré aux traques des sectionnaires qui forçaient sans mandat la porte des domiciles. Les délateurs devinrent les rois du pavé, on prêtait une foi sans bornes à leurs allégations.

La Garde nationale, déconsidérée depuis longtemps, était jour après jour remplacée par une prétendue « armée du peuple », sans discipline ni véritables chefs, qui faisait par les rues un sabbat infernal. La Commune en avait disposé ainsi : « Les quarante-huit sections sont autorisées à organiser sur-le-champ les citoyens armés en différentes compagnies ; toute distinction nuisible à l'égalité sera supprimée... » Chacun édictait donc sa loi : l'une de ces sections, après avoir daté ses actes de l'an IV de la liberté, décida de les dater de l'an I de l'égalité. Ce fut le début d'un nouveau calendrier qui ne devait devenir obligatoire qu'une année plus tard.

La chasse aux « amis du roi » continuait : Laporte, l'intendant de la liste civile, Andrion, le commissaire des Suisses, avaient aussi pris le chemin de la prison le lendemain de la chute des Tuileries ; dans les jours qui suivirent Mmes Bazire et de Navarre, les femmes de chambre de Madame Royale, Mme Thibaut, la première femme de chambre de la reine, Mme Saint-Brice, la femme de chambre du dauphin, Mme de Tourzel, la gouvernante des enfants de France, ainsi que sa fille

Pauline, Marie-Thérèse Louise de Savoie-Carignan – la princesse de Lamballe – furent à leur tour arrêtées, cette dernière retirée du Temple, où elle était entrée de son propre gré avec la famille royale, pour être jetée à l'Abbaye.

Mais on alla plus loin : Marat suggérait déjà l'égorgement de tous ces prisonniers et de tous ces suspects. Il attaquait ainsi le principe même du droit à la vie.

Les gens de cœur et de raison se devaient de réagir.

Les quelques Girondins qui avaient déjà donné des preuves de courage tentèrent dans ce laps de temps très court d'endiguer la fureur populaire. Le 14 août, sur proposition du député Thiriot, il fut proposé, pour faire comparaître les personnes incarcérées, d'établir un tribunal criminel dont les jugements seraient susceptibles d'appel et de cassation. Ce « modérantisme » n'eut, bien sûr, pas l'heur de plaire à la Commune. Pour la deuxième fois, Robespierre alla à la barre de l'Assemblée se faire l'avocat des exigences sanglantes du peuple : il réclamait que ces jugements contre les coupables et les traîtres soient sans recours possible. L'Assemblée hésita longtemps à sanctionner ce déni du droit, mais elle délibérait sous la pression des nouvelles catastrophiques venues du front : les Prussiens venaient d'entrer en France et de mettre la tranchée devant Thionville.

Assurément, l'ennemi ne pouvait remporter de tels succès que par des trahisons ou des complicités internes.

Les députés, menacés de l'invasion de leur enceinte par les sections, se virent contraints, pour la première fois, de décréter contre une catégorie d'accusés dont les crimes n'étaient pas personnels : « Les pères et mères, femmes et enfants des émigrés demeureront consignés dans leurs municipalités respectives sous la protection de la loi et la surveillance des officiers municipaux. » C'était tout bonnement désigner les futures victimes des exécutions sommaires. D'ailleurs, quelques jours plus tard – lorsqu'il fut définitivement avéré que l'ennemi avait passé la frontière –, la Commune décida d'outrer ce décret de l'Assemblée : elle décida de « placer dans un lieu de sûreté, les femmes et les enfants des émigrés ». C'était, cette fois, les parquer pour les désigner plus implacablement aux massacreurs.

Quant au décret sur les tribunaux, l'Assemblée apeurée avait cédé à la diatribe de Robespierre. Le 15 août, à l'initiative de Brissot lui-même, elle institua ce tribunal extraordinaire dont les décisions n'étaient pas susceptibles de cassation. Les députés comptaient encore résister : obtenir le maintien des anciens juges royaux qui passaient pour sages et modérés, mais, cette fois encore, ils durent se soumettre : tous les juges seraient nouveaux et élus. La compétence ne compterait pour rien, seulement le zèle patriotique.

On procéda dès lors, dans toute la dernière semaine d'août, à des arrestations en masse : essentiellement parmi les ecclésiastiques et les familles aristocratiques. Ce fut le cas pour Thierry de Ville-d'Avray, en charge du Garde-Meuble royal depuis trop longtemps pour qu'il ne soit pas assimilé par le peuple à l'insolence du déploiement du luxe de l'ancienne Cour. Il fut arrêté à son domicile de la place Louis-XV, le 21 août au matin, et mené sous bonne escorte jusqu'à la prison de l'Abbaye.

La Commune de Paris qui s'enorgueillissait, en ayant renversé Louis XVI, d'avoir « sauvé la Révolution des menées des traîtres et des conspirateurs » ne faisait pas mystère de sa volonté de mettre la future Convention sous tutelle, tout comme elle l'avait fait de l'Assemblée législative. Le 17 août, au club des Jacobins, une délégation de la section du Marché-des-Innocents avait revendiqué clairement ce rôle tutélaire : « Les décrets que la Convention rendra pour l'établissement d'une Constitution et de lois permanentes ne seront obligatoires qu'après une acceptation dans les assemblées primaires… »

Quelques jours après la chute du roi, on en était arrivé à nier tout ce qui avait été dit et proclamé depuis trois ans sur l'éminente supériorité du législateur ; il était à présent encadré par la force intimidante des hurlements et des poings levés.

Le 16 août – le jour même où La Fayette déserta de l'armée pour gagner l'étranger –, Marat, depuis sa baignoire, en appelait au crime :

> Quel est le devoir du peuple ? Il n'y a que deux partis à prendre. Le premier est de presser le jugement des traîtres détenus à l'Abbaye, d'envelopper les tribunaux criminels et l'Assemblée, et si les traîtres sont blanchis, les massacrer sans balancer avec ce nouveau tribunal et les scélérats faiseurs du terrible décret. Le dernier parti, qui est le plus sûr et le plus sage, est de se porter en armes à l'Abbaye, d'en arracher les traîtres, particulièrement les officiers suisses et leurs complices et de les passer au fil de l'épée. Quelle folie que de vouloir faire leur procès ! Il est tout fait ; vous les avez pris les armes à la main contre la patrie, vous avez massacré les soldats, pourquoi épargnez-vous leurs officiers, incomparablement plus coupables ?

La guerre allait bientôt tout précipiter et lâcher la bride aux égorgeurs. Le territoire national était envahi : après Thionville, assiégée le 15 août, c'était à présent au tour de Longwy, « la porte de fer de la France », d'être investi. Merlin de Thionville terrorisa les députés en leur représentant le déferlement de l'armée ennemie comme celui d'une horde de Barbares, « le fer et le feu à la main », guidés par des traîtres, des Français… des émigrés en fuite, revenus dans leur pays pour le dévaster.

La chute de Longwy, le 23, connue le lendemain à Paris, allait susciter les hurlements d'un fauve, un homme qui criait aussi fort que Mirabeau autrefois ; aussi laid, aussi excessif que lui : Georges Danton. Le 28 août, il vint à la barre de l'Assemblée dire ces mots : « C'est par une convulsion que nous avons renversé le despotisme. Ce n'est que par une grande convulsion nationale que nous ferons rétrograder les despotes... »

Dès les premières heures de son ministère, Danton fit tout pour imposer à ses collègues sa prééminence : il était l'homme de la chute du roi, il le faisait sentir. Les quatre premières réunions du Conseil exécutif eurent lieu dans son bureau, place Vendôme. Il fallut toute l'obstination de Roland, le 16 août, pour imposer deux décisions : chaque ministre exercerait dorénavant à tour de rôle et pour une semaine la présidence du Conseil ; les réunions auraient lieu aux Tuileries, remises en état après l'émeute, dans un salon vert dépendant de l'appartement de Mme de Tourzel. Danton se rangea à cet avis, mais de fort mauvais gré.

Ce qui mobilisait l'énergie de Danton, ce n'était pas la Justice qu'on lui avait dévolue, c'était la Guerre dont on avait chargé l'ami de Manon, Servan – Joseph-Marie Servan de Gerbey –, qui, sidéré de l'activisme de son collègue, se laissait dépouiller jour après jour de ses prérogatives. Comme il s'était servi du club des Cordeliers pour dicter sa loi au pays tout entier, Danton utilisait le bureau de Lamoignon pour étaler des plans de campagne et rédiger des adresses aux généraux.

La situation était critique : l'armée prussienne – autrement dit les soldats encore jamais vaincus du Grand Frédéric –, appuyée d'un corps autrichien et de détachements de l'armée des princes français émigrés, avait passé la frontière en Lorraine, à Rédange. Il y avait là quatre-vingt mille hommes, il en était aussi trente mille du côté de Lille et à peu près vingt-cinq mille autres aux frontières de l'Alsace, prêts aussi à entrer en France. Après Longwy, l'affolement avait gagné Paris, en particulier les Girondins qui, sous l'œil impitoyable et scrutateur du ministre de la Justice, se révélèrent être – ainsi que celui-ci l'avait prévu – des discoureurs à l'infini, sans véritable courage physique ni énergie morale.

Devant l'imminence du péril, on parlait dans le salon de Mme Roland de l'éventualité de transférer la Convention – la prochaine Assemblée qui devait être élue en septembre et octobre – quelque part sur les bords de la Loire. Servan proposait de déplacer le gouvernement à Blois ; Barbaroux envisageait même de l'exporter en Corse.

Danton, après avoir vu le pauvre Roland se cogner la tête de désespoir contre un arbre dans le jardin de son ministère, se précipita au club des Jacobins et c'est là qu'il lança le cri qui allait enlever les cœurs : « La France est dans Paris ! » Puis il ajouta : « J'ai fait venir ma mère qui a soixante-dix ans, j'ai fait venir mes deux enfants... Avant que les Prussiens entrent dans Paris, je veux que ma famille périsse, je veux que vingt mille flambeaux, en un instant, fassent de Paris un monceau de cendres ! »

Lui qui, dès avant le 10 août, avait organisé sa propre police avec des espions sur tout le territoire était l'un des seuls à savoir que la province n'était pas sûre ; qu'au même moment le marquis de La Rouërie s'apprêtait à soulever les provinces de l'Ouest, et il en concluait que Paris était la meilleure des places fortes pour résister à une invasion.

Le 25 août, il rédigea sa fameuse *Proclamation au peuple français* qui créa un choc dans l'opinion en galvanisant les énergies. Il imagina dans le même temps de nommer des commissaires sur le front mais également dans les quatre-vingt-trois départements « pour y exercer l'influence de l'opinion » ; c'étaient de véritables commissaires politiques, les *missi dominici* de la Révolution. Enfin, le 28 août, il signa le décret instituant les fameuses visites domiciliaires. Ce texte autorisait la Garde nationale, mais aussi les membres des sections de Paris, à se rendre chez les particuliers suspects. Il portait cette disposition : « Les citoyens chez qui seront trouvées des armes cachées dont ils n'auraient pas fait la déclaration seront de ce fait regardés comme suspects. »

Or il fallait bien connaître Danton, comme à présent Blanchot le connaissait, pour comprendre que ces mesures implacables, destinées d'abord à impressionner les tièdes, étaient prises avant tout dans le but de maintenir l'ordre public gravement menacé par les dissensions nationales. Les fameuses visites domiciliaires avaient pour objet non seulement de trouver des armes cachées mais aussi de prévenir des exécutions sommaires.

Ce grand paresseux devenait un titan dès lors qu'il s'attelait à la tâche de régénérer la nation et la sauver de ses démons. Il passait quatorze à quinze heures à son bureau, des fenêtres duquel on pouvait observer la statue fracassée de Louis XIV, et, malgré tout, il trouvait encore le temps de souper avec ses fils et sa femme Gabrielle, à Paris ou dans la maison de son beau-père, à Sèvres ; quelquefois aussi de paraître pour une heure ou deux au club des Cordeliers.

Blanchot qui s'était rendu aux Cordeliers, le 29 août au soir, l'y découvrit seul, accoudé au comptoir de la buvette installée dans le vestibule de l'ancien réfectoire des moines. Il était coiffé de son tricorne à trois plumes noires de ministre et buvait à petites gorgées un vin léger de l'Aube que l'on débitait là en son honneur, prêtant une oreille distraite aux débats qui avaient commencé dans la grande salle.

– Blanchot, tu es comme moi, toujours à courir !

– J'ai mes malades mais, toi, c'est sur toute la France que tu veilles... Deux semaines déjà et je ne t'ai pas encore félicité pour ta nomination au ministère.

– Tu ne me féliciteras que lorsque j'aurai résigné mon poste et pour autant que je l'aurai mérité... Mais ce sera très vite, puisque tu sais qu'il est prévu que les ministres quittent leurs fonctions dès que la Convention sera élue. D'ici là, toutefois, je compte bien avoir renvoyé chez eux Frédéric-Guillaume et son paladin Brunswick.

– Danton, je ne doute pas qu'à toi tout seul tu puisses les effrayer !

Le ministre versa lui-même un verre de vin au médecin et le lui tendit la mine goguenarde.

– Il paraît qu'ici même, la semaine dernière, un soir où je n'étais pas là, tu as déploré à la tribune que l'on ait dû verser le sang pour chasser le gros Louis des Tuileries.

– Oui, Danton, je l'ai dit et je le répète devant toi.

– Tu es médecin, Blanchot, sauver des vies, c'est ton gagne-pain... Et moi, contrairement à ce que l'on pense, je ne suis pas un monstre. Je n'en appelle à des hécatombes que pour galvaniser le peuple dès lors que je lui désigne ses ennemis... Je crie, je hurle, j'enrage, mais, au bout du compte, je suis plutôt bon garçon.

– Les mots, Danton, sont aussi quelquefois chargés de poudre... Que veux-tu ? Je rêvais d'une révolution plus humaine et plus fraternelle.

– C'est comme dans toutes les familles... Les enfants se disputent et quelquefois se haïssent bien fort lorsque vient l'heure de l'héritage. Il en est qui ne veulent rien changer et qui sont prêts à aller jusqu'au crime pour imposer leurs vues.

– Faut-il pour autant les éliminer ?

– Les éduquer plutôt s'il se peut ! Mais... S'ils s'obstinent... Que faire ? On ne peut pas tout interrompre, cesser de vivre et d'aller de l'avant parce qu'il prend fantaisie à une minorité d'arrêter le balancier de la pendule.

— C'est à nous de rendre l'avenir plus attrayant pour donner au plus grand nombre l'envie d'y aller voir.

— Rien n'est simple ! Nous sommes dans l'urgence !

— Autre chose, Danton, ajouta le médecin, car tu le sauras sans doute par tes mouches, si tu ne le sais déjà : secrètement, j'ai vu la reine aux Tuileries, je lui ai même promis de l'aider. C'est seulement à la femme malheureuse que j'apporte mon secours, pas à la reine de France.

— Je le savais, Blanchot... Toujours ma police, mes fiches scrupuleusement tenues à jour... J'allais d'ailleurs t'en parler. Tu as été dénoncé la semaine dernière par un certain Gresset qui t'a vu au Temple et – circonstance aggravante – grimé en domestique... J'ai retenu sa lettre, je l'ai d'ailleurs déchirée... Antoinette, vois-tu, c'est un atout qu'il ne faut pas négliger. Je ne souhaite pas la mort de ces gens-là, mais, à présent qu'ils sont tombés, il ne manquera pas de loups pour vouloir les mettre en pièces...

Il rabaissa la voix, alors qu'ils étaient seuls.

— Continue de la voir ! Je te couvrirai !

— Et que me demanderas-tu en échange ?

— Blanchot, te méfierais-tu de moi ?... Je ne m'inquiéterai jamais de tout ce qui ressort de ton art. Les vapeurs, les humeurs, les névroses d'Antoinette ne sont pas mon sujet. Je te connais assez pour savoir que tu ne comploteras jamais avec elle... Non, tu seras mon contact et sache que, lorsque j'aurai à lui parler, ce ne sera que pour l'aider.

— En ce cas, j'accepte !...

— Tu t'adresseras au commissaire Courtois qui est membre de ce club ; c'est l'homme de mes opérations secrètes.

— Et Gresset ? S'il continue de m'accuser...

Danton partit d'un gros rire.

– Ne te soucie pas ! Ce n'est là que du menu fretin... J'en sais assez sur son compte pour le faire coffrer demain. Sais-tu, par exemple, que dans ton hôpital il vole l'opium pour le vendre à des mélancoliques ? Pire encore, il se sert dans ta morgue, prélevant des crânes et des organes pour en faire le commerce...

– L'humanité est bien laide, s'affligea le médecin en secouant la tête.

– Oh, l'argent... l'argent ! répliqua Danton d'un ton de philosophe résigné.

Il était déjà prêt à bondir dans le réfectoire pour rejoindre l'Assemblée : les muscles de son cou étaient tendus, sa bouche ouverte pour hurler, mais il prit encore le temps de poser sa main sur l'épaule de cet homme qu'il estimait.

– Antoinette, c'est notre secret ! Je te répète que je ferai tout mon possible pour l'épargner, car pour moi, qui suis de la vieille école, les femmes n'ont pas à entrer en politique, ni à en subir les violences. Elle a commis des fautes, mais qui sont celles de toutes ses pareilles : dissipation, gâchis, coquetterie... Ce qu'on lui reproche n'est conséquent que parce qu'elle occupait la première place, du coup, ses fautes étaient plus visibles et plus grandes...

Le médecin, resté étonné du raisonnement bien qu'il ait l'habitude des saillies souvent originales de son interlocuteur, esquissa un geste pour remercier. Le tribun était déjà loin, agitant la main, comme pour signifier qu'il était inutile de s'arrêter à de bons procédés puis, brusquement, alors qu'il avait presque atteint la porte du vestibule, il revint à grands pas.

– Tu as bien une sorte de neveu qui travaille au Garde-Meuble ?

– Toujours tes fiches de police... sourit Blanchot. Oui, c'est à peu près ça, un filleul, Paul Masson, diplômé récemment au Jardin du roi...

– Au Jardin national, mon ami, rectifia Danton en riant. Apprends les dénominations nouvelles, cela confère un brevet de civisme et évite bien des tracas... Ce jeune homme n'a-t-il pas été le secrétaire de Mirabeau ?

– Si fait, mais Mirabeau n'était pas précisément de tes amis !

– Tu te trompes, Blanchot, tu es bon médecin mais piètre politique... Mirabeau et moi ne nous ressemblions pas que par le physique... Il m'a reconnu et il m'a même favorisé quelquefois dans les affaires du directoire de Paris. Nous partagions le même souci de voir instaurer un pouvoir exécutif fort, de voir proclamer partout la primauté de l'éducation et enfin de noyer autant que possible les ferments de la querelle religieuse. Mirabeau hurlait autant que moi, mais c'était pour asseoir la Révolution dans un temps plus paisible, un temps où l'on ne guillotinait pas encore... Quant à moi – regarde-moi bien Blanchot et souviens-toi de ce que je te dis : je préférerai toujours être guillotiné que guillotineur ! Je suis obligé de faire peur, d'instiller une espèce de terreur dans les esprits, pour empêcher que ce ne soient ici les « proscriptions » de Marius et Sylla, comme à Rome sous la République.

Il refit les dix pas qu'il venait de faire en trois enjambées.

– Mais, mon filleul, que lui veux-tu ? lui cria Blanchot.

– Rien de mauvais... Il me servira de cheval de poste pour faire avancer mes affaires et, plus tard, il en recueillera toute la gloire !

Le lendemain, 30 août, dans l'après-midi, Adèle alla prendre congé de ses parents, rue Montorgueil : elle partait avec Valady en Rouergue pour la campagne des élections à la nouvelle Convention.

Le jeune marquis guignait depuis longtemps cette place de député et, cette fois, il s'était décidé à se porter candidat sans même en aviser son père. Il avait imaginé un déplacement éclair, quelques réunions dans les clubs ou les cercles de Rodez et de Villefranche ouvertement partisans de la Révolution. Il comptait sur son nom, sa belle mine, sa jeunesse, son audace pour bousculer les esprits timorés de l'ancienne province de Rouergue devenue à elle toute seule le département de l'Aveyron. Il s'était scrupuleusement renseigné, grâce à la correspondance qu'il entretenait sur place avec les partisans des idées nouvelles. Il savait que le système censitaire à deux tours, dans la circonscription où il se présentait, ne réunirait pas au final plus de huit cents électeurs pour le vote décisif du second degré ; que sur ces huit cents citoyens, plus de la moitié n'irait pas voter par crainte de paraître couvrir les débordements de la capitale. Il lui fallait donc à peu près deux cents voix pour être élu : il était confiant.

Adèle avait obtenu de Régnier trois semaines de congé. Pour elle, ce voyage était une aventure. Elle ne s'était rendue qu'une seule fois, à l'âge de quatre ans, dans ces contrées méridionales où était né son père – c'était en fait plus au nord, à Bort, en Limousin –, et en gardait des souvenirs confus mais heureux. Elle était tout à la fois joyeuse et inquiète de quitter Paris dont les prisons étaient pleines à craquer et où des rumeurs alarmistes annonçaient chaque matin l'arrivée des avant-gardes de l'armée prussienne dans les plaines de Picardie.

– Ne t'inquiète de rien, nous, nous ne faisons pas de politique, lui écrivit son père sur son ardoise. Quant aux Prussiens, se soucient-ils d'un infirme ?

– J'ai tout de même l'impression d'être comme le soldat qui déserte.

– Tu ne désertes pas, lui répliqua Lucile, Sèvres t'a donné congé en bonne et due forme. Et de toute façon, depuis le 10 août, ton atelier est fermé une semaine sur deux. Tu as travaillé jusqu'à hier, tu ne manqueras donc réellement que huit jours.

Et comme rien ne pouvait la retenir de s'attrister, ce fut Paul qui la rassura.

– Je veillerai sur eux ! Au Garde-Meuble, nous faisons des rondes de nuit depuis l'arrestation de M. de Ville-d'Avray… Je termine mon tour ce dimanche ; ensuite je serai tous les soirs ici.

– Sauf si les demoiselles Lemoine-Crécy te demandent de les escorter dans Paris, railla la future voyageuse. À propos, tu ne m'as toujours pas dit laquelle de Laurence ou de Clémentine avait ta préférence.

– Oh ! Ce n'est pas très joyeux chez elles depuis que leur oncle a été arrêté… fit Paul en s'attristant. En plus, on parle de l'arrivée imminente d'un nouveau directeur, un protégé du ministre Roland, le peintre Restout.

– Oh ! Je le connais celui-là, intervint Lucile, on se méfie de lui, car il s'agite depuis quelques mois au nom de la municipalité à l'École de dessin de la rue des Cordeliers… Mme Vien ne m'en dit pas que du bien… C'est un intrigant qui aspire aux plus hautes places !

Afin d'adoucir un peu la douleur de cette séparation, ils décidèrent d'aller ensemble à pied jusqu'à la poste qui se trouvait à deux pas et d'où devait partir, à 1 heure de l'après-midi, la diligence de Limoges. Paul poussait la chaise roulante de son père, Adèle donnait le bras à Lucile, et Valady refaisait pour lui le calcul des voix sur lesquelles il comptait pour son élection. Il la tenait plus que jamais pour assurée.

Les rues alentour s'enveloppaient d'une moiteur orageuse et le piétinement de la foule soulevait des nuages de poussière ; les passants recherchaient l'ombre et, sous les auvents, sous les porches des hôtels ou des églises, on remarquait des groupes compacts absorbés dans d'ardentes discussions. L'inquiétude était générale. Chacun, dans Paris, connaissait au moins une personne emprisonnée récemment, mais nul n'aurait osé l'avouer publiquement, puisque partout se trouvaient un ou deux agitateurs ou forts en gueule pour crier que ceux que l'on avait arrêtés étaient forcément des suspects.

Ils se quittèrent. Adèle était très émue. Elle étreignit son père tendrement, puis elle monta prendre place dans la voiture où devaient s'entasser huit voyageurs. Paul et ses parents attendirent le départ, puis ils s'en retournèrent à pas lents, la mine basse et triste.

Du coup, Paul se lança dans quelques forfanteries de son cru pour tenter d'arracher un sourire à sa mère.

– À tout bien considérer, les choses ne changent pas autant que nous le croyons : le roi est suspendu, c'est entendu, mais les principaux organes de l'État continuent de fonctionner comme si de rien n'était... Les ministères, les tribunaux n'ont pas cessé leur travail. L'armée ne s'est pas désunie même si elle a été malmenée, et je suis certain qu'elle se montrera bientôt digne de celle de Turenne et de Villars... Elle repoussera l'ennemi... D'ailleurs, j'y veux prendre ma part !

– Oh, mon enfant, heureusement, tu m'as déjà rassurée là-dessus... s'effraya Lucile. Tu m'as bien dit que tu étais réquisitionné au service du Garde-Meuble et comme tel interdit de tout enrôlement.

– Je ne suis pas interdit, maman, simplement dispensé. Une dispense, on peut toujours y renoncer...

– Ton service auprès du Trésor de la nation vaut bien celui que tu pourrais rendre aux frontières. Tu es là-bas un expert apprécié de tes directeurs pour tes connaissances en minéralogie. Tu as su brillamment mener à bien, et dans les temps impartis, la mission qui t'avait été confiée pour évaluer le poids des cabochons et des pierres des bijoux de la Couronne, sans avoir à les démonter... Tes calculs ont établi, au grain près, la conformité des nouveaux inventaires avec les anciens, et ces messieurs du Garde-Meuble t'en ont une vive reconnaissance... Voilà où est véritablement ton talent, d'autant que tu ne sais pas manier un fusil...

— Cela s'apprend ! répliqua Paul, qui consentit aussitôt à montrer qu'il plaisantait en égrenant un chapelet de baisers dans le cou de sa mère.

Ils arrivèrent ainsi au bout de la rue Plâtrière puis rejoignirent la rue Montorgueil où se formait un attroupement à peu près à hauteur de leur immeuble.

— Que se passe-t-il ? demanda Lucile. Ces gens paraissent s'être attroupés devant notre maison !

— Comment cela, chez nous ? s'étonna Paul. Qu'y feraient-ils ?

Se rapprochant à pas accélérés, le jeune secrétaire du Garde-Meuble sentait son cœur battre plus fort. Un terrible pressentiment venait de l'assaillir : les armes, les armes qu'à l'initiative de Louis Blanchot on avait collectées et que Paul avait proposé d'entreposer dans la cave de son père.

Le matin même il avait reçu un message de Louis :

> Il ne faut pas faire la déclaration de ces fusils et de ces piques pour se conformer au décret sur les visites domiciliaires pris hier par le Conseil exécutif ; ces armes seraient aussitôt confisquées et elles risqueraient de servir aux enragés qui s'amassent autour des prisons, en ne songeant qu'à faire un massacre. Gardons-les plutôt dans un autre lieu sûr hors de Paris. Je viendrai dans la nuit de samedi à dimanche avec des amis pour faire ce transfert.

— Citoyen Masson ! annonça un gaillard moustachu passablement débraillé qui portait une énorme cocarde de papier plantée sur l'une des pointes de son tricorne jauni par le soleil.

– C'est mon père, dit Paul, il ne peut pas parler !

– Il ne peut pas bouger non plus visiblement, mais cela ne l'empêche pas de comploter en cachant des armes chez lui, répliqua l'homme en ricanant.

– Ces armes ne sont pas à lui !

– Elles se trouvent pourtant dans sa cave !

Tout en disant cela, l'homme avait entraîné Paul dans la cour : jetés sur le pavé, gisaient une dizaine de fusils, deux paires de pistolet ainsi qu'une trentaine de piques de différentes longueurs. Ces armes avaient été entassées là après avoir été remontées du sous-sol dont la porte avait été défoncée. Au même moment, Lucile, telle une lionne, fendait la foule qui stationnait sous le porche. Elle bouscula les fiers-à-bras agglutinés là pour faire avancer la chaise d'Anselme.

– Citoyen ! tout ceci était bien chez toi ?... reprit le chef de cette bande, qui s'appelait Godiveau. Il va falloir t'expliquer.

– Enfin, protesta Paul, nous sommes le 30 août, la loi autorisant les visites domiciliaires est d'avant-hier et elle n'est toujours pas promulguée ! Je suis seul responsable de ce dépôt : c'est moi qui n'ai pas pris les mesures nécessaires pour en faire la déclaration... Je suis patriote, membre de la section des Postes...

– Oh ! Cette section n'est pas la plus zélée de Paris ! fit observer un énergumène.

– Demande au citoyen Gorsas s'il n'est pas patriote !

– Oui, Gorsas est patriote, reprit le chef de la bande, et c'est justement lui qui nous a demandé de faire des recherches dans cette rue où l'on soupçonne quelques habitants de ne pas aimer la Révolution.

– Mon père est au-dessus de tout soupçon... Convaincu du fond du cœur de la nécessité du changement, et bien incapable, vu son état, d'échafauder le moindre complot... Je te le répète, je suis le seul responsable !

– Mais tu n'es pas majeur !

– J'aurai vingt et un ans bientôt, et la loi doit incessamment changer pour établir enfin que l'on est adulte à cet âge.

– En attendant, on n'est majeur dans ce pays qu'à vingt-cinq ans accomplis ; jusque-là, c'est ton père qui répond de toi !

– Je suis fonctionnaire de la nation ; je travaille au Garde-Meuble !

– Un repaire d'aristocrates où l'on mettra bientôt bon ordre ! fit une voix.

– Alors, que comptes-tu faire ? demanda Paul au chef de cette bande.

– Conduire ton père en prison avec les autres suspects pour qu'il soit bientôt jugé.

– Non ! Non ! cela ne se peut ! hurla brusquement Lucile. Vous outrepassez vos pouvoirs ! Il n'a rien fait. Et il ne le supportera pas... Avez-vous vu son état ? Arrêtez-moi à sa place : je réponds de ses actes. S'il a commis des crimes, c'est moi qui les lui ai inspirés.

Elle s'était métamorphosée en furie. Le nez collé, à presque le toucher, contre le menton du chef de cette horde de drôles avinés et crasseux, elle criait les yeux fermés et des veines bleues tressaillaient à ses tempes. Cet homme en fut quelques secondes impressionné. Il se recula même d'un demi-pas mais, se sentant observé de ceux qui l'accompagnaient, il se reprit :

– Citoyenne ! Ce sont les ordres et je n'y puis rien faire !

– Non, c'est moi que vous emmènerez, s'écria Paul en se plaçant résolument entre le bonhomme et sa mère.

– Je te l'ai dit, c'est impossible ! Je dois procéder selon la loi...

— La loi, tu la bafoues ! On ne s'empare pas ainsi d'un homme sans défense, sans avoir entendu ses raisons. Or, cet homme ne peut pas te répondre... Il en est un seul ici qui puisse te parler et qui t'annonce qu'il est coupable : c'est moi ! Et tu refuses de m'entendre.

— Ton père est le seul suspect légal, c'est ma prise !

— Belle prise, en effet !... N'en as-tu pas honte ?

— Pas le moins du monde ! ricana Godiveau, reprenant par cette insolence l'avantage à l'égard de ses hommes. Et si tu continues, blanc-bec, ce n'est pas la prison que tu auras mais une belle fessée, et publiquement encore ! Dans cette rue !

Parlant ainsi, cette brute bouscula Lucile qui s'était placée près de la chaise et s'emparant des deux poignées fit exécuter à Anselme un demi-tour pour ressortir dans la rue.

— Je viens avec vous ! cria Paul.

— Moi aussi ! dit Lucile.

— Ce sera de la compagnie ! railla l'un des acolytes de ce peloton en s'apprêtant lui-même à ouvrir la marche.

Commença alors une longue course. Le pauvre prisonnier, étonnamment, restait impassible, comme s'il n'était pas directement concerné par l'affaire ou comme s'il participait à quelque mômerie d'étudiants. Il couvrait sa femme et son fils d'un regard doux qui semblait vouloir leur dire : « Ne vous inquiétez de rien, ces gens-là sont nerveux, il ne faut pas les contrarier. Ils reconnaîtront bien vite leur erreur. »

Godiveau allait d'un bon pas, poussant la chaise roulante, triomphal. Il était populaire, on le saluait et il répondait à ces saluts par des frémissements de sa moustache. Au carrefour, des femmes lui offraient du vin qu'il buvait à même la cruche : des rigoles rouges couraient dans sa barbe sale et retombaient sur sa chemise amidonnée de crasse. Et cela le faisait rire aux éclats.

– Encore un suspect, Godiveau ! lui cria l'une de ces mégères. Mais, tudieu, celui-là n'a pas fière allure !

– Il n'en est sans doute que plus dangereux, renchérit aussitôt une autre femme. Beaucoup de ces infirmes ne sont que des vicieux... Des paresseux... Des gens qui craignent la fatigue et aiment à se faire pousser par de pauvres hères... Soigne-le bien celui-là, Godiveau ! Qu'il paye pour les autres !

Celui à qui s'adressaient ces quolibets, ivre à force de buvoter à tous les carrefours, titubait et devenait obscène. Il décrivait des zigzags, lançait quelquefois la chaise devant lui pour ensuite la rattraper dans de grands éclats de rire. Lucile poussait des cris, Paul tentait de s'interposer, mais les comparses de cet ivrogne lui assénaient aussitôt des coups de poing : il avait à présent le nez en sang et une large estafilade lui barrait la joue.

Ils arrivèrent au débouché du pont au Change où confluaient au même moment deux autres lamentables convois : le premier se composait d'une famille d'aristocrates, le père, la mère, trois garçons entre seize et douze ans, une fillette qui devait avoir huit ans et qui serrait sa poupée contre elle ; le second, plus pitoyable encore, où ne figuraient que trois vieillards apeurés – un homme qui marchait à peine et deux femmes ridées qui s'épuisaient à le soutenir –, ils étaient en robe de chambre et pantoufles car on ne leur avait pas laissé le temps de s'habiller.

On s'apostrophait d'un groupe à l'autre, car tous ces gardiens de l'ordre improvisés étaient de connivence.

– L'Abbaye est pleine à craquer, c'est à n'y plus pouvoir faire tomber une épingle...

– Le Châtelet regorge de droit-commun !

– Il ne reste plus que la Conciergerie pour déposer ton fardeau...

– Tant mieux, j'aurai moins à marcher ! répliqua Godiveau à qui s'adressaient ces autres fiers-à-bras.

À l'autre bout du pont on voyait en effet la tour de l'Horloge, à l'angle de cette ancienne demeure des rois, restée après leur départ le palais de leur justice. Ces messieurs du Parlement, dix ans auparavant, en avaient reconstruit somptueusement l'entrée – d'imposants propylées, surmontés d'un dôme d'ardoises et de plomb – mais ils en avaient conservé les vastes soutes gothiques qui continuaient de servir de lieu de dépôt, d'interrogatoire et d'emprisonnement.

Après avoir franchi les magnifiques grilles dorées, Godiveau et ses hommes parvinrent dans la cour de Mai, sous une majestueuse arcade de pierre, refaite récemment dans le style des théâtres à la mode, au bord de l'escalier qui permettait de descendre dans les catacombes.

Là, dans un monde obscur, des tourmenteurs, des gardiens, des greffiers préparaient les prévenus avant de les faire paraître au grand jour dans les vastes salles à caissons dorés. À peu près comme à Rome autrefois quand on apprêtait les gladiateurs, qu'on les rendait pimpants avant de les faire monter sur le sable étincelant de l'arène. Dans une terrible cohue, des prévenus arrivaient de toutes parts, entravés par des cordes ou par des chaînes. On ne voyait que des regards apeurés, surtout ceux des femmes et des jeunes filles qui s'effrayaient de ce hourvari. L'air retentissait de cris, de pleurs et de plaintes déchirantes.

Anselme fut alors brusquement séparé de sa famille. Les acolytes de Godiveau retinrent Paul et Lucile en les ceinturant, tandis que leur chef, dans un dernier et sinistre éclat de rire – il était cette fois fin saoul et ne tenait plus debout sans être soutenu –, faisait descendre à toute allure cet escalier abrupt à la chaise roulante. Le malheureux Anselme, tel un pantin disloqué, sautait sur son siège, incapable de s'accrocher quelque part.

Paul ferma les yeux un long moment tout en glissant son bras sous celui de sa mère. Devant cette bouche infernale qui avalait les hommes et les faisait disparaître, il eut tout à coup la prescience des effroyables dangers que courait l'auteur de ses jours car, à l'instant précisément, il se remémora les lignes terribles que Marat avait écrites dans son journal, *L'Ami du peuple,* quelques jours auparavant : des phrases si haineuses et qui l'avaient tant impressionné qu'il pouvait les redire sans hésitation :

Il n'y a que deux partis à prendre : le premier est de presser le jugement des traîtres détenus à l'Abbaye, d'envelopper les tribunaux criminels et l'Assemblée et, si les traîtres sont blanchis, de les massacrer sans balancer avec le nouveau tribunal et les scélérats faiseurs de ce perfide décret ; le dernier parti, qui est le plus sûr et le plus sage, est de se porter en armes à l'Abbaye, d'en arracher les traîtres, particulièrement les officiers suisses et leurs complices et de les passer au fil de l'épée. Quelle folie de vouloir faire leur procès ! Il est tout fait ! Vous les avez pris les armes à la main contre la patrie...

– Pas une seconde à perdre, maman ! Je ne te raccompagne pas... Va à la maison, enferme-toi !... Je serai de retour à 8 heures pour souper.

Il laissa sa mère à l'entrée du pont au Change et courut à la Charité.

Blanchot était dans l'une des salles communes, entouré de jeunes médecins qui buvaient ses paroles. Tous étaient attentifs à l'énoncé précis de ses diagnostics, puis au déroulé minutieux de ses prescriptions, toujours accompagnées d'une ou deux paroles d'humanité : un encouragement donné aux malades quand ils pouvaient encore guérir ou quelques mots de commisération chuchotés discrètement à l'oreille de ses assistants dans les cas désespérés. Décidément, ce docteur-là n'était pas comme les autres : il avait du cœur, et pour cela on l'aimait.

Paul l'appela sitôt qu'il fut entré et quand le médecin remarqua son teint livide et sa panique, il quitta ses malades et ses élèves pour le rejoindre.

– Qu'as-tu ?

– Père arrêté !... Conduit à la Conciergerie, répliqua le jeune homme si ému qu'il était incapable de former des phrases complètes.

– En prison ! Dans son état !... Lui qui ne peut être d'aucun complot ! Ces gens sont devenus fous !

Le jeune homme s'expliqua alors en quelques mots : le dépôt d'armes, la faute qu'il partageait avec Louis de les avoir cachées dans la cave à l'insu de son père. Blanchot blêmit.

– Il faut le sortir de là !... La moindre étincelle – une nouvelle défaite aux frontières, une provocation des sections réprimée par la Garde nationale – mettra le feu aux poudres : ce sera un massacre général... Je vais de ce pas chez Danton... Toi, va te montrer dans ta section, puis va réconforter ta mère ; on se retrouve chez moi, rue Dauphine, à minuit.

Paul alla à Saint-Eustache. L'assemblée était plus nombreuse qu'à l'accoutumée, houleuse comme jamais. Les boutefeux accaparaient la tribune, ils appelaient aux enrôlements pour défendre Paris et venaient hurler tour à tour des mots d'ordre qui claquaient comme des décharges de mitraille :

– L'ennemi est aux portes !

– Nous mourrons plutôt que de nous rendre !

– Les citoyens qui défendent Paris ont juré de mourir... Ils nous feront un rempart de leurs corps mais c'est à nous de voler à leur secours !

– Citoyens ! Marchons, marchons derrière nos drapeaux... Qu'une armée de soixante mille Parisiens se forme à l'instant au Champ-de-Mars ! La capitale se doit de montrer l'exemple au pays tout entier !

Paul ne pouvait pas voir celui qui venait de prononcer ces mots car une colonne lui bouchait la vue, mais il reconnut la voix de Gorsas. L'obsession de cet imprimeur était en effet que Paris – la ville instruite, la pépinière des intelligences – gardât un contrôle étroit sur la politique de la nation tout entière.

Paul parvint à fendre la foule et à se glisser jusque sous la tribune au moment où cet homme exalté terminait son discours.

– Quand les hordes étrangères déferleront dans nos plaines, les troupes parisiennes, si peu préparées et si peu nombreuses qu'elles soient, auront tout de même assez d'énergie pour les suivre, les harceler et rompre leurs communications... Ce sera le bras armé parisien qui sauvera notre armée, tout comme les sections de Paris sauveront la Révolution !

Cette salle des Colonnes était un long rectangle peu propice aux discours : les éclats de voix s'y perdaient et le brouhaha du public résonnait en un tonnerre continu. La péroraison de Gorsas avait donc en grande partie échappé à ceux qui se trouvaient là, mais comme elle avait été ponctuée de gestes énergiques, elle fut saluée d'une acclamation universelle.

Il fallut cinq bonnes minutes à Paul pour rejoindre l'orateur.

– Citoyen ! Mon père a été arrêté tout à l'heure, et ceux qui sont venus le chercher se réclamaient de toi !

– Ah ! Paul, ne te laisse pas abuser par la facilité avec laquelle de pauvres diables lancent aujourd'hui des noms pour couvrir leurs actions. Je n'ai pas donné d'ordre précis à l'égard de ton père, j'ai simplement ordonné de procéder sans délai aux visites domiciliaires dans notre quartier. Je voulais que notre section soit exemplaire... Pour le reste, je n'y regarde pas ! Ceux que l'on charge de ces besognes, je te l'accorde volontiers, ne sont pas très fréquentables : ils vont au hasard, au fil des dénonciations...

— Godiveau semblait être plus précis...

— Godiveau est un bon citoyen ! Je regrette que ce soit tombé sur ta famille... Mais enfin que faisaient ces armes chez ton père ?

— Nous avions décidé avec quelques amis de les amasser pour défendre la Révolution... Ces amis sont sûrs, ce sont des patriotes ! Ils ont les meilleures intentions...

— Paul ! Nous sommes tous animés des meilleures intentions, la plupart des suspects emprisonnés sont aussi sans doute les gens les plus doux et les plus fréquentables du monde...

— Mais je suis membre de la section...

— Il est des suspects partout, même parmi nos amis...

— On n'en finira donc jamais de se méfier les uns des autres !...

— Paris dicte ses lois, ce sont les seules que je connaisse et les seules qu'il y ait à suivre. Tu savais qu'il y aurait des visites domiciliaires et que tu n'étais pas à couvert. Que ce dépôt d'armes pouvait occasionner de graves soupçons...

— Mais je te le répète...

— Je te crois, mais je ne peux rien au risque de perdre toute autorité... Qu'aurais-je à répondre à Godiveau s'il savait que j'intervenais pour ton père ? Je lui avais fixé pour objectif d'arrêter cinq suspects dans ta rue, dans une même journée. Il l'a fait avec les moyens misérables qu'ont les gens de sac et de corde dans cette ville : la dénonciation, l'intimidation, le mensonge, les effractions... Mais enfin, il l'a fait !

— Alors, c'est tout pour toi ?

— Oui ! dit l'imprimeur sans baisser les yeux.

Il tenta de s'emparer du poignet de son jeune interlocuteur que celui-ci retira brusquement.

– J'irai voir Roland… et Manon !

– Il a fort à faire, je doute qu'il te reçoive. Quant à elle, elle pérore. Elle s'échappe dans des rêves : elle ne sait sans doute même pas que les prisons sont pleines. Elle se trouve tous les jours de nouveaux ennemis contre qui écrire de longues philippiques : Danton est son favori à présent parce qu'elle s'imagine qu'il humilie son mari au Conseil exécutif. Cette femme devient folle, elle nous fera tous guillotiner quand les véritables loups comme Robespierre sortiront du bois…

Gorsas avait dit ces mots avec une expression de tristesse qui tranchait sur la froideur de ses paroles précédentes : il paraissait presque exprimer le regret que les choses fussent aussi inhumaines. Paul en profita :

– Oui, Gorsas, nous risquons tous gros si nous refusons de nous fier aux lois de l'amitié et de la bonne foi et c'est vrai qu'un jour, à ce jeu-là, nous trouverons forcément plus féroces que nous.

– Oui, tout est possible, même le pire !

Et pour bien marquer qu'il n'avait plus rien à ajouter, il tourna les talons, laissant Paul désemparé.

Blanchot avait d'abord couru à la cour du Commerce où Gabrielle Danton lui avait indiqué que son mari n'avait pas reparu chez lui de deux jours, car à cause de l'emballement des affaires – des nouvelles de l'armée qui tombaient souvent en plein milieu de la nuit – il dormait ces derniers temps dans son ministère. Le médecin se précipita place Vendôme, en fiacre, mais ce fut une mauvaise idée ; on ne pouvait pas se frayer un passage tant la foule était dense. Des attroupements se formaient aux carrefours, des soldats récemment enrôlés manœuvraient sur les quais, harcelés par les cris de sergents découragés de leur maladresse ; les Parisiens sortis pour chercher la fraîcheur du soir piétinaient en direction de la Seine, bousculés à tout instant par les files de prisonniers que l'on continuait de pousser vers les prisons.

Arrivé enfin vers 6 heures, le médecin monta quatre à quatre l'escalier du vestibule encombré d'une foule hétéroclite de jeunes gens à la mode, de filles de petite vertu, de curés constitutionnels, de femmes du demi-monde – ces dernières, des intrigantes à coup sûr, affectant des airs d'importance et d'impatience. L'homme de la Charité ne s'intéressait pas à cette faune sollicitause, mais il ne put toutefois réprimer quelques sourires à la vue de certaines de ces femmes avant de se plonger dans la lecture de Lucrèce ; puisque à son habitude, détestant perdre son temps, il avait toujours sur lui, dans un large gousset de son gilet, de quoi lire. Sur le coup de 1 heure du matin, alors que la porte de l'antichambre du ministre ne s'était jamais ouverte, un huissier parut.

– Le citoyen Danton ne recevra personne, il présente ses excuses à tous ceux qui espéraient le voir, mais les affaires de l'État le retiendront encore une partie de la nuit avant qu'il ne prenne un juste repos.

Blanchot, qui se doutait que Paul serait revenu chez lui en ne le trouvant pas rue Dauphine, décida d'aller le rejoindre.

– Gorsas ne lèvera pas le petit doigt, lui dit ce dernier en l'accueillant.

Il se trouvait sur la terrasse, près de sa mère qui n'avait pas eu la force de se mettre au lit.

– Et moi, je n'ai pas pu voir Danton, avoua Blanchot piteusement.

– Reste Manon, j'irai lui parler, dit Paul, même si Gorsas prétend qu'elle devient folle.

– Tu iras, mais à midi, la dame se lève tard ! L'urgence, le tocsin même ne sont pas de nature à lui faire changer ses habitudes… C'est cela, aussi, son étrangeté. Je vais dormir ici et, à l'aube, nous tenterons d'aller voir ton père à la Conciergerie… ajouta Blanchot.

– Tu crois que nous…

– La partie sera difficile mais, comme médecin, je sais encore faire des miracles.

À 7 heures, ils étaient dans la cour de Mai, en haut des marches du terrible escalier. C'étaient toujours la même presse, les mêmes cris et hurlements. La bouche infernale semblait avoir de plus en plus de mal à avaler tous ceux qui stationnaient devant les guichets : prisonniers, gardiens armés de piques et même des chiens qui ne voulaient pas quitter leurs maîtres interpellés. Une altercation plus vive que les autres se faisait devant la porte de ces catacombes : elle avait rompu le cordon de fusiliers, permettant à Paul par miracle de se faufiler et d'atteindre le niveau de l'entrée.

Blanchot, retenu au milieu des marches, avait reconnu la voix de quelqu'un qui s'emportait : c'était celle de Louis, son fils. Il vit bientôt sa crinière rousse dominant la cohue.

– Louis ! lui cria-t-il.

Paul, parvenu à son niveau, s'était jeté dans ses bras.

– Louis ! Que fais-tu ici ?

Un fusilier empêchait Blanchot d'avancer.

– C'est mon fils qui se démène, je vais le calmer, dit-il à cet homme.

– Qui es-tu ?

– Blanchot… Membre de l'Académie de médecine… Partisan de la Révolution… Mon fils est là… Il m'inquiète. Il paraît à bout de nerfs…

– Alors essaie de le raisonner. Cela fait plus d'une heure qu'il nous échauffe… Il veut qu'on l'emprisonne à la place d'un prévenu qui est ici et qu'il déclare innocent d'un crime qu'il aurait commis lui seul.

Le soldat joua de la crosse de son arme pour aider le médecin à descendre les dernières marches et Blanchot put enfin rejoindre son fils.

– Je suis un misérable, tout ceci est arrivé par ma faute, hoqueta Louis en se jetant sur son épaule.

– Allons, l'heure n'est pas aux jérémiades ! protesta le médecin.

– Reprenez-le, ôtez-le de notre vue et surtout de nos oreilles ! dit un vieux planton qui se trouvait près du guichet, vêtu d'une carmagnole rouge et fumant une pipe de terre.

– Je suis le docteur Blanchot, membre de la section des Cordeliers et de l'Académie, je viens visiter l'un de mes malades qui est en danger...

– Ils sont tous en danger ! ricana le bonhomme à la pipe. Quant à ton Académie, elle sent l'aristocrate. La nation à présent se passe de ces hochets.

– Je dois secourir cet homme, c'est un infirme !

– Ne t'inquiète de rien, citoyen, ceux qui sont là seront bientôt secourus.

Et, ricanant de plus belle, il fit un geste du plat de la main sur le cou pour signifier qu'ils seraient bientôt tous guillotinés, ajoutant même :

– La machine à raccourcir fonctionne jour et nuit depuis deux semaines qu'elle est installée au Carrousel... Pas vrai ?

Blanchot allait s'emporter – ce qui n'était pas la meilleure façon d'agir avec ce misérable – lorsque derrière lui un piétinement plus fort que les autres fut accompagné de cris et d'une grande bousculade.

– Place ! Place au commissaire Courtois !

Blanchot le connaissait. Membre des Cordeliers, c'est vers lui que Danton l'avait renvoyé pour continuer de voir la reine – et il se trouvait que le fils de ce commissaire, né sourd-muet, avait été placé à l'école de l'abbé de l'Épée où le médecin l'avait suivi. Grâce aux leçons de Mathieu et aux soins de Blanchot, ce garçon qui avait à présent à peu près l'âge de Paul et de Louis s'exprimait parfaitement dans la langue des signes, au point d'ailleurs d'être le commis d'un notaire qui l'employait à grossoyer.

— Toi ici, Blanchot ! s'étonna le commissaire, coiffé du chapeau à plumes tricolores de la municipalité, en reconnaissant le médecin entouré de fusiliers. Ne me dis pas que...

— Non ! Je suis là parce que celui que je regarde comme mon frère a été amené dans cette prison hier... Il s'agit d'une erreur...

— Ah ! Tu sais, ces jours-ci, les erreurs sont courantes...

Il se pencha pour lui parler à l'oreille.

— Et tu veux le voir ? Je dois pouvoir te l'arranger, mais je ne pourrai pas faire beaucoup plus pour toi...

— Je sais... Je sais, la Révolution se doit de montrer un visage implacable, sourit faiblement Blanchot. Mais si tu me permets de l'approcher, je t'en saurai gré...

— Sous couvert de ton art, Blanchot. Tu n'es ici que comme médecin, pas comme l'ami d'un suspect... Il y va de ta crédibilité et de la mienne !

Se tournant alors vers les factionnaires du guichet qui disparaissaient derrière la bousculade des sectionnaires leur tendant des papiers, il parla d'une voix forte qui fit dresser les têtes :

— Laissez passer le docteur Blanchot, un médecin que le peuple vénère à la Charité...

— Un médecin ? Pourquoi ? ricana un pauvre hère qui avait noué son catogan d'un ruban aux trois couleurs. Ceux qui sont ici seront bientôt guéris de tous leurs maux, pas vrai ?...

— La Révolution est juste ! répliqua Courtois sans se démonter. Les suspects doivent être jugés, mais jusqu'à l'heure de ce jugement ils ont le droit d'être soignés...

– Les médecins seraient mieux employés dans les faubourgs à secourir le pauvre peuple qui meurt de faim ! cria un autre de ces sectionnaires.

– C'est moi qui décide, s'obstina Courtois qui n'était pas d'un caractère à se laisser impressionner. Ceux qui ne seraient pas d'accord peuvent toujours aller pétitionner contre moi à l'Hôtel de Ville… Je répondrai à leurs accusations !

Cela avait été dit avec une telle autorité que personne n'osa répliquer. Blanchot qui ne perdait pas le fil de ce qu'il souhaitait obtenir ajouta à mi-voix à l'adresse du commissaire :

– Mes assistants, Courtois, il faut qu'ils entrent avec moi !…

Ce dernier donna les instructions nécessaires et, au moment où le médecin et les deux jeunes gens s'apprêtaient à franchir la porte grillagée, il ajouta :

– Je ne fais ici qu'une courte visite pour préparer le rapport que je dois remettre à l'Hôtel de Ville sur la situation des prisons de Paris. Dans une demi-heure, je ressors ; vous devrez impérativement repartir avec moi. D'autres commissaires viendront après moi qui ne seront pas si accommodants… Vous n'avez donc que très peu de temps !

Trouver Anselme dans ce sombre et écœurant dédale empestant l'urine et les excréments n'allait pas être chose facile. Ils décidèrent de se séparer pour y parvenir plus rapidement, arrêtant de se retrouver ensuite à l'entrée, près d'un grand poêle de fonte sans feu que l'on voyait de partout. La première salle, la plus vaste, était compartimentée de toiles noires qu'on avait tendues entre les colonnes pour ménager des espaces afin que les prisonniers jouissent d'un peu d'intimité. Cela n'allait pas simplifier la tâche.

De toutes parts les réponses faites étaient décourageantes :

– Un infirme sur une chaise roulante ? Non, je ne l'ai pas vu.
– Non !
– Non ! Et croyez-vous que l'on fasse attention aux autres ici ?

La moitié des prisonniers avaient le regard vide et hébété, ceux qui répondaient étaient las et abattus, mais avec cependant une politesse dans le ton qui révélait une certaine éducation. Ces prisonniers n'étaient pas là par hasard : leurs bonnes manières étaient la première des charges retenues à leur encontre.

Louis, au bout de dix minutes d'une course effrénée, découvrit Anselme. Il se tenait au centre du cercle étroit décrit par l'arrondi d'une tour et, comme il était parvenu à conserver l'ardoise accrochée à l'accotoir de son fauteuil et quelques bouts de craie, il avait continué d'écrire de courtes phrases à l'intention de quelques-uns de ses compagnons d'infortune qui s'étaient approchés de lui. Certains avaient fini par s'asseoir à même le sol, autour de sa chaise. Il y avait là des jeunes filles en robes blanches qui avaient séché leurs larmes en l'observant, des garçonnets intrigués, des hommes et des femmes qui, en se tenant par le bras, s'attendrissaient à la vue de cet infirme obstiné à aligner des mots et qui, peu à peu, en étaient venus à oublier la peur qui les étreignait depuis qu'ils avaient pénétré dans ces catacombes.

Ce qu'Anselme leur signifiait était aussi simple qu'admirable : « N'ayez pas peur et, si vous éprouvez cette peur, ne le montrez pas, vos gardiens en tireraient avantage » ; « Ceux qui vous gardent sont tout aussi craintifs que vous ; ils ne peuvent ignorer que si les Prussiens entrent dans Paris demain ils auront tous à rendre des comptes » ; « Ne pleurez surtout pas ! Vous conforteriez le courage défaillant de vos persécuteurs » ; « Commencez à préparer votre défense car, n'en doutez pas, vous serez jugés, ils ne peuvent faire autrement :

trouvez des mots simples, ne paraissez jamais hautains ni méprisants, sachez toucher le cœur des hommes car ce ne sont pas tous des tigres; ils sont entraînés par l'avalanche et la surenchère des passions ».

Louis, fendant la foule de ces gens quelque peu apaisés par son calme, se jeta à son cou. Il lui prit son ardoise des mains pour écrire : « Je suis le seul coupable ! »

Anselme sourit et, lorsque le jeune homme lui eut rendu son ardoise, il se contenta d'effacer du bout des doigts ce qu'il venait de lire.

– Je vais chercher Paul et mon père qui sont ici ! ajouta Louis en détachant chaque mot sur ses lèvres.

Il fallut encore cinq bonnes minutes, pendant lesquelles Anselme poursuivit calmement ses recommandations de sagesse à l'usage de son auditoire qui ne bougeait pas, pour que les deux pères et les deux fils fussent enfin réunis.

– On compte bien te tirer de là, vieux frère, dit Blanchot.

– Et moi, je compte sur vous ! répliqua Anselme sans pouvoir réprimer un sourire.

– Papa ! Papa ! répétait Paul en lui prenant les mains, parce que, au comble de l'émotion, il ne pouvait pas dire autre chose.

– Lucile ? demanda le prisonnier.

– Lucile t'attend. Elle est courageuse, elle pense comme nous que tout cela n'est qu'un mauvais rêve... Je vais aller voir Danton tout à l'heure, il te tirera de là... Nous sommes en affaires depuis peu et il n'a pas grand-chose à me refuser.

– Toi, en affaires avec cet enragé ! Décidément, docteur, tu m'étonneras toujours !

Mais un des hommes de Courtois donnait déjà le signal de ressortir.

– Docteur Blanchot ! Docteur Blanchot, il est temps !

Ils se séparèrent après n'avoir pu s'entretenir que trois minutes. Paul parvint à conserver un œil sec pour étreindre son père, Blanchot lui prit la main pour le rassurer encore :

— Demain, tu seras libre... Je vais m'y employer !

— Demain... Demain... se contenta de répéter Anselme avec un faible sourire.

Ils reparurent au jour avec l'impression de s'extraire d'une grotte aux relents mortifères et le grand air leur fit presque tourner la tête. Paul était si exténué qu'il manqua défaillir devant le guichet ; Blanchot et son fils durent presque le porter jusqu'en haut des marches.

— Je vais à l'hôpital, mais dès 6 heures ce soir je serai chez Danton.

— Moi, je vais voir ma mère, ensuite je passerai au Garde-Meuble... Après j'irai aux Postes...

— Moi, je vais aux Cordeliers, dit Louis. Peut-être y trouverai-je de l'aide. Rendez-vous à minuit, rue Dauphine !

Il était à peu près 10 heures du matin en ce 1er septembre. Paul courut rue Montorgueil. Lucile était assise dans un fauteuil sur le perron, livide, les yeux gonflés. Paul l'embrassa, la rassurant d'un mot :

— Il va bien, j'ai pu le voir !

— Pauvre Anselme... Pauvre Anselme... Que ton sort est injuste !

Ils pleurèrent un moment ensemble et, tandis que Paul hoquetait encore, Lucile lui dit à l'oreille :

— Il y a ici deux demoiselles qui t'attendent et que j'ai fait entrer dans ta chambre... Elles paraissent effrayées.

Paul se précipita pour découvrir, assises sur son lit, Laurence et Clémentine Lemoine-Crécy, les filles de l'adjoint de l'intendant du Garde-Meuble, les nièces de l'intendant Ville-d'Avray que l'on disait, depuis huit jours, enfermé à la prison de l'Abbaye.

– Notre père et notre mère ont été arrêtés hier soir, dit Laurence, et nous-mêmes n'avons dû notre salut que parce que nous nous trouvions alors à l'École de dessin...

– M. Choppin nous a cachées chez lui pour la nuit, mais il craint son neveu, un sectionnaire des plus acharnés... Il nous a conseillé de venir nous placer sous votre sauvegarde.

– Je comptais aller au Garde-Meuble ce matin... Qui le dirige à présent en l'absence de votre oncle et de votre père ?

– Hier, reprit Laurence, le peintre Restout est venu rue Saint-Florentin en faisant un fracas épouvantable... Mon père l'a empêché de briser les scellés apposés sur la porte de l'appartement de notre oncle – c'est cela sans aucun doute qui aura déterminé son arrestation. En attendant, Restout s'est installé dans l'appartement du comptable : il prétend qu'il va être incessamment désigné par la Commune comme directeur, que l'arrêté de sa nomination est prêt sur le bureau du maire, Pétion.

– Cela veut dire qu'il n'est toujours pas nommé, releva Paul. Cela signifie qu'il ment.

– Et nous, nous voici menacées à notre tour d'arrestation, s'écria Laurence en fondant en larmes.

– Nous sommes venues ici, dit à son tour Clémentine, car nous n'avons de confiance qu'en vous...

Paul les considéra alors et il faillit éclater de rire tant elles étaient ajustées à la mode, avec leurs grands cols de dentelle, leurs robes fluides et légères, leurs colliers d'or. Il n'était que leurs chevelures blondes, un peu en épi, pour témoigner du léger trouble apporté à leur toilette. Il s'étonna :

– Et vous êtes arrivées jusqu'ici sans encombre ?

– On nous a bien chahutées quelquefois... Lancé des quolibets... Mais nous baissions la tête et personne ne nous a empêchées de poursuivre notre chemin.

– L'audace de l'innocence ! marmonna celui que la Providence chargeait de ce nouveau et embarrassant fardeau.

Il regarda sa montre.

– À midi, les rues se vident... Je vous emmène à Sèvres. Vous occuperez l'appartement de ma sœur qui vient de partir en voyage et vous y resterez sous la garde d'un de mes oncles, M. Hannong... Vous y serez en sûreté, hors de cette ville qui devient folle !

Il alla à la cuisine préparer un sac de nourriture – du pain, du jambon, des œufs, deux bouteilles de cidre –, puis les conduisit à pied, rue Saint-Sauveur, où, dans l'immeuble qu'avaient occupé autrefois les frères Macquer, habitait un vieux cocher de fiacre qui se chargea de la course. En une heure, ils furent à la Manufacture et Paul était revenu chez lui dès la fin de l'après-midi.

Blanchot, quant à lui, s'était rendu place Vendôme à l'heure dite, celle à laquelle habituellement Danton, avant de souper, accordait quelques audiences. Or il n'y eut pas d'autre mouvement dans l'antichambre ministérielle que l'arrivée à pas précipités des ministres de l'Intérieur et de la Guerre, Roland et Servan.

Un peu avant 10 heures du soir, lorsqu'il raccompagna Roland, Danton se montra pour la première fois à sa porte. Il avait voulu sans doute se dégourdir les jambes car cela faisait quatorze heures d'affilée qu'il se tenait derrière son bureau.

Jetant un coup d'œil circulaire dans son antichambre pleine à craquer de gens qui tendaient le cou dans sa direction, il remarqua Blanchot et le fit appeler.

– Blanchot parmi mes solliciteurs, je rêve !

– Blanchot qui vient te demander une grâce essentielle...

– Oh ! oh ! Viens dans mon bureau... De quoi s'agit-il ?

Le docteur attendit d'être assis et, plongeant son regard dans celui du ministre, dit:

– D'un juste! Notre frère en maçonnerie: Anselme Masson, le chimiste de génie qui a fait accomplir des pas de géant à notre porcelaine... Infirme depuis dix ans, mais continuant de vivre dans les œuvres de l'esprit et des Lumières, il a été arrêté parce que son fils et le mien – des garçons tout entiers tournés vers l'accomplissement de la Révolution, mais jeunes et exaltés – ont fait chez lui, à son insu, un dépôt d'armes tombé sous le coup de la loi, il y a quatre jours de cela...

– Bon! Bon! On devrait pouvoir arranger ton affaire. Et où est-il, ton Masson?

– À la Conciergerie... Je suis allé le voir tout à l'heure. Courtois m'a aidé à y entrer.

– Décidément, tu es persuasif! Déjà des passe-droits! Il faut se méfier de tout ce qui pourrait passer aux yeux du peuple pour des privilèges.

– La justice, Danton! La justice!

– Comprends-moi bien, Blanchot, je réprouve les iniquités qui se commettent tous les jours dans Paris, les séquestrations, les vols, les effractions sous prétexte de débusquer des suspects. C'est abominable, cela heurte en moi à la fois le juriste et l'homme de cœur. Et pourtant, pourtant, mon ami, je défendrai toujours et partout ces braillards et ces déguenillés qui procèdent aux visites domiciliaires – peut-être tout justement parce que l'on me dépeint moi-même comme un braillard et un déguenillé et que, du coup, je me regarde un peu comme leur frère. Ces gens sont en train de venger mille années de frustration et de haine. Ils rendent la justice à leur façon en obéissant à l'ordre du moment qui est de remplir les prisons... Et je te dis les choses tout cru: tant qu'ils arrêtent des gens qui ne sont peut-être pas coupables, au moins ils ne les égorgent pas...

Le ministre dont les yeux étaient lourds de sommeil, qui parlait sans fard à cet homme qu'il savait juste et digne d'être son confident, après avoir mis toute son âme et toute sa véhémence dans ses paroles, s'arrêta un moment pour observer sur le visage de son interlocuteur l'effet de son discours. Blanchot n'avait pas bronché.

— C'est à nous, poursuivit-il alors, de courir plus vite que cette populace dont nous n'avons pas à condamner la colère puisque nous ne se sommes pas parvenus à mesurer à quel point elle s'était portée... C'est à nous, dis-je, de veiller à ce que ne se produise pas l'étincelle qui ferait sauter la poudrière : l'invasion de notre territoire par l'ennemi, le soulèvement des royalistes en province, une émeute pour le pain dans cette ville, des provocations de soldats ou de prêtres... C'est pourquoi je suis là, derrière ce bureau, à veiller nuit et jour à ce que vingt mèches déjà allumées ne produisent pas cette explosion. Ces bombes, je les tiens dans ma main, et je préférerais mille fois, si elles venaient à éclater, qu'elles déchiquettent mes doigts plutôt que d'embraser Paris. C'est à nous de tenir, mais c'est à nous aussi d'agir : d'engager le procès légal des suspects dont la plupart, ainsi que ton ami, seront relaxés parce que les charges qui pèsent contre eux ne sont pas suffisantes...

— Le danger est grand que la justice expéditive du peuple n'aille plus vite...

— Ce danger est immense en effet ! Jamais le pays n'a été si près de succomber... Juste au moment, frère, où s'ouvrait devant lui la perspective d'un avenir radieux...

Il se frotta les yeux, prit sa lourde tête entre ses mains et étouffa alors un sanglot qui n'était pas de désespoir mais d'épuisement.

Puis, brusquement :

— Ton ami ! Il est chimiste à Sèvres ?

— Il l'était, mais depuis...

– Bon ! Il l'a été, cela suffit ! Il connaît la formule des porcelaines, et de la porcelaine à la poudre à canon, du kaolin au salpêtre, pour le peuple, il n'y a qu'un pas... La nation a besoin de savants. Voilà le prétexte que nous utiliserons tant auprès des gardiens de la Conciergerie que des autres prisonniers.

Il prit une feuille.

– Son prénom ?

– Anselme !

– Va pour les poudres ! Il se retirera un moment à Vincennes où il demeurera au château, à disposition des canonniers, pour plus de vraisemblance.

Il en était à sabler l'ordre qu'il venait de rédiger pour en sécher l'encre lorsqu'on frappa à la porte et qu'un homme se précipita. Blanchot reconnut aussitôt Paré, le clerc de Danton lorsqu'il était avocat, l'un des membres du bureau des Cordeliers, son secrétaire depuis qu'il était ministre. Danton était ainsi : il ne s'entourait que d'hommes en qui il avait confiance.

À présent, Danton lisait le papier que Paré venait de lui tendre et il blêmissait à mesure qu'il avançait dans sa lecture. Le secrétaire reconnaissant Blanchot avait eu le temps de lui jeter une œillade pour lui signifier que les nouvelles qu'il apportait étaient désastreuses.

– Verdun est tombée ce matin, annonça Danton d'une voix sépulcrale. Nous sommes les premiers à le savoir... Beaurepaire s'est fait sauter la cervelle plutôt que de se rendre... Voilà bien la bravoure des aristocrates, finir comme le héros d'un roman ! Il eût mieux fait de sortir de la ville sabre au clair pour affronter l'ennemi et mourir dans une dernière charge.

Là-dessus, il se leva si brusquement qu'il fit tomber sa chaise, obligeant Blanchot à se dresser à son tour.

Puis, le prenant par l'épaule pour le raccompagner jusqu'à la porte :

– Va ! Laisse-moi !... Je dois aviser.

— Mais… protesta faiblement Blanchot en dirigeant son regard vers la feuille restée sur le bureau.
— Verdun, c'est la route de Paris ouverte !… Les Parisiens se figureront demain sentir l'haleine des chevaux prussiens… Les envahisseurs l'ont annoncé : ils viennent pour rétablir le roi. Cela, la ville ne l'acceptera pas, elle se soulèvera et ça ne sera pas beau à voir… On aura besoin de toi dans ton hôpital !… Mais, je t'en conjure, fais-moi cette grâce, pas un mot à quiconque sur la chute de Verdun !

Blanchot sortit. Il marcha presque mécaniquement pour se retrouver sur la place Vendôme tandis qu'un épouvantable sentiment de rage et d'impuissance lui étreignait le cœur.

Danton, Paré et le médecin étaient les seuls en ce matin du 2 septembre à connaître la chute de la place forte qui commandait l'accès de la Champagne. On n'en savait pas plus en début d'après-midi à l'Assemblée nationale où Vergniaud, dans un discours sublime, exhorta tous les Français à s'unir pour courir au-devant des envahisseurs. Danton, qui depuis trois jours ne s'était pas glissé entre les draps d'un lit, vint devant les députés, en fin d'après-midi, pour leur servir l'un des plus étonnants discours de sa carrière :

> Il est bien satisfaisant, messieurs, pour les ministres d'un peuple libre, d'avoir à lui annoncer que la patrie va être sauvée. Tout s'émeut, tout s'ébranle, tout brûle de combattre. Vous savez que Verdun n'est pas encore au pouvoir de nos ennemis. Vous savez que la garnison a promis d'immoler le premier qui proposerait de se rendre. Une partie du peuple va se porter aux frontières, une autre va creuser des retranchements, et la troisième, avec des piques, défendra l'intérieur de nos villes. Paris

> va seconder ces grands efforts. Les commissaires de la Commune vont proclamer, d'une manière solennelle, l'invitation aux citoyens de s'armer et de marcher pour la défense de la patrie...
> Nous demandons que quiconque refusera de servir de sa personne, ou de remettre ses armes, soit puni de mort...
> Pour vaincre, messieurs, il nous faut de l'audace, encore de l'audace, toujours de l'audace, et la France est sauvée.

Jamais le tribun ne fut si sublime. Sans nul doute, il était l'homme le plus habile à entraîner les cœurs. Et celui qui parlait de la sorte, comme un héros de la République romaine, ne pouvait pas s'encombrer du soupçon d'avoir aidé à la libération, tout innocent qu'il fût, d'un des suspects mis en prison.

L'agitation s'était emparée de tous les districts en cet après-midi du 2 septembre.

« Quoi ? entendait-on dire partout presque au mot près, nous partons demain et quand nous aurons quitté Paris pour aller à la frontière, quand il ne restera plus ici un patriote, les ennemis de la liberté feront la loi dans la capitale... »

« Ne savez-vous pas qu'un scélérat exécuté hier a annoncé qu'un grand complot se préparait dans les prisons de la capitale ? Oui, dans les prisons, c'est devenu un repaire d'aristocrates et de prêtres insoumis... Ils annoncent la chute de la patrie... Ils se font des signaux mystérieux d'une prison à l'autre... Des signaux qui sans aucun doute partent de chez Antoinette, dans la tour du Temple... »

« Il faut exécuter les traîtres puisque la justice des tribunaux a été si malheureusement lente et timide... L'instauration du tribunal n'a été qu'un leurre pour abuser le peuple… Allons aux prisons ! Armons-nous ! Que les traîtres périssent ! »

Des groupes de sectionnaires, en fin d'après-midi, se rendirent à l'Abbaye, à la Conciergerie, à la Force, aux Carmes et au monastère Saint-Firmin où l'on savait que de nombreux prêtres avaient été enfermés.

À la Conciergerie, ce furent surtout des hommes de la section des Enfants-Rouges. Ils avaient bu tout l'après-midi en écoutant les nouvelles alarmistes qui se succédaient : la chute de Verdun que l'on commençait de tenir pour assurée et, même, l'arrivée des premiers escadrons prussiens à hauteur de Compiègne.

Maillard, un fier-à-bras de la rue des Rosiers, fut le premier sur place, vers 5 heures, entrant dans la cour du Palais de justice, accompagné d'une cinquantaine de braillards. L'escalier menant aux prisons était vide ; au bas des marches, devant le guichet, ne se tenaient que six soldats armés, recrues de deux jours qui connaissaient à peine le maniement d'un fusil. Courtois, la veille, avait donné des ordres stricts : pour ne pas laisser supposer que l'on craignait quelque chose d'inhabituel, la garde resterait sans renforts ; l'entrée serait interdite à quiconque non accompagné d'un commissaire de la Commune ou de l'Assemblée nationale.

C'étaient de faibles défenses et Danton n'y avait rien voulu changer parce qu'il s'était déjà fait à l'idée – ainsi qu'il l'avait presque avoué à Blanchot – qu'un massacre était inévitable ; qu'il fallait laisser cette occupation au peuple et ainsi le détourner d'intervenir dans l'affaire autrement plus grave de l'organisation de la défense du territoire.

Il en va ainsi en politique : les urgences et les nécessités cèdent toujours à des urgences et à des nécessités supérieures ; des horreurs doivent parfois s'exécuter pour empêcher que ne s'en commettent de pires. Tout ce qui paraît monstrueux lorsqu'on observe les choses au plus petit niveau et en y mêlant souvent des intérêts personnels devient logique et explicable lorsqu'on les survole de l'éclair du génie qui sait fixer des priorités dans l'échelle des catastrophes, échelle qui place le massacre avant l'hécatombe et l'hécatombe avant l'anéantissement. Or, la pire des abominations pour Danton, pire que les torrents de sang qui allaient s'échapper à coup sûr des prisons de Paris, c'était l'invasion du territoire : son unique obsession.

Mallard, arrivé sur le théâtre de ses exploits, ne fit qu'une bouchée des six fusiliers : ils furent désarmés et enfermés aussitôt dans l'une des guérites de l'écrou. À 5 heures et quart, après avoir installé quatre de ses hommes sur un banc et avoir pris soin de rajuster les cocardes qu'ils portaient à leur chapeau, le chef sectionnaire qui s'était emparé du registre d'écrou en commença la lecture : il y avait là trois cent vingt noms, c'était le nombre des prisonniers entassés dans les caves de l'ancien palais des rois depuis deux semaines. S'aidant du faible indice que constituait la simple date du 10 août portée à la suite des noms et supposant que cela signifiait que le prisonnier avait – selon ce qu'il annonça à ses quatre acolytes – fricoté avec la Cour, il procéda à l'appel.

Les prévenus dont les noms avaient été répercutés dans les profondeurs de la prison par l'aboiement de quelques-uns des sectionnaires parurent tremblants près de la grille, déjà assurés, pour la plupart, de ce qui les attendait. Ils se bousculaient pitoyablement pour être les derniers à se montrer et il fallut alors le courage de quelques prêtres et de quelques vieillards, ayant sans doute la prescience plus vive et plus de familiarité aussi avec une mort prochaine, pour venir occuper les premiers rangs. Mallard en avait appelé une cinquantaine. Il attendit un moment, faisant semblant de vérifier sa liste comme s'il hésitait encore, puis il poussa le cri fatal :

– Élargissez les dix premiers !

Ils passèrent la grille. On eut encore la cruauté de leur demander de se nommer et, comble d'horreur, ils purent chacun observer Mallard qui biffait leur nom sur le registre. Le chef sectionnaire fit alors un geste et ces hommes que l'on avait alignés furent aussitôt fusillés, comme des rats acculés dans l'angle d'un mur.

Onze groupes suivirent ainsi ; chacun des appels n'étant espacé que du temps qu'il fallait pour retirer les cadavres et les transporter dans une salle basse attenante.

La terreur régnait à l'intérieur de ces catacombes : ce n'étaient que cris, lamentations, prières ; les femmes pleuraient, les couples s'étreignaient, les enfants cherchaient à se cacher.

Anselme était devenu comme l'oracle de cet enfer. Aux premiers bruits de mitraille, comprenant immédiatement ce qui allait survenir, il avait fait pousser sa chaise sur un palier d'où il dominait toute la salle. Il avait retenu ses larmes ; il s'en était voulu d'avoir ainsi un court moment trahi son désespoir. Il avait même retrouvé un sourire plus radieux encore. « Que mon visage apaisé, se disait-il, soit la dernière vision que ces malheureux emportent de l'humanité et, si la désespérance les retient d'adresser une prière à Dieu, qu'ils aient au moins le sentiment que l'homme peut être doux et qu'il est des regards, dans ce monde, qui peuvent être secourables. »

Il avait tout autour de lui des enfants. Des parents étaient aussi venus lui confier les leurs, certains d'être bientôt appelés près de la grille, persuadés que près de cet homme, qui depuis la veille avait su redonner courage à ceux qui l'approchaient, leur progéniture, dans ce moment terrible, serait placée sous la protection d'un saint. Une vingtaine d'enfants entre neuf et dix-sept ans s'accrochaient au montant de sa chaise, à sa veste et à ses poignets. Tout cela aurait attendri le cœur d'un tigre.

Un peu après 6 heures, la terreur était à son comble. La prison s'était déjà vidée du tiers de ses occupants et ce vide commençait à se voir. L'aboiement des hommes de Mallard qui continuaient de répercuter le nom de ceux que l'on appelait à la mort était devenu insupportable : des femmes se bouchaient les oreilles, d'autres s'étaient évanouies ; la plupart de ceux qui restaient là étaient assis par terre, hébétés. Bien peu avaient encore le courage de se tenir à genoux pour prier. L'ordre de cesser viendrait-il de la Commune ? De l'Assemblée ? D'un de ces hommes écœuré par la vue du sang ? Certains des enfants qui avaient vu leurs parents partir, les embrasser avec effusion, pleuraient, hoquetaient ou écarquillaient de grands yeux étonnés.

Anselme ne pouvait plus que leur sourire parce qu'il n'avait plus de craie. Au-dehors, la fusillade semblait se ralentir : « C'est toujours comme cela, songea Anselme, le bourreau se fatigue lui aussi et, à la fin, passé le premier assaut de la sauvagerie, il éprouve le dégoût de continuer à tuer. De toute façon, il est physiquement impossible à l'homme de provoquer indéfiniment de grandes hécatombes. »

Mais, malheureusement, le vin avait fait son œuvre. Mallard, ivre mort, parce qu'il avait continué de boire un cruchon à chacune des fusillades, jetant brusquement le registre d'écrou par terre, donna à ses lieutenants cet ordre stupéfiant : « Allez ! Descendez dans ces caves et débusquez-moi les plus coupables à leurs mines... La justice du peuple est infaillible... Elle est intuitive : elle n'a pas besoin de procédure pour confondre les criminels. À son seul coup d'œil, elle les reconnaît pour tels ! »

Cette fois, ce fut la curée. Des hommes armés de leurs seules piques, parce qu'il n'y avait plus de munitions pour les fusils, descendirent par tous les escaliers à la fois, jetant à terre et transperçant aussitôt ceux qui n'avaient pas l'heur de leur plaire : des hommes pour l'essentiel, mais aussi quelques femmes dont ils avaient estimé le regard insultant ou hautain.

Anselme contemplait ce massacre, sans panique, avec le sourire qu'il avait montré constamment jusque-là et qui, peu à peu, s'était transformé en un air de grand étonnement.

Trois de ces meurtriers arrivèrent jusqu'à lui, brusquement immobilisés dans leur course et presque médusés à la vue de ce paralysé autour duquel se pressaient tous ces enfants.

– Et toi, qui es-tu ? demanda le plus fort en gueule de ces gaillards.

Anselme était bien incapable de répondre.

– Un infirme ! Vous voyez bien que c'est un infirme ! répondit un jeune homme dont Anselme avait tenu longuement la main depuis que son père et sa mère étaient montés dans les premiers à l'appel de Mallard.

– Un infirme ! répéta cet homme que la vue du sang avait transformé en forcené. La Révolution n'a pas besoin d'infirmes !

Et il poussa la chaise qui alla se fracasser à dix pas au-dessous.

Un cri terrible jaillit alors de toutes les jeunes poitrines et même de celles des deux sectionnaires – deux hommes jeunes encore – qui accompagnaient celui qui venait de commettre ce crime. Ce dernier, essuyant d'un revers de main la morve qui dégouttait sur sa moustache, crut bon de se justifier :

– Ce suspect n'était d'aucune utilité : ce ne sont pas des gens comme lui qui arrêteront les Prussiens ! Je vous le répète : la Révolution n'a pas besoin d'infirmes !

Et il tourna les talons, laissant toute cette jeunesse désemparée et désespérée.

C'est alors que se produisit un miracle : le dernier miracle accompli par Anselme. Les deux jeunes sectionnaires qui étaient restés, au milieu de tous ces garçons et ces filles dont ils auraient pu être les frères aînés, comme médusés par l'horreur de ce qui venait de survenir, jetèrent leurs piques.

L'un des deux sectionnaires était un jeune clerc de notaire, fin et lettré, perdu dans l'enchaînement de ces horreurs par cette fausse idée que les impulsions du peuple seraient toujours forcément celles de la générosité et du cœur.

– Cela suffit de toutes ces atrocités ! dit-il à son compagnon. Il faut sauver ces enfants : ils n'y sont pour rien !

– Tu crois ? demanda l'autre qui craignait toujours les réactions de Mallard. Ne risque-t-on… ?

– Ils sont tous tellement ivres qu'ils n'y verront que du feu… À l'arrière de cette salle, il y a une porte dont j'ai eu la garde hier… Elle ouvre sur une cour intérieure qui donne sur le quai et je sais qui est en poste à cette heure : c'est un de mes amis de la rue Vieille-du-Temple… Avec un peu de chance, il y sera encore.

Les sectionnaires, transformés brusquement en anges gardiens de cette ribambelle, à tel point même qu'ils prirent chacun par la main les deux plus jeunes des fillettes, descendirent l'escalier de cette plate-forme et, passant à côté de la chaise d'Anselme qui, mort sur le coup, semblait leur sourire encore, ils gagnèrent une première porte, puis, traversant un couloir, descendant un escalier, empruntant une espèce de pont-levis, ils trouvèrent une seconde porte.

Celui qui avait eu l'idée de cette évasion tira le volet qui fermait un petit guichet.

– C'est Arsène !

– Arsène, que fais-tu là ? C'est Riquet !

La porte s'ouvrit ; un flot d'air frais balaya les remugles de ces affreux souterrains.

– Des enfants ! s'étonna celui qui se nommait Riquet.

– Des enfants qui ne sont pour rien dans toute cette horreur !

– Si tu le dis !

– Allez ! Ouste ! cria Arsène, et qu'on ne vous voie plus ! Séparez-vous pour n'être pas suspects... Un grand... Un petit... Un grand, un petit, ensemble... Et bonne chance !... Et n'oubliez pas, c'est à cet homme, à cet infirme que vous devez la vie ! Souvenez-vous-en toujours !

Et, regardant son compagnon qui n'en finissait pas de s'étonner et qui pourtant ne bougeait pas :

– Oui, Riquet, un voile noir, âcre et poisseux est tombé sur Paris... Sommes-nous dignes, après cela, de nous dire encore les enfants du divin Jean-Jacques ?

CHAPITRE DEUXIÈME

Les diamants de Braux

Ces scènes d'horreur durèrent cinq jours ; le 6 septembre, au petit matin, on massacrait encore à la Force. La section la plus sanguinaire de la capitale, celle des Quinze-Vingts, s'illustra dans cette prison. Elle dépêcha sur place un bataillon de soudards sans pitié que l'on allait appeler « septembriseurs ». Tout comme l'avait fait Mallard à la Conciergerie, ces égorgeurs, surgis de derrière les ruines de la Bastille, organisèrent dans la cour même de cette maison d'arrêt une parodie de justice, se prétendant mandatés par « le comité de surveillance de la nouvelle municipalité de Paris ».

Le 3 au matin, vers 10 heures, la princesse de Lamballe que l'on était venu chercher au Temple dix jours plus tôt, et qui croupissait avec deux cents autres personnes dans la salle commune, fut appelée à comparaître devant ce simulacre de tribunal. Sommée fort bizarrement de dire « qui elle avait reçu à sa table », elle ne répondit rien qui pût compromettre quiconque. Contrainte ensuite de prêter le serment d'aimer la liberté et l'égalité, elle y souscrivit bien volontiers, rappelant au passage qu'elle était une lectrice assidue de Jean-Jacques Rousseau et de l'*Encyclopédie*, en même temps que la grande maîtresse de la « Mère Loge écossaise ». Ayant pour finir reçu l'ordre de jurer haine au roi et à la reine, elle répondit fermement « qu'un tel sentiment n'était pas dans son cœur ». D'après Talleyrand, on la renvoya à l'intérieur de la prison pour laisser à ce « jury » le temps de délibérer, mais elle fut prise en traversant la cour de la prison d'un de ses fréquents malaises, elle était épileptique. Ce malaise lui fut fatal. Des hommes armés de piques qui se tenaient à l'entrée des cachots, croyant qu'elle avait déjà reçu les premiers coups destinés à la mettre à mort, se ruèrent sur elle et la percèrent de toutes parts. Son corps fut ignominieusement traité : déshabillé, jeté devant la porte même de la Force, exposé à tous les regards avec ces ignobles blessures et en particulier son sexe que l'on avait tailladé. Il y eut un spectateur involontaire de ces atrocités, un homme qu'elle avait honoré de sa protection et qui ne put rien faire pour elle : Charles-Hippolyte de La Bussière, ce soldat, comédien à ses heures, que Paul Masson avait connu aux réunions des Postes et qui, de ce jour-là, voua en secret une haine inexpiable aux massacreurs.

Au travers de cette femme désintéressée, douce et fragile, que Marie-Antoinette avait durement traitée en lui préférant longtemps l'avide Polignac, le peuple estimait sans doute pouvoir s'en prendre à la reine et à l'aristocratie corrompue.

C'était d'un seul coup la révolution de la misère, de la passion, de la violence primitive qui bousculait les nobles idéaux de 1789 en versant sans préavis dans une indicible horreur.

Marat allait appeler tout cela de « la défense préventive » ; Robespierre en ricaner : « Vouliez-vous d'une révolution sans révolution ? » ; et Danton, plus piteusement, avouer : « Toute espèce de mesure modérée est inutile : la colère du peuple est à son comble et il y aurait du danger à l'arrêter. Sa première colère passée, on pourra lui faire entendre raison. » On devait même lui prêter des paroles plus dures. Ainsi Mme Roland – dans sa détestation pour lui – prétend qu'il aurait dit : « Je me fous des prisonniers ; qu'ils deviennent ce qu'ils peuvent!»; Alquier, l'un de ses amis, et c'est plus grave, aurait entendu: «Eh, que vous importe! Il y a parmi ces gens-là des brigands coupables, on ne sait encore de quel œil le peuple les verra et jusqu'où peut se porter son indignation...» Cela revenait au même, Robespierre avec son sang-froid et Danton éprouvant peut-être quelques regrets avaient laissé faire, estimant qu'il s'agissait d'un spasme inévitable.

Roland, pour sa part, avait tenté d'empêcher ou du moins d'arrêter l'effusion. Le 2 au soir, il avait, en présence de Servan, fait convoquer par Pétion l'ensemble des commissaires des sections «pour les raisonner, les éclairer s'il était possible et leur dévoiler tous les maux de l'anarchie». Mais cette démarche n'avait pas eu de suite: la colère populaire, excitée par ceux qui, comme Marat, avaient voulu ces massacres, ne devait pas s'arrêter si vite. Du coup, le 3 septembre, ce même Roland – dans une lettre vraisemblablement écrite par sa femme – avait paru se résigner:

> Il est dans la nature des choses et dans celle des cœurs humains que la victoire entraîne quelques excès. La mer, agitée par un violent orage, mugit encore longtemps après la tempête... Hier fut un jour sur les événements duquel il faut peut-être baisser un voile, je sais que le peuple, terrible dans sa vengeance, y porte encore une sorte de justice...

Activisme ou fatalisme, cela revenait au même: la boucherie ne cessait pas vraiment.

Les informations les plus contradictoires, rebrochant sur les rumeurs les plus folles, firent que de deux jours encore on ne sut à peu près rien de précis, dans la ville, au sujet de ces événements affreux. Le 2 et le 3 septembre, l'idée même qu'il pût se commettre des atrocités en divers endroits de la capitale paraissait totalement inconcevable, mais lorsque l'on vit les premiers cadavres, comme celui de la princesse de Lamballe, promenés par les rues, les têtes coupées emmanchées sur des piques et exhibées en triomphe, il fallut bien se convaincre.

Paul, le 2 septembre, avait passé la matinée près de sa mère, puis l'après-midi au Garde-Meuble où l'accès aux salles de conservation était désormais interdit à quiconque : depuis le 11 août, des scellés avaient été apposés sur toutes les portes.

Incapable d'avoir à l'esprit d'autre vision que celle de son père prisonnier, enrageant à la pensée de ne pas pouvoir lui être du moindre secours, il s'était tout simplement tenu dans son bureau, songeur ou serrant les poings de rage, échafaudant les uns après les autres dix plans impossibles pour pouvoir faire ressortir de cet enfer l'auteur de ses jours.

Dans l'après-midi, il était monté dans l'appartement des Lemoine-Crécy pour vérifier que personne n'avait profité de l'emprisonnement des parents et de l'absence de leurs deux filles pour s'y introduire.

N'y tenant plus, il était revenu vers la Conciergerie, au moment où la nuit commençait de tomber. Il avait entendu la dernière salve de la fusillade tirée sur ordre de Mallard. Alors, saisi du plus funeste des pressentiments, il s'était mis à frissonner.

Il lui avait fallu longtemps pour s'approcher de l'escalier fatal ; il s'y était faufilé, il avait joué des coudes et il avait pu, malgré l'obscurité, assister aux dernières scènes tragiques de cette première journée de massacres : le sang dont on lavait le pavé à grands seaux d'eau et les massacreurs qui se partageaient en riant les derniers cruchons du terrible breuvage qui leur avait donné le courage de tuer.

Pris dans la bousculade, il suivait le mouvement. Mais il perdit un instant connaissance et fut refoulé en arrière. Il entendait, loin devant, le cri des forcenés qui réclamaient encore des victimes :
– Alors ! C'est tout ?
– Il faut en finir avec tous ces suspects !
– Ceux qui se montrent cléments sont coupables !
– Pas de quartier !

Les sectionnaires devant les guichets allaient, venaient, demandaient des ordres, mais leur chef, Mallard, dormait à poings fermés, avec des ronflements de bête, écroulé sur une chaise à côté du bureau de l'écrou. La table où s'était tenu le prétendu jury était à présent vide et l'un de ces hommes qui avaient siégé là toute la soirée et regardé d'un œil sec les prisonniers monter dix par dix pour se faire fusiller, tentait de s'adresser à la populace :
– Le procès reprendra demain, les exécutions aussi...
Penaud, il ajoutait cette épouvantable justification :
– Nous n'avons plus de munitions !
– Qui parle de fusils ? C'est avec des piques que nous les achèverons, ces chiens !
– Laissez-nous entrer ! criaient les plus enragés. Nous ferons bonne justice nous-mêmes !

On les entendait encore hurler lorsque de nouveaux sectionnaires, venus du Temple et des Francs-Bourgeois, des hommes que l'on n'attendait plus, surgirent à point nommé. Ceux-là avaient les idées plus claires. Ils avaient surtout à leur tête un mercier de la rue Michel-Lecomte, Gagneau, révolutionnaire convaincu mais homme de bon sens.

En un instant, bien que l'obscurité fût complète, il reconnut l'odeur du sang et il comprit l'horreur de la tragédie qui venait de se jouer au bas de ces marches. Il avait conduit les bataillons des gardes nationaux aux ordres de la nouvelle municipalité qui avaient encadré la foule aux exécutions du 13 août, dans la cour des Tuileries. Il s'était tenu au bas de l'échafaud et avait vu couler, impassible, le vin de la guillotine, il avait observé le liquide rouge et épais goutter du bord des planches jusque sur le pavé et il en avait gardé en mémoire la senteur lourde et âcre. Mais là, dans cette cour du Carrousel, au moins y avait-il eu de vrais juges, des avocats commis d'office, des interrogatoires, des motifs allégués aux condamnations.

Tout à ces réflexions dont il se gardait bien de trahir l'amertume sur son visage, il para au plus pressé. Ses hommes, qui lui obéissaient au doigt et à l'œil, étaient restés en formation. Il leur donna ses ordres :

– Que les deux premiers rangs aillent occuper les guichets en place de ceux des Quinze-Vingts... Quant au reste du peloton, qu'il disperse la foule... Ces gens n'ont plus rien à faire ici ! S'ils veulent encore du spectacle, dites-leur qu'il ne se passera rien avant demain !

Paul fut du nombre de ceux que l'on repoussa en arrière des immenses grilles de la cour de Mai. Il parvint toutefois à monter sur le muret de la porte principale et à s'accrocher à l'un des faisceaux en fer ouvragé qu'il enlaça de ses bras, fortement, de manière à n'être pas délogé.

Il demeura là toute la nuit, le cœur battant.

À l'aube du 3 septembre, alors que les massacres ne faisaient que commencer ou s'amplifier dans les autres prisons, la Conciergerie, qui avait déjà payé l'un des plus lourds tributs de la capitale aux atrocités de la veille, demeura calme grâce à ce qu'il faut bien appeler la présence d'esprit de Gagneau. Ayant décidé de demeurer sur place, il avait, avant de s'accorder un court sommeil, pris la mesure de la situation, inspectant les lieux en détail – jusqu'à la basse-fosse où avaient été entreposés plus de cent cadavres –, mettant sous clé les plus avinés des sectionnaires qui étaient sous les ordres de Mallard, libérant les jeunes recrues que celui-ci avait désarmées en arrivant et les réunissant à sa propre troupe, installant pour finir ce chef indigne dans un local barricadé sur lequel il gardait en permanence un œil.

Reparu dans la cour avant même que le jour se lève, il s'était attaché, en homme ordonné, aux derniers détails. Il avait fait poursuivre activement le nettoyage des flaques de sang et il comptait employer sa matinée à vérifier, à l'aide du registre que Mallard avait fini par jeter par terre, le nombre exact des personnes survivantes à l'intérieur de la prison. Il s'était imaginé pouvoir déterminer parmi eux – car il était un révolutionnaire convaincu – quels seraient les suspects qu'il ferait juger et sans doute aussi exécuter. Toutes les révolutions ont ainsi leurs hommes de raison qui se chargent de rétablir les lois et les procédures là où elles sont bafouées ; ces hommes méthodiques, ces comptables scrupuleux ne sont pas toujours les plus tendres parce que le sens de l'exactitude, la rigueur maniaque et mathématique dont ils font preuve ont souvent racorni chez eux la fibre du sentiment.

Gagneau était un homme qui remarquait tout. Il s'affairait de la sorte depuis une grosse demi-heure lorsqu'il avisa ce garçon qui était la seule personne demeurée accrochée toute la nuit aux grilles du palais.

Un violent orage de grêle, survenu vers minuit, avait eu raison des derniers enragés déjà largement découragés par l'attitude décidée de cet officier de la section des Francs-Bourgeois qui avait la mine de quelqu'un qui aime être obéi. Paul était donc resté seul à étreindre son faisceau de fer forgé, sans un mouvement, sans un geste, comme statufié.

– Que veut-il, celui-là qui ne bouge pas ? demanda le citoyen mercier.

Il héla un de ses hommes :

— Va-t'en voir, gros Didier, si cet homme vit encore et si la foudre ne l'a pas fait rôtir sur sa broche !

L'homme s'acquitta de la commission.

— Non ! Chef, il vit encore ! Il bouge les yeux.

— Alors, demande-lui ce qu'il veut !

La chose fut également exécutée.

— Il veut des nouvelles de son père... Un homme que l'on reconnaîtra facilement car il est infirme, assis sur une chaise à roulettes.

— Sacredieu ! dit Gagneau à voix basse à un grand gaillard qui se tenait près de lui et qui lui servait d'ordonnance. Son père est dans la salle, mort et fracassé, près de son fauteuil roulant. Je l'ai observé tout à l'heure en détail tant cela me paraissait étrange : il n'a vraiment pas la mine d'un conspirateur ; on dirait un honnête artisan de Paris, peut-être un clerc de notaire ou un avocat... Pas un aristocrate en tout cas... Faites-moi venir ce garçon qui n'a pas l'air d'un conspirateur lui non plus !

Paul fut appelé. La grille s'ouvrit. Il passa. Il arriva devant Gagneau et il comprit à son air résolu mais franc qu'il pouvait s'expliquer avec lui : il parla du dépôt d'armes fait avec ses amis de la section des Postes, de son père chimiste et franc-maçon – le citoyen mercier eut un rictus de sympathie.

— Bon ! bon ! dit Gagneau qui ne pouvait se départir du ton rude de l'homme qui sait mener rondement ses affaires. Il va te falloir du courage, mon petit, ton père est mort ! L'un de ces hommes, un misérable, l'a poussé du haut d'une corniche alors qu'il était sans défense et qu'il n'avait visiblement pas encore été appelé à comparaître comme suspect dans cette cour. Il s'est fracassé de toute la hauteur d'un étage et ça n'est pas beau à voir.

Paul blêmit, puis finit par articuler :

— Je veux le voir !

Gagneau, sans hésiter, donna l'ordre qu'on le laissât entrer.

— Tu veux sans doute reprendre le corps, lui dit-il ensuite en le voyant ressortir bouleversé au bout d'une dizaine de minutes.

Et comme Paul ouvrait de grands yeux reconnaissants, le mercier, qui était au bord de s'attendrir, reprit son ton accoutumé :

— En ce cas, mon garçon, fais vite ! Il faut que tout soit terminé avant 10 heures, car ensuite les procès reprendront ici – de vrais procès cette fois, dans les formes, et je vais y veiller. Ensuite, je serai relevé.

Paul n'eut pas l'énergie de remercier, mais son regard humide parla pour lui.

Il courut rue Dauphine, il était encore assez tôt pour cueillir Louis et son père au saut du lit. Il leur raconta tout, puis il les entraîna à demi habillés. Ils hélèrent, à l'entrée du Pont-Neuf, un charreton qui leur emboîta le pas avec sa carriole à bras. À 9 heures, Anselme était étendu sur cette voiture, le visage recouvert de la veste de son fils. Une demi-heure plus tard, il était revenu chez lui, rue Montorgueil, veillé de Lucile et de Paul, visité de tous ceux qui l'aimaient et qui avaient appris à leur réveil la nouvelle de cette catastrophe.

Anselme fut inhumé le surlendemain, 5 septembre, alors que dans Paris les massacres se poursuivaient toujours. Il avait choisi depuis longtemps le lieu de sa sépulture : au cimetière Saint-Pierre de Montmartre, autour de la vieille église paroissiale que le vent paraissait avoir décoiffée tant elle était de guingois et tant il lui manquait de tuiles. Il aimait cette église qui lui rappelait celle de son pays natal de Bort, en Limousin. Il montait là souvent, du temps où il était encore ingambe car, en plus, il y trouvait des cailloux rares, quelquefois même des ossements étranges provenant d'animaux disparus qu'il envoyait à M. Portal, au Jardin du roi. Il aimait particulièrement s'asseoir au bout d'une petite vigne, à mi-chemin du hameau et de l'abbaye, car on y jouissait d'une vue stupéfiante sur Paris, ses dômes, ses clochers, ses quartiers centraux. Les toits de tuiles plates et d'ardoises composaient un vaste damier cerné des faubourgs où les maisons et les couvents s'entouraient de vergers et de jardins qui devenaient plus touffus et plus vastes à mesure que l'on s'éloignait du centre de la cité.

Plus loin, à la périphérie, la nature reprenait ses droits : c'étaient des prairies, des champs, des forêts, ne laissant plus qu'un chapelet d'habitations ou de granges tout au long des chemins. Son grand jeu était alors d'observer tout cela à la lunette, de suivre quelque temps un personnage – charreton, bouvier, laitière – ou le mouvement des bateaux et des barges sur la Seine. Quand il était las de tendre le bras, il s'amusait à joindre le bout de son index à son pouce en un cercle dans lequel il lui semblait alors tenir la ville tout entière. Pendant ces longues séances de contemplation, il s'était dit qu'il serait doux, lorsque le temps serait venu, de dormir de son dernier sommeil sur cette colline qui n'était pas la ville mais la campagne d'où l'on voyait la ville.

Ses proches étaient peu nombreux autour de la fosse creusée de frais. Un prêtre constitutionnel, en habit civil, les avait attendus à l'entrée du cimetière pour une discrète bénédiction, puis il avait disparu aussitôt car, en ces jours de folie, même pour les ministres de Dieu en accord avec la loi républicaine comme lui, la sauvegarde n'était pas assurée.

Mathieu, devenu brusquement le dernier des Masson de sa génération, puisque Eustache, le plus jeune, était mort treize ans plus tôt à Naples, s'approcha du cercueil.

– Je perds le meilleur des frères, dit-il en s'agenouillant sur l'herbe sèche. C'est lui qui m'a convaincu de venir à Paris, il y a trente-trois ans de cela, au lendemain de la mort de notre mère... alors même que je ne voulais pas le suivre, estimant que ce serait trop pour lui d'avoir un infirme à sa charge... Il m'a presque violenté pour que je l'accompagne et tout ce que j'ai fait, conçu, exprimé par la suite, je le lui dois : il m'a autant soutenu quand j'ai voulu être organiste que lorsque j'ai désiré quitter la solitude de la tribune pour m'occuper, grâce à Blanchot, des enfants qui souffraient d'une autre infirmité que la mienne : ces sourds-muets qui m'ont prêté leurs yeux comme je leur ai prêté ma voix... Anselme était la bonté, la générosité incarnées et c'est ce juste qui a succombé dans les affres d'une Révolution que nous avions pourtant tous deux appelée de nos vœux... Et à laquelle, quoi que vous puissiez penser, vous tous, mes amis, je continue à croire.

Hannong, posant la main sur l'épaule de Mathieu, poursuivit :

— Et moi, je perds mon meilleur, mon plus constant confident. Il était aussi pour moi comme un frère... Nous avions la porcelaine pour passion commune : nous avons fait de grandes choses ensemble et même lorsque les aléas du métier nous ont séparés, nous n'avons jamais rien entrepris que de concert... Saurais-je travailler encore maintenant qu'il n'est plus là, puisque, même depuis qu'il était cloué sur sa chaise, il continuait de me donner des conseils précieux et judicieux ?... C'était d'ailleurs comme si son imagination et sa science avaient atteint à l'élixir sublime avec sa maladie : c'est dans ces dix dernières années, privé du plaisir de la voir prendre forme entre ses mains, qu'il est devenu le plus parfait théoricien de l'art de la porcelaine... J'en peux être le témoin.

— Mon père, lui répondit Paul en lui prenant la main, n'avait pas d'ennemis... Il ne se méfiait que de l'ignorance, et c'est l'ignorance justement qui l'a tué.

Lucile, qui avait passé pour la première fois sa robe de deuil, s'appuyait au bras de son fils. L'extrême pâleur de son visage contrastait avec la noirceur de son voile ; elle avait, ce matin-là, quelque chose de ces saintes religieuses au visage de cire que l'on voit dormir dans des chasses de cristal.

– Anselme était aimé, murmurait-elle à l'oreille de Paul, je ne suis pas seule dans mon chagrin ; c'est ce qui me donne du courage...

Et comme si elle avait voulu s'en excuser, elle poursuivit à haute voix et à destination de tous :

– Non, mes amis, je ne pleure pas... Ce qui est arrivé d'injuste à Anselme est au-delà des lamentations ; il est tant de gens aujourd'hui qui, dans cette ville, ont des motifs de se lamenter comme nous ! Pensons à eux aussi !

Et, comme pour lui donner raison, deux autres convois se présentèrent à l'entrée du cimetière.

Blanchot demeurait un peu à l'écart, sombre, pensif, prostré, adossé, à quelques pas de la fosse, contre le piédestal d'un crucifix.

Il songeait à la phrase de Rousseau confronté à une immense douleur, « à ces moments qui n'ont ni mots ni larmes ». Sachant pertinemment qu'au même instant il s'y commettait des atrocités, il fixait d'un œil noir et réprobateur Paris, la belle, l'opulente cité, paresseusement étalée en contrebas, à ses pieds. Cette sourde colère l'avait fait s'éloigner du reste de ses amis dès le début de la cérémonie. Il avait retiré son bras de celui de Félicité, sa femme, puis il était venu là, bouder – bouder n'est pas pleurer, mais peut-être, après tout, qu'il s'était pris à bouder pour que l'on ne vît pas ses larmes. Son cœur débordait de haine pour la ville orgueilleuse qui prétendait dicter ses lois et communiquer ses humeurs à tout le reste du pays.

Il était particulièrement amer en dénombrant ses rêves fracassés : la fraternité, à laquelle il avait longtemps cru dans les loges, lorsque aristocrates et bourgeois éclairés emboîtaient le pas aux penseurs des Lumières ; la justice, lorsqu'il avait participé aux assemblées destinées à en fixer les procédures et les garanties ; la liberté, qu'il avait imaginée absolue comme celle des oiseaux dans les airs ou des daims dans les forêts... Tout cela emporté dans un torrent de sang, avec son meilleur ami... la victime la plus injuste et la plus innocente de ces débordements.

– Je ne croirai plus en rien ! se promit-il en glissant ses poings dans ses poches.

Mais, regardant tour à tour sa femme, son fils qui était persuadé être le principal responsable de la mort d'Anselme et n'avait pratiquement plus ouvert la bouche, Lucile, Paul... il rectifia :

– J'aiderai tout simplement, j'aiderai sans me soucier de l'opinion des gens... Aider n'oblige pas à croire à des choses impossibles... Les malheureux, les malades, les mélancoliques n'appartiennent à aucun parti. On n'a pas à leur demander en quoi ou en qui ils croient pour les secourir.

Il revint vers la fosse quand ce fut son tour de jeter une pelletée de terre sur le cercueil de son ami. Cette terre était sèche, car il n'avait pas plu depuis un mois, elle ne produisait pas le bruit mat des mottes grasses tombant sur le bois, on aurait dit un ruissellement de cailloux, une succession de ricochets sonnant creux. Le médecin resta un moment, sa bêche à la main, fixant le vernis du cercueil.

– Ah ! Mon Anselme, murmura-t-il, si je le pouvais, comme je resterais près de toi, dans une cabane à l'entrée de ce cimetière... Les affligés viendraient m'y consulter et mes amis me visiter... Je n'aurais plus rien à voir avec cette Babylone !

Louis s'empara du bras de son père.

– Papa, j'ai à te parler... Je suis allé au bureau de la marine hier, j'ai juste l'âge qu'il faut pour m'embarquer... Je partirai la semaine prochaine à Toulon si tu ne me l'interdis pas.

– Tout me quitte donc en même temps... Tout s'en va ! dit le médecin en secouant longuement la tête avant d'embrasser son fils. Je ne t'interdis rien... Le temps est à l'éparpillement. Mais reviens vite dès que tu auras fait ce que tu penses être ton devoir... Tu seras un bon médecin après moi.

– C'est d'ailleurs comme aspirant major que j'embarque.

– Ah ! si j'avais ton âge ! Petit chanceux !

Louis prit son père par le bras pour le ramener vers le fiacre qui les avait attendus devant l'église : il ne s'était jamais senti si proche de cet homme admirable, et c'était justement à l'heure où il venait de décider de le quitter.

Quand Adèle et Xavier – le jeune marquis de Valady – avaient quitté Paris, la ville était en proie à de terribles convulsions et sous le coup des rumeurs de l'imminence d'une invasion prussienne. Or, chaque tour de roue leur faisait oublier un peu plus ces angoisses, et ils en éprouvaient du remords. La campagne était belle, avec sa végétation prématurément fanée à cause de l'été suffocant : la route sèche et poudreuse était jonchée de feuilles, les arbres se paraient d'or et les vendangeurs se trouvaient déjà entre les rangs d'échalas, tout entiers occupés à la récolte festive qui marque la fin de la belle saison.

Il fallait compter une semaine pour atteindre le cœur de l'Aveyron. Valady, avant de devenir le pur produit de la cour de Marie-Antoinette grâce à son mariage avec l'une des héritières des Vaudreuil, était issu d'une des plus vieilles races de Rouergue, Auvergne et Gévaudan. Ses ancêtres, chevaliers partageant la dure condition des rudes paysans des montagnes du Centre, barons depuis toujours plus habitués aux bouillies de châtaignes qu'aux potages truffés des fins soupers de Trianon, lui avaient tissé une impressionnante toile de vieilles demeures sur lesquelles il avait à peu près partout des droits : Sallèles, en Gévaudan, où il avait été élevé par son grand-père, M. de Monjésieu, Cropières, en Auvergne, ainsi que Vernhettes et Gradels, en Rouergue, que l'auteur de ses jours lui avait pratiquement abandonnés aux premiers jours de la Révolution.

Il avait eu l'occasion de revenir dans ces lieux, d'embrasser ses vieilles tantes et même son malcommode père, dix-huit mois auparavant, au cours du séjour de trois mois qu'il avait effectué avec le projet un peu fou de convertir aux idées nouvelles le plus grand nombre de gens attachés à sa lignée par les anciens liens de la vassalité. Il avait alors déjà en tête l'idée de se présenter aux élections de la future Assemblée législative qui devait remplacer la primitive Constituante. Finalement, il avait dû y renoncer parce que son père le lui avait interdit.

Maintenant que la monarchie était tombée, et avec elle beaucoup d'anciennes préventions, il comptait bien en venir à ses fins : il se poserait comme un homme acquis de longue main à la nouveauté, connaissant à fond les nouveaux mécanismes du pouvoir dans la capitale et, comme tel, capable de rendre d'immenses services à un département auquel il était attaché par sa naissance.

Chemin faisant, il choisit Gradels pour sa villégiature, comme le lieu le plus proche de Villefranche où devait avoir lieu l'élection. La demeure située en plein village, vide et ensommeillée, s'était encore délabrée depuis l'année précédente quand il y avait passé quelques jours. Les bâtiments étaient envahis jusque sur le perron d'herbes folles et de genêts et la pluie, à cause du mauvais état des toitures, avait ruisselé jusque dans la grande salle. Il regretta pour la première fois d'avoir confié la gestion de ses affaires à un personnage douteux : un certain Boudon La Roquette dont il s'était entiché sur la seule proclamation que celui-ci lui avait faite de partager avec lui les idéaux de la Révolution. Boudon l'avait en fait proprement essoré en retenant déjà plus de la moitié des 48 000 francs annuels qu'étaient censés rapporter ses domaines. Le bonhomme avait argué de travaux, de procès et, bien entendu, des « difficultés du temps », une raison à laquelle devaient forcément céder tous les créanciers pour peu qu'ils fussent animés d'un cœur patriotique et dénués de méfiance.

– Je me suis laissé prendre au sentiment, avoua Xavier en déposant dans le vestibule Adèle qu'il venait de porter dans ses bras comme une jeune mariée.

– Cela te change sûrement des splendeurs de Versailles, monsieur le marquis... Eh bien moi, je crois que je me trouverai bien ici et que, si cela était possible, il me prendrait l'envie d'y rester.

– Pas une minute à perdre, en tout cas ! déclara Xavier. Les élections ont lieu dans quatre jours, et il me faut d'ici là avoir convaincu au moins deux cents électeurs.

Trois domestiques qui vivaient là, à demeure, de noix et de châtaignes, préparèrent un modeste dîner. Ils allèrent par tout le village rassembler les ingrédients nécessaires pour honorer ce maître qui arrivait sans crier gare. Le jeune couple eut droit à un tourin d'oignons, une omelette aux cèpes, du pain frotté d'ail, de la salade et des pêches de vigne ; agapes qui causèrent l'émerveillement d'Adèle.

Mais déjà la voiture découverte du domaine, tirée de la remise et attelée d'un cheval gris à la large croupe, attendait au bas du perron. Boudon se trouvait là également, à cheval, en grosses bottes fortes, enveloppé dans un manteau bien ouaté. C'était un gros bourgeois, aux mains épaisses et velues, avec une figure de fouine d'un teint ponceau encadrée de cheveux plats et graisseux et à peine éclairée par deux yeux porcins barrés de sourcils en broussaille. Il avait mis tout son soin dans sa foisonnante cravate de lin blanc, parfaitement propre mais qui, écrasée par son cou épais, faisait la corde. Avec la fausse camaraderie des idées neuves, soulignée par l'immense cocarde tricolore dont il avait orné le revers de sa veste, la cautèle et la duplicité se dissimulaient mal sous des airs de soumission.

Il passait par tout le pays pour l'homme de la Révolution. Il était donc détesté de la plupart des notables restés attachés à la tradition. Et on le craignait : on l'imaginait en relation étroite avec les gens de Paris, en particulier Valady dont on avait suivi, non sans une certaine fierté, le plus gros des tribulations depuis les boudoirs de la reine jusqu'aux tribunes que lui avait procurées la Société des Amis des Noirs et le club des Jacobins.

Boudon siégeait au district de Rodez et dans les commissions de police et de sûreté du département. Il était la bête noire des prêtres réfractaires, très nombreux dans le pays. Dans les villages, il semait la terreur en organisant les levées pour la conscription auxquelles les paysans étaient violemment hostiles. Dans ce pays farouche, les mères des familles paysannes opposaient une résistance forcenée à la conscription : Boudon s'était illustré jusqu'à Paris pour avoir poursuivi plusieurs de ces femmes. Leur crime était d'avoir, sur le billot qui leur servait habituellement à trancher le cou des canards, coupé l'index de leur fils, d'un coup sec de hache, ce qui les rendait incapables de tirer au fusil et donc d'être engagés.

Mais Valady avait besoin de Boudon pour être élu. Aussi se garda-t-il bien de lui parler de l'état pitoyable de Gradels, tout comme du misérable montant des loyers qu'il avait perçus depuis qu'il lui avait confié l'administration de ses biens. Maître en duplicité, il l'embrassa même avec effusion comme cela se pratique entre francs-maçons.

Tout l'après-midi du 6 puis le 7 et le 8 septembre, les deux hommes ne firent que courir en tous sens dans la campagne autour de Rodez et Villefranche, réunissant dans les églises, selon un programme que l'homme du cru avait admirablement préparé avec l'aide de rabatteurs, tout ce que le pays comptait de gens importants, c'est-à-dire des citoyens habilités par leur fortune à être électeurs. Le marquis, auréolé de sa jeunesse, de son prestige d'habitant de la capitale et de témoin privilégié des soubresauts de la Révolution et par-dessus tout de sa qualité de descendant des anciens suzerains – une vertu essentielle dans un département qui n'avait pas intégré encore tous les bouleversements de la nuit du 4 août –, fit partout merveille. Son arrivée dans chaque village, au milieu des aboiements, parmi les paysans en loques, les poules qui picoraient sur le fumier, les veaux, les vaches, les cochons en liberté, produisait chaque fois – lorsque, debout sur le marchepied de sa voiture, il laissait tomber un regard doux et compatissant sur la foule accourue en masse – l'impression qu'un dieu venait de descendre de l'Olympe.

Le marquis avait imaginé d'abord se cantonner à la visite de ses seuls électeurs, mais Boudon, qui connaissait son monde, l'avait persuadé qu'être populaire, en premier lieu parmi les humbles, impressionnerait favorablement les coqs de village, détenteurs du droit de voter ; et que, sitôt après s'être défiés de prime abord de ses audaces, ils pourraient plus facilement se ranger derrière un homme que le peuple aurait lui-même adoubé.

Le 9, dans l'après-midi, devait avoir lieu l'élection. Toute la matinée, Valady l'avait encore passée entre Montbazens et Villeneuve à visiter quelques gros propriétaires qui, toujours selon le schéma imaginé par Boudon, impressionnés de l'accueil qu'il venait de recevoir dans les plus petits hameaux lui avaient promis leur appui. Roland, le ministre de l'Intérieur, avait désigné

Villefranche, de préférence à Rodez, comme chef-lieu des opérations électorales dont il avait confié la direction au pasteur Bernard, un huguenot de Saint-Affrique, qui – depuis l'édit de tolérance de 1787 rétablissant le culte protestant – avait mené hardiment la reconstruction des temples dans le sud de la province.

L'affluence était énorme sur la vaste place couverte, dans un angle de laquelle s'ouvrait le puissant porche de la collégiale où devait avoir lieu le scrutin. Au milieu de ces hommes, tous vêtus de noir – curés constitutionnels, notaires, avocats, gros propriétaires enrichis récemment par l'achat des biens d'Église –, Valady, avec ses vingt-six ans, sa belle mine, son éternel sourire, son habit coloré, son gilet brodé de mille fleurs, impressionnait. Tous voulaient lui parler, et il était si accaparé que la plupart devaient se contenter de le toucher. Même le rude pasteur Bernard paraissait charmé, au point de se risquer à cette nouveauté de lui accorder la faveur d'un dernier discours sur la place avant que l'on procédât au vote.

Valady savait parler, il s'y était exercé à la Société des Amis des Noirs où l'on avait reconnu son talent. Il avait donc un avantage décisif. Il fut éblouissant : il parla de la Révolution, le sujet qu'il connaissait le mieux, rappelant le cours des événements depuis l'ouverture des États généraux à Versailles puis le transfert de l'Assemblée à Paris, tous les soubresauts ensuite dont il avait été le témoin ; il évoqua les dangers du moment : le péril de la guerre extérieure, l'énergie qu'il fallait pour porter l'œuvre plus loin en déjouant les complots de ceux qui n'étaient pas des patriotes. Il ajouta également – sachant pertinemment que ce serait bien reçu de ces gens modérés – qu'il souhaitait pour le roi déchu un procès juste et équitable ; qu'en tout cas il ne voterait jamais la mort de Louis XVI. Omettant à dessein de parler des prisons pleines, des suspects en danger, des risques de guerre civile, il jura, la main sur le cœur, avec même des sanglots dans la voix, s'il était élu à la Convention, «de maintenir constamment la liberté, l'égalité, l'indépendance du peuple français et de le conduire au port de la félicité». Cette péroraison fut saluée d'un tonnerre d'applaudissements; des chapeaux volèrent en l'air, on s'embrassa.

Mais l'élection n'était pas acquise. Le jeune marquis avait affaire à plus forte partie que prévu: son adversaire était un gros propriétaire, Bonnefous d'Arvier, qui avait déjà échoué de peu à la dernière élection, celle de l'automne 1791 pour l'Assemblée législative. L'homme savait parler au cœur avaricieux des Rouergats: il martelait que la liberté, l'éducation et tous les grands principes ne seraient rien sans le préalable de la reconnaissance absolue du droit de la propriété; il raillait ouvertement la passion qu'avait son adversaire pour la liberté des nègres dans les îles à sucre. Tout cela lui paraissait très éloigné des préoccupations des électeurs assemblés ce jour-là. Il fit son discours sitôt après celui de Valady, à l'autre bout de la place: ses arguments de gros bon sens tombaient l'un après l'autre comme des coups de gourdin, soulevant chaque fois des grognements d'approbation. Il fut salué, avec sans doute moins d'exubérance que son rival, par l'applaudissement nourri des plus riches propriétaires qui ne doutèrent pas alors de l'emporter sur la masse des agités qui continuaient d'entourer Valady.

L'élection allait être serrée. Il fallut effectivement trois tours de scrutin jusqu'à la nuit tombée, jusqu'à ce que fussent éliminés deux autres candidats, un prêtre constitutionnel et un praticien charitable et vénéré du village de Pachins, Paul-Jules Phalip. Il y avait un peu moins de quatre cent cinquante électeurs et Valady l'emporta de vingt voix sur Bonnefous, lequel, furieux, quitta Villefranche avec ses amis sans vouloir serrer la main du vainqueur ainsi que le lui avait instamment demandé le pasteur Bernard.

Le nouveau député de la Convention s'acquit une gloire supplémentaire en faisant rectifier le procès-verbal qui mentionnait tous ses titres.

– La nation, protesta-t-il, ne reconnaît plus les distinctions de la naissance depuis la nuit du 4 août... Celui que vous venez de choisir pour représentant s'appelle Izarn de Fraissinet et vous ne me connaîtrez dorénavant plus que sous ce nom-là !

Boudon, qui n'avait pas douté des résultats, avait préparé un festin dans une auberge où furent conviés les partisans du nouveau député : poularde farcie, rôt de sanglier, canard au jus, pompe à l'huile – ce gâteau fait de croûte de pain et recouvert de trois tiers de sucre, de jaune d'œuf et d'huile de noix. Mais le marquis était affligé d'une infirmité rédhibitoire pour affronter ce genre d'épreuve : il était végétarien... Certains de ces solides électeurs, qui tenaient bien leur place à table, voyant leur élu ne manger que des herbes, se prirent à regretter d'avoir donné leur vote à un si étrange personnage.

Les massacres avaient cessé à Paris mais il en restait partout une odeur âcre et écœurante, comme si le sang avait imprégné le pavé. Les yeux de ceux qui en avaient été les témoins – rescapés et parfois même assassins – reflétaient une expression d'horreur. À présent – car on disait les prisons toujours pleines – s'ouvrait le temps des incertitudes : Quels étaient les survivants ? Quels étaient les morts ou, comme on le disait déjà pudiquement, les « septembrisés » ? Quel avait été le sort du cadavre de ces infortunés puisque la rumeur publique – toujours elle, mais toujours aussi peu contrôlable – prétendait que pendant deux nuits on avait jeté des corps dans la Seine ou creusé de grandes fosses du côté de Grenelle et de Picpus.

Il n'était en tout cas pas une rue et voire même pas un immeuble dans la ville où l'on ne s'inquiétât d'un absent.

Le paradoxe, toutefois, était que toutes ces atrocités n'avaient quasiment pas troublé les activités du dehors : les journaux avaient continué de paraître, les Halles de déployer leurs maigres étals, l'Assemblée nationale et les instances de la municipalité de se réunir sans sembler affectées tout au long de ces cinq interminables journées par les crimes en train de se commettre.

Danton avait été bon prophète : les grands attroupements qui se faisaient pour la conscription en masse, activés par les menaces d'invasion ; les élections en cours pour la constitution d'une Convention ; la question délicate des approvisionnements, tout cela s'était poursuivi sans explosion tandis que se perpétrait le massacre des suspects. Un moindre mal. Tragique, selon Danton ; salutaire, de l'avis de Robespierre ; acte de vertu civique et patriotique, si l'on s'en tenait aux écrits du terrifiant docteur Marat.

Pour les Girondins, conscients que quelque chose de terrible se jouait, mais déjà sur la défensive, ces massacres marquèrent le début de l'effroi. Malouet, un homme modéré, le dit élégamment : « Le mois de septembre était superbe. Jamais si beau soleil n'éclaira tant de crimes. » Quant à Manon, réalisant l'horreur après coup, renonçant à lui trouver l'excuse de la nécessité qu'elle avait invoquée au premier soir des massacres, elle écrivait une semaine plus tard à son ami Bancal – avec ce décalage qui désormais, inexorablement, allait pousser les Girondins vers leur destin fatal : « La Révolution a été ternie par des scélérats... Elle est devenue hideuse. »

Paul, qui s'était enfermé avec sa mère, rue Montorgueil, tout le restant de la journée du 5 septembre, après les obsèques de son père, était retourné au Garde-Meuble le lendemain.

Un huissier qu'il appréciait depuis le premier jour et qui avait appris le malheur dont il venait d'être frappé le héla depuis sa loge.

– M. de Ville-d'Avray a été tué, lui aussi, avant-hier, à l'Abbaye. On a reconnu son cadavre sur une charrette qui passait au Roule. Quant à M. et Mme Lemoine-Crécy, ils sont saufs, Dieu sait comment... Ils sont rentrés chez eux cette nuit.

Paul pressa les mains de cet homme puis monta l'escalier principal, quatre à quatre, pour gagner l'attique où logeait l'adjoint de l'intendant.

La vieille bonne craintive, coiffée d'un bonnet du pays de Caux, lui ouvrit la porte.

– Ah! monsieur Paul... Grâce à vous, mesdemoiselles sont sauves... J'ai pu rassurer leurs parents. Cette ville est devenue folle, monsieur Paul, folle vraiment.

Le visiteur se laissa embrasser avant de demander à voir le maître du logis.

– Il ne s'est pas couché. Il est incapable de dormir après toutes ces émotions... Il est dans son bureau et se soutient de café depuis qu'il est rentré. Car ici, monsieur Paul, depuis hier tout est changé: c'est M. Restout, le directeur... Quelle misère!

Tout en se désolant de la sorte, la brave femme introduisit le visiteur. Lemoine-Crécy se tenait derrière son bureau, hagard et décoiffé; lui, si soigneux à l'ordinaire de sa personne, n'avait même pas pris le temps de procéder à sa toilette.

– Paul! Vous êtes notre sauveur... Je sais tout! dit-il en prenant son jeune subordonné dans ses bras.

Il ne put retenir ses larmes.

– Excusez-moi, mais ma femme et moi avons assisté à tant d'horreurs... Jusqu'au milieu de cette nuit, nous étions persuadés que nous allions mourir sans revoir nos filles... L'ordre qui nous a brusquement sauvés a dû venir de Restout : il a besoin de moi pour connaître les secrets de cette maison, les clés, l'accès aux différents coffres ! Dès que les scellés seront levés et que je lui aurai livré toutes les informations en ma possession, je ne donne pas cher de notre peau...

– C'est pour cela qu'il ne faut rien hâter, estima Paul. Vous devez monnayer les indications que vous donnerez contre votre sauvegarde et celle de votre famille.

– Oui, mais comment ?... Il y a fort à craindre que si je tarde à parler on me renvoie en prison...

– Je vous aiderai !

L'intendant adjoint, ému par ce cri du cœur, fixa longuement son visiteur, comme pour finir de se convaincre de son honnêteté.

– Si vous voulez vraiment m'aider, alors il faut que je vous parle... dit-il d'une voix rabaissée. Que je vous livre les secrets de mon défunt beau-frère, car tout à l'heure va se réunir ici pour la première fois la commission d'enquête nommée par l'Assemblée nationale. Elle est chargée de procéder à un nouvel inventaire consécutif à la suspension du roi. Il s'agit de savoir si rien n'a été modifié par rapport à l'état que nous avions dressé ensemble il y a quelques mois. Or, je crains...

– Vous craignez !

– Je suis même certain que se présentent de grosses difficultés...

Et, sans s'arrêter à l'air ahuri de Paul, il l'entraîna dans un petit cabinet attenant où il était sûr de n'être entendu de personne. Il le fit asseoir sur un coffre de bois.

– Neuf coffrets contenant les plus beaux bijoux de la Couronne ont été par ordre de M. de Ville-d'Avray entreposés dans son propre appartement, à l'insu de tous nos collaborateurs, excepté moi-même et M. Daubas...

– Et pourquoi cela ?

– Compte tenu de la tournure que prenaient les événements, mon beau-frère a estimé – contre mon avis et celui de M. Daubas – que c'était plus sûr pour la bonne conservation de ces joyaux.

– Ces neuf coffrets sont donc toujours aujourd'hui dans l'appartement de M. de Ville-d'Avray sur les portes duquel sont apposés des scellés depuis son arrestation... Leur contenu est intact puisque le secret de ce dépôt n'implique que trois personnes qui ont entre elles une absolue confiance. Il vous suffira donc d'exposer la chose à la commission qui n'aura qu'à faire reprendre ces coffrets pour les replacer dans les salles d'exposition et de conservation.

– Oui, mais voilà...

– Voilà quoi ? s'effraya Paul.

– Le jour de son arrestation, mon beau-frère, prévenu par le citoyen Courtois, un proche de Danton, qu'il devait être incessamment emprisonné, est monté avec l'aide de cet homme déposer la totalité de ces coffrets chez moi, ici, dans cet appartement...

– Et où sont-ils à présent ?

– Dans ce coffre sur lequel vous êtes assis !

– Eh bien ! Je ne vois toujours pas où est le problème : il vous suffira d'expliquer cela à la commission...

Mais Paul, à l'air embarrassé de Lemoine, sut qu'il y avait une autre difficulté.

– Mon beau-frère m'avait caché un autre fait capital qu'il ne m'a dévoilé que le jour précédant son arrestation. Il m'a en effet confessé avoir distrait, au début du dernier mois de juillet, en faveur de la monarchie menacée, quelques pièces du Trésor national : six malles d'objets en or, sorties secrètement d'ici, en pleine nuit. Il l'a fait avec l'aide de son homme de confiance, Azèle, aujourd'hui en fuite, et de son gendre : mon neveu, Baude de Pont-l'Abbé, lui aussi hors de France depuis. Ce butin aurait été déposé chez le fermier général Prévost d'Arlincourt qui, d'après ce que j'ai appris cette nuit, fait partie des victimes des derniers massacres...

Le visiteur ne pouvait masquer son effarement ; Lemoine en profita pour lui avouer le reste.

– Enfin, par la même occasion, vingt des plus beaux joyaux contenus dans l'un de ces neuf coffrets ont été retirés de leurs écrins et confiés à M. Collenot d'Aigremont pour être mis à la disposition du roi, sous caution de Mgr Champion de Cicé, et des ducs de Broglie et de Brissac qui en ont renvoyé signé, dès le lendemain, un procès-verbal de réception...

– Mon Dieu ! Vingt des plus beaux...

– Oui, et, parmi eux, le diamant Pitt que l'on appelle vulgairement le Régent... le Miroir du Portugal... le Sancy...

– Mais que va-t-on dire tout à l'heure aux commissaires ?

– Ma fidélité pour la monarchie m'interdit de révéler ces faits pour ne pas aggraver les charges qui vont peser sur le roi et pour ne pas ternir la mémoire de mon beau-frère... Oui, mon cher Paul, la situation est désespérée et sans doute eût-il mieux valu que je sois massacré dans ma prison plutôt que d'avoir à répondre aujourd'hui de tout cela !

– Votre bonne foi n'est pas en cause. Il ne serait pas juste que vous payiez à la place de ceux qui se sont livrés à ces manipulations.

Lemoine-Crécy qui avait pris sa tête dans ses mains n'avait pas encore tout dit. Le puits d'où il tirait, l'une après l'autre, ces révélations paraissait sans fond.

– Dernière chose : lorsque le citoyen Courtois est venu ici, de bon matin, juste avant l'arrestation de M. de Ville-d'Avray, c'est lui qui nous a ordonné de transférer les neuf coffrets dans cet appartement. En réalité, il venait aussi pour constater la disparition des vingt principales pierres sur ordre de la Cour dont Danton avait été avisé par une dénonciation. Il a profité de la panique de mon beau-frère pour lui faire signer un papier reconnaissant qu'il avait personnellement retiré ces pierres du Garde-Meuble afin de les remettre au roi, puis, pour mieux le compromettre, il lui a confisqué les reçus signés de Mgr Champion de Cicé et des ducs de Broglie et de Brissac : en contrepartie, il s'est engagé sur son honneur de le tirer de sa prison au bout de quelques jours. On sait ce qu'il en est advenu ! Mais, ce n'est pas tout encore...

– Quoi ? blêmit Paul.

– Profitant de notre désarroi, Courtois a ouvert trois des coffrets et en a retiré trente-sept pierres remarquables dont le grand Diamant bleu du roi pesant soixante-huit carats, que M. Collenot d'Aigremont, dans sa précipitation – lorsqu'il était venu faire ses retraits pour le roi –, n'avait pas trouvé. Le citoyen Courtois, en s'en allant, a déclaré agir pour le compte du citoyen Danton qui voulait détenir certains joyaux en garantie de prêts qu'il s'apprêtait à négocier pour l'État...

– Et en a-t-il donné reçu ?

– Non, et c'est bien là ce qui est grave... Il avait le beau rôle, il nous mettait sous le nez les détournements déjà opérés, avec la complicité de M. Thierry de Ville-d'Avray, en faveur du roi juste avant les événements du 10 août. Il s'est contenté de dire que le nouveau gouvernement n'avait pas à se montrer plus scrupuleux que l'ancien. Il a mis les pierres dans sa poche et il est parti en nous renouvelant sa promesse de sauvegarde... Voilà ! Voilà tout le drame ! J'ai échappé aux atrocités mais, cette fois, je suis bon pour la guillotine !... Le Garde-Meuble a été vidé de ses plus beaux trésors et personne ne le sait encore !

Paul contempla le pauvre Lemoine désemparé et bien qu'il fût atterré de tout ce qu'il venait d'apprendre, il lui répéta :
– Je vous aiderai, je ferai du moins ce que je pourrai. Je l'ai promis à vos filles.

La commission qui devait se réunir ce même 6 septembre à midi avait été constituée par le bureau de l'Assemblée nationale de deux députés versés dans le commerce du luxe, de deux experts joailliers de Paris, des membres de l'ancienne direction que l'on devait réunir, pour l'occasion, une dernière fois autour de Lemoine-Crécy et surtout du nouveau directeur général du Mobilier national, Restout, qui depuis deux jours avait en poche un arrêté de nomination signé de la main du ministre Roland. Ce nouveau directeur général remplaçait dans toutes ses prérogatives l'ancien intendant général.

Restout, dès le dernier coup de 11 heures, s'était posté au pied du grand escalier du Garde-Meuble, l'air impatient. Il arborait un tricorne flambant neuf, trop grand pour lui, empanaché aux trois couleurs, et il avait comprimé son gros ventre dans une large écharpe également tricolore. Il adressait des petits saluts de la tête, rapides et condescendants, à ceux qui passaient. Parfois même il leur signifiait quelques instructions brèves et comminatoires. Dans son nouvel emploi, il avait bien l'intention d'être obéi et se comportait en patron. Il guignait la place depuis le 10 août et avait dû combattre pied à pied jusqu'à l'avant-veille contre plusieurs rivaux, et en particulier contre un dénommé Villain, de la section de Saint-Roch, soutenu par Pétion après qu'il avait dénoncé les vols d'objets d'art au cours du sac du palais des Tuileries sitôt le départ du roi.

Restout ne doutait plus désormais de la réalité de son pouvoir et tapotait régulièrement la poche où se trouvait son ordre de mission, même s'il était prévu que ses fonctions ne prendraient effet qu'après le procès-verbal de la commission en passe de se réunir. Il fut proprement foudroyé, sur le coup de midi moins le quart, par l'arrivée tonitruante du citoyen Courtois flanqué de deux autres sectionnaires des Cordeliers, non moins bardés de cocardes et d'insignes patriotiques que lui.

Les trois nouveaux venus avaient l'avantage du nombre et de la carrure, si bien que Restout n'osa pas protester lorsque Courtois émit au préalable l'exigence d'avoir avec Lemoine-Crécy un entretien tête à tête, dans son appartement privé.

Il redescendit de ce bref aparté la mine satisfaite et, chose plus extraordinaire, précédant l'ancien adjoint de l'intendant qui reparaissait étrangement rasséréné après l'avoir suivi en tremblant. Le rusé Cordelier Courtois – qui venait d'être réélu député quelques jours auparavant – s'imposa aussitôt comme le meneur de la réunion ; ce fidèle de Danton était, à l'image de son maître, un homme expéditif et de ressources ; la créature de Roland, en face de lui, n'avait que son ambition, avec cela de la sournoiserie mais nulle énergie.

Ce fut donc Courtois qui fit placer autour de la longue table les personnes convoquées auxquelles s'ajoutaient des membres de l'ancienne équipe : Pigrais, Daubas et Choppin – Sansbœuf et Sulleau qui n'avaient pas reparu depuis le début des massacres étaient restés terrés chez eux. Quant au père de Laurence et Clémentine, il s'était débrouillé pour faire asseoir Paul à côté de lui.

– Messieurs ! M. Lemoine-Crécy va vous faire une déclaration, annonça Courtois en préambule.

Lemoine se leva et parla d'une voix étonnamment calme :

– M. de Ville-d'Avray, craintif de la tournure que pouvaient prendre les événements relativement à la conservation des joyaux de la Couronne, a pris l'initiative, après nous avoir informés M. Daubas et moi-même, mais sans que nous lui donnions notre accord, de faire confectionner neuf coffrets pour y placer les plus insignes bijoux des collections royales et les transférer dans son appartement. Au matin de son arrestation, le 23 août dernier, il a entreposé, toujours contre ma volonté, ces coffrets chez moi, et j'en ai aussitôt informé le citoyen Courtois, ici présent, en lui remettant les neuf triples clés permettant l'ouverture de chacune des serrures…

– J'ajoute, intervint ledit Courtois, que je viens de vérifier moi-même que lesdits coffrets se trouvent toujours en place et qu'ils sont bien revêtus de scellés. Lorsque les salles de conservation et d'exposition de l'étage noble seront rouvertes, il conviendra d'y remettre ce qui a été abusivement déplacé… Je remercie M. Lemoine-Crécy d'avoir éclairé la commission à ce sujet et de s'être montré si coopératif… Je tiens à ce qu'il en soit fait mention.

– Mais… il conviendrait de savoir pourquoi de telles mesures ont été prises, tenta de protester Restout.

– M. Lemoine vient d'en donner la raison, et ces décisions sont le fait de quelqu'un qui ne peut plus vous répondre.

– Mais M. Lemoine pourtant…

– Il n'a fait qu'agir jusqu'à la semaine dernière sur ordre de M. de Ville-d'Avray !

– Il convient de vérifier sans délai le contenu de ces coffrets.

– Certainement… Certainement… Mais chaque chose en son temps. Les neuf sceaux apposés par M. de Ville-d'Avray sont intacts et il n'est aucune raison de croire que leur contenu n'est pas conforme aux inventaires de 1791.

– Mais…

– Il suffit ! Il nous faut procéder logiquement, or il apparaît que les deux joailliers que nous avons aujourd'hui... MM. Boegner et Van Ruffel...

– Van Huffel, citoyen ! rectifia un homme à la mine sévère, un Hollandais, assis à l'autre bout de la table.

– Ces messieurs, dis-je, qui viennent de loin et que nous payons cher pour leurs expertises, ne sont pas des spécialistes en gemmes ou en joaillerie mais des orfèvres. Nous commencerons donc par les objets d'or, d'argent et de vermeil qui sont de leur compétence et nous procéderons tout à l'heure aux premières expertises après le bris des scellés apposés le 13 août sur tous les accès des salles d'exposition.

– Je proteste...

– Entamez le procès-verbal, citoyen ! trancha Courtois sans avoir égard aux cris de Restout et en se tournant vers l'un des deux sectionnaires qui l'avaient accompagné et qu'il avait, en début de séance, vantant sa belle écriture, installé d'office dans la fonction de secrétaire.

En même temps, il se leva, donna le signal aux autres membres de la commission de le suivre, commença sous leurs yeux par briser avec un petit marteau les cachets de cire rouge apposés sur les portes puis, dans la foulée, entama l'inventaire, écartant une nouvelle fois les protestations de Restout.

C'est ainsi que se trama la connivence de Lemoine-Crécy et du conventionnel Courtois, hommes que rien n'aurait dû réunir mais qui avaient tous deux de graves irrégularités à couvrir : pour le premier, les prélèvements que son beau-frère avait opérés en juillet dans le Trésor de la Couronne, en or et en joyaux, au profit du roi ; pour le second, ses propres prélèvements dans ce même Trésor, devenu entre-temps national, effectués après le 23 août au profit de Danton qui avait besoin de fortes garanties pour gager des emprunts destinés à soutenir la guerre.

La commission se réunit aussi les jours suivants, à midi, en présence des mêmes hommes – les experts orfèvres et joailliers, eux, venaient sur convocation de Courtois en fonction des objets qui devaient être évalués –, jusqu'au samedi 15 septembre et sans que l'on ouvrît les fameux coffrets.

Il fallut pour en venir à ce résultat toute l'habileté du récent conventionnel, toute sa ténacité, sa morgue menaçante et jusqu'à l'étalage de la force physique que lui-même et ses deux acolytes de la section des Cordeliers opposaient au faible et fragile directeur général du Mobilier national.

Ce dernier en était à envoyer chaque soir au ministre Roland – qui avait cinquante autres chats à fouetter – des billets griffonnés par lesquels il annonçait l'ouverture imminente des neuf coffrets : le samedi 15, il assura son mentor qu'elle aurait lieu le lundi 17, « l'inventaire de toutes les autres pièces étant terminé ».

Le 17 septembre, à midi, la vérité allait donc éclater, mais Courtois et Lemoine-Crécy n'en paraissaient pas le moins du monde effrayés.

Dans la nuit du dimanche 16 au lundi 17, une suite d'événements extraordinaires se produisit autour du Garde-Meuble.

Le citoyen Hippolyte Letellier, commissaire de police à la section du Pont-Neuf, de service au poste de garde des Grands-Augustins, enregistra au petit matin plusieurs plaintes troublantes : le sieur Gerbu, un joaillier, s'était présenté avec trois gros diamants et sept perles magnifiques qu'un individu, prétendant les avoir trouvés sur les berges de la Seine, lui avait laissés en dépôt contre une avance de 15 000 francs ; le sieur Béasse, marchand de vin rue Saint-Florentin, qui avait été réveillé par des cris au milieu de la nuit, vint avec deux hommes de la Garde nationale lui amener deux personnages bizarres, pris de boisson, dont le premier avait été trouvé perché sur un réverbère avec une aigrette de brillants à la main et le second, finissant de descendre par un chenal du Garde-Meuble, les poches pleines de rubis et de topazes. Les deux gardes nationaux, visiblement de jeunes patriotes pleins de zèle pour la chose publique, précisaient qu'ils avaient dû agir seuls puisque peu avant le commandant de leur bataillon qui n'était autre qu'Armand Camus, membre de l'Académie des inscriptions et archiviste de l'Assemblée, ami de Danton de surcroît, avait emmené le reste de ses hommes plus loin, pour faire une ronde du côté de l'église de la Visitation.

Letellier prenaient ces dépositions lorsque arriva Courtois, accompagné de cinq de ses amis, inscrits comme lui à la section des Cordeliers. Le conventionnel, qui jusqu'au précédent samedi avait présidé aux travaux de la commission du Garde-Meuble, déclara qu'alerté par des hommes sûrs, des hommes à lui, que par précaution il avait apostés dans les rues Saint-Florentin et Royale, « il avait été avisé à 4 heures du matin qu'un vol se commettait sur place... Qu'il s'y était aussitôt porté... que, malgré ses cinquante ans, aidé de ses amis patriotes, il avait escaladé jusqu'à la galerie, dans laquelle il avait ramassé lui-même un vase d'or ». Il était d'ailleurs arrivé au poste de police avec ce vase précieux à la main pour preuve de ses dires.

Le jour n'était pas levé, mais Letellier, compte tenu de ces éléments troublants, décida d'y aller voir. Restout dormait encore dans l'appartement de M. de Ville-d'Avray qu'il occupait depuis trois jours. Il découvrit, ahuri, tous ces messieurs devant sa porte, et en particulier Courtois qui le fixait d'un air narquois. Il indiqua qu'il avait bien entendu du bruit dans la rue Saint-Florentin sur laquelle donnaient ses fenêtres mais qu'il s'était rendormi aussitôt, rassuré du doublement de la Garde nationale dont la Commune l'avait avisé la veille.

À 10 heures, alors que le conventionnel en était encore à reprocher sa légèreté au nouveau directeur général, parut Roland, accompagné de quelques membres de son cabinet : la nouvelle du vol du Garde-Meuble avait déjà fait le tour de Paris. Le ministre était furieux. Il relaya Courtois pour reprocher à Restout son manque de vigilance et fit mille amabilités au nouveau député qu'il savait l'ami de Danton, dont il craignait les colères. Il annonça qu'il nommerait avant le soir une commission ministérielle pour enquêter.

On procéda alors à l'interrogatoire des deux hommes arrêtés : celui cueilli sur le réverbère, Joseph Douligny, vingt-trois ans, était natif de Brescia, en Italie ; celui dont les poches étaient pleines de pierreries, Jean-Joseph Chabert, vingt-six ans, était sans emploi, mais il finit par avouer qu'il s'appelait Chambon et qu'il était un ancien valet du prince de Rohan-Rochefort. On les envoya tous deux à la Conciergerie sous bonne garde.

À midi, Roland, peu à l'aise, était monté à la tribune de l'Assemblée législative pour annoncer le vol. En homme honnête, il ne chercha pas à farder la vérité et, se fondant sur l'estimation conjointe de Restout et de Lemoine-Crécy avec lesquels il avait visité les salles dévastées, il annonça le chiffre de 30 millions de francs volés, précisant que la catastrophe était à peu près totale puisqu'il ne restait sur place que pour 50 000 francs de valeur. Concluant son discours, il parla d'un complot sans dire s'il s'agissait d'une machination aristocratique comme, de son premier mouvement, allait être porté à le croire le peuple de Paris.

Pourtant, secrètement, c'était déjà Danton qu'il visait. Danton qui, depuis quatre semaines, hurlait tous les jours pour obtenir de l'argent pour la guerre et qui, dans ce but, exigeait sans succès la dévolution entre ses seules mains des fonds des autres ministères.

La contre-attaque ne se fit pas attendre. Elle vint sur-le-champ d'un ami de Danton, l'avocat Thériot, qui accusa le ministre de l'Intérieur de graves négligences et d'impéritie dans la garde du Trésor national. Thériot réfuta l'idée d'une commission ministérielle – «ce ne sont pas les coupables d'un manquement qui se doivent faire les juges des conséquences de ce manquement». Il fit voter la constitution d'une commission par l'Assemblée et il obtint même que Fabre d'Églantine, dont l'honnêteté avait été pourtant plusieurs fois mise en cause, en fût nommé le chef.

Au même moment, à l'Hôtel de Ville, Pétion, le maire, le «roi Pétion» comme on l'appelait aussi, cet avocat de Chartres porté par la vague politique, sa belle mine et son bagout aux plus hautes destinées, s'inquiétait que ce vol ne lui fût imputé. On le savait capable de tout : il avait fait ses affaires avec Louis XVI et, le 10 août, se faisant retenir en otage à point nommé pour laisser Danton substituer la Commune révolutionnaire à l'ancienne Commune légale, il avait permis la chute de la monarchie. Rangé depuis peu parmi les Girondins, mais refusant d'être pris pour cible par les Montagnards, il voulut se dédouaner en recherchant lui-même les coupables. Il disposait pour cela d'une armée d'espions et de mouches, souvent gens fort peu recommandables, qu'il déployait depuis des semaines dans la capitale. Au nombre de ceux-ci, l'ancien perruquier Lamy-Évette – dit Brière, dans les bas-fonds –, escroc notoire qui venait de faire plusieurs mois de prison pour fabrication de faux assignats. L'homme vivait avec la dame Lucidor, une mulâtresse, qui s'était beaucoup poussée dans Paris, dans le milieu prérévolutionnaire, à l'époque des Amis des Noirs où elle avait figuré comme la seule femme de couleur en état de représenter le véritable objet d'études de cette société.

Lamy-Évette travailla efficacement pour le roi Pétion. Il retrouva un certain Cottet, dit Petit Chasseur, son ancien compagnon de cellule à la Force, un receleur, qui lui avoua sans trop de difficultés qu'il avait alors en sa possession des pierres en quantité à écouler, des merveilles provenant d'un gros coup. Lamy, après avoir prévenu Pétion, et que ce dernier eut lui-même par prudence avisé Danton, adressa ledit Cottet à Gerbu, qui s'était présenté le lundi 17 au matin au commissaire Letellier. Gerbu, sur la qualité exceptionnelle de la marchandise qu'on lui proposait, donna 15 000 francs d'acompte et Cottet fut arrêté, au sortir de sa boutique, avec la somme en poche.

Les journaux se déchaînaient. Gorsas, le Girondin, dans son *Courrier des quatre-vingt-trois départements*, Marat, l'ultra-Montagnard, dans *L'Ami du peuple*, criaient ensemble au complot. Circonstance troublante : l'enquête commençait de démontrer qu'il n'y avait pas eu un seul vol, comme on l'avait cru jusque-là – dans la nuit du 16 au 17 –, mais que ces vols avaient commencé dès le 11 et s'étaient poursuivis plusieurs nuits de suite, sans que personne s'en fût aperçu. Les rumeurs les plus folles commençaient de courir : c'était Marie-Antoinette, depuis la tour du Temple, qui avait agi avec la complicité des Rohan (Chabert-Chambon n'avait-il pas avoué lui-même être un ancien domestique d'un de ces princes ?). Mais le nom de Danton circulait aussi. On rapportait que, du 2 au 6 septembre, il avait signé un grand nombre de cartes de délivrance pour tirer des prisons diverses personnes qui s'étaient signalées par leurs exploits de cambrioleurs.

Manon Roland s'était exaltée à la nouvelle de ce vol. Non sans prescience politique, elle y avait vu aussitôt la main de Danton, l'homme qu'elle honnissait le plus – bien plus que Robespierre, cet ancien familier de l'hôtel Britannique, pour lequel elle conservait une tendresse dépitée. Elle n'en démordait pas : « Je n'ai jamais rien vu qui caractérisât si parfaitement l'emportement des passions brutales et l'audace la plus étonnante demie voilée d'un air de grande jovialité, l'affectation de la franchise et d'une sorte de bonhomie... que Danton... »

Manon pensait pouvoir confondre le ministre de la Justice. Elle faisait feu de tout bois.

Paul tomba dans un traquenard le soir où il reparut avec Chamfort chez les Roland, rue Croix-des-Petits-Champs, trois semaines après la mort de son père.

Manon était persuadée qu'il savait quelque chose. Le jeune secrétaire du Garde-Meuble connaissait effectivement le fin mot de l'histoire, mais il était tenu au secret, tant pour la sauvegarde de M. Lemoine-Crécy que pour celle de tous les anciens subordonnés de M. de Villed'Avray dont il faisait lui-même partie.

– Enfin, Paul, votre Garde-Meuble, c'est le palais des courants d'air... Tout le monde s'y promène, de jour comme de nuit, et personne ne s'inquiète de rien.

– Les scellés étaient intacts, cependant.

– Mais aussi les fenêtres grandes ouvertes ! Des vols durant une semaine et sans que l'on s'en aperçoive !...

L'« accusé » demeurait silencieux ; il baissait même la tête comme s'il devait porter à lui seul le poids d'une grave faute.

– Je sais, mon jeune ami, que vous faites partie de ces jeunes gens à la mode qui affectent de ne plus se mêler de politique... Mais cela ne doit pas vous retenir, quant à des faits précis, de donner votre opinion.

– C'est que je n'en ai pas ! répondit Paul, sans pouvoir se retenir de pâlir.

La tablée restait suspendue aux lèvres de Manon : elle ne lâcherait pas sa proie.

– Pourtant…

Ce fut alors Guadet qui, lui prenant la main, arrêta l'impétueuse.

– Que croyez-vous que notre ami puisse savoir, lui glissa-t-il en souriant, puisque votre obligé Restout qui dormait sur place n'a rien entendu ?…

Roland, au bout de la table, perdu comme à son habitude dans ses pensées, revint soudain dans la conversation pour acquiescer, et c'est ainsi que Paul, au moment où il sentait monter en lui des larmes d'impuissance, fut sauvé.

Le commissaire Letellier, de son côté, commençait à recueillir les fruits des travaux de mouchardage engagés par Pétion et son factotum Lamy-Évette : un certain Sirejean était venu rapporter qu'un guichetier de la Force lui avait révélé que le dénommé Paul Miette, marchand de vin à Belleville, était compromis dans l'affaire. Il apparaissait également que, dans ces nuits du 11 au 16 septembre, autour du Garde-Meuble, plusieurs passants avaient croisé de faux gardes nationaux – des bleuets comme on les appelait alors à cause de leur uniforme bleu à bordure blanche –, car ils n'avaient pas l'âge ni la mine d'appartenir à la milice bourgeoise ; et que, de plus, personne n'y avait jamais vu l'académicien Armand Camus qui était pourtant censé ces soirs-là tenir son tour de garde et diriger les rondes dans ce secteur. Cottet, de son côté, livra à Gerbu le nom d'un autre receleur, Joseph Picard, dit le Lorrain, chez qui l'on trouva des objets d'or provenant du Trésor national qu'il avait tenté, avec la complicité de sa femme, à l'approche de la police de faire disparaître en les dissolvant dans un bain d'acide. Le mari et la femme furent arrêtés et rejoignirent Cottet à la Conciergerie. On devait alors découvrir qu'il se glissait dans ces dénonciations quelque chose de passionnel : Cottet était l'amant, éconduit depuis peu, de la femme Picard.

Danton, qui restait impavide devant les accusations portées contre lui, n'avait, dans ces journées des 18 et 19 septembre – puisque tous ces événements se trouvent contenus dans l'espace de quelques heures –, qu'une seule obsession : il voulait que les gens arrêtés soient immédiatement déférés devant le Tribunal criminel qu'il avait lui-même institué au lendemain du 10 août et qu'une prompte justice soit faite. C'était une instance entièrement dans sa main, présidée par Pépin-Desgrouettes, l'un de ses amis, avec pour premier assesseur un homme qui avait toute sa confiance : Leroy – un aristocrate qui s'était dépouillé de sa particule et se faisait appeler depuis peu le citoyen Dix-Août. De plus, Luillier, une autre de ses créatures, tenait le rôle d'accusateur public. Dans son esprit, condamner les malfaiteurs sans délai était le seul moyen de faire cesser les racontars à propos de cet énorme fric-frac.

Douligny et Chabert-Chambon furent les deux premiers à comparaître. Ils avaient accordé leurs violons : ils prétendaient avoir été enrôlés de force par des malfaiteurs qui leur avaient rempli les poches de bijoux à l'approche de la patrouille. Douligny fut le plus bavard : il raconta que ces hommes se retrouvaient habituellement rue des Fossés-Saint-Germain-l'Auxerrois, au cabaret Retous. L'accusateur, Luillier, qui pensait à juste titre que l'on pouvait facilement en apprendre davantage, décida d'effrayer les prévenus. Il obtint en un quart d'heure leur condamnation à mort, les fit sortir dès le prononcé de cette sentence, puis – après les avoir laissés mariner dans leurs cellules quelques grosses minutes – il les fit comparaître de nouveau. Ils étaient tous les deux livides et flageolants... à point ; et le grand mot de « sursis », prononcé au bout de quelques instants par le rusé magistrat, leur délia la langue. Ce furent aussitôt des aveux-fleuves, une liste complète de noms : Meyran, dit le Grand Con, Mariani, marchand de la rue des Cinq-Diamants, Groscul de Bonnevierge, Delcampo, cafetier de la rue Champfleury, les juifs Abraham Lyre et Isaac Rouff, Badarel, un cordonnier italien, Francisque Depeyron, dit simplement Francisque, et Rondoni, un Espagnol de la rue Aubry-le-Boucher.

Badarel, le premier arrêté, soutint qu'il s'était contenté d'éclairer avec sa chandelle les autres, mais il dénonça Miette – déjà repéré et coffré – comme étant le chef de tous ces brigands. Il précisa qu'à la dernière visite rendue au Garde-Meuble ils s'étaient tous retrouvés pour partager leur butin aux Champs-Élysées, près d'une mare, le long de l'allée des Veuves – lieu connu des amoureux en bord de Seine ; qu'ils y avaient enterré tout ce qu'ils n'avaient pas pu se répartir entre eux. La police s'y rendit aussitôt et retrouva effectivement, grossièrement enfouis, des objets de vermeil, des émeraudes et encore quinze gros diamants.

Le commissaire Letellier et son adjoint Morel venaient de mettre la main sur un autre repaire de malfrats des plus hauts en couleur : le Sabot rouge, un estaminet de la rue Champfleury. Ils suivaient la trace d'un malfaiteur, Alexandre, dit le Petit Cardinal, ancien jockey du duc d'Orléans, inverti notoire, et tombèrent sur un rassemblement d'efféminés, sur lequel régnait la mère Noël – authentique travesti – et où leur furent mentionnés comme clients assidus de l'endroit : Depeyron, Douligny, Badarel, Delcampo – qui se faisait appeler Deschamps et qui avait pour giton un autre Italien du nom de Rotondo. Tous ces messieurs-dames amusèrent longtemps le public parisien et, comme disait Danton, « c'était tant mieux ». Luillier se persuada bien vite que les époux Miette déjà arrêtés étaient les principaux organisateurs et receleurs de la série des « petits vols », ceux ouverts pendant trois nuits à tous les chapardeurs de Paris.

Il n'avait donc fallu que deux jours pour trouver tous les coupables, en dresser la liste et opérer leur arrestation. Marat se démenait : c'était donc là un complot d'aristocrates, servi par des voyous et des juifs ! Il fit là-dessus un étonnant article en assimilant tous les juifs à de dangereux contre-révolutionnaires.

Danton exultait. Se rendant à l'Hôtel de Ville, le 20 septembre au matin, il avait fait monter son ami Courtois dans son vis-à-vis ; il s'était assis à côté de lui pour être certain de n'être pas entendu de son cocher.

– Ces juifs, somme toute, sont très décoratifs... Ils ancrent dans l'opinion l'idée qu'il s'agit d'un crime crapuleux et rien d'autre.

– Tu as fait fort, Georges, une fois de plus... Tes faux bleuets autour du Garde-Meuble, la complicité de notre ami Camus qui a su entraîner les véritables gardes nationaux au loin tandis que ces misérables voleurs montaient s'emparer du peu que nous leur avions laissé. Et, surtout, l'avis que tu avais su leur transmettre par tes mouches que le Trésor national s'offrait à leur cupidité...

Danton ne pouvait se retenir d'y aller de son rire fracassant.

– Et ces bougres-là y ont donné la tête la première... pour n'y trouver plus que des queues de cerises... Des queues de cerises, Courtois, car il n'y avait pas eu seulement ce que tu avais fourré dans tes poches, le premier jour... Il y avait aussi tout ce que, méthodiquement, nuit après nuit, tandis que tu faisais durer cette commission, tu as récupéré dans les neuf coffrets, que tu as refermés avec le petit sceau de M. de Ville-d'Avray que tu avais contraint Lemoine-Crécy à te remettre... De la belle ouvrage, mon compère ! À présent, nous disposons d'un trésor pour mener notre politique. Je n'ai plus à aller mendier les fonds secrets auprès de cet imbécile de Roland qui se laisse mener par le bout du nez par sa femme... J'ai repris la main sur les destinées de la guerre... Je la gagnerai !

— Vraiment ?...

— Tu verras, Courtois, avant ce soir tu assisteras à des prodiges !

— Billaud-Varenne ?

— Il est parti il y a quatre jours pour le camp de Dumouriez, les poches pleines de pierreries, avec en particulier le gros Diamant bleu que le roi n'avait pas pu récupérer pour lui en juillet et qui est fort capable de faire tourner la tête à plus d'un souverain d'Europe... Mais, tu me connais, deux précautions valent mieux qu'une, aussi j'ai expédié le lendemain le journaliste Carra – même destination, mêmes poches pleines...

— Tu as confiance en eux ?

— Pas plus dans l'un que dans l'autre ! Mais je tiens Billaud par ses dettes et Carra parce qu'il sent où va le vent et qu'il ne veut plus être l'homme lige de Manon... Elle vient de le faire nommer à la tête de la Bibliothèque nationale où, heureusement pour lui, il peut compter sur Chamfort pour faire tout le travail, mais il aspire à davantage et il sait qu'avec moi sa carrière est ouverte...

— Tu es admirable !...

— Non ! Je sais comment m'y prendre pour avoir toujours les bonnes cartes en main : aucun de ces deux hommes ne peut me trahir ou prendre la poudre d'escampette avec les diamants sans être aussitôt rattrapé et succomber sous le poids des charges que j'ai contre lui... Et, pour brouiller les pistes, je leur ai d'ailleurs fait des têtes différentes : Billaud prêchant la paix, Carra, la guerre... avec cependant la même mission secrète : trouver le Prussien et l'acheter !

– Ah ! Danton, quelle affaire que ce vol !... Et tu as su si bien enrober tout cela que bien malin serait celui qui parviendrait à en démêler les ficelles...

– Les nécessités de la patrie ! se rengorgea le tribun. Un vol n'est pas qualifiable comme tel tant qu'il est commis au service de la bonne politique... Si Louis XVI, en s'appropriant en juillet dernier le Pitt, le Sancy et le Miroir du Portugal, avait su employer efficacement ces pierres pour sauver son trône, il n'aurait commis aucun crime... Mais il a échoué et le voilà coupable, ou du moins dans l'obligation de restituer un jour ou l'autre son chapardage...

– Et que comptes-tu faire ?... Rendre public ce détournement des principaux joyaux par la Cour ?

– Non, car ce serait un argument dangereusement à charge dans le procès que l'on va faire au roi où je serai de ceux – du moins tant que la chose paraîtra possible – qui tenteront de modérer les charges... Mais il faut tout faire pour retrouver ces joyaux qui, à mon avis, n'ont pas encore quitté la France.

– Nous allons y veiller, Danton !

La prodigieuse victoire de Valmy, ce véritable chef-d'œuvre de Danton, fut connue dans la nuit du 20 au 21 septembre. Il avait su galvaniser la nation, bander les énergies et plus secrètement, avec quelques poignées de diamants, donner ce coup de pouce au destin qui allait faire d'une victoire immanquable une victoire qui n'avait pas manqué.

Qui de Billaud-Varenne ou de Carra rencontra véritablement les émissaires du duc de Brunswick ? Cette rencontre eut-elle lieu en rase campagne à proximité de Sainte-Menehould ou dans le grand salon du château de Braux-Sainte-Cohière, presque à l'ombre du moulin de Valmy ?

L'euphorie de la victoire, conformément aux prévisions de Danton, jeta un voile sur toutes les menées plus ou moins avouables qui avaient précédé ce miracle. Les journaux donnaient à présent des raisons strictement militaires, médicales ou morales à ce succès et elles étaient les seules admises par l'opinion : l'armée prussienne que Kellermann avait su habilement tourner en la coupant de ses lignes arrières ; les prunes insuffisamment mûres dont les soldats allemands avaient imprudemment fait des ventrées ; et surtout la furie française : des volontaires aimant leur patrie, opposés à des mercenaires mal payés.

Roland avait eu vent des départs presque simultanés pour l'armée de Billaud et de Carra, mais, malgré ses espions, il n'avait rien pu savoir sur d'éventuelles tentatives de corruption de l'ennemi. Impressionné par l'unanimisme des laudateurs de ce triomphe, il était sur le point de renoncer à en savoir plus lorsque Manon – que l'enthousiasme général pour les prouesses de la soldatesque laissait de marbre – le poussa à poursuivre ses investigations. Elle était persuadée que Danton était pour quelque chose dans ces combinaisons trop heureuses et, quitte à provoquer un choc de désillusion parmi le peuple, elle voulait percer à jour les manœuvres du tribun afin de l'abattre.

Roland envoya donc du côté de Valmy, dans le plus grand secret, le policier Michalon, avec mission de s'informer.

Dans le même temps, Restout, malgré les sérieuses réprimandes dont il avait été l'objet de la part de l'Assemblée législative pour ne pas avoir su empêcher le vol du Garde-Meuble, avait été maintenu en fonctions, tant par la protection de Roland – accusé au moins aussi fort que lui de négligence – que par le mépris de Danton qui une fois le Garde-Meuble vidé se moquait éperdument de savoir qui le dirigeait.

Pourtant, le directeur général était mortifié et il voulait se venger. Ne pouvant attaquer directement Courtois qu'il soupçonnait de lui avoir tendu un piège, il s'en prit à Villain, son compétiteur malheureux, qu'il supposait soutenu par la Montagne. Il le dénonça à Pépin-Desgrouettes, l'accusant d'avoir dérobé lors de la journée du 10 août, aux Tuileries, « une cassette contenant 10 000 francs ». Villain fut effectivement arrêté, puisqu'en ce temps-là toute dénonciation était presque automatiquement suivie d'une prise de corps, mais il fut aussitôt libéré par un ordre exprès de Robespierre, au motif « qu'un patriote du 10 août ne pouvait pas être un voleur ».

Le jugement de Francisque et de Badarel eut lieu deux jours après Valmy. Il donna lieu à l'audition de Pétion qui fut superbe de dignité, reconnaissant que pour faire éclater la vérité – car c'était grâce à son affidé Lamy-Évette que l'on avait pu mettre la main sur la bande – « il avait dû pactiser avec des gens louches ». Roland, appelé à son tour à la barre, détailla les mesures qu'il avait prises pour retrouver les bijoux : il avait envoyé des agents jusqu'à Londres où l'on pensait qu'une partie des joyaux avait déjà pu passer. Ensuite, il fit le mystérieux. Il indiqua « qu'il avait des soupçons mais qu'il ne pouvait les exprimer, car les suspects se trouvaient au cœur de la Convention ». C'était désigner des hommes déjà élus dans la nouvelle Assemblée ou en passe de l'être. Or, Roland avait eu le tort de suspendre l'enquête de la commission parlementaire sur le vol ; Pépin lui demanda pourquoi et le ministre persista dans des insinuations toujours aussi vagues, refusant une nouvelle fois de donner des noms. Le président du tribunal lui demanda ensuite s'il avait confiance dans Restout, il fut assez flou dans sa réponse et le directeur général fut convoqué à son tour. Pépin et Luillier ne le ménagèrent pas, lui disant qu'il pouvait être soupçonné d'avoir fait remplacer certains bijoux pour se les approprier ou d'avoir secrètement allégé la garde pour permettre à des voleurs qui auraient été ses complices d'opérer. Fabre d'Églantine, de retour de Valmy, appelé à son tour au tribunal, se défendit comme un beau diable d'avoir quoi que ce soit à voir avec le vol et il enfonça même Restout en disant qu'il avait remarqué, dès le 11 septembre, l'enlèvement sans motif de certaines grilles de protection dans les galeries.

– C'est toi, Restout, poursuivit Pépin, qui le premier as parlé d'un complot aristocratique avec des ramifications à l'étranger.

– L'un des hommes arrêtés ne vient-il pas d'un pays ennemi ? D'Italie ! se défendit piteusement l'homme de Roland.

Pépin à qui le directeur général était antipathique ne balança pas : il le fit arrêter et conduire à la Conciergerie.

Au terme du procès, Francisque s'entendant condamner au « rasoir national » s'offrit de conduire la justice jusqu'aux Halles, à l'hôtel de Liège où se trouvait une autre cache : on y découvrit effectivement 10 000 francs en bijoux divers.

L'enquête – dont habilement Danton avait laissé tous les leviers à la diligence de Pétion – se poursuivit cahin-caha. Un couple de receleurs, les Mager, fut trouvé mort à l'arrivée des enquêteurs : on pensa d'abord à un règlement de comptes avant de conclure à un double suicide. Le procès des époux Picard fut expéditif et on les condamna l'un et l'autre à la guillotine. Le public fut fort impressionné puisque ce fut la première fois qu'une femme glissait son cou dans la lunette ; la rumeur amplifia même l'émotion générale en prétendant que la femme Picard avait été menée au supplice enceinte. Cottet lui-même allait suivre avec, dans la poche de sa chemise, une lettre déchirante qu'Anne Picard, sa maîtresse, lui avait écrite au matin de sa mort.

Restout emprisonné, Lemoine-Crécy et sa femme consignés dans leurs appartements par ordre de Courtois, le Garde-Meuble dépouillé était à la fin de septembre 1792 laissé presque sans gouvernail. Ainsi que Roland l'avait estimé, il n'y restait plus que 2 à 3 % du Trésor national, essentiellement sous forme de monnaies antiques ou de médailles d'or. La police, en deux semaines, en avait récupéré à peu près autant chez des voleurs ou des receleurs. Tout cela était enfermé dans deux coffres dont Courtois, qui à présent exerçait de fait l'autorité sur le Garde-Meuble, conservait une clé sur lui.

Paul avait continué à venir chaque matin rue Saint-Florentin tandis que se menait le procès des malfaiteurs arrêtés. Il avait demandé à Courtois ce qu'il convenait de faire.

– Demeure sur place puisqu'on te paye pour cela, lui avait-il répondu. Et continue de faire bonne garde même s'il n'y a plus rien à garder ! Je sais que tu es le filleul du docteur Blanchot qui est des amis de Danton. J'ai donc confiance en toi ! ajouta-t-il amicalement.

– Et MM. Choppin et Daubas qui sont depuis si longtemps attachés à cette maison ?

– Qu'ils restent eux aussi ! Je ne suis pas, comme nos amis montagnards, acharné à voir partout de nouvelles têtes, ou comme Roland, soucieux de ne croiser que des regards amicaux... La nation a besoin de tous ses talents et elle a aujourd'hui d'autres chats à fouetter que de se soucier des quelques breloques qui restent dans vos coffres ! Toutefois, il faut garder les formes : M. Restout, quoique emprisonné, reste ton supérieur... en théorie... jusqu'à son jugement.

Puis, riant très fort :

– Un conservateur incarcéré, il faut l'avouer, ça ne conserve plus grand-chose, et pour toi, mon garçon, un supérieur qui n'est plus là, c'est à coup sûr la liberté ! C'est pour cela, d'ailleurs, que je te regarde ici comme mon principal interlocuteur.

Paul se vit donc confirmé dans cette sorte de sinécure, sans réelle responsabilité, obligé seulement à faire acte de présence, désormais seul entre le vieux Daubas qui se démenait pour remettre la maison en ordre, faisant venir des menuisiers pour remplacer les panneaux de bois fracassés, les serruriers pour réparer les serrures forcées, et Choppin qui, tout étonné de n'être pas lui aussi en prison, s'adonnait dans son bureau à d'interminables réussites.

Paris était nerveux et convulsif en cette fin de septembre sanglant. La plupart des gens, effarés par les rumeurs et les tocsins, s'attachaient à seulement survivre. Paul, jouissant donc de liberté, eut le temps de réfléchir à quantité de sujets qui depuis la mort de son père, tant par leur urgence que par leur acuité, s'étaient ordonnés d'une manière nouvelle dans son esprit.

N'avoir rien à faire ou presque dans une ville où la folie meurtrière avait comme accéléré le mouvement général paraissait une incongruité. S'adaptant à la vacuité de ses journées, il s'était comme ralenti lui-même : il mangeait, il allait et même il parlait plus lentement comme si une réflexion plus profonde devait désormais présider à ses actes et à ses paroles. Mais il craignait, dans ces temps de peur universelle, que ce détachement ne le différencie des autres et ne le rende suspect.

Cette liberté soudaine – ce temps qui était comme volé à la nation qui continuait de le payer sans qu'il eût grand-chose à faire – lui permit de consoler ceux qui souffraient autour de lui : il demeura ainsi plus longtemps auprès de sa mère, restée à peu près muette depuis la mort d'Anselme, et aussi des demoiselles Lemoine, confiées à la garde d'Hannong, à Sèvres, et dans l'impossibilité, alors, de pouvoir rejoindre leurs parents.

N'ayant plus de comptes à rendre qu'à Choppin – qui lui accordait tout ce qu'il lui demandait –, il prit l'habitude dès le dimanche 22 septembre de s'absenter tous les deux jours, au beau milieu de l'après-midi.

Lucile avait peur pour lui : l'affaire du Garde-Meuble, survenue sitôt après la mort tragique d'Anselme, l'avait affolée. Elle aurait voulu qu'il résignât ses fonctions.

– Ce serait le meilleur moyen d'attirer l'attention sur moi, lui avait-il objecté. Dans les moments de panique générale, il faut bouger le moins possible, accomplir scrupuleusement sa tâche et attendre que passe l'orage... Je n'ai rien à me reprocher.

– Ton père non plus n'avait rien commis de répréhensible...

– Oui, maman, c'est vrai, mais il faut aussi compter avec la chance... Père n'en a pas eu. J'espère, quant à moi, que le mauvais sort m'oubliera...

– Ah, oui, mon enfant, il faut y croire de toute notre âme. Ce serait trop injuste !

Lucile était surtout obsédée par le retour prochain d'Adèle : Comment lui annoncerait-on ce malheur ? Elle était tellement attachée à ce père qui l'avait constamment soutenue dans les difficultés d'une petite enfance sans mère. Il importait surtout qu'elle ne se sentît pas coupable d'avoir été absente de Paris au moment où s'était produit ce terrible événement.

– Elle doit être sur le chemin du retour, se réjouit Paul un beau matin en entrant dans la chambre de sa mère avec un journal. Il y a là un article qui annonce que Xavier a été élu député. Maman, peux-tu le croire, tu as un gendre député !

C'était le premier cri joyeux depuis deux semaines et Lucile sourit.

– Avec des gens comme lui, généreux et charitables, les affaires du pays seront entre de bonnes mains... Je serai rassurée et l'horreur des jours que nous venons de vivre finira sans doute.

– Maman, comme je suis heureux de ce premier mot un peu confiant ! dit-il en se jetant à ses genoux et en lui prenant les mains. Petite maman, mets le comble à ma joie : accompagne-moi demain à Sèvres !

Paul avait toujours su enjôler sa mère, pourtant il s'attendait à un refus, mais elle le surprit en acceptant sa proposition le plus gaiement du monde.

– Oh oui ! Voir enfin autre chose que ces quatre murs... S'éloigner un moment des remugles de cette ville qui est encore imprégnée d'une odeur de crime.

Le matin suivant qui était un dimanche – on n'en était pas encore à observer le calendrier décadaire, bien qu'il fût déjà dans les faits celui des sections –, Paul alla chercher le conducteur de fiacre de la rue Saint-Sauveur. Celui-ci n'avait pas travaillé depuis quatre jours : les pratiques se faisaient rares dans un temps où tant de gens se terraient chez eux.

Dans cette troisième semaine de l'automne, un vent léger enlevait déjà quelques feuilles aux tilleuls des Tuileries, le ciel était pur. Le cheval du fiacre, satisfait de gambader enfin, allait bon train sur le quai et, passé le bureau d'octroi à demi incendié, on se retrouvait à la campagne : les champs et les vergers de Boulogne, puis les coteaux de Meudon.

La Manufacture se dressait, blanche et majestueuse, telle qu'Anselme avait pu la voir pour la première fois en 1760, quatre ans seulement après sa construction. En revanche, dès lors que l'on s'approchait, le silence surprenait ; c'était la conséquence de la presque disparition du personnel et de la quasi-inactivité des six ateliers. Le chant joyeux des garçons pataugeant dans les cuves, le frappement des marteaux des emballeurs qui, faute de place, clouaient leurs caisses et leurs tonneaux jusque dans les cours, et même le faible sifflement des courroies de cuir sur l'axe des tours avaient disparu. Entrant dans ce vallon si longtemps rempli de l'écho de mille bruits, les visiteurs avaient l'impression d'être frappés de surdité. Les fumées et les pluies d'escarbilles de paille s'étaient autant évanouies que cette impression plus physique de chaleur ou de vibration, cette trépidation constante que paraissait donner aux bâtiments la marche ininterrompue des machines. La vieille fabrique royale s'était muée en une belle endormie.

Hannong les attendait. Quittant Paris enfoncé dans la tourmente, il s'était complètement installé à Sèvres à la fin de l'été, dans l'appartement laissé vacant par l'un des six chefs d'atelier qui, lassé de n'être plus payé, avait gagné l'Allemagne afin d'offrir ses services à l'un de ces nombreux princes désireux de se lancer dans l'aventure de la porcelaine : un fou de plus, certainement pressé de se ruiner ! Le Strasbourgeois avait renoncé à son salaire ; l'essentiel pour lui était de rester dans la Manufacture où il avait les moyens de poursuivre ses travaux personnels en vue de l'amélioration du kaolin.

Il avait près de lui sa femme, Briséis, qui profitait du calme pour écrire un roman à l'anglaise dans le style de Fielding ; il avait aussi ses enfants, Hermance qui allait avoir seize ans, Balthazar, âgé de quinze ans et Clémence qui n'en avait que onze. Tous allaient à l'école du village où un vieil académicien, Liénard, heureux d'avoir pu lui aussi fuir le tumulte de la capitale, avait relayé le curé et son vicaire emprisonnés pour ouvrir une petite école dans sa maison des champs. Ils avaient tous la sensation de retrouver une vie normale dans ce village.

Hannong avait pris grand soin des filles de M. Lemoine-Crécy. Il les avait invitées à sa table midi et soir, veillant avec Briséis sur leurs travaux et, comme il savait parfaitement dessiner lui-même, leur donnant d'utiles conseils. Les deux damoiselles furent rassurées de voir reparaître leur sauveur. Elles avaient appris par lui la libération de leurs parents, puis, par les messages qu'il avait pu leur faire parvenir, leur assignation dans leur appartement du Garde-Meuble. Elles ne laissaient pas d'en être inquiètes car les mots « assignation » ou « garde à vue » étaient généralement le préalable d'un procès à la conclusion souvent tragique.

Malgré le souci qui les taraudait, la campagne allait bien aux deux jeunes filles. Elles en avaient adopté la tournure et la mode, à la manière des citadines des derniers temps de la monarchie lorsqu'elles allaient aux champs : cheveux défaits et parsemés de fleurs, robes sans corps, légères et décolletées, épaules recouvertes de gaze aérienne, sandales de toile dont les longs lacets montaient jusqu'aux genoux en s'entortillant autour de leurs mollets nus.

Paul s'extasia des progrès de leurs travaux. Il ouvrit leurs cartons à dessins pour apprécier les feuilles noircies au fusain ou rougies à la sanguine.

– Décidément, mesdemoiselles, vous avez été gagnées par la fièvre de cette maison. Tout est parfait, la précision du trait autant que l'exécution !

– Oh ! répondit Laurence, notre chance vient des difficultés du temps : les petits peintres d'ici n'ont plus d'ouvrage et ils viennent volontiers nous donner des leçons.

– Je vois, sourit Paul, et vous ne devez pas manquer de candidats pour s'improviser vos professeurs.

– Moi, je les choisis en fonction du talent que je leur suppose, répliqua Clémentine en contrefaisant un ton un peu fat.

– Oh, moi, qui suis beaucoup plus maladroite que ma sœur, c'est plutôt de patience dont j'ai besoin… protesta son aînée. Et aussi de gentillesse.

Paul la couvrit d'un regard tendre.

– Bien sûr, la gentillesse, c'est surtout ce qui compte et qui nous manque le plus ces temps-ci.

– Tous ces jeunes peintres, poursuivit Laurence, nourrissent de la vénération pour votre sœur. Ils admirent son talent et sa capacité à le transmettre sans jamais se lasser… Ils conservent chacun comme un talisman un petit oiseau qu'elle a peint pour eux.

– Adèle est la bonne fée de Sèvres ! approuva le jeune employé du Garde-Meuble avec émotion.

Tandis que Briséis faisait les honneurs de son logis à Lucile et que les sœurs Lemoine se préparaient pour la promenade qu'ils devaient faire tous ensemble dans le bois de Bellevue, Paul en profita pour rendre visite à Régnier, le directeur de la Manufacture.

Tout étonné d'être encore en place, car il savait le sort funeste des autres directeurs des grandes institutions royales – Ville-d'Avray massacré, Flahaut de La Billarderie, le directeur du Jardin du roi, emprisonné –, il se terrait dans ses appartements et n'en sortait presque jamais : avec sa barbe d'une semaine, sa chemise grise, son regard abattu, il ressemblait à un suspect attendant le moment de passer devant l'accusateur public.

– Ah ! Cher enfant ! s'écria-t-il en s'élançant vers son jeune visiteur pour l'embrasser. Comme j'ai pris part à ta douleur ! Voilà ce que cette Révolution fait des hommes bons et capables… Décidément, la fureur du peuple est devenue aveugle et haineuse du talent !

– Ce qui se passe aujourd'hui est affreux, concéda Paul. La liberté est trop neuve, on ne fait qu'en commencer l'expérience et le peuple est trop assujetti au poids de l'ignorance, trop ancré encore dans ses anciennes vexations… Mais, même si nous payons très cher en ce moment l'arriéré de ces rancœurs, nous devons garder espoir. Mon père n'aurait pas pensé autrement.

Régnier n'était pas convaincu. Il hochait la tête.

– Mais cette proscription générale, le discrédit jeté sur toutes les personnes qui ont travaillé autrefois pour la monarchie, tout cela nous anéantira bientôt... Il suffit que l'on détienne quelque autorité, quelque supériorité intellectuelle pour être aussitôt suspecté d'aristocratie et donc d'antipathie pour la nouveauté ! Le peuple veut que tout soit arasé ; il ne conçoit plus l'élévation que comme un crime.

– Cela ne durera pas, objecta le visiteur, la nature de l'homme le pousse toujours, après de courtes et violentes périodes d'obscurité et de recul, à renouer avec l'exigence et à se dépasser...

– Va expliquer ça à ceux qui, il y a deux mois encore, me dénonçaient à l'Assemblée nationale « comme coupable d'avoir brûlé dans les fours de la Manufacture des archives du comité autrichien... ».

– Personne n'y a cru !

– Tu te trompes ! Depuis, je suis suspect... Dès avant la chute du roi, je n'avais plus d'autorité dans cette maison : un comité d'ouvriers avait apposé des scellés sur tous les documents de fabrication, et même sur la porte de mon bureau. Ils prétendaient que les secrets techniques qui s'y trouvaient conservés étaient susceptibles, avec ma complicité, de passer à l'étranger pour nourrir le complot des aristocrates ! Il m'est interdit désormais d'accéder à ces documents et l'on m'a prié d'attendre chez moi que le ministre Clavière nomme un commissaire chargé d'examiner les comptes de la Manufacture... M. Hettlinger, les frères Salmon et Mme Barrau sont astreints à la même mesure et, pire, il nous est même interdit de communiquer entre nous. Nous nous estimerons heureux si tout cela ne débouche pas sur un procès... Voilà pourquoi, mon enfant, tu me vois là tout tremblant et désemparé.

– Et qui mène la révolte ici ? N'est-ce pas ce Chanou dont me parlait ma sœur avant son départ en Rouergue ?

– Henri Florentin Chanou, le chef des fours, ma bête noire ! Il a fait de cette usine une espèce de Babylone où tout le monde se mêle de donner des avis sur tous les sujets, qu'ils soient techniques, artistiques ou comptables... Ce n'est plus ici un atelier mais un club politique, comme aux Jacobins ou aux Cordeliers ! C'est à peu près la cour du roi Pétaud, comme l'écrivait le vieux Molière !

Paul reçut ce dernier trait pour lui, mais il ne fit qu'en sourire : il savait que Régnier le soupçonnait d'être un partisan des idées nouvelles. Pour tenter de le rassurer, il lui parla de la situation infiniment plus critique du Garde-Meuble.

– Tu vois bien, ton Ville-d'Avray « septembrisé » et les parents de ces petites sur le point de l'être !... La seule chose que nous ayons encore d'enviable, ici, c'est d'être hors les murs de cette ville maudite... Mais c'est juste un peu de temps qui nous est laissé pour courir plus vite avant que l'on vienne nous arrêter.

Lorsque Paul retrouva Hannong dans son laboratoire avant la promenade en forêt, ce fut pour subir les mêmes récriminations que de la part du directeur.

Le Strasbourgeois était hostile depuis le premier jour à la Révolution : il n'en attendait qu'une régression générale des œuvres de l'esprit et de l'art, et, plus particulièrement, une haine du luxe qui viendrait à bout de l'industrie de la porcelaine et ferait retomber la France dans des pénombres médiévales.

– Mon petit, ma chance, c'est d'être ici, à deux lieues de ton club des Jacobins, parce que, moi, vois-tu, je ne sais pas me retenir de dire ce que je pense et que, depuis pas mal de temps, je devrais moi aussi compter au nombre des suspects... En toute logique, ton oncle Hannong aurait dû être l'un des premiers à tâter du rasoir national...

Joignant le geste à la parole, il porta le plat de sa main contre sa pomme d'Adam.

– Et couic! Au fond du panier! fit-il en roulant des yeux, accompagnant ces phrases brèves de l'une de ses habituelles grimaces qui faisaient que l'on ne pouvait jamais très longtemps le prendre au sérieux.

– Il vaut mieux en effet que tu sois ici, à l'abri! s'amusa Paul.

Hannong aimait les rodomontades.

– Oh! Cela ne m'empêchera pas d'agir le moment venu!... Le Chanou, un de ces quatre matins, je le précipiterai la tête la première au fond d'un de ses fours. Car il faut bien le dire, c'est le plus pitoyable des chefs de cuisson que la Manufacture ait eu à supporter; il ne sait pas tenir ses températures et occasionne des rebuts invraisemblables! C'est ce gaillard, ce nul parmi les nuls, qui transforme jour après jour notre belle usine de Sèvres en un capharnaüm d'épouvante.

Il reprit son souffle puis, sans transition, il ajouta:

– Alors, tes bijoux de la Couronne! Tu es donc incapable de faire bonne garde!

– Quelle affaire! Mon Dieu! Quelle affaire! Personne à ce jour n'est capable de savoir ce qui s'est passé vraiment: à mon avis, il s'agit d'un gros chapardage organisé par des gens hauts placés – des politiques. Ils ont habilement couvert leurs crimes des agissements de quelques voleurs de bas étage qu'ils ont su attirer sur place, qui ne se sont partagé que des miettes et qui seront condamnés à la place des profiteurs.

– Ah! Elle est jolie, elle est débordante de morale, ta Révolution. Encore un coup de cette Manon dont tu étais coiffé avec Adèle au printemps dernier!

– Non, je suis sûr qu'elle n'y est pour rien.

– Il est bien ministre, son mari ?
– Oui, mais je sais qu'il a été surpris. Je l'ai vu arriver au Garde-Meuble après le vol. Il ne savait rien… Il était comme sidéré de ce qui venait d'arriver !
– Alors ce sont les Robespierre et les Danton qui voulaient financer l'agitation de Paris.
– Ou, plus vraisemblablement, qui voulaient acheter la paix avec la Prusse… C'est ce qui se murmure le plus couramment depuis.
– Alors ce serait Danton dont Blanchot, ce cœur naïf, nous fait depuis peu des récits positifs comme il en faisait il y a peu de ton Mirabeau…
– Peut-être…
– En ce cas, connais-tu la nouvelle ? Ton Danton passe à présent ses nuits près d'ici. Il vient d'emménager dans la maison que son beau-père, M. Charpentier, possédait à Sèvres. Gageons que quelques-uns des diamants de la Couronne ont financé l'installation !
– Avec tout ce qu'il a à faire à Paris, je ne pense pas qu'il soit souvent ici.
– Détrompe-toi ! L'animal a le don d'ubiquité, il se méfie de ses amis de la nouvelle République – puisqu'il paraît que depuis le 22 septembre nous sommes en République. Sans doute craint-il que le Robespierre ne le fasse arrêter dans son lit… On le voit arriver ici le soir, à la nuit tombée, puis repartir au petit matin, avant le lever du jour. Les gens le reconnaissent… On ne peut pas passer inaperçu avec cette tête affreuse !

Paul et son parrain, que leurs divergences et leurs taquineries politiques ne retenaient nullement d'éprouver de la tendresse l'un pour l'autre, rejoignirent les femmes et les enfants, ainsi que les sœurs Lemoine. Par les terrasses qui s'étageaient au-dessus du pavillon de Lully, ils gagnèrent la forêt. Il était 3 heures de l'après-midi et ils avaient emporté de grands paniers de victuailles. C'était une agréable surprise pour les gens de la ville que l'absence des contraintes sociales, cette liberté de mouvement qui n'était entravée ni par le piétinement de la foule ni par les tocsins... enfin et surtout cette impression que l'abondance de vivres, presque à portée de voix de la ville affamée, était toujours la même.

Laurence était restée près de Paul. Elle était la plus douce des deux demoiselles, la plus réservée aussi ; sa cadette, qui faisait un peu sa coquette, avait demandé la permission d'amener avec elle deux des jeunes peintres de l'atelier d'Adèle qu'elle avait distingués pour leur joli museau, et ils couraient tous les trois loin devant en riant.

– Croyez-vous vraiment, Paul, que mes parents parviendront à se sauver ? demanda-t-elle.

– Je vais m'y employer de toutes mes forces. Pour le moment, ils ont des gardiens sûrs, des gardes nationaux de la section des Capucines, de jeunes et honnêtes bourgeois nullement impliqués dans les crimes du début de septembre...

– Parce que s'il leur arrivait malheur, j'en mourrai.

– Mais, Laurence, on ne doit jamais escompter que le pire doive forcément survenir ; quoiqu'il faille se comporter comme si cela était possible, c'est le meilleur moyen de s'en prémunir... Je n'étais nullement préparé à la mort de mon père, parce que je l'avais toujours cru immortel malgré ses infirmités, et j'en souffre énormément.

– Pensez-vous vraiment me rassurer en me parlant ainsi ?

– Je veux simplement vous rendre plus forte. Le gros de l'horreur est vraisemblablement passé... On peut espérer que la liberté va se déployer non plus dans le sang mais dans l'harmonie et la fraternité.

– Vous êtes sans doute ce que l'on appelle un idéaliste ?

– Oui, je fais toujours de grands rêves pour le bonheur.

Elle quitta brusquement son air triste.

– Cette fois, je vous entends parfaitement, vous dites cela si bien... si agréablement !

– L'idée du bonheur adoucit d'abord les mots et ensuite les cœurs... C'est elle qui nous sortira forcément de ces ténèbres !

Elle lui prit la main.

– Ah ! Paul, heureusement que vous êtes là !

Le procès du vol du Garde-Meuble se poursuivait et allait durer jusqu'au mois de décembre. Pépin-Desgrouettes animait à présent une fantasmagorie d'ombres et de spectres tirés des bas-fonds qui passaient à la barre de son tribunal comme des silhouettes sur les verres d'une lanterne magique. Il avait la figure requise pour animer ce sabbat : ancien avocat, enfermé à la Bastille pour ses pamphlets contre la reine, puis à Bicêtre pour escroquerie, il était roux, laid, trapu, velu, massif, on le surnommait « la bête du Gévaudan ». Les investigations de Luillier lui amenaient tous les jours de nouveaux coupables qui venaient occuper le devant de la scène, amusant le public de leur mine patibulaire et de leurs facéties comme pour mieux obscurcir encore le fond du théâtre. Pépin – cela commençait de se savoir – était la créature de Danton.

Restout était toujours enfermé à la Conciergerie et sans espoir d'en sortir rapidement. Il avait été soumis comme les autres au « rapiotage », c'est-à-dire à une fouille complète et profonde ; il y était logé « à la pistole », régime de faveur réservé aux riches qui, pour 15 francs par semaine, pouvaient obtenir un broc, une cuvette et surtout une paillasse au lieu des quelques brins de paille jetés sur le pavé qui étaient l'ordinaire des autres prisonniers. Pour quelques sous de plus, il s'était procuré du papier et de l'encre, et tous les jours il assaillait Roland de ses lettres et Pépin de ses suppliques : Roland, qui ne voulait plus bouger le petit doigt dans cette affaire où l'opinion publique le tenait pour coupable au moins de négligence, ne lui répondait pas ; quant à Pépin, il déchirait ses missives sans les lire.

Danton et Pétion se tenaient suffisamment à l'écoute de la rumeur publique pour comprendre que le Tribunal criminel, institué sitôt après le 10 août sous les auspices du premier, qui tenait dans sa main les juges et le procureur, allait rapidement être discrédité. C'est la raison pour laquelle ils songèrent à faire entrer en scène un nouvel accusateur public – un homme beaucoup plus implacable et expéditif – en la personne de Fouquier-Tinville pour qui cette affaire allait constituer le premier marchepied d'une ascension fulgurante.

Le 27 novembre, dans la dernière séance que devait tenir ce tribunal si décrié, Pépin-Desgrouettes fit venir tous les condamnés de l'affaire qui n'étaient pas encore passés au rasoir national – c'est-à-dire Douligny, Depeyron, Badarel et Miette. Il leur annonça la suppression du Tribunal criminel et la suspension des sursis. Les trois habitués du Sabot rouge et le cabaretier de Belleville crurent pendant quelques instants qu'ils allaient incessamment monter sur l'échafaud, mais Pépin, qui n'avait disparu que trois minutes après cette annonce, reparut pour leur dire qu'ils pourraient bénéficier d'une nouvelle procédure applicable à compter de ce jour : le pourvoi en cassation. Les connaisseurs de la justice apprécièrent ce coup de maître : cela reportait la connaissance de la vérité au sujet des actes de ces petits malfrats à de longs mois encore.

Pourtant l'affaire n'était pas terminée. Il advint qu'un jeune policier, un nommé Clavelot, s'avisa de faire du zèle : il estima que l'on n'avait pas assez suivi une autre piste, une piste plus proche de Danton, celle du député Armand Camus. Il fallait un certain courage ou une certaine innocence à ce jeune fonctionnaire pour s'en prendre à cet homme, officier de la Garde nationale, académicien, archiviste de l'Assemblée législative et qui venait d'être réélu à la Convention, mais Clavelot était de ces purs qui, sans être inféodés à quiconque, se sont fait une religion supérieure de la vérité. Pour lui, les gardes nationaux placés autour du Garde-Meuble étaient aux ordres de Camus et l'on n'expliquait pas qu'ils aient été absents trois soirs de suite au moment des vols, cantonnant toujours leurs rondes à huit cents pas de là. Letellier, lui aussi scrupuleux, poussé par le jeune policier qui ne bougeait plus de son bureau, reprit aux premiers jours de décembre la déposition de Camus. Elle portait en toutes lettres : « Ayant appris deux jours plus tôt qu'il devait faire une ronde avec sa patrouille, il est parti à 10 heures du soir, le dimanche 16 septembre. »

– Oui, il est parti, appuya Clavelot avec un air entendu, il est parti loin du Garde-Meuble pour laisser aux véritables voleurs le temps de faire leur coup, ensuite il est revenu arrêter de misérables comparses pour faire croire qu'il s'agissait d'un vol de droit commun... De plus, il est passé par la porte de la rue Saint-Florentin, sachant parfaitement que les voleurs étaient entrés par celle de la rue Nationale (c'était en effet le nouveau nom, depuis le 22 septembre, de l'ancienne rue Royale).

Letellier, à demi convaincu, s'apprêtait à convoquer Camus pour qu'il s'explique là-dessus lorsqu'il apprit que celui-ci était parti la veille – 8 décembre – en mission à l'état-major de Dumouriez... dans la même voiture que Danton.

Ce départ tombait à pic pour le prévenu et son mentor qui se tenaient les côtes en s'éloignant de la capitale à grands tours de roues. Cette fois, l'affaire s'enfonçait définitivement dans les sables ; le pays avait d'ailleurs bien d'autres soucis en tête.

Entre-temps, Adèle était revenue à Paris avec Xavier de Valady élu député et persuadé qu'avec deux ou trois cents jeunes gens de son acabit, enthousiastes pour la liberté et pour le bien commun, la Révolution prendrait un cours favorable. Elle était heureuse, accrochée à son bras, de retrouver la capitale, mais sa joie, à l'annonce des malheurs survenus pendant son absence, fut de courte durée.

Elle reçut la nouvelle de la mort de son père comme un coup de poignard : ses regrets de n'avoir pas été présente au moment fatidique la laissèrent longtemps prostrée. Elle resta hébétée pendant toute une journée et demeura chez Lucile, incapable de faire un pas, obligée de se mettre au lit. Paul était à son chevet avec Valady ; elle suffoquait et, parfois même, s'arrêtait quelques courts moments de respirer. Ils craignirent véritablement pour sa vie jusqu'au petit matin où elle finit par revenir à elle en répétant le nom d'Anselme.

Alors, imprévisiblement, elle s'en prit à Xavier, oubliant qu'elle partageait avec lui les idéaux d'un monde meilleur.

– Ta révolution est affreuse ! Les hommes ont fait d'une belle fée une affreuse sorcière... Sans doute aurait-il mieux valu ne rien changer et mon père vivrait encore.

– Adèle, quelques cœurs déréglés ne sont pas toute l'espèce humaine ! protesta Paul.

– Tu es injuste, renchérit Valady. Depuis trois ans nous avons accompli de grandes choses : les droits de l'homme, l'égalité, la Constitution...

– Les proscriptions ! Les procès bâclés ! Les massacres ! enchaîna Adèle. Et cette guillotine hideuse que nous avons vue en passant.

– Avant, ce n'était pas mieux, c'était la hache ou le gibet, et il y avait sabbat tous les jours sur la place de Grève.

Il lui fallut trois jours pleins avant d'envisager de retourner à Sèvres.

Elle y arriva le matin même où entrait en fonctions le commissaire désigné par Clavière à l'instigation de Roland. Il s'appelait André Haudry de Soucy, familier du ministre de l'Intérieur et, comme lui, un ancien de ces corps qui, avec un indéniable talent, avaient développé l'industrie et les manufactures sous le règne de Louis XVI. C'était un ancien directeur des salines qui avait œuvré à Arc-et-Senans, cette cité idéale de Franche-Comté où l'on produisait des pains de sel à partir d'une source de saumure naturelle menée par une conduite de bois de plusieurs lieues jusqu'à une usine au milieu des forêts ; l'évaporation s'y faisait à feu d'enfer sur des tôles de fer. Ce procédé merveilleux d'ingéniosité était très onéreux ; un de ces rêves d'ingénieurs français qui préfèrent toujours les solutions valorisantes pour l'esprit à des procédés plus simples et moins coûteux. Haudry était un homme qui pensait que la technique et l'industrie pouvaient se diriger comme l'armée, par l'exercice d'une autorité et d'une exactitude sans faille. Mais, à l'instar de son confrère Roland, il avait aussi épousé les doctrines nouvelles avec ardeur et y avait plaqué sa mécanique d'organisateur, l'idée que la seule ardeur patriotique pouvait insuffler une dynamique nouvelle aux corps laborieux du pays.

Il arrivait à Sèvres bardé de certitudes, persuadé qu'il lui suffirait de couper quelques branches mortes – la vieille direction accoutumée sans broncher à déférer aux ordres d'un surintendant ou à satisfaire les caprices d'une reine –, c'est-à-dire confirmer la mise à l'écart de Régnier et d'Hettlinger, consignés depuis plusieurs semaines dans leurs appartements. Parallèlement, il comptait prendre langue avec les ouvriers, les abreuver de bonnes paroles puisqu'il n'y avait plus un sou dans la caisse, exalter leur patriotisme.

Il avait en tête d'utiliser Chanou, ce conducteur de four, qui avait, hors des murs de la Manufacture, une réputation de meneur.

Mais comme c'était aussi un homme lucide, il s'était convaincu de la nécessité de rappeler le directeur en titre et son adjoint, ainsi que les frères Salmon et Angélique Barrau, seuls à connaître véritablement la marche des affaires. Il avait donc levé la décision du comité improvisé de patriotes qui les avait consignés chez eux et, en leur présence, il s'était juché sur un tonneau pour s'adresser à l'ensemble du personnel.

– Nous avons ici six ateliers et nous devons les regarder comme six frères que nous adoptons pour les chérir. Nous nous soutiendrons grâce à notre vertueux père Roland et à notre bonne mère patrie.

Là-dessus, il avait exécuté la saynète qu'il avait mise au point dans son bureau une heure auparavant avec Chanou : il proposa aux quatre-vingt-un ouvriers encore en poste une augmentation de 5 francs par mois que ceux-ci refusèrent aussitôt «par patriotisme». Sitôt après, il annonça la création d'un «conseil de fabrique» composé des six chefs d'atelier et d'autant d'ouvriers élus qui seraient chargés de faire remonter les doléances jusqu'à la direction. Ce conseil devait avoir pour mission de donner son avis jour après jour sur la marche de la Manufacture. Pour finir, ayant rappelé qu'il n'était que le commissaire du gouvernement, il annonça que le directeur et son adjoint étaient rétablis et maintenus en place provisoirement, mais tenus strictement pour responsables de la situation sociale, artistique et comptable de l'entreprise.

Régnier fut effondré de se voir ainsi sorti de son antre pour être dévalué dans son autorité et tenu pour responsable d'une gestion qui lui échappait presque entièrement. Il en devint aussitôt véritablement malade.

Adèle avait retrouvé sa petite loge aux oiseaux avec plaisir, comme un dérivatif à ses chagrins. Elle se réhabitua à vivre seule, car Xavier, retenu la plupart du temps à Paris par les travaux de la Convention, ne pouvait s'en échapper que le dimanche et parfois un ou deux soirs par semaine, en faisant le trajet à cheval, de nuit. Elle était donc redevenue, avec l'aide précieuse d'Hannong, l'âme consolatrice de Sèvres, tant à l'égard du directeur sombrant dans la mélancolie, que d'Hettlinger qui en bon Alsacien s'était mis à boire force vin blanc, que d'Angélique Barrau, devenue boulimique, que des deux sœurs Lemoine angoissées quant au sort de leurs parents.

Elle rudoyait gentiment le pauvre Régnier :

– Allons, cher directeur, vous n'allez pas me dire encore ce matin que vous voulez démissionner !

– Ah ! J'y suis bien résolu cette fois... Car trop, c'est trop ! Je vois toute la nuit ce Chanou en rêve qui vient comme un diable me tourmenter dans mon sommeil.

– En ce cas, osa-t-elle, rêvez plutôt de moi, vous savez que je ne vous voudrai jamais de mal.

Pour la première fois, il osa faire montre de jalousie.

– Certes ! Certes ! Mais vous, à présent, vous êtes avec votre député... Il n'y a plus que cela qui compte pour vous, n'est-il pas vrai ?

– Pour moi, vous le savez bien, Sèvres compte plus que tout... Ma vie est ici depuis toujours. Je le dois à la mémoire de ma mère que je n'ai pas connue et qui, dans sa jeunesse, a dû se faire passer pour un garçon afin de travailler ici ; je le dois aussi à la mémoire de mon père qui, jusqu'à son dernier souffle, n'a vécu que pour sa porcelaine... À présent, mon ami, vous m'agacez avec vos jérémiades ! Oui, la situation est désespérée ! Oui, il n'y a plus un sou dans les caisses ! Il n'y a plus de commandes en vue ! Mais enfin, nous sommes la Manufacture nationale de Sèvres, la plus belle et la plus admirée d'Europe ! Et l'activité y reviendra forcément quelque jour… Vous n'avez pas le droit de flancher. Pas vous, Régnier ! Je vous estime trop !

De pareilles algarades, si gracieusement mais si énergiquement assénées, remettaient du baume au cœur du vieux garçon : il se rasait, se remettait à manger, puis redescendait dans les ateliers, osant braver le regard de Chanou qui, bras croisés, ne semblait se trouver là que pour le défier.

Adèle, depuis des années, n'avait jamais tant vu son frère à Sèvres. Libre de toute occupation au Garde-Meuble, il y passait désormais tous les après-midi, attiré malgré les routes détrempées de l'automne par les beaux yeux de Laurence.

— Ta protégée fait des progrès tous les jours, lui confia un jour Adèle, le sourire aux lèvres en le voyant arriver chez elle courant sous la pluie. Depuis lundi je la fais travailler dans mon atelier… Elle se fait la main sur des pièces ratées à la cuisson qui ne pourront pas être vendues.

— Elle te peindra bientôt toute ta boutique, si tu le veux, répliqua Paul qui, comme tous les amoureux, se faisait une idée exagérée des capacités de son amoureuse.

— Que tu es impatient ! Pour le moment, ce n'est qu'une promesse de talent !

— Et tu la laisses au milieu de tous ces petits peintres ? Ne lui content-ils pas fleurette ?

— Ah ça ! c'est à toi de faire cette police ! lui répliqua sa sœur en éclatant de rire pour la première fois depuis la mort de son père. Mais non ! Bêta ! Elle est sage comme une image, ajouta-t-elle aussitôt en voyant la mine dépitée de son cadet.

Il la remercia en lui donnant un baiser.

— Et comment va maman ?

– Mieux ! De mieux en mieux chaque jour ! Elle sort depuis le début de la semaine, elle va au Muséum le matin, et l'après-midi elle a repris ses bonnes œuvres à Saint-Eustache… La misère est si grande à Paris !

– Tu me rassures !

Il changea de sujet.

– Louis Blanchot est venu nous dire au revoir hier : il s'embarque sur les vaisseaux de M. de Latouche-Tréville dont l'escadre va en Méditerranée faire connaître sur toutes les côtes le pavillon de la nouvelle République… Il est radieux de cette nouvelle aventure, mais il reste triste : il se figure toujours avoir été pour quelque chose dans la fin de notre père… Mais moi, Adèle, je suis aussi coupable que lui…

– Non ! s'exclama la jeune femme en serrant son frère dans ses bras. C'est le destin… Ce sont les circonstances funestes bousculées par la folie des hommes !

CHAPITRE TROISIÈME

« La révolution comme Saturne… »

La Convention nationale s'était réunie pour la première fois le 20 septembre, à l'heure même où se déroulait la bataille de Valmy, c'est-à-dire bien avant le retour du marquis de Valady à Paris. C'était un tour de force, quarante jours seulement après la chute de la monarchie.

Sept cent quarante-neuf députés avaient été élus, et comme ils n'étaient pas tenus de s'affilier ou de s'inscrire à quelque société ou parti que ce soit, qu'ils pouvaient du jour au lendemain quitter une affinité pour une autre, leur appartenance était fluctuante : on en comptait cent à cent quarante de la gauche extrême appelée la Montagne, cent soixante à cent soixante-dix qui étaient partisans de Roland ou de Brissot. On les nommait rolandistes, brissotins, girondistes et, de plus en plus souvent, Girondins. Ce nom leur venait des jeunes députés de ce département qui avaient brillé depuis un an à l'Assemblée législative et qui étaient restés le fer de lance de cette sensibilité « départementaliste » ; que l'on devait bientôt confondre dans l'accusation de « fédéralisme ». Venait ensuite le gros des troupes : des modérés, des hommes qui plaidaient surtout pour la conservation de la propriété et qui se réunissaient dans ce que l'on continuait d'appeler la Plaine où le Marais.

Les amis de Manon et de son mari, parce qu'ils étaient plus modérés que les Montagnards, croyaient qu'ils pourraient facilement dominer l'Assemblée en manœuvrant à leur guise la masse floue des députés modérés. C'était sans compter avec Robespierre, redoutable tacticien.

Robespierre, dès avant la convocation de la nouvelle Assemblée, s'était assigné pour but d'abattre les partisans du couple Roland en les dénonçant comme une faction dans l'État. Dès le 2 septembre, alors que les massacres dans les prisons de Paris faisaient rage, il avait dénoncé les Girondins à la tribune de l'Hôtel de Ville : « Personne n'ose nommer les traîtres. Eh bien, moi, pour le salut du peuple, je les nomme ! Je dénonce le liberticide Brissot, la faction de la Gironde, je les dénonce pour avoir vendu la France à Brunswick, pour avoir reçu d'avance le prix de leur lâcheté. » Il avait ainsi excité le peuple contre eux au pire moment.

Mais il ne pouvait rien encore à lui tout seul ; Danton était, aux yeux de la foule, le plus fort : le héros du 10 août. Le premier restait opposé à la guerre et ne faisait que dénoncer des trahisons ; le second avait organisé la guerre et il la faisait avec des officiers populaires, Dumouriez et Kellermann, dont on attendait des merveilles. Danton jouait son va-tout : battu, il serait disqualifié, vainqueur, il serait porté au pinacle. Or, il se comportait déjà en vainqueur : le 4 septembre, le comité de surveillance de la Commune de Paris, semblant déférer aux injonctions de Robespierre, avait délivré un mandat d'arrêt contre Roland, mais Danton l'avait aussitôt déchiré en présence de Pétion.

La suite allait être l'histoire d'une terrible incompréhension, née de l'acharnement de Manon contre lui. La sentimentale Manon, restée longtemps fidèle à son vieux mari, mais à présent amourachée d'une succession de beaux jeunes gens fougueux et angéliques, qui tels Bosc, Lanthenas, Guadet, Buzot, lui paraissaient porter une révolution harmonieuse et fraternelle conforme à ses rêves exaltés, ne pouvait pas sympathiser avec le faune, l'homme sensuel et débraillé, dont le regard exprimait la violence, le désordre, le dérèglement et le vice des passions.

Roland et sa femme qui avaient toujours vécu la plume à la main, sidérés par la violence des attaques portées contre eux, ne savaient se défendre que par de longues péroraisons, quand Robespierre et Danton devenaient plus avares de leur prose et se contentaient de ponctuer le discours de leurs opposants de formules laconiques qui frappaient l'imagination du peuple.

L'élection de la Convention avait fourni à Manon la première matière des longues diatribes qui allaient la mener à sa perte. Son mari diffusait largement ses écrits grâce aux fonds secrets de son ministère. Elle avait commencé par opposer les élections de Paris, faites à bulletin ouvert sous la pression des sectionnaires, à la régularité et au calme des élections de province. Plus grave, elle en était venue à mettre en parallèle la modération légaliste du reste de la France et la tyrannie de la Commune de Paris. Ce n'était pas encore du «fédéralisme», mais Robespierre s'entendit à le faire passer pour tel et à le lui imputer. Elle fit plus : elle poussa ses jeunes amis, Vergniaud et Buzot, à accuser clairement mais sans preuves, du haut de la tribune de la Convention, les Montagnards d'être responsables des massacres dans les prisons et d'aspirer à la dictature. Elle inspira enfin au jeune député Lasource, un de ses admirateurs, le discours qu'il prononça le 25 septembre et qui révolta la Commune de Paris : «Je ne veux pas, disait-il, que la capitale devienne dans l'Empire français ce que fut Rome dans l'Empire romain ; Paris doit être réduit à 1/83 d'influence.»

Il faut rendre cette justice à Danton que jusqu'au début du mois d'octobre il s'employa à parer avec patience ces coups qu'il trouvait excessifs. Pour désamorcer les critiques de la Gironde, il demanda de faire voter la peine de mort contre quiconque proposerait la dictature, puis, pour ruiner les tentatives des amis du ministre de l'Intérieur d'opposer Paris à la province, il inventa cette formule qu'il fit passer dans la loi et qui par la suite devait être érigée en devise : « La République est une et indivisible. »

Ce n'est que lorsqu'il ne se sentit pas compris dans ce désir de conciliation qu'il haussa le ton. Il rappela qu'il avait organisé la victoire de Valmy presque seul, contre l'hostilité des membres les plus éminents de la Montagne qui voulaient la paix et contre l'inertie de la plupart des Girondins qui mouraient de peur : « Je rappellerai, moi, qu'il fut un moment où la confiance fut tellement abattue qu'il n'y avait plus de ministres, et que Roland lui-même eut l'idée de sortir de Paris. »

Dès lors, les rapports entre la Gironde et Danton s'envenimèrent. Le 18 octobre, les Girondins crurent pouvoir mettre Danton en difficulté en demandant la vérification publique des fonds secrets versés depuis la chute de la monarchie : Roland, sur ce point, savait qu'il aurait l'avantage de l'exactitude ; son collègue se savait beaucoup plus en porte-à-faux. Les charges secrètes de la victoire de Valmy, la présence dans son ministère d'amis aussi peu scrupuleux que Fabre d'Églantine le contraignirent à avouer « qu'il n'avait pas de quittance légale à produire ». Danton n'obtint donc pas son quitus au moment de démissionner – ainsi qu'il avait été prévu de le faire lors de la première réunion de la Convention – et de laisser la place à son successeur, Garat.

Les Roland tenaient à le faire passer pour un homme malhonnête. Il en éprouva un tel dépit que, malgré sa répugnance, il se tourna du côté de Robespierre.

Or, celui-ci continuait d'avancer ses pions. Les Girondins étaient déjà l'objet d'ostracisme. Le 10 octobre, Brissot avait été exclu du club des Jacobins et, les uns après les autres, ses partisans en seraient écartés. Avant la fin de l'année, plus aucun d'entre eux n'était admis aux réunions dans l'ancienne bibliothèque du couvent de la rue Saint-Honoré. À partir de ce moment-là, « Jacobin » allait signifier partisan acharné de la Révolution et ce seul nom, à peine était-il prononcé, répandait la frayeur dans toute l'Europe.

Le 29 octobre, Roland était monté à la tribune de la Convention pour prononcer un terrible réquisitoire qui commençait par ces mots : « Robespierre, je t'accuse... » Le 5 novembre, ce dernier – qui avait demandé huit jours pour préparer sa réponse – fit le meilleur de ses discours, au point de se faire applaudir par le Marais. Il dénonça le verbiage des amis de Manon, leur volonté d'installer la guerre civile en opposant la province à la capitale, enfin leur tentative de dissoudre l'unité de la République dans le fédéralisme.

Bref, ce 5 novembre marqua le jour où Girondins et Montagnards devinrent irréconciliables, et Danton n'avait rien fait pour retenir l'ardeur destructrice de Robespierre.

Xavier de Valady commençait son mandat dans le camp girondin au moment où celui-ci se trouvait violemment attaqué.

Il s'était, dès son retour du Rouergue, présenté chez Manon où il avait été le héros d'un souper réunissant les cinq plus jeunes députés rolandistes. La maîtresse de maison les avait installés près d'elle. Elle les avait couronnés de fleurs d'automne, adressant à chacun un petit discours vibrant qu'elle prononça les larmes aux yeux. Elle était resplendissante dans sa trente-huitième année : elle en paraissait d'ailleurs six ou sept de moins. Elle était pimpante, intarissable, au comble du bonheur grâce à la présence en face d'elle du beau Buzot qu'elle couvrait de regards langoureux. Elle parlait avec ardeur de sa certitude de voir la prééminence des campagnes de France assurée sur l'orgueilleuse et remuante capitale.

Elle avait passé plus de quinze heures à sa table d'écriture, en compagnie de son ami Champagneux dont le style était devenu pareil au sien, et ce soir-là, comme tous les autres soirs d'ailleurs, elle était presque extatique.

Depuis des semaines elle ne trouvait même plus le temps de s'occuper de sa fille Eudora et elle avait appelé la jeune fille d'un fermier des Clos pour lui servir de gouvernante. C'est qu'elle préparait sa grande affaire : une déposition à la barre de la Convention. Elle avait demandé à être entendue comme témoin pour disculper son mari des calomnies des Jacobins, et sa requête avait été acceptée avec l'appui de quelques Montagnards qui comptaient bien de cette façon lui tendre un piège.

Le 7 décembre, elle arriva au Manège, radieuse de l'amour qu'elle portait à Buzot, son cadet de six années. Elle fut, comme on s'y attendait, sublime, éloquente, passionnée. Ce fut, devant cet aréopage d'hommes dont certains avaient par respect posé leur chapeau sur leur pupitre, sans doute le plus vibrant et le plus beau plaidoyer prononcé par une femme dans toute la Révolution, dans l'enceinte même de la Loi. Cette magnifique péroraison fit un bouquet tardif d'automne, entortillé de phrases d'un style élevé mais quelquefois suranné, en préambule du débat autrement plus âpre qui allait s'engager pour faire franchir à la Révolution un cap sans retour : le procès fait au roi.

La première discussion sur la question du procès du roi révéla l'ampleur des discordes au sein de l'Assemblée. Elle concernait la possibilité même d'un tel procès en regard de l'inviolabilité de la personne royale qu'édictait la Constitution.

Le Marais s'en tenait à l'idée que la chose n'était pas possible ; il avait pour lui la loi du nombre, mais pas assez d'énergie pour imposer ses vues. Robespierre, demeuré jusqu'au début de l'automne strictement légaliste, venait de décider de rompre ses amarres et c'est par le sacrifice du roi qu'il espérait obtenir l'anéantissement de la Gironde. Il prétendait qu'il n'était pas besoin de procès ; que Louis XVI était coupable par le seul fait d'avoir été roi, que son éviction et, même, sa mise à mort « étaient un acte de salut public à rendre » puisqu'il avait agi de telle sorte que l'on avait dû se passer de lui et proclamer la République. Les amis de Roland flottaient : depuis le 20 septembre et à plusieurs reprises, ils avaient dans cette nouvelle Chambre condamné les massacres de Paris. Ils en appelaient depuis à la concorde et à la fraternité. Ils redoutaient les conséquences internationales d'un procès et d'une mise à mort.

Roland se reposait toujours sur son honnêteté. Le 20 novembre, il était venu théâtralement déposer sur le bureau de la Convention les documents saisis aux Tuileries, dans l'ancien cabinet du roi, après que le serrurier Gamain avait révélé l'existence de l'armoire contenant les papiers secrets de Louis XVI. Mais son ingénuité lui avait fait commettre une terrible erreur : il était allé prendre ces papiers dans les anciens appartements du roi sans se faire accompagner d'un commissaire de l'Hôtel de Ville ; pire, il les avait gardés chez lui plusieurs nuits avant de venir les déposer à l'Assemblée. Les Montagnards l'accusèrent d'y avoir fait un tri, d'avoir supprimé plusieurs pièces qui auraient pu être gênantes pour lui ou pour sa femme. Au lieu d'être félicité d'avoir accompli un geste patriotique, il lui fallait se défendre. Il le fit mais maladroitement, et ce fut l'une des principales raisons pour lesquelles il ne put empêcher ce procès dont il craignait les suites. Il trouva cependant assez d'alliés parmi les députés pour repousser la motion de Saint-Just qui demandait la peine capitale pour Louis XVI sans jugement.

Pétion, poussé en sous-main par Danton, qui lui aussi craignait les conséquences diplomatiques de la mise à mort de Louis XVI, fit adopter un décret laconique précisant que « l'Assemblée nationale jugera Louis Capet ».

La machine était donc enclenchée : la plupart des députés espéraient encore que l'on s'en tiendrait à une mesure d'internement ou d'exil pour rompre avec l'ordre ancien. Le 11 décembre – quatre jours donc après le discours de Manon –, Louis XVI parut devant les députés : cette fois, son fauteuil n'était pas au-dessus de celui du président, ni même à son niveau, il se trouvait au parterre. Un long interrogatoire débuta : Barrère, le président de l'Assemblée, posait les questions, le monarque déchu lui répondait calmement. Il avait été décidé qu'aucun député ne prendrait la parole.

Le procès commença véritablement le 26 décembre. Le débat essentiel, ainsi que l'avaient bien compris les trois défenseurs du roi – Malesherbes, Tronchet et de Sèze –, n'était plus déjà celui de la culpabilité mais celui de la peine. Les Girondins qui présumaient, sous la pression de la Montagne, que la condamnation à mort était inéluctable reportaient tous leurs espoirs sur un appel au peuple : c'est-à-dire une soumission du verdict en appel aux assemblées primaires des sections à Paris et des districts en province. Brissot allait plus loin que Roland sur ce point, prétendant que l'Assemblée nationale n'avait qu'une chose à discuter : la culpabilité ; que la fixation de la peine appartenait au peuple.

Il y eut alors dix jours de suspension des débats pour permettre à tous une réflexion approfondie. Le 14 janvier, lors de la reprise du procès, l'appel au peuple fut définitivement rejeté par 424 voix contre 281 et le roi fut, à la quasi-unanimité des 700 votants, déclaré coupable.

Valady était des plus tourmentés. Grâce à la famille Vaudreuil, il avait goûté aux plaisirs de l'ancienne Cour, au cœur même de la Thébaïde de Trianon, et sans jamais y trouver à redire. Adulé des femmes de la Cour bien qu'il fût marié ; heureux au jeu, favorisé dans sa carrière militaire aux Gardes-Françaises dont les régiments étaient comme les gardiens du sérail de cet empire des faveurs, ce n'est qu'aux premiers grondements du tonnerre qu'il avait changé. Après avoir ressenti du dégoût et s'être détourné de l'ivresse des fêtes, il avait été saisi de *spleen*, comme les romanciers anglais nommaient la mélancolie. Son enthousiasme pour la liberté des nègres, son geste d'insubordination lorsqu'il avait refusé de tirer sur le peuple n'avaient pas fait de lui un héros en marge de sa condition à l'instar de La Fayette qu'il admirait tant. L'élection à la Convention, après tant de désillusions, avait été sa récente revanche. Elle était arrivée en même temps que sa liberté, puisque la loi du 20 septembre 1792 établissant le divorce lui avait permis enfin de se séparer de sa femme au moment où il venait de faire la connaissance d'Adèle.

Ces éclaircies succédant à tant de blessures d'amour-propre l'avaient bercé de l'illusion qu'il entrait dans un avenir radieux. Après avoir beaucoup reçu de la vie, il estimait avoir l'obligation de rendre, en assurant aux plus malheureux le bonheur. Il se voyait, toute modestie gardée, revenu des erreurs de la jeunesse par la brusque illumination des principes nouveaux.

Adèle, depuis trois mois qu'elle était revenue en sa compagnie, transportée du triomphe de son élection puis accablée par la nouvelle de la disparition tragique de son père, s'inquiétait. Xavier, égaré dans des rêves d'harmonie et de paix par la faconde exaltée de Manon, semblait flotter sur un nuage. Il n'en démordait pas: la nouvelle Assemblée accomplirait des miracles et, dans l'effusion d'une fraternité universelle, réaliserait sous peu l'intégralité des rêves des philosophes.

Elle le reprenait quelquefois sur son apparence de petit marquis qui le différenciait de plus en plus des hommes en noir – avocats, légistes, médecins – qui depuis la dernière élection avaient envahi les travées de l'Assemblée.

– En dépit de ma jeunesse, je tiens à l'ancien monde, protestait-il. J'en ai gardé les atours, on ne peut se refaire du tout au tout! Mais chacun sait où va mon cœur… Et, comme le dit Manon, la République appelle toutes les bonnes volontés, sans se soucier de savoir d'où elles viennent, ni comment elles se nippent.

– Le monde change autour de toi, Xavier, et toi, tu ne peux t'empêcher de garder les mœurs d'autrefois, de jeter l'argent par les fenêtres, d'avoir encore un valet portant la livrée…

– Mon dernier luxe!… D'ailleurs, Robespierre n'est-il pas lui aussi quelquefois critiqué pour son élégance?

– Il vit chez un menuisier!

– Eh bien moi, je vis chez une vieille cousine, dans un hôtel particulier, parce que je n'ai pas les moyens de vivre ailleurs, surtout depuis mon divorce… Diderot nous enseigne qu'il faut être en accord avec nous-mêmes: Pourquoi me renierais-je? Pourquoi changerais-je d'aspect? Je suis cohérent…

– La cohérence, parlons-en, c'est dans les heures qui viennent que tu vas devoir faire un choix pour te mettre en accord avec les idées nouvelles… Il te faudra décider de ton vote dans le procès du roi et, à ce que je vois, ces dix journées de réflexion ne t'ont pas encore déterminé.

Il prit un petit air fat.

– Et que crois-tu que je faisais quand je venais ici, à Sèvres, pour te voir et que j'allais me promener au bord du fleuve ou sur les terrasses de Saint-Cloud?… Oui, madame, je réfléchissais… Au début du procès, j'ai voté l'incompétence en raison de l'inviolabilité constitutionnelle du monarque. Hier, à la reprise des débats, je me suis déterminé pour que la sentence soit susceptible d'appel au peuple. Les deux fois, j'ai été désavoué… En tout cas, ce que je puis te dire, c'est que je ne voterai jamais la mort.

– As-tu des raisons pour cela?

– J'ai presque côtoyé Louis XVI. Il a fini par représenter un système que je honnissais, mais l'individu est bon et respectable.

– As-tu de meilleures raisons ?

– Oui, je suis opposé à la peine de mort, au crime, au sang... On ne peut pas prendre la défense des pauvres nègres esclaves sans être de toutes ses forces contre la violence.

– Eh bien ! La voilà, ta raison, elle passe toutes les autres ! Dis-la ! N'en éprouve pas de honte. Annonce à tous tes collègues que l'on peut édifier une république sans tuer un roi.

Le 16 janvier 1793, Valady fut fidèle à son engagement : il vota la détention en forteresse – la plus faible des peines possibles –, et quand la mort fut décidée, à la très courte majorité d'une voix, il vota le sursis. En vain. Le 21 janvier 1793, à 10 heures du matin, sur l'ancienne place Louis-XV, vide de la statue équestre de son grand-père, la tête de Louis XVI tombait.

Quiconque avait déjà éprouvé, en particulier dans les massacres du mois de septembre, la perte violente d'un être cher ne put manquer d'être frappé de la mise à mort publique de l'ancien monarque. La plupart des Français qui, à un moment ou à un autre, avaient éprouvé de l'affection pour la famille royale – même si par la suite ils avaient épousé les idées nouvelles, voire tendu un poing rageur au passage des équipages de la Cour – ne purent s'empêcher de songer qu'ils venaient d'effacer de leur propre main l'image d'un père. On peut renier un être, le haïr et même parfois désirer sa mort, les fils du cœur sont malgré tout complexes. Ils sont tissés de toutes sortes de sentiments, le regret et la haine se mêlent aux anciennes affections, et la douleur se mélange à l'amour.

Il fallait en tout cas une âme bien accrochée par l'ivresse du patriotisme, en cette matinée du 21 janvier, place de la Révolution, pour, au pied de l'échafaud, applaudir au bruit sec du couperet de la guillotine. La plupart des Parisiens restèrent chez eux, étreints par la tristesse et ne voulant pas le montrer. Nombre de Français ne purent s'empêcher de songer aux malheurs qui pourraient survenir en châtiment de ce crime : épidémies, dérèglements de la nature, déferlement des hordes étrangères car, on le tenait pour assuré à présent, les anciens officiers du roi qui avaient permis la victoire de Valmy déserteraient bientôt et le miracle ne se reproduirait pas.

Manon, pendant tout le procès du roi, avait été l'objet de la plus violente des campagnes de diffamation menées par Marat et Hébert. Ils ne l'appelaient pas autrement que la «reine Coco»; ils lui imputaient le «modérantisme» dont faisait preuve la Gironde depuis les massacres du mois de septembre.

Quittant les rêves d'un bonheur à portée de main qu'elle faisait depuis l'établissement de la République, Manon voyait l'avenir sous des couleurs plus sombres. Elle se désolait de tant de bassesse : «Je doute qu'on ait publié plus d'horreurs contre Marie-Antoinette...» Roland, atteint d'un érésipèle à la jambe, était monté, brûlant de fièvre, à la tribune de la Convention justifier l'emploi des fonds secrets. Sa voix tremblait d'émotion : «Je vous offre mes comptes, ma personne et ma démission... Un ministre qui n'inspire plus la confiance devient nuisible...» Danton le prit au mot. Il lui demanda de partir et Roland accepta.

De ce fait, le couple avait retrouvé la rue de la Harpe le 23 janvier. Ils traversaient un moment particulièrement difficile : Lanthenas, jaloux, menaçait de révéler les infidélités de Manon et celle-ci, pour se prémunir d'un chantage, venait d'avouer à son mari sa passion récente pour Buzot. La chose était devenue publique : la reine Coco avait, disait-on, multiplié les amants. Danton – et ce scrupule l'honorait – s'en était voulu rétrospectivement d'avoir frappé le ministre de l'Intérieur dans cette passe difficile : « Ce n'est pas avec la calomnie que je demande qu'un homme ne remplisse plus ce poste, se justifia-t-il, c'est après le jugement de ses commensaux... »

Le ministre déchu et déshonoré ne souhaitait plus qu'une chose : quitter Paris, rejoindre les Clos. Il demandait des passeports, il ne demandait même plus que cela, jurant qu'il ne s'occuperait plus de rien, mais ses ennemis le tenaient et ne voulaient pas le lâcher. Collot d'Herbois, aux Jacobins, prétendait qu'il avait caché 12 millions en Angleterre ; Marat écrivait tous les jours que des complots contre-révolutionnaires continuaient de se tenir dans le boudoir de Manon.

Danton, quant à lui, avait disparu à point nommé, pendant les deux premières semaines de 1793. Cela lui permettait de n'être pas partie prenante dans les débats au sujet du procès du roi. Débarrassé du ministère, il s'était fait nommer par la commission de la Défense nationale pour aller inspecter les avant-postes de l'armée en Belgique. Il était revenu à Paris le 14 janvier et il lui avait bien fallu se résoudre à se déterminer sur le sort de Louis XVI. Le 17, déchiré car il voyait bien que ce vote entraînait toute la Révolution dans des voies radicales, il avait, malgré tout, refusé le sursis. La veille, il avait eu avec Louvet, l'auteur du *Chevalier de Faublas*, l'ami intime de Manon, une terrible dispute après que ce dernier lui avait lancé : « Tu n'es pas encore roi, Danton ! » Ce qui le détermina à ne plus jamais se faire insulter par un Girondin.

Le 30 janvier, il repartit en Belgique avec ses plus proches fidèles, Courtois et le député Jean-François Delacroix.

En Belgique, aux avant-postes de l'armée, dans les campements de l'incertain Dumouriez, il s'était oublié avec ses deux amis dans les plaisirs et les beuveries. Son humeur était sombre, il craignait que la Révolution ne dégénère dans une folie meurtrière. Il tomba dans une frénésie de jouissances et puisa sans retenue dans la caisse militaire pour le vin, le jeu et les débauches crapuleuses, sous des tentes bien chauffées, à quelques pas de soldats mal nourris et grelottant de froid.

Il passa là deux grosses semaines, délivré de la fureur de Paris, satisfait d'être éloigné de Robespierre qui entamait son œuvre d'anéantissement des Girondins.

Il revint à Paris, le 14 février, tout joyeux avec son ami Delacroix, le tenant par les épaules, buvotant encore à petites gorgées de bonnes bouteilles cravatées de linges immaculés raflées sur la table de Dumouriez. Ils chantaient ensemble des couplets lestes.

– Ah ! Danton, finit par lui dire Delacroix dans un hoquet, tu ris comme si nous devions remporter des victoires, alors que tout ce que nous avons vu là-bas, sur le front, nous a montré notre impréparation. Ton Dumouriez est peut-être l'un de nos meilleurs soldats, mais c'est aussi l'un des plus incertains… En voilà un qui ne digère pas l'exécution du roi !

– Et moi, Delacroix, crois-tu que je me pardonne d'avoir participé à cette faute politique ? Il faut faire avec la glissade des événements : la France est devenue folle, tout du moins le peuple de Paris… Aujourd'hui, il faut remettre de la raison dans la politique.

– Prends garde à toi, frère ! Ne dis à personne d'autre que tu trouves les Parisiens insupportables ; de tels propos pourraient te faire taxer de rolandisme, et tu sais ce que l'on risque en ce moment à passer pour rolandiste.

Discutant ainsi mais comme en badinant, ils arrivèrent à la nuit tombante dans la cour du Commerce. La ville était ouatée de neige, la plupart des lanternes éteintes. Un spectacle de désolation s'offrait à eux : des gens sans abri couchés dans la froidure, des tas d'immondices devant chaque maison.

Danton qui s'était obstiné à vouloir offrir chez lui un dernier verre à son compagnon de route poussa sa porte en faisant un bruit d'enfer.

– Gabrielle ! Gabrielle !… C'est ton Georges… Il revient tout entier mais il est fourbu, et il a faim et soif !

Deux domestiques accoururent aussitôt : le valet Joseph et la femme de chambre Nicole. Ils étaient tremblants, hésitants, comme s'ils craignaient d'être réprimandés.

– Eh bien quoi ? s'étonna le maître de maison en partant d'un rire tonitruant. Je ne vous réveille pas en pleine nuit ; il n'est que 5 heures du soir !

Tout à la joie de son retour, il s'apprêtait à pincer Nicole avec laquelle il avait toujours usé de manières cavalières.

– Madame… bredouilla celle-ci.

– Madame… reprit Joseph en voyant la jeune fille se troubler.

– Eh bien quoi, madame ? commença de s'impatienter l'ancien ministre.

– Elle est morte ! lâcha brusquement Joseph.

Danton répondit à cela par un nouvel éclat de rire, mais plus nerveux. Delacroix, qui avait compris le premier qu'il se passait quelque chose de grave, lâcha son bagage juste à temps pour soutenir ce géant qui commençait à défaillir.

– Morte ! finit par répéter Danton d'une voix altérée en laissant tomber sur le carrelage son manteau, son épée et enfin son tricorne.

– Et enterrée depuis deux jours, acheva Joseph.

– Oh, Gabrielle ! Gabrielle ! Gabrielle ! se prit aussitôt à sangloter cet homme entré d'un pas conquérant mais déjà brisé.

La citoyenne Danton s'était en effet éteinte dans son sommeil, dans la nuit du 9 au 10 février et on l'avait inhumée à Saint-André-des-Arcs dès le 12. Danton l'aimait. Dans ces dix derniers jours où il avait oublié dans la débauche les atrocités de Paris, c'était la première fois qu'il l'avait trompée avec des garces que les soldats sont accoutumés à faire venir dans leurs bivouacs. Cela ne comptait pas : il le lui aurait sans doute avoué en riant et en la prenant dans ses bras.

Il l'avait épousée six ans auparavant, tombé amoureux d'elle, comme beaucoup de ses collègues du Palais de justice à force de la voir, adulée des clients, au café du Parnasse, à l'angle du quai de Seine, dans l'établissement de son père, le limonadier Charpentier. Il l'avait enlevée à la barbe de dix de ses collègues, avocats, magistrats ou huissiers, tout aussi charmés que lui par sa grâce. Par ce mariage avec la fille unique du père Charpentier, enrichi dans la limonade, il avait pu s'établir et acheter pour 80 000 livres une charge d'avocat-conseil. Aimant Gabrielle, il s'était pris d'affection pour ses parents qui avaient recréé autour de lui une seconde famille, comblant son perpétuel besoin d'affection. Elle lui avait donné deux fils. Il était fier d'elle, de son bon sens, de sa gentillesse, de sa solidité bourgeoise qui resplendissait dans toute sa personne : femme bien en chair, avec toujours le sourire aux lèvres. Il en était si orgueilleux qu'il en avait demandé le portrait à son ami du club des Jacobins, le peintre David.

Georges Danton était un homme que les grandes émotions pouvaient mener à des extravagances. Delacroix qui craignait que sa grande carcasse ne s'abattît d'un coup le fit asseoir. Danton ne faisait que répéter :

– Je veux la voir ! Je veux la voir !

– Mais c'est impossible, puisqu'on te dit qu'elle est enterrée, lui répondait son collègue.

– Je veux la voir ! s'obstinait ce colosse effondré.

Rien ni personne ne pouvait lui résister lorsqu'il s'entêtait de la sorte. Il se projetait en avant comme un bélier furieux et son regard noir s'enflammait. Il fit venir en plein milieu de la nuit – car tout le monde alors lui obéissait – un commissaire de l'Hôtel de Ville, mais aussi le curé constitutionnel de Saint-André-des-Arcs. Ils ne voulurent d'abord rien entendre ; ils crièrent même au scandale, mais Danton les rudoya et leur fit peur. Il finit par obtenir que le cercueil de Gabrielle soit sorti de terre à l'aube, puis déposé dans son rez-de-chaussée où il fut aussitôt ouvert.

Alors, il demeura seul avec le cadavre de sa femme pendant deux jours, sans presque rien manger ni boire. C'était une scène digne de Shakespeare ou d'un de ces fous baroques comme Charles II d'Espagne faisant ouvrir le cercueil de son père Philippe IV pour lui demander conseil. Il appela Pajou, son frère de la loge des Neuf Sœurs, pour lui faire prendre l'empreinte du visage de Gabrielle comme celui-ci l'avait fait auparavant de Mirabeau.

Il l'inhuma de nouveau, en pleine nuit, sans témoins ni amis, puis il ferma sa porte et ne répondit à personne pendant plus de huit jours, même pas à cette lettre fraternelle et sans doute sincère que lui adressa Robespierre :

> Si dans les seuls malheurs qui puissent ébranler une âme telle que la tienne la certitude d'avoir un ami tendre et dévoué peut être de quelque secours je te la présente. Je t'aime plus que jamais et jusqu'à la mort. Dès ce moment, je suis toi-même. Ne ferme point ton cœur aux accents de l'amitié qui ressent toute ta peine. Pleurons ensemble nos amis et faisons bien ressentir les effets de notre douleur profonde aux tyrans qui sont les auteurs de nos malheurs.

À la fin de février, Danton sortit enfin de chez lui et retrouva Blanchot.

– Docteur, avec toute ta science, aurais-tu pu prévoir la maladie de Gabrielle si elle t'avait consulté ?

– Tu sais, Georges, il est souvent des morts étranges… Totalement imprévisibles et qui ne livrent pas de signes avant-coureurs…

– Ta médecine, c'est donc comme la politique, un art plus qu'une science, un art approximatif…

Puis, semblant soudain s'extraire d'un songe :

– Peut-on communiquer à distance par l'esprit ?

– Peut-être… As-tu un cas précis ?

– Gabrielle… Je l'ai trahie ! C'était pourtant la première fois ! Je n'ai qu'une excuse : j'étais désemparé de voir ce que les hommes devenaient à Paris, je me suis oublié dans des plaisirs dégradants au camp de Dumouriez… Aurait-elle pu le savoir par la concordance des cœurs ? Aurait-elle pu en mourir ?

– Pur hasard, Georges ! Pur hasard ! Et ne va pas te mettre martel en tête, la Révolution a besoin de toi pour ne pas basculer dans l'horreur. Comme tu le redoutes, les amis de Robespierre risquent de créer l'irréparable. Ils commencent à éliminer les amis de Manon et s'en prendront ensuite à ceux qui ne penseront pas comme eux… et, pour finir, ils s'entre-déchireront. Voilà où conduit irrémédiablement l'entraînement des passions.

– Et alors ?

– Reviens ! Agis ! Cherche le moyen d'arrêter le régime de terreur qui s'annonce ! Les hommes de cœur t'assisteront !

– Mais comment ?

– Il faut ameuter les gens raisonnables, les émouvoir… Et, pour commencer, sur la blessure restée béante des massacres de septembre dernier, livrer publiquement une opinion conforme au génie consolateur de Rousseau et de Diderot : trouver les mots qui permettent enfin à ceux que ces hécatombes ont effarés de se ressaisir.

– Exprimer des regrets ? C'est dangereux par les temps qui courent !

— Ce sera à titre personnel : je suis certain que tu sauras ouvrir les cœurs qui se sont fermés à la vue de l'horreur… Il faudra également songer à ceux qui sont restés dans les prisons.

— Oui, bien sûr, mais comment reconnaître parmi tous ces suspects ceux qui sont coupables ?

— Il faut les juger, strictement selon la loi. Supprimer le Tribunal criminel mais ne pas en instituer un autre qui soit plus sévère ou plus partial… Ce tribunal révolutionnaire tel que le voudrait Saint-Just… L'idéal serait de mélanger quelques anciens magistrats du roi connus pour probes et impartiaux avec de jeunes patriotes.

Danton, à mesure qu'il écoutait le médecin de la Charité, s'était redressé. Il paraissait même recouvrer toute son énergie.

— C'est toi, le médecin, qui me donne des clés pour m'extraire du trou noir dans lequel je me trouve plongé depuis bientôt deux semaines.

Blanchot avait encore une chose à dire, une chose qui lui tenait particulièrement à cœur.

— Et au Temple, Georges, il ne reste plus à présent qu'une veuve, des femmes et un enfant… Ce serait de bien piètres victimes pour la Révolution : améliorer leur sort serait une preuve d'humanité… Beaucoup de gens qui s'apitoient sur leur compte rallieraient ainsi, à peu de frais, la cause des patriotes.

— C'est vrai… Elle est veuve à présent et moi, je sais maintenant ce que c'est que d'être privé de l'autre moitié de soi-même… Antoinette a été amplement punie, humiliée – ce qui est encore plus terrible pour elle. Je ne lui souhaite pas davantage de mal.

Son œil s'était mis à pétiller : pour la première fois depuis plusieurs jours, il recommençait à entortiller les idées dans son esprit, et son intelligence courait déjà à la vitesse du vent.

– Antoinette est certes une femme malheureuse, mais c'est aussi un atout pour celui qui l'aura dans sa manche... Il faut que tu ailles la voir dans son donjon, Blanchot. Je trouverai bien le moyen de te faire entrer là sans éveiller les soupçons des sans-culottes... Elle a confiance en toi, n'est-ce pas ?

– Et que comptes-tu faire à présent ?

– Certainement pas retourner à la Convention, Robespierre y a commencé son grand ménage. Courtois qui est resté en Belgique me presse d'y revenir. Cela m'arrange. Je suis comme cela... lâche parfois quand les choses ne vont pas à ma main... Alors, je choisis la fuite.

– Quand partiras-tu ?

– Dans les premiers jours de mars. Mon mandat de commissaire de la Défense nationale court toujours puisque je n'ai pas encore fait mon rapport... Mais comment retrouver l'énergie qu'il faut après tant de malheurs ?

Blanchot fut catégorique :

– Tu dois rire !

– Rire ?

– C'est le parti que j'ai pris hier soir. Mon filleul, Paul Masson, a un ami : un drôle, un comique invraisemblable... Un certain La Bussière, qui se produit au théâtre de Toussaint Mareux. Il y joue Jocrisse... C'est à se tenir les côtes !

Danton était aussi prompt dans ses décisions les plus graves que dans les plus futiles.

– Il est 5 heures. À quelle heure joue-t-on ce soir, dans ton théâtre ?

– À 6 !

– Alors, pas une minute à perdre ! Je m'enroule dans une cape pour ne pas que l'on puisse me reconnaître...

– Fais tout de même attention ! Ta joie est communicative et ton gros rire connu dans tout Paris !

Ainsi fut-il fait. Danton se glissa avec Blanchot au dernier rang des spectateurs de la petite salle de la rue Saint-Antoine et le colosse abattu reprit ses premières forces en s'esclaffant.

Quatre jours plus tard, le 3 mars, il repartait pour Bruxelles. Les nouvelles étaient exécrables : le 17 février, Dumouriez était entré en Hollande et il avait été aussitôt contraint de faire retraite ; les Autrichiens étaient revenus en force et le général Miranda, bloqué dans Liège, était sur le point de capituler.

Après avoir revu le général en chef, l'avoir persuadé de reprendre l'offensive dès qu'il cesserait de pleuvoir, puis réorganisé la Garde nationale à Bruxelles, Danton était revenu à Paris le 7 mars et à la Convention le lendemain. Seule concession à la politique intérieure et au plan qu'il avait mis au point avec Blanchot : il monta à la tribune pour reparler, à la stupéfaction générale, des massacres du mois de septembre. Il trouva la phrase juste pour toucher le cœur de tous ceux que ces atrocités avaient laissés sans voix : « Ces journées sanglantes dont tout bon citoyen a gémi. » Sitôt après, il ne parla plus que de la guerre et des menaces d'invasion du territoire sans dissimuler qu'elles étaient encore plus pressantes qu'à la veille de Valmy. Et, comme il savait parfaitement que l'on n'achète pas deux fois l'ennemi, il suggérait des moyens d'exception, drastiques, confiscatoires, dans le moment même où, sur les bureaux de Robespierre et de Saint-Just, l'ordre de proscription des Girondins était prêt.

Danton, qui avait toujours proclamé le caractère sacré de la propriété, proposait de spolier les riches pour payer les soldats et la poudre : « Que vos commissaires partent à l'instant, qu'ils partent cette nuit et qu'ils disent aux riches : il faut que vos richesses payent nos efforts ; le peuple n'a que du sang, il le prodigue. Allons, misérables, prodiguez vos richesses ! » Plus étonnant encore, lui qui avait songé plusieurs fois à supprimer le Tribunal criminel qu'il avait mis en place et qu'il trouvait trop sévère, il fit voter la création du Tribunal révolutionnaire et fit transformer le Comité de défense en Comité de salut public, donnant ainsi à la future Terreur ses outils. Il ne voulait qu'une chose : arrêter l'envahisseur. Ces outrances ne poursuivaient que ce but de défense nationale, elles étaient temporaires, ne devaient durer qu'autant que le territoire serait menacé.

L'homme abattu pleurant près du cercueil de Gabrielle était redevenu un diable agissant : le 20 mars, il repartit pour quarante-huit heures au camp de Dumouriez ; le 22, il revint à Paris, proposant devant l'urgence, une fois encore, aux Girondins de faire la paix. Vergniaud, le plus lucide d'entre eux, celui qui avait coutume de dire : « Il est à craindre que la Révolution comme Saturne ne dévore tous ses enfants », était au bord de se laisser convaincre, mais ce fut Guadet – inspiré par la haine suicidaire de Manon – qui brisa tout : « Tout, tout, excepté l'unanimité avec les égorgeurs et leurs complices ! » Les regrets exprimés par Danton dix jours auparavant au sujet des massacres du mois de septembre n'avaient pas suffi.

Robespierre, redoutable tacticien, parvint à retenir Danton de prendre la défense des Girondins. Il commençait à le suspecter de corruption. Les Girondins, plutôt que de songer à se mettre en sécurité, se lancèrent dans une ignoble campagne de dénigrement. Ils imputaient à Danton un détournement d'or public contenu dans deux chariots interceptés à Arras. Danton eut beau répliquer pour sa défense : « Ces équipages étaient bien à moi mais ils ne contenaient que des chiffons et un corset de molleton » ; on ne le crut qu'à moitié. Les amis de Manon eurent alors beau jeu de rappeler les débauches au camp de Dumouriez et le vol du Garde-Meuble... Écœuré d'être obligé de se défendre de telles allégations au moment où la France risquait d'être envahie, Danton se découragea. Il se désintéressa du sort de ses accusateurs. Il croisa les bras, c'est-à-dire qu'il laissa Robespierre les annihiler.

La débandade des armées, telle qu'il l'avait prophétisée, fit le reste : le 18 mars, Dumouriez avait été vaincu à Neerwinden. Il s'était replié et, sans y avoir été autorisé, il avait entamé des négociations avec l'ennemi. Le 24 mars, le Comité de défense l'avait destitué et avait chargé Beurnonville, le nouveau ministre de la Guerre, d'envoyer sur le front quatre commissaires, parmi lesquels le Girondin Bancal. Dumouriez les avait aussitôt arrêtés et livrés à l'ennemi. Le 5 avril, après avoir hésité à marcher sur Paris, il était passé à l'étranger.

Au cours de ces dernières semaines, Manon avait paru abandonner la politique pour ne plus s'occuper que des affaires de cœur ; des siennes et de celles de ses amis. Jusqu'à son départ aux armées, elle avait consolé Bancal, alors en pleine rupture avec son amie anglaise, Helena Williams ; elle en avait fait autant avec Louvet, en pleine crise avec sa Lodoïska. Et, pour ce qui la concernait plus particulièrement, la majeure partie de son courrier était pour calmer les ardeurs de Lanthenas, le « négrillon », comme Marat le surnommait, qui ne désespérait toujours pas de la reconquérir, et répondre à celles du beau Buzot ; le tout, désormais, sous l'œil inquiet et jaloux de son vieux mari, à présent au courant de ses frasques.

Dès la mi-mai, elle avait parlé de fuir Paris, de rejoindre les Clos, de laisser Roland dans la capitale pour qu'il se batte encore et qu'il soit plus à l'aise pour fuir en cas de nécessité. Elle avait demandé ses passeports, elle les avait obtenus mais elle était tombée malade.

Le 31 mai, le tocsin avait sonné tôt le matin et un mystérieux comité, regroupant les sections les plus virulentes de la capitale, avait entrepris une marche sur l'Assemblée nationale qui depuis le 10 mars avait quitté le Manège pour s'installer dans l'ancienne salle de théâtre du palais des Tuileries : ce comité exigeait l'arrestation immédiate des partisans de Brissot et de Roland. Mais beaucoup de Girondins, alertés par les vexations de plus en plus nombreuses à leur endroit, avaient déjà quitté la ville.

Valady, toujours plein d'innocence, toujours aussi fier de siéger depuis cinq mois parmi les hommes qui devaient parfaire la Révolution, était encore à son banc en ce 31 mai, dans la nouvelle salle de la Convention, tout étonné d'y être aussi isolé et abandonné de la plupart de ses amis.

Deux de ses collègues, les courageux Louvet et Guadet, s'étaient rapprochés de lui pour se soutenir car ils se savaient tous menacés d'arrestation par la marche des sections de Paris. Ils faisaient les bravaches en désignant Danton, isolé lui aussi, au bas des gradins, du côté gauche.

– Vois-tu quel horrible espoir brille sur cette hideuse figure ? dit Guadet, suffisamment fort pour être entendu.

– Sans nul doute, c'est aujourd'hui que Claudius exile Cicéron.

Ces hommes généreux se trompaient décidément d'ennemi : ils n'en avaient que contre Danton, alors même que sa présence à l'Assemblée démontrait clairement qu'il n'était pas l'inspirateur de la marche des sections alors en mouvement vers les Tuileries.

L'« ami Georges » couvrait les rares Girondins présents d'un regard plutôt bienveillant. Il semblait vouloir leur dire : « Dumouriez a fui en dépit des assurances de loyauté qu'il m'avait données quelques jours avant, dans son propre camp. Ne voyez-vous pas que je suis comme vous, trahi ? Qu'il ne pouvait y avoir que l'union entre nous pour nous sauver de tout ce qui va s'abattre sur nos têtes ? Qu'il est déjà trop tard ! »

Soudain, le peuple pénétra dans l'enceinte de l'Assemblée en faisant un épouvantable vacarme. Danton l'accueillit par des paroles magnifiques destinées sans doute à justifier son calme : « Que les hommes ardents se gardent de repousser de leurs rangs ceux qui ont une âme moins élancée vers la liberté mais qui ne la chérissent pas moins qu'eux… » Il aurait bien voulu s'en tenir là, mais Robespierre, entré à la suite de ces intrus, monta à la tribune pour demander la proscription des amis de Manon. Cette fois, il était sûr de son fait. Il les tenait.

Le soir même, six hommes armés se présentèrent au domicile de Roland, rue de la Harpe, porteurs d'un ordre d'arrestation à l'égard de l'ancien ministre, signé par les membres d'un « comité révolutionnaire de la Huchette » jusqu'alors inconnu mais qui prétendait avoir été constitué la veille après avoir reçu la consécration de la section. Manon, qui s'était tout de suite rendu compte de la faiblesse de ce mandat, avait poussé de hauts cris et parvint à éconduire cette troupe.

Le 1er juin, en début d'après-midi – et donc en plein débat sur la mise en accusation des Girondins –, elle eut l'audace de se rendre à la Convention. Assise crânement au premier rang du public, elle envoyait par huissier des messages à Vergniaud, l'un des seuls parmi ses fidèles à avoir eu le cran d'être venu siéger : elle voulait qu'il la fît appeler à la barre de l'Assemblée pour témoigner, mais le chahut était tel que la chose fut impossible.

Comme elle s'inquiétait du sort de Buzot, qui n'avait pas donné de nouvelles depuis la veille, elle partit vers 4 heures à sa recherche dans le quartier du Palais-Royal. Au même moment, son mari parvenait à s'échapper de la rue de la Harpe en trompant la vigilance des soldats postés devant sa porte : il alla se réfugier dans les Halles, chez Bosc, rue des Prouvaires.

Ne trouvant pas son amant, Manon, qui risquait déjà à tout moment de se faire arrêter, retourna aux Tuileries, mais il était 10 heures du soir et l'Assemblée venait de s'ajourner jusqu'au lendemain : téméraire, elle décida de rentrer chez elle à pied.

Sur le Pont-Neuf, elle fut arrêtée par la sentinelle de la Samaritaine.

– Une femme seule à cette heure !

– Comment, citoyen, seule ? Ne vois-tu pas avec moi l'innocence et la vertu ? Que te faut-il de plus ?

Même traquée, elle restait sublime.

À 3 heures du matin, elle fut réveillée par Louis Lecoq, son domestique, venu la prévenir qu'un peloton de gardes nationaux se trouvait à sa porte. Elle s'habilla calmement avec l'aide de Marguerite Fleury, en larmes. Elle alla vers ces hommes, examina en détail l'ordre d'arrestation, fit remarquer qu'il n'était pas signé et ajouta qu'elle ne savait pas où se trouvait son mari.

Le lieutenant qui commandait ce peloton fut ému en voyant les deux domestiques éplorés.

– Vous avez là des personnes qui vous aiment.

– Je n'en ai jamais eu d'autres autour de moi ! dit-elle en saisissant son bagage et en s'apprêtant à suivre ces hommes jusqu'à la prison de l'Abbaye.

Danton assista aux deux jours de débats, mais il ne parla pas, toujours bras croisés à sa place et, selon certains, lisant le *Troïlus* de Shakespeare dans le texte anglais.

Le 2 juin, tout en s'apprêtant à voter la mise en accusation, il espérait toujours que l'arrestation des Girondins ne serait pas le préalable obligé de leur mort.

Il veillait à ce que le peuple n'envahisse pas de nouveau l'enceinte de l'Assemblée et il encourageait le général Hanriot – un sans-culotte promu général de la Garde nationale de Paris qui comptait alors encore quelque quatre-vingt mille hommes – à faire bonne garde autour des Tuileries. « Tiens bon ! » ne cessait-il de lui répéter dans une succession de petits mots qu'il lui faisait porter de quart d'heure en quart d'heure.

Le 2 juin, au soir, la cause était entendue : la Convention, apeurée par la foule qui était restée menaçante, de jour comme de nuit, dans la cour du Carrousel, livra vingt-deux des siens encore présents à Paris et décréta d'arrestation le reste de leurs amis en fuite ; ce délai de quarante-huit heures entre la première réquisition de Robespierre et le vote avait en effet permis à la plupart des amis de Manon de fuir.

Danton ne voulait pas que ce premier coup d'État de la République débouchât sur de nouveaux massacres. Le 7 juin, il proposa en vain que les députés détenus – « ces hommes, précisa-t-il, qui ont refusé de me croire pour se donner le droit de me perdre » – soient libérés contre caution.

Vergniaud, Gensonné, Valazé, sachant parfaitement à quoi ils s'exposaient, avaient, en vrais Romains, décidé d'attendre chez eux, lisant Plutarque ou Sénèque, qu'on vînt les arrêter.

Buzot, Brissot, Barbaroux, Louvel, Guadet, Pétion, on le savait à présent, avaient pu quitter Paris.

Valady, quant à lui, était allé se réfugier à Sèvres.

CHAPITRE QUATRIÈME

La planche de salut

La succession de revers français des débuts de la campagne militaire de l'été de 1792 qui avaient mis la cour de Naples en joie s'était arrêtée à Valmy. Et presque aussitôt, compte tenu de la longueur d'acheminement des dépêches, les trois nouvelles suivantes étaient parvenues presque ensemble à Naples : la bataille de Valmy avait été perdue par les alliés du royaume, la France avait proclamé la République et la nouvelle Convention nationale s'était déclarée en capacité de juger Louis XVI.

Ferdinand IV – en réalité son ministre Acton et sa femme Marie-Caroline, puisque ce pauvre roi ne décidait jamais rien par lui-même – refusa dès les derniers jours de septembre de reconnaître la République française en la personne de l'ambassadeur nommé par celle-ci, le sieur Makau. Dans le même temps, il obtint que l'on chassât de Constantinople le citoyen de Semonville, envoyé près de la porte Ottomane, avec ce même titre d'ambassadeur du nouveau régime français.

Acton, dans le même temps, avait proposé aux autres puissances italiennes – la Sardaigne, Venise et le pape – de s'unir « dans une sainte entreprise pour rendre les Alpes infranchissables aux Français ». Cette proposition avait été acceptée par la Sardaigne, repoussée par le Sénat de Venise, laissée sans réponse par le pape. Ferdinand et sa femme – qui, après avoir pris cette initiative, apparaissaient comme les principaux contempteurs de la nouvelle République et qui s'attendaient donc à des représailles – se livraient aux plus actifs préparatifs pour donner corps à ces résolutions guerrières.

Or, tout à coup, le 12 décembre 1792, sous les fenêtres de leur palais, dans la rade même de Naples, parut une flotte, venue sans préavis depuis Toulon, sous les ordres de l'amiral de Latouche-Tréville, pour imposer la volonté de la France.

À voir les quatorze vaisseaux français mis en ordre de bataille, le roi Ferdinand fit demander à l'amiral le motif de sa venue et lui rappela qu'un ancien traité entre les deux nations n'autorisait l'entrée du port qu'à six bâtiments de guerre. Mais Latouche-Tréville fit répondre que tous les traités étaient annulés puisque le gouvernement napolitain avait refusé de recevoir l'ambassadeur de la République et inspiré le même refus qu'avaient donné la Sardaigne et la porte Ottomane. En conséquence, il venait demander une réparation de ces insultes ou déclarer la guerre.

Le Conseil fut réuni.

La marine napolitaine, assez bien remise en état par la diligence d'Acton qui était, à l'origine, un marin de métier, aurait pu soutenir la lutte ; mais, Latouche-Tréville, sans même s'être battu, avait derrière lui la France qui commençait d'épouvanter l'Europe.

La reine fut la première à baisser la tête, se rangeant à l'avis d'Acton qui lui disait tous les matins que son royaume était infesté de Jacobins et d'ennemis du gouvernement qui ne manqueraient pas de se soulever à la vue de la flotte française. Le roi avait à peine voix délibérative. Peu guerrier par nature, il fut complètement de l'avis de la reine – les autres conseillers n'osèrent pas contredire leurs augustes souverains, qui pour une fois étaient d'accord.

Il fut donc décidé de s'engager à la neutralité, de recevoir l'ambassadeur de France, de désapprouver les accords faits avec la porte Ottomane et la Sardaigne ; on s'engagea en outre à ne prendre aucune part à la guerre de la France contre le reste de l'Europe. Tel fut le commencement de la lâcheté et des parjures de Ferdinand IV.

Ces concessions firent un mauvais effet à Naples même, parce qu'elles donnaient aux Napolitains la véritable mesure de la faiblesse de leur gouvernement. Elles encouragèrent quelques patriotes à se montrer sur le port et à manifester leur soutien aux marins de la nouvelle République.

Le navire de l'amiral français, *Le Victorieux*, était chargé de la plus belle et de la plus enthousiaste jeunesse ; les uniformes rouge et bleu – culotte et bas pour les jeunes officiers, souvent des aristocrates entrés jeunes dans la carrière ; pantalon pour ceux qui, comme Louis Blanchot, venaient de s'engager par idéal patriotique – se bousculaient au bastingage. Tout l'après-midi, ces marins, dont beaucoup ne l'étaient que depuis quelques semaines, avaient couru sur le pont, poussant de grands cris, s'arrachant lunettes et longues-vues pour observer les allées et venues des chaloupes des plénipotentiaires.

Louis, aspirant major, écarquillait les yeux au spectacle fabuleux de cette nouvelle Byzance, malheureusement inaccessible pour lui comme pour ses compagnons, car il avait été interdit à tous les Français, sous peine de mort, de poser pied à terre afin de ne pas être pris en otage et de gêner ainsi les très délicates négociations de l'amiral avec la cour de Naples.

À l'œil nu, pourtant, on pouvait scruter la ville comme si l'on s'y promenait, suivre le mouvement de la foule qui affluait vers le port, observer sur les quais le peuple qui s'était massé pour contempler la flotte républicaine hérissée de ses pavillons et de ses flammes tricolores qu'agitait triomphalement un vent complice. Les patriotes napolitains – ceux qui glanaient chaque jour des nouvelles de la révolution de Paris – se manifestaient au premier rang, agitant des drapeaux de fortune, aussi aux trois couleurs. Ils répondaient aux saluts des marins alignés sur les ponts et même, en signe de liesse, exécutaient sur le quai les figures d'une joyeuse tarentelle. Assis sur le rebord du vieux bassin, se tenaient les *lazzaroni*, ces hommes à demi nus, ces femmes court-vêtues du peuple de Naples qui ne paraissent se nourrir que d'eau et de soleil. Quant à la troupe, elle s'alignait le long des entrepôts, semblant comme en retrait et n'ayant visiblement reçu aucun ordre pour intervenir. Mais quelques jeunes soldats – sans doute inconscients des risques qu'ils encouraient – s'étaient joints aux patriotes pour exulter et décrire de grands bonds.

Louis, au moment de partir de Paris, n'avait pu recueillir que quelques indications à propos de Gennaro Esposito, le fils posthume d'Eustache Masson.

Janvier – puisque ses oncles de Paris l'appelaient ainsi – avait alors dix-huit ans. Le jeune aspirant major ne savait qu'une chose à son propos, c'est qu'il travaillait aux ateliers de peinture de la Manufacture royale de porcelaine établie depuis 1772 dans l'enceinte du Palais royal. Comme indices à son sujet, il avait en poche les deux plus récents autoportraits à la pointe sèche que le jeune artiste avait exécutés et envoyés en France, ainsi qu'un tesson de porcelaine, portant l'inscription : *Masson, Alfano, Sculler, cette pièce appartient à Anselme Masson, Portici, le 17 avril 1771.*

Ce modeste talisman était l'un des quatre morceaux du premier essai de matière fondue à Portici, en 1771, au moment de la réouverture de cette éphémère manufacture par la reine Marie-Caroline. Il témoignait – après bien des essais non concluants – de la première tentative réussie de ressusciter les caractéristiques physiques et chimiques de l'ancienne porcelaine de Capodimonte dont Charles III, vingt ans auparavant, au moment de son départ pour Madrid, avait décidé de priver Naples. Les quatre céramistes qui avaient réussi cet exploit – Anselme et Eustache Masson, Phillip Sculler et Melchior Alfano – s'en étaient partagé une plaquette, se promettant de porter ce pendentif comme preuve de leur fraternité et en souvenir du moment exaltant où ils étaient parvenus à relever ce défi.

Alfano, par la suite, était entré dans les tourments de l'âme jusqu'à se suicider ; Sculler avait regagné l'Angleterre, Eustache avait été tué.

Une amie de la mère de Gennaro avait accroché au cou du bébé le porte-bonheur d'Eustache quand elle avait abandonné le petit dans l'un des tourniquets de bronze du couvent San Gregorio Armeno. C'est grâce à ce tesson que Lucas, futur baron de Forti et favori du roi Ferdinand, découvrit l'existence du fils posthume du cadet des trois frères Masson.

Louis Blanchot portait par-dessus son uniforme rouge le petit bout d'essai qui avait appartenu à Anselme. Celui-ci ne s'en était jamais séparé et il l'avait encore sous sa chemise au moment de sa mort à la Conciergerie. Paul l'avait confié à Louis le jour de son départ, tout en ne sachant pas si la flotte de l'amiral de Latouche-Tréville qui devait sillonner la Méditerranée irait jusqu'à Naples. C'était donc un peu comme le caillou du Petit Poucet et avec davantage d'incertitude encore, puisque la route pour parvenir à réunir deux de ces quatre tessons était parcourue de vents, du hasard des combats et de gouffres marins.

Braquant sa lunette sur les terrasses du Palais royal, le bâtiment le plus imposant que l'on voyait depuis la mer, Louis cherchait quelque chose qui ressemblât à l'agitation d'une manufacture telle qu'il avait pu l'observer en allant quelquefois rendre visite à son parrain Anselme, à Sèvres. Mais le palais semblait désert et ensommeillé : ses occupants se terraient sans doute, paniqués par l'arrivée des bâtiments français. Il remarqua toutefois une cheminée plus haute que les autres qui fumait... Il la fixa longtemps avec sa lunette, mais sans rien pouvoir conclure. Après tout, toutes les cheminées ne fument-elles pas en décembre... même à Naples ?

Louis ne savait donc rien de plus, ce 12 décembre, quand revint un canot français à la proue duquel se tenait le second de l'amiral agitant triomphalement le traité de soumission du roi des Deux-Siciles par lequel celui-ci souscrivait à toutes les exigences de la France.

La mission que lui avait confiée Paul de joindre son cousin semblait compromise, et c'est la mort dans l'âme qu'il vaqua avec ses compagnons aux préparatifs de l'appareillage. Latouche-Tréville put repartir le soir même.

Or, trois jours après être sortie de la rade, la flotte française, battue par la tempête, fut contrainte d'y revenir – cette fois, l'amiral venait en ami demander la permission de réparer ses vaisseaux, d'embarquer du ravitaillement et de faire provision d'eau douce. Toutes ces requêtes lui furent accordées et les navires de la République furent autorisés à s'ancrer à quai et non plus à l'entrée des bassins comme la première fois.

Les jeunes patriotes de Naples, si longtemps contraints dans l'expression de leurs opinions, voulurent entrer en communication avec l'escadre française. Les instructions de la République à ses agents étaient de faire dans les royaumes étrangers le plus grand nombre de prosélytes possible, ils furent donc accueillis à bras ouverts. Les discours des officiers de marine, les principes de liberté qu'ils énoncèrent allumèrent le feu dans tous ces jeunes cœurs. La Cour, avec son espionnage de cent yeux, savait tout cela mais affectait de ne rien voir ; elle souriait à Latouche-Tréville, elle le caressait, mais elle accumulait des idées de vengeance et jurait de laver sa honte dans le sang.

Les officiers et les matelots français étaient consignés sur leurs navires. Quelques banquets eurent lieu à bord, les jeunes Napolitains étaient fiers de porter le bonnet rouge et de boire au salut de la République. Ils embrassèrent leurs frères patriotes français et participaient à ces agapes improvisées faites de grandes régalades de macaronis, de boules de fromage de bufflesse lisses comme des peaux d'odalisques et de vin frisant du Vésuve que les patriotes apportaient à profusion sur les navires.

Louis regardait ce retour inopiné de la flotte à Naples comme un signe du destin. Il était persuadé qu'il retrouverait Janvier dans cette cohue.

La plupart de ces patriotes – formés par les grands esprits napolitains, comme Vico ou Filangieri, dans l'admiration des hommes des Lumières – parlaient français.

Le jeune aspirant médecin allait de l'un à l'autre.

– Gennaro... Un peintre de la Manufacture royale de porcelaine ?

– Gennaro ! C'est comme Louis ou Henri chez vous, lui avait répondu avec une pointe de mépris une espèce de petit maître affectant des manières recherchées. C'est le prénom que la superstition fait donner aux garçons dans les familles populaires restées enténébrées de la vieille religion.

– Je ne vous ai pas dit que ce garçon était un aristocrate, lui répliqua le Français avec humeur.

La fête battit son plein toute une nuit, le lendemain et toute la nuit suivante encore : les jeunes patriotes venaient près des vaisseaux français goûter l'air de la liberté avec une ivresse qui se traduisait par leurs cris, leurs rires et leurs chansons. Ils voulaient toucher, embrasser ces Français qui incarnaient tout ce à quoi ils aspiraient dans leurs rêves les plus exaltés.

Ils partaient à l'assaut, en les faisant ployer sous leur poids tant ils étaient nombreux, des passerelles des quatorze vaisseaux français rangés le long du môle Saint-Vincent, au pied de la forteresse angevine construite par les Français et que les Napolitains appelaient le « mâle d'Anjou » ; ils tenaient tous des bouquets de ces fleurs aux mille couleurs qui s'épanouissent en toute saison au pied du volcan.

Ils pressaient les marins de question : « Et votre République, comment est-elle ? Comment se sent-on lorsqu'on est libre ? Voit-on différemment les choses ? Les couleurs ne sont-elles pas plus gaies et plus pimpantes ? Entend-on différemment ? N'a-t-on pas perpétuellement dans les oreilles les accords d'un chœur séraphique accompagné de harpes ? N'éprouve-t-on pas le sentiment de pouvoir voler comme un oiseau ? »

Les officiers et les marins s'esclaffaient à ces questions naïves. Ils se laissaient placidement approcher, agripper par leurs vêtements, tâter même ; les jeunes patriotes napolitains retrouvaient ainsi bizarrement les gestes de leurs compatriotes superstitieux et crédules qui palpaient longuement les miraculés que l'on prétendait guéris par la grâce divine.

– Oui, la République donne de bons bras et de bons muscles ! s'amusait l'un des amis de Louis, riant aux éclats de se voir ainsi examiné comme un esclave sur un marché des îles.

Nombre de ces Français et de ces Napolitains partageaient les mêmes lectures et quelquefois les mêmes professions. Ce fut étonnant comme les médecins ou futurs médecins, les avocats ou étudiants en droit, et même les poètes se reconnurent très vite entre eux et se réunirent comme par affinités autour des tréteaux dressés sur le pont des différents bateaux.

– Moi, je serai médecin comme mon père, annonçait Louis à quelques-uns de ces jeunes gens qui apprenaient leur métier à l'hôpital des Incurables ou au Collège des fils du peuple, ces institutions charitables, parmi les plus vastes d'Europe, qui dataient des temps bénis où les Bourbons s'étaient attachés à faire le bonheur de leur peuple en suscitant l'admiration des philanthropes.

Les Napolitains faisaient à l'usage des Français le tableau de l'humeur politique de leur gouvernement : elle s'était brusquement aigrie après la prise de la Bastille, changeant, du jour au lendemain, les dispositions jusque-là bienveillantes de Ferdinand envers son peuple. Du coup, ces événements de France, qui déjà avaient eu chez eux cet effet négatif sur l'humeur de leur roi, paraissaient aux jeunes patriotes si formidables qu'ils avaient de la peine à les imaginer vraiment. Ils connaissaient les noms de La Fayette, de Mirabeau, même parfois ceux de Danton et de Marat, mais ils mélangeaient tout. Ils ne savaient pas, parmi eux, lesquels étaient les plus attachés à la défense de la République et ceux qui étaient déjà regardés comme traîtres... Aussi, s'asseyant en cercle sur le pont des bateaux, autour de ceux des Français qui parlaient le mieux, tendaient-ils le cou et ne perdaient-ils pas une miette de ce qu'ils entendaient. On pouvait voir sur leurs visages se peindre l'enthousiasme au récit de la nuit du 4 août ou de Valmy, la déception à celui de la fuite de La Fayette, l'horreur enfin lorsqu'il était question des massacres dans les prisons ou même des rivalités opposant ces grands hommes qu'ils avaient imaginés unanimes et fraternels. On eût dit des enfants fascinés à l'écoute d'un conte.

– Voyez ! Nous ne vous apportons pas que le repos avec notre Révolution, plaisanta Louis au moment où l'un des narrateurs reprenait son souffle.

– Nous ne savons que trop que tant de bouleversements ne se font pas en badinant sur des sentiers fleuris, lui répondit un étudiant en droit. Nous sommes prêts à en payer le prix.

Un nouveau groupe de jeunes gens, plus élégants et plus joyeux encore, venait d'assaillir le pont du *Victorieux*. Ils portaient en triomphe un jambon qui leur valut une salve d'applaudissements et un grand renfort de cris.

Celui qui semblait être le meneur de cette nouvelle troupe avait presque vingt ans, un air angélique, deux grands yeux curieux et rieurs, une figure étonnamment pâle encadrée de longs cheveux d'ébène plats et lisses qui retombaient sur une veste d'un ton jaune de soufre, avec un col montant, à l'anglaise.

Il se présenta à Louis car celui-ci était assis en bout de table dans un fauteuil emprunté au carré des officiers, ce qui donnait l'impression qu'il présidait la tablée.

— Bonsoir, je suis Emmanuel De Deo. J'étudie l'anatomie à l'université, avec les fameux docteurs Cirillo et Gatti.

— Cirillo est un des correspondants de mon père qui travaille à Paris, à l'hôpital de la Charité ! Quelle chance ! J'ai une lettre pour lui ; je vais vous la remettre !

Puis, fixant le nouveau venu :

— Alors, que dit-on ici de la France, depuis cinq jours, après cette arrivée un peu brutale ?

— Tout dépend qui parle ! Les jeunes patriotes, les lecteurs de Diderot vous bénissent unanimement... Mais la Cour, pour le moment, ne dit rien et ce n'est pas bon signe. Je crains déjà ce qui arrivera après votre départ : les ordres contre les patriotes que Ferdinand donnera à sa police qui est dans sa main comme une marionnette !

— Alors nous sommes venus semer le trouble ?

— Vous apportez l'espoir, tout au contraire... Votre passage, même si nous le payons cher, réveillera les consciences !

— La Révolution ici, sous ce soleil, dans ce paysage enchanteur, aura des couleurs plus pimpantes qu'à Paris.

— Plus sanglantes, peut-être aussi, objecta De Deo, car ici le peuple enfoncé dans l'ignorance et la superstition aime la violence. Il suffit de lui lâcher la bride pour voir aussitôt se commettre des atrocités. Paradoxalement, dans ce pays, ce sont les patriciens qui rêvent de s'affranchir d'un joug beaucoup plus féodal et plus tyrannique que ne l'était celui que Louis XVI faisait peser sur vos épaules.

– Nos révolutions ne seront donc pas les mêmes.

– Elles seront sœurs, au bout du compte, j'en suis persuadé...

Depuis un moment déjà, le jeune Emmanuel De Deo fixait le pendentif que Louis avait à son cou et qui venait de s'accrocher à l'une de ces boutonnières.

– Quel curieux bijou est-ce là ?

– Hé quoi ! En aurais-tu déjà vu un semblable ?

– Curieusement, oui, je pense... Sur l'un de mes amis : on le plaisante souvent à ce sujet.

– Et comment s'appelle cet ami ?

– C'est un orphelin et, comme beaucoup de ses semblables, il a reçu le prénom d'Esposito parce qu'il a été abandonné – exposé dans le tourniquet du couvent –, mais aussi celui de Gennaro, puisque tel est le nom du saint patron de cette ville.

– Gennaro Esposito, c'est donc bien lui ! s'exclama le jeune marin français au comble de l'émotion. Je le recherche parce qu'il est le cousin de mon meilleur ami, le fils posthume d'un Français mort à Naples il y a dix-huit ans... dans des conditions dramatiques...

– C'est donc vrai ! Il ne ment donc pas. Il nous rebat les oreilles depuis des mois à propos de ses origines françaises : il prétend même qu'il y a, là-bas à Paris, des membres de sa famille qui participent à la grande Révolution... Nous tous, ses amis, pensions qu'il s'agissait d'une exaltation venue de ce qu'il a appris à parfaitement parler le français. Nous savons qu'il s'est enfui très tôt de son orphelinat, qu'il a mené jusqu'à ses sept ans la vie d'un de ces petits mendiants qui grouillent dans les rues de Naples, puis qu'un Français, le baron de Forti, favori du roi et organisateur de ses chasses aux oiseaux, l'a recueilli chez lui et lui a fait apprendre le métier de peintre qu'il exerce actuellement dans la manufacture de porcelaine du roi... Depuis quelques mois déjà, il vient régulièrement à toutes nos réunions politiques, mais il n'y prend presque jamais la parole... C'est ainsi que je l'ai connu, il n'y a pas un an de cela...

Louis savait que le temps lui était compté. Il voyait déjà que les sous-officiers donnaient leurs instructions en vue de l'appareillage de la flotte prévu au lever du jour. Il interrompit le récit du jeune anatomiste.

– Et Gennaro... Ce Gennaro, sais-tu où je pourrais le trouver ?

– Je l'ai vu il n'y a pas deux heures sur ce quai... Il doit être sur l'un de ces bateaux à faire la fête !

Le jeune Blanchot se leva d'un seul coup et se précipita vers le bastingage. De son premier mouvement, il serait bien allé lui-même inspecter les autres bateaux de l'escadre, mais il était tenu par l'ordre qu'avait donné l'amiral : aucun Français, hormis ceux désignés pour être plénipotentiaires, ne pouvait débarquer.

– Sauras-tu le retrouver, toi ou tes amis ? demanda-t-il à brûle-pourpoint à De Deo, il est important que je le vois ! Que je lui parle au nom de sa famille !

– Je ferai ce que tu me demandes, trop heureux de te rendre ce service comme à un vieil ami ! répondit De Deo, résolu à se retrancher de la fête pour donner satisfaction à son nouvel ami. Avec ceux qui connaissent Gennaro, nous visiterons tous les bâtiments de cette flotte jusqu'à ce que nous le retrouvions car je ne doute pas qu'il soit sur l'un de ces bâtiments.

Il était alors 4 heures du matin ; la flotte devait prendre le large aux premières lueurs de l'aube. Il n'y avait donc pas une minute à perdre : De Deo et ses amis partirent à la recherche du jeune peintre mais, au bout d'une heure, après avoir interrogé tous les jeunes patriotes napolitains présents sur les bâtiments français... de Gennaro, point... Comme s'il s'était purement et simplement volatilisé.

Emmanuel revint piteusement vers *Le Victorieux*.

– Disparu! Introuvable! Il est sans doute parti passer la nuit chez une de ses petites fiancées, car, malgré son jeune âge, Gennaro a déjà une solide réputation de séducteur... Il sait se faufiler dans les cœurs des belles comme le renard dans le poulailler.

Louis observait, désespéré, le soleil qui commençait à ourler de rose les contours du Vésuve. Il s'en voulait d'avoir trébuché si près du but. Emmanuel De Deo, qui lui avait demandé la permission de rester à bord jusqu'au dernier moment, désireux de fouler le plus longtemps possible le pont de ce navire qu'il aurait volontiers baisé de ses lèvres tant il lui semblait être la parcelle d'une terre de liberté, observait en silence les autres navires qui se vidaient peu à peu de leurs hôtes. Les jeunes patriotes napolitains repassaient les passerelles mais, cette fois, ce n'était plus avec le même entrain: le chagrin de quitter ces hommes libres, avec lesquels ils avaient fraternisé dans l'espace de ces deux nuits, leur étreignait le cœur. Ils ne chantaient plus, ils baissaient la tête; certains, même, pleuraient.

Quand ils crurent que le moment était venu de se séparer, Louis embrassa Emmanuel.

– Que les vents portent encore plus loin le souffle de votre Révolution! dit le Napolitain.

– Que cette liberté vous inonde bientôt, toi le premier, de ses bienfaits, lui répondit Louis. Dis bien à Gennaro que je l'ai recherché, et que je voulais le ramener avec moi afin qu'il connaisse sa famille et la France.

– Je le lui dirai... Il m'a avoué qu'il souhaitait pouvoir un jour connaître ses cousins... Avec toi, il aura été à deux doigts d'y arriver.

Emmanuel, après avoir une dernière fois étreint Louis, les larmes aux yeux, quitta le navire au moment précis où Latouche-Tréville apparaissait sur la dunette, en grande tenue, avec son tricorne ourlé de fourrure blanche et frappé de la cocarde tricolore. *Le Victorieux*, qui devait être le dernier à appareiller, ne tenait plus au quai que par deux élingues tandis que les autres navires, poussés par une brise légère, décrivaient un majestueux ballet dans le port, s'engageant l'un après l'autre vers la bouche du Levant qui ouvrait sur la mer. À cet instant, les patriotes, rangés au pied du navire amiral, sur le môle, entonnèrent une longue complainte, un chant triste et presque sans modulation qui, dans le jour enfin assuré, étreignit tous les cœurs.

Neuf navires étaient déjà en mer, toutes voiles déployées. Les matelots du *Victorieux*, pieds nus, escaladaient les échelles de corde pour faire tomber la toile, lorsqu'il se fit un grand tumulte à terre.

– Louis ! Louis ! s'écria soudain De Deo. Gennaro est ici !… Il s'était enfermé dans la cale du *Foudroyant*, recommandant à tous sous peine de leur trancher la gorge qu'on ne le dérangeât pas : il jouait aux dés avec deux de ses compagnons et trois matelots français… Le voilà, ce vaurien, on l'a retrouvé dans une auberge du port où il fêtait son succès.

Alors, fendant la foule, apparut Gennaro, suivi de ses deux amis, deux joueurs aussi impénitents que lui. C'était un gaillard conforme aux autoportraits qu'il leur avait envoyés, le teint basané et de longs cheveux noirs tire-bouchonnants.

– Gennaro ! Gennaro ! lui cria le Français. Je suis Louis, Louis Blanchot, l'ami de ton cousin Paul et aussi celui de ta cousine Adèle.

– Louis ! Louis ! J'ai gagné, j'ai gagné contre ces Français ! lui répondit de façon inattendue celui qui venait de paraître.

Il disait cela en montrant une pièce d'argent.

– Gennaro! Viens avec nous! lui cria Louis en se servant de ses deux mains comme d'un porte-voix.

– Mais je suis d'ici, j'ai tous mes amis à Naples.

– Tu as aussi une famille à Paris et elle désire te connaître... Viens! même si c'est seulement pour quelques mois... Toi qui es patriote, viens voir la figure qu'a la Révolution à Paris. C'est la République qui t'offre le voyage!

Gennaro n'avait jamais quitté Naples, mais il avait l'esprit tourné à l'aventure et il hésitait.

Ce fut De Deo qui l'encouragea:

– Monte! Monte, Gennaro! Tu viens de te compromettre en affichant un manifeste en faveur des Français sur les portes de la manufacture de porcelaine et, inconscient! en le signant de ton nom...

Gennaro était ébranlé.

– Attendez! Attendez! dit-il.

– On ne peut plus attendre, lui cria Louis qui, interloqué, vit au même moment une pièce d'argent voler en l'air et étinceler dans la lumière du petit matin.

Gennaro réglait l'affaire à la napolitaine. Il s'en remettait au sort: face, il partirait; pile, il resterait.

La pièce retomba sur la paume de sa main: on pouvait y voir le profil du roi Ferdinand au gros nez – Nasone ainsi que le surnommaient familièrement ses *lazzaroni*.

– Face! Face! Cette face de cochon, s'écria le jeune peintre, je ne veux plus la voir!... Je viens! Je viens!

Il se mit à trépigner sur le quai, attendant qu'on lui jette une corde. Louis dut bousculer les matelots qui ne voulaient pas redescendre la passerelle par peur d'être réprimandés par le quartier-maître. Aidé de quelques-uns de ses amis, il s'empara de la lourde planche, la manœuvra, et avant même qu'elle ait pu toucher le quai, Gennaro bondit dessus et alla se jeter dans les bras de Louis.

Il était en tenue de « monsieur », ainsi qu'il le disait lui-même lorsqu'il enfilait des pantalons à rayures par-dessus son ample chemise d'homme du peuple. Il avait même passé en l'honneur des Français l'une de ses plus belles brassières en soie de San Leucio avec des fleurs de couleur sur fond d'argent, mais il était pieds nus, ainsi qu'il se trouvait le mieux lorsqu'il était joyeux et sans contrainte.

À l'acclamation qui se fit sur le bateau et sur le quai au spectacle de ce prompt embarquement, l'amiral de Latouche-Tréville interrogea son second.

– C'est un Napolitain qui embarque avec nous, citoyen !

– Mais vous savez bien que cela ne fait pas partie de nos conventions avec la cour de Naples !

– Il paraît que cet homme est français et qu'il courrait la colère de la reine s'il restait, précisa un enseigne qui se trouvait au-dessous de la dunette.

L'amiral ne répondit pas. Il reprit sa lunette, calmement, comme à son habitude, car, comme tous les grands marins, Latouche-Tréville était l'homme le plus placide du monde : il avait servi sous son roi comme sous la République, animé du même zèle, persuadé que tous les mouvements de la politique ne sont rien à côté du mystère des alizés, des courants et des tempêtes qui entravent ou qui favorisent la course des navires.

– En ce cas, me voici en charge d'un patriote de plus ! dit-il au bout d'un moment après avoir éprouvé le frisson toujours aussi puissant, même après trente années passées à naviguer, que procure la secousse du bateau qui commence à tanguer.

Latouche-Tréville était donc reparti définitivement, en laissant sans défense et en ayant compromis les imprudents qui étaient entrés en relation avec lui. À peine la dernière voile de la flotte française eut-elle disparu de l'horizon que la police napolitaine sortit ses griffes et arrêta la majeure partie des jeunes gens qui avaient pris contact avec la flotte française comme prévenus du crime de lèse-majesté.

Dès cette arrestation, le roi institua la première Junte d'État, ce premier tribunal d'exception stable à Naples, composé de sept juges et d'un procureur. Ce procureur se nommait Basilio Palmieri. Il était connu pour sa sévérité : c'est ce qui lui avait valu sa désignation.

Les jeunes gens arrêtés par la police avaient été conduits au château Saint-Elme. Leurs parents les crurent morts ou enfermés dans les affreuses grottes de Marittimo et de Favignana. À la nouvelle de la disparition de tous ces jeunes gens, un deuil général s'était abattu sur la ville. Ils étaient cependant toujours vivants, couchant sur un sol humide, mangeant le pain moisi de la prison, et isolés chacun dans leur cellule. Ils y croupirent dans le plus grand secret pendant plusieurs mois, et ce n'est qu'à la nouvelle de la reprise de Toulon par les Français en décembre 1793, sitôt après l'exécution de Marie-Antoinette, en octobre, que la reine Marie-Caroline, au comble de la fureur, donna l'ordre à la Junte d'État de commencer son travail.

Les accusés furent jugés à Naples, au fort de la Vicaria. L'ancienne chapelle s'élevait au milieu de la prison et on y arrivait en passant deux ou trois grilles de fer. Deux marches descendaient dans la véritable chapelle, c'est-à-dire dans la première pièce où se trouvait l'autel. Cette pièce était éclairée par une fenêtre basse et grillagée. De là on accédait à une seconde pièce où furent parqués les condamnés pendant les trois derniers jours de leur vie. Ils étaient couchés sur une paillasse, enchaînés à de gros anneaux fichés dans le pavement. Derrière cette seconde pièce, un petit cabinet communicant possédait une entrée séparée. Les pénitents blancs étaient introduits là ; par une sainte dévotion, ils se chargeaient d'assister les condamnés au moment de leur mort. Cette confrérie comprenait des prêtres et des laïcs. Les prêtres entendaient la confession, donnaient l'absolution, le viatique et les ultimes sacrements sauf l'extrême-onction, le sacrement de l'agonie; celle-ci était en effet réservée aux malades et les condamnés n'étant pas malades, mais destinés à mourir *par accident*, ne pouvaient donc la recevoir. Entrés dans ce cabinet, ils revêtaient leurs longs habits blancs qui leur avaient fait donner ce nom de «Blancs», et n'abandonnaient plus le condamné jusqu'à ce qu'ils aient déposé son corps dans la fosse.

C'est dans ces catacombes sinistres que commença la procédure des affaires d'État aux premiers jours de 1794. Le délit des cinquante accusés était d'avoir communiqué, un an plus tôt, avec la flotte française de Latouche-Tréville.

La Junte d'État siégea en permanence, sans autre interruption que celle du sommeil et des repas. La procédure produisit à peu près cent vingt-quatre volumes. Dès le début, le procureur fiscal, Basilio Palmieri, avait annoncé qu'il détenait des preuves contre vingt mille personnes. Il avait conclu à la peine de mort contre trente d'entre elles avec application préalable de la torture. Mais le tribunal se contenta de condamner trois de ces accusés à la peine capitale, trois aux galères, treize à des peines inférieures. Les autres furent remis en liberté.

Le chef de la prétendue conjuration – et il n'était pas besoin de faire plus que des manifestations imprudentes pour mériter cette appellation de conjuration –, Pierre di Falco, fit des confessions et il révéla le plan des conjurés, mais jamais ce plan ni ces confessions ne furent rendus publics. Jugé en premier, sans être confronté à ceux qu'il accusait, il fut déporté dans l'île de Tremiti.

Le choix des juges pour les condamnations à mort était tombé sur trois jeunes gens: Vincenzo Vintagliano, qui avait vingt-deux ans, Emmanuel De Deo qui en avait vingt et Vincenzo Gagliani, qui en avait dix-neuf.

Ils étaient gentilshommes de naissance, encore étudiants et tous trois inconnus dans la société, remarqués seulement par leurs brillantes études au collège. Leurs âges additionnés ne faisaient pas celui d'un vieillard.

Ce fut un cri de compassion par toute la ville lorsque l'on sut que le choix fatal était tombé sur des jeunes gens dont le seul délit était d'avoir parlé de ce qu'il valait mieux taire et d'avoir applaudi ce qu'il aurait mieux valu examiner de loin.

La reine elle-même hésitait à faire couper le fil de ces trois jeunes vies.

Elle fit venir Joseph De Deo, le père d'un de ces malheureux, et, lui donnant la comédie d'un mouvement de fausse compassion, elle dit à ce vieillard qu'elle lui accorderait la vie de son fils si ce dernier voulait bien faire des révélations. Elle lui donna en même temps une lettre de sa main pour qu'il puisse entrer dans la prison et rester seul avec le condamné.

Les trois garçons se trouvaient déjà dans la chapelle et recevaient les consolations de la religion, plus terribles que le supplice lui-même.

Joseph De Deo montra l'ordre de Marie-Caroline et resta seul avec son fils. Alors il l'embrassa en tremblant et lui annonça le motif de cette visite inattendue et la récompense promise à sa trahison. Voyant que le jeune homme demeurait silencieux, son père poursuivit. Il lui peignit la douleur de sa mère, le déshonneur qui retomberait de l'échafaud sur sa maison. Il l'encouragea en lui disant qu'ils fuiraient tous ensemble, qu'ils iraient habiter quelque pays lointain et qu'ils ne reviendraient que dans des temps moins malheureux.

Le jeune homme se taisait toujours. Son père le croyait près de céder et il éclata en sanglots, s'agenouilla devant son fils et balbutia dans un torrent de larmes :

– Cher Emmanuel, lui dit-il, aie pitié de l'état dans lequel tu me vois.

Mais alors le jeune homme le releva et, baisant ses mains et son visage, lui dit :

– Mon père, la tyrannie au nom de laquelle vous venez ne se contentera pas de notre sang, elle veut en plus notre infamie et, pour la vie misérable que l'on m'accorderait, me dépouiller de mon honneur. Laissez-moi donc mourir ; je crois que la liberté coûtera à Naples beaucoup de sang, mais le premier sang versé sera le plus illustre. Considérez, cher père, l'existence que vous me proposez : où cacherions-nous notre honte ? Non, raisonnez votre douleur, employez-vous à calmer celle de ma mère, consolez-vous l'un l'autre par la pensée que je meurs innocent et, par loyauté, endurons, vous et moi, le martyre d'un moment ; vous verrez ainsi le jour dans lequel mon nom appartiendra à l'histoire glorieuse et où vous pourrez dire avec orgueil : Celui que j'ai mis au monde a été le premier à mourir pour son pays.

Ce langage élevé, cette simplicité sublime firent taire les prières du vieil homme, même si ses larmes continuaient à couler et, presque honteux de trouver chez son fils la force qui lui manquait, il se retira, cachant sa tête dans ses mains.

Le 4 mars 1794 fut choisi pour l'exécution de la sentence. L'échafaud entouré de soldats était dressé sur le cours du Château-Neuf de manière que les canons de la vieille forteresse aragonaise puissent couvrir le lieu. Au moindre mouvement de la foule dans laquelle il avait été dit à la reine que se trouveraient cinquante mille Jacobins, il avait été donné l'ordre de faire feu.

Ces précautions n'avaient pas paru suffisantes aux souverains. Ils avaient quitté Naples et s'étaient réfugiés au palais de Caserte.

Les trois jeunes gens étaient montés sur l'échafaud, plus calmes que le bourreau qui devait les exécuter.

Gagliani, le plus jeune, eut la faveur d'être le premier. Ensuite ce fut le tour d'Emmanuel De Deo. Puis, alors que Vintagliano, les mains liées derrière le dos, mettait le pied sur le premier barreau de l'échelle, il se fit un mouvement dans la foule. On vit les artilleurs s'approcher de leurs canons et, comme si les spectateurs de ce terrible drame connaissaient les ordres donnés et s'étaient déjà persuadés qu'ils allaient faire feu, ils s'enfuirent effrayés par toutes les issues de la place.

Le bourreau lui-même fut saisi de peur et, craignant de ne pas pouvoir accomplir son devoir sur Vintagliano comme il l'avait fait sur les deux autres, il prit un couteau et le planta dans le cœur du jeune homme.

La place se vida et le jeune Napolitain en rendant le dernier soupir put estimer combien d'années encore il faudrait à ces hommes timides pour parvenir à avoir ce courage devant lequel les obstacles disparaissent et qui met un peuple face à face avec sa liberté.

Alors que les prisonniers napolitains croupissaient dans leurs cachots, Gennaro arrivait à Paris, avec Louis, aux premiers jours de mars 1793.

Il s'y sentit si bien d'emblée qu'il aurait voulu y circuler pieds nus. Le jeune Blanchot eut toutes les peines du monde à lui remontrer qu'en bord de Seine le pavé était beaucoup plus froid que la pierre de lave tapissant les ruelles du Vomero, et qu'en plus la capitale de la République française – tout en ayant en sainte horreur la bigoterie – était beaucoup plus prude qu'on pouvait l'être dans le royaume des Deux-Siciles : il n'était pas question par exemple de s'y promener à demi nu.

Ce fut pour Janvier une grande cause d'étonnement, comme aussi les cris effarouchés des demoiselles lorsque au sortir de la diligence de Toulon il s'était pris à vouloir sauter sur une ou deux de ces beautés qu'il trouvait à son goût.

— Paris n'est pas la ville de toutes les libertés, lui avait expliqué Louis, qui aimait toujours à faire «des philosophies». Réfléchis à ceci : Vaut-il mieux jouir de libertés presque animales et n'avoir pas celle de l'esprit, comme à Naples ? Ou vaut-il mieux le contraire ?

Janvier était d'un naturel confondant et répliqua :

— Et pourquoi ne pourrait-on pas jouir de tout à la fois ?

Louis, depuis qu'il était revenu à Paris où il devait intégrer la classe de médecine militaire des Invalides, avait ressorti ses lunettes dont il s'était privé sur *Le Victorieux*, estimant que l'on ne prendrait pas au sérieux un sous-officier roux et myope de surcroît. Il avait passé la première nuit à rédiger un plan pour « désensauvager » Gennaro.

Il avait décidé de le garder trois jours chez lui, sans faire savoir encore qu'il l'avait ramené, et de préparer pour le dimanche suivant une petite fête chez son père où il ferait à tous les Masson l'extraordinaire surprise de l'arrivée en France de ce neveu et cousin dont l'existence, depuis onze ans, faisait l'objet de conversations infinies attisées par ce mystère que procure l'éloignement.

Gennaro se perdait encore un peu dans la généalogie de sa famille et Louis avait dressé à son intention une sorte d'arbre dont il lui faisait suivre avec le doigt les ramifications :

— Anselme, l'aîné de tes oncles est mort tragiquement en septembre... C'était lui, même s'il était infirme, l'âme et le soutien de toute la famille ; il aurait tant aimé te serrer dans ses bras, il ne portait pas un toste à table sans écrire ton nom sur son ardoise. Sa femme, c'est Lucile, la mère de Paul qui a vingt et un ans : c'est-à-dire qu'il est ton aîné de trois ans... Adèle est la sœur aînée de Paul, la fille d'Anselme et de Fanny qui est morte en la mettant au monde, elle a vingt-sept ans et travaille à la manufacture de Sèvres où tu la rejoindras sans doute... Ton oncle Mathieu, celui qui est aveugle, est un musicien prodigieux mais il a choisi de se vouer à l'enseignement des sourds-muets en compagnie de mon père qui leur consacre quelques-unes de ses matinées. Sa femme, Angèle, était autrefois sourde et muette, mais Mathieu a réussi le miracle de la faire s'exprimer. Ils ont un fils, Dominique, qui a deux ans de moins que toi, et une fille, Emma, plus jeune... Quant à nous, les Blanchot, nous faisons presque partie de la famille, c'est pourquoi je t'en parle aussi : j'ai une sœur plus âgée, Marthe, et quatre frères cadets : Aimé, Achille, Augustin et Victor... Je te parle enfin des Hannong : Pierre-Antoine dont le nom est connu universellement comme l'homme qui a rapporté le secret de la porcelaine en France. Il est marié à Briséis, la meilleure amie de ma mère, et ils ont trois enfants, Balthazar, Hermance et Clémence... Voilà ce que tu dois retenir, car ils seront tous là dimanche pour te voir et pour te toucher, car la plupart ont tellement entendu parler de toi comme d'un être de légende qu'ils n'ont pas l'idée que tu puisses être de chair et d'os.

– Hé oui, je serai à peu près comme un de ces kangourous du roi Ferdinand que l'on vient voir à Portici, précisément le dimanche !

Et, là-dessus, il se mit à rire, d'un rire tonitruant, découvrant ses dents éclatantes.

– Je serai à la hauteur, ajouta-t-il, et je ne sauterai pas sur mes cousines... puisque ici il faut faire plusieurs fois le tour des filles que l'on trouve à son goût et exécuter près d'elles de longues parades, comme les paons, avant d'en venir à la chose...

– Oui... Tu y es presque... Il ne manque que quelques étapes. Mais enfin tu apprendras. Pour tout le reste, sois naturel et, j'en réponds d'avance, le combat est gagné : tout le monde t'aimera !

La nouvelle de l'arrivée de Gennaro fit, ainsi que l'avait prévu Louis, à peu près comme un ouragan dans la famille et, au second dimanche de mars, sa présentation fut un plein succès, d'autant que Lucas, sa femme napolitaine et ses trois enfants se trouvaient aussi être de la fête. Le jeune Napolitain qui n'était pas farouche et qui aimait être admiré ne se fit pas prier pour multiplier les sourires, faire le joli cœur auprès de ces belles cousines qui lui tombaient du ciel, chanter même des ritournelles qu'à défaut de tambourin il accompagnait en tapant avec une cuillère de bois sur le fond d'une casserole de cuivre.

Bref, il fut adopté dans des flots de larmes d'émotion, de joie et de reconnaissance. C'était un peu comme si Eustache – le plus vif-argent des frères Masson – était revenu.

Mathieu lui tâta longtemps le visage et Gennaro se prêta à l'exercice non sans faire quelques grimaces qui firent pouffer de rire les demoiselles.

– Oui, tu es bien mon neveu... L'arcade du sourcil haute et bien dessinée, le nez droit... Les lèvres charnues et paradoxalement fines...

– Mais, mon oncle, par rapport à vous j'ai la peau d'un nègre ou à peu près !

– Eh bien, cela mettra de la couleur !

Hannong, pensif, s'amusait des réparties et des mimiques du garçon qui lui rappelaient les facéties de sa jeunesse. Il s'approcha d'Adèle :

– Décide ton Régnier à le prendre avec nous, à Sèvres... Gratis bien sûr, compte tenu de la disette générale ! Il sera à notre pot et dormira chez toi où il y a de la place...

– Je l'obtiendrai sans peine je pense, et si ce vieux grigou proteste je lui ferai miroiter que l'arrivée de Janvier peut nous permettre de grappiller quelques secrets de la manufacture de Naples...

Le Strasbourgeois, comme toujours, avait des opinions tranchées.

– Nous n'avons positivement rien à apprendre de ces gens-là !... Car c'est ton père, aidé de Sculler et de ton oncle Eustache qui leur ont appris à peu près tout ce qu'ils savent... Depuis, aucune évolution... Trop de soleil ! Cela ne favorise pas la réflexion.

– Oh ! mon oncle, si Gennaro t'entendait ! s'écria la jeune femme qui considérait Hannong comme le frère de son défunt père.

Le Napolitain avait entendu. Il avait l'ouïe fine des *lazzaroni*, une oreille toujours aux aguets pour guetter la venue de la police ou le pas des innocents qu'ils s'apprêtent à détrousser... Quant à Hannong, il devenait sourd avec l'âge et ne se rendait pas compte qu'il faisait ses confidences en criant.

– Oui, le soleil ! répéta Gennaro avec un sourire épanoui. C'est sans doute la seule chose qui me manquera ici... Avec aussi les amis que j'avais là-bas, s'empressa-t-il d'ajouter. Mais pour tout le reste, je puis déjà vous le dire, j'ai reçu dans cette seule journée cent fois plus de marques d'affection que je n'en avais recueillies dans les dix-huit ans passés de ma vie – mis à part chez mon oncle Lucas, rectifia-t-il aussitôt en couvrant sa « famille napolitaine » d'un large sourire. C'est donc décidé, je serai désormais le plus français des Napolitains, le plus napolitain des Français... Tout cela, grâce à vous tous !

Ce garçon était décidément fait pour gagner tous les cœurs.

CHAPITRE CINQUIÈME

Le foulard blanc

Lorsque Janvier y fut admis, sous condition de n'être pas payé, à la fin mars 1793, la manufacture de Sèvres venait tout juste de recevoir les premiers coups de boutoir de la Terreur nouvelle.

Dès le mois de janvier, le commissaire de la Manufacture, Haudry de Soucy, découragé par la perspective d'une faillite prochaine, avait démissionné, après avoir, dans les quatre mois de sa désastreuse tutelle, instillé le poison de la « démocratie des sections » dans le fonctionnement des ateliers. Désormais, l'avis des ouvriers élus pouvait contrecarrer, même sur des points de technique, les décisions des contremaîtres et des chefs d'atelier.

Lors du départ d'Haudry de Soucy, Régnier et Hettlinger étaient restés aux commandes du navire, mais le mal était fait : on ne leur reconnaissait à peu près plus aucune autorité. Début mars, à la municipalité de Sèvres, un Comité de sûreté générale avait pris la place de l'ancienne équipe municipale élue en 1790 : neuf de ses douze membres étaient des employés de la fabrique. Parés de cette autorité nouvelle, ces hommes n'hésitaient pas à saisir directement le ministre compétent de leurs difficultés quotidiennes, en passant par-dessus la tête du directeur.

Dominique Joseph Garat, ministre passé de la Justice à l'Intérieur, en poste depuis la démission de Roland, ne s'était manifesté que deux fois, d'abord pour demander que l'ancien système de marquage, toujours en vigueur – celui des deux L entrelacés de Louis XVI –, soit remplacé « par un système qui ne blessât pas le regard de l'homme devenu libre » ; puis, quinze jours plus tard, il avait exigé la destruction « de tout objet des magasins pouvant retracer l'image des ci-devant tyrans ». Régnier avait alors, la mort dans l'âme, ordonné la mise en pièces de tous les bustes ou médaillons à l'effigie de la famille royale, dont certains avaient été modelés par les plus grands artistes du temps.

À la mi-mai, les choses avaient empiré : Bachelier, Buzot, Lagrenée, les émérites sculpteurs et peintres qui avaient fait la gloire de Sèvres sous Louis XVI, avaient été renvoyés ; puis Régnier, Hettlinger, Salmon l'aîné – le régisseur – et Cotin, le chef des peintres, avaient été purement et simplement arrêtés sur un ordre de la nouvelle municipalité et conduits sous les huées pour être détenus dans les caves de la maison municipale. Angélique Barrau, la comptable, avait été, quant à elle, assignée à résidence dans sa maison de Meudon.

Un nouvel administrateur avait été nommé en la personne d'un député fraîchement élu de la Convention, maire de Vitry-le-François, horloger de son état et que l'on pensait, à cause de ce métier technique, capable d'avoir des avis sur la marche d'une manufacture. Il se nommait Jean César Battelier. Sans en référer à quiconque, il prit une première décision qui n'était que de basse politique, une concession à la pire démagogie dont Sèvres allait avoir à gémir longtemps : il attribua à Chanou, qu'Haudry avait déjà fait abusivement chef des fours – un chef des fours calamiteux qui avait multiplié par trois les accidents et les rebuts de cuisson –, la charge de directeur général de la Manufacture ; il était censé remplacer à lui seul Régnier et Hettlinger.

Ledit Chanou, illettré notoire, grand buveur de chopines, connu pour sa violence et qui n'avait pas d'autre titre pour cette nomination que son zèle révolutionnaire, ne barguigna pas. Il s'installa dans le grand bureau qui avait été celui de Régnier et avant lui de Boileau et de Parent, commençant par jeter par les fenêtres tous les dossiers qui se trouvaient conservés dans les armoires, prétendant qu'ils avaient été rédigés « sous l'emprise d'un mauvais mode de penser ». Et pour inaugurer son proconsulat sur Sèvres – qui, malheureusement pour cet établissement, devait durer jusqu'à la chute de Robespierre –, il nomma au poste de chef de l'atelier de brunissage sa sœur, qui jusque-là était récureuse de marmites dans une auberge.

Ce fut la consternation à tous les étages de la vieille maison où chacun avait un motif de craindre l'irascible et imprévisible nouveau directeur : en premier lieu, Hannong qui, du temps pas si éloigné où Chanou était simple cuiseur, s'était pris plusieurs fois de bec avec lui et, pire, ne lui avait pas caché qu'il était hostile à la Révolution ; mais également, depuis peu, les deux demoiselles Lemoine-Crécy, cachées sous un faux nom, et dont on venait d'apprendre que les parents avaient été arrêtés de nouveau, cette fois sous prétexte des activités contre-révolutionnaires de la mère.

Cependant, Chanou avait un point faible : tout comme Régnier alors emprisonné, le bonhomme en pinçait pour Adèle – mais il n'avait ni son intelligence ni sa gentillesse. Il n'était pas payé de retour ; il avait le regard torve, la mine maladive et des cheveux couleur de filasse blanchie sur l'herbe qui encadraient une figure chafouine. Il n'avait rien, mais vraiment rien, pour inspirer l'amour. Or, dans sa brutale simplicité, il s'était figuré que la jeune femme, éblouie de son élévation, tomberait forcément dans ses bras. Adèle n'éprouvait que du dégoût, mais elle était bien obligée de ménager ce rustre pour protéger de ses foucades ceux qu'elle affectionnait comme Hannong et sa famille, ou qu'elle venait d'accepter de prendre sous sa protection comme les jeunes Laurence et Clémentine ou même Janvier.

Enfin, plus particulièrement, et plus secrètement aussi bien sûr, Xavier de Valady qui depuis la nuit du 1er au 2 juin s'était réfugié dans son appartement.

Le directeur l'appelait chaque matin, la faisant venir à l'heure de son déjeuner – un déjeuner plantureux qu'il prenait devant elle avec la morgue d'un homme qui, dans des temps difficiles, par de puissantes protections, est à l'abri de la disette. Il se figurait pernicieusement que, tenaillée par les privations et particulièrement par l'envie de douceurs qui était son péché mignon, elle lui quémanderait quelque chose. Mais elle n'acceptait rien, pas même un morceau de sucre.

En ce matin du 4 juin, Chanou était particulièrement remonté. Il avait ruminé son affaire toute la nuit : impatienté de se voir toujours tenu à distance, il était décidé à provoquer un esclandre.

– Adèle, tes oiseaux sentent l'aristocratie... se récria-t-il méchamment en la voyant paraître. Il faut que tu réfléchisses à la manière de les rendre plus républicains.

– En leur mettant une carmagnole ! s'amusa-t-elle.

Le directeur ne comprenait pas l'ironie.

– Pourquoi pas ? C'est toi l'artiste... En tout cas, il faut que tu fasses en sorte que les gens de Paris soient contents et qu'ils nous achètent notre marchandise.

– Mais enfin, citoyen, ne comprenez-vous pas que ce serait ridicule ?

– Les marques de la République ne le sont jamais, petite impertinente !

Elle se contenta de lui sourire avant de lui poser la question qui revenait tous les matins :

– Avez-vous quelques papiers à me montrer, citoyen ?

Il s'était en effet établi entre eux un rituel : elle était sa rédactrice, elle écrivait toutes ses lettres importantes à partir de deux ou trois mots qu'il lui notait à la va-vite sur de grandes feuilles de papier ou d'indications qu'il lui donnait oralement. Dans son innocence, passant par-dessus sa fierté, il lui avait avoué qu'il ne savait pas écrire, mais il était fier de lui montrer qu'il était suffisamment important pour s'adresser directement à des ministres. Quant à elle, fine mouche, tout en lui rendant un service qui lui attirait ses bonnes grâces, elle pouvait se tenir au courant des affaires de la Manufacture.

– Oui, oui, le citoyen Garat m'ennuie... s'empressa-t-il. Il veut que nous vendions aux enchères tout ce qui reste dans nos magasins ; que nous liquidions à n'importe quel prix... Il lui faut de l'argent pour la guerre. Ce misérable Régnier a tout cassé... Réfléchis donc, ma mignonne, à une lettre bien sentie pour exposer la chose, mais avec la prudence habituelle...

– Pardon, citoyen, reprit Adèle qui ne manquait jamais une occasion de prendre la défense du directeur emprisonné, mais Régnier, sur ordre de ce même ministre, d'ailleurs, n'a brisé que ce qui rappelait le souvenir de l'ancienne famille royale.

Chanou eut alors un sourire des plus bizarres, quelque chose de carnassier et, découvrant ses dents gâtées, ajouta :

– Régnier a eu tort... On aurait dû fourguer tout cela aux nostalgiques de la royauté ; on en aurait dressé la liste et puis on les aurait arrêtés comme suspects.

– Belle mentalité, citoyen !

– Ce n'est que lorsque l'on dénonce des gens douteux que l'on a droit aujourd'hui au titre de patriotes, et moi, pauvre bougre, c'est par ta faute – parce que tu fais du chantage – que je ne puis être un bon citoyen : c'est pour te plaire que je ne dénonce pas ce contre-révolutionnaire d'Hannong.

– Quoi ! Vous avez ici le meilleur chimiste dans l'art de la porcelaine, le plus savant sans doute dans l'Europe, celui dont tous les princes voudraient s'attacher les conseils... qui travaille gratuitement pour vous depuis des mois... et qui, s'il vous donne les plans de son four chinois, comme il vous l'a promis, fera de vous un homme célèbre... Et vous le feriez mettre en prison ! Je vous l'ai déjà dit, s'il part, je m'en vais avec lui et vous ne trouverez plus personne pour vous écrire vos lettres.

Chanou piqua du nez comme un enfant grondé. Il bafouilla :

– Hannong nous lanterne avec son four chinois. Je ne vois rien sortir. Il a abusé cet imbécile de Régnier, mais moi il ne me trompera pas longtemps puisque, après tout, si je connais bien quelque chose, ce sont les fours...

Elle ne put dissimuler un sourire.

– Et puis, il y a aussi, dans ton atelier, ces demoiselles aux mains trop fines pour n'être pas suspectes d'aristocratie... reprit Chanou. Ces deux prétendues cousines...

– L'une, Laurence, sera bientôt la fiancée de mon frère et c'est à ce titre que je veille sur elle... Elles sont toutes deux sans famille – des parents arrêtés comme suspects, il est vrai, et qu'il n'y a donc plus lieu de dénoncer – mais, pour ce qui les regarde, citoyen, elles n'ont rien qui puisse les laisser suspecter : leur âge plaide en leur faveur. Et, d'ailleurs, elles ne demandent pas un sou à la Manufacture...

Chanou n'était pas convaincu.

– Elles ont visiblement de quoi vivre si elles travaillent ici sans salaire... Ce doit être des filles d'accapareurs... De ces gens à qui on a oublié de faire leur affaire en septembre...

– Non, citoyen, vous vous trompez, elles n'ont rien : c'est moi qui les entretiens...

– On est donc dans une maison de charité ici, ce n'est plus une usine ! Et en plus, nous venons d'hériter de ce Janvier qui est, paraît-il, aussi ton cousin...

– Qui ne vous coûte pas un liard non plus et qui peut apporter beaucoup à la Manufacture parce qu'il connaît quelques-uns des secrets de la Manufacture royale de Naples.

Le bonhomme haussa les épaules.

– Une maison où tant de gens exercent leurs talents pour la gloire ! C'est cela qui paraît suspect...

– Alors, citoyen, mettez-moi également au nombre de ces gens douteux car cela fera bientôt cinq mois que je n'ai pas touché un sou !

Il prit alors cet air pitoyable qui exaspérait Adèle.

– Tu devrais te montrer plus gentille avec moi.

– Ne suis-je pas chez vous, dans ce bureau, chaque matin ? N'ai-je pas à cœur de toujours obéir à vos ordres ? De vous aider par-delà les fonctions qui sont les miennes en me chargeant de votre correspondance ?

– Vous savez bien de quoi je veux parler...

– Non, je ne le sais pas et je ne veux pas le savoir !

Comme il se levait, sans doute pour aller lui prendre la main, elle se dressa à son tour.

– Mon atelier, citoyen... c'est l'heure où je dois montrer à tous ces jeunes artistes leur travail de la journée.

– Adèle, tu n'en feras pas toujours qu'à ta tête, marmonna-t-il en allant se rasseoir furieux... Et tu ne te joueras pas de moi très longtemps !

Xavier se cachait depuis deux jours dans la chambre de la jeune artiste et était quelque peu hébété. Il se remémorait tous les détails des événements des deux dernières semaines. Il était un des plus exaltés et des plus enthousiastes parmi les Girondins, et venait brusquement de passer de l'euphorie au cauchemar.

– Nous étions dans un songe, à présent il faut ouvrir les yeux, avait-il dit à Adèle le premier soir.

– Manon vous a tous envoûtés. Elle est trop excessive : elle fait passer ses sympathies et ses dégoûts avant le bien public... Elle n'a pas su saisir la main que lui tendaient ceux qui voulaient la sauver. Voilà le résultat ! Vous voilà proscrits et jetés sur les routes. Quand les événements deviennent à ce point écrasants, dépassant l'expérience humaine connue, enivrants par les perspectives lumineuses qu'ils ouvrent, terrifiants par la succession des dangers qu'ils occasionnent, il n'est vraiment que l'union des bonnes volontés, qu'une fraternité sans faille, pour ne pas perdre la tête.

– Oh ! Adèle ! C'est toi qui aurais dû être notre Manon !

– Et qu'allons-nous devenir maintenant ? Tu ne peux demeurer ici longtemps, Chanou se méfie. Mes rapports avec lui deviennent franchement mauvais, il a des espions partout.

– Pétion et Louvet savent que je suis ici et ils doivent me faire signe dès qu'ils trouveront un abri sûr. Je ne sais ce qu'ils décideront de faire ensuite, mais moi, je veux aller en Amérique.

– Je t'y suivrai !... Depuis la mort de mon père, mais aussi depuis que j'ai vu qu'un homme comme Chanou pouvait devenir le directeur de Sèvres, je désespère de cette Révolution qui nous avait annoncé que le mérite l'emporterait sur la naissance ou l'intrigue... Il n'est plus que Lucile, mon frère, des amis comme Hannong ou Blanchot pour me retenir ici... Et puis il y a peut-être des rêves prémonitoires : j'ai quelquefois rêvé, ces derniers temps, que je pourrais être la première à fondre de la porcelaine au bord du Potomac.

– Moi, mon souhait le plus cher serait d'y devenir agriculteur selon l'exemple de Cincinnatus...

– C'est cela, rêvons ! dit-elle en l'entraînant brusquement loin de la fenêtre devant laquelle il venait de la prendre dans ses bras.

Le lendemain, Chanou était d'humeur plus exécrable encore, comme s'il se doutait de quelque chose.

– Tu n'étais pas seule cette nuit, citoyenne ! Un galant ! Est-ce ton petit marquis qui est revenu ?

– C'était mon frère. Vous savez bien, citoyen, qu'il a ici sa Laurence.

– Quelqu'un t'a vue le prendre dans tes bras...

– J'aime mon frère... La Révolution n'interdit pas encore les effusions...

– Tu me bernes !... Tu me lanternes !

– Non, citoyen, je ne vous ai jamais fait croire ce qui n'était pas...

Chanou avait beau avoir l'esprit épais, il comprenait que cette phrase était à double entente, qu'elle signifiait qu'elle ne tomberait jamais dans ses filets.

Il en devint comme ivre de fureur.

– On va bien voir ce que vaut ta parole !

Et, là-dessus, comme il était d'une force redoutable – il avait commencé sa carrière à Sèvres comme porteur de ballots de terre –, il la prit par la taille et la poussa vers un petit cabinet attenant à son bureau. Elle eut beau se débattre et griffer, elle y fut promptement enfermée à double tour.

Elle tambourina longtemps mais elle s'escrima en vain : personne ne pouvait l'entendre.

Or, ce réduit avait une fenestrelle donnant sur la grande cour. Au bout d'une heure à peu près, elle put apercevoir, le cœur près de se rompre, un détachement de quatre ou cinq hommes de la milice du Comité de sûreté générale de Sèvres accourir, dans l'allée centrale, au pas de charge.

Elle se tordit les mains de désespoir : Xavier allait être arrêté.

Il se passa ainsi peut-être deux heures encore avant que Chanou vînt lui rouvrir lui-même, mi-furieux, mi-penaud.

– Ou tu disais vrai ou tu es habile : il n'y avait personne chez toi à cette heure.

Elle remonta à son étage, le sang cognant toujours aussi fort à ses tempes : la chambre était vide. Valady avait pu fuir. D'émotion, elle se laissa glisser à demi consciente contre le chambranle de la porte. Elle ne comprenait pas.

Ce fut Hannong, posant sa main sur son épaule, qui la fit sursauter.

– Tout va bien, ma filleule, lui dit-il en riant.

Il l'aida à se relever, referma derrière lui en vérifiant que personne ne se trouvait dans le couloir pour entendre, et la portant sur son lit, il lui dit à l'oreille :

– Il s'est enfui déguisé en charreton, il a eu le temps de me prévenir... Deux de ses amis l'attendaient sur la route... Leur intention était de gagner la Normandie...

– Dieu soit loué ! Mais les ennuis vont commencer pour lui !

– Et tu l'aimes toujours autant ?

– Qui ? Xavier ?

– Non, ta révolution !

Elle ne lui répondit pas.

Le point de ralliement des Girondins fugitifs était Caen où Xavier de Valady, qui avait fait le voyage en compagnie de Louvet et Pétion, parvint le 13 juin. Ils n'avaient pour eux trois que deux chevaux, sans possibilité de les changer dans les relais à moins de courir le risque d'éveiller les soupçons, aussi cheminèrent-ils le plus souvent à pied pour ne pas fatiguer leurs montures et effectuèrent-ils de nombreux détours pour éviter les gros bourgs qu'ils soupçonnaient acquis aux hommes de la Terreur naissante. La nuit, ils se cachaient dans des granges ou des étables.

La municipalité de Caen était déjà aux mains des amis de la Montagne lorsqu'ils y arrivèrent, mais le Comité départemental du Calvados, qui avait là son siège, avec l'apport des délégués des campagnes, comptait encore une majorité de modérés. La résistance des populations aux ordres venus de Paris était dans cette partie de la Normandie plus grande qu'ailleurs : dans l'arrière-pays, dans la plaine, dans le bocage, mais aussi plus loin, dans le Cotentin, ceux qui refusaient le nouvel ordre des choses commençaient de s'organiser. Le Normand est prudent, il ne se laisse pas aller aux excès ; il est habile et, tout en n'en faisant qu'à sa tête, il sait ménager les puissants du jour en conservant toujours à l'esprit que leur puissance est éphémère. La vieille noblesse du pays, qui bénéficiait d'une considération intacte dans les populations, n'avait pas bougé de ses châteaux ; elle continuait même de parader en ville, avec son luxe accoutumé, son train de domestiques et ses équipages. Elle n'avait renoncé qu'à ses fêtes et ses bals.

La première idée des jeunes députés en fuite était que cette ville leur servirait de base pour s'embarquer pour l'Angleterre, soit par l'embouchure de l'Orne, soit en rejoignant Le Havre ou Saint-Malo ; Louvet, Pétion, Barbaroux – un autre député proscrit qui les attendait en ville – et Valady, bien sûr, avaient déjà fait ce voyage de Londres. Là-bas, ils avaient scruté et admiré ce régime parlementaire qui était devenu leur modèle et qu'ils avaient rêvé d'implanter en France.

Peu après leur arrivée dans la vieille cité, le 15 juin, ils s'étaient signalés par la publication d'une *Proclamation à tous les départements de la République* qui leur avait valu presque aussitôt de nombreux appuis sur place mais qui, du même coup, avait signalé leur présence aux autorités. Ils avaient trouvé chacun un refuge entre le vieux château et l'abbaye aux Hommes, dans les rues tortueuses où l'alignement des maisons à colombages s'entrecoupait régulièrement des porches monumentaux en belle pierre blanche des hôtels édifiés par de riches magistrats du temps de Louis XV. C'était un peu de calme après leur fuite effrénée : du lait, de bons fromages et parfois de beaux rôtis qui venaient comme par enchantement après les privations de la capitale et les derniers dîners de plus en plus spartiates de Manon.

Pétion – le beau Pétion – qui avait un caractère et une joie de vivre à la Mirabeau ou à la Danton se serait volontiers laissé dorloter de la sorte. Il était tombé dans une demeure de la rue Écuyère où la maîtresse de maison était seule, aimable et servie par trois soubrettes jolies à croquer, court-vêtues et les joues roses. Il ronronnait comme un gros chat et traînait, en culotte et jambes nues, dans les salons, sa chemise largement ouverte et couverte de tabac. Buzot, qui se trouvait chez des gens non moins avenants, avec deux jeunes filles qui rêvaient de l'entendre parler de la capitale, restait enfermé dans sa chambre pour écrire à Manon des lettres qu'elle ne recevrait probablement jamais. L'irrésistible Barbaroux avait déniché sept ou huit jeunes filles de bonnes familles du cru – les Colleville, les d'Oilliamson, les du Tilly, les Burnant de La Bauche – pour faire avec lui, pendant d'interminables heures, des parties de hoca. Louvet, à deux pas, avait enfin trouvé l'inspiration et le calme pour commencer un nouveau roman dont l'héroïne ressemblait de nouveau furieusement à sa Lodoïska. Quant à Xavier, il se contentait de rêver et, se fiant à sa bonne étoile et au déguisement de portefaix qu'il n'avait pas quitté, il se promenait en ville sans vraiment prendre garde que ses mains longues et fines pouvaient à tout moment le trahir.

Le soir, ils se réunissaient avec mille précautions pour un agréable souper dans un lieu qui changeait tous les jours. Le nombre et la variété des convives, qui n'étaient également presque jamais les mêmes, inquiétaient fort le soupçonneux Pétion qui, dans ses fonctions de maire de Paris, avait eu le temps de se familiariser avec les astuces de la police. Pourtant, très vite, dans la chaleur de ces réunions – la faible énergie du cidre précédant la foudre de l'alcool de pommes –, il oubliait ses préventions. Du coup, il s'abandonnait sans retenue aux chatteries de ces femmes de la vieille société qui affectaient de ne plus se souvenir que leurs hôtes avaient été, il y a peu, des révolutionnaires convaincus – peut-être même des régicides : les voyant si beaux, si malheureux, elles ne songeaient plus qu'à l'innocence nouvelle dont la proscription les avait barbouillés.

Le 17 juin, ce souper eut lieu rue des Carmes, dans une maison mitoyenne de l'ancien hôtel de l'Intendance, alors occupé par le Comité de recherche : c'était un défi, une bravade dont les invités comme les « inviteurs » – qui auraient pu le payer de leur tête s'ils avaient été dénoncés – avaient ri en se retrouvant.

Barbaroux, Pétion, Louvet et Buzot avaient, au milieu du souper, pris la parole tour à tour et captivèrent leur auditoire qui pourtant ne nourrissait aucune sympathie pour la Révolution, ils réussirent à exposer l'œuvre de l'Assemblée législative et de la Convention sous le point de vue de ce qu'elles avaient entrepris pour les libertés, l'éducation et la concorde civile, juste avant que ne s'abatte sur elles le linceul de la Terreur.

À la lueur de trois grosses chandelles disposées sur une table, les belles figures des orateurs s'animaient. Les femmes, surtout, les écoutaient bouche bée : ils étaient pour elles comme des archanges descendus du ciel pour les visiter. Elles s'attendrissaient du malheur de ces jeunes gens brillants. Après avoir représenté le comble de l'action et le nectar de la politique, ils avaient été broyés et humiliés par les puissants du jour ; ces hommes devenaient pour elles, malgré la différence des opinions, des fils, des frères et, en rêve, des amants.

Au milieu des convives se tenait une douce jeune fille en robe blanche et coiffe du pays de Caux. Elle ne portait pas la grande coiffe empesée des riches paysannes ou des bourgeoises, mais celle plus modeste des jeunes filles de la ville.

À un certain moment, elle se leva pour dire qu'elle aussi, à Caen, avait été témoin d'atrocités.

– C'était le 5 septembre dernier, énonça-t-elle d'une voix dont la force émanant d'une personne si frêle stupéfia l'auditoire, et ce que je vais vous raconter démontre bien que les massacres d'ici n'ont rien à envier à ceux de Paris. J'étais devant l'Intendance, attirée par les cris de la foule. Un mois plus tôt, un comité improvisé avait ordonné l'incarcération de Georges Bayeux, le procureur-syndic du département, ancien secrétaire du ministre Necker, un homme probe et juste qui, pendant les famines des étés 89 et 90, avait fait en sorte que les habitants de la ville ne meurent pas de faim... Il avait souffert dans cette prison avec patience et son fils, Ovide, âgé de quatorze ans, avait obtenu la permission de le rejoindre dans son cachot pour adoucir sa peine...

Elle s'arrêta, car l'énergie lui faisait brusquement défaut au moment de raconter la suite. Barbaroux, assis à côté d'elle, s'empara de son poignet.

– Le Comité révolutionnaire de la ville qui connaissait depuis la veille les massacres en train de se commettre dans la capitale ne voulait pas être en reste... Il décida de faire de Georges Bayeux une victime emblématique pour étancher la soif de sang des patriotes de Caen. Bayeux entendait les cris de la foule. Il savait que si on le faisait sortir de sa prison, il serait massacré. Il suppliait donc ses bourreaux de ne pas le libérer et son fils se joignait à ses prières...

Elle s'interrompit de nouveau.

– Et alors ? demanda Barbaroux qui ne connaissait pas cette histoire.

– Et alors ?... Ils l'ont tout de même poussé dehors et il a été massacré sous mes yeux... Percé de dix coups de pique.

– Quelle horreur ! blêmit le tendre Louvet tandis que celle qui venait de faire ce récit se rasseyait tremblante.

Buzot, qui se trouvait à ce souper, interrogea autour de lui :

– Qui est cette jeune fille ?

– Charlotte Corday, d'une vieille famille d'ici, lui répondit un vieux baron. L'arrière-petite-nièce du grand Corneille.

– Ah ! Elle a le talent de dire les tragédies. Il faudrait que des récits comme celui-là soient connus partout !

Au moment de partir, les députés pressaient encore cette jeune fille de questions. Elle leur répondait tranquillement, puis elle les interrogeait sur Paris, sur les hommes les plus nuisibles à la cause de la liberté, les plus redoutables instigateurs de crimes : Était-ce Hébert ? Robespierre ? Saint-Just ? Ou était-ce Marat ?

À la fin, elle parut comme rassurée et posant un baiser chaste sur le front de chacun des jeunes Parisiens, elle murmura doucement :

– À présent, j'ai mon idée.

Tandis que se déroulaient ces événements en Normandie, Adèle avait repris le cours de ses jours ordinaires à Sèvres : l'activité lancinante de son atelier qui, à présent, fonctionnait au dixième de sa capacité mais aussi les pénibles réunions du matin avec Chanou qu'elle s'était résolue à poursuivre pour ne pas mettre en péril ceux qu'elle protégeait. Il faut dire que le bonhomme, dans sa fourberie lucide, observait tout ce monde du coin de l'œil : les sœurs Lemoine, la famille Hannong, mais aussi Janvier dont il se refusait à croire qu'il avait quitté Naples pour des raisons politiques, tant il s'était persuadé qu'il ne pouvait se trouver de vrais patriotes qu'en France. Pourtant, à présent, entrant dans son bureau, elle ne desserrait pas les dents et, même, elle conservait avec lui un air affirmé de hauteur et de mépris.

Elle s'était rendu compte qu'il préférait cela à la frustration de ne plus la voir.

Il avait besoin d'elle. Il s'était persuadé qu'elle ne le boudait que par dépit et que forcément, un jour prochain, il reprendrait l'avantage : l'obstination des brutes confine à l'aveuglement.

Elle prenait sur elle, mais cet entretien quotidien lui nouait à tel point l'estomac qu'elle était incapable d'absorber la moindre tasse de lait ou de thé avant de s'y rendre.

À présent, on ne vendait même pas dix services aux oiseaux chaque mois, et encore le faisait-on au prix coûtant. L'atelier ne tenait toujours que parce que le personnel n'était plus payé et on savait pertinemment qu'il ne perdurerait que tant qu'il y aurait en magasin de la terre et des couleurs. La fabrique ne fonctionnait plus que sur ses ressources propres, et elles n'étaient pas infinies. Au prochain hiver, si les ventes n'avaient pas repris, il resterait certes le bois de bouleau des forêts alentour pour chauffer les fours mais il n'y aurait plus rien à y enfourner.

Xavier occupait toutes les pensées de la jeune femme et elle ne pouvait parler de lui qu'à Briséis et Pierre-Antoine Hannong.

– Que fait-il ? répétait-elle inlassablement. Il a le goût de l'aventure et aucune habitude de prudence.

– Il est avec des amis sûrs, la rassurait Briséis.

– Mais les dangers sont terribles !

– Nul n'est en sécurité… Nous sommes, nous aussi, comme les oiseaux que tu peins… Tous posés sur des branches fragiles.

– Sans doute, mais mes oiseaux peuvent s'envoler tandis que nous, si nous tombons, nous nous fracasserons… Et Laurence et Clémentine, ces pauvres petites, qui sont tombées du nid, elles n'auront bientôt plus personne si leurs parents venaient à leur manquer.

Briséis, ce jour-là, lui avait pris la main.

– L'ancien monde était peut-être injuste, lui avait-elle murmuré à l'oreille, mais au moins les familles se soutenaient-elles sans ces horribles angoisses de prison, de proscription et de mort.

– Je ne sais plus quoi penser, mon frère non plus d'ailleurs... Depuis la mort de notre père, notre enthousiasme pour la Révolution s'est comme évanoui.

Disant ces mots, elle avait jeté un regard par la fenêtre ouverte sur la colline de Bellevue diaprée sous la lumière et les taches pourpres et vertes des branches des hêtres agitées par une brise légère.

– Vois comme la nature est insensible... Elle est radieuse, alors peut-être qu'on égorge encore dans les prisons.

Briséis osa une sottise pour la retenir de s'attrister plus longtemps :

Oui, sans doute la guillotine est-elle plus gaie sous le soleil ! Mais c'est grâce à toi que nous sommes en sûreté ici, reprit-elle avec tendresse. Ton abnégation auprès de l'horrible Chanou nous sauve jour après jour... La médiocrité de cet homme promu à la première place n'est qu'un accident regrettable dû à des temps troublés, mais cela finira sans doute un jour.

– Et moi, c'est grâce à vous que je reste et que je suis toujours en vie... Car, sans vous, je me serais sans doute enfuie en compagnie de Xavier et j'aurais couru mille périls avec lui.

Elles avaient coutume le soir de faire une promenade avec les demoiselles Lemoine. Il ne manquait pas de lieux charmants alentour, en particulier le parc de Bellevue, ouvert à tous vents depuis le départ des filles de Louis XV. De là on voyait Paris dans toute sa majesté. La route de Chaville faisait une autre échappée, poudreuse, bordée d'auberges et de guinguettes où il faisait bon boire de fraîches limonades sous des tonnelles de glycine, de chèvrefeuille ou de roses. Mais Saint-Cloud avait leur préférence: le château de la reine, démeublé et facilement visitable – il suffisait pour s'y promener librement de glisser quelques pièces à des gaillards en carmagnole qui, réfugiés dans le corps de garde, passaient leur temps à buvoter. On pouvait ainsi parcourir à loisir les anciens salons dorés où Mirabeau, quelques années auparavant, avait promis encore à Marie-Antoinette de sauver la monarchie; on pouvait surtout admirer la galerie d'Apollon, décorée des somptueux plafonds de Mignard et c'était pour Adèle, Briséis et les deux sœurs Lemoine, toutes dessinatrices et coloristes accomplies, une étourdissante leçon de virtuosité.

Toutefois, elles préféraient le parc, avec ses longues terrasses et sa cascade dont le départ des rois n'avait pas encore interrompu la féerie des gerbes de cristal propre à enchanter les cœurs. Adèle s'asseyait avec ses compagnes sur le large rebord de pierre d'un bassin; elles y restaient parfois jusqu'à ce que le soleil s'abaisse à l'horizon, lisant chacune en silence ou devisant calmement. Les sujets de la politique étaient bannis au moins jusqu'à l'arrivée de Paul qui surgissait quelquefois à cheval, ses bottes couvertes de poussière. Il donnait alors les nouvelles du jour de la capitale: les dernières foucades d'Hébert ou de Marat, le résumé des discours les plus outranciers ou les plus courageusement modérateurs qui avaient agité le public des tribunes de la Convention, quelquefois, enfin, les motions les plus remarquables acclamées la veille au soir dans les différents clubs. Il évitait soigneusement de donner la liste de ce que le redoutable Hébert appelait cyniquement « les gagnants du jour de la loterie de la guillotine », mais il n'oubliait pas de faire sentir aux demoiselles Lemoine qu'étant sans nouvelles de leurs parents, ce ne pouvait être qu'un signe favorable.

Chaque soir, il y avait souper chez Hannong dont l'appartement était le plus vaste et le moins exposé aux regards du directeur, un souper de bric et de broc, composé de ce que l'on avait pu trouver sur place et de ce que Paul avait déniché aux Halles, où sa qualité de membre de la section des Postes – il en fréquentait toujours les réunions, tant par prudence que pour se tenir informé et y retrouver ses amis, tels Aubert de Vitry ou La Bussière – lui valait quelquefois un supplément de viande, un saucisson, une andouille ou du pain blanc.

Mais l'ordinaire allait aux gâteaux de légumes. Briséis en était devenue la spécialiste : elle avait appris à faire réduire les bettes, les raves, les betteraves et de gros oignons pour en confectionner des sortes de caramels odorants que l'on agrémentait d'un peu de lard ou de bœuf quand par hasard il s'en tuait un sur la place du village. Parfois le dimanche, Paul apportait une volaille et c'était le signal d'un gala : il venait pour l'occasion en fiacre avec Lucile.

Le nouveau calendrier de la République, dans l'été de 1793, n'était pas encore passé dans les mœurs, il n'avait même pas été rendu obligatoire et ne devait l'être qu'en octobre, mais des zélés comme Chanou en faisaient déjà usage. Ce 24 juin, jour de la Saint-Jean, était déjà pour lui le 6 messidor de l'an I, jour du romarin. Pour célébrer cette fête, qui était avant tout celle de l'été, Choppin, au Garde-Meuble, avait offert à Paul en grand secret et pour lui témoigner son amitié un gros dindon qu'il avait rapporté de sa maison des champs de Montfermeil.

Ce fut l'occasion de réjouissances élargies. Adèle lança une invitation générale : Lucile, son frère, Janvier, son oncle Mathieu et les siens, Blanchot, femme et enfants ; au bout du compte, ils furent dix-neuf chez les Hannong à se réunir autour de cette bête si imposante qu'il avait fallu la cuire dans un four à essai de la Manufacture.

Chacun s'employa au cours de cette parenthèse joyeuse à faire bonne figure, et les mélodies ensoleillées de Janvier qui avait une voix d'ange y furent pour beaucoup : elles laissèrent en tout cas bouche bée Clémentine, la cadette des sœurs Lemoine.

Hannong, pour l'occasion, avait remisé son alacrité et Mathieu, ses dithyrambes. Le professeur de l'école des sourds-muets était le seul dans cette réunion à soutenir encore, sans presque aucune réserve, la politique de la Montagne. Les rires, les bravos, quand les hommes eurent réussi le prodige de découper la plantureuse volaille en dix-neuf morceaux égaux, ne furent ponctués que de cette passe d'armes :

– Mathieu, voilà le type d'égalité avec laquelle je me sentirai toujours d'accord ! s'écria Blanchot.

L'aveugle sourit, mais il tenait à avoir le dernier mot :

– Henri IV souhaitait que tous les paysans aient une poule dans leur pot le dimanche, mais ce sont des dindons que la République nous offre...

– Peut-être, cher Mathieu, intervint Hannong, mais ta dinde, avec ses grands airs, on lui aurait sans doute coupé le cou et nous n'aurions pu faire aujourd'hui que dix-huit morceaux...

Ils en rirent tous et dînèrent de bon appétit, d'autant que le vin était excellent – dans ces périodes de disette, le noble breuvage était ce que l'on trouvait le plus facilement et sa qualité ne s'altérait pas.

L'après-midi était radieux et ils décidèrent d'une promenade en bord de Seine. Sur le coup de 5 heures, dans un joyeux désordre, ils sortirent ensemble par le porche monumental de la Manufacture, sous l'œil jaloux de Chanou, collé à sa fenêtre, qui venait de ripailler de harengs dans un tête-à-tête sinistre avec sa sœur.

Cette promenade allait être l'occasion d'une singulière rencontre et, pour Adèle, de comprendre un manège qui l'intriguait depuis déjà quelque temps.

En effet, deux ou trois semaines auparavant, elle avait remarqué, par les rues de Sèvres, un gros bourgeois jovial et volubile, qu'elle n'avait jamais vu jusque-là, coiffé d'un ridicule chapeau de postillon à boucle de métal, trop petit pour sa grosse tête, qui se pavanait au bras d'une jeune fille gracieuse, à la jolie frimousse et à la peau d'une blancheur de crème.

Cet homme était avenant car, après deux ou trois occasions seulement de rencontre autour de l'église du bourg, il s'était pris à la saluer en soulevant légèrement son drôle de chapeau. Adèle s'était alors perdue en conjectures et s'était arrêtée à l'idée qu'il s'agissait d'un veuf se promenant avec sa fille. Ce qui l'en avait persuadée était le brassard noir noué à son bras. Elle en était venue ensuite à dérouler tout un roman et, dans un temps où l'on mourait souvent de mort violente, elle avait supposé que la guillotine était peut-être pour quelque chose dans ce deuil, ce qui aurait expliqué que ce bourgeois se soit mis à l'abri hors de la capitale. L'observant de nouveau, la dernière fois qu'elle l'avait vu, elle avait estimé qu'il tenait de trop près cette jeune femme pour qu'il pût vraiment en être le père. Puis, revenue chez elle, elle avait décidé d'arrêter d'y penser, se trouvant déjà suffisamment indiscrète d'avoir échafaudé tant d'hypothèses à propos de quelqu'un qui ne lui était rien.

Elle en était là de ses réflexions sur ce curieux couple quand, à la tête de sa joyeuse troupe, elle tomba nez à nez avec eux.

L'homme la salua en soulevant son étrange couvre-chef, mais elle tomba des nues lorsqu'il avisa Blanchot qui se tenait immédiatement derrière elle.

– Blanchot ! Ah ! Par exemple !... Et tes malades ?
– Danton ! Que fais-tu là ?
– Tu vois, je prends l'air... J'ai ma campagne ici depuis que mon beau-père Charpentier m'a abandonné la jouissance de sa maison des champs, elle se nomme «La Fontaine d'amour»... Avec un nom pareil, cette maison était faite pour moi ! Actuellement je viens à Sèvres

presque chaque jour. J'en ai besoin, ici j'ai l'impression de sortir de la fournaise...

Adèle, qui ne le connaissait pas, était sidérée : ainsi, ce bourgeois poli et rigolard, était l'homme de Valmy, le maître du Comité de salut public. Comment ce diable d'homme pouvait-il se démultiplier de la sorte : jouer les bourgeois les soirs de semaine à Sèvres et en même temps tenir dans sa main la défense nationale et les leviers de la politique à l'Hôtel de Ville ou à la Convention ?

– Je te présente Louise Gély, dit Danton à Blanchot. Elle a seize ans, j'en ai le double... Nous allons nous marier. Tu seras de la noce, veinard !

Le médecin était médusé.

– Ah ! Je vois ta figure et je lis dans tes pensées : tu te dis, cet homme est fou... Il n'y a pas quatre mois, il voulait s'ensevelir avec Gabrielle, dans un même tombeau. Mais Louise continue Gabrielle, Gabrielle l'aimait depuis sa naissance, son père, huissier-audiencier était un ami du père Charpentier. Elle est orpheline, je suis veuf... Nous nous aimons ; elle m'a promis de s'occuper de mes deux garçons, comme une grande sœur, comme une mère. Quelle meilleure occasion de faire quelque chose de beau ensemble ? Et tant pis pour les grincheux, les jaloux, les rechignés ! Nous ferons tout cela à l'église car nous avons des principes... Avec un prêtre constitutionnel bien sûr !...

– Je te souhaite tout le bonheur possible, Georges, mais j'avoue que tu me prends de court...

– D'ailleurs, il faut que je te voie, c'est urgent.

– Au club, cette semaine ?

– Non ! répliqua Danton, tout de suite ! Allez ! J'invite toute ta tribu à l'auberge du débarcadère. Sais-tu qu'ils ont réquisitionné les anciennes glacières de la Pompadour et qu'ils font ici des sorbets aussi bons que ceux de Corazza au Palais-Royal ? Mais auparavant, citoyen médecin, présente-moi ta troupe !...

Blanchot s'exécuta et le « terrible » Danton eut un mot aimable pour chacun, il fut si accort que Mathieu l'embrassa d'enthousiasme et qu'Hannong lui-même ne dédaigna pas de lui serrer la main.

– Tu as devant les yeux la fine fleur de la Manufacture de porcelaine, dit le médecin en lui présentant le Strasbourgeois, puis Adèle. Il faudra que tu t'occupes d'eux quand tu auras fini ta guerre... Ils n'ont plus un sou et malgré tout ils continuent de réaliser des prouesses qui font l'admiration de l'Europe.

– Alors, il faut faire vite, répondit l'ancien ministre en éclatant de rire, car, entre-temps, j'aurai peut-être été la première victime de cette guerre... Ou celle de mes meilleurs amis.

– Citoyen, dit Adèle, nous nous saluons depuis quelque temps sans nous connaître et puisque nous sommes voisins à ce qu'il apparaît, il faut qu'un de ces prochains jours vos pas vous mènent un peu en dehors du village, jusqu'à la Manufacture. J'aimerais vous intéresser aux subtilités de notre art...

– À ses difficultés aussi, je suppose, sourit-il. Je ne pourrai sans doute pas grand-chose pour vous, mais je viendrai vous rendre visite car j'aime toujours m'instruire... Et pour la porcelaine, je ne suis pas de l'idée de Marat ni de Diogène : la vertu civique ne se mesure pas à l'ascétisme et je préférerai toujours boire mon chocolat dans une tasse sortie de vos ateliers que dans une écuelle de bois.

Lorsqu'il eut installé tous ses invités abasourdis et charmés autour de sa Louise, aussi naturelle que lui car elle était entrée sans attendre en conversation avec les demoiselles Lemoine qui étaient de son âge ; lorsqu'il eut commandé des sorbets pour toute la tablée, il prit

Blanchot à part puis, glissant son bras sous le sien, il descendit en sa compagnie vers les rives de la Seine.

– Il s'agit de la reine, lui dit-il. Tout commande plus que jamais de la sauver : la paix de l'Europe en premier lieu mais aussi le souci d'éviter davantage de tueries par un geste fort et magnanime qui inverserait le cours des choses et ferait barrage aux velléités meurtrières de la Montagne... Et puis, et puis, Blanchot, il y a aussi ce génie de la vieille galanterie française qui commande que l'on épargne aux femmes ce qu'on fait subir aux hommes. La Révolution, j'en suis bien convaincu, au risque de paraître rétrograde – je sais d'ailleurs que c'est le principal reproche que me fait Manon –, est pour moi une affaire d'hommes...

– Et Manon, justement, que comptes-tu faire pour elle ?

– C'est une femme de caractère. Je m'emploierai autant que je pourrai à la sauver, mais sous condition qu'elle n'écrive plus que de la poésie... J'essaierai aussi de faire en sorte que ses amis soient épargnés mais, vois-tu, je n'ai aucune certitude d'y parvenir tant il faut compter aujourd'hui à Paris avec la fougue des sections et les caprices des émeutiers.

– Tu es maintenant une sorte de roi en France, tu peux tout ! Depuis quelques semaines, tu disposes d'une autorité absolue sur le principal organe du gouvernement.

– Mais Robespierre est là, derrière la porte, prêt à bondir... Pour ce qui regarde la reine, justement, on m'observe. Il va falloir jouer finement, ne pas prêter le flanc aux critiques et aux provocations. Mercy-Argenteau, l'ancien ambassadeur de Vienne, m'a contacté il y a peu et il m'offre des sommes considérables pour la libération d'Antoinette... J'ai eu la prudence de refuser cet argent.

– Qu'attends-tu de moi ?

– Que tu ailles la voir dans son donjon puisqu'elle te fait confiance. J'ai chargé Courtois de t'introduire auprès d'elle... Je lui ai donné l'autorité sur les prisons de Paris. Il facilitera ton entrée au Temple. Le prétexte est tout trouvé : un peintre polonais, Alexandre Kucharsky, veut faire son portrait à la demande de la tsarine de Russie. C'est le travail des rois de se faire peindre même quand ils sont déchus, et je ne trouve pas inconvenant de donner cette satisfaction à bon compte à la vieille tsarine que j'ai toujours regardée comme l'une des plus remarquables bonnes femmes de son siècle... D'ailleurs, comme je le dis souvent : chacun ses petites joies. Tu passeras pour l'assistant de ce barbouilleur et Courtois se débrouillera pour vous introduire discrètement.

– Je ferai ce que tu me demandes, répondit Blanchot, car je suis de ton avis, il faut en finir avec les atrocités. Et le sort réservé à la reine peut être un signe fort de ce désir d'apaisement.

– Que crois-tu que je vienne chercher à Sèvres, sinon la paix ? Tu l'as dit tout à l'heure, je pourrais me comporter comme un roi dans Paris, renforcer mon pouvoir et cela me serait facile car je dispose d'une majorité d'amis à la Convention, que j'ai la Commune de Paris dans ma main et la haute autorité, jusqu'à son prochain renouvellement, sur le Comité de salut public... Or, tout cela arrive dans le temps où je découvre qu'il est sur terre des biens beaucoup plus précieux que l'ivresse du pouvoir. La compagnie de Louise me dispose à l'humanité ; je ne veux pas être comptable d'une révolution de sang. Il faut tout ménager à présent, à commencer par l'étranger. Lorsque nous n'aurons plus cette pression aux frontières, nous pourrons nous occuper de pacifier les cœurs à l'intérieur de la République.

Dès les tout derniers jours de juin, l'inflexion plus paisible que Danton avait décidé de donner à la politique avait commencé à porter ses fruits. Robespierre le comprit aussitôt, dénonçant au club des Jacobins de « petits arrangements ». Hébert, de son côté, se mit à flétrir l'homme du jour, le traitant d'« endormeur »; quant à Marat, il rebaptisa le Comité de salut public en « Comité de la perte publique ». Il était vrai que l'énergie – si tant est que l'énergie se traduise obligatoirement par des cris et par de la violence – semblait s'être affaissée dans un moment critique : Danton était tout au bonheur de son remariage qui devait avoir lieu aux premiers jours de juillet. Il voulait se tenir en retrait, prendre du recul, et se disait que l'infléchissement qu'il comptait imprimer à la violence des passions désorienterait les plus forcenés et ferait forcément retomber les pressions. Son ami Beaumarchais, le grand dramaturge, qui, comme le Figaro né sous sa plume, n'avait jamais mis sa langue dans sa poche, s'en était inquiété au point de lui écrire : « À peine venez-vous depuis quelques jours au Comité où pourtant je n'ai pas perçu depuis deux mois qu'on y prenne quelque parti. »

Danton était ainsi, avec des sursauts d'énergie effroyables qui étaient alors comme la foudre dans le poing d'un Jupiter, puis sitôt après avec des moments de paresse qui, quoi qu'il se produise de grave au-dehors, le laissaient comme indifférent en le coupant des réalités.

Le 6 juillet, Blanchot pénétra avec le peintre Kucharsky, tous deux précédés du conventionnel Courtois, dans l'escalier sombre de la tour du Temple.

Cinq jours auparavant, Danton avait été incapable, malgré tous ses pouvoirs, de s'opposer à des sectionnaires plus hardis que les autres qui étaient entrés en force dans l'ancien enclos des chevaliers de Malte pour commettre contre la reine déchue le plus épouvantable des crimes : ils lui avaient retiré son fils, ce garçonnet de huit ans que les royalistes reconnaissaient comme leur souverain Louis XVII. Le prétexte trouvé par ces hommes était que sa mère le traitait en roi et qu'il était nécessaire de lui donner une éducation patriotique.

Courtois, parvenu devant la porte de la recluse, annonça qu'il resterait dans l'escalier conformément aux instructions reçues de Danton.

La reine les attendait, assise devant un soupirail, en robe noire à grand col de lin blanc sans dentelle. Elle avait sur la tête un simple bonnet de batiste blanche sans ornements ni plis qui encadrait sa figure pâle et amaigrie. Malgré ces pauvres atours, dans ce sombre cachot, elle montrait la même impressionnante majesté qu'à Versailles ou aux Tuileries.

Le médecin, pénétrant dans ce four sombre, éprouva un haut-le-cœur. Il avait toujours attaché à la figure de Marie-Antoinette l'arrière-fond d'un nimbe de dorures, de marbre, de soieries pimpantes et étincelantes, et là le contraste était sidérant.

La reine se leva, ce qui était aussi une nouveauté puisque même dans leurs entretiens les plus confidentiels elle n'avait jamais procédé de la sorte.

– Oh ! voici au moins une visite qui fait plaisir... Comme vous le voyez, monsieur Blanchot, les Menus Plaisirs de la République se sont chargés de changer mon décor. Ce n'est ni le meuble d'hiver ni celui d'été, c'est à présent un meuble de toutes les saisons.

Il se précipita pour lui prendre la main, stupéfait qu'elle ait le courage de plaisanter quelques jours à peine après avoir été séparée de son fils.

– Madame, lui dit-il en souriant, nous allons disposer d'un peu de temps... J'accompagne M. Kucharsky, je suis son assistant.

– Décidément, vous avez tous les talents !

Marie-Antoinette, habituée à poser pour les peintres, se préparait déjà.

– Où me voulez-vous, monsieur ? Comme vous voyez, nous disposons de peu de place et aussi de peu de lumière.

– Ne vous inquiétez pas de la lumière, Madame, dit Kucharsky, votre visage la prend naturellement, même avec ce faible reflet de jour... C'est une grâce qui est donnée à bien peu de personnes.

– Oh ! des grâces, j'en ai eu beaucoup en naissant, messieurs, et je les ai malheureusement souvent gâchées.

Blanchot était béat d'admiration : cette femme, déjà meurtrie par la mort violente d'un époux, venant d'être séparée de l'être qui lui était le plus cher et capable malgré tout d'avouer ses faiblesses par des paroles douces et presque consolantes, le remplissait d'émotion.

Lorsqu'ils furent installés, il s'assit sur un tabouret derrière elle.

– Madame, des gens bien intentionnés veulent vous tirer d'ici ! lui annonça-t-il sans presque rabaisser sa voix puisque le Polonais avait été mis dans le secret de leur conversation.

– Monsieur Blanchot, je crois qu'ils feraient mieux d'y renoncer, répliqua-t-elle doucement. Il y a déjà eu deux tentatives depuis la mort du roi. C'étaient celles de personnes compatissantes ou de chevaliers de l'ancien temps : je m'y suis prêtée volontiers mais elles ont toutes deux échoué.

– Deux tentatives ! Mais cela n'a pas été connu dans Paris !

– La première, la plus touchante, était celle de cœurs simples : un officier municipal du nom de Toulan ; il s'était ému en me voyant, moi et ma famille, dans le dénuement affreux qui a suivi la mort du roi. Avec un de ses amis, Jarjayes, simple officier de la Commune comme lui, il avait imaginé de nous faire évader de nuit sous des déguisements, mais ils ont été dénoncés et arrêtés. L'autre tentative date d'un mois, elle avait été imaginée par le baron de Batz et l'officier municipal Michonis... Eux aussi ont été trahis. Il y a dans cet enclos des espions redoutables, les Tison et les Simon, deux couples qui font profession de rapporter tous nos agissements. Et mon plus grand dépit, monsieur, c'est qu'on a chargé les Simon de prendre en main l'éducation de mon fils... Vos intentions sont louables, mais vous ne réussirez pas plus que les autres.

– Si, Madame, parce que c'est l'homme le plus puissant de France qui veut votre liberté, s'enthousiasma Blanchot.

Elle eut de nouveau un sourire.

– Vraiment ! Alors cet homme est fou ou il veut quelque chose en échange ; quelque chose que je ne puis lui donner puisque je n'ai plus rien à offrir.

– Si, Madame, il veut la paix de l'Europe ! Il sait que si on vous libère, si vous êtes tous saufs et que vous en appelez à la paix générale, la guerre sera finie.

– Que l'on ne compte pas sur moi pour en appeler à quiconque. Je n'ai plus mon mot à dire. Tout appartient désormais à mon malheureux fils et à ceux qui voudront bien le soutenir... Non, monsieur Blanchot, ne songez pas à ma liberté, dites plutôt à cet homme le plus puissant de France que je ne désire qu'une seule chose : que l'on retire mon fils des griffes du couple Simon. On ne pouvait pas m'atteindre davantage qu'en me faisant cette dernière injure... On m'a annoncé qu'on me l'enlevait parce que je le traitais en roi. Qu'on me le rende, monsieur, et je promets bien de ne plus le traiter qu'en petit garçon.

Blanchot revint comme il l'avait promis chacun des quatre jours suivants. Il avait ensuite de longues conférences avec Courtois qui, de son côté, échafaudait dix combinaisons différentes pour faire évader la reine, le petit roi – car c'était le nom que beaucoup de Français non seulement par les campagnes mais aussi à Paris lui donnaient – mais aussi la fille et la sœur de l'infortuné Louis XVI.

Au dernier jour de ces séances de pose, la conviction de Blanchot était faite.

– Elle n'a plus envie de la liberté... Elle est orgueilleuse... elle ne veut pas qu'on ridiculise la reine de France en la faisant s'enfuir sous un déguisement avilissant ou en l'entraînant dans des péripéties dégradantes... Tout ce qu'elle espère de mieux, c'est qu'on la laisse en province, dans un lieu retiré, avec sa famille... Elle ne perd pas l'idée royale : elle dit que son fils ne doit pas fuir hors des frontières, qu'il doit être avec elle, au milieu des Français... Les leçons de Mirabeau portent leurs fruits, mais trop tard, beaucoup trop tard...

– Elle ne nous facilite pas la tâche ! bougonna Courtois.

– Elle est très calme, résignée, admirable, lui répondit Blanchot qui était devenu le laudateur du caractère de cette femme. Là aussi ce sont les graines semées dans notre ancien Lycée, il y a dix ans de cela, qui viennent à germer. Et, cette fois encore, hors de saison... Quel gâchis ! Je l'avais bien senti, le terrain était bon, mais la carapace des préjugés et de l'orgueil était trop épaisse pour atteindre à temps les couches du limon fertile...

– Danton la sauvera malgré elle ! s'entêta le conventionnel en homme qui ne démordait jamais de son idée.

Or, dans ce même mois de juillet, les événements se précipitèrent. Le 10 juillet, Danton essuya une double défaite : il ne fut pas réélu au Comité de salut public où Couthon et Saint-Just, Montagnards extrémistes, firent leur entrée avant que Robespierre ne les rejoigne le 24. Le même jour, Westermann, le successeur de Dumouriez, essuya une écrasante défaite sur la frontière belge.

Le 13 juillet, enfin, Charlotte Corday assassinait Marat. Quatre jours plus tard, elle était guillotinée. Cette jeune vierge conservait un brûlant secret : à Caen, elle avait succombé au regard de braise de Barbaroux, sans que celui-ci ne s'en soit rendu compte. C'est à lui, en tout cas, qu'elle adresse la longue lettre qui expliquait son geste. Une lettre que, bien sûr, il ne reçut jamais.

La Révolution débordait soudain Danton par tous les bords. En apprenant la nouvelle de l'attentat contre l'« Ami du peuple », il avait pâli.

– Marat a été mon ami, je l'ai accueilli chez moi au début de ces événements quand on le menaçait d'arrestation et depuis nous nous étions séparés : trop d'audace ! trop de méchanceté !... C'est lui qui a donné à notre Révolution sa couleur haineuse. Maintenant, il va emporter une dernière victoire dans la tombe : à cause de sa mort, la reine est perdue !

Il était vraiment le meilleur politique de son temps car, dans le labyrinthe presque indéchiffrable des factions, des complots, des clubs, il savait discerner immédiatement les grandes lignes de fracture, les engrenages prêts à se mettre en mouvement ensemble ou successivement. Il était le seul à pouvoir lire dans cet écheveau et à savoir prévoir les choses : élu le 25 juillet président de la Convention – un hochet honorable qui était une faible compensation à son éviction du Comité –, il fut incapable d'empêcher la mise en jugement de Marie-Antoinette. Le 1er août, elle fut séparée de sa fille et de sa belle-sœur, transférée à la Conciergerie sur un simple décret du Comité de salut public.

Elle était résignée. Arrivant dans le sinistre rez-de-chaussée où elle devait rester plus de deux mois, elle se cogna la tête à une porte basse. Un jeune officier, ému de voir cette femme de si grande allure offrir le spectacle d'un tel courage, lui demanda si elle s'était blessée. Elle se contenta de lui sourire :

– Oh, non, monsieur, rien ne peut plus me faire de mal !

En août 1793, tout devait en effet basculer : tandis que le procès des Girondins se préparait en même temps que celui de la reine, on arrêtait pour la première fois des personnes dont le seul crime était de faire rire. Les comédiens-français – ceux qui n'avaient pas suivi Talma aux Variétés amusantes et qui ne jouaient donc pas des tragédies politiques précédées du *Ça ira* – furent arrêtés et enfermés à Sainte-Pélagie. Il y avait là ceux qui se produisaient dans le beau théâtre tout neuf de la Nation que l'on devait par la suite appeler Odéon : Devien, Raucourt, Fleury, Dazincourt, Leroy, Contat aînée dont la sœur Louise avait échappé à la rafle pour la seule raison qu'elle était la maîtresse de Fabre d'Églantine. Pour faire bonne mesure, le Comité de salut public avait aussi ordonné l'arrestation de François de Neufchâteau, l'auteur d'une *Paméla* qui, depuis plusieurs mois, drainait le public parisien du côté du jardin du Luxembourg. Pour Danton, grand amateur de théâtre, il s'agissait là encore d'un crime impardonnable.

Les sept jeunes députés de la Gironde réfugiés à Caen avaient dû se résoudre à quitter la ville. En effet, aux premiers jours de juillet, le Comité départemental du Calvados, par le jeu d'arrestations intempestives et par celui de l'intimidation exercée sur les plus timides par les patriotes les plus exaltés, avait finalement basculé en faveur de la Montagne ; le danger devenait pressant. Ils avaient hésité à rallier l'« armée », ou plutôt la bande de trois cents hommes, mal préparés et mal équipés, composée de cadets de l'aristocratie et de prêtres non jureurs, qui, sous les ordres du général Wimpffen, un monarchiste, prétendait marcher sur Paris ; bien leur en prit car cette colonne devait se faire battre à plates coutures par la Garde nationale de Pacy-sur-Eure sans laisser un survivant.

Ils avaient d'autre part dû renoncer à s'embarquer pour l'Angleterre à cause de la surveillance renforcée des ports. Le 7 juillet, juste avant de quitter la ville, tandis que Buzot apprenait que la rage des Montagnards contre lui les avait fait incendier sa maison d'Évreux, deux d'entre eux étaient parvenus à se faire enrôler sous de faux noms dans le bataillon du Finistère, en partance pour la Bretagne afin de mater les désordres survenus à Rennes et à Brest. Les cinq autres les avaient suivis de près et avaient été rejoints en route par d'autres fugitifs accourus de la capitale.

Ce fut à cette occasion que Valady retrouva Aubert de Vitry, l'imprimeur qu'il avait connu en compagnie de Paul aux réunions de la section des Postes. Il fuyait Paris, sans pourtant être victime de la proscription générale. Le député de l'Aveyron comptait trouver à Brest une occasion de gagner l'Amérique et d'accomplir ainsi le rêve qu'il poursuivait depuis l'adolescence.

Lorsqu'ils se furent de nouveau rassemblés en plein pays breton – ceux qui s'étaient enrôlés ayant entre-temps déserté –, ils purent, comme en Normandie, se cacher facilement dans des maisons amies, à Quimper et dans les alentours.

Guadet, qui se révéla vite être l'âme la plus forte parmi tous ces fugitifs, les exhorta à ne point se désunir, et c'est ainsi que Xavier accepta, la mort dans l'âme, pour la troisième fois, de renoncer à franchir l'Atlantique. Le 19 juillet, ils parvinrent, au nombre de vingt-deux, à affréter une goélette – *L'Industrie* – pour gagner l'estuaire de la Gironde et, six jours plus tard, ils débarquèrent au bec d'Ambès puis rejoignirent La Réole. Ils s'y cachèrent dans les hangars du port du Rouergue où étaient entreposés les merrains de châtaignier destinés à confectionner la futaille des vins du Bordelais, acheminés par les gabarres naviguant sur le Lot puis sur la Dordogne.

Ils restèrent là plus d'un mois. Aubert et Valady furent hébergés chez un vieux curé non jureur. Aubert relatera tous les détails de cette longue fuite dans un petit opuscule : *Souvenirs d'un proscrit, Valady et les Girondins*.

Couchés dans le même lit clos, après avoir partagé avec le vieux prêtre une soupe de pain et de navets, ils refaisaient le monde qu'ils estimaient aller à rebours des grands espoirs qui les avaient enthousiasmés en 89.

Aubert avait rédigé un curieux traité d'éducation, c'était sa marotte, et il en entretenait son compagnon jusqu'à ce qu'il cède au sommeil. Quand ils se retrouvaient dans la journée, avec les autres, dans une grange ou dans une chapelle abandonnée, ils se tenaient un peu à l'écart. Croquant des pommes encore vertes, tandis que Guadet, Barbaroux ou Pétion parlaient de grande politique dans des envolées pleines de lyrisme dignes de leurs plus beaux discours à la tribune de la Convention, le marquis ami des esclaves et l'imprimeur passionné d'éducation poursuivaient leurs apartés.

– Le verrons-nous, Aubert, ce monde fraternel dont ils nous parlent ?

– Il n'a manqué que quelques années avant cette Révolution pour que l'instruction des hommes, donc leur morale et par là même la douceur de leurs mœurs, puisse s'améliorer…

– Tu oublies que les choses ont bougé parce que déjà les hommes avaient accompli des progrès. On ne remue pas comme cela une masse d'esclaves et de bêtes : les hommes de 89 avaient déjà les atouts nécessaires pour mener à bien la révolte… La rupture ne pouvait plus attendre, elle est venue à son heure. Elle ne pouvait pas non plus être ce long fleuve tranquille des Écritures.

– Mais tu as vu le résultat !

– Oui, un terrible contretemps ! Un mauvais enchaînement des circonstances… Et pour moi, en plus, quel désespoir d'être amoureux d'Adèle et d'avoir dû la quitter !

Marguerite Élie Guadet était l'être le plus difficile à décourager qui soit. Son fabuleux talent d'orateur entraînait tous les cœurs. C'était lui qui avait eu l'idée du bec d'Ambès, parce qu'il comptait sur l'aide de son riche et puissant beau-père, M. Dupeyron, qui habitait à proximité. De plus, il avait développé l'argument simple et évident que, puisqu'on les appelait les Girondins depuis si longtemps, il était tout normal qu'ils mènent la lutte contre la tyrannie de la Montagne dans le département dont ils tiraient leur nom. Pourtant son énergie, sa flamme, son intelligence politique, depuis qu'il était sorti de Paris, avaient paru s'émousser : il se voyait pris dans une souricière, y ayant entraîné ses amis. Au bout de trente-cinq jours, il n'avait pu nouer aucune complicité utile dans le pays : la peur était partout, dans les villes aux mains des Jacobins, dans les campagnes quadrillées par les milices du Comité de la Gironde. Avec ses frères d'infortune, il se voyait condamné à rester caché jusqu'à ce que Paris ait secoué le joug de la Terreur : il n'y avait pas de terme prévisible à cette attente humiliante et désespérante.

Le 2 septembre, ces proscrits avaient appris en s'en amusant qu'un décret de la Convention les déclarait « traîtres à leur patrie ».

– Robespierre et Danton viennent de signer leur crime, avait estimé Buzot qui, toujours fidèle à la pensée de Manon, associait les deux hommes de la Montagne dans les mêmes crimes.

– Et maintenant ils ne ménageront aucun effort pour nous arrêter, avait surenchéri le beau Pétion qui, depuis qu'il avait été maire de Paris, se figurait avoir une espèce de préséance sur ses compagnons.

– Restons unis, avait conclu Guadet, mais si les choses se gâtent, il vaudra mieux nous séparer.

Le père de Guadet vivait près de Saint-Émilion. Son fils, accompagné de Pétion, était parti le rejoindre après avoir été avisé que des soldats battaient la campagne. Il fallait donc faire preuve de la plus grande prudence. Quatre jours plus tard, ceux qui étaient restés aux alentours du bec d'Ambès et à La Réole, prévenus que la troupe approchait, s'étaient résolus à les rejoindre, car M. Dupeyron, malgré le danger, leur avait accordé son hospitalité : on était le 26 septembre.

Réunis là, ils délibérèrent longtemps, donnèrent chacun leur avis et s'accordèrent, la rage au cœur, sur l'impossibilité qu'il y avait à tenter de soulever le département tombé définitivement sous la domination des Jacobins et de leurs milices.

Ils décidèrent alors de se séparer pour courir chacun leur chance, suivant leurs aspirations. Ils formèrent trois groupes : Pétion et Buzot décidèrent de gagner la Suisse, cette terre de liberté où ils s'imaginaient pouvoir mettre leurs pas dans ceux de Rousseau dont ils avaient fait leur dieu ; Salle, un autre député proscrit qui les avait suivis, et Guadet se déterminèrent pour les Landes, où ils comptaient trouver des complicités pour se cacher. Louvet qui ne songeait qu'à retrouver sa Lodoïska, Barbaroux qui avait laissé à Paris une petite actrice, et Valady, dont toutes les pensées allaient vers Adèle, décidèrent de regagner la capitale. Quelques-uns qui n'avaient pas été membres de la Convention et pouvaient se croire plus à l'abri des recherches, tel Aubert de Vitry, estimèrent qu'il valait mieux cheminer seuls, noyés dans la masse des vagabonds qui sillonnaient les routes de France.

Le 28 septembre au soir, ils partagèrent, dans la grange du beau-père de Guadet, un dernier repas. Leur hôte leur avait cédé la moitié d'un gros jambon, une tourte de pain, des fromages et des flacons de l'excellent vin de ses vignes ; ils s'en régalèrent. Ils étaient émus mais ne tremblaient pas, se soutenant jusqu'au bout de paroles énergiques. Guadet avait pris place au milieu de la table, Pétion et Buzot se tenaient à chaque bout. Trois chandelles de gros suif les éclairaient. Ils chantèrent longtemps, presque jusqu'à l'aube, des chants guerriers, puis de douces romances qu'ils avaient retenues des agréables soirées passées à l'Opéra-Comique dans la compagnie de jolies femmes.

Valady, dans son coin, semblait s'être retranché de la fête, il continuait de rêver. Adèle occupait toujours ses pensées. Au petit matin, il dit à Aubert :

– Je sais que l'un de nous deux passera... Si c'est toi, voilà une lettre pour elle, tu la lui remettras !

Et, par une précaution supplémentaire, pour qu'il connût le contenu de cette lettre s'il la perdait ou si on la lui confisquait en route, il lui en fit la lecture. Le texte était à dessein des plus vagues, il ne donnait qu'un nom de ville, n'importe qui aurait pu écrire cela :

> Amour,
>
> Point d'Amérique pour moi, mais un long périple vers mes terres ancestrales que je ferai sûrement à pied pour profiter du bel automne.
> Je passerai d'abord à Périgueux embrasser ma bonne nourrice Nanette et puis j'irai chez ma chère marraine, dans le beau pays où j'étais dans ta compagnie au dernier automne... Mon Dieu, que les saisons sont différentes. Je touchais au comble du bonheur alors car j'étais par les routes avec toi. J'ai pourtant la certitude que ma course actuelle doit forcément rejoindre la tienne.
>
> Ton Xavier.

Ils se séparèrent le lendemain à la tombée de la nuit, s'étreignant longuement et ce n'est qu'alors qu'ils versèrent quelques larmes.

Il fallut deux jours entiers à Louvet, Barbaroux et Valady pour rejoindre Pomerol où le père Guadet leur avait indiqué le nom d'un vieux curé charitable, l'un de ces hommes honnêtes, comme il s'en trouvait beaucoup, à avoir fait un pacte secret – un arrangement avec Dieu : cela consistait à ne prêter le serment à la Constitution civile que du bout des lèvres, avec suffisamment de conviction pour n'être pas inquiété ; et ainsi pouvoir rester au grand jour pour aider les infortunés. C'était faire le choix du ministère des catacombes plutôt que celui du martyre des pontons sur l'Atlantique sur lesquels on parquait par centaines les prêtres insoumis.

Le prêtre les cacha chez lui jusqu'aux premiers jours d'octobre, mais il leur fallut repartir à l'annonce des bataillons qui s'approchaient. Ils dormirent à la belle étoile pendant deux jours mais, alertés par la clarté des feux des bivouacs de la milice au milieu des forêts et par les paysans qui les prévenaient qu'ils risquaient d'être encerclés, ils durent se réfugier au sommet d'un rocher qui dominait une forêt de pins.

Et là, brusquement, le désespoir rattrapa Louvet et Barbaroux. Ils se prirent un soir à sangloter comme des enfants.

– Nous sommes ici comme dans une nasse ! se lamentait Louvet. Nous ne réussirons jamais à nous échapper ! Nous serons bientôt pris comme des rats, suppliciés, massacrés par la populace... Dans ces conditions, il vaut mieux en finir tout de suite ! Et noblement... en hommes courageux !

Il avait armé son pistolet et se l'était appliqué sur la tempe. Barbaroux, au moins aussi désespéré que lui, l'avait imité. Valady, qui écrivait une longue lettre à Adèle – une de ces lettres que, dans la certitude qu'elle ne lui parviendrait jamais, il déchirait le lendemain matin –, alerté par le déclic de ces deux armes comprit immédiatement ce qui se produisait et se jeta entre eux.

– Fous que vous êtes !
– Parle pour toi, marquis, nous avons décidé d'en finir ! le rudoya le géant Barbaroux.
– Non ! Non ! Mes amis... Non ! C'est l'amour qui nous sauvera... Ne partons-nous pas à Paris pour rejoindre nos compagnes ?
– Voilà bien un raisonnement d'aristocrate ! Tu oublies tout le reste... Notre échec, l'effondrement de cette Révolution dans laquelle nous avions mis tous nos espoirs !
– Non ! protesta encore l'ami des nègres esclaves. Tant que nous n'avons pas de fer aux chevilles et de menottes aux poignets, il faut garder espoir !

Les deux désespérés avaient baissé leurs armes. Ils s'embrassèrent et décidèrent de retourner chez leur vieux curé de Pomerol qui les accueillit à bras ouverts : c'est là qu'ils apprirent que Guadet et Salle avaient été obligés de rebrousser chemin à cause de la présence de troupes et qu'ils s'étaient réfugiés chez une femme compatissante, Mme Bouquey. Ils avaient fait savoir aux autres fugitifs qu'ils pouvaient venir les y rejoindre et ils s'y retrouvèrent tous les cinq dans de grandes embrassades.

Ils restèrent là tous ensemble encore un gros mois. La maison était isolée et la campagne plutôt calme alentour : c'est chez cette bienfaitrice qu'ils apprirent, au début de novembre, l'exécution de la reine et surtout celle de leurs vingt-deux frères Girondins arrêtés à Paris qui avait eu lieu le 31 octobre de cette terrible année 1793. Ils avaient été menés à la guillotine dans deux charrettes, se tenant par les épaules, chantant jusqu'au dernier moment pour se donner du courage, puis montant hardiment les marches de l'échafaud en forçant l'admiration du peuple de Paris qui s'était accoutumé à aller au spectacle des «belles morts».

Danton, quant à lui, écarté des comités, avait traversé, au début du mois de septembre, un de ces moments électriques où, du haut de la tribune, il avait su de nouveau manier la foudre, faire trembler les verrières et clouer sur place de stupéfaction ceux qui l'écoutaient.

Ses rugissements étaient une nouvelle fois destinés au seul combat qui pour lui, depuis le premier jour, l'emportait sur tous les autres : la guerre aux frontières et ses immédiates conséquences diplomatiques. Pour cette cause-là, il pouvait être plus excessif que les Robespierre et Couthon, plus ordurier qu'Hébert ; être à lui seul le comble de la Révolution dans sa fureur et faire paraître tous les autres acteurs de ce grand drame tièdes et hésitants.

Le 5 septembre, il avait défendu les réquisitions à outrance et la taxation des « riches égoïstes », défendu la formation d'une armée de sectionnaires, c'est-à-dire la conscription générale obligatoire. Il avait conclu son discours ainsi : « Il reste à punir l'ennemi intérieur que vous tenez et celui que vous avez à saisir. Il faut que tous les jours il y ait un aristocrate et un scélérat qui payent de leur tête leurs forfaitures. »

Il avait déversé toute son énergie mais, une fois de plus, en vain. Réduit à constater que les hommes du Comité continuaient de faire d'abord passer leurs querelles personnelles avant la survie de la nation, il était retombé dans une de ses périodes de fabuleuse paresse, et cela au pire moment. Quand il se réveillait, car il ne dormait que d'un œil, il était tout étonné que, malgré son silence, les désastres aux frontières n'aient pas déjà eu lieu et, plus encore peut-être, que les Montagnards les plus outrés qui avaient ressaisi la totalité du pouvoir le laissent encore libre d'aller et de venir.

Le procès de Marie-Antoinette l'obsédait plus que celui des Girondins, toujours parce qu'il en redoutait les conséquences extérieures : « En conduisant Antoinette à l'échafaud, disait-il, on détruira l'espoir de traiter avec les puissances étrangères. » Depuis qu'elle était à la Conciergerie et que son procès avait commencé, il avait dû se résigner, la mort dans l'âme, à tout projet pour la faire évader – l'entreprenant Courtois ne voyait plus de solution lui non plus.

Le 15 septembre il avait renoncé, comme l'en pressaient ses amis Camille et Fabre, à se présenter de nouveau à l'élection du Comité : « Je n'en serai pas, leur avait-il dit, mais je serai l'éperon de tous. » Puis il avait disparu de Paris, « saoul des hommes », ainsi qu'il ne cessait de le répéter. Cet atlante qui paraissait indestructible avait même fini par se persuader « qu'il était malade de la profonde douleur de ce qui se préparait », comme le disait pour lui son ami Garat.

Louise veillait sur lui, à Sèvres. Elle éconduisait gentiment les visiteurs en posant un doigt sur ses lèvres : « Il dort, leur disait-elle, mais il se réveillera. » Garat, l'un des seuls qui le reposaient par son calme et sa drôlerie de la frénésie parisienne, avait parfaitement compris son état d'esprit : « Il ne pouvait plus parler que de la campagne... Il étouffait. Il avait besoin de s'éloigner des hommes pour respirer. »

En compagnie de Louise, ses pas l'avaient conduit jusqu'à la Manufacture, ainsi qu'il l'avait promis à Adèle. Il s'était annoncé sous le faux nom de citoyen d'Arcis à l'huissier chargé dans le vestibule de noter le nom des visiteurs et il avait aussitôt demandé « la demoiselle des oiseaux » en s'excusant d'avoir oublié son nom.

Adèle était arrivée aussitôt, cheveux au vent, sans avoir quitté sa blouse grise maculée de taches de couleurs. Danton était déjà dans la salle d'exposition et il s'amusait d'y trouver au-dessus de la porte le profil de Louis XV toujours en place.

— Après tout, dit-il en riant très fort, le bonhomme est ici chez lui. N'est-il pas le bâtisseur de cette maison ? Cela ne me dérange pas, moi, de voir de la sorte les anciens symboles coexister avec les nouveaux : ça prouve tout simplement que notre pays vient de loin.

— Que voulez-vous voir, citoyen ? demanda Adèle en se fendant d'une espèce de révérence.

— Tout ! J'ai le temps, ou du moins je le prends depuis que j'ai découvert que, quoi que je dise et quoi que je fasse à Paris, on ne tient pas compte de mes avis... D'ailleurs, les choses ne paraissent pas aller plus mal depuis que je me repose ici. Voilà une constatation qui incline à la modestie.

Louise volait déjà de vitrine en vitrine en s'extasiant. Il courut après elle pour lui prendre le bras.

— Oui, ma mignonne, il faut égayer notre Fontaine d'amour... Tu as le droit d'acheter tout ce que tu pourras emporter dans tes jolis bras.

— Oh ! le bon client ! s'émerveilla Adèle. Nous n'en avons pas beaucoup comme vous, citoyen, par les temps qui courent !

— C'est moi le fautif... Je ne cesse de répéter que tout l'argent doit aller à la guerre : du coup, les gens cachent leur magot.

— La situation est critique, appuya Adèle, nous serons certainement obligés de fermer toute la boutique à la fin de l'année...

— De quoi ! De quoi ! Fermer une usine de la nation !... Il ferait beau voir !

— Citoyen, si vous mettiez le nez dans nos comptes, vous seriez édifié.

— J'ai l'habitude d'être effrayé par tout ce que je lis et surtout par les additions... J'ai du sang-froid là-dessus !

Louise attrapait des vases, des bols et des chocolatières sur les étagères. Elle avait un goût moderne, attirée par les formes les plus simples, alors que Danton, qui aimait l'ornement, serait allé plus naturellement vers les objets ventrus et rocailleux du temps de la marquise de Pompadour.

– Louise a le sens du dépouillement, remarquait-il, c'est une vraie Romaine... Moi, je suis déjà d'une autre époque. J'aurais fait un assez bon maréchal de Richelieu si j'étais né dans la particule.

L'addition était salée : 915 francs et quelques centimes, qu'Adèle encaissa avec Broussard, le commis d'Angélique Barrau, toujours assignée à résidence dans sa maison de Meudon.

– Citoyen ! puis-je vous adresser une prière ? demanda-t-elle en le fixant résolument dès qu'il se fut acquitté.

– Si elle est dans mes compétences et qu'elle ne heurte pas les principes du patriotisme, elle est déjà accordée.

– Notre ancien directeur, M. Régnier, et ses adjoints, MM. Hettlinger et Salmon, sont enfermés depuis plusieurs semaines dans le cachot municipal.

– Quels sont les drôles qui ont décidé ça ?

– Le comité révolutionnaire municipal.

– Cela suffit des comités de Paris ! Il n'y a pas d'autre autorité à reconnaître ici que celle du directoire du département de Seine-et-Oise. Tout le reste relève de l'intimidation. Envoyez-moi demain le chef de ce prétendu bazar municipal et je lui laverai la tête comme il convient sous le robinet de ma Fontaine d'amour... Je vous promets que demain vos gens seront relâchés... Mais qui a l'autorité aujourd'hui sur la Manufacture ?

– Le commissaire est un de vos collègues de la Convention : Jean César Battelier...

– Oh ! C'est un sombre !

– Et le directeur est le citoyen Chanou !

– Connais pas !

Il n'avait pas fini de dire ces mots que la porte s'ouvrit et que surgit précisément le directeur. Il était essoufflé. Il avait espionné suivant son habitude, regardant depuis sa fenêtre les deux visiteurs puis remarquant aussitôt Adèle qui les rejoignait. Du coup, il s'apprêtait à mener son enquête lorsque l'un de ses espions, un façonneur du nom de Suchard qui faisait partie de la municipalité de Sèvres, était accouru lui annoncer que Danton se trouvait chez eux.

Adèle ne l'avait jamais vu si mielleux.

– Citoyen, quel honneur !

– Je suis monsieur d'Arcis, bourgeois de la Champagne, je n'ai pas fait mettre d'autre nom sur votre registre, s'amusa le visiteur avant de partir dans un grand éclat de rire. Enfin je veux dire que je suis ici à titre privé, en voisin... Mlle Adèle, dont je ne sais toujours pas le nom, m'a montré des merveilles, mais elle m'annonce que la marche des affaires est incertaine... que l'avenir de Sèvres est compromis... Citoyen, vous dirigez une entreprise nationale, vous avez des devoirs envers la République. Vous voudrez donc bien faire le possible et l'impossible pour ne pas mettre la clé sous la porte.

– C'est que...

– J'ai dit l'impossible ! répéta Danton, qui en un seul coup d'œil avait jaugé le bonhomme. Et puisqu'en ce moment j'ai le temps, tandis que ces dames se promèneront dans le jardin – ce pavillon de Lully sur les terrasses, je ne le connaissais pas, il est vraiment splendide –, j'examinerais volontiers vos livres de comptes.

– Citoyen député, c'est que les comptables sont en prison.

– Raison de plus pour les libérer... et dès ce soir. Je reviendrai demain et je ne négligerai aucun détail !

Là-dessus, il tourna les talons, laissant Chanou désespéré. Celui-ci passa une fort mauvaise nuit, tandis que Régnier, Hettlinger et les frères Salmon fêtaient chez Hannong leur libération inespérée, intervenue en fin d'après-midi. Pour l'occasion, Adèle et Briséis s'étaient surpassées, elles avaient fait un gâteau d'herbes et de lard avec du lait et une dizaine d'œufs qu'une fermière du voisinage leur avait échangés contre un vase en pâte tendre invendable à cause d'une ébréchure.

Le lendemain, Danton fut exact au rendez-vous.

Chanou s'était résolu à appeler auprès de lui Régnier, Hettlinger et les Salmon, il avait même fait chercher, chez elle, à Meudon, Angélique Barrau qui était accourue malgré ses rhumatismes. Tous connaissaient les comptes sur le bout des doigts – les dernières semaines où ils n'avaient pas pu les suivre n'y avaient pas apporté beaucoup de modification du fait de la quasi-absence d'activité. Le directeur, qui depuis plusieurs mois était en charge de la Manufacture et n'avait jamais ouvert le moindre registre, se tenait derrière eux comme un petit garçon. Il les laissait parler, se contentant d'opiner de temps à autre.

Le chapitre des engagements était imparable. Il comportait les salaires non versés, les matériaux ou travaux non payés : il se montait à quelque 315 000 francs. Danton, dans son métier d'avocat-conseil, était habitué de longue main à éplucher les mémoires chiffrés, il connaissait le secret de la présentation des bilans en partie double des caissiers. Il alla donc tout de suite aux créances. Elles étaient colossales : nombre de princes, de ducs, de marquis avaient quitté la France en laissant des factures impayées pour des montants considérables.

– Les filous ! Les forbans ! s'emporta-t-il. Ils ajoutent cela à la liste de leurs forfaits !

Il nota même sur le petit carnet qu'il avait toujours dans sa poche le nom des plus importants débiteurs : il comptait bien voir s'il n'y avait pas, sur les biens qu'ils avaient abandonnés dans la République, quelque chose qui pût être récupéré.

– Et ça ? demanda-t-il en posant son index potelé sur un chiffre d'un montant pharamineux : 456 000 livres.

– Ah, ça ! citoyen, c'est notre trésor enfoui dans les sables ! La somme que nous doit l'impératrice de Russie depuis 1779 sur un service dont elle n'a acquitté, à ce jour, qu'à peine le quart de la facture.

— Eh bien, c'est un peu fort ! Cette femme — pour laquelle au demeurant j'ai de l'admiration — règle rubis sur l'ongle la bibliothèque de Diderot pour l'emporter à Saint-Pétersbourg mais oublie de payer sa vaisselle... Quand on est grande dame, quand on se prétend mécène, ce ne peut être à demi !

— Mais nous n'avons aucun moyen de pression, protesta Régnier. Les ministres nous l'ont répété !

— Ces ministres étaient des pleutres ! Il y a le droit des gens, les traités internationaux, la bonne foi, le poids des promesses. Je vais me charger de faire savoir à l'Europe entière que la Grande Catherine est une écornifleuse ! Allons, allons ! Il ne faut pas rester comme cela les deux pieds dans le même sabot... Tous ces papiers chez moi demain ! Je prends l'affaire en main ; ce que la tsarine n'a pas payé au roi, elle le paiera à la République !

Rouge de colère, il appliqua un grand coup sur son petit chapeau de postillon et sortit à grands pas.

Le lendemain, ce fut Adèle, accompagnée de Régnier, qui alla à la Fontaine d'amour remettre les deux cartons comportant tous les éléments de reconnaissance de la considérable dette de la cour de Russie.

Il faisait un soleil radieux d'automne, aussi s'installèrent-ils dans le jardin, sur de grandes tables de fer : l'ancien directeur, bien que toujours suspendu officiellement de ses fonctions, resta longtemps tête à tête avec le tribun et lui réexpliqua les tenants et les aboutissants de l'affaire. Ce dernier qui avait chaussé ses lunettes cerclées prenait d'abondantes notes. Louise et Adèle étaient allées se promener dans le vaste jardin où Danton avait déjà effectué depuis le printemps de grandes transformations. Danton avait raccompagné Régnier jusqu'à la porte du jardin en lui recommandant de se montrer discret jusqu'à ce qu'il s'occupe de son cas : de sa relaxe définitive et, si possible, de son retour à la tête de la Manufacture.

Les deux jeunes femmes revinrent en se tenant par le bras. Il les attendait et avait même préparé du chocolat ; il finissait de rouler le mousseur au travers du couvercle de porcelaine d'un mouvement régulier des deux mains.

Il s'émerveilla :

– Deux beautés parmi les dernières roses de la saison ! Le spectacle est charmant... Asseyez-vous, Adèle, partagez avec nous ce moment de paix.

Il lui posa alors des questions sur sa vie qu'il ne connaissait toujours pas et il fut tout étonné d'apprendre qu'elle avait été ce dernier amour de Mirabeau ; une passion tardive dont tout Paris avait en son temps parlé, mais dont l'objet était resté si secret que personne n'avait pu connaître le nom de l'élue.

– Mirabeau, lui dit-il, mais je ne puis l'avouer qu'à vous, était un grand homme. C'est l'une des pertes les plus considérables depuis le début de cette Révolution... Aujourd'hui, sans doute, ferait-il partie des proscrits, mais j'aime à croire également que les événements, avec lui, auraient pris un tout autre cours.

– Il a fait en tout cas une grande trouée de lumière dans ma vie, murmura Adèle en baissant les yeux.

Il fut tout aussi surpris ensuite d'apprendre qu'elle chérissait Valady car, mise en confiance, elle avait décidé de ne rien cacher à ce géant qui lui était apparu sensible et indulgent. Elle s'étonnait de sa ressemblance physique avec Mirabeau ; elle ne doutait pas qu'il soit, comme lui, capable d'inspirer une terrible peur à ses ennemis, tout en débordant d'humanité et d'une infinie tendresse pour ceux qu'il portait dans son cœur.

– Valady, l'ami des nègres ! Cela le rend immédiatement sympathique, c'est en plus un idéaliste, un poète, un rêveur... J'ai de la tendresse pour lui sans le connaître vraiment. Il n'est pas comme ces Vergniaud, Guadet ou

Buzot qui ont toujours l'air de vouloir vous donner des leçons.

– Je ne sais pas où il se trouve, il est en fuite... La dernière lettre que j'ai reçue de lui en juillet venait de Brest. Peut-être à l'heure qu'il est est-il en Amérique ?

Danton se rembrunit soudain, puis il prit le poignet d'Adèle.

– Malheureusement, je puis vous annoncer qu'il est actuellement dans l'estuaire de la Gironde avec ses amis et qu'ils sont traqués !

Elle pâlit et lui, gêné, crut bon de s'excuser.

– Oui, c'est vrai, j'ai voté la mise en accusation des Girondins. Elle me semblait nécessaire pour le rétablissement de la situation militaire. Mais je ne voterai pas leur mort ni celle de la reine... D'ailleurs, je m'apprête à envoyer à cette pauvre femme une dernière consolation.

Il contempla le ciel et ajouta comme en rêvant :

– Ah ! Si l'on pouvait tout refaire, tout changer, ne serions-nous pas heureux chez les nègres que chérit votre amoureux, lui et vous, Louise et moi, tous les quatre, aux Antilles, dans une baraque de rondins, pêchant, chassant, lisant et conversant... oubliant, sous d'autres cieux, la fureur du monde.

Quelques jours plus tard, le 26 octobre, fuyant Paris, « la ville des procès et des crimes », comme il l'appelait, Danton gagna la Champagne avec Louise. Il avait, au préalable, demandé officiellement au président de la Convention de pouvoir s'absenter par une lettre qu'il avait rendue publique :

> Délivré d'une maladie grave d'après les gens de l'art, j'ai besoin pour abréger le temps de ma convalescence d'aller respirer l'air natal ; je prie en conséquence la Convention de m'autoriser à me rendre à Arcis-sur-Aube. Il est inutile que je proteste

que je reviendrai avec empressement à mon poste aussitôt que mes forces me permettront de prendre part à ses travaux.

Toutefois, avant de partir, il avait fait une dernière chose pour la prisonnière de la Conciergerie : il lui avait envoyé Blanchot sans aucun autre prétexte que celui de sa santé. Le médecin de la Charité s'était présenté la veille de la lecture de la sentence, quand plus aucun espoir n'était permis, et ce fut Marie-Antoinette, dont l'esprit n'était déjà plus dans ce monde, qui décida d'écourter cet ultime entretien.

– Monsieur Blanchot, je savais que vous reviendriez... Qu'il était indispensable que nous nous disions adieu.

– Oh ! Madame ! balbutia-t-il en cherchant sa main dans la pénombre.

Elle se tenait pourtant à deux pas de lui, devant le mur qui suintait de salpêtre. Sa dernière cellule était petite et malsaine.

– Vous avez été dans ma vie constamment positif mais je n'ai pas compris suffisamment tôt que vous me vouliez du bien... S'il fallait éprouver des regrets – et j'en ai une longue guirlande à énumérer –, le principal serait bien celui-là.

– Puis-je faire encore quelque chose ?

– Deux vœux encore... Ah ! mon ami, quand on en est rendu là où je suis aujourd'hui, après tant d'honneurs acceptés avec orgueil, tant de caprices satisfaits sans aucun scrupule, les choses les plus infimes prennent soudain plus de valeur que tous les joyaux dont j'ai voulu me couvrir et que toutes les fêtes dont j'ai rêvé. Voilà, si vous pouviez dire à mes enfants et à ma sœur Élisabeth que ma dernière pensée a été pour eux ; et, plus égoïstement, si vous trouviez dans Paris un prêtre qui n'ait pas prêté le serment et qui accepte de se tenir sur le trajet que j'emprunterai après-demain pour me bénir au moment où je passerai, qu'il mette un foulard blanc, et je serai heureuse... Et vous, vous dont j'aurais dû, depuis le premier jour, faire mon plus constant soutien, je vous bénirai en fermant les yeux.

Dans la pénombre de cet horrible cachot, ce n'est pas des larmes qu'il vit en se détachant d'elle, ce fut un sourire, un sourire magnifique, un sourire royal.

Le lendemain, Marie-Antoinette entendit la sentence qui la condamnait à la peine de mort d'un visage tranquille et presque insensible, sans prononcer un seul mot, sans lever les yeux au ciel, sans les abaisser vers la terre. Le président lui demanda si elle avait quelque observation à faire contre l'application de la peine de mort. Elle remua la tête et fit quelques pas vers la porte comme si elle était impatiente de gravir les marches de l'échafaud. En fait, entre elle et l'échafaud, il ne restait plus que ce court repos que prenaient ordinairement les condamnés dans cette antichambre de la place de la Révolution qui s'appelait la salle des Morts.

La reine avait pris d'avance la résolution de repousser tout prêtre jureur qui se présenterait à elle. L'évêque de Paris, Gobel, lui en envoya trois : l'un était le curé constitutionnel de Saint-Landry, appelé Girard ; le second, l'abbé Lambert, un des vicaires de l'évêque de Paris ; le troisième, un prêtre mi-français, mi-allemand, appelé Lothringer. L'abbé Girard se présenta le premier, la reine l'accueillit plus que froidement.

– Je vous remercie, lui dit-elle, mais ma religion m'interdit de recevoir l'absolution du Seigneur par le ministère d'un prêtre d'une autre religion que celle de Rome. Et pourtant j'en aurais grand besoin, ajouta-t-elle comme se parlant à elle-même, parce que je suis une grande pécheresse... Heureusement, je m'apprête à recevoir un grand sacrement.

– Oui, le martyre, répondit le bon curé à mi-voix en faisant une révérence.

Voyant son doyen et son supérieur repoussés, l'abbé Lambert ne parla même pas à la reine; il demeura à une certaine distance et les larmes aux yeux regarda l'abbé Girard qui se retirait. Quant à l'abbé Lothringer, il apporta une persévérance consciencieuse à vouloir confesser la reine, insistance qui troubla ses derniers instants.

Ce qui rendait la reine si forte dans son refus était une espérance que lui avait inspirée Blanchot. Il lui avait indiqué l'étage et le numéro d'une maison de la rue Saint-Honoré devant laquelle passaient les condamnés pour aller à la place de la Révolution – à la fenêtre de cette maison, il se trouverait au jour du supplice un prêtre qui lui dispenserait cette absolution *in extremis* pour laquelle l'Église délègue tous ses pouvoirs à ses plus humbles ministres.

La reine s'était dépouillée de ses habits noirs de veuve pour la robe blanche du martyre. La fille du gardien l'avait aidée à se vêtir et lui avait passé la plus belle de ses trois chemises où il y avait de la dentelle; puis elle la coiffa, rassemblant ses cheveux, qui avaient tire-bouchonné pendant la nuit, dans une coiffe blanche serrée par un ruban noir, elle couvrit ses épaules amaigries d'un foulard blanc.

À 11 heures du matin, les gendarmes et les bourreaux entrèrent dans la salle des Morts. La reine les vit approcher sans changer de couleur: en elle tout sentiment de peur était éteint; aussi au lieu de le craindre, elle semblait aspirer à l'échafaud.

Elle était assise sur un banc et elle se tenait appuyée au mur. Elle embrassa la fille du gardien et se coupa elle-même les cheveux sur la nuque. Elle se laissa lier les mains sans se lamenter ni se plaindre, puis elle suivit d'un pas ferme ses accompagnateurs.

Mais en passant de l'escalier à la cour, et en tournant les yeux autour d'elle, elle vit la charrette des condamnés qui l'attendait, elle et ses compagnons de supplice. Elle s'arrêta et fit mouvement pour retourner sur ses pas ; une expression d'horreur se peignit sur son visage.

Elle avait cru jusqu'alors qu'elle serait conduite à l'échafaud dans un carrosse fermé, ainsi qu'il avait été fait pour le roi ; mais, pour la reine, l'égalité devant la mort allait être proclamée et poussée jusqu'aux plus extrêmes limites.

À peine parut-elle que le peuple assemblé tout au long de la Seine et de ses ponts se mit à bouger comme une mer agitée ; puis de toutes ces poitrines, pleines de haine, de vengeance et de fiel, jaillirent les cris : « À bas l'Autrichienne ! À mort, la veuve Capet ! À mort, madame Veto ! À mort, la femme tyran ! »

La foule était si compacte que l'on crut pendant un moment que la charrette ne pourrait pas passer ; mais le commandant Grammont se mit à la tête du cortège et brandissant son épée éloigna la foule du poitrail de son cheval.

Bientôt, les cris s'étouffèrent sous le regard dur et sévère de la condamnée ; la lutte avait duré dix minutes. Durant ces dix minutes, ses joues d'abord roses, puis devenues livides, avaient trahi le combat qui se faisait en elle – enfin, après s'être vaincue elle-même, elle avait vaincu les spectateurs.

Jamais aucune physionomie n'avait imposé le respect avec plus d'énergie, jamais non plus Marie-Antoinette n'avait été si grande ni si reine que dans cette charrette qui la conduisait au supplice.

Indifférente aux exhortations de l'abbé Lothringer, qui l'avait accompagnée malgré elle, son front ne ployait ni à droite ni à gauche. La pensée qui l'habitait, semblait immobile, tout comme son regard.

Les soubresauts de la charrette sur la chaussée inégale altéraient par leur violence la parfaite rigidité de son maintien. On aurait dit une statue de marbre portée sur un char. Pourtant, la statue royale avait l'œil vif et les cheveux de ses tempes ondulaient sur ses joues sous l'effet du vent.

Toutefois, arrivée près de l'église de l'Assomption, cette rigidité se relâcha. Les spectateurs qui ignoraient ce que recherchaient ses yeux crurent qu'elle était distraite par les drapeaux qui s'agitaient, les bannières déployées qui ornaient toutes les fenêtres de la rue Saint-Honoré.

Mais elle seule et un homme posté à la fenêtre d'un troisième étage savaient ce que cherchait son regard. Il cherchait un foulard blanc et, au troisième étage de cette maison, le prêtre qui devait laisser tomber sur elle les paroles de bénédiction.

Elle repéra le numéro et à un signe fait pour elle seule, elle reconnut le prêtre. Alors, elle ferma les yeux, baissa la tête, descendit en elle-même et pria.

Puis elle releva un visage serein et lumineux qui étonna tous ceux qui assistaient à cette transformation sans en connaître la cause.

La charrette avançait toujours. Arrivant sur la place de la Révolution, elle s'arrêta face au grand chemin qui va au pont tournant des Tuileries – la reine tourna la tête vers son ancien palais ; quelques larmes roulèrent sur ses joues – ce n'était pas par regret, mais sans doute parce qu'elle n'avait fait qu'y souffrir.

Avertie qu'elle devait monter sur l'échafaud, la reine descendit immédiatement mais avec précaution les trois degrés du marchepied.

Elle était soutenue par le bourreau Sanson, sur lequel, neuf mois auparavant s'était appuyé Louis XVI. Chose étrange ! Cet homme était royaliste au fond de son cœur et il mourut de douleur d'avoir dû couper la tête de ses deux maîtres.

Comme il l'avait fait pour le roi, il eut pour la reine les plus grands égards.

Il était peu de pas à faire pour passer de la charrette à l'échafaud. Elle les fit en marchant de son pas habituel. Puis elle gravit majestueusement les marches funèbres qui s'élevaient devant elle. La reine parvint sur la plate-forme; le prêtre continuait de parler sans qu'elle l'écoute.

Un aide la prit par les épaules, un autre lui ôta le foulard qui lui couvrait le cou.

Marie-Antoinette, sentant cette main infâme qui la touchait, se raidit et écrasa le pied de Sanson qui était occupé à préparer la fatale machine.

– Je vous demande pardon, dit-elle, je ne l'ai pas fait exprès.

Puis, regardant du côté du Temple :

– Encore une fois, adieu, mes enfants, dit-elle. Je vais rejoindre votre père.

Ce furent les dernières paroles que prononça Marie-Antoinette.

Il sonnait un quart d'heure après midi à l'horloge des Tuileries lorsque le couperet tomba et sépara la tête du corps.

L'assistant du bourreau prit cette tête dans le panier et fit le tour de l'échafaud en la montrant au peuple.

Ainsi mourut le 16 octobre 1793 Marie-Antoinette Jeanne de Lorraine, fille d'empereur et veuve de roi. Elle avait trente-sept ans et onze mois, et était restée vingt-trois ans en France. La bière dans laquelle elle fut enfouie coûta 7 francs, ainsi que le prouvent les registres du cimetière de la Madeleine.

CHAPITRE SIXIÈME

Le Noël de Périgueux

La guillotine de la place de la Révolution était devenue le meuble le plus visible de Paris, le plus sinistre aussi : on ne l'avait plus démontée depuis la mort de Marat. Elle restait campée près de la porte du jardin des Tuileries, non loin du pont tournant ; elle n'avait fait ainsi, depuis la mort du roi, que passer de l'autre côté du piédestal débarrassé de la statue de Louis XV, comme pour se rapprocher un peu plus de la ville.

Manon était prisonnière à l'Abbaye. On avait recommandé à ses gardiens un régime sévère, mais le concierge et sa femme, les Delavacquerie, ne pouvaient se retenir d'admirer cette femme si digne dans son malheur et ils la traitaient avec douceur. Grandpré, l'inspecteur des prisons, placé sous les ordres du conventionnel Courtois à qui Danton avait donné la haute main sur la vingtaine d'établissements destinés aux prisonniers, était venu la visiter et lui avait fait donner ce qui lui était nécessaire pour écrire. Il l'avait exhortée à en appeler à la Convention pour être élargie. Le 4 juin, elle avait obtenu une pétition en sa faveur de la section de son domicile, la section Beaurepaire, mais le comité de la Commune n'avait pas donné suite. Bosc, l'ami toujours fidèle, la rassura quant au sort d'Eudora qu'il avait confiée à des gens sûrs : le couple Creuzé-Latouche. Il lui avait aussi appris que Roland avait pu quitter Paris sain et sauf et qu'il était à Rouen.

Elle avait ainsi retrouvé le minimum de quiétude nécessaire pour se remettre à écrire les *Notes*, puis les *Notes historiques* dans lesquelles elle relata ses affreuses tribulations.

Le 24 juin, elle essuya une déconvenue des plus cruelles pour un prisonnier. Le matin, on l'avait remise en liberté en raison du manque de motifs de l'acte d'accusation et parce qu'il fallait mettre quelqu'un d'autre dans sa cellule – c'était Brissot qui devait prendre sa place. Elle avait regagné en fiacre la rue de la Harpe, y avait fait une rapide toilette et s'apprêtait à aller retrouver sa fille quand deux policiers vinrent de nouveau l'arrêter. Ils lui signifièrent que des preuves suffisantes venaient d'être réunies contre elle. Elle se débattit comme une lionne, faisant un esclandre de tous les diables, persuadant ses voisins de la suivre au poste de police pour la justifier ; mais il avait bien fallu s'en convaincre, ce second ordre était valable. Le soir même, elle dormait à Sainte-Pélagie, qui était pire que l'Abbaye : pas de papiers, pas de gardiens compatissants, la touffeur de l'été dans une cellule minuscule de cinq pieds sur cinq.

Le 10 août, elle avait vu arriver Louise Pétion et son fils dont les Montagnards s'étaient saisis à défaut de pouvoir s'en prendre à leur mari ct père. Elle avait été leur consolation. Le seul agrément de cette nouvelle prison, c'est que s'y trouvaient également enfermés les comédiens-français et que le soir, à l'heure de la promenade, il y avait théâtre, un théâtre d'un goût douteux : Raucourt et Dazincourt improvisaient de grandes plaidoiries grotesques sur le Tribunal révolutionnaire. À la fin – comme s'ils avaient voulu conjurer l'épouvante de l'horreur par celle de la dérision –, ces messieurs se livraient chaque fois à un simulacre d'exécution. On prenait une planche que l'on mettait en équilibre sur un chevalet, un acteur s'y allongeait, le nez collé contre le bois, on le faisait basculer et hop ! à cet instant, l'un de ces augustes suiveurs de Molière faisait avec sa gorge le bruit sec du couperet.

Manon, au bout de quelques jours, avait réussi par miracle à se procurer du papier et une mine de plomb. Du coup, elle rayonnait comme aux plus beaux jours, le regard perdu dans des songes heureux. Elle étonnait ses compagnons d'infortune: «Qu'importe où le vent me jette, je porte avec moi le principe de la félicité», leur disait-elle. D'une écriture minuscule, pour économiser le papier, elle avait entrepris d'écrire encore des *Mémoires particuliers* et des *Anecdotes*. Les nouvelles du dehors continuaient de lui parvenir: deux lettres de Buzot qu'elle avait placées sur son sein, mais aussi la terrible annonce de la dernière «loi des suspects» du 17 septembre qui ne laissait plus aucun espoir aux sympathisants des Girondins. À la promenade, elle soutenait le courage des autres prisonniers: la femme de Pétion, les comédiens sujets à de grandes crises d'abattement et puis elle avait trouvé une âme sœur, encore un homme plus jeune qu'elle, un homme d'esprit à qui parler: le géographe Edme Mentelle qui ne savait pourquoi il était là car il n'avait jamais été d'aucun club ni n'avait manifesté publiquement la moindre opinion.

En octobre, elle comprit que l'on allait joindre son procès à celui déjà en cours des autres Girondins détenus à Paris. Le 8, elle décida, après avoir rédigé un testament et des recommandations pour Eudora, de se laisser mourir de faim; le 14, on la transféra à l'infirmerie où une autre prisonnière la persuada de reprendre des forces dans l'idée qu'elle pourrait être appelée comme témoin au procès de ses vingt-deux compagnons.

Le 31 octobre, quinze jours après que Marie-Antoinette en fut sortie pour aller à l'échafaud, elle fut transférée à la Conciergerie – l'antichambre de la mort. Elle répondit crânement aux questions et, le 7 novembre, Chauveau-Lagarde, qui avait déjà défendu la reine, lui annonça qu'il plaiderait en sa faveur le lendemain. Elle l'adjura de n'en rien faire et, dans la nuit, elle prépara elle-même un « Projet de défense » dont le but n'était pas de servir devant le tribunal mais d'être joint aux autres papiers qu'elle avait laissés à Sainte-Pélagie à la garde de Mentelle. Le 8 au matin, elle fut condamnée à mort, pour une exécution le jour même. Dans l'instant fatal, elle fut sans doute plus fière que Marie-Antoinette qui avait été malheureuse plus longtemps et qui avait pu faire complètement le chemin qui mène au détachement : du tombereau qui la menait place de la Révolution, les mains liées derrière le dos, sous les huées du peuple, elle regarda la foule avec superbe. Et à l'heure de gravir les marches fatales, elle déclama ces mots fameux qui la dépeignent en entier, si fière et si indomptable : « Liberté ! Que de crimes on commet en ton nom ! »

Roland apprit sa mort deux jours plus tard. Cela le résolut à sortir de sa cachette et, pour ne pas compromettre ceux qui lui avaient donné asile, il alla dans la campagne se suicider d'un coup franc de sa canne-épée.

Valady, après avoir dissuadé Louvet et Barbaroux de se donner la mort, s'était donc réfugié avec eux chez la charitable Mme Bouquey en octobre 1793. Elle leur donna asile pendant cinq grosses semaines dans sa maison des champs. Cette belle et vaste gentilhommière était isolée, confortable – ils y disposaient chacun d'une chambre comme dans un pensionnat pour jeunes gens fortunés.

– D'ailleurs, avait ironisé la vieille femme qui affectait de mépriser le danger, si les soldats de la République se présentent ici demain je leur dirai que je suis votre institutrice.

N'était l'angoisse de se voir débusqués à tout moment, les trois députés proscrits passèrent là leur temps le plus agréable depuis bien longtemps : la forêt était proche et ils s'y promenaient librement, récoltaient des cèpes, car c'était la saison, mais ne tiraient pas les oiseaux en dépit de l'envie pour ne pas faire de bruit. À défaut, ils s'essayaient à poser des collets et des pièges, un exercice de braconnier pour lequel ils n'avaient aucun talent. Ils sciaient du bois, ils lavaient à grande eau, jambes nues, les planchers de chêne de leur hôtesse avec du savon noir. Enfin, ils lisaient le plus gros du temps, car Mme Bouquey, nièce d'un doyen de Bazas, avait hérité de cet oncle quantité de livres reliés et de fascicules brochés de la petite Bibliothèque bleue.

Les nouvelles du dehors leur parvenaient par un jeune ancien vicaire qui, pour rester près de sa vieille mère malade, s'était défroqué plutôt que de se renier par un serment ou de devenir un proscrit. Par son canal, deux lettres à l'adresse improbable parvinrent à leurs destinataires. L'industrie des gens de cœur qui regardaient le courrier des gens affligés comme un dépôt sacré était en effet surprenante ; le réseau le plus efficace, celui des prêtres qui se cachaient, avait des ramifications dans toutes les provinces. C'est ainsi que Pétion reçut des nouvelles de sa femme Louise, juste avant qu'elle ne soit arrêtée, et Valady l'annonce qu'Aubert de Vitry, dont il n'était séparé que depuis le 29 septembre, était parvenu à gagner Paris où il avait trouvé refuge auprès d'un de ses oncles, curé constitutionnel de Saint-Jacques-du-Haut-Pas. Cet homme à l'âme compatissante avait accepté de l'héberger sous un faux nom et d'en faire son sacristain.

Le 12 novembre, le neveu de Mme Bouquey revint affolé en plein milieu de la nuit : le comité de Bazas avait été informé de la présence de plusieurs jeunes gens qui avaient tout l'air de comploter aux Bordures – c'était le nom de cette agréable gentilhommière. Il fallait décamper ; ce fut aussitôt le signal d'une nouvelle séparation : Barbaroux, Pétion et Buzot confirmèrent leur projet de retourner à Paris. Valady annonça qu'il était décidé à regagner sa terre natale.

Xavier repassa par Saint-Émilion, chez le père Guadet, et en repartit dans la nuit du 14 au 15 novembre pour disparaître dans les forêts pendant trois grosses semaines, marchant vers l'est, vivant de pommes, de noix et de châtaignes crues. Le 13 décembre, il était à Chabasse, chez un gros cultivateur, du nom de Villegoute, que lui avait recommandé le père Guadet. Or, Valady, depuis sa sortie de chez Mme Bouquey, avait adopté une nouvelle identité : il se faisait à présent appeler Jean-Jacques Jurquet, reprenant le nom de sa marraine, Mme de Jurquet, amputé de sa particule ; il se disait natif d'Aurillac, professeur de belles-lettres au collège de Navarre, à Paris.

C'est en tout cas ce qu'il indiqua à Villegoute lorsque celui-ci se proposa d'aller lui faire établir un passeport par le procureur-syndic de Mussidan. Xavier demeura chez cet homme, dans l'attente de ce document, pendant quatre jours encore, jusqu'au 21 décembre, mais apprenant qu'un détachement de soldats s'approchait de Chabasse, il prit peur et s'enfuit de chez ce nouveau bienfaiteur sans avoir eu le temps de le prévenir. Rencontrant dans sa fuite un détachement de quatre miliciens, il fut appréhendé et mené jusqu'au village de Montpon, chez le citoyen Lamarque, officier municipal. Villegoute, qui de son côté était à sa recherche avec son nouveau passeport, fut arrêté peu après comme suspect et conduit au même endroit.

Mais l'officier municipal se trouva confronté à un fait des plus troublants : Xavier, lorsqu'il avait été fouillé, avait été trouvé en possession d'un autre passeport qui lui avait été délivré à Brest au moment où il s'apprêtait à s'embarquer sur *L'Industrie*. Celui-là était établi au nom d'Henri Rideau, se disant également natif d'Aurillac et instituteur. Ce document, fort heureusement, ne mentionnait pas Brest, ce qui aurait immédiatement trahi Valady : c'était un faux, daté de Paris en décembre 1792, c'est-à-dire bien avant la proscription des Girondins.

Pourquoi Valady avait-il choisi de changer ainsi de nom sans prendre la précaution de détruire le premier passeport ? C'était une négligence qui pouvait être attribuée à la peur… ou à son esprit étrangement rêveur. En tout cas, Villegoute le prit fort mal et il fit à son hôte de très vives récriminations que celui-ci entendit les larmes aux yeux.

– Oui, je n'ai pas d'excuses, lui répondit-il tout en inventant une autre fable destinée à justifier ces incohérences. Je suis un pauvre sous-diacre et j'ai perdu mon emploi d'instituteur lorsque je n'ai pas voulu prêter serment à la Constitution civile. Depuis, j'ai fui Paris, vivant çà et là, à Tours, à Angers, à Bordeaux de cours particuliers… Je tentais de rejoindre Périgueux et de là mon pays d'Auvergne. Je me nomme réellement Jurquet.

L'officier municipal de Montpon, le citoyen Lamarque, était un brave homme. L'air de candeur de Xavier et l'accent de sincérité de son dernier récit – ceux qui couraient sur les routes étaient souvent des prêtres fugitifs, faibles et inoffensifs, dont on ne pouvait que déplorer l'infortune – le disposèrent favorablement. Il décida de libérer Villegoute et de garder celui qui se disait instituteur chez lui – sous promesse de ne pas sortir de sa chambre – jusqu'à ce qu'il ait pu en référer aux autorités de Mussidan ou de Périgueux.

Xavier remercia avec sa douceur accoutumée, prenant ses nouveaux quartiers avec l'idée qu'une fois de plus il avait bien de la chance : la citoyenne Lamarque, une dame de province tout en rondeurs et minauderies, était ravie d'avoir chez elle ce jeune homme aux bonnes manières et qui, de plus, avait conservé au fond de son cœur une fidélité pour l'ancienne Église qu'elle ne désapprouvait pas. Quant aux deux filles de la maison, âgées de seize et dix-huit ans, elles étaient émoustillées d'avoir sous leur toit ce jeune instituteur tombé du ciel qui, au premier souper pris en commun, leur donna à lire *Les Métamorphoses* d'Ovide dont il avait la traduction française dans son bagage.

Or, au même moment, Adèle, flanquée de son cousin Janvier, arrivait à Périgueux.

Aubert de Vitry en était la cause. S'étant séparé de Valady, au bec d'Ambès, fin septembre, il avait gagné directement Paris où il était arrivé seul le 13 octobre, ayant fait le tiers de son chemin à pied, une partie sur la carriole de paysans pour finalement pouvoir prendre, de Blois jusqu'à Paris, la diligence. Recueilli aussitôt par son oncle curé, à Saint-Jacques-du-Haut-Pas, il s'était rendu deux jours plus tard à Sèvres pour remettre à Adèle la lettre par laquelle Xavier lui indiquait son intention de passer par Périgueux : c'était la seule indication de lieu qu'il donnait, et pourtant la destinataire de ces quelques lignes y vit aussitôt un appel à se rendre sur place.

Briséis et Hannong, chez qui elle se rendit sitôt après avoir pris sa décision, poussèrent de hauts cris :

– Enfin, c'est insensé ! Dans ce pays où tu ne connais personne, où aucune communication n'est sûre... En plein automne !

Toutes les raisons en effet penchaient contre le projet de cette course folle : Adèle pouvait aussi bien passer pour une ci-devant fuyant Paris, être arrêtée par des patriotes de province proches des Montagnards ; ou bien se trouver nez à nez avec des paysans sous les armes, entraînés par quelque aristocrate proscrit et, puisqu'elle venait de Paris, être arrêtée comme suspecte de jacobinisme. Mais les raisons du cœur ne sont pas celles des gens sensés. Elle était entêtée de son idée et n'en démordait pas.

– Mais tu ne peux pas partir seule ! s'effraya Briséis.

– Une femme seule paraît moins suspecte ; on s'empresse de la protéger !

– La Révolution est loin d'avoir maintenu les pratiques de l'ancienne politesse ! objecta Pierre-Antoine.

– Je suis bien persuadée que, pris individuellement, il n'est pas plus de cœurs de tigres dans les campagnes que par le passé.

– Je m'inquiéterais tout de même... Prends un chaperon !

– Ma seule inquiétude est de vous laisser aux prises avec Chanou. Je suis parvenue à le tenir en respect jusqu'à présent et ni vous ni les demoiselles Lemoine n'avez eu à souffrir de la mise à exécution de ses menaces... Il me pense au mieux avec Danton... Il s'est calmé... Mais, dès que j'aurai le dos tourné, peut-être...

– Oh ! rétorqua Hannong, celui-là j'en fais mon affaire ! Il soupire après son four chinois, je l'en ai ébloui... Il pense que ce sera son grand œuvre et qu'il pourra sans vergogne s'en attribuer la paternité. Or, aucun danger pour moi tant que je ne lui aurai pas livré mon secret. En revanche, lorsque je lui aurai rendu mes plans, là, je pourrai me faire du souci !

Puis, riant sous cape, il ajouta :

– Mais... Chanou attendra longtemps... d'autant que, pour tout dire, je ne sais pas moi-même encore à quoi ce four chinois peut ressembler vraiment !

Adèle en eut le fou rire, mais le Strasbourgeois redevint aussitôt sérieux.

– J'insiste ! Si tu persistes dans ce projet d'aller à Périgueux, fais-toi accompagner d'un homme !

– Ce ne peut être mon frère, il a son poste à tenir au Garde-Meuble.

– Ton cousin Janvier... N'est-il pas temps qu'il découvre la France ?

– Il n'a que dix-neuf ans !

– L'une des seules choses positives de ta Révolution, c'est qu'elle rajeunit tout. À dix-neuf ans, aujourd'hui, on est colonel !

Adèle réfléchissait.

– Janvier, après tout, pourquoi pas ? Il ne dira pas non et il est débrouillard.

– Le prétexte sera tout trouvé : des vacances pour lui faire découvrir le Limousin, le pays de son père.

On était le 20 octobre, au moment où se préparaient les procès contre la reine et les Girondins. Aller respirer hors de Paris un air plus sain était sans doute une excellente idée. Mais ce n'était pas la raison principale : Xavier occupait toutes les pensées d'Adèle et elle aurait été fort capable de le rejoindre à pied.

Chanou était méfiant par nature, il s'étonna d'une demande aussi capricieuse.

– Mais enfin, citoyenne, tu en choisis une saison !

– Rien n'est plus beau que la campagne à l'automne : la nature se pare de couleurs belles à désespérer les plus talentueux coloristes. C'est le moment où les artistes, s'ils restent enfermés, se découragent... Ils ne peuvent plus travailler, savez-vous, il leur faut aller chercher l'inspiration dans la campagne... Et les oiseaux ! Les oiseaux, surtout ! C'est à cette époque qu'ils sont au sommet de leur beauté...

– Ah oui ! et ils sont gras à point pour être mangés... Pan ! pan ! fit le directeur imitant le bruit du fusil et le geste du chasseur.

– Pour ceux que cela intéresse, sûrement...

– Mais moi, citoyenne, j'ai besoin de toi ici... Le ministre Garat annonce sa venue prochainement : il veut se rendre compte dans le détail de la marche de la Manufacture. Il paraît que le citoyen Danton le presse d'agir et, à ce qui se murmure, tu es la cause du brusque intérêt que l'on porte soudain en haut lieu à notre fabrique.

– Oh! citoyen, protesta Adèle, fine mouche, je suis bien persuadée que vous vous débrouillerez sans moi pour organiser cette visite et que le ministre repartira content... De toute façon, je ne serai partie que trois ou quatre semaines et avec le peu d'activité qu'il y aura dans mon atelier d'ici la fin de l'année, je ne crois pas que mon absence se remarquera.

– Quand comptes-tu revenir?

– Pour Noël, car je tiens à être présente pour la fête qui se donne à cette occasion dans les ateliers. Sans doute, cette année, cette fête sera-t-elle plus triste, avec ce chômage forcé et l'effondrement des perspectives de commandes...

– Noël, tiendrons-nous jusque-là? se désola brusquement le directeur.

– Rassurez-vous, citoyen, Danton fait tout son possible pour que cette maison ne ferme pas ses portes. J'ai confiance en lui, comme j'ai eu confiance autrefois en Mirabeau: croisons les doigts, cette fois, pour que la destinée permette à cet homme d'aller au bout de ses résolutions.

Le départ eut lieu fin novembre, par la diligence d'Orléans. La veille, rue Montorgueil, Paul avait fait les plus strictes recommandations à son cousin Janvier:

– Les routes de France ne sont actuellement pas plus sûres que celles de Calabre ou des Pouilles, dans ton royaume de Naples... Ce ne sont pas des brigands de grand chemin qui détroussent les voyageurs mais des énergumènes qui se mêlent de politique et qui souvent ont des idées courtes: des monarchistes prêts à massacrer tous ceux qui portent la cocarde ou des patriotes qui regardent comme suspects ceux qui ont les mains trop fines. Alors, pas de signes républicains, même dans la poche, de la discrétion, de la modestie, de la neutralité jusque sur les visages. Pas de lectures tendancieuses, ni Voltaire, ni Rousseau, ni ouvrages de piété: le vieux

Molière, le grand Racine, des comédies, des fables ! Pas de roman compliqué non plus pour tout ce que vous raconterez vous concernant : la vérité pure. Toi, Janvier, avec ton accent, tu ne peux pas dissimuler que tu viens de loin. Tu es napolitain et tu voyages avec ta cousine que tu viens de retrouver à Paris ; vous allez au pays de vos ancêtres communs, en Limousin. C'est tout ! C'est ce qui sonne le plus juste !

Janvier s'amusait de l'exercice et, comme il était poète, il en rajoutait :

– Habits couleur feuille morte... Cheveux décoiffés par le vent... Je ne me ferai pas remarquer et Adèle non plus. Regarde-la ! Sage comme une nonne : robe couleur de terre, sans dentelle ni ornement... Deux jeunes gens sages, sans fanfreluches, sans opinions.

– Pas d'armes non plus !

– Mon couteau à manche de corne... Un Napolitain a l'impression d'être nu s'il n'a pas une lame dans sa poche, mais je le laisserai dans mon bagage.

Lucile était la plus inquiète.

– Pas d'imprudence ! Xavier doit avoir toute l'armée à ses trousses ! Ne l'approchez pas avant de savoir s'il est seul et dans un endroit sûr... Sinon vous risqueriez d'être déclarés complices de sa fuite.

Adèle prit la main de celle qu'elle avait toujours regardée comme sa mère.

– Je ferai attention... Ne suis-je pas comptable de la vie de Janvier que nous avons eu tant de mal à ramener parmi nous ?

Ils se séparèrent au début de l'après-midi car la diligence d'Orléans quittait deux fois la semaine Paris en milieu de journée, et ce départ rappela aussitôt à la jeune voyageuse celui qui, une année plus tôt, l'avait conduite au bras de Xavier pour son élection en terre de Rouergue. Alors, elle songea à la rapidité avec laquelle celui qu'elle aimait était passé en douze mois de la gloire de la représentation nationale à l'infamie de la proscription.

Le voyage fut long, pénible, interrompu sans cesse par l'inspection des patrouilles et parfois par de longues et tatillonnes fouilles des voyageurs et de leurs bagages. Prenant garde à ne pas se faire remarquer, les deux cousins étaient les seuls à ne pas maugréer de la répétition et de la minutie de ces contrôles, si bien qu'à Issoudun le chef d'une de ces bandes armées et déguenillées, relevant du Comité du district local, considéra que ce silence était suspect.

– Et vous, là ! Vous ne protestez donc pas comme les autres ? C'est que vous devez avoir quelque chose à me cacher... Montrez-moi vos passeports !

Ils furent cette fois-là les seuls obligés de produire leurs papiers et ils eurent la désagréable impression de s'attirer de la part des autres voyageurs, qui jusque-là s'étaient plutôt montrés émus de leur jeunesse et de leur discrétion, un regard de nette suspicion.

– Napolitain ! Voilà qui n'est pas net ! Que fais-tu ici ?

– Je suis né à Naples, mais mon père était français... Je viens de quitter l'Italie ou plutôt je viens d'en être chassé parce que j'étais patriote, mal vu du gouvernement de ce royaume... En particulier de la reine...

– Il a bien fallu que tu fasses quelque chose pour cela ?

– Oui, je suis monté sur les bateaux français, ceux qui étaient venus faire reconnaître les droits de la République française à Naples, avec l'escadre de l'amiral de Latouche-Tréville...

– Oh ! Oh ! Un ci-devant ! On n'aime pas beaucoup ces gens-là, chez nous !

Adèle protesta :

– Cet amiral est un soldat dévoué à la République... un grand marin !

Un homme qui depuis la halte d'Orléans, où il était monté dans la diligence, n'avait pas levé le nez de son livre, intervint :

— Citoyen, ce que disent cet homme et cette femme est exact : Latouche-Tréville a bien mérité de la nation. Il est allé canonner Naples pour forcer la reine de ce pays-là – qui est la sœur de celle que nous avons guillotinée – à reconnaître notre nouvel ambassadeur...

— Et qui es-tu, toi ?

— Un journaliste, membre du club des Jacobins, mandaté par ses amis pour voir où en est la Révolution dans nos campagnes...

— Je n'aime pas beaucoup tes pareils. Les journaux racontent bien ce qu'ils veulent.

— Oui, c'est vrai, les journaux racontent ce qu'ils veulent : c'est la preuve de leur liberté. Un bon journaliste est celui qui rapporte exactement ce qu'il voit.

— Et tu parleras de moi dans ton journal ?

— C'est selon ! Car si tu t'obstines à inquiéter ceux qui ont la mine d'être de bons patriotes, je le rapporterai en citant ton nom et celui de la ville d'Issoudun... Si, en revanche, tu te contentes de lire les noms qui sont sur ces passeports pour en faire la vérification, sans faire au préalable aucun commentaire suspicieux, eh bien je donnerai aussi ton nom en disant que tu as fait strictement ton travail et qu'il est à Issoudun de bons patriotes qui respectent cet article sacré de la Déclaration des droits de l'homme présumant l'innocence.

— Ah ! fit cet homme, visiblement impressionné, en rendant sur-le-champ les passeports sans les examiner. Je me nomme Cottenceau, palefrenier de mon état, et j'habite au hameau du Dognon.

— Voilà ce que l'on attend d'un bon citoyen ! conclut le voyageur en se replongeant dans sa lecture sitôt après avoir serré la main du milicien.

La voiture repartit sans attendre. Adèle voulut remercier, mais l'homme, d'un sourire, lui fit signe de se taire avec visiblement l'idée de remettre à plus tard une explication. Celle-ci eut lieu, le soir même, à la poste d'Arnac.

Coufignal, ainsi que se nommait le journaliste, avait invité les deux jeunes gens à boire avec lui un verre près du feu avant que les autres voyageurs ne redescendent de leurs chambres pour souper.

— Oui, dit-il, les événements récents ont incontestablement libéré la parole dans tout le pays, mais ce sont des langues d'enfants que l'on a déliées. Tous ces hommes et toutes ces femmes qui n'ont pas eu la chance d'apprendre à lire et à écrire, comme notre Cottenceau tout à l'heure, disent et font à peu près n'importe quoi... Pour cette raison, surtout, l'époque est dangereuse.

— En tout cas, vous nous avez rendu un fier service! dit encore Adèle.

— N'en parlons plus! Mais sans être aussi soupçonneux que notre palefrenier d'Issoudun, je vous pose la même question que lui: Que faites-vous tous deux sur les routes, car visiblement vous ne voyagez pas pour vos affaires?

— À quoi voyez-vous cela?

— Oh! J'ai l'œil... Vous, jeune homme, vous ne paraissez pas soucieux comme le sont tous nos compagnons de voyage; quant à vous, mademoiselle, vous semblez rêver comme une autre Paméla.

— C'est vrai, je rêve. Je voyage avec mon cousin pour lui faire découvrir la terre de nos ancêtres et je passe par Périgueux pour rejoindre mon fiancé...

— Périgueux! C'est ma destination. J'en suis natif. J'y ai vécu longtemps avant de venir à Paris m'essayer au journalisme dans l'ombre de grands hommes.

Adèle, mise en confiance par le regard franc de Coufignal, se lança:

– Brissot... Mirabeau, peut-être... Ceux qui ont créé les premiers journaux en 89 ?

– Ils furent en effet, au départ, mes maîtres et mes modèles, mais ce ne sont plus des noms qu'il faut aujourd'hui crier sur les toits : Mirabeau est mort à temps et Brissot est aujourd'hui victime de la proscription. J'ai depuis moi-même « gauchisé » énormément mes positions : j'admire Danton, j'admire Fabre, ils donnent à la République l'énergie guerrière et civique dont elle a besoin. Avec leur bénédiction, je m'en vais à Périgueux fonder une nouvelle feuille pour soutenir leurs idées. Je ne vous en dis pas plus, mais sachez que dans ces temps troublés j'ai autant à me méfier des piques des Girondins en fuite que des foucades des partisans d'Hébert qui poursuivent, en les outrant, les appels au crime du défunt Marat.

– En somme, vous essayez de vous tenir dans un juste milieu, observa Adèle. Voilà bien la position la plus difficile aujourd'hui.

– Je m'y emploie en tout cas.

Il avisa alors Janvier qui, avec son large et sempiternel sourire, l'avait écouté sans rien perdre de ses paroles.

– Et, lui ? Napolitain, vraiment ?

– N'en a-t-il pas l'air ?

– Et il fait vraiment partie de ces patriotes napolitains que la reine Marie-Caroline traite si mal aujourd'hui ?

– Oui, dit Janvier en s'assombrissant. J'ai laissé là-bas bien des amis dont je suis sans nouvelles.

Puis, souriant presque aussitôt, parce qu'il avait ce caractère de son pays natal qui, dans l'espace d'une seconde, fait succéder le rire aux larmes :

– Mais si vous racontez mon aventure dans votre journal, alors là, je suis votre homme : je ne vous cacherai rien. Mais le temps ne suffira peut-être pas jusqu'à Périgueux.

Coufignal sourit.

– En voilà une occupation ! Mais nous devrons la remettre à plus tard car nos compagnons d'équipée redescendent : la faim les a rendus acariâtres et nous serons bien avisés de n'évoquer à table aucun sujet brûlant.

La route se poursuivit dès le lendemain à l'aube avec cet agréable nouveau commensal.

Coufignal était prévenant, astucieux, capable de démonter rapidement les interrogatoires trop longs ou trop minutieux des municipaux. Un peu avant Uzerche, il se révéla même providentiel pour toute la voiturée, mettant en fuite à l'aide de sa canne-épée deux soldats qui s'étaient pris à demander de l'argent aux dames de manière un peu trop pressante.

Il avait bondi comme un diable sur le marchepied.

– Le premier d'entre vous, misérables, qui ose faire encore un pas, je l'embroche !

Et ces hommes avaient reculé.

Cela lui avait valu aussitôt la sympathie des autres voyageurs qui se montrèrent plus engageants et plus diserts, en particulier un homme qui allait à Brive. Il était le seul à n'avoir jamais ouvert un livre ni cédé au sommeil : il regardait depuis le début du voyage, fixement devant lui, sans même éprouver le besoin de mettre le nez à la portière comme un homme que le spectacle des splendeurs de l'automne avait depuis longtemps blasé. Il remplissait à le faire craquer un habit de gros drap noir et sa posture la plus constante était d'appuyer son triple menton sur le large pommeau de cuivre de sa canne. L'affaire des deux malandrins d'Uzerche et la façon dont le journaliste avait su en venir à bout lui avaient enfin fait écarquiller un œil.

– Ah, ça ! citoyen, vous n'avez pas froid aux yeux ! Car, voyez-vous, j'étais perplexe. Je me disais, Latapie – Latapie, c'est mon nom –, dans quelle aventure t'es-tu encore fourré ?... Figurez-vous que j'étais allé à Paris marier ma jeune sœur. Quelle folie ! Car savez-vous dans quel temps je suis arrivé là-bas : le jour précisément où l'on mettait Louis au Temple. Ensuite, bloqué dans la ville, j'ai vu de ma fenêtre les massacres, l'agitation, les défilés de sans-culottes... et tous les matins je me répétais : « Latapie, tu es un vieux fou ! Qu'es-tu venu faire dans cette pétaudière ? Tu ne reverras jamais Brive. » Mais à présent, grâce à vous, citoyen, j'ai repris espoir et je me dis que chaque tour de roue me rapproche un peu plus de mon chez-moi...

Coufignal s'amusait de ce récit si spontané.

– Cela vous fera au moins une belle aventure à raconter à vos enfants.

– Oh ! Je n'ai pas d'enfants, moi ! Voilà bien un souci que je ne voulais pas me donner. Je suis garçon et je m'en porte bien. Mais j'ai tout ce qu'il faut : maison bien tenue, sévère gouvernante, accortes servantes, nappe blanche sur ma table changée tous les jours... Et, d'ailleurs, je suis si content que j'invite toute la compagnie à souper chez moi demain soir plutôt que dans ces auberges qui – je dois vous l'avouer – m'ont causé la plus grosse déception de ce voyage ! On est en pleine saison des cèpes, des faisans, du vin neuf, vous serez bien traités !

L'invitation était lancée de si bon cœur que tous l'acceptèrent. Latapie ne mentait pas : la chère fut bonne, et sans comparaison possible avec ce qu'ils avaient pu connaître depuis Paris. Il habitait une grande bâtisse au bas de la côte de Donzenac, au lieu-dit les Grands Ormes, où rien ne manquait ainsi qu'il l'avait annoncé : table mise d'avance pour huit – correspondant, fort opportunément, au nombre des invités –, canards et poulets attrapés dans la basse-cour à l'arrivée des voyageurs et servis à peine trois heures plus tard sur des lits de champignons relevés d'un fumet d'ail, figues farcies d'un délicat hachis d'oie confite, gâteaux à la crème, aux poires et aux noix, des massepains dont la pâte légère avait débordé des moules comme la lave du volcan.

Mais ce qui surprit le plus Coufignal après avoir observé pendant plusieurs jours le bonhomme muet et statique tout au cours de ce voyage, et ne se répandant qu'en propos des plus communs, fut sa bibliothèque, celle d'un homme à qui presque aucun sujet d'histoire, de philosophie ou de poésie n'était étranger.

— Moi, se contenta-t-il de dire pour toute justification, je ne transporte jamais mes livres et je ne lis pas ailleurs que dans cette pièce, dans ce fauteuil à crémaillère, avec mon tabac à priser et mon eau-de-vie de poire à portée de la main.

Latapie, qui avait tout le caractère de ces vieux garçons érudits de province, coquins en secret sans doute, mais pour qui rien ne compte davantage que la vie de l'esprit et les plaisirs de la table, avait à peine arrivé pris les nouvelles du pays. Cette partie du Limousin était calme, l'onde de la Révolution n'y parvenait encore qu'amortie. On n'y savait à peu près rien des massacres de Paris et des proscriptions d'une partie de la représentation nationale ; on s'entretenait surtout de la traque des curés réfractaires et, d'ailleurs, plutôt pour la déplorer.

Sur ce sujet, le maître des Grands Ormes, qui partageait la manière de penser de ses compatriotes, n'était pas en reste.

— Tous ces pauvres hères qui se sont voués à leurs prochains, dont presque aucun n'a fait fortune et qui sont pourchassés !… Et pourquoi ? Pour un petit serment de rien du tout qu'ils refusent de prêter contre leurs convictions… Et c'est pour cela qu'on les inquiète ! Ah ! Que l'on ne me fasse pas croire que c'est ça la liberté nouvelle dont on nous rebat les oreilles.

Coufignal était en verve, le verre à la main.

– Oh! Oh! citoyen, heureusement que vous n'avez invité à votre table que des gens sûrs, sinon vous pourriez avoir maille à partir avec les patriotes.

Latapie ne pouvait pas se contenir. Le vin neuf – celui de ses vignes – qu'il découvrait avec plaisir lui avait délié la langue.

– Moi, mon ami, un pauvre prêtre pourchassé viendrait frapper à ma porte que je lui ouvrirai...

– Vous êtes charitable mais vous prendriez un risque.

Le journaliste poursuivit, après avoir fort curieusement laissé glisser son regard du côté d'Adèle et de Janvier:

– Et un homme nommément proscrit pour ses opinions, un député de la Gironde par exemple... Le secourriez-vous aussi?

– Ah! ça, c'est peut-être différent. C'est de la politique...

– Il me semble pourtant que c'est exactement la même chose. Quand l'honnêteté se conjugue avec le malheur, je crois qu'il n'y a pas à hésiter: il faut courir au secours des affligés.

– Oh, oui! ne put se retenir d'approuver Adèle dans un soupir.

Latapie n'avait déjà plus les idées claires, il se contentait de marmonner des paroles incompréhensibles. Coufignal, comme s'il n'avait pas cherché autre chose depuis le début de cette conversation que le cri d'approbation d'Adèle, poursuivit son discours d'un ton rassurant:

– De toute façon, les députés girondins échappés de Brest ne sont pas dans ce pays: ils sont encore, dit-on, du côté de Bordeaux. Mais ils viendront sans doute bientôt de ce côté-ci, car l'armée leur donne la chasse.

– Vous en avez des nouvelles? demanda alors Adèle sans pouvoir dissimuler l'intérêt qu'elle prenait à leur sort.

– C'est un peu pour cela que je vais en Périgord, annonça le journaliste. Depuis Périgueux, je compte rallier Bordeaux et, avec un peu de chance, trouver sur mon chemin l'un de ces proscrits qui accepterait de me raconter son odyssée, et surtout de me confier les sentiments qu'il éprouve, sitôt après avoir concouru dans l'enthousiasme à la construction de la République et en se voyant rejeté par elle. J'en voudrais faire le récit...

Adèle était aussi stupéfaite que choquée.

– Vous regarderiez donc les malheurs de cet homme ni plus ni moins que si vous alliez au théâtre...

– Non! je témoignerais pour lui. Et même, si je le pouvais, je lui apporterais tout le secours que l'on peut offrir à un fugitif : de l'argent, des vivres et au besoin un abri sûr. Je sais que le cœur de tous ces hommes injustement et cruellement pourchassés est honnête et généreux. Leur désespoir est immense, leur désillusion tragique ; leur témoignage sera précieux pour dénoncer les glissements affreux d'une Révolution qui se voulait fraternelle... Voilà ce que j'estime être le rôle du journaliste moderne !

Le souper venait de se terminer et il était près de minuit. Adèle fixa Coufignal avec intensité avant de se lever de table et de disparaître dans sa chambre, troublée, le cœur battant.

Le voyage reprit le lendemain sans Latapie qui les regarda partir, campé sur sa canne, l'œil presque humide de se séparer d'une aussi agréable compagnie. Il avait pourvu chacun d'une provision de victuailles et de vin pour au moins une semaine.

Il fallut encore presque deux jours pour arriver à Périgueux en pleine nuit où Adèle comptait descendre à l'auberge avec son cousin, mais Coufignal les persuada de venir loger avec lui, à deux pas de la Maison des consuls, chez Mme de La Bourlie, une dame de la noblesse du pays qu'il avait retrouvée à Paris et dont il ne se cachait presque pas d'être l'amant.

Cette belle femme brune d'environ trente-cinq ans était bien en chair et joviale. Des fossettes, sur chacune de ses joues, lui donnaient un air de toujours se réjouir et deux yeux de charbon pétillants ajoutaient encore à cette expression de gaieté.

– Je ne sais ce qu'a pu vous raconter Pierre, dit-elle en parlant de Coufignal, mais l'air de Paris lui met la cervelle à l'escarpolette. Depuis qu'il a rencontré ce Gorsas, il est devenu jacobin à brûler. Il ne supporte d'autres aristocrates que moi et encore à condition de m'appeler Labourlie tout court ; il ne veut voir aucun curé, même pas constitutionnel... Mais moi, je suis sûre qu'au bout du compte tout ça lui passera ; que l'air du pays le radoucira...

– En tout cas, pendant ce voyage, madame, il a fait un délicieux et précieux compagnon.

Mme de La Bourlie était du genre à dire tout ce qu'elle avait sur le cœur, mais elle était avant tout curieuse. Coufignal lui avait annoncé qu'Adèle venait retrouver un fiancé ; elle voulait en savoir plus.

– Enfin! Quitter Paris, comme cela, à la fin de l'automne, à la saison des pluies, pour gagner un pays où vous n'avez aucune connaissance... Il faut que vous l'aimiez, ce garçon ! Où est-il ?

– Lorsqu'il arrivera en ville, il me fera signe. Ce sont là nos conventions.

– Si je dois vous aider, il faut bien que j'en sache un peu plus !

Adèle s'embarrassa.

– Non! Non! Il ne me le pardonnerait pas : il tient à la plus grande discrétion.

L'hôtesse, d'abord vexée de sentir de la résistance, mais qui au fond était incapable de montrer longtemps de l'humeur, lui sourit.

– Au moins faut-il qu'il sache que vous êtes ici, sinon comment vous retrouverait-il ? Mais, rassurez-vous, je ne me glisserai pas dans vos secrets d'amoureuse. J'aime à être au service de la passion et je suis regardée souvent comme la meilleure marieuse de cette ville – apparieuse de cœurs, entremetteuse quelquefois –, rien ne m'émeut tant que les romans d'amour. Ma belle, vous ne m'en direz qu'autant que vous voudrez et je ne me formaliserai pas si vous restez muette.

Tout en disant cela, elle s'était rapprochée d'Adèle et, remarquant qu'elle était saisie d'un léger tremblement, elle lui prit le poignet.

– Rassurez-vous. L'amour, en tout cas, n'a jamais eu pour moi de couleur politique !

Adèle lui répondit par un franc sourire en posant sa main sur la sienne. Elles établissaient ainsi un pacte entre elles.

Le lendemain, elles sortirent ensemble par la ville, suivies de Janvier au regard toujours écarquillé par la nouveauté. Un an auparavant, il avait pour unique horizon la baie de Naples, des gens à demi nus, le soleil qui rendait tout léger ; aujourd'hui, c'étaient la pierre grise, de lourds volets tirés presque partout, les gens en manteau, les premiers flocons de neige dans un ciel si bas qu'il pensait devoir en être bientôt écrasé et pourtant il était étrangement heureux.

Adèle voulait juger par elle-même de l'état de la ville, savoir s'il y avait des milices sous les armes capables de donner la chasse à des fugitifs : elle apprendrait bien tout cela par la rumeur publique et elle comptait interroger avec un air d'innocence ceux qui auraient la mine de savoir quelque chose. Mais tout était calme, l'approche des fêtes de Noël avait fait disparaître des rues les marques de la frénésie patriotique : peu de cocardes ou de drapeaux, ni milice, ni défilé, ni roulements de tambour ; les habitants ne paraissaient songer qu'aux achats de victuailles et aux préparatifs de la fête. Cette province, qui avait gardé une certaine opulence malgré les réquisitions et qui en faisait presque impudiquement l'étalage, démontrait aussi de la sorte ses infinies capacités de résistance aux mots d'ordre venus de la capitale. Le calme des gens, l'absence d'hommes en armes, et surtout de guillotine dressée sur la place publique étaient en soi déjà le plus beau pied de nez qu'une ville de province puisse faire à Paris, la sanglante rebelle.

Le soir même, comme sonnait l'angélus à Saint-Front – on était le 21 décembre (le 1er nivôse de l'an II, dans le calendrier qui avait cours depuis trois mois) –, alors que les voyageurs s'apprêtaient à passer leur seconde nuit chez Mme de La Bourlie et qu'ils se chauffaient dans la grande salle devant un feu clair, Coufignal qui avait disparu depuis le matin revint trempé, les bottes crottées jusqu'aux genoux.
Il demanda à voir Adèle en particulier et il l'entraîna dans une antichambre.
– Votre fiancé ? Il s'agit bien de Valady, n'est-ce pas ?
– Oui ! dit-elle, anéantie et tremblante. Il lui est arrivé quelque chose ?
– Non ! Mais on l'a arrêté sous un faux nom... Le cas est difficile, mais pas désespéré...
– Comment avez-vous su ?
– Je l'ai connu à Paris, à la Société des Amis des Noirs. J'ai longtemps admiré son courage et sa passion pour une cause qui ne pouvait qu'intéresser les véritables amis de la liberté... Je viens de le reconnaître, dans la maison où il a été arrêté, à Montpon, à huit lieues d'ici. Heureusement, l'officier municipal qui en a la charge est un brave homme, mais surtout personne ne l'a encore reconnu pour ce qu'il est vraiment, c'est-à-dire un député girondin proscrit... Quant à savoir que c'était lui que vous attendiez, cela relève de l'intuition, mais aussi

d'une espèce d'évidence, puisque, lorsque l'on vous voit l'un après l'autre, on ne peut manquer de savoir que vous êtes faits l'un pour l'autre.

– Oh ! Mon ami… Comment…

– Non ! Pas de remerciements, il n'est pas encore hors de péril. Il ne le sera que lorsque le procureur-syndic de Mussidan l'aura blanchi et libéré.

Coufignal expliqua alors l'affaire des deux passeports. Adèle en fut comme flagellée. Mais le journaliste avait déjà un plan.

– Nous partirons demain à l'aube avec Janvier. Vous pourrez sans doute le voir chez le citoyen Lamarque… Mais, je vous en supplie, ne vous trahissez pas : pour tous, votre fiancé est M. Jurquet, natif d'Aurillac, instituteur, sous-diacre en fuite pour n'avoir pas prêté serment à la Constitution.

Adèle passa le reste de la soirée comme extatique. Elle ne savait plus quoi penser tant sa surprise, sa joie de savoir que Xavier vivait encore et la perspective d'un heureux dénouement contrebalançaient dans son esprit toutes les terribles incertitudes qui pesaient encore sur la destinée de celui qu'elle aimait.

Avant de rejoindre sa chambre, elle voulut remercier de nouveau Coufignal, mais obsédée de toutes ces incertitudes qui lui faisaient tourner la tête, elle ne sut que balbutier :

– Pourquoi, vous… un patriote… faire tout cela ?

– Que serions-nous, Adèle, si par-dessus nos croyances et nos convictions nous ne respections pas les droits sacrés de l'amour ?

Ils partirent dans la nuit sur trois chevaux que leur avait fait seller Mme de La Bourlie et ils furent à Montpon vers 8 heures. Le village était calme et la maison du citoyen Lamarque qui se trouvait près de l'église n'était pas gardée. Xavier était donc resté, ainsi qu'il l'avait promis, prisonnier sur parole, et cette parole avait suffi à l'officier municipal pour prendre sur lui de congédier le petit détachement qui avait procédé à son arrestation. Xavier aurait donc pu dix fois s'enfuir, sauter par la fenêtre de sa chambre, gagner la forêt proche et s'y cacher, mais le jeune aristocrate, bien que partisan des idées nouvelles, était encore une âme de l'ancien temps pour qui la parole donnée est d'or.

Coufignal entra d'abord seul pour voir le citoyen Lamarque. Adèle attendit dehors avec Janvier qui prenait soin des chevaux.

La chose avait été relativement facile.

– Ton prisonnier, avait annoncé le journaliste à l'officier municipal, est un sous-diacre qui, en d'autres temps, se serait vraisemblablement destiné à la prêtrise, or, le bouleversement des affaires a produit sur lui un heureux changement : dans ses pérégrinations, il est tombé amoureux. Il s'est même fiancé – les anciens canons ne le lui interdisaient pas. Pour tout dire, au regard des lois de la République, ce mariage devrait d'ailleurs le dispenser de prêter ce serment à la Constitution pour le défaut duquel il a été inquiété... Ce sera un argument de plus à faire valoir au procureur-syndic de Mussidan pour qu'il lui rende sa liberté... Je suis comme toi, citoyen, un ardent partisan de la Révolution – tous mes écrits le démontrent –, mais cette histoire m'a ému, surtout lorsque j'ai rencontré la jeune fille, douce et aimable, qui se désespérait de pouvoir le retrouver... Elle est là... transie... impatiente.

Lamarque s'était d'abord méfié : un officier municipal se devait d'être circonspect.

– J'aurais préféré que le prisonnier ait été d'abord relaxé à Mussidan avant d'être autorisé à revoir sa belle. Que veux-tu, citoyen, ce garçon a beau être sympathique, il faut lever la suspicion qui pèse sur lui à cause de ces deux passeports... Sa fiancée pourrait l'attendre à Périgueux. Selon toute vraisemblance, il l'y rejoindra vite.

Ce fut Mme Lamarque, voyant Adèle au-dehors, près des chevaux, qui se mordait les lèvres à côté de Janvier, qui était allée trouver son mari. Elle n'avait eu presque qu'un regard à lui jeter.

– Bon ! Bon ! Décidément, vous êtes tous des lecteurs de romans à la mode et je m'y laisse attraper !

Du coup, ce fut la femme de l'officier elle-même qui ouvrit la porte, alla chercher la jeune femme par la main et la conduisit à l'étage avant de redescendre pour préparer une copieuse collation à l'intention de Coufignal et de Janvier.

L'étonnement – la sidération serait mieux dire – de Xavier à l'apparition de celle qu'il aimait ne se peut décrire. Il se figura d'abord que, dans son désespoir, ce n'était pas la figure du bonheur qui lui apparaissait mais le spectre de la folie.

Il mit un moment à tomber dans ses bras. Il hoquetait :

– Comment ? Comment ?

Elle lui posa un doigt sur les lèvres et de sa main restée libre s'empara de son poignet pour lui faire, en le posant sur sa poitrine, sentir les battements de son cœur.

– Adèle !
– Xavier !

Elle roulait sa tête contre son épaule. Il paraissait plus jeune encore, n'avoir pas dix-huit ans, avec ses cheveux défaits, la chemise trop grande que lui avait prêtée Mme Lamarque, sa culotte de chasseur en peau qu'il portait sans bas.

Ils fermèrent les yeux longtemps.

Au même moment, au rez-de-chaussée, Coufignal sondait Lamarque sur ses intentions. Il avait jeté d'abord dans la balance toute son influence de journaliste pour obtenir que l'officier municipal prenne sur lui d'élargir le prisonnier sans en référer au procureur de Mussidan. En homme habile, il faisait feu de tous les arguments.

— C'est Noël, tu auras fait grâce à des amoureux et puis, tu le dis toi-même, ce Jurquet n'a pas l'air d'un brigand.

— Mais il subsiste un doute : Qui est-il vraiment ? Je ne puis décider seul maintenant que tout le monde dans le pays est au courant de cette affaire... S'il veut être libre au plus tôt, nous partirons demain à l'aube. L'officier de Mussidan, je le connais, il voudra en finir rapidement, surtout à l'heure de ripailler : il ne s'attardera pas sur son cas.

— Je vous accompagnerai !

— Comme tu veux, citoyen.

— Je dormirai à l'auberge qui est à l'entrée du bourg, avec le cousin de la citoyenne.

— Non, vous dormirez dans l'ancienne chambre de nos domestiques... Nous n'en avons plus, c'est la faute aux misères du temps ! protesta Mme Lamarque.

Elle avait roulé de nouveau des yeux suppliants en direction de son mari pour qu'il élargisse Xavier séance tenante, mais cette fois sans succès.

— Et la citoyenne fiancée ? demanda Lamarque.

— Oh ! pour ça, monsieur mon mari, vous n'allez tout de même pas séparer des gens qui s'aiment au moment où l'on célèbre la naissance du petit Jésus !

Ainsi fut-il fait en dépit des grognements de l'officier municipal et, le lendemain, c'est d'un cœur presque joyeux qu'ils partirent tous pour Mussidan, dans deux voitures découvertes. La brave femme de l'officier leur avait donné des couvertures pour se protéger du vent glacial. De la neige fondue tombait en tourbillons, paralysant de froid les voyageurs ; Adèle et Xavier s'en moquaient, ils se tenaient par la main et ce contact-là les brûlait.

Mussidan avait reporté son marché au samedi à cause des fêtes et, malgré la pénurie des temps – qui se ressentait plus dans les gros bourgs que dans les villages, tout comme elle se ressentait davantage dans les villes que dans les gros bourgs –, la foule et les étals variés y procuraient l'illusion de l'abondance : des volailles vivantes, en petit nombre il est vrai car, en ces temps de restriction, les poules, les canards, les oies étaient redevenus ce qu'ils étaient depuis toujours : les rivaux alimentaires de l'homme, se nourrissant, comme lui, de graines et de céréales. On vendait donc surtout de la viande de veau et de bœuf, des raves, des navets, des pommes ridées sagement conservées depuis le dernier automne, des châtaignes, des fromages frais ou secs, enfin des gâteaux aux noix ou aux pruneaux… Rien d'extraordinaire, mais tout de même de quoi faire pâlir d'envie la plupart des ménagères de France.

La maison municipale se ressentait de l'agitation brusquement portée, ce jour-là, hors du champ de la politique : deux gardes municipaux, au chapeau orné d'une cocarde, y fumaient la pipe placidement, chargés de veiller trois prisonniers : un vieillard chaussé de guêtres que l'on soupçonnait d'être un prêtre réfractaire et deux individus à mine patibulaire – ils ne s'étaient pas rasés depuis des semaines – qui avaient la mine des bandits de grand chemin.

Le procureur-syndic était au marché avec sa femme. On le fit venir : c'était un marchand de bestiaux du bourg de Saint-Martin-l'Astier qui se nommait Cocural. Ses manières brusques, sa voix de gourdin, sa façon en bon maquignon de persuader après avoir intimidé en avaient fait dès 1790 le nouveau coq de ce village. Il avait une réputation de dureté qui n'excluait pas chez lui des mouvements surprenants de cœur et de générosité.

Ce matin-là, Cocural avait la tête ailleurs, et lorsque Lamarque, qui s'était tout d'abord enfermé avec lui, lui avait mis sous le nez les deux passeports, il avait hoché la tête d'un air de grand soupçon. Il n'en avait pas pour autant refusé d'écouter le discours conciliant de l'homme de Montpon qui tentait de minorer les charges accablantes en expliquant que, en ces temps troublés, changer d'identité n'était pas forcément la marque de la perpétration de crimes épouvantables.

Cocural voulut voir le prévenu qui attendait dans une pièce voisine en compagnie d'Adèle, de Coufignal et de Janvier. On le lui présenta donc et, sur cette habitude qu'il avait de jauger les gens et les bêtes au premier coup d'œil, il exprima à haute voix son opinion :

— Il n'a pas l'air d'un mauvais bougre, en effet !

Puis, s'adressant à Lamarque :

— Tu réponds de lui ?

Lamarque tenta une dernière finasserie pour ne pas répliquer franchement :

— Je suis de ton avis : par les temps qui courent, nous rencontrons souvent beaucoup plus louches sur nos routes... S'il te faut une caution, je veux bien l'apporter au seul vu de sa mine.

Cocural prit une feuille blanche, puis il parut brusquement hésiter.

Adèle éprouva aussitôt un haut-le-cœur.

Le procureur se grattait la tête.

— C'est que...

Lamarque était le seul à avoir compris. Il sourit.

— Tu ne sais pas écrire...

— Qu'est-ce que tu veux, cette Révolution est allée trop vite, le peuple n'était pas encore prêt pour en tenir les registres !

Lamarque écrivit l'ordre d'élargissement sous la dictée de Cocural tandis qu'Adèle, pour calmer le tremblement dont elle était agitée depuis qu'elle était entrée dans la maison municipale, serrait de toutes ses forces, sous la table, la main de Xavier. Ce dernier paraissait des plus calmes. Il prit d'un geste lent la lettre de sa sauvegarde que lui tendit Cocural après l'avoir signée : elle ne faisait que confirmer, à l'adresse de toutes les autorités ayant à en connaître, que le passeport établi au nom de Jurquet était bien valide.

Xavier était en train de glisser ce papier dans sa poche après l'avoir plié, Cocural de se revisser sur la tête son chapeau à cocarde, Coufignal s'était déjà dressé, Lamarque, satisfait, venait de poser sa main sur l'épaule de son ancien prisonnier, lorsqu'il se fit au-dehors un bruit de brusque cavalcade.

Cocural se tourna vers la fenêtre.

– Ah ! Voilà notre citoyen député qui est venu passer Noël au pays !

Xavier pâlit aussitôt : il connaissait presque tous ses confrères présents à la Convention. Il repassa dans sa tête le nom des trois hommes qui représentaient le département de la Dordogne : c'étaient tous des ennemis ! Des hommes qui avaient voté des deux mains la mort du roi et la proscription des Girondins.

La porte s'ouvrit d'une volée. Un grand gaillard enveloppé dans une cape et botté entra en faisant un bruit d'enfer, c'était le pire de tous : le marquis de Roux-Fazillac, devenu le Jacobin Fazillac, que l'on soupçonnait même d'avoir dénoncé certains membres de sa famille restés attachés aux anciennes idées. Il était membre actif du club des Jacobins et l'un des amis les plus enragés du beau et ténébreux Saint-Just.

Fazillac reconnut immédiatement Valady. Il se tourna vers les deux officiers parés de leurs cocardes : Lamarque et Cocural.

– Félicitations ! Citoyens, belle prise !

– Mais... ce n'est pas le citoyen Jurquet ? bredouilla Cocural sidéré.

– Non, c'est le marquis de Valady... Député proscrit pour complot contre la République !

Xavier échangea avec Adèle un regard désespéré comme s'ils prenaient leur dernier souffle avant de couler à pic, puis il annonça d'une voix forte :

– Oui, je suis bien Xavier d'Izarn de Valady, tel est mon véritable nom. Je m'honore d'avoir été choisi par le suffrage pour servir la République et je déplore que nos luttes intestines ne m'aient laissé cet honneur que pendant quelques mois... Je chéris la République que j'ai contribué à établir...

Et, se tournant vers Lamarque et Cocural :

– Je vous demande pardon, citoyens, d'avoir tenté de vous abuser et, quant à vous, citoyen Lamarque, je vous remercie de m'avoir permis de me réunir une dernière fois avec celle que j'aime.

Adèle ne pouvait plus l'entendre, elle s'était évanouie.

Cocural dut aussitôt abandonner l'idée de pouvoir rejoindre sa femme au marché, quant à Lamarque, qui oscillait entre la colère et la commisération à l'égard de son ancien prisonnier, il ne disait plus un mot. Coufignal, avec l'aide de Janvier, avait transporté Adèle sur l'une des deux carrioles en prenant soin de bien l'enfouir sous des couvertures car la neige s'était remise à tomber et cette fois très fort. Xavier fut une nouvelle fois fouillé et enfermé à double tour dans la pièce où quelques minutes plus tôt, serrant la main de celle qu'il aimait, il avait attendu avec confiance de comparaître.

Roux-Fazillac qui avait compris qu'il était arrivé au bon moment, juste à l'instant où l'irréparable allait se commettre, avait repris les choses en main : il dicta une proclamation, datée du 3 nivôse, à placarder dans tout le département par laquelle il s'attribuait le mérite presque exclusif de cette prise, et il donna des ordres pour que le prisonnier soit transféré à Périgueux l'après-midi même.

L'une des carrioles de Lamarque fut réquisitionnée pour ce transport, l'officier municipal et le procureur voyageant de part et d'autre de Valady. Quatre soldats armés circulaient en tête et un détachement de huit hommes fermait la marche. Coufignal, Janvier et Adèle, toujours sans connaissance, suivaient à distance.

Ce n'est qu'à la nuit noire, ce 23 décembre, que ce pitoyable cortège entra dans Périgueux. Xavier, à son arrivée à la prison, fut descendu sans ménagement par les soldats, menotté puis poussé au travers de la porte basse qui s'ouvrait dans le grand portail de bois de la maison pénitentiaire.

Adèle venait de se réveiller, mais elle était comme un spectre de cire, hors du monde sensible. Aucune marque de sentiment ou d'émotion ne parut sur son visage lorsqu'elle regarda la porte se refermer sur son amant.

Elle regagna alors, soutenue par son cousin et par Coufignal, la maison de Mme de La Bourlie. On aurait dit une somnambule. Avait-elle encore à l'esprit l'image de Xavier disparaissant dans les entrailles de la prison ? Ou ne se souvenait-elle déjà plus de rien ? La nuit fut affreuse, Coufignal et Janvier ne la quittèrent pas. Elle était allongée sur une méridienne, Mme de La Bourlie lui appliquait de temps à autre des compresses sur le front. Nul ne disait mot.

Le lendemain, 24 décembre, dès 7 heures, dans la nuit glaciale, Coufignal était allé aux nouvelles à la porte de la prison : le tribunal criminel devait se réunir dans la matinée. Il demeura sur place et, à 10 heures, il apprit que « l'ex-député Izarn de Valady, passible du décret punissant de mort les traîtres à la République », avait été condamné à être fusillé à 4 heures, juste avant la tombée de la nuit, dans la cour même de la prison. Il ne lui était pas accordé la grâce de recevoir des visites, mais seulement d'écrire deux lettres.

Revenu chez Mme de La Bourlie, pensif et effondré, le journaliste, convaincu qu'il n'y avait plus aucun recours possible – la nuit de la Nativité n'était plus alors un prétexte pour différer les décisions de justice de la République –, avait décidé de cacher à Adèle l'heure fixée. Il voulait s'essayer à lui faire croire que l'on ne pouvait pas exécuter une sentence de sang un 24 décembre.

Or, quand il passa le porche, Janvier l'attendait, affolé.
– Adèle ! Adèle a disparu !

Elle avait en effet profité d'un moment où on la croyait enfin en train de dormir pour s'échapper discrètement. Elle errait à présent par les rues, mal couverte, mal chaussée, alors que la neige tombait à gros flocons. Alors que depuis longtemps déjà Adèle avait rompu avec toute pratique de la religion, elle était à la recherche d'une chapelle pour prier, mais elle n'en trouvait aucune. La plupart des églises avaient été transformées en entrepôts ou tout simplement fermées et barricadées ; celles qui étaient restées destinées au culte célébré par des prêtres jureurs n'étaient pas encore ouvertes parce que – en application des lois nouvelles sur le repos décadaire des citoyens laborieux – les citoyens bedeaux prenaient un juste repos avant la fatigue des cérémonies de la veillée de Noël.

Vaincue par la fatigue, elle finit par s'endormir sous un porche dont la clé de voûte s'ornait d'un crucifix.

Coufignal et Janvier, partis à sa recherche, ne la trouvèrent pas. Sur le coup de 3 heures, c'est-à-dire peu de temps avant l'exécution, le journaliste retourna à la prison. Il frappa à la porte à trois reprises et à trois reprises se vit éconduire. Le greffier, qu'il connaissait et qui vint à passer alors qu'il discutait en vain avec le portier, lui promit de venir lui remettre en main propre les deux lettres que le condamné avait été autorisé à écrire.

Un peu avant 4 heures, Coufignal était résigné. Il s'était assis sur une borne cavalière en marmonnant ce qui très curieusement dans sa bouche ressemblait à une vague prière, il attendait le vacarme de la fusillade. Adèle surgit à ce moment-là dans un halo de neige et dans la pénombre incertaine du jour qui commençait à décliner. C'était comme une apparition. Et à cet instant précis, tandis que ce spectre avançait sur un tapis blanc, retentit à l'intérieur de la prison une détonation violente.

Comme Adèle arrivait à hauteur de Coufignal, Janvier qui venait lui aussi d'entendre la décharge des fusils pénétrait sur la petite place de la prison. Ensemble, ils rattrapèrent Adèle au moment où elle allait s'écrouler.

– Pauvres enfants ! murmura le journaliste, dont les larmes coulèrent pour la première fois.

Au même moment, la place commençait d'être envahie par des garçonnets joyeux, qui gagnaient l'église pour servir la messe du curé constitutionnel et qui se jetaient des boules de neige.

Toute la journée du lendemain, c'est-à-dire le jour de Noël, et le jour suivant Adèle resta prostrée dans sa chambre, chez Mme de La Bourlie. Intérieurement, le regard fixe, elle insulta tour à tour Dieu, les hommes, la destinée. Elle ne reparut qu'après avoir soupiré, déclamé, murmuré et même chanté dans de longues litanies le nom de Xavier.

Coufignal avait pu récupérer les deux lettres du condamné : l'une était pour sa tante Jurquet et l'autre pour Adèle. Cette dernière, après avoir lu celle qui lui était destinée, l'avait baignée de ses larmes jusqu'à en brouiller l'écriture, mais elle s'en moquait : elle la savait par cœur. Elle se la récitait depuis, inlassablement, reprenant au premier mot dès qu'elle avait fini de dire le dernier.

Le 27 décembre (7 nivôse et jour de la Terre végétale dans le calendrier imaginé par Fabre d'Églantine), à la surprise de tous, elle se leva et s'habilla. Elle descendit pour le souper alors que Coufignal et Janvier, entourant la maîtresse de maison, s'étaient mis à table ne comptant pas sur elle.

Elle était calme, pâle, d'une beauté radieuse.

– Croyez-vous, leur dit-elle, en se servant comme si elle s'apprêtait à manger avec un appétit d'ogre, que comme une dernière grâce je pourrais demander à ce que l'on me restitue le corps de Xavier ?

– J'en ai marqué l'emplacement dans le cimetière, dit Janvier, car j'ai assisté de loin à la mise en terre qui a été faite au matin de Noël par des soldats.

– Sûrement que l'on vous rendra ce corps, opina Coufignal. En tout cas j'y veillerai en y mettant mon crédit et mon influence de journaliste. Le public sera touché de votre histoire, il n'aimerait pas apprendre que ceux qui commandent ici ont ajouté de l'inhumanité à la cruauté... Mais que ferez-vous de ce cercueil ?

– Je veux l'enterrer à Bort, au pays de mes ancêtres... Xavier n'a plus aucun parent sauf sa vieille marraine, Mme de Jurquet. Je veux lui donner ma famille, c'est tout ce que je peux lui offrir à présent ; et je le rejoindrai là-bas quand mon heure sera venue. Ce n'est pas si loin, puisque c'est sur la Dordogne...

– Détrompez-vous, Adèle, le chemin d'ici en Limousin est des plus scabreux... La Dordogne n'est pas le canal du Midi. Il faut pour remonter jusqu'à sa source passer souvent par des gorges profondes.

J'ai réfléchi : Janvier m'accompagnera. Nous prendrons chacun un cheval et il nous suffira d'une carriole tirée par un mulet pour porter le cercueil... Nous irons lentement pour ménager nos montures et sans doute aussi à cause de l'état de la route. Nous ne sommes plus pressés. La manufacture de Sèvres, si elle existe toujours à cette heure, peut nous attendre encore un mois ou deux : en partant, j'ai laissé suffisamment d'oiseaux peints pour couvrir plusieurs trimestres de vente.

Coufignal comprit qu'il ne pourrait pas la dissuader. Il fit tout ce qu'elle lui demandait, obtint l'exhumation du corps de Xavier, sa restitution, les chevaux, la carriole. Il ne s'opposa qu'à une chose : Adèle, comme Danton avec sa Gabrielle, aurait voulu faire ouvrir le cercueil pour déposer un dernier baiser sur le front du supplicié.

– Non ! Ce que vous demandez n'est pas possible. Il a peut-être été défiguré et alors vous n'emporteriez de lui qu'une image encore plus douloureuse.

Elle se résigna et, dès le lendemain, l'avant-dernier jour de cette terrible année 1793, dans une nouvelle tempête de neige, Coufignal assista les larmes aux yeux au départ de ce triste convoi.

Secrètement, depuis le premier jour, depuis qu'il était monté à Orléans dans la diligence, il était tombé amoureux d'elle.

En ces temps troublés, les nouvelles arrivaient à circuler à travers le pays, malgré les barrages des gardes nationaux, les comités insurrectionnels et la police secrète.

Buzot, Pétion et Barbaroux avaient quitté Valady à la mi-novembre et s'étaient cachés dans un souterrain du pays de Castillon. C'est là que Buzot apprit la mort de Manon le 23 novembre.

Les trois malheureux, des hommes dont toutes les femmes de Paris avaient longtemps admiré l'élégance et la belle allure, passèrent l'hiver à se dissimuler sous des rochers, dans des étables ou dans des trous recouverts de branchages. Ils portaient une barbe de plusieurs mois, étaient hâves, pâles, malades, découragés.

Quand le printemps de 1794 arriva, ils étaient désespérés. Auparavant, ils célébraient cette nouvelle saison par des fêtes et des libations… Ils n'en pouvaient plus de cette misère et de cette fuite. Barbaroux, bon géant pudique, tenta de se suicider sans témoin. Il se tira un coup de pistolet dans le cou mais il se rata. Des paysans le trouvèrent le long d'un chemin, il fut transféré à Bordeaux et guillotiné le 25 juin 1794. Le beau Buzot et le roi Pétion décidèrent d'en finir ensemble : Se tirèrent-ils l'un sur l'autre ? Se tuèrent-ils chacun de leur côté ? Nul ne le sut, mais, aux moissons de l'été, on retrouva leurs cadavres à demi décomposés et mangés par les chiens dans un champ de blé.

Guadet et Salle, arrêtés ensemble, après de longues traques, au premier jour du printemps de 1794, furent exécutés à Bordeaux le 19 juin.

Quant aux miraculés – car il y en eut –, le plus étonnant fut Louvet qui parvint à regagner Paris au pire moment des proscriptions, à s'y cacher quelques semaines et à en ressortir, avec sa Lodoïska, pour gagner la Suisse. Champagneux, lui, fut oublié dans sa prison, libéré après Thermidor. Bosc, l'ami fidèle de Manon, fondu dans son pays parmi les paysans, devait s'occuper d'Eudora. Par la suite – avec Louvet, revenu en France et redevenu député –, il fit publier les écrits de Manon. Bosc prit soin de la jeune Eudora comme un père, mais jour après jour il en devenait amoureux, alors ne voulant pas manquer à ses engagements envers Manon qui n'avait fait de lui qu'un tuteur, il la remit au brave Champagneux qui, à son tour, se chargea d'elle. Il s'exila aux États-Unis où il fonda une famille. Et, comme dans tous les contes, même tragiques, il faut un dénouement heureux : Eudora finit par épouser le fils de Champagneux.

CHAPITRE SEPTIÈME

« Tu montreras ma tête au peuple ! »

Ce n'est que le 24 janvier 1794 – 5 pluviôse, an II – qu'Adèle et Janvier purent retrouver Paris.

Ils en étaient partis deux mois plus tôt et, dans ce laps de temps, le grand théâtre de la politique avait changé plusieurs fois de décor : Danton avait quitté Paris le 13 octobre arguant de son besoin de repos, il y était revenu le 18 novembre, avec sa jeune femme et ses deux fils, à peu près comme la foudre sort du nuage, bien décidé à écraser Robespierre qui commençait de s'en prendre à ses amis.

Il n'était plus temps pour lui de déplorer, ainsi qu'il le disait, l'inintelligence des Girondins qui l'avaient forcé à se jeter dans le sans-culottisme. À présent que ces hommes avaient péri de leur inconséquence, il ne s'agissait plus de défendre sa ligne politique : la fraternité des fils de la Révolution contre la systématisation des proscriptions ; l'union des forces de tous les citoyens pour la défense du territoire plutôt que la discorde civile. Il avait compris qu'il s'agissait, cette fois, d'un ultime combat ; un combat pour la survie de l'intelligence et de la raison face à tous les fanatismes, une lutte à mort. Il avait repris des forces : il était prêt.

Quand il était entré dans Paris, il avait eu la vision, en traversant le Pont-Neuf, de la Seine rouge de sang. Ce sang serait-il le sien ou celui de ses ennemis ?

Or, le Comité de salut public, en octobre, avait profité de son absence pour installer durablement la Terreur. Ce fut son premier combat : dénoncer dans une suite de discours la mise en place d'un régime qui reniait les principes de 89. Dès le 20 novembre, il se campa à la tribune : « La terreur peut être utile mais elle ne doit toucher que les véritables ennemis de la République. » Allant plus loin, le même jour, il reconnaissait à chacun le droit d'avoir une opinion : « Le peuple ne veut pas que l'individu qui n'est pas né avec la vigueur révolutionnaire soit traité comme un coupable... » Le 1er décembre, il en appelait à la modération de l'ensemble du corps social : « Après avoir tout donné à la vigueur, il faut donner à la sagesse ! » Il dénonçait dans ses ennemis – qu'il appelait « exagérés » – un danger pour la République : « Maintenant que le fédéralisme est brisé, tout homme qui se fait ultra-révolutionnaire donnera des résultats aussi dangereux que pourrait le faire le contre-révolutionnaire le plus décidé. »

En même temps, il encourageait son ami Camille Desmoulins à fonder un nouveau journal, *Le Vieux Cordelier*, dont le premier numéro allait paraître le 5 décembre et dont la devise, déclinée de toutes les façons, était celle de « clémence » : une même clémence due à ses amis tout comme à ses ennemis, avec l'idée « d'une République que tout le monde eût aimée ».

Robespierre, contrairement à ses proches, s'était attendu au retour de l'homme d'Arcis. Il avait un plan d'une efficacité redoutable : faire passer pour factieux quiconque ne penserait pas comme lui. Décidé à se camper en homme du juste milieu, il anéantirait, sur sa gauche, Hébert et sa clique et, sur sa droite, les suspects de « clémencisme ». Il abattrait successivement ces deux factions : la première, la moins nombreuse, celle d'Hébert, en l'accusant de « vouloir transformer la République en bacchante » ; la seconde, celle de Danton et de ses amis, en les soupçonnant de vouloir transformer cette même République « en prostituée ».

Mais Danton était fin politique. Flairant le danger, se sentant soutenu de l'opinion – il était acclamé dans Paris lorsqu'il passait – et ayant donc ressaisi en quelques jours toute sa popularité, il pensa avoir suffisamment repris l'avantage pour tendre publiquement une main fraternelle à Robespierre. Ce qu'il fit aux Jacobins le 3 décembre (13 frimaire). Celui-ci, sur la défensive, déstabilisé par l'habileté du tribun depuis son retour, répondit par un discours mielleux : « Je me trompe peut-être sur Danton, mais, vu dans sa famille, il ne mérite que des éloges. Sous le rapport politique, je l'ai observé : une différence d'opinion entre lui et moi me le faisait épier avec soin, quelquefois avec colère, et s'il n'a pas toujours été de mon avis, conclurai-je qu'il trahissait sa patrie ? »

En vérité, Robespierre était mortifié et, plus que jamais, mais toujours en sous-main, il activait les pires soupçons contre celui qu'il avait décidé d'éliminer : N'avait-il pas été pour quelque chose dans les projets qu'avaient eus les Girondins de soulever la Normandie ? Quand il avait quitté Paris en octobre, n'était-ce pas en Suisse qu'il s'était rendu plutôt qu'en Champagne ? Et l'argent public détourné ! Et les bacchanales aux avant-postes de l'armée ! Comme Horace, avec la patience de l'araignée tissant sa toile, il commença par s'en prendre aux amis du tribun, l'un après l'autre, avec l'espoir de l'atteindre lui-même en dernier : Fabre d'Églantine, pour son amour de l'argent et ses tripotages dans les caisses de l'État à l'époque du ministère de la Justice, Hérault de Séchelles pour ses intrigues, Camille Desmoulins pour son « clémencisme » contre-révolutionnaire, Delacroix, enfin, pour sa concussion. Mais ce fut sur un homme moins connu, Philippeaux – qu'Hébert avait été le premier, le 22 décembre (2 nivôse) à poursuivre de sa haine – que le gros de la foudre tomba : Philippeaux avait été commissaire du gouvernement auprès de l'armée de Vendée qui essayait alors avec difficulté de venir à bout de la révolte des paysans animée par quelques aristocrates. On l'accusait d'avoir désobéi aux ordres des comités, d'avoir rapporté inexactement ce qu'il avait constaté sur place, de ne pas avoir fait preuve de suffisamment d'énergie.

Danton eut le tort de ne pas répliquer sur Philippeaux. Le 6 janvier (17 nivôse) il en appela une nouvelle fois à la concorde : « Sacrifions nos débats particuliers, toutes nos altercations tuent-elles un seul Prussien ? » Mais ce fut en vain, car Robespierre suivait son plan : le 14 janvier (25 nivôse), Fabre était arrêté. Le lendemain, Couthon dénonçait Hérault – le seul des amis de Danton encore au Comité de salut public –, non pour ses idées, mais parce qu'il passait pour entretenir de nombreuses maîtresses. C'était de nouveau un homme vertueux qui reprochait à la clique de Danton son appétit de jouissance : là, en fait, était le fondement de la haine que les deux clans se portaient l'un à l'autre. La campagne contre Hérault fut si violente que quelques jours plus tard il remettait lui-même sa démission du Comité.

Restait le pur, l'innocent : Camille Desmoulins. Le 9 janvier, resserrant un peu plus l'étau, Robespierre osa mêler les deux factions qu'il combattait dans une même réprobation : « Camille et Hébert ont également tort à mes yeux ! »

Du coup, Danton, à la mi-janvier, affaibli par la disgrâce de ses amis sitôt après avoir si rapidement regagné la faveur du peuple, perdit pour la première fois courage ; sa santé se détraqua. Il était pris de torpeur en plein jour et ne dormait plus la nuit. Malgré sa lucidité intacte, il s'effondra et se résigna. Du 24 janvier (5 pluviôse) date sa dernière tentative pour reprendre l'avantage par un discours véhément, mais il rata l'occasion en concluant sur une phrase malheureuse : « J'ai eu raison de me rendre terrible quand la République était menacée ! » Cela voulait dire à la fois qu'il avait cessé de se rendre terrible et qu'il ne croyait plus la République menacée. Sa voix d'ailleurs ne portait plus aussi fort qu'auparavant dans l'enceinte de la salle des Tuileries et il s'en plaignait : « Cette salle est une véritable sourdine. Il faudrait avoir un poumon de stentor ! »

Il voyait ses anciens amis lui tourner les talons – l'un des derniers à lui rester fidèle était le peintre Jacques-Louis David. Des hommes de la Plaine, qui le considéraient comme le dernier rempart face à Robespierre, l'approchaient. Barras lui disait : « Prends la parole, Danton, nous te soutiendrons ! » Mais il était dégoûté, exténué, il s'en tirait par de l'humour et jamais il ne fut si drôle ni si égrillard à la tribune de la Convention ou à celle du club des Jacobins que dans ces deux derniers mois. Il n'y avait plus qu'une seule chose de sacrée : tous les soirs, il se rendait à Sèvres. Il partait de Paris si fatigué qu'il dormait dans sa voiture pendant tout le trajet, mais il avait la faculté de restaurer ses forces en un clin d'œil, et reparaissait chaque fois, lorsqu'il parvenait à sa Fontaine d'amour, souriant et gai, impatient de tenir dans ses bras sa jeune femme et ses deux garçons.

Adèle le revit au dernier jour du mois de janvier, le dimanche 12 pluviôse. Danton faisait sa promenade au bras de Louise ; la magicienne des oiseaux effectuait sa première sortie de la Manufacture depuis son retour.

Revenue le 24 en compagnie de son cousin Janvier qui ne l'avait pas quittée une seconde de l'œil, venant du Limousin par la diligence de Clermont, elle s'était enfermée dans son petit appartement sans vouloir voir quiconque et n'en était pas ressortie d'une semaine.

Janvier, Hannong et Paul avaient veillé sur elle. Ils lui avaient monté régulièrement les charmants bouquets de houx et de fleurs de papier que les ouvriers, la sachant revenue et triste, confectionnaient pour elle, les messages, les friandises que lui envoyaient tous ceux qui l'aimaient : en particulier Régnier et Hettlinger, toujours consignés chez eux et bienheureux de n'être pas retournés en prison. Parmi tous ces cadeaux, il y avait même eu une petite caissette de pâtes de fruits offerte par Chanou.

Mais ce 31 janvier, le grand soleil blanc d'hiver qui était venu la caresser à l'aube jusque dans son lit l'avait décidée à sortir : son cousin et son frère, arrivé la veille pour retrouver sa Laurence, s'étaient proposés pour l'accompagner.

Elle était étonnamment pâle, le visage amaigri. Elle avait rassemblé ses cheveux noirs en volutes de part et d'autre de ses tempes, les calant et les enfouissant presque entièrement sous un bonnet de batiste. Ses yeux avaient gardé le vernis des larmes, mais s'ils étaient secs, comme taris, ils étaient extraordinairement mobiles, presque aux aguets comme si elle s'attendait encore à quelque nouvelle catastrophe. Elle n'avait retrouvé la force de sourire que pour ne pas désespérer Paul et Janvier. Elle leur donnait chacun un bras et ils s'empressaient autour d'elle avec énergie et vigueur, sautillant par instants, riant, ne la quittant que pour décrire de lestes cabrioles.

Paul, toutefois, trompait bien son monde ; son entrain était des plus factices : son inutilité au Garde-Meuble, depuis qu'il n'y avait plus rien à garder, le mortifiait. L'entrée dans le plus dur de l'hiver qui n'offrait pour perspectives, une nouvelle fois, que de terribles privations, avec pour fond de décor le déclenchement de la guerre civile et peut-être même cette invasion étrangère que l'on redoutait tous les jours, tout cela l'affligeait. Il s'était fait une raison et sur les conseils de son ami, le sémillant acteur Charles-Hippolyte de La Bussière, il avait appris à contrefaire toutes les mimiques du plus parfait détachement : regarder au ciel quand on ne voyait pas de solution, prendre l'air d'un Pierrot songeur lorsque l'on désapprouvait quelque chose, faire mine de se pendre à un réverbère mais avec une grimace comique pour ne pas effrayer quand on voulait traduire un sentiment de désespoir. Il faisait rire sa sœur à propos d'une usine de porcelaine où l'on n'entendait plus le bruit de la vaisselle qui se casse, une usine toute semblable à son Garde-Meuble où l'on ne pouvait plus alors trouver la moindre chaise pour s'asseoir.

– Oui, mon Adèle, c'est ainsi que l'on atteint au suprême détachement... Ne plus servir à rien, ne plus nourrir de projet. Cela doit nous faire souvenir de la question de Fontenelle : Rien est-il déjà quelque chose ?

– Oh! monsieur mon frère, vous voulez m'ébranler la cervelle!... Savez-vous qu'elle est encore fragile ?

Il lui pressa le bras.

– Quand tu étais là-bas, à Bort, dans cette maison familiale que je ne connais pas encore, n'as-tu pas eu l'envie d'y rester ?

– Cela m'a effleurée, en effet... Quelque temps, pas plus ! Que veux-tu, nous avons perdu la fibre paysanne des anciens Masson ! Nous sommes des rats des villes ! Et qu'aurait fait Janvier là-bas ? Il est né sous le soleil de Naples : la maison natale de son père lui est encore plus étrangère qu'à nous.

– Mais, au moins, là-bas, auriez-vous été en sûreté !

– Qui peut vouloir troubler ma quiétude ici désormais ? M'arrêtera-t-on parce que j'ai été la compagne de Xavier de Valady ? C'est possible ! Tout est possible aujourd'hui ! Me guillotinera-t-on pour cela ? Je ne le crois pas, quoique, là encore, rien ne soit à écarter. C'est le sort commun : tout geste, toute parole font de nous des suspects.

Janvier n'avait plus de nouvelles de ses amis des Deux-Siciles, mais il avait suivi par les journaux les horreurs qui se commettaient à la suite des événements de décembre 1792 qui avaient permis son retour en France :

— À Naples, c'est pire ! ajouta-t-il. Il ne fait pas bon tout court d'être patriote. Ici, au moins, chacun peut se dire : « Je suis plus patriote que toi, alors je te tue parce que tu l'es moins que moi ! »

Et comme il avait accompagné sa phrase d'une de ces mimiques de théâtre italien dont il avait le secret, cela fit rire Adèle, qui avait à peine souri depuis Noël.

Elle paraissait troublée, mais d'un trouble qui semblait l'illuminer.

— Nous irons chez Riquet, à l'auberge du débarcadère, j'ai quelque chose à vous dire et, pour une fois, c'est heureux !

— Ah ! une promotion ! fit Paul. Chanou veut te nommer sous-directrice ?

— Oh, celui-là, que le diable l'emporte ! Il ne me ménage que parce qu'il me croit l'amie de Danton... Mais, comme vous me dites aujourd'hui que la popularité de cet homme est en baisse, je vais de nouveau bientôt subir des caprices et des rebuffades.

— Tiens ! s'exclama Paul. Quand on parle du loup...

Au même moment en effet, remontant des berges du fleuve, ils virent Danton et Louise, accompagnés d'Henri-Georges, le plus jeune fils du tribun. Ils venaient vers eux.

Danton se précipita à la rencontre d'Adèle.

— Alors ? Rentrée ? Je sais tout !... Valady ne méritait pas un tel sort.

— Non, en effet... Un moment, je me suis persuadée que tout devait finir comme dans un conte de fées... Et puis il y a eu ce Fazillac... Ce porteur de malheur ! dit Adèle, qui pour la première fois parlait librement devant son frère des événements de Périgueux.

— L'un des pires opportunistes que je connaisse ! s'emporta Danton. Né marquis, traître à son état, devenu ensuite forcené dans le sans-culottisme.

Il lui prit le bras tandis que Louise la remplaçait entre Paul et Janvier.

— Et maintenant ? lui demanda-t-elle.

— Maintenant, répliqua-t-il dans un large sourire, la situation est grave mais toujours pas désespérée. Je suis heureux aujourd'hui, peut-être que je le serai moins demain. J'ai Louise, j'ai mes fils, il n'y a plus que cela qui compte. Quant à ma peau, elle vaut encore quelque chose. J'ai un paratonnerre, digne de celui du bonhomme Franklin : Robespierre ne me coupera pas la tête avant d'avoir coupé celle de ce braillard d'Hébert... C'est de bonne politique : il faut s'attaquer d'abord aux plus exagérés, ceux que leur outrance a fragilisés, avant de s'en prendre aux plus dangereux : ceux restés raisonnables... J'ai donc encore quelques grosses semaines devant moi pour retrouver de l'énergie et repartir à l'assaut comme je l'ai fait en novembre dernier... Cette Révolution est une balançoire ! La Plaine me soutiendra : elle crève de peur !... Mais vous, Adèle, parlez-moi plutôt de vous et de la Manufacture.

— Je ne reprends mon travail que demain. Mais tous les ateliers sont arrêtés depuis Noël. Il ne reste pas cinquante ouvriers que l'on a tous transformés en frotteurs : on ne leur demande plus que de balayer, repeindre les murs à la chaux, laver la vaisselle qui prend la poussière à force de rester sur les étagères...

— Voilà au moins un endroit en France où les choses seront rangées et propres... s'amusa Danton. Ce sera comme une usine neuve quand l'activité reprendra !

— Car elle reprendra ? Vous en êtes persuadé, citoyen ?

— Bien sûr, qu'elle reprendra ! L'homme n'est pas fait pour rester découragé longtemps, ce n'est pas sa nature.

Il faut avoir le courage et la patience d'enjamber les crises et ensuite l'éclaircie vient forcément...

— Le tout est de savoir quand, s'attrista Adèle.

Il partit d'un gros rire.

— Voilà bien la seule question devant laquelle je reste muet. Si j'avais la réponse, je sauverais ma tête...

— Mais...

Il roula de gros yeux, lui désignant, en inclinant la tête, Louise qui ne pouvait pas l'entendre.

— Laissez à cette enfant ses illusions ! J'ai actuellement à peu près une chance sur quatre de m'en sortir indemne... Il suffit simplement d'améliorer la performance pour en venir à une sur deux et alors, là, je suis sûr de mon coup : je me sauverai. Mes amis arrêtés ou poursuivis sont une source d'inquiétude au moment où Robespierre s'échappe dans la folie d'une espèce de nouvelle religion : on peut tout contre la folie des hommes dès lors qu'elle porte sur des vérités strictement matérielles ou économiques, mais on est sans aucune prise lorsque cette folie se teinte de folie mystique.

Il poursuivit son discours, d'un ton de voix encore plus rabaissé, comme s'il conspirait :

— Hérault de Séchelles, le seul de mes amis resté au Comité pour s'occuper après moi des Affaires étrangères, a travaillé pour vous avant sa démission : il a écrit en Russie par l'intermédiaire d'Alexandre Kucharsky, ce peintre polonais qui est l'un des agents de la tsarine à Paris. Il s'est étonné qu'une dette vieille de quinze ans, contractée auprès de la manufacture de Sèvres pour ce service que l'on expose si fièrement au palais d'Hiver aujourd'hui, ne soit pas encore complètement honorée... Hérault a eu le temps de savoir que sa lettre était arrivée en bon lieu.

— Ce sont là de bonnes nouvelles ! répliqua joyeusement Adèle.

– Attendez ! Attendez ! Ne vous réjouissez pas trop vite ! La vieille impératrice est avare. Elle aime la France, mais elle n'a pas la passion de sa révolution : si elle se décidait à payer, sa crainte serait que son argent n'aille pas au sauvetage de la Manufacture mais au financement de nos dépenses militaires.

Adèle conservait cependant le même entrain.

– Oh ! Je ne serais pas si pessimiste que vous ! Quelque chose me dit, moi, que cette femme pourrait bien être notre providence.

– Voyez ! Je suis parvenu à vous convaincre que le pire n'est jamais sûr... s'exclama Danton à son tour joyeux. Il n'est pas d'être au monde moins pessimiste que moi : ce n'est qu'en croyant que l'avenir finira toujours par être meilleur, au bout du compte et malgré toutes les vicissitudes, que l'on avance sans se désespérer.

La jeune femme était si heureuse de cette première sortie, de la rencontre avec cet homme qu'elle admirait, qu'elle retrouvait blessé mais nullement découragé, qu'elle lui sauta au cou pour appliquer sur sa joue un baiser sonore.

– Venez avec Louise et votre fils chez Riquet, je veux que vous en soyez témoins... J'ai quelque chose de joyeux à annoncer.

Danton accepta sur-le-champ et ils redescendirent tous ensemble vers la berge où le dénommé Riquet, un ancien cocher, débitait dans une baraque de planches située au bout du débarcadère un petit vin d'Argenteuil renommé. Il avait fait fortune autrefois grâce à la différence de prix provenant des moindres taxes perçues sur l'alcool qui se buvait hors des murs de Paris. La Révolution, dans sa frénésie de stricte égalité, avait aboli ce privilège et, depuis, la morosité des temps rebrochant là-dessus, les affaires de Riquet avaient périclité. Il s'était essayé péniblement à séduire des clientèles changeantes : l'estaminet de 1789 où les riches clients venus de Paris par le bac pouvaient trouver du thé et même du saute-bouchon de Champagne était devenu, à l'heure du comité révolutionnaire de Sèvres, une simple gargote à gros vin rouge et limonade. Danton plaisantait le bonhomme sur ces changements de breuvages procédant de la plus haute politique.

– Alors, Riquet, de quelle couleur est ton vin à présent ?... Hébertiste ? Robespierriste ?

– Dantonien, citoyen ! répondit le gargotier en se figeant dans une sorte de garde-à-vous.

– Tu as tort, car c'est une action qui chute en ce moment !

– Oh ! citoyen, tu nous as habitués à de telles remontées !

– En ce cas, il nous faut prendre des forces et ce n'est pas avec ta piquette...

– J'ai un vin d'Ivry, cette fois, et la traversée de Paris pour avoir de la couleur...

– Ne dis pas que ton vin a fait une halte au pied de la guillotine !

Entre limonade pour les dames et pour le jeune garçon et petit clairet, car le vin d'Ivry comme celui d'Argenteuil ne rendait pas plus d'énergie qu'un cidre honnête, Adèle fut la première à lever son verre.

– Mes amis, il y a là dans mon ventre, à présent j'en suis certaine, un petit Valady qui va bientôt remuer et qui verra le jour à la fin de l'été.

– La fin de l'été ! répéta Danton, un moment rêveur, avant d'embrasser Adèle.

Ce qui bouleversa toutes les prévisions – et en premier lieu celles de Danton lui-même – fut l'incroyable célérité avec laquelle Robespierre, en quinze jours seulement, abattit les deux factions qui encombraient ses rêves de plus en plus fous d'une démocratie placée sous l'œil scrutateur de l'Être suprême.

Le 8 ventôse (26 février), Saint-Just fut rappelé de l'armée où il était en mission pour devenir l'archange exterminateur de l'hécatombe à venir. Il lut à la tribune de la Convention son rapport sur les factions; cela sans jamais ciller, sans jamais que sa voix ne s'altère, sans s'interrompre et sans paraître marquer la moindre émotion. C'était comme si ce jeune homme n'avait pas été de chair et d'os, comme si ces lèvres roses que toutes les citoyennes de Paris auraient voulu embrasser n'avaient été dessinées si belles que pour proférer des paroles mortifères.

Le 14 mars, Hébert et ses amis furent arrêtés sur ordre du Comité.

Il n'y eut que le sensible Camille pour se figurer que cette arrestation serait le signal d'un élan de fraternité qui – les plus exagérés écartés – réconcilierait tous les courants de la Révolution. Danton, au contraire, avait compris mieux et plus vite que quiconque que l'heure d'une explication finale, décisive et mortelle était inéluctable et que son temps, qu'il estimait jusqu'à peu être de quelques mois ou semaines, se comptait à présent en jours.

Or, imprévisiblement, ce qu'il décida par lassitude, par fatalisme aussi sans doute, fut de ne pas monter à l'assaut tout de suite, mais de camper encore dans la posture du sage, de l'homme raisonnable. Le 19 mars (29 ventôse), il n'avait encore à la bouche que des paroles conciliantes pour conjurer les députés « de cheminer sans saccades dans la carrière difficile où on avançait ». Il avait retrouvé toute la puissance de sa voix perdue mais, au lieu de crier et d'inspirer la peur, il ne l'employait plus qu'à des discours de paix: « Si jamais quand nous serons vainqueurs (et déjà la victoire nous est assurée), si jamais les passions personnelles pouvaient prévaloir sur l'amour de la patrie, si elles tendaient à creuser un nouvel abîme pour la liberté, je voudrais m'y précipiter le premier ! »

Il temporisait, comme s'il espérait encore du printemps qui s'annonçait radieux la solution de tous les problèmes.

Le 26 mars, Hébert fut guillotiné. Il avait peu d'amis à cause de ses excès, mais c'était un avertissement général de tout ce qui se préparait.

Les gens raisonnables ne comptaient plus que sur Danton. Les visiteurs se bousculaient à la nuit tombée à la cour du Commerce quand on le savait à Paris. Dans cette fin du mois de mars, la conjoncture lui était de nouveau favorable. Des modérés, élus par ceux qui s'effrayaient de la dictature possible de Robespierre, avaient accédé à de hautes fonctions : Tallien avait été porté à la tête du Comité – où les robespierristes étaient redevenus minoritaires –, Louis Legendre – l'ancien boucher, l'ancien autre stentor des Cordeliers, devenu un homme raisonnable et attaqué par Hébert pour sa modération dans la répression des soulèvements de Normandie – avait pris la présidence du club des Jacobins. Danton aurait pu s'appuyer sur eux, revenir même au Comité où on l'attendait avec impatience. Il négligea de le faire et, soit regain de lassitude, soit nouvel accès de paresse – au pire moment –, il décida malheureusement d'attendre encore.

Le 22 mars (2 germinal), il rencontra Robespierre. Il était encore prêt à lui tendre la main : « Oublions nos ressentiments pour ne voir que la patrie, ses besoins, ses dangers… » Mais son interlocuteur le fixa de son regard de poisson mort et lui répliqua : « Avec tes principes et ta morale, on ne trouverait donc jamais de coupables à punir ! » – une phrase qui éclairait toute sa conduite.

En entendant ces mots, Danton comprit que c'était sans espoir.

Dès le 3 germinal (23 mars), alors que la tête d'Hébert n'était pas encore tombée, Billaud réclamait au Comité celle de Danton. Mais Robespierre devait s'assurer de la rue qui, depuis le 10 août, était acquise à celui qu'il voulait abattre. Il trouva deux hommes sans états d'âme : Fleuriot, qu'il mit à la mairie, et Payen, qu'il fit agent général. Au même moment, Saint-Just était enfermé chez lui, il écrivait son réquisitoire, monument de haine et de fanatisme. Le 9 germinal, il en déposait les feuillets, aux Tuileries, sur le bureau du Comité de salut public.

Or, Danton affectait toujours à l'usage des siens de se bercer d'illusions. Quatre jours auparavant, il avait encore quitté la tribune de la Convention sous un tonnerre d'applaudissements. Le 28 mars (8 germinal), le conventionnel Rousselin était venu le prévenir que tout était prêt pour sa perte. Il avait affecté d'en rire : « Ne craignez rien, enfant que vous êtes ! Voyez ma tête ! Ne tient-elle pas toujours sur mes épaules ? Et pourquoi voudrait-il me faire périr ? À quoi bon ? À quel sujet ? » Il disait tout cela à l'heure où Saint-Just mettait le point final à son réquisitoire.

Le 9 germinal, les deux comités furent convoqués pour une réunion plénière. L'ordre d'arrestation de Danton et de ses amis fut présenté et il n'y eut que Lindet, responsable des subsistances, pour oser s'y opposer : « Je suis là pour nourrir des citoyens, non pour tuer des patriotes ! » Les moins exagérés, ceux qui auraient soutenu l'homme que l'on voulait arrêter s'il avait résisté en retrouvant son énergie du mois de novembre, se contentèrent de demander un ajournement ; Billaud le refusa.

Le 10 germinal, à 6 heures du matin, Danton fut arrêté chez lui à Paris et mené à la prison du Luxembourg. Deux jours plus tard, il recevait son acte d'accusation, et le 13 germinal (2 avril), il était transféré à la Conciergerie. Le même jour commençait l'un des procès les plus iniques de l'histoire de la Révolution, procédure bafouée, défense bâclée sauf celle du principal accusé qui était, au milieu de ses amis abattus – Camille, Fabre,

Delacroix... –, comme un taureau furieux et blessé. Le 5 avril (16 germinal), ils furent condamnés et menés, à la nuit tombée, à l'échafaud. Danton n'avait pu sauver sa tête ni celle de ses amis et n'avait surtout pas pu écraser ses ennemis. Il y eut bien quelques protestations : après celle de Lindet, celle de Legendre ; elles furent inutiles.

Dans le tombereau qui le menait, par la rue Saint-Honoré, jusqu'à l'échafaud, comme six mois auparavant Marie-Antoinette, il était comme un diable. Que regrettait-il le plus ? Le pouvoir perdu, l'humiliation... la défaite ? Non : il n'avait en tête que Louise et ses deux garçons. Pour la postérité, il eut ce mot magnifique à l'adresse du bourreau, venant après tant d'autres et qui résumait sa fabuleuse carrière : « Bourreau, tu montreras ma tête au peuple, elle en vaut la peine ! » Cette tête de Danton, effectivement, méritait l'admiration du peuple.

Le soir même, quelques amis du « traître » étaient à leur tour inquiétés – il suffisait d'avoir été vu récemment en compagnie du tribun ou de ses amis pour être suspecté. C'est ainsi qu'à 6 heures du soir, ce 5 avril, à l'heure même ou dans les souterrains de la Conciergerie on échancrait la chemise des condamnés et qu'on leur coupait les cheveux, Blanchot, qui examinait une fillette, à la Charité, en compagnie de quelques-uns de ses disciples, fut interpellé par un détachement de quatre sans-culottes.

Il resta calme comme Cicéron au moment où ses assassins pénétrèrent dans son jardin.

– Puis-je terminer ma prescription ? leur dit-il.

Ces hommes restèrent en arrêt, stupéfaits de cette maîtrise de soi. Le médecin entreprit de dicter à un jeune homme qui se tenait près de lui, du même ton calme et détaché :

– Demi-once d'aigremoine eupatoire, demi-racine de fraisier, poignée de marrube blanc, fumeterre eupatoire...

Un quart d'once... pincée d'hysope, pincée de mélitot... Pour le reste, je vous laisse fixer les doses de cette décoction... Et augmenter les doses d'eupatoire si cette mauvaise toux subsistait.

Lorsqu'il eut fini, il rangea dans sa trousse la cuillère plate d'argent qui lui avait servi à examiner la gorge de la fillette, ainsi qu'un curieux cornet de buis de son invention, pourvu d'une membrane de vessie de porc, qui lui permettait de mieux discerner les battements du cœur. Et alors il dit :

– Citoyens, je suis à vous !

Et il les suivit jusqu'à la prison de l'Abbaye.

Louise était près de son mari, à Paris, lorsque l'on était venu l'arrêter. Jusqu'au bout, il avait voulu ne pas l'effrayer. Il était parti en l'embrassant, ramassant son petit chapeau rond, plaisantant comme s'il ne s'apprêtait qu'à faire le voyage de Sèvres. L'innocence de la jeune femme était grande ; elle n'était pas comme Lucile, la femme de Camille, qui portait avec son mari, au jour le jour, les moments forts, exaltants ou affreux de la Révolution. Elle vivait dans le Paris de 1794 sans en connaître vraiment les horreurs, car Danton avait construit tout autour d'elle comme une bulle de douceur et d'amabilité qui la coupait des dures réalités.

En l'embrassant pour ce qui devait être la dernière fois, Danton lui avait fait promettre de rejoindre ses fils à Sèvres et elle y était partie le jour même, commençant d'arranger la maison en prévision du retour de son cher Georges. C'est là que dans la nuit du 5 au 6 avril elle avait reçu la nouvelle de sa mort. Si elle avait été plus lucide et mieux préparée à ce qui devait advenir, son chagrin eût peut-être été moins dévastateur, mais l'innocence qui, jusque-là, l'avait comme épargnée, ces dangers sur lesquels son mari lui avait fermé les yeux, ces illusions d'un monde meilleur enfin s'évanouirent tout d'un coup en la laissant désemparée. Elle avait dix-sept ans, elle était veuve, avec la charge de deux garçons.

La première idée qui lui vint à l'esprit dans ce désespoir et cette solitude, car personne, vraiment personne, ne se manifesta alors pour la soutenir, fut de se rendre à la Manufacture pour aller voir Adèle.

Celle-ci se trouvait dans son atelier, ignorant encore l'arrestation de Blanchot et la mort de Danton. En cette fin de matinée du 6 avril, l'air était doux, le chant des oiseaux harmonieux, la campagne riante et toute transparente des promesses du printemps. Elles se retrouvèrent dans la cour et se donnèrent le bras pour gravir les escaliers, puis les rampes qui, tout autour du pavillon de Lully, s'élevaient au-dessus des toits de la Manufacture dont les cheminées ne fumaient plus depuis Noël.

– Il était bon, Adèle... Cette Révolution l'aura broyé !

– J'ai perdu Mirabeau, moins tragiquement il est vrai... Je sais ce qu'est l'affection pour un homme public que les gens peignent sous des couleurs effrayantes, parce que c'est le métier des hommes destinés à entraîner les autres que d'intimider en énonçant les vérités que leurs semblables ne veulent pas entendre... Nous, bienheureuses, nous les avons connus dans notre intimité, doux comme des agneaux... Ils étaient doux parce qu'ils étaient grands, et l'amour sincère qu'ils nous portaient était vraiment la marque de la supériorité de leur caractère... Ceux que nous aimions se ressemblaient : même figure terrible pour impressionner les craintifs, même regard de feu pour tenir la barre dans les tempêtes et, à côté de cela, la plus grande sensibilité, le plus grand cœur... Nous sommes bien chanceuses, Louise, de les avoir connus ces grands hommes...

– Que je vais avoir froid maintenant ! répondit fort étrangement la jeune veuve.

– Relisez ses lettres, toutes ses lettres... Il vous en a laissé, n'est-ce pas ?

– Pas tant que cela ! Les plus belles choses, il me les disait à l'oreille.

– Alors, ce qu'il vous a écrit, gardez-le sur votre cœur ! C'est comme cela que je me suis fait peu à peu à l'absence de Mirabeau puis de Valady, c'est comme cela qu'une plaie béante est devenue une douce cicatrice que j'aime à caresser... Et puis, Louise, il vaut mieux que vous restiez quelque temps ici, à Sèvres, dans cette Fontaine d'amour qu'il aimait tant... Et tant que vous serez là, je serai près de vous !

Chanou, qui les avait observées longtemps depuis la fenêtre de son appartement, affecta de redescendre à l'instant où elles s'en revenaient vers le vestibule. Il salua Louise d'un sourire à demi moqueur et lorsqu'elle eut disparu par l'allée centrale qui menait vers la route de Chaville, il alla vers Adèle.

– Il semblerait que nous n'ayons plus de protecteur depuis hier. Nous voilà plantés au beau milieu des ruines ! Cette maison nous tombera bientôt sur la tête !

Et il la laissa sans qu'elle pût savoir si ce qui le tourmentait le plus était du dépit ou la satisfaction d'avoir bientôt sa revanche.

L'arrestation de Blanchot, même dans ce Paris devenu blasé de l'horreur et prêt à accueillir d'un air d'indifférence les pires nouvelles, fit l'effet d'une traînée de poudre. Le médecin de la Charité était connu de beaucoup de gens, regardé comme l'exemple même de ce que la dévotion à la science, l'honnêteté, le dévouement, peuvent produire de meilleur chez l'homme.

Des citoyens courageux – de ceux qui habituellement n'intervenaient pas dans les affaires de la politique, comme Beaumarchais ou Marmontel – osèrent parler en sa faveur et relayer les protestations de Legendre et de Lindet qui avaient élevé la voix dans des enceintes publiques en faveur de Danton. Mais qu'importait à

Robespierre, le vainqueur de toutes les factions : il n'écoutait plus rien, non pas par envie de sa propre gloire, car cet homme insatisfait de tout et d'abord de lui-même n'était pas soucieux de cela. Dans l'hallucination de ses rêves d'un monde qui ne serait que vertueux, il ne songeait plus qu'à ériger l'Être suprême par-dessus tout comme Aaron autrefois avait magnifié le Veau d'or. Il n'envisageait l'affermissement de la République – œuvre immense à laquelle, tel un nouveau Sisyphe, il s'adonnait jour et nuit – que sous la férule d'un dieu créé de ses mains, dans le mélange de ce qu'il aurait emprunté aux Lumières et à ses propres obsessions : un dieu lui ressemblant, un dieu robespierriste, triste et soupçonneux, dont le poids et la démesure viendraient à bout de tous ses ennemis.

De son côté, Louis, le fils aîné de Blanchot, le hardi marin de l'escadre de Latouche-Tréville, ameutait tous les amis qu'il avait dans Paris en faveur de son père. Il courait de section en section en faisant un bruit d'enfer et il s'entendait répliquer parfois quelques-unes de ces phrases dans le style de celles qui avaient contribué à faire tuer Anselme à la Conciergerie : paroles d'un peuple à qui l'on avait délié la langue mais sans lui accorder au préalable la grâce de l'instruction :

– Mon père est le médecin des sourds-muets !

– La Révolution n'a pas besoin de sourds-muets !

– Mon père est le médecin des pauvres !

– La Révolution n'a que faire des indigents qui ne sont que des paresseux !

Pour survivre et n'être pas déchiqueté par le fatal engrenage qui réclamait chaque jour sa cohorte de condamnés, bien plus comme une nécessité esthétique, afin de peupler la scène de son décor sanglant, que comme véritable nécessité d'ordre public, il n'était plus que d'apprendre à ruser pour se sauver.

Paul, dans ce temps où la suspicion était devenue la règle, s'était persuadé que pour n'être pas inquiété il ne fallait jamais s'arrêter de bouger ou d'agir avec naturel. Flâner ou rêver, au milieu de la presse et de la bousculade, cheminer seul et sans but attiraient les regards. Il fallait donc affecter de vivre le plus normalement du monde : marcher sans lever la tête, aller à son travail avec la régularité d'un métronome, même si ce travail – comme celui qui lui était échu au Garde-Meuble – n'avait plus de véritable objet.

L'une des meilleures sauvegardes d'ailleurs, dans ce pays où, quoi qu'il arrive de dramatique, on continue toujours de tout passer à l'amour, était de se promener au bras d'une amoureuse, car le regard suspicieux des plus endurcis s'adoucissait immanquablement à la vue d'un couple d'amants.

Le jeune homme saisit ce prétexte pour paraître un citoyen inoffensif tout en disculpant celle qu'il aimait, car l'arrestation de ses parents pouvait à tout moment faire peser le soupçon sur Laurence. Paul décida donc de vivre son amour au grand jour, et l'installa chez sa mère, rue Montorgueil.

Lucile l'accueillit avec joie. Dans les longues heures passées avec la jeune fille, elle tentait de la rassurer sur le sort réservé à ses parents, dont on ne savait même pas s'ils étaient enfermés dans la même prison.

– Il est bien normal que tu t'inquiètes, lui disait-elle, mais réfléchis au nombre de gens qui éprouvent en ce moment les mêmes tourments que toi. Dis-toi que ton malheur est partagé et qu'en même temps les raisons d'espérer sont encore grandes... Que ce cauchemar ne durera pas, qu'il faut tenir. Regarde Blanchot, si estimé des hommes les plus remarquables de son temps, qui a toujours soutenu la Révolution et qui dort depuis dix jours en prison !... Du courage, mon enfant ! Songe aussi que tu as Paul et qu'il est le meilleur garçon du monde !

– Oh, oui ! Lucile, de cela j'en suis bien persuadée.

Laurence était la grâce même, et depuis qu'elle fréquentait le jeune secrétaire du Garde-Meuble elle était transformée : la jeune fille était devenue une femme, comme une fleur qui s'était épanouie. Son joli visage dessinait un ovale parfait, ses joues s'étaient arrondies et ses yeux qu'elle tenait souvent abaissés par modestie vous regardaient à présent en face et pétillaient. L'amour lui avait donné de l'assurance, ses gestes étaient devenus plus souples et plus gracieux, elle perdait de sa timidité et sa conversation était piquante et spirituelle. Elle formait avec Paul un couple magnifique et moderne. Lui, coiffé court, à la mode et venant d'adopter le pantalon, un pantalon rayé tombant jusqu'à la chaussure ou quelquefois – transition avec l'ancienne culotte – s'arrêtant au-dessus de la cheville et découvrant des bas toujours accordés à la couleur de son habit. Cette mode du jour, outre qu'elle était un signe d'adhésion aux principes nouveaux, libérait l'homme dans ses mouvements tout comme l'abandon des jupons rigides et des corsets à tiges de fer ou baleines avait, dans le même temps, rendu à la femme son allant et sa respiration. C'était un autre paradoxe du temps, alors que quelques-uns des plus exagérés – Robespierre en tête – continuaient l'élégance des temps anciens, les culottes de satin ou de basin et les bas de soie.

Paul ne tenait plus en place depuis l'arrestation de Blanchot. Comme Louis, il courait les sections et il faisait même chaque soir le siège des Jacobins où l'on n'entrait plus aussi librement qu'avant depuis que les Montagnards, pour ne pas courir le risque d'y être contredits, filtraient strictement les admissions. On sentait à la Convention la même intimidation et la même censure ; les bancs de la Plaine se vidaient jour après jour parce que aucun des députés modérés n'y pouvait plus prendre la parole sans être aussitôt fouillé du regard par les amis de Robespierre, les représentants des districts ou même les sans-culottes qui occupaient, sans aucun titre valable, l'extrémité de certaines travées.

En ce milieu du mois d'avril, exprimer une opinion personnelle était passible d'arrestation. Or, on savait parfaitement ce que c'était que d'être arrêté sous un Fouquier-Tinville qui faisait passer les prévenus dans son bureau à la queue leu leu, comme dans un bureau de conscription, dont la plupart se retrouvaient au bout de quelques heures au pied de l'échafaud, devant Sanson qui faisait à présent fonctionner sa machine même la nuit et qui venait de battre le record de cinquante-quatre guillotinés en vingt-huit minutes.

Jusque dans les clubs régnait à présent un morne silence. Ces clubs, autrefois si bruyants, si animés, où l'on pouvait prendre la parole pour exprimer dix opinions diverses et contraires, où, il n'y avait pas si longtemps encore, des forts en gueule, des professeurs en toutes matières, des raisonneurs à tous crins pouvaient énoncer à peu près tout ce qui leur passait par la tête... Les regards s'étaient faits inquiets et soupçonneux. On se défiait de son meilleur ami d'hier : ne serait-il pas, pendant la nuit, devenu l'agent de Robespierre et de ses séides ?

Paul s'était ainsi retrouvé le 12 avril (23 germinal), une semaine donc après l'exécution de Danton et l'arrestation de son parrain, presque seul dans la vaste salle des Colonnes de Saint-Eustache. On n'y parlait pas de politique : ce soir-là, un mercier de la rue Tiquetonne possédant un gros entrepôt de tissus s'inquiétait de la vétusté des pompes à incendie disponibles dans le quartier.

Appuyé à l'une des colonnes, n'écoutant que d'une oreille distraite ce discours ennuyeux, Paul se vit brusquement aveuglé par deux mains qu'on lui mettait sur les yeux, et au même moment une voix qu'il reconnut tout de suite lui glissait à l'oreille dans un grand éclat de rire :

– En matière de pompe, celui-là s'entend déjà à pomper son monde !

C'était La Bussière qui, escorté de son ami Lunegarde, faisait ce qu'ils appelaient leur promenade patriotique. Le comédien portait les cheveux courts comme Talma depuis qu'il se produisait tous les soirs, jambes et crâne nus, dans des rôles de Romain, au théâtre autorisé des Variétés amusantes ; mais, dans le cas de La Bussière, ce n'était qu'une concession pour n'être pas suspect. Il jouait en effet Jocrisse, et Jocrisse se caractérisait par sa figure de benêt, creusée et farineuse, encadrée de longs cheveux couleur de filasse. Pour tenir ce rôle, il disposait d'une impressionnante collection de perruques.

– Que deviens-tu ? lui demanda Paul.

– Je continue de me produire à l'œil, tous les soirs, au théâtre Mareux.

– Alors on aime encore rire à Paris ?

– C'est selon ! répondit La Bussière en rabaissant le ton. J'ai des ennemis, en particulier un certain Duclos, mauvais comédien qui donne dans le pathos et qui affecte de porter le deuil de Marat depuis bientôt neuf mois... Il a menacé de nous dénoncer comme ennemis des patriotes et, depuis, nous avons été contraints de lui céder notre théâtre un soir sur deux... Mais j'ai un plan ! Viens ce soir au théâtre, nous serons plus à l'aise qu'ici où je crains fort que ces colonnes n'aient des oreilles.

Paul n'eut aucune peine à persuader Laurence de l'accompagner. La petite salle de Mareux était pleine à craquer d'un public mêlé de bourgeois et d'ouvriers des faubourgs qui aimaient le théâtre. Tout y était bon enfant. On y expédiait en dix mesures le *Ça ira* qui dans toutes les salles parisiennes se devait de marquer le début des représentations, puis on entrait dans le vif du sujet : une farce sans aucun rapport avec les pathétiques tirades patriotiques improvisées soir après soir par le triste Duclos.

Cela faisait cinq ans à présent que La Bussière jouait Jocrisse avec le même succès, et, tout comme les mimes qui reprennent à l'infini leurs créations en y apportant chaque fois quelque nouvelle fantaisie ou variation, il n'était jamais le même deux représentations de suite. Il y avait là des habitués, avec leur place marquée – comme cette grosse lavandière de la rue Sainte-Opportune, du nom de Suzanne, qui se tenait chaque soir au premier rang.

Paul alla retrouver La Bussière à la fin de la représentation et comme celui-ci se méfiait désormais de ses amis jusque dans son propre théâtre, il l'entraîna dans la rue Saint-Antoine sans avoir quitté son costume de Jocrisse.

Ses cheveux filasse, agités par le vent, brouillaient sa figure maigre, toujours couverte de farine.

– Avec ça, lui dit-il en lui désignant ce masque qui paraissait être de carton, nulle parole ne peut me trahir, car lorsque je dis des choses sérieuses, on a toujours l'impression que j'en suis encore aux bêtises.

Et il lui raconta alors comment, depuis dix jours, il avait trouvé une nouvelle occupation.

– L'un de mes plus constants admirateurs, qui vient ici souvent pour se délasser de ses occupations sérieuses, le conventionnel Legendre – un homme qui fut terrible autrefois, m'a-t-on dit, mais qui s'est modéré et que je porte dans mon cœur parce qu'il a osé parler en faveur de Danton –, me sachant menacé d'être expulsé d'ici par la haine du sinistre Duclos, sachant aussi à quels soupçons un fils d'aristocrates comme moi est exposé, me voyant en un mot exposé à mourir de faim du jour où je ne serai plus Jocrisse, a eu pitié de moi... Il m'a pourvu d'un emploi...

– Une sinécure, sans doute, car Jocrisse est brouillon ! s'amusa Paul.

– Non ! Non ! un emploi véritable et sérieux !... se fâcha La Bussière. Et qui me va comme un collier de perles au cou d'une oie... Un poste dans l'Administration !

– Ça alors !

– Figure-toi que depuis le 6 avril... 17 germinal, mais je n'arrive toujours pas à me faire à ce calendrier-là..., je suis employé au Bureau des détenus qui dépend du Comité de salut public. Je travaille le matin au pavillon de l'Égalité, au Palais national – l'ancien pavillon de Flore au palais des Tuileries –, et que mon bureau se trouve dans ce qui fut le salon de compagnie de la reine Marie-Antoinette.

– Et qu'y fais-tu ?

– Oh ! peu de chose en apparence : du classement... du classement à longueur de journée. Mais un classement qui, si l'on y réfléchit bien, pourrait intéresser plus d'une personne dans cette ville : je suis chargé des dossiers de tous les suspects que l'on a arrêtés et que l'on s'apprête à juger !

– Mais c'est un poste stratégique, comme diraient nos soldats !... Je sais pourquoi Legendre t'a placé là. Il veut sans doute que tu rendes des services à la cause de l'humanité ; il s'est dit qu'un comédien qui a plus de cent tours dans son sac, un escamoteur comme toi, aurait là de quoi s'employer utilement.

– Alors tu penses vraiment, comme Lunegarde, que Legendre m'a placé là avec cette idée derrière la tête ?

Et, là-dessus, fusa un grand rire. Il était de nouveau Jocrisse.

– Mais sais-tu que cette affaire est bien dangereuse ?

– Attends ! Attends ! Jocrisse, ton personnage, ne disait-il pas tout à l'heure : « La difficulté me grise ! »

– Enfin, oui, mais il faudra agir avec discernement et j'aurai sans doute besoin de ton aide.

Le Bureau des détenus était installé dans l'ancien palais des rois, au rez-de-chaussée, là où Marie-Antoinette avait eu une partie de ses appartements, dans ce petit salon situé juste au-dessous de l'ancien salon de parade où Louis XVI tenait son conseil des ministres et où à présent se réunissait le Comité de salut public.

Les patriotes étaient quelquefois d'une grande innocence – les révolutions sont souvent si compliquées, si embrouillées, que les hommes agissants, obligés de recruter dans un court laps de temps quantité de têtes nouvelles, ne peuvent se fier qu'à leur bonne mine. C'est ainsi qu'ils avaient mis à la tête de cette administration un certain Fabien Pillet, sans réaliser que cet homme avait été l'un des signataires de la fameuse « Pétition des vingt-mille », démarche largement inspirée par Danton après l'exécution du roi pour obtenir une amélioration des conditions de détention de sa veuve et de ses enfants.

Fabien Pillet était un homme qui aimait rire – autre trait de caractère dont auraient dû se méfier les Montagnards. Comme La Bussière, il s'était retrouvé coincé dans cet emploi par nécessité et n'avait dû son engagement qu'au fait qu'il savait lire, écrire et rédiger des notes, à l'inverse de la plupart des sans-culottes. Il s'était tout de suite pris de sympathie pour son nouvel adjoint et était devenu l'un de ses spectateurs les plus enthousiastes du théâtre Mareux.

Les fonctions de Pillet et de La Bussière ne consistaient qu'à classer les dossiers souvent étiques sur des rayonnages ou dans les anciens placards de la défunte reine. Ces dossiers ne consistaient parfois qu'en une seule feuille de papier sur laquelle étaient inscrits un nom, un âge et une adresse. Il y avait là, à la fin d'avril 1794, quatre à cinq mille dossiers rangés dans des chemises de carton gris, et cinquante à cent de plus arrivaient chaque jour de l'étage, où se tenait le Comité de salut public, au fur et à mesure qu'un membre de ce comité les avait apostillés au crayon et affectés d'une de ces trois lettres : G, D ou R ; il s'agissait de la peine qu'il recommandait à l'accusateur public pour le jour où viendrait le procès de la personne en cause.

Chacune de ces lettres scellait donc un destin car G signifiait guillotiner, D, déporter, et R, relâcher.

Le système était le suivant : quand le procès se préparait, l'assistant de Fouquier-Tinville venait reprendre les dossiers des prisonniers, les classait dans l'ordre de comparution, puis l'accusateur faisait comparaître ces gens les uns après les autres dans son bureau. Il n'accordait à chacun que deux minutes à peine et ne s'écartait presque jamais de la recommandation indiquée par les trois lettres. Il fallait vraiment, pour qu'il s'en éloigne, que se produisît quelque chose d'exceptionnel pendant l'interrogatoire : un prisonnier marqué D qui se montrait rétif et arrogant devenait un G ; une femme impressionnait ce magistrat de la mort par un regard langoureux, et son G se transformait en un D ou en un R.

Voilà donc comment fonctionnait la terrible machine, peu de moyens, peu de monde, peu de formalités et deux hommes moyennement convaincus de la nécessité de poursuivre ces hécatombes qui étaient à présent les dépositaires de ces « registres mortuaires », ainsi que les désignerait La Bussière en racontant plus tard son incroyable histoire.

Son premier fait d'armes, dès la fin du mois d'avril, fut de vider le dossier du grand poète Florian.

– Je l'admirais trop ! dit-il à Paul venu le chercher au théâtre. J'ai vidé le dossier de toutes les lettres de dénonciation qu'il comportait, certaines d'ailleurs qui venaient de gens en vue s'illustrant dans les belles-lettres... Quelle indignité ! À la place du D, j'ai mis un R. C'est facile ! Ils sont écrits au crayon... Il suffit d'une gomme !

– Bravo ! Mais, je te le redemande encore et je ne cesserai de te le redemander quand je te verrai : Blanchot, Blanchot, as-tu vu son nom ?

– Pas encore ! Il fait partie de la fournée Danton qui n'est pas encore descendue dans mon puits... Mais j'ai à présent un gros souci : comment détruire tous ces papiers sans que l'on s'en aperçoive ?

– Les brûler ?

– Les gens s'inquiéteraient vite d'une cheminée qui fume au printemps. Tu sais, les dénonciateurs vont jusqu'à fouiller dans les ordures et les excréments pour trouver des preuves accablant les contre-révolutionnaires.

– Alors, les jeter dans la Seine !

– J'ai essayé mais même en en faisant des confettis, cela fait de grandes nappes qui flottent à la surface...

– Les enterrer !

– Non ! C'est encore plus risqué !... Il faut vraiment que je trouve autre chose.

Aucune nouvelle ne filtrait de l'Abbaye. Les responsables des prisons avaient retenu les leçons de septembre 1792 et les geôles de Paris étaient devenues impénétrables : l'existence y était donc encore plus difficile parce qu'elle ne pouvait être adoucie des secours matériels et moraux venus du dehors ; pour les familles des détenus, c'était le silence le plus total et une source d'angoisse insupportable. Les seules nouvelles que l'on pouvait recueillir étaient toujours négatives : on apprenait un beau matin qu'un frère, un père ou une mère avait été guillotiné ou était sur le point de l'être et, pour cette raison, la plupart des gens en étaient venus à finalement préférer ne plus rien entendre.

Il circulait des listes de guillotinés, on se les arrachait, on ne les ouvrait pas sans un terrible battement de cœur. C'est ainsi que les demoiselles Lemoine apprirent, début mai, la mort de leur mère condamnée pour « intelligence avec l'ennemi », accusation ridicule, puisque cette femme n'avait eu d'autre rôle politique que d'avoir été un temps familière de la société de la reine à Trianon et femme de l'intendant adjoint du Garde-Meuble.

Paul, mis au courant au sortir de la réunion des Postes, alla immédiatement annoncer la nouvelle à Laurence le plus délicatement qu'il le put, la prenant dans ses bras et calmant longtemps ses hoquets.

– Nous sommes semblables maintenant que nous avons perdu un père et une mère, victimes tous deux, dans leur innocence, de ces horribles convulsions... Oui, poursuivit-il, le prix que nous payons pour notre adhésion aux idées nouvelles est bien trop élevé.

Or, il ne fut pas une semaine avant que l'on n'apprenne qu'à son tour M. Lemoine-Crécy allait être jugé.

Paul se précipita chez La Bussière qui habitait rue Sainte-Anne. Jocrisse lui avait ouvert, encore tout barbouillé de sommeil, s'arrachant des bras d'une petite actrice.

– Toi! Si tôt!
– Oui, Charles, il y a urgence!

Et il exposa son affaire. Le comédien hochait la tête.

– S'il y a procès après demain, je crains bien que le dossier ne soit déjà remonté... J'irai voir tout à l'heure. Tu m'attendras dans le jardin, devant le saut-de-loup... Par la fenêtre du rez-de-chaussée, je te ferai signe...

– Et comment?

– En comédien que je suis... Si je te fais un pied de nez, c'est que je serai arrivé à quelque chose. Mais si je te fais ma tête de Jocrisse, tu comprendras.

Paul, le cœur battant, sortit du Garde-Meuble un quart d'heure avant l'heure dite et attendait parmi les promeneurs du jardin. Des mères et des nourrices surveillaient tendrement des enfants remuants et chahuteurs qui jouaient au cerceau ou à la marelle dans ce parc presque aussi joyeux qu'aux anciens temps : la vie continuait tandis qu'à deux pas, dans le palais de la République, s'assemblait la chiourme des suspects promis à la guillotine du jour.

À l'heure dite, La Bussière parut. Il était triste.

Paul avait déjà son plan dans ce cas. Il repassa à toute allure au Garde-Meuble où il obtint de M. Choppin un congé de huit jours, puis il se précipita rue Montorgueil où il enleva Laurence et sa mère Lucile pour les conduire aussitôt en fiacre à Sèvres.

La jeune fille restait silencieuse : elle avait tout compris. Pour l'empêcher de pleurer, pour la tenir comme médusée dans un grand tournoillis de phrases douces, Paul lui parlait de la beauté du ciel, des feuilles d'un vert tendre qui se dépliaient aux branches des bouleaux et des ormes, mais aussi, pêle-mêle, des nouvelles du front qui n'étaient pas si mauvaises puisque depuis quelques semaines – résultat tardif des mesures prises par Danton – l'armée sur les frontières avait pu reprendre l'offensive.

Ils restèrent à Sèvres toute cette semaine-là, la dernière de mai. Le jour marqué pour l'exécution de l'ancien sous-directeur du Garde-Meuble, les deux sœurs mais aussi Briséis et ses enfants, Lucile, Paul, Hannong et même Louise Danton qui les avait rejoints, restèrent à prier ou méditer dans l'ancienne église du village avant de monter ensuite sur les terrasses de Saint-Cloud.

De telles tragédies faisaient craindre que le même sort ne s'abattît sur d'autres prisonniers proches : on pensait bien évidemment à Blanchot.

Robespierre était alors tout à la préparation de la fête de l'Être suprême qui eut lieu le 8 juin (20 prairial), ordonnée par David au Champ-de-Mars. Un long cortège composé des quelque deux cents députés de la Convention qui avaient accepté de se prêter à cette liturgie, de pères et de fils parés de cocardes tricolores venus de toutes les sections de Paris, de mères portant leurs enfants, de jeunes filles enfin effeuillant des bouquets de roses précédait celui que l'on commençait d'appeler l'Incorruptible, vêtu de bleu céleste, inhabituellement grave et solennel, comme si, soudain, il accédait aux fonctions de pontife. Il fit un discours trop long qui se termina dans un brouhaha et même dans des cris hostiles puis, toujours impassible, il alla au pied de la statue de la Sagesse armé d'une torche mettre le feu à quatre mannequins de paille qui symbolisaient l'athéisme, l'ambition, l'égoïsme et la fausse simplicité.

Les Parisiens étaient cette fois totalement désorientés, écartelés entre les nouvelles encourageantes venues de l'armée, la chape de plomb tombée sur le débat politique par le rétablissement de la censure et l'arrestation des journalistes, dans ce temps justement où se célébrait cette fête étrange dont les esprits les plus libres et les plus moqueurs affirmaient en secret qu'elle n'avait d'autre but que de diviniser Robespierre lui-même.

Deux jours après cette fête, la loi la plus inique publiée depuis le début de la Révolution s'étalait en toutes lettres dans les journaux : le 10 juin (22 prairial), un décret du Comité de salut public supprima purement et simplement l'instruction dans les procès criminels. On pouvait ainsi passer directement de la gueule de la prison à l'échafaud, avec pour seul jugement la lecture d'une liste dressée par un homme que l'on ne verrait pas et qui ne dirait pas son nom.

Les craintes les plus vives étaient donc permises.

Or, le 13 juin au soir, Paul reçut au Garde-Meuble ce message de La Bussière : « Viens voir Jocrisse, au théâtre ce soir, c'est un ordre ! »

Il y alla donc. Il retrouva le comédien-fonctionnaire dans sa loge, véritablement persuadé qu'il jouait pour l'une des dernières fois ce soir-là, car Duclos voulait empêcher à toute force Mareux de présenter des œuvres futiles. La fête de l'Être suprême avait fourni à son ardeur créatrice l'occasion d'un nouveau spectacle à la gloire de Robespierre, et, depuis plusieurs soirs, il faisait faire par ses affidés un tapage d'enfer dès que le pauvre Jocrisse ouvrait la bouche.

— J'ai repéré ton Blanchot, lui annonça-t-il. Il a débarqué hier après-midi sur mon bureau. Il faut que tu m'aides ! enchaîna-t-il en promenant sa houppe pleine de farine sur son visage. Le système de destruction des documents compromettants que j'ai mis au point réclame de la main-d'œuvre...

Puis, imprévisiblement, le dévisageant, reprenant en un clin d'œil son sourire de comédie :

— On se sent sales par ce printemps déjà trop moite... Je suis sûr qu'un bon bain te ferait du bien...

— Mais...

Il lui fit signe de ne rien ajouter.

— Alors, c'est dit, demain, à 7 heures du matin, aux bains Vigier !

Ces bains Vigier étaient un des derniers luxes publics subsistant à Paris sous la Terreur, installés en bord de Seine sur un ponton, en contrebas du Pont-Neuf. Leur cheminée de tôle rouge était en permanence surmontée d'un panache blanc. L'accès se faisait par une passerelle étroite, périlleusement jetée sur l'eau. Sur tout le périmètre de cette sorte de barge étaient disposées des cabines pour se changer ou prendre du repos et, au-dessous, comme dans les anciens thermes de la Rome antique, trois compartiments se faisaient suite pour suer à la vapeur, puis se plonger dans l'eau chaude ou froide.

La Bussière y avait ses habitudes, avec sa cabine attitrée, au rez-de-chaussée, au ras des flots. Il demanda au « baigneur » celle qui lui était contiguë pour Paul, et comme on était dans un temps où tout le monde se méfiait, le comédien rassura l'homme en éclatant de rire :

— Non, ne t'inquiète pas, Émile, mon ami n'est ni un conspirateur ni un de ces bardaches qui te posent quelquefois des problèmes avec la police.

Il faisait allusion à quelques-uns des clients de l'établissement – les plus voyants en tout cas –, homosexuels notoires qui se donnaient là des rendez-vous commodes.

L'homme entendit la plaisanterie.

— Alors pour des patriotes : les cabines Germinal et Floréal !

— Ah ! Émile, tu es habile, s'amusa La Bussière. Je puis te prédire que ton rafiot ne coulera pas !

Ils allèrent aux cabines et là, avant d'entrer, le comédien tendit à Paul une dizaine de feuilles tirées des dossiers de son bureau, qu'il avait glissées sous sa chemise, et lui révéla son secret.

— Place-les sous ta serviette avant que nous n'allions cuire un peu à la vapeur... Cela les attendrira, ensuite il faudra les mâcher... Mâchées une à une, réduites en boulettes, jetées par le hublot de la cabine, elles coulent à pic... Et personne ne peut rien retrouver... Tiens, voilà le dossier de ton parrain ! Dévore-le !

Paul en se déshabillant examina le dossier de Blanchot. Figurait en tête la sinistre lettre G, mais il fut surtout sidéré par les pièces qui l'accompagnaient : deux dénonciations, l'une provenant de Gresset, le préparateur de l'apothicairerie de la Charité qui avait déjà essayé de lui nuire et, plus accablant, l'autre provenant de l'un de ses meilleurs disciples dont il faisait toujours l'éloge et sur lequel il comptait pour lui succéder un jour, mais qui, heureusement, n'était pas Cabanis.

Paul trembla un long moment d'avoir ainsi entre les mains, en toutes lettres, noir sur blanc, ces preuves terribles de la bassesse humaine. Glissant ces papiers sous la serviette qu'il venait d'ajuster à sa taille, il en avait les larmes aux yeux au moment de rejoindre son compagnon.

Ils étaient les premiers clients et ce fut un jeu d'enfant. Au bout d'un quart d'heure dans la vapeur, ils étaient rouges comme des homards et le papier était ramolli à souhait. Avant d'aller dans l'eau, ils revinrent dans leurs cabines et s'accordèrent une bonne demi-heure pour faire des dizaines de boulettes qu'ils lancèrent par-dessus bord, puisque tel était le moyen aussi artisanal qu'étrange qu'avait trouvé La Bussière pour rendre parfaits ses escamotages.

CHAPITRE HUITIÈME
Florel

Jusqu'au bout La Bussière avait poursuivi son travail de papivore, occupant tous les matins la cabine Germinal des bains Vigier où quelquefois venait le rejoindre Paul pour l'aider et partager avec lui cette indigestion paperassière. Ils avaient risqué gros, surtout depuis que la loi du 22 prairial supprimant l'instruction – que les Parisiens déjà à moitié dessillés n'appelaient pas autrement que la «loi du sang» – avait donné à la police et aux sections de sans-culottes des pouvoirs exorbitants d'investigation et d'enquête.

Celui qui contre toute attente avait pu également continuer de tenir le rôle de Jocrisse tous les deux soirs au théâtre Mareux avait joué aux bains Vigier, sans autre public que Paul, l'un des plus beaux rôles de sa carrière. Dans la nuit du 27 au 28 juin (9 au 10 messidor), subtilisant leurs dossiers entre le soir où ils avaient été déposés au Bureau des détenus pour simple enregistrement, et juste avant qu'ils ne soient repris dès le lendemain matin pour un jugement qui, par exception, devait se tenir le jour même, il allait éviter à tous les comédiens-français détenus depuis août 1793 un procès qui sans nul doute serait fort mal terminé pour eux. En effet, la plupart d'entre eux – La Bussière s'en rendit compte avec effarement en procédant à leur destruction – avaient été affectés de la terrible lettre G.

Il faut dire que ces comédiens-français n'avaient pas été des prisonniers très sages : outre leurs facéties à Sainte-Pélagie – ces plaidoiries et ces sentences qu'ils mimaient –, ils avaient exaspéré leurs geôliers par leurs grands airs et leurs caprices. Louise Contat venait alors de rejoindre le reste de la troupe dans ces cachots : jusque-là protégée de Fabre d'Églantine qui était son amant, elle avait fait partie des personnes arrêtées à la chute de Danton et de ses amis.

Mais tous ces comédiens de l'ancien style, qui avaient refusé non seulement de suivre Talma mais encore de lui céder la belle salle du théâtre de l'Égalité, près du Luxembourg, étaient depuis peu poursuivis de la haine inexpiable de Collot d'Herbois, auteur dramatique pitoyable, comédien raté, alcoolique impénitent, qui s'était promis de les anéantir. Cela expliquait la rapidité de la procédure et la nécessité d'agir par un coup d'éclat, le plus dangereux que La Bussière ait jamais tenté jusque-là.

Devien, Raucourt, Leroy, les sœurs Contat, Fleury étaient en danger, et c'est d'ailleurs ce dernier qui venait de fournir au terrible Collot l'arme fatale pour les anéantir tous : on venait de trouver dans ses affaires une généalogie de Charlotte Corday par laquelle il s'essayait à établir sa parenté avec le grand Corneille. Cette recherche venant d'un admirateur de l'auteur du *Cid* avait été tournée en acte hautement contre-révolutionnaire. On exécutait alors pour beaucoup moins que cela et Collot était persuadé tenir son affaire et pouvoir de la sorte anéantir à jamais la race des comédiens de l'ancienne tradition qu'il jalousait parce qu'ils l'avaient toujours méprisé.

Au début de l'après-midi du 8 juin, on ne retrouva pas les registres d'écrou ni les dépositions contre les comédiens. Ce fut un beau tohu-bohu où le secrétariat du Comité rejeta la faute sur le Bureau des détenus. Fabien

Pillet fut convoqué et tancé, mais le désordre était si grand, les dossiers dans un tel fouillis, qu'il fut renvoyé à ses occupations sans être inquiété.

Pillet eut une explication violente avec La Bussière qui ne nia pas les faits et se vanta même d'avoir fait disparaître plus de huit cents dossiers. Fouquier-Tinville fit des réquisitions écrites contre le Bureau des détenus, mais les membres du Comité, tout aux cérémonies en l'honneur de l'Être suprême, ne réagirent pas. Voyant cela, le 5 thermidor, le même Fouquier annonça qu'il lançait sa propre enquête.

Mais il ne lui restait que quatre jours pour faire tomber des têtes...

Les cent treize jours qui séparent la mort de Danton, le 5 avril, de celle de Robespierre, le 10 thermidor (28 juillet 1794) ne se comprennent que par cette constatation : c'est le moment où il n'y a plus d'espace de cœur et d'intelligence entre des masses déchaînées et non éduquées, capables sans plus aucun frein moral de se livrer à toutes les atrocités, et un pouvoir tyrannique, coupé du réel, qui divague et vaticine entre utopie démocratique et hallucination déiste.

Ces gens étaient persuadés de bien faire – c'était à peu près leur seule excuse : ils s'étaient ancrés dans l'idée qu'étant seuls à connaître le secret de pouvoir rendre les hommes heureux, fraternels et obéissants aux préceptes d'un dieu qu'ils avaient reconstruit à leur idée, il leur appartenait d'imposer ce bonheur par la force.

Lorsque les tièdes, ceux qui avaient voulu pousser Danton en avant, tel Tallien, mais qui au bout du compte ne l'avaient pas soutenu, se rendirent compte que s'ils n'éliminaient pas Robespierre, Robespierre les éliminerait, ils commencèrent à bouger mais en tremblant de peur. C'est le coup de pistolet du gendarme Merda, à l'Hôtel de Ville, qui rendit la Convention victorieuse du duel à mort qu'elle avait lancé contre l'Incorruptible. Sans cette blessure qui lui brisa la mâchoire, peut-être Robespierre aurait-il su encore une fois rameuter à lui les sans-culottes de Paris, peut-être même aurait-il entraîné la France dans de nouvelles sarabandes autour de la guillotine et présidé des cortèges de plus en plus pompeux pour célébrer l'Être suprême quelques mois encore...

Le 9 thermidor (27 juillet), la France réveillée d'un mauvais rêve mais exsangue et toujours menacée de l'invasion étrangère n'eut pas vraiment la force de se réjouir.

Le 10 thermidor, ce fut un bien pathétique convoi qui gagna la guillotine. Couthon, paralysé, et Robespierre, agonisant, glissèrent leur cou tordu sous la lunette. Saint-Just se tenait au pied de l'échafaud, ayant perdu en quelques heures sa superbe et même sa beauté.

Le 13 thermidor – car il fallut trois jours après la mort de l'Incorruptible pour que l'on s'avise qu'il serait peut-être temps de sortir des prisons les gens les moins suspects –, les comédiens, entre-temps transférés à Picpus, furent libérés.

Le même jour, Blanchot quitta la prison de l'Abbaye.

Le 15 thermidor, ayant récupéré leur théâtre de l'Égalité, les artistes se mettaient en répétition et le 29 thermidor (16 août) ils donnaient leur première représentation, avec *Les Fausses Confidences*, devant une salle pleine à craquer.

Le 30 thermidor, le Bureau des détenus était fermé.

Le 31 juillet 1794, Pierre Blanchot était donc libre. Il n'avait pas trop changé physiquement : un peu amaigri, un peu pâle, avec des cheveux qui avaient brusquement blanchi, mais toujours aussi calme, avec ce regard franc et honnête qui imposait de prime abord le respect. Il embrassa sa femme et ses enfants dans un demi-sourire.

– Un séjour dans ces catacombes relativise bien des choses !

Mathieu se trouvait présent lors de ce retour. Il était l'un de ceux qui s'étaient le plus inquiétés pour lui.

– Ah! mon cher Pierre! s'exclama l'aveugle en le serrant dans ses bras. Je dois t'avouer que ma flamme révolutionnaire s'est quelque peu étouffée depuis que je te sais en danger!

– Garde-la, ta flamme, Mathieu, lui répondit cet homme enfin libre, nous allons en avoir besoin. Ce n'est pas la Révolution qui est en cause, c'est l'inexpérience de ceux qui voulaient la servir... La liberté est comme un cyclone: elle aspire ceux qui se trouvent sur son passage.

La femme de Blanchot, Félicité, qui n'abordait jamais les sujets politiques, cherchait à se rassurer:

– Maintenant que Robespierre est mort, tout devrait aller mieux!

Son mari lui sourit en lui prenant la main.

– C'est selon, ma bonne, Robespierre était dans l'obsession d'éliminer ceux qui ne pensaient pas comme lui, mais il était incorruptible... Ceux qui l'ont renversé n'enverront peut-être plus personne à la guillotine, mais ce sont des loups-cerviers, des hommes prêts à toutes les compromissions pour arrondir leur fortune et obtenir des postes.

Mathieu hocha la tête. Il venait d'avoir cinquante ans, et ses yeux éteints, ses cheveux longs et blancs lui donnaient la mine d'un prophète.

– Ainsi nous en sommes venus au point où était rendu Jean-Jacques, à la fin de sa vie, dans sa forêt d'Ermenonville: il s'était coupé des hommes à force de désespérer d'eux.

– Il ne faut pas aller jusque-là non plus, objecta Blanchot. Mirabeau et Danton avaient raison l'un et l'autre: ils avaient mis le doigt sur le point le plus important, la clé de voûte de notre Révolution, l'éducation, mais ils n'ont eu le temps ni l'un ni l'autre de convaincre les Français. L'essentiel reste donc à faire: ce sera d'édifier des écoles et des universités pour ancrer dans l'esprit public les leçons des Lumières.

Hannong arriva là-dessus. Il avait appris la libération de Blanchot et il était accouru pour l'embrasser. Il était si ému qu'il n'essaya même pas, malgré la présence de Mathieu, qui chaque fois excitait sa verve, de se livrer à l'une de ses habituelles provocations.

– Pierre ! Pierre ! tu n'allais pas toi aussi disparaître dans la gueule de ce Léviathan ! lui dit-il en le pressant sur sa poitrine.

Le médecin riait.

– Tu vois, je suis en pleine forme ! La maladie n'a qu'à bien se tenir ! D'ailleurs, dans cette France qui doit se relever de toutes parts, soutenue – ne t'en déplaise – par la vigueur des principes nouveaux, nous avons chacun notre rôle à jouer... Toi, Mathieu, qui depuis la mort de l'abbé de l'Épée, l'année même où commençait notre grande Révolution, est devenu le principal animateur de l'école des sourds-muets, tu dois penser à l'édification d'une grande institution en leur faveur qui fera honneur à notre République... Pour ma part, j'essaierai de mettre en place le vaste plan de réforme des hôpitaux de Paris dont j'ai achevé de jeter les bases en prison.

– Et pour moi ? s'amusa Hannong. Tu m'exclus parce que je ne suis pas de ta chapelle !

– Non, nigaud, je te gardais le meilleur et le plus glorieux : remonter ta Manufacture de porcelaine qui est exsangue !

– Oh ! pour ça, moi aussi j'ai mon plan, mais il faudrait d'abord que le sieur Chanou, le plus inepte de tous les directeurs qui ait jamais sévi à Sèvres, fasse place nette.

La municipalité de Sèvres, qui avait son propre comité révolutionnaire, composé en majorité d'ouvriers de la Manufacture, n'entendait pas céder la place tout de suite malgré les événements de Paris qui paraissaient pourtant radicalement changer la face des choses : il y avait toujours un décalage entre les événements survenus au cœur de la capitale et la province... Une province qui, pour Paris, commençait dès que l'on avait passé l'octroi. Les Parisiens avaient donné le signal et ils avaient peu ou prou fini par engager tous les départements dans la voie de la Terreur. À présent qu'ils avaient changé d'avis – qu'ils se mêlaient tout d'un coup de prêcher le pardon, la réconciliation, la douceur –, il fallait de nouveau compter un délai pour que ce retournement fût effectif hors des murs.

Un nouveau personnage fit alors son apparition : Joseph Léon Jullien, porcelainier, fils de porcelainier. Son père, Joseph Jullien, était honorablement connu dans le métier. Après avoir pris à bail la manufacture de Sceaux, avec un associé, Symphorien Jacques, il avait fait l'acquisition auprès de la dernière héritière de son fondateur, François Barbin, de la vieille fabrique de Mennecy, autrefois patronnée par les ducs de Villeroy. Son fils avait depuis regroupé tous ces établissements à Bourg-la-Reine, et comme il produisait une vaisselle simple, à l'usage de la bourgeoisie moyenne, peu ornée, sans dorures, son affaire n'avait pas périclité pendant les soubresauts de la Révolution.

Il avait des moyens et il pensait que le temps était venu de réaliser sa grande ambition qui depuis toujours avait été de se rendre maître de la manufacture de Sèvres dont il surveillait, depuis 1792, presque au jour le jour, du coin de l'œil, la déconfiture. Il fréquentait même quelquefois la salle d'exposition, examinant longuement les pièces, notant semaine après semaine l'affadissement du décor, la répétition des formes et surtout la raréfaction de plus en plus visible de la clientèle.

Une ou deux fois, au cours des derniers mois, il avait pu s'entretenir avec Hannong qu'en homme du métier il regardait comme un maître et presque comme la légende vivante de la porcelaine.

Mais le Strasbourgeois se méfiait ; il avait percé à jour l'ambition de cet homme et ses desseins. La conversation qu'ils eurent ensemble au premier jour du mois d'août 1794 fut à cet égard éclairante.

– Monsieur Jullien, cette maison n'est pas à vendre ! Elle est à la République et la République ne se sépare pas de ses joyaux…

– Sauf de ceux du Garde-Meuble sur lesquels elle s'est révélée incapable de veiller, ironisa le visiteur.

– Il s'agit d'un cambriolage et j'espère que vous ne venez pas ici dans cette intention.

– Non, bien sûr ! Mais peut-être que j'arrive à temps : Sèvres a perdu à peu près tous ses talents. Mes ateliers de Bourg-la-Reine et ceux de MM. Dihl et Guerhard, en plein Paris, sortent des productions beaucoup plus originales, mieux finies, qui ne sont pas les copies serviles et décadentes d'anciennes productions passées de mode…

– Dihl et Guerhard sont d'anciens ouvriers de cette maison… D'honnêtes faiseurs, nullement des génies ! Ils ont été à bonne école… Mais enfin, monsieur, observez de plus près nos productions, nos décors… Aucune comparaison possible ! Regardez par exemple les chefs-d'œuvre d'Antoine Capelle ou les oiseaux qui sortent de l'atelier de Mlle Masson… La finesse des sculptures de nos grands vases !

– Oui, tout cela est beau, j'en conviens, mais vous n'avez plus d'argent, plus un sou en caisse, plus une seule commande en portefeuille… Vos cheminées ne fument plus depuis Noël. Alors ?

– Quoi, alors ?… Alors… mon petit monsieur, je vous répondrai qu'il y a dans cette maison tous les ingrédients pour repartir à la seconde… Cinquante personnes qui attendent – et c'est le cas de le dire – de mettre la main à la pâte !

– Et qu'est-ce qu'elles produiront, monsieur Hannong, je vous le demande ? Que des vieilleries, que des recommençages de tout ce que vous avez fait autrefois... Vous avez perdu pied. Vous avez aussi perdu la main. Sèvres n'a pas su se refaire : c'était une manufacture faite pour les princes et il n'y a plus de princes !

– Sèvres est armée pour servir le public et, pendant toutes ces semaines où nous sommes restés sans travail, nous ne sommes pas restés les deux pieds dans le même sabot.

– Votre four chinois, sans doute ? persifla Jullien, puisqu'il était de notoriété publique que le Strasbourgeois était revenu dans la Manufacture, en 1788, sous prétexte d'y introduire et de perfectionner cette invention.

– Mon four chinois et d'autres choses encore ! s'amusa Hannong en jouant de son air futé.

Et comme l'autre se démenait toujours, dévaluant ce qu'il avait sous les yeux, vantant ses propres créations, la puissance des financiers prêts à le soutenir dans ces entreprises, Hannong se décida :

– Eh bien, je vous prends au mot. Je vais vous montrer quelque chose, mais par la vitre... Vous n'y entrerez pas !

Et il amena Jullien, stupéfait – car nul jusque-là, n'appartenant pas au personnel, n'avait eu ce privilège –, jusqu'à son laboratoire. Le visiteur s'attendait à n'y voir que des machines recouvertes de toiles d'araignées, des paillasses vides, un ou deux assistants découragés et, au lieu de cela, il put observer une grande pièce carrelée de faïence blanche, animée comme une ruche. Neuf à dix personnes, alors sans ouvrage, avaient été placées là pour aider à des recherches nouvelles : des façonneurs expérimentés faisaient des essais de dureté sur des plaquettes de matière crue, des doreurs s'employaient à éprouver de nouveaux mélanges de produits sur des tessons de porcelaine cuite. Ils allaient et venaient et en référaient à deux hommes plus âgés qui semblaient diriger leurs travaux.

Ces deux-là, Jullien les connaissait, il les avait déjà vus, au moins jusqu'à la chute de Louis XVI, dans les diverses expositions auxquelles participaient les fabricants de porcelaine tout autour de la Manufacture royale.

– Mais ce sont MM. Régnier et Hettlinger ! Ne sont-ils pas assignés à résidence dans leurs appartements ?

– Assignés à résidence… dans la Manufacture. C'est différent ! Ce sont des hommes qui détestent rester inoccupés. Ils travaillent avec moi, sans salaire bien sûr, et nous profitons de leur expérience. Savez-vous que nous formons une belle équipe ? La meilleure de France, sans nul doute ! C'est pourquoi, mon cher monsieur, je vous promets que nous serons de nouveau les plus excellents porcelainiers d'Europe quand l'activité reprendra.

Et, pour conclure, il se paya le luxe d'écraser le vaniteux Jullien du regard.

– Tout cela reprendra, vous dis-je, mais sans vous !

Depuis le mois d'avril, depuis donc l'exécution de Danton, Robespierre avait dissous le travail ministériel dont les titulaires étaient en capacité de lui faire de l'ombre dans une commission exécutive qui centralisait les problèmes et distribuait les questions à traiter à ses divers membres en fonction de la compétence qu'on leur supposait. Ce système pernicieux avait été laissé en place quelque temps après le 9 thermidor, avec une commission exécutive fortement remaniée. La chance des manufactures nationales fut que la personne chargée d'en exercer la tutelle était un homme compétent, Pierre Bénézech, un Méridional qui frisait la soixantaine et qui avait tenu avec talent des emplois très spécifiques dans l'administration des mines, des poudres, des armes et qui connaissait donc le fonctionnement d'un établissement technique.

Dans ce long laps de temps qui va de la chute de Robespierre, le 28 juillet 1794, à la fin de la Convention et à la mise en place du Directoire, en novembre 1795, l'expression du patriotisme ne devait rien céder encore à la sombre époque de Robespierre. C'est ce qui aurait pu faire de Chanou, pendant longtemps, un rescapé toujours soutenu de la puissance des comités révolutionnaires. Mais Bénézech, avec son bon sens d'administrateur, sa ténacité d'ingénieur, dès qu'il reçut son premier rapport, bourré de fautes d'orthographe et de ratures, eut une piètre idée de l'homme que l'on avait mis à la tête de la fabrique nationale. Il faut ajouter que, par ailleurs, il tenait aussi en très faible estime Jean César Battelier qui se prévalait toujours, mais sans y mettre jamais les pieds, du titre d'administrateur de la Manufacture.

Il décida de faire un grand ménage et après avoir reçu Chanou, Battelier, mais aussi après avoir interrogé les anciens directeurs nommés autrefois par Louis XVI, Régnier et Hettlinger, il renvoya séance tenante les deux premiers et remit en piste les seconds.

Ce fut Régnier qui ne le voulut pas. Cet homme compétent avait dirigé Sèvres avec astuce pendant quinze ans, de 1778 à 1793, remettant les comptes sur pied après la cataclysmique gestion de Parent. Il avait ensuite su parer à tous les coups du sort sur la marche de l'entreprise, depuis les caprices de simplicité de la reine qui avaient perturbé gravement une organisation tournée vers la rareté et le luxe, en passant par la désertion de la clientèle fortunée en 1789 et jusqu'à la fatale mainmise des comités révolutionnaires, peu au fait des subtilités d'une saine gestion. Il était à présent usé et fatigué : il voulait bien rester, mais ne plus avoir de responsabilités.

– Nommez Hettlinger à ma place, avec son assistant Pierre Salmon qu'il a entièrement formé à toutes les particularités de notre art ! dit-il à Bénézech. Laissez-les appliquer les plans que nous avons mis au point depuis quelques mois, en profitant de notre inactivité forcée, avec l'aide précieuse et gracieuse de M. Hannong ! Quand les commandes reviendront, je réponds du succès !

Le représentant de la commission exécutive était encore hésitant.

– Que ça reparte, c'est encore la chose la plus incertaine du monde !

– Citoyen ! si vous ne le croyez pas, c'est que vous n'avez pas confiance dans le génie français... se récria Régnier, sublime. Écoutez ! Nous sommes le 17 septembre 1794, eh bien, je vous propose de refaire le point à la fin de l'année, pas seulement au vu des ventes qui ne seront sûrement pas exorbitantes, mais au vu des améliorations et des nouveautés que nous vous présenterons...

– Mais les salaires ? Mais les fournitures ?

Régnier se contenta de sourire.

– Oh, quant à cela ! il y a plus de dix-huit mois que personne n'a reçu un sou... La matière, nous en avons encore pour quelques semaines. Et puis nous vivons à crédit, nous avons nos bienfaiteurs, dont M. Sauvegrain, le boucher de Sèvres, grâce auquel nous faisons un pot-au-feu perpétuel qui nourrit à peu près tous les ouvriers qui nous restent... Pour le moment, personne ne vous demande autre chose.

Hettlinger accepta la proposition qui lui était faite mais, au lieu de prendre Salmon comme sous-directeur, ainsi que le proposait Bénézech, il en voulut faire absolument son codirecteur. Ils s'installèrent alors tous les deux dans le grand bureau dont les fenêtres donnaient sur le porche et Régnier prit, pour lui, le petit cabinet contigu, refusant de recevoir le moindre titre ou quelque promesse de salaire.

Au lendemain de cette acceptation, Chanou pliait bagage sans tambour ni trompette. La guillotine ne fonctionnait plus si régulièrement et ce fut la chance de l'ancien directeur qui avait depuis peu à sa charge quelques dénonciations accablantes, parvenues sur les bureaux du Comité exécutif, à propos des libertés qu'il avait prises avec la caisse. Il partit assez lamentablement : on le vit, avec sa sœur, entasser quelques hardes sur une charrette dans la cour puis disparaître, avant que le jour ne se lève, pour ne plus jamais donner de ses nouvelles.

La première décision conjointe des codirecteurs fut de reprendre Boizot, pour la sculpture, et Lagrenée, pour la peinture, ce dernier amenant avec lui deux de ses élèves de l'ancienne Académie, Asselin et Pithou. Il fut convenu que ces quatre-là non plus n'auraient pas de salaire mais un pourcentage de 15 % sur les ventes réalisées à partir de leurs créations, ce qu'ils acceptèrent bien volontiers.

Préalablement, Hannong, l'homme de l'ombre, était parvenu à convaincre tous ces messieurs de Sèvres, tant les codirecteurs que les artistes, de l'intérêt de son plan, celui élaboré par un homme qui depuis plus de trente-cinq ans dominait tous les aspects – artistiques, techniques, commerciaux – de la marche d'une manufacture de porcelaine.

Avec cette prescience qui n'était qu'à lui de ce que serait le goût du public à l'horizon de quelques mois, il avait su convaincre Boizot de développer en série une pièce née quelques années auparavant sous son ciseau, sans qu'à l'époque personne et son créateur lui-même ne se fût attaché vraiment à son originalité : un petit vase Médicis à deux anses. Hannong était persuadé qu'il était dans l'air du temps : que dans sa forme réduite, vendu par paires, il ferait un parfait complément de garniture à une pendule pour décorer le manteau d'une cheminée sur laquelle les élégantes frileuses aimeraient le soir à s'accouder, et, qu'à l'unité, il pouvait faire un vide-poches dans lequel les bourgeois, à l'heure de se mettre au lit, se délesteraient des pièces d'or qui alourdissaient le gousset de leur gilet.

Pour la décoration, Pierre-Antoine avait aussi ses idées.

– Des fleurs simples, avait-il dit à Lagrenée, plus de barbots – cela rappelle trop Marie-Antoinette –, mais des pensées, avec des lisérés de bleu et des filets d'or pour remettre à l'ouvrage nos brunisseurs et nos doreurs... Et, à défaut de mon four chinois, dont tout le monde plaisante, des décors chinois ! Oui, des décors chinois, et je pense particulièrement à un décor que nous avait demandé un riche Anglais, William Beckford : des parasols, des ponts et des lanternes chinoises, déclinées sous toutes les formes... L'exotisme, mes chers amis, voilà au moins qui ne mène pas à la guillotine !

Enfin, apportant sa touche personnelle, il fit part du fruit des travaux qu'il continuait de mener depuis que les ateliers étaient restés silencieux.

– Et moi, je vous livre le secret d'une nouvelle formule de kaolin qui réussit le miracle d'être à la fois plus solide, de nécessiter quatre heures de moins de cuisson et d'économiser 6 % de poids des deux matières les plus chères au profit d'un simple ajout de sable d'Aumont plus finement criblé.

Hannong, qui déployait là tout le génie de l'homme de ressources qu'il était, de l'anticipateur de modes, d'« imprécateur » d'envies qu'il avait toujours fait, après quelques-unes de ses pitreries accoutumées, surprit son monde en redevenant soudain grave.

– Voilà, mes amis, quelques tours de mon sac ! Mettez-les à profit ! Cela fait des lustres que je m'escrime, si bien que je suis devenu moi-même tout de kaolin : je me fragilise, mon pot cassera un jour !

Le lendemain, tous ces hommes portés par un enthousiasme nouveau mais qui n'avaient aucune certitude raisonnable de pouvoir en venir à leurs fins se trouvaient réunis dans la cour, autour de quelques bouteilles et cochonnailles, pour assister à la sortie, au faîte de la plus haute des cheminées de brique, du premier nuage de fumée depuis dix mois.

Adèle, à la veille d'accoucher, était de la fête, aux côtés de Briséis et de Louise Danton, venue de la Fontaine d'amour avec les deux fils du tribun guillotiné.

– C'est l'haleine d'un vieux corps blessé ! s'exclama Adèle en voyant s'échapper les premières fumerolles dans le ciel. Voilà la preuve qu'un vieux squelette est capable de se couvrir de chair.

– Comme je regrette que Georges n'ait pas vécu assez longtemps pour vous aider à remettre cette boutique sur pied, dit Louise.

– Je sais qu'il a incliné les choses dans le bon sens et que les forces de son esprit veillent sur nous tous, sur vous, sur vos enfants et même sur cette vieille Manufacture, lui répondit Adèle.

La grossesse la rendait magnifique. Il s'était produit sur elle ce miracle qui se produit chez tant d'autres femmes : elle était radieuse et légère malgré l'alourdissement de son corps. Ce qui ne l'empêchait pas d'être inquiète.

– Ma mère est morte en me mettant au monde, répétait-elle quelquefois à Louise et à Briséis.

– Mais elle a eu un accident, lui faisait observer cette dernière. Tu m'as toujours dit qu'elle était tombée dans son escalier quelques jours avant ta naissance. Toi, tu fais bien attention... Rien de tel ne peut t'arriver !

– Heureusement que je suis entourée d'amis chers... Vous suppléez à l'absence de Xavier.

Blanchot ne voulait pas accoucher sa filleule. Il s'en était expliqué :

– Non, ce n'est pas que je sois superstitieux... Ce n'est pas parce que Fanny, ta mère, est morte sous mes yeux à ta naissance. C'est autre chose ; peut-être un peu de pudeur, parce que je te connais trop. Prends Cabanis ! Tu sais qu'il t'apprécie depuis que tu l'as connu dans l'entourage de Mirabeau. Je crois même savoir qu'il était un peu amoureux de toi...

Elle le regarda étonnée, car elle n'avait jamais envisagé le brillant Jean Georges Cabanis comme un soupirant possible. Et c'est ainsi que l'homme qui avait assisté Mirabeau à son lit de mort donna la main à la dernière de ses bonnes amies, le 24 septembre 1794 – neuf mois tout juste après que Xavier avait été fusillé à Périgueux –, pour l'aider à se délivrer d'un énorme garçon, un gaillard de neuf livres, à qui sa mère donna le prénom de Florel que n'aurait pas désavoué Fabre d'Églantine. Il était brun comme tous les Masson mais avec la figure longue et racée de l'antique lignage des Izarn de Valady.

Paris, au matin du 11 thermidor, se trouvait dans une telle paralysie d'horreur, une telle anxiété venue de la compression de toutes les passions qu'il fallut plusieurs jours à la plupart de ses habitants pour se persuader en s'en étonnant – palpant leurs bras, portant leur main à leur cou – qu'ils étaient toujours vivants et que la guillotine, sur la place publique, avait petit à petit cessé de retentir de ses coups secs.

Cette incrédulité, cette stupéfaction s'étaient même étendues jusqu'aux premières semaines du mois d'août. Une chaleur étouffante continuait de répandre les odeurs insupportables de la dictature : celle du sang séché, des ordures qui s'amoncelaient aux carrefours, des fosses qui n'étaient plus vidées parce que leurs officiants – ceux que l'on nommait à Paris les « demoiselles fifi » – avaient cessé de travailler après que deux d'entre eux avaient été arrêtés comme suspects sur ordre du Comité de sûreté générale.

Puis, brusquement, un orage providentiel et fracassant était parvenu en quelques heures à tout nettoyer. Cette colère du ciel avait opéré un miracle : les habitants qui se terraient chez eux étaient reparus sur le seuil de leurs portes, même les églises s'étaient remplies – des femmes s'étaient activées à refleurir les autels en vue de la célébration de la fête de la Vierge. Et même des équipages avaient de nouveau sillonné les rues : des voitures découvertes dans lesquelles, pour la première fois depuis des mois, se pavanaient des élégantes.

Tels avaient été les premiers signes de cette vie qui ne demandait qu'à sourdre de nouveau. Les fenêtres, restées longtemps fermées, s'étaient rouvertes et l'on avait vu, sur les balcons, des femmes faire le ménage et, dans les cours et sous les porches enfin rouverts à deux vantaux, des hommes passer le balai. Les porteurs d'eau, qui de six mois au moins n'avaient plus transporté que leurs seaux, s'étaient vu de nouveau commander des bains chauds à domicile et, sifflant joyeusement, ils avaient de nouveau grimpé les escaliers, leur baignoire de cuivre sur le dos, satisfaits de renouer avec cette partie la plus lucrative de leur commerce. Autre signe qui ne trompait pas, les théâtres qui, par leur fermeture ou leur réouverture, sont comme le thermomètre des émotions de la ville, s'étaient remis à jouer. Tous, depuis le théâtre de l'Égalité, refuge des comédiens-français de l'ancienne tradition, en passant par les Variétés amusantes où s'était regroupée la partie jacobine de la troupe et jusqu'au théâtre Mareux où La Bussière avait continué le rôle de Jocrisse qu'il n'avait jamais quitté. Seul Duclos, qui jusqu'au 8 thermidor avait enchaîné les pesants couplets à la gloire de Robespierre, n'avait pas reparu et se cachait. Enfin, les bals avaient rouvert : Paris s'était soudain trouvé repris d'une humeur « saltatrice » et le maître de ballet Gardel, redevenu l'idole de la jeunesse, avait inauguré une ère nouvelle qu'il appelait lui-même celle de la « dansomanie ».

Dès avant le début de septembre, la capitale n'avait plus eu aucun complexe à montrer sa joie. C'était l'appétit de vivre d'un malade réchappé d'une grande affection : tout se tournait à la fringale de plaisir, et comme le plaisir est boulimique, tout changeait à vue d'œil. En moins d'un mois, on ne pouvait plus reconnaître les garçons et les filles de Paris : ces dernières allaient en robes de mousseline, drapées à l'antique, avec des souliers plats qui leur conféraient une démarche plus assurée, les bras nus, la ceinture attachée sous les seins. Les hommes s'étaient transformés plus vite encore : on ne voyait presque plus aucun bonnet rouge, les cocardes s'étaient faites si discrètes qu'elles ne passaient pas la taille des boutons, les mentons se trouvaient enfoncés dans d'énormes cravates mousseuses, la taille était sanglée dans des habits épousant au plus près la forme du corps. Les souliers s'étaient aplatis et élargis « à la poulaine », comme dans un Moyen Âge de conte de fées. Enfin, comme pour mieux démontrer que l'on voulait rompre avec les orgies militaires et la violence, la plupart de ces gaillards s'étaient féminisés, portant cheveux frisés « en oreille de chien », boucles d'oreilles et cadenette – cette mèche de cheveux tire-bouchonnant sur le front qu'autrefois, sous Louis XIII, le marquis de Cadenet, frère du duc de Luynes, avait mise au goût du jour. La mode était aussi de se pourvoir d'un gourdin, d'un bâton noueux, arme toute décorative destinée à donner la chasse aux « terroristes ». Quarante jours à peine après l'exécution de Robespierre apparaissait le nouveau nom de « muscadin » pour désigner les jeunes gens à la mode que les journaux qui aiment à tout catégoriser regroupaient depuis peu sous le vocable de « jeunesse dorée ». Le mot « muscadin » venait des pastilles à sucer à goût de musc, et ce musc – à la saveur à la fois acidulée et sucrée – traduisait bien le besoin de douceur générale.

En France, plus qu'ailleurs, sitôt après d'importantes commotions politiques, se pose la même question : Faut-il examiner le passé ? Vaut-il mieux l'oublier ? Les « Thermidoriens » – ceux qui se glorifiaient d'avoir fait tomber Robespierre et qui étaient souvent d'anciens sectateurs de la Terreur convertis depuis peu aux délices de l'argent – comptaient bien asseoir leur pouvoir sur la mise en accusation de ceux qui avaient apporté au-delà du raisonnable leur soutien à Robespierre. Un pamphlet d'un inconnu, Méhée de La Touche, *La Queue de Robespierre*, prétendait qu'il ne servait à rien d'avoir coupé la tête, puisque la queue remuait toujours : il entendait par là que ceux qui avaient été des amis du dictateur pendant longtemps – à l'instar de Billaud-Varenne, Collot d'Herbois ou Barrère – étaient toujours en place.

Du coup, le 26 août, le député Lecoutre demanda la mise en accusation de tous les anciens amis de l'Incorruptible. Les députés se trouvèrent face à un vrai dilemme, car – on l'oublie trop souvent – ils étaient en majorité des modérés : poursuivre ces hommes, c'était s'accuser de n'avoir pas réagi à l'époque des plus rudes mesures prises par les comités contre la liberté ; refuser de les poursuivre, c'était s'associer à leurs crimes. Il se forma alors pour sortir de ce dilemme une de ces coalitions contre nature dont la France a le secret. Elle était composée d'anciens Girondins qui partout relevaient la tête, de Montagnards irréductibles détestant les Thermidoriens ; enfin, de la grosse majorité de la Convention qui voulait tout apaiser pour s'en retourner à ses affaires. Ils déclarèrent que la demande de Lecoutre était irrecevable et calomnieuse. Autrement dit, ils refusèrent que l'on fît le procès de la Terreur.

Nul n'observait plus lucidement tous ces changements à vue que Blanchot. Sa détention lui avait, ainsi qu'il le disait parfois, fait tomber des yeux les dernières écailles. Il voyait désormais parfaitement ce qui, sous quantité de soubresauts, avait été le plan le plus constant de la Révolution depuis 1789.

– Dès le départ, on nous a abusés. Ce n'était pas la nature selon Rousseau, Restif ou Bernardin que ces messieurs avaient en tête : dans le paysage, d'emblée, ils avaient décidé de remplacer les aimables bergers et les pimpantes laitières par de gros propriétaires… Regardez ces citoyens glorieux de leurs exploits que l'on appelle à présent Thermidoriens, les salons où ils se réunissent, chez Mmes Tallien, de Vaines et Hoc : il n'est là que des banquiers, des agioteurs, des gens louches… C'est avec eux aujourd'hui qu'il faut compter ! Il m'est avis que l'on regrettera vite les Mirabeau, les Danton et, peut-être même un jour, les Robespierre !

Au lendemain de la naissance de Florel, les hommes de Sèvres s'étaient réunis. Il y avait là les codirecteurs Hettlinger et Salmon entourés de Régnier et d'Hannong ; ils étaient même allés chercher à Meudon la presque impotente Angélique Barrau qui ne sortait presque plus de chez elle.

Hettlinger, qui n'avait rien d'un exubérant, avait pour une fois le sourire aux lèvres.

– Victoire, faible victoire, mais victoire tout de même !… Pour la première fois depuis trente-huit mois, le bilan d'exploitation de septembre est positif : 9 400 francs de frais, dont un acompte très partiel de salaire versé aux ouvriers qui n'avaient rien reçu depuis quatorze mois, et en regard, 17 445 francs de recettes : des petits bustes de grands hommes, des articles de ménage, services à café, à thé, à chocolat, mais aussi de plus gros ensembles de table, de douze et même vingt-quatre couverts…

Hannong, après avoir été le seul à applaudir, ne put se retenir de faire un mot plaisant :

– Nous faisons avancer la problématique de Fontenelle : Trois fois rien est-il quelque chose ?

– Cela va dans le bon sens en tout cas, fit observer Régnier, car pour moi je n'ai pas connu un tel bonheur depuis longtemps et mon successeur Chanou n'a fait qu'empiler les déficits.

– Mais avec un passif qui se monte à 950 000 francs, observa la comptable dont l'opulente chevelure avait depuis longtemps glissé vers le gris. Un tiers en salaires, un tiers à des fournisseurs de matières ou de nourriture, un tiers enfin sous forme de marchandises invendues, nous sommes donc loin du compte !

– Avec des machines mal entretenues, des fours dont le briquetage est près de s'effondrer... poursuivit Salmon.

Hettlinger parut soudain rêveur.

– Faites-moi rêver et faites-moi en même temps très mal, madame Barrau, et rappelez-moi ce que sont en regard de ces chiffres désastreux ce que vous appelez si joliment les créances irrécouvrables.

– Je n'ose vous le dire : 980 000 livres ou francs, mais à l'époque on disait plutôt livres, de pièces qui ont été livrées ou emportées et en aucun cas payées : la liste est magnifique. Elle fait honneur à la Manufacture : ce ne sont que des rois, des princes, des cardinaux... Une tsarine même !

– Plus de 900 000 francs de porcelaine volée ! C'est ce que coûte à Sèvres cette révolution ! appuya Hannong.

– Voyons, citoyen, je dois vous inviter à la prudence, et faut-il vous rappeler que le comité révolutionnaire est encore actif dans nos ateliers malgré les changements politiques qui se sont opérés à Paris ?

– Moi, je ne travaillerai pas de bon cœur tant que je verrai ces bonnets rouges dans les travées, s'obstina le Strasbourgeois.

Régnier posa sa main sur son épaule et le couvrit d'un regard bienveillant. Il était comme Blanchot : la prison avait émoussé ses capacités de colère.

– En tout cas, les plus mauvais jours paraissent être derrière nous… dit-il de sa voix lente. Le citoyen Chanou a mis ici un désordre inouï que nous commençons à réparer. Il convient de poursuivre. Poursuivre toujours dans le même sens et ce n'est qu'en revenant aux méthodes éprouvées mais aussi en nous appuyant sur le renouveau que nous trouverons la voie… Ce bien-être, il serait mieux de dire ce mieux-être général, dont nous commençons de sentir les premiers frémissements, donnera à coup sûr envie aux citoyens qui le peuvent d'avoir chez eux de belles choses… Avec l'appui du gouvernement, jour après jour, nous mettrons la tête hors de l'eau.

– L'appui du gouvernement, répéta Hannong, nous nous sommes trop longtemps leurrés de cela : Mirabeau, en son temps, devait sauver la Manufacture, puis Roland à son tour s'en est occupé, enfin Danton : aucun d'eux n'a eu vraiment le temps de faire quelque chose… Ils ont été broyés les uns après les autres et nous sommes restés avec nos problèmes… Sur qui faut-il compter aujourd'hui, sur Mme Tallien dont on dit qu'elle veut ressusciter les fastes de l'ancienne Cour ? Sur ces muscadins qui passent pour jeter l'argent par les fenêtres ? Croyez-moi, mes chers collègues, cela ne vaudra jamais nos anciens rois et nos anciens princes.

Paul n'était pas, comme certains de ses amis de la section des Postes, devenu l'adepte du style muscadin : il n'avait ni le bâton, ni la boucle d'oreille, ni le gilet près du corps, les bas moulant les cuisses et les bottes souples à la poulaine ornées de houppes de cuir. Laurence lui avait simplement entortillé deux mèches de ses cheveux pour en faire des cadenettes ridiculement courtes, ce qui faisait de lui, pour le public, un adepte inaccompli de la jeunesse dorée.

Il travaillait tous les matins au Garde-Meuble ou plutôt, dans l'absence d'une véritable tâche à accomplir, il y corrigeait, feuillet après feuillet, le texte de ce *Traité de la porcelaine* que son père avait laissé inachevé et dont petit à petit il avait réuni les chapitres épars. Tous les deux jours, il se rendait à Sèvres pour en soumettre les feuillets remis au net à l'appréciation d'Hannong.

– Tu signeras ce traité quand il sera fini, lui avait-il dit plusieurs fois. Tu y mettras ton nom à côté de celui de mon père, car c'est toi qui as apporté le principe fondamental du kaolin en France.

– Mais je suis un pestiféré ! Je ne suis revenu à Sèvres que par effraction, tu le sais bien. Et d'ailleurs, c'est ton père, de concert avec Macquer, qui a fixé tous les paramètres de mise en œuvre qui sont appliqués aujourd'hui... Là est le principal travail, beaucoup plus que dans la forme initiale qui, à vrai dire, ne m'appartenait pas puisque je la tenais moi-même de ma famille.

Le 1er octobre 1794 à midi, au moment précisément où il s'apprêtait à partir à cheval pour Sèvres, Paul fut arrêté à l'entrée de la rue Saint-Florentin par un homme d'environ cinquante ans, en habit strict – bas noirs, chaussures à boucles, chapeau à large bord orné d'un ruban de moire –, qui ressemblait à peu près à un quaker de l'Amérique.

– Monsieur Masson ?
– C'est exact !
– Puis-je vous parler ?
– Je vous écoute !
– Mais c'est confidentiel... Marchons pour ne pas attirer l'attention !

Ils traversèrent la place de la Révolution. La guillotine que Paul avait pu apercevoir depuis quatorze mois, dressée en permanence, venait d'être démontée. Les passants fuyaient ce lieu maudit : une croûte rouge s'était formée à son emplacement, une croûte de sang séché dont ni les frotteurs ni les orages n'avaient pu venir à bout.

— Mes interlocuteurs, qui sont bien renseignés sur les événements de Paris, se sont arrêtés sur vous comme sur un garçon digne de confiance, le plus jeune des employés du Garde-Meuble et par là sans doute le plus à même de mener à bien la mission importante qu'ils entendent vous confier...

— Moi ! Une mission ! sourit Paul. Mais vous savez, puisque vous paraissez bien renseigné, que je ne suis pas un homme d'expérience.

— L'expérience compte peu au regard de ce que nous avons à vous remettre.

— Remettre !

— Oui... Quelque chose d'inestimable !

— Inestimable !... Mais, monsieur, les temps qui courent ne nous apprennent-ils pas justement que toute chose a une valeur et un prix ?

— C'est justement un malheur que nous déplorons car on ne reconnaît plus la valeur des principes qui ne s'accordent pas forcément avec l'argent.

— Mais enfin, de quoi s'agit-il ?

— De joyaux, monsieur, de joyaux inestimables qui appartiennent à la France... Qui ne sont ni au roi ni à la République, mais au pays tout entier et qui peuvent être utiles à sa sauvegarde.

— Je ne comprends toujours pas.

— Il s'agit d'une vingtaine de pierres, parmi les plus insignes de l'ancien Trésor royal, que j'ai là dans mon gousset, et que je m'apprête à faire passer dans le vôtre... Des pierres que tout le monde recherche depuis deux ans et que vous ne pouviez pas retrouver sans notre aide.

Ce sont celles que le roi Louis XVI, en juillet 1792, a prélevées pour servir de garantie à des emprunts en cas de besoin et qu'il avait confiées à l'un de ses anciens ministres, aujourd'hui réfugié hors de France. Cet homme entend restituer ce dépôt à son pays, mais il tient à le remettre entre des mains sûres.

L'inconnu s'arrêta de marcher pour couvrir Paul d'un regard qui paraissait jeter des étincelles.

– Connaissez-vous en France deux personnes honnêtes – l'une participant à la politique du pays, l'autre qui servirait de garant à sa parole –, deux hommes qui seraient en état de déposer en lieu sûr le trésor que je m'apprête à vous remettre ?

– Oh ! Je n'ai pas besoin de réfléchir. Je puis vous donner ces deux noms : le premier est un député de la Convention, j'ai éprouvé sa grandeur d'âme, il s'agit du citoyen Legendre. Le second est mon parrain, le docteur Blanchot. Ce sont des rocs plantés au milieu des tempêtes. Le premier a été le seul à parler en faveur d'un homme public que l'on allait guillotiner, le second est incapable de former dans sa tête la plus petite mauvaise pensée.

– Ah ! J'avais raison de m'en remettre à vous, répondit le bonhomme ému. Vous étiez vraiment celui que je recherchais. Dans cette ville où personne ne se fie plus à personne, vous êtes un des seuls sans doute à mettre encore votre confiance dans des sujets dignes de mérite.

Il lui prit le poignet.

– Nous allons partager tous deux un secret que vous ne direz même pas à ces deux hommes, celui du nom de la personne qui m'envoie. Il s'agit de Mgr Champion de Cicé, ancien évêque de Rodez, ancien archevêque de Bordeaux, ministre du roi Louis XVI. C'est lui qui souhaite se défaire de ce dépôt et le restituer à son pays... Quant au secret que vous dévoilerez aux deux hommes dont vous venez de me dire le nom, il tient dans le petit paquet que je vais glisser dans votre poche : il y a là le diamant Pitt, dit aussi le Régent, le diamant Sancy et pour le reste des pierres remarquables mais moins célèbres. Cela fait au total un assez joli pactole. Tous les joyaux, vous le savez, ne se trouvaient plus dans votre Garde-Meuble depuis plusieurs semaines lors du fameux vol de septembre 1792... M. de Ville-d'Avray était un des seuls à le savoir. Par la suite, des gens habiles – M. Danton était du nombre sans doute – se sont servis du reste : cela était de bonne politique. Quant au surplus, les babioles qui restaient, il était machiavélique et facile de faire porter la responsabilité de leur disparition sur quelques malandrins attirés à dessein sur place par des policiers mis dans la confidence. Voilà toute l'affaire du vol du Garde-Meuble : elle a été jouée en trois coups et aujourd'hui je me propose de vous rendre tout le produit du premier coup... qui, hélas, n'a été d'aucune utilité pour le défunt roi.

S'approchant alors de Paul au moment de lui glisser dans la poche de son manteau une trousse de feutre noir qui devait bien peser 500 grammes, dans la nouvelle mesure à laquelle chacun s'efforçait de s'habituer, l'homme esquissa son premier sourire depuis le début de cette conversation.

– Ce premier coup, vous vous en apercevrez en faisant l'inventaire, était un coup vraiment royal !

Puis, brusquement, ce mystérieux personnage s'éloigna, comme emporté par un coup de vent qui venait de parcourir la place, le premier de l'automne, aspirant en tourbillon quelques feuilles.

Le soir même, Blanchot et Paul se trouvaient dans le salon du citoyen Legendre.

– Quelle histoire ! Quelle histoire ! répétait le conventionnel en hochant la tête. Et que faire de toute cette bimbeloterie à présent ?... Me voyez-vous les donner à

Tallien ou à Merlin : cela irait tout de suite aux œuvres philanthropiques des bordels de Paris.

– Oui, citoyen, il faut attendre que cela se décante ! opina Blanchot.

– En tout cas je ne dormirais pas, si je devais conserver ce butin chez moi... Emporte-les, citoyen, et garde-les chez toi ! Toi, tu n'es pas un politique, tu ne risques pas la guillotine !

– Oui, mais j'ai été emprisonné, tu ne l'as pas été, toi, citoyen, tu ne sais pas ce que c'est... Et si je prends ces bijoux, c'est moi qui ne dormirai plus.

– Fichtre ! Le cas est embarrassant.

Après un long silence, Legendre se mit à dévisager Paul.

– Toi, citoyen Masson, tu es jeune... Tu es le moins soupçonnable d'entre nous.

– Ah non ! Je ne veux pas me charger d'une telle responsabilité !

– Oh ! Je vois, tu as peur de ne pas pouvoir résister ; de les offrir à ta belle !

– Non ! Mais je ne veux pas avoir ce souci, vous dis-je.

– Et tes coffres du Garde-Meuble ?

– Mes coffres !

– Oui, tes coffres vides... Qui en a les clés ?

– Ces clés qui ne servent plus à rien se trouvent à présent dans une armoire, dans mon bureau.

– Eh bien, c'est simple ! Tu vas remettre les bijoux dans l'un de ces coffres et nous en détiendrons chacun une clé... Personne ne s'avisera d'aller chercher ces cailloux là où tu vas les replacer... Dans des coffres que tout le monde croit vides.

– Mais vous vous rendez compte de ce que vous me demandez !

– Oh ! mon petit ! Dans cette République où tout va de travers, on est condamné à faire bien des sottises.

Toutefois, on doit toujours s'attacher à les faire les moins grosses possibles.

C'est ainsi que le 2 octobre 1794 au matin les plus beaux diamants de la Couronne – à l'exception du Diamant bleu qui avait dû être offert à Brunswick – réintégrèrent dans le plus grand secret la cachette la plus sûre du monde, c'est-à-dire le Garde-Meuble qu'ils n'auraient jamais dû quitter.

Mais l'histoire des joyaux n'était pas terminée. En août 1798, le Régent, dont personne ne savait les exactes circonstances du retour à Paris, fut consigné par le gouvernement à la banque de Bâle au profit du banquier berlinois Treskow en échange de quantités de chevaux. Quelques mois plus tard, au cours d'importantes négociations avec l'Espagne, le Sancy fut donné en gage au marquis d'Iranda, puis au prince Godoy. Ces deux diamants, avec quelques autres, servirent ainsi les intérêts guerriers et diplomatiques de la France avant de revenir, la paix rétablie, dormir beaucoup plus tard dans les vitrines du Louvre. Quant au Diamant bleu, retaillé, il existe toujours en Amérique.

Ce même 2 octobre, dans l'après-midi, Adèle, profitant d'un beau soleil d'automne, se promenait dans les jardins de la Manufacture portant le petit Florel emmailloté : c'était la première sortie du bambin. Ils étaient accompagnés de Briséis et de Clémentine Lemoine que Janvier tenait par le bras. Ils étaient assis à l'abri d'une haie de buis lorsqu'ils entendirent des pas précipités faire crisser le gravier.

– Adèle ! Adèle ! criait une voix que la jeune fille reconnut tout de suite pour celle de son frère.

Il arriva effectivement, courant, tenant par la main Laurence, suivi du peintre Alexandre Kucharsky, le dernier portraitiste de Marie-Antoinette.

Adèle s'était instinctivement dressée : depuis la mort de Xavier et, à présent, même en dépit de la joie de la naissance de son fils, elle craignait toujours de recevoir quelque mauvaise nouvelle. Mais la mine radieuse de son frère la rassura.

– Oh! nigaud, reprends ton souffle!
– C'est que... C'est que...
– Assieds-toi!
– Non! Ce que j'ai à te dire, je te le dirai debout, car cela en vaut la peine... Ta boutique est sauvée!... La Manufacture est sauvée!
– Quoi! Tu as volé le Garde-Meuble pour nous!

Paul, qui le matin même venait d'y cacher les plus beaux bijoux de la Couronne revenus de façon inespérée en France, en eut un hoquet.

– Non! Non!... La tsarine!
– Eh bien quoi? Elle est morte?
– Non, Adèle, elle nous paye! Kucharsky vient de recevoir l'annonce qu'une somme de 91 000 francs, représentant les 80% qui étaient encore dus pour son grand service, sera transférée dans les prochains jours à l'un des banquiers correspondants de la cour de Russie à Paris...
– Tu te moques!
– Pas du tout!

Adèle tendit Florel à Briséis, ses jambes flageolaient. Paul la prit alors dans ses bras et lui fit exécuter trois tours de menuet.

– Voulez-vous danser, madame?
– Oh! La grande, l'incroyable nouvelle! Danton a donc réussi par-delà la mort! Il faut tout de suite aller prévenir ces messieurs qui sont en train de s'arracher leurs derniers cheveux sur leurs livres de comptes.
– Attends! Attends! Attendez tous! dit Paul en s'asseyant sur un banc de pierre entre Laurence et Clémentine tandis que Kucharsky, comme un chevalier de

l'ancien temps, s'agenouillait au pied d'Adèle. Savourons ce moment où le temps est comme arrêté !… ou bien comme après avoir gravi une rude pente, on passe un col et l'on voit s'ouvrir devant soi un sentier bordé de fleurs et de papillons.

Adèle prit la main de son frère.

– Oh, oui ! Paul ! C'est si doux, après tant de secousses, de songer que l'on chemine enfin vers un horizon qui ne se ferme peut-être plus de noir.

La Manufacture, sauvée in extremis *par le paiement fait par Catherine II d'une dette ancienne de quinze ans, favorisée par le retour du luxe aux débuts du Directoire, allait se soutenir honorablement sous la direction d'Hettlinger et de Salmon pendant six ans encore.*

En 1800, Lucien Bonaparte, ministre de l'Intérieur, décida de sa reprise en main en nommant directeur Alexandre Brongniart qui devait rester quarante-deux années dans ce poste et inaugurer le renouveau qui allait permettre à la Manufacture de retrouver le premier rang en Europe.

Gironde, le 25 décembre 2012.

Table

PREMIÈRE PARTIE
La pierre roulante

1. « Se casser la jambe un si beau jour ! » 13
2. L'ardoise de vie 33
3. La fée de Sèvres 78
4. « Je sortirai du centre du chaos
   pour le dominer ! » 116
5. Les dernières caresses d'Hercule 173
6. « Ce torrent nous emportera… » 230
7. Manon Phlipon 291
8. Les flambeaux du Temple 356

SECONDE PARTIE
L'eau et le feu

1. « Un voile noir, âcre et poisseux
   est tombé sur Paris… » 397
2. Les diamants de Braux 447
3. « La révolution comme Saturne… » 514
4. La planche de salut 541
5. Le foulard blanc 566
6. Le Noël de Périgueux 620
7. « Tu montreras ma tête au peuple ! » 658
8. Florel 693

DU MÊME AUTEUR

BIOGRAPHIES ET ESSAIS

Les Bâtards d'Henri IV : les Vendômes
prix des Trois Couronnes
Perrin, 1994

**Trois Gouttes de vinaigre dans les Saintes Huiles
ou la Vie tumultueuse de Guiscard-La Bourlie**
Perrin, 1997

Le Cardinal de Bernis ou la Belle Ambition
Perrin, 2000

Henri IV ou le Règne de la tolérance
(en collaboration avec Jacques Thibau)
Gallimard, 2001

Madame de Maintenon ou le Prix de la réputation
Perrin, 2003 et 2010

**Mirabeau
L'excès et le retrait**
Perrin, 2008

**Gabriel de Mirabeau
Les amours qui finissent ne sont pas les nôtres
Lettres à Sophie de Monnier**
(édition établie et annotée par Jean-Paul Desprat)
Tallandier, 2010

**Henri IV
L'homme de la tolérance**
Le Figaro, 2012

La France du Grand Siècle
Tallandier, 2012

Romans

Le Marquis des éperviers
Balland, 1988
et « Points Grands Romans », n° P2801

Le Camp des enfants de Dieu
Balland, 1989

Le Secret des Bourbons
Balland, 1991

Gilles. La musique au temps du Roi-Soleil
Gallimard Jeunesse, 1999

Les Enfarinés
Éditions du Rouergue, 2000

Au nom de la Pompadour
(en collaboration avec Pierre Lepère)
Flammarion, 2001

Bleu de Sèvres
1759-1769
Seuil, 2006
et « Points Grands Romans », n° P1733

Jaune de Naples
1770-1781
Seuil, 2010
et « Points Grands Romans », n° P2654

Beaux livres

Paris, fêtes et lumières
(photographies de Winnie Denker et Jean-Paul Desprat)
Images-Magie/Jean-Paul Mengès, 1991

RÉALISATION : IGS-CPÀL'ISLE-D'ESPAGNAC
IMPRESSION : CPI FRANCE
DÉPÔT LÉGAL : AVRIL 2014. N° 116608-5 (2057107)
IMPRIMÉ EN FRANCE

« LES GRANDS ROMANS » DE POINTS
DES ROMANS QUI TRAVERSENT L'HISTOIRE

Les Adieux à la reine
Chantal Thomas

Dans Vienne ruinée et humiliée par la victoire de Napoléon, Agathe-Sidonie, ancienne lectrice de Marie-Antoinette, se souvient. De l'année 1789. Du faste de la Cour, bien sûr. Et particulièrement, au lendemain de la prise de la Bastille, des derniers jours à Versailles auprès de cette reine si controversée, qui continue de la fasciner. Agathe-Sidonie s'est enfuie dans la nuit du 16 juillet 1789...

« Un pur régal pour les amoureux du siècle des Lumières et de Versailles. »

Historia

« LES GRANDS ROMANS » DE POINTS
DES ROMANS QUI TRAVERSENT L'HISTOIRE

Ouest
François Vallejo

Aux tréfonds des terres de l'Ouest, le garde-chasse Lambert découvre son nouveau maître : le jeune l'Aubépine. Il ne parle que de révolution. Lambert bougonne et se ronge les sangs : les dettes s'accumulent, les fermiers et les terres deviennent sauvages. Et puis, il y a toutes ces femmes que le baron ramène… et qui repartent terrorisées. Dans la région, on prétend qu'il est dérangé…

Prix du Livre Inter 2007

« *Ouest est un livre de tourment et de tension, un magnifique roman d'une beauté sombre et sensuelle.* »

Lire

« LES GRANDS ROMANS » DE POINTS
DES ROMANS QUI TRAVERSENT L'HISTOIRE

La Rose pourpre et le Lys
Michel Faber

Dans les bas-fonds de Londres, à la fin du XIXe siècle, les hommes ne jurent que par Sugar, une prostituée sulfureuse et cultivée. William Rackham, riche héritier, en tombe éperdument amoureux et décide de l'entretenir. Sugar est sauvée de la misère, et bien décidée à ne plus y retourner. Mais face à la médiocrité d'une petite bourgeoisie moralisante, parviendront-ils à braver les interdits?

« Dans La Rose pourpre et le Lys, *Michel Faber peint, avec des mots contemporains, une somptueuse fresque victorienne. Comme un écho londonien à* La Comédie humaine, *de Balzac. »*

L'Express

« LES GRANDS ROMANS » DE POINTS
DES ROMANS QUI TRAVERSENT L'HISTOIRE

Dieu et nous seuls pouvons
Michel Folco

Pour échapper à la galère, Justinien Pibrac devient bourreau officiel du seigneur de Bellerocaille. Le jour de sa première exécution, après quelques maladresses rocambolesques, il parvient finalement à briser les os du condamné. Ainsi débute la saga trépidante des Pibrac, qui deviendront de génération en génération les plus grands bourreaux de tous les temps.

« *Michel Folco nous régale avec son verbe riche et sa langue réjouissante. Il tient solidement les rênes d'une chronique dense et pleine de rebondissements que l'on dévore avec gourmandise.* »

Lire